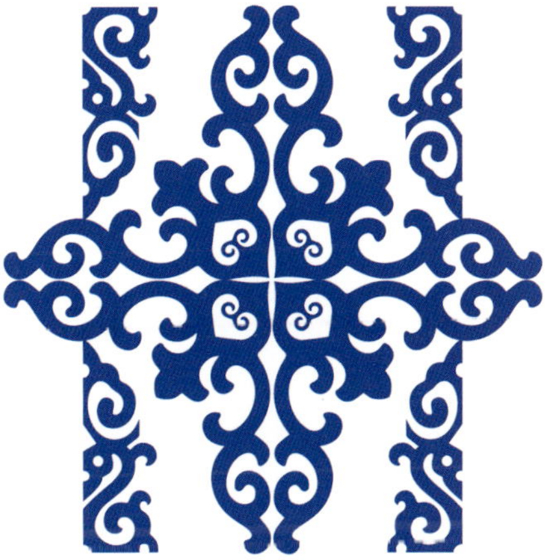

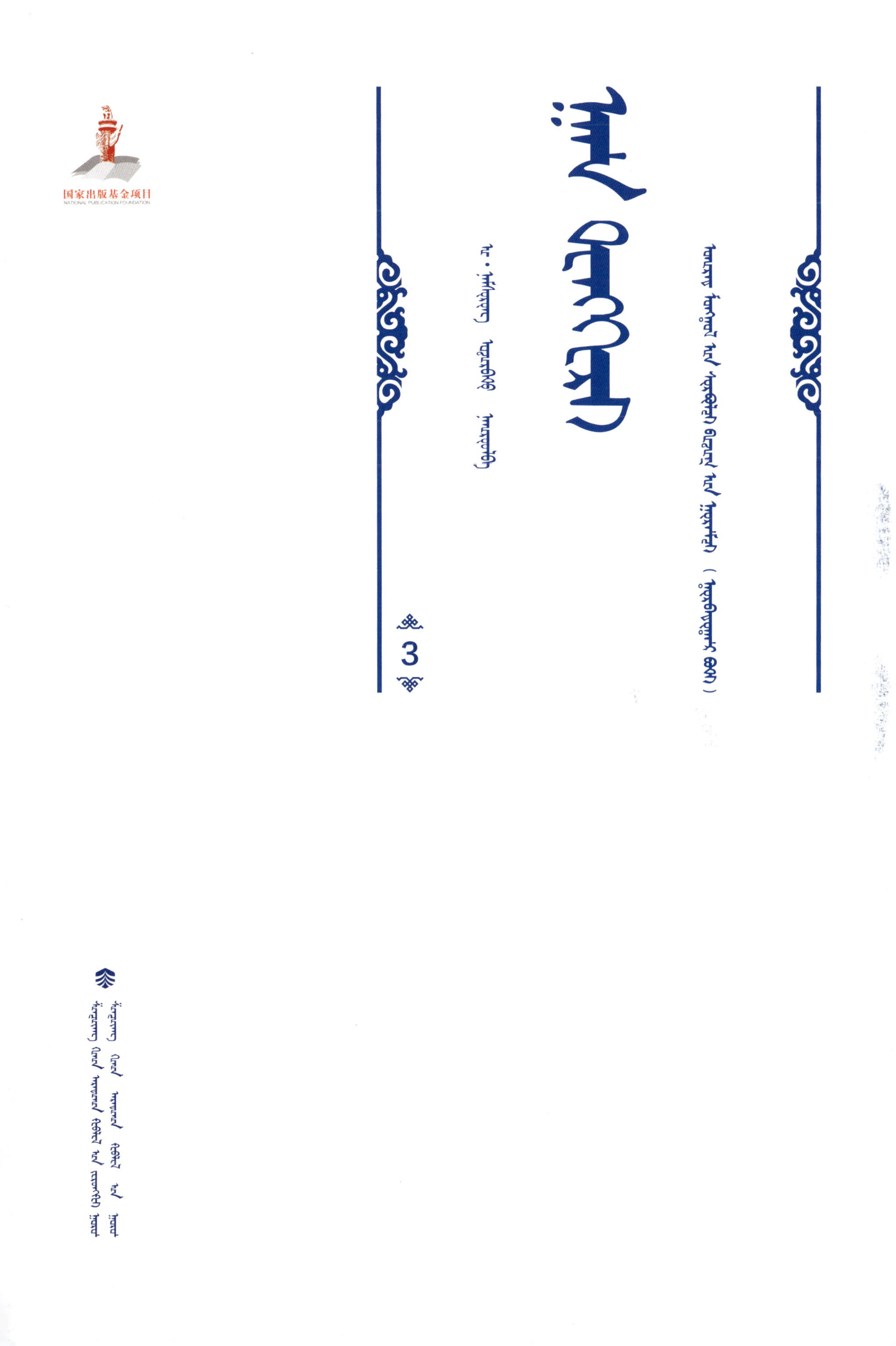

国家出版基金项目
NATIONAL PUBLICATION FOUNDATION

3

图书在版编目（CIP）数据

汗腾格里：卫拉特蒙古文献集成.（3）：蒙古文 / 那木苏荣，敖其尔巴图编.
-- 乌鲁木齐：新疆人民出版社， 2020.12

ISBN 978-7-228-20456-4

Ⅰ. ①汗… Ⅱ. ①那… ②敖… Ⅲ. ①蒙古族—少数民族文学—作品综合集—中国—蒙古语（中国少数民族语言）Ⅳ. ① I291.2

中国版本图书馆 CIP 数据核字（2020）第 213394 号

选题策划：山巴依尔　吴樱格
责任编辑：山巴依尔
责任校对：朝克图
整体设计：舒　娜
技术编辑：王　娟

HANTENGGELI—WEILATE MENGGU WENXIAN JICHENG

汗腾格里——卫拉特蒙古文献集成

（第三卷）

那木苏荣　敖其尔巴图　编

出 版	新疆人民出版总社 新疆人民出版社
地 址	乌鲁木齐市解放南路 348 号
邮 编	830001
发 行	新疆人民出版社
制 版	乌鲁木齐形加意图文设计有限公司
印 刷	北京富诚彩色印刷有限公司
开 本	787 x 1092　1/16
印 张	30.75
字 数	400 千字
版 次	2020 年 12 月第 1 版
印 次	2020 年 12 月第 1 次印刷
印 数	1 — 1000 册
定 价	68.00 元

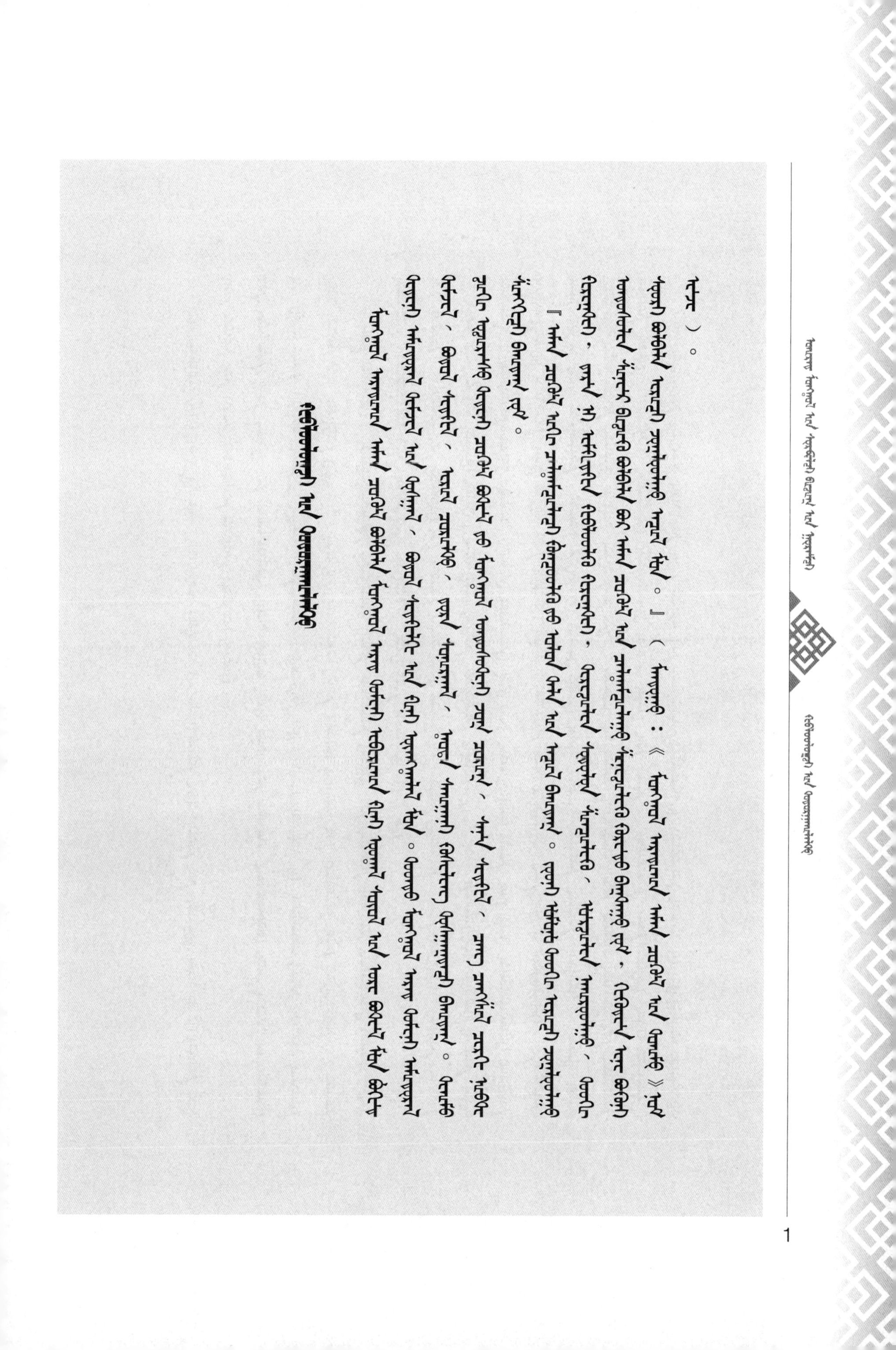

[illegible]

[illegible] , [illegible] , [illegible] , [illegible] , [illegible] 。 [illegible] 。

『 [illegible] 。 [illegible] , [illegible] , [illegible] , [illegible] 。 [illegible] 。』 ([illegible] : 《 [illegible] 》 [illegible])。

ᠲᠡᠷᠡ ᠠᠵᠢᠯᠯᠠᠭᠰᠠᠨ ᠤ 1981 ᠣᠨ ᠡᠴᠡ 1998 ᠣᠨ ᠬᠦᠷᠲᠡᠯᠡ （ ᠬᠣᠷᠢᠨ ᠳᠣᠯᠣᠭᠠᠨ ᠵᠢᠯ ᠦᠨ ᠬᠤᠭᠤᠴᠠᠭᠠᠨ ᠳᠤ ᠬᠡᠪᠯᠡᠯ ᠦᠨ ᠲᠤᠰᠬᠠᠢ ᠬᠣᠷᠢᠶ᠎ᠠ ᠰᠠᠢᠨ ᠵᠣᠬᠢᠶᠠᠯ ᠤᠨ ᠬᠠᠮᠲᠤᠷᠠᠯᠴᠠᠭᠠᠨ ᠤ ᠪᠢᠴᠢᠭᠰᠡᠨ ᠪᠣᠯᠵᠠᠢ 。 ᠮᠣᠩᠭᠣᠯ ᠪᠢᠴᠢᠭ ᠦᠨ ᠵᠣᠬᠢᠶᠠᠯ ᠤᠨ ᠲᠡᠦᠬᠡᠨ ᠳᠦ ᠰᠠᠢᠨ ᠵᠣᠬᠢᠶᠠᠯ ᠤᠨ ᠲᠡᠮᠳᠡᠭᠲᠡᠢ ᠬᠤᠪᠢ ᠨᠡᠮᠡᠷᠢ ᠣᠷᠤᠭᠤᠯᠤᠭᠰᠠᠨ ᠪᠠᠢᠨ᠎ᠠ 。 ᠲᠡᠷᠡ ᠪᠢᠴᠢᠭᠰᠡᠨ ᠦ ᠦᠭᠦᠯᠡᠯ ᠦᠨ ᠳ᠋ᠤᠮᠳᠠ ᠰᠠᠢᠨ ᠵᠣᠬᠢᠶᠠᠯ ᠤᠨ ᠲᠣᠭ᠎ᠠ ᠳᠤ 32 ᠬᠦᠷᠴᠡ 《 ᠬᠠᠨ ᠲᠩᠷᠢ 》 ᠬᠡᠮᠡᠬᠦ ᠶᠡᠬᠡ ᠬᠡᠮᠵᠢᠶᠡᠨ ᠦ ᠵᠣᠬᠢᠶᠠᠯ ᠢ ᠨᠡᠢᠲᠡ ᠳᠦ ᠪᠡᠨ ᠬᠦᠷᠭᠡᠭᠰᠡᠨ ᠪᠠᠢᠨ᠎ᠠ 。

ᠲᠡᠭᠦᠨ ᠦ ᠦᠭᠦᠯᠡᠯ ᠦᠨ ᠳ᠋ᠤᠮᠳᠠ ᠭᠠᠷᠴᠠᠭ ᠪᠣᠯᠤᠨ ᠠᠩᠬᠠᠨ ᠤ ᠨᠣᠮ 《 ᠬᠠᠨ ᠲᠩᠷᠢ 》 ᠳᠣᠣᠷ᠎ᠠ 『 ᠬᠠᠨ ᠲᠩᠷᠢ ᠶᠢᠨ ᠣᠷᠣᠨ 』 ᠬᠡᠮᠡᠬᠦ ᠦᠭᠡ ᠶᠢ ᠣᠷᠤᠭᠤᠯᠵᠤ ᠪᠣᠯᠬᠤ ᠦᠭᠡ ᠲᠡᠢ ᠪᠢᠯᠡ ᠡ ᠬᠦᠮᠦᠨ ᠲᠥᠷᠥᠯᠬᠢᠲᠡᠨ ᠦ ᠭᠠᠷᠤᠯ ᠢ ᠲᠣᠳᠣᠷᠬᠠᠢᠯᠠᠵᠤ ᠪᠤᠢ 、 ᠲᠡᠭᠦᠨ ᠦ ᠮᠣᠩᠭᠣᠯ ᠬᠦᠮᠦᠨ ᠦ ᠰᠡᠳᠬᠢᠯᠭᠡ ᠶᠢᠨ ᠣᠨᠴᠠᠯᠢᠭ 、 ᠠᠮᠢᠳᠤᠷᠠᠯ ᠤᠨ ᠤᠯᠠᠮᠵᠢᠯᠠᠯ ᠤᠨ ᠰᠤᠷᠲᠠᠯ ᠢ ᠲᠣᠳᠣᠷᠬᠠᠢ ᠬᠠᠷᠠᠭᠤᠯᠵᠤ ᠪᠤᠢ 。 ᠬᠠᠷᠢᠨ ᠲᠡᠷᠡ ᠦᠭᠦᠯᠡᠯ ᠦᠨ 20 ᠵᠠᠭᠤᠨ ᠤ ᠳᠤᠲᠤᠮᠳᠠ ᠦᠶ᠎ᠡ ᠶᠢᠨ ᠮᠣᠩᠭᠣᠯ ᠤᠳᠬ᠎ᠠ ᠵᠣᠬᠢᠶᠠᠯ ᠤᠨ ᠲᠡᠦᠬᠡᠨ ᠳᠦ ᠠᠨᠭᠬᠠ ᠤᠳᠠᠭ᠎ᠠ ᠣᠷᠤᠭᠤᠯᠤᠭᠰᠠᠨ ᠶᠣᠰᠣᠭᠠᠷ ᠲᠤᠯᠭᠤᠷ ᠪᠣᠯᠤᠭᠰᠠᠨ ᠵᠣᠬᠢᠶᠠᠯ ᠤᠨ ᠬᠠᠮᠲᠤ ᠲᠣᠭᠠᠴᠠᠭᠳᠠᠭᠰᠠᠨ ᠪᠠᠢᠨ᠎ᠠ 。 ᠬᠡᠳᠦᠢ ᠲᠡᠢᠮᠦ ᠪᠣᠯᠪᠠᠴᠦ ᠮᠣᠩᠭᠣᠯ ᠤᠳᠬ᠎ᠠ ᠵᠣᠬᠢᠶᠠᠯ ᠤᠨ ᠰᠤᠳᠤᠯᠭᠠᠨ ᠤ ᠬᠦᠷᠢᠶᠡᠨ ᠳᠦ ᠲᠡᠭᠦᠨ ᠦ ᠳᠤᠲᠠᠭᠤ ᠶᠢ ᠣᠨᠴᠠᠯᠠᠨ ᠰᠤᠳᠤᠯᠵᠤ ᠪᠠᠢᠭᠠ ᠬᠦᠮᠦᠨ ᠴᠥᠭᠡᠨ 、 ᠮᠣᠩᠭᠣᠯ ᠤᠳᠬ᠎ᠠ ᠵᠣᠬᠢᠶᠠᠯ ᠤᠨ ᠲᠡᠦᠬᠡᠨ ᠳᠦ ᠲᠡᠭᠦᠨ ᠦ ᠣᠷᠤᠭᠤᠯᠤᠭᠰᠠᠨ ᠬᠤᠪᠢ ᠨᠡᠮᠡᠷᠢ ᠶᠢ ᠲᠣᠳᠣᠷᠬᠠᠢᠯᠠᠬᠤ ᠪᠣᠯᠤᠨ ᠤᠳᠬ᠎ᠠ ᠵᠣᠬᠢᠶᠠᠯ ᠤᠨ ᠰᠤᠳᠤᠯᠭᠠᠨ ᠤ ᠠᠵᠢᠯ ᠳᠤ ᠴᠢᠬᠤᠯᠠ ᠬᠡᠷᠡᠭᠴᠡᠭᠡᠲᠡᠢ ᠶᠤᠮ 。

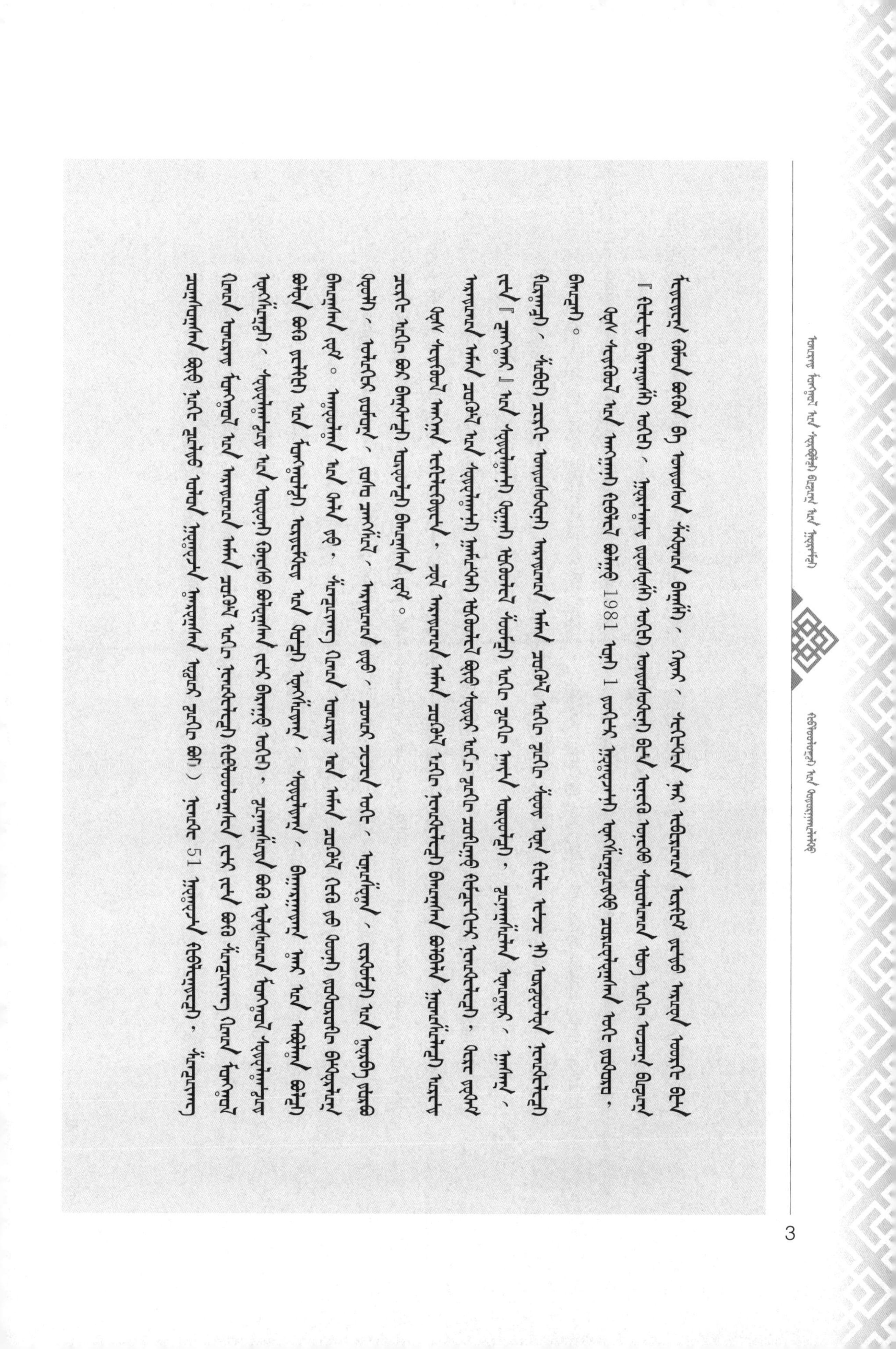

[illegible] 1981 [illegible] 1 [illegible]

[illegible] 『 [illegible] 』 [illegible]

[illegible] 51 [illegible]

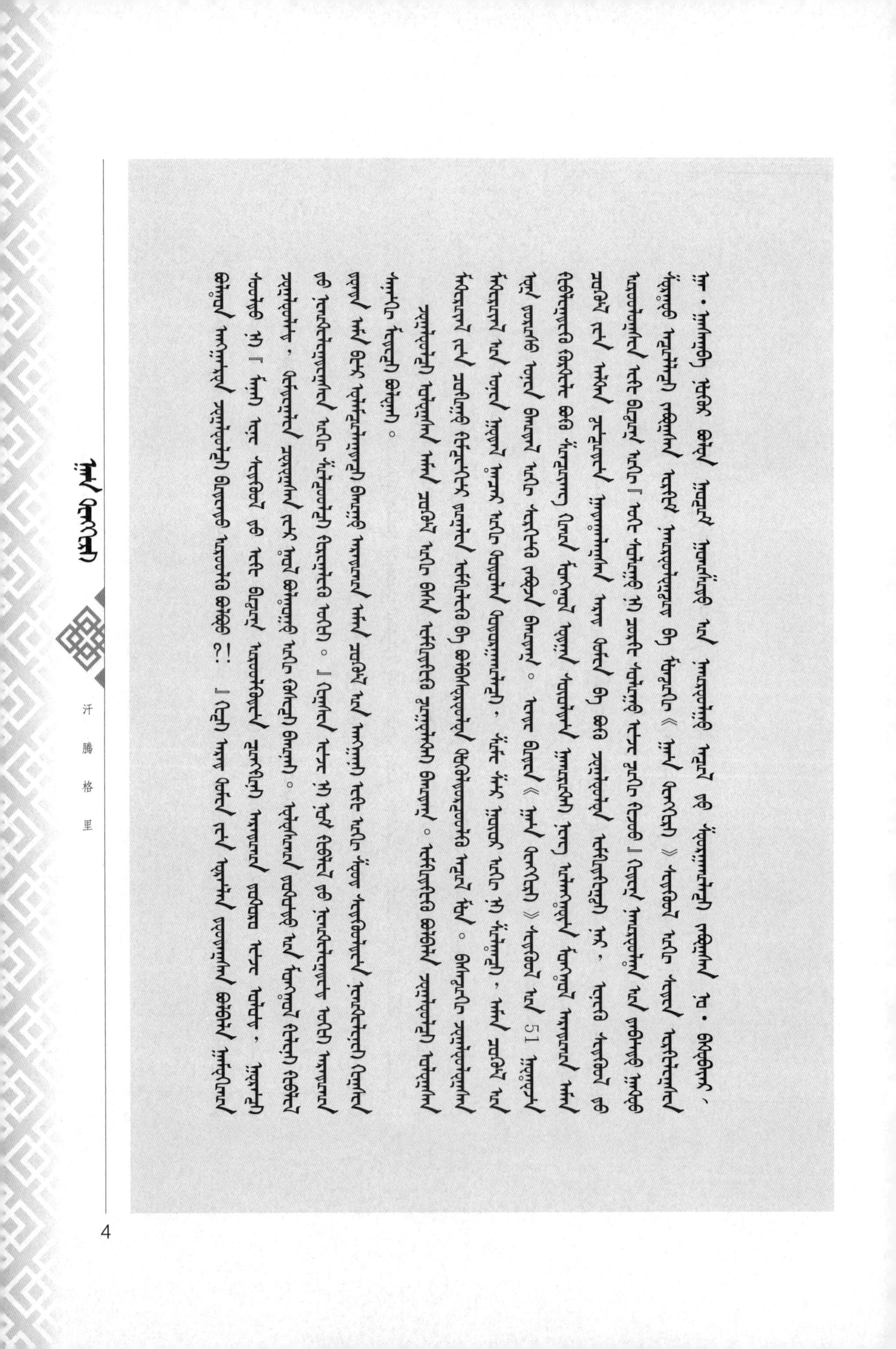

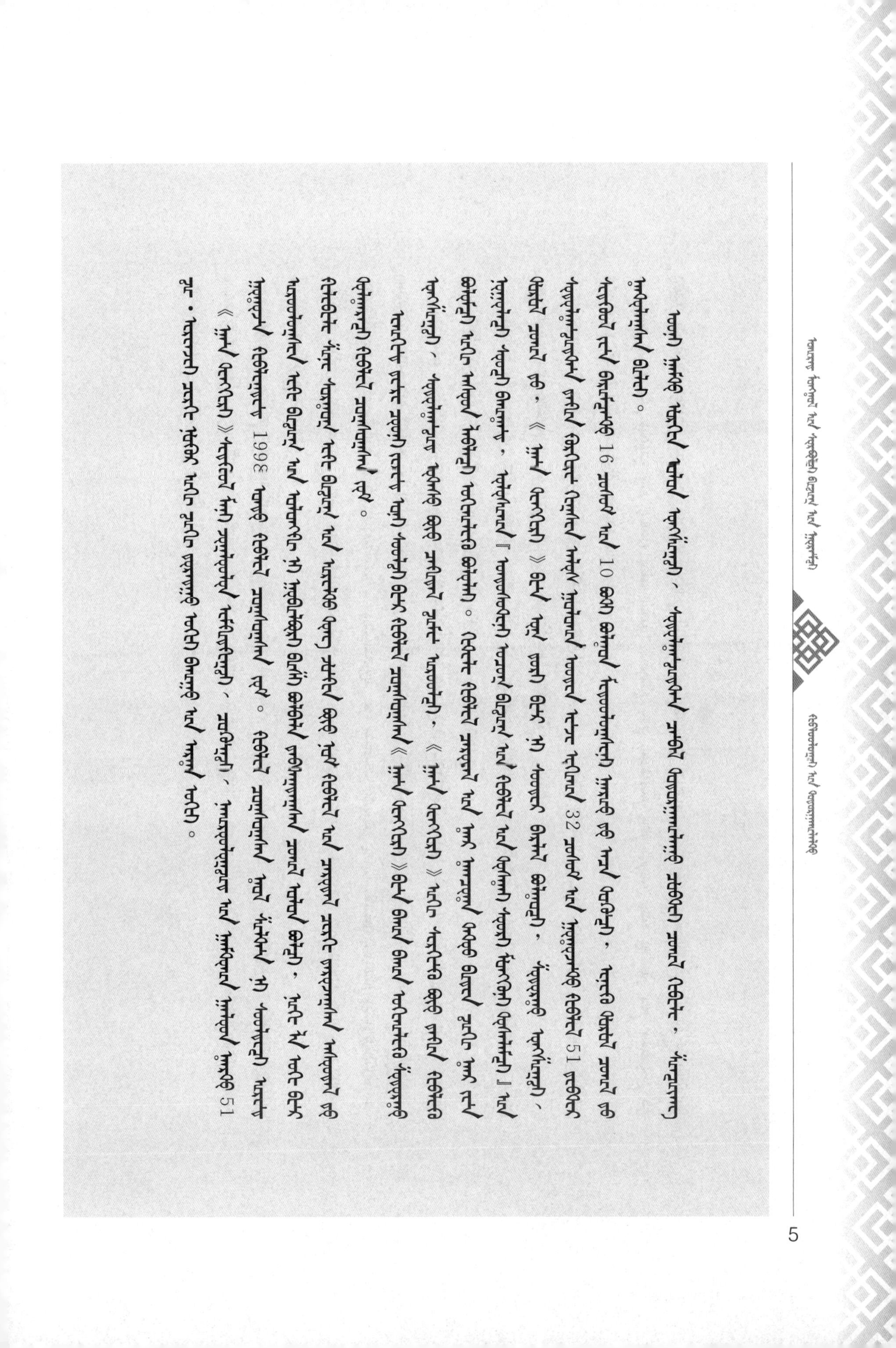

[illegible] ᠃

[illegible] 16 [illegible] 10 [illegible] 32 [illegible] 51 [illegible] 《 [illegible] 》 [illegible] 『 [illegible] 』 [illegible] ᠃ [illegible] 《 [illegible] 》 [illegible]

[illegible] 《 [illegible] 》 [illegible] ᠃

[illegible] 1998 [illegible] ᠃ [illegible]

《 [illegible] 》 [illegible] 51 [illegible] ᠃

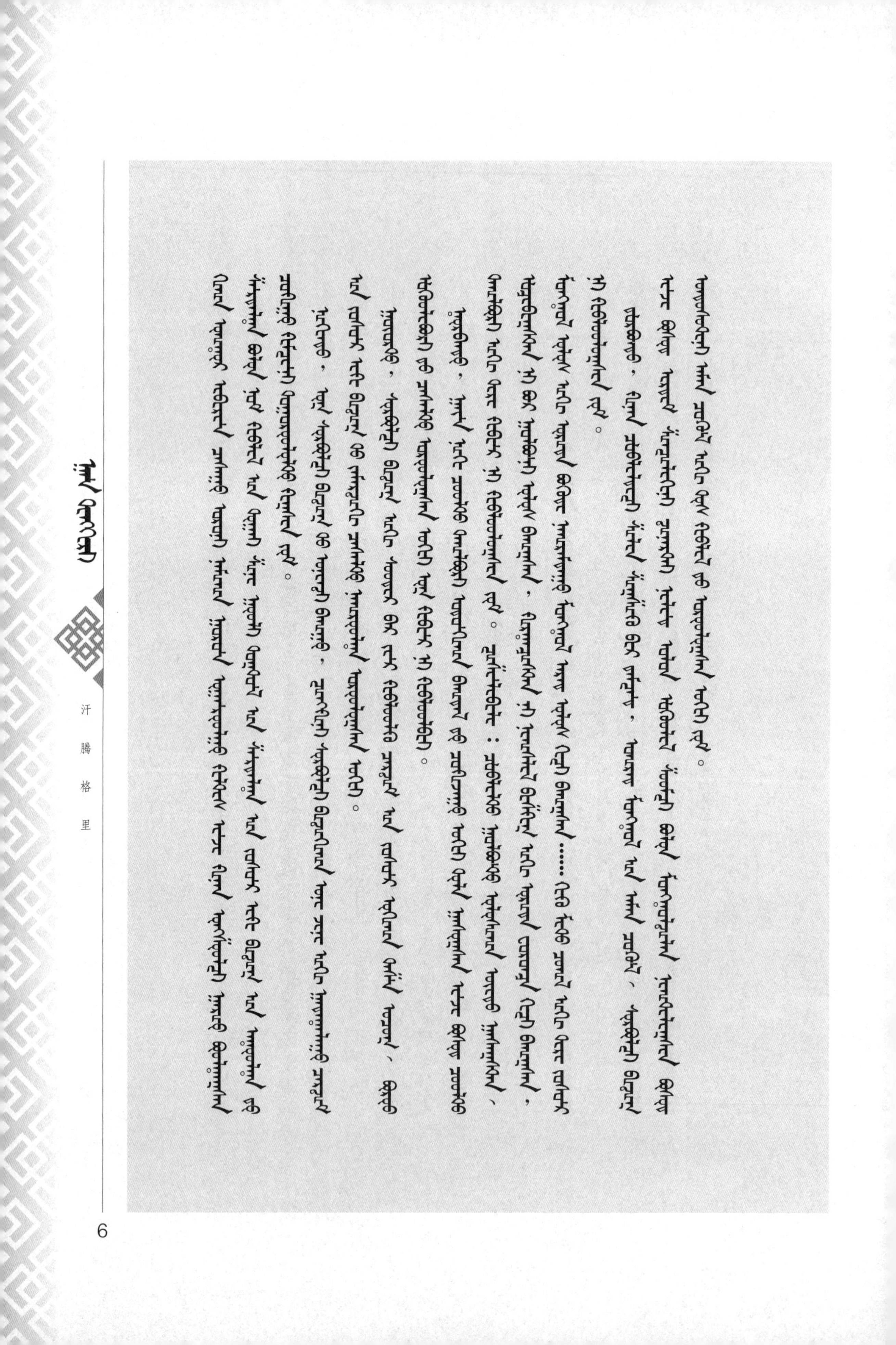

[illegible]

[illegible] 《ᠨᠢᠭᠤᠴᠠ ᠲᠣᠪᠴᠢᠶᠠᠨ》 ᠤᠨ [illegible] 《ᠨᠢᠭᠤᠴᠠ ᠲᠣᠪᠴᠢᠶᠠᠨ》 ᠨᠢ [illegible]

[illegible] ᠤᠨ [illegible] ᠤᠨ [illegible] ᠃

[illegible] ᠤᠨ [illegible] —᠄

[illegible]

2020 ᠣᠨ ᠤ 2 ᠰᠠᠷ᠎ᠠ ᠶᠢᠨ 20 ᠨᠢ ᠡᠳᠦᠷ

[illegible] ᠤᠨ [illegible]

[illegible] ᠤᠨ [illegible]

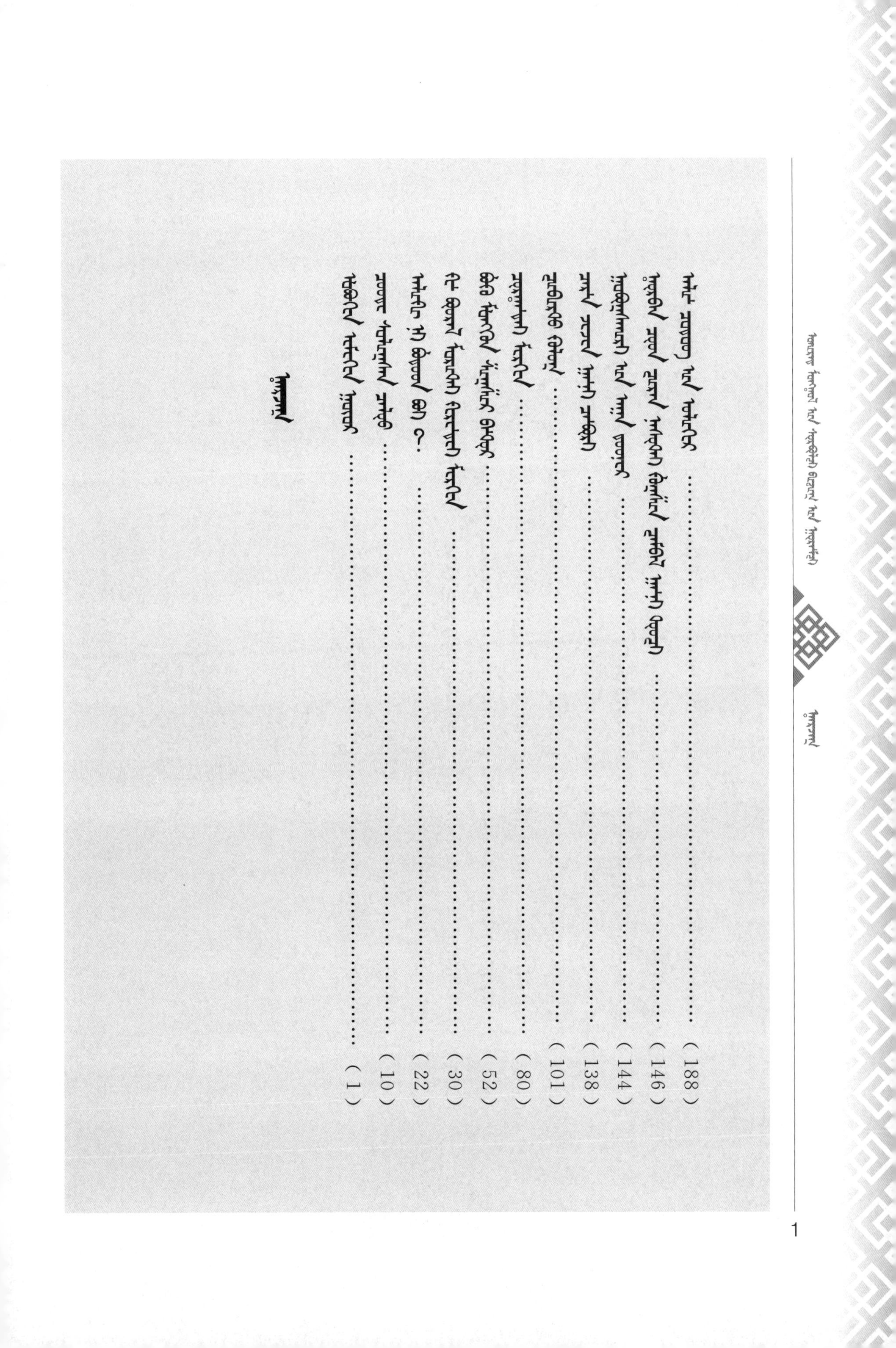

ᠭᠠᠷᠴᠠᠭ

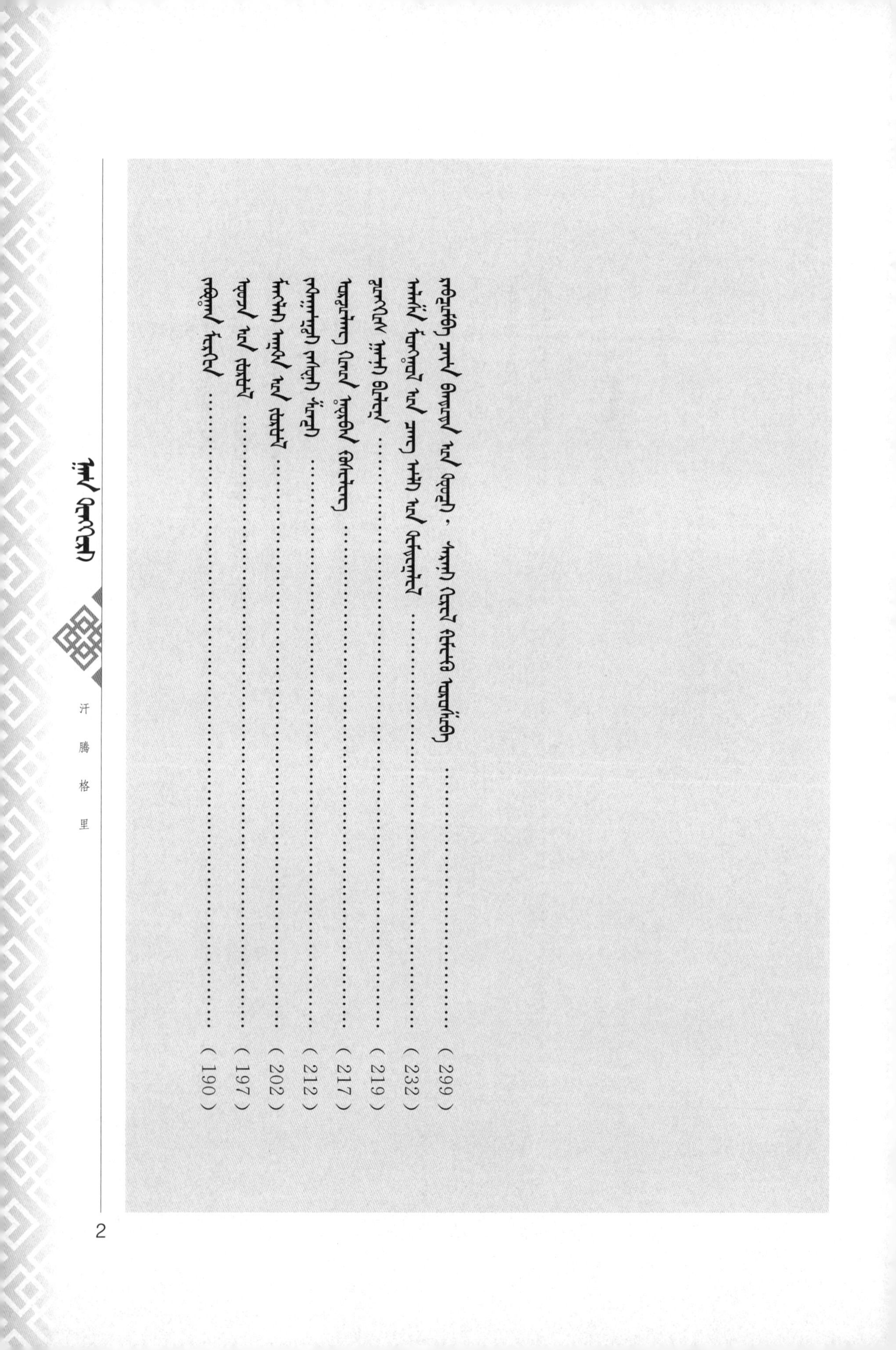

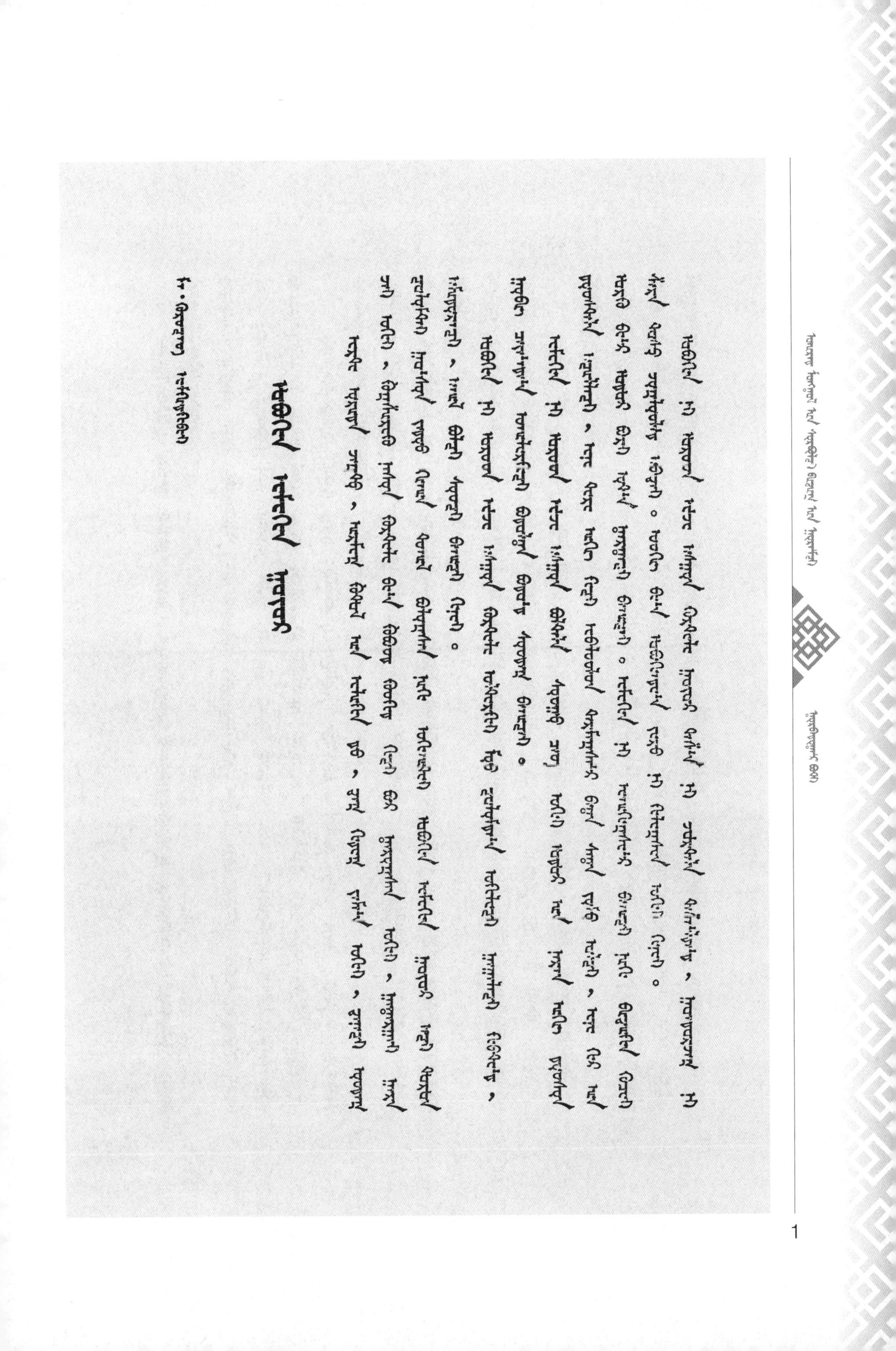

[illegible]
[illegible]
[illegible]
[illegible]
[illegible]
[illegible]
[illegible]
[illegible]
[illegible]
[illegible]
[illegible]

[illegible]

[illegible]

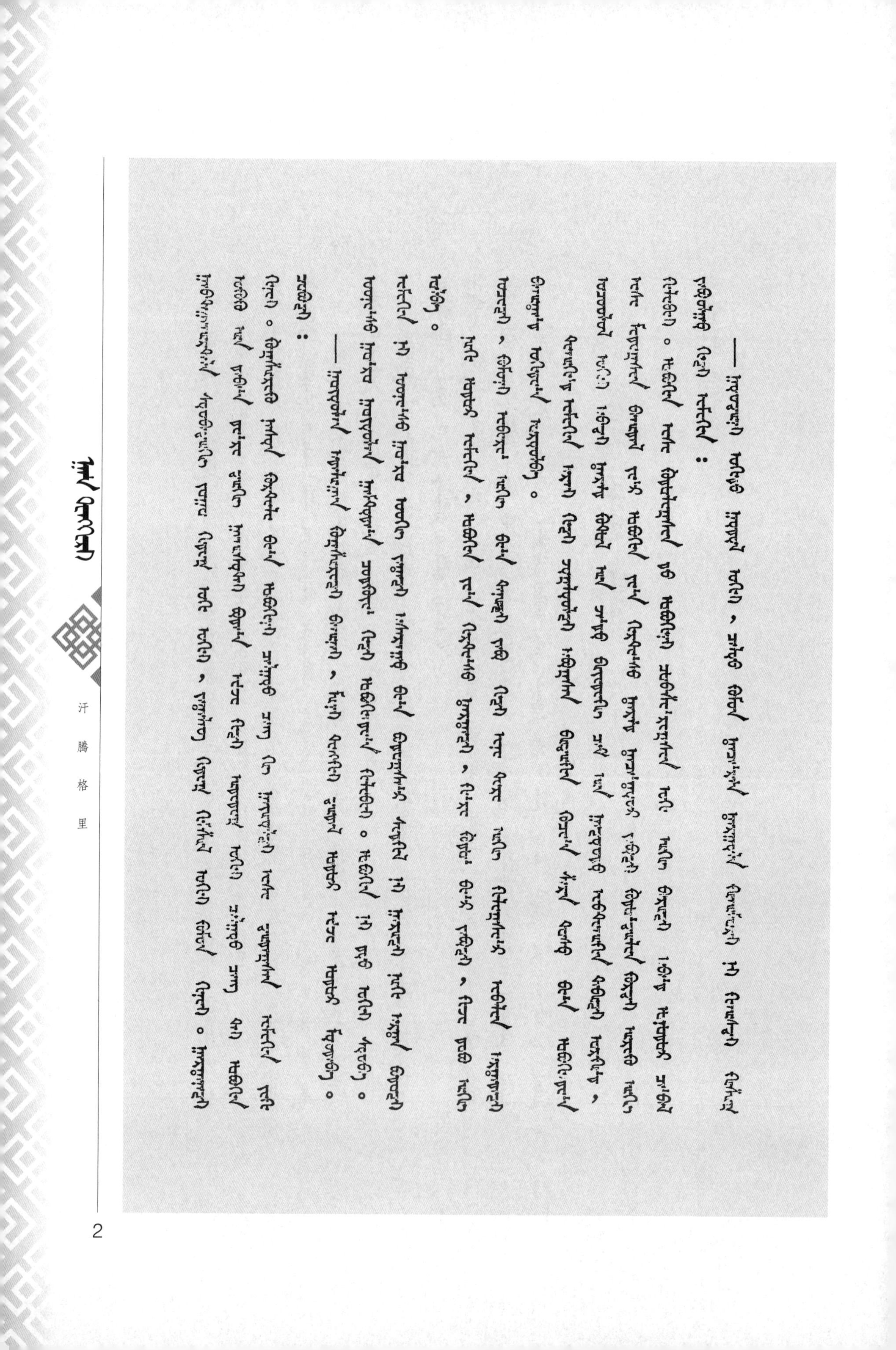

[illegible]

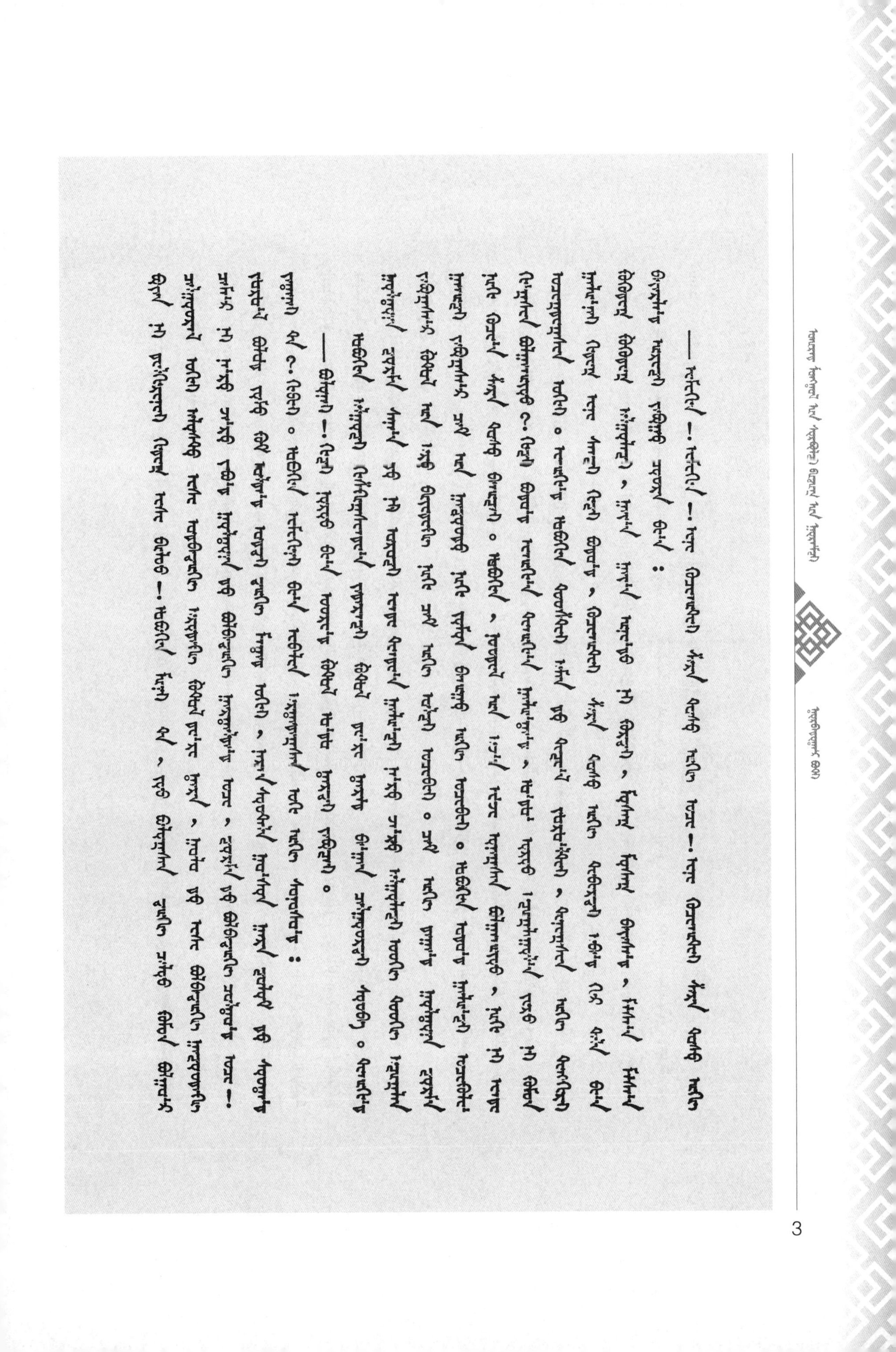

[illegible]

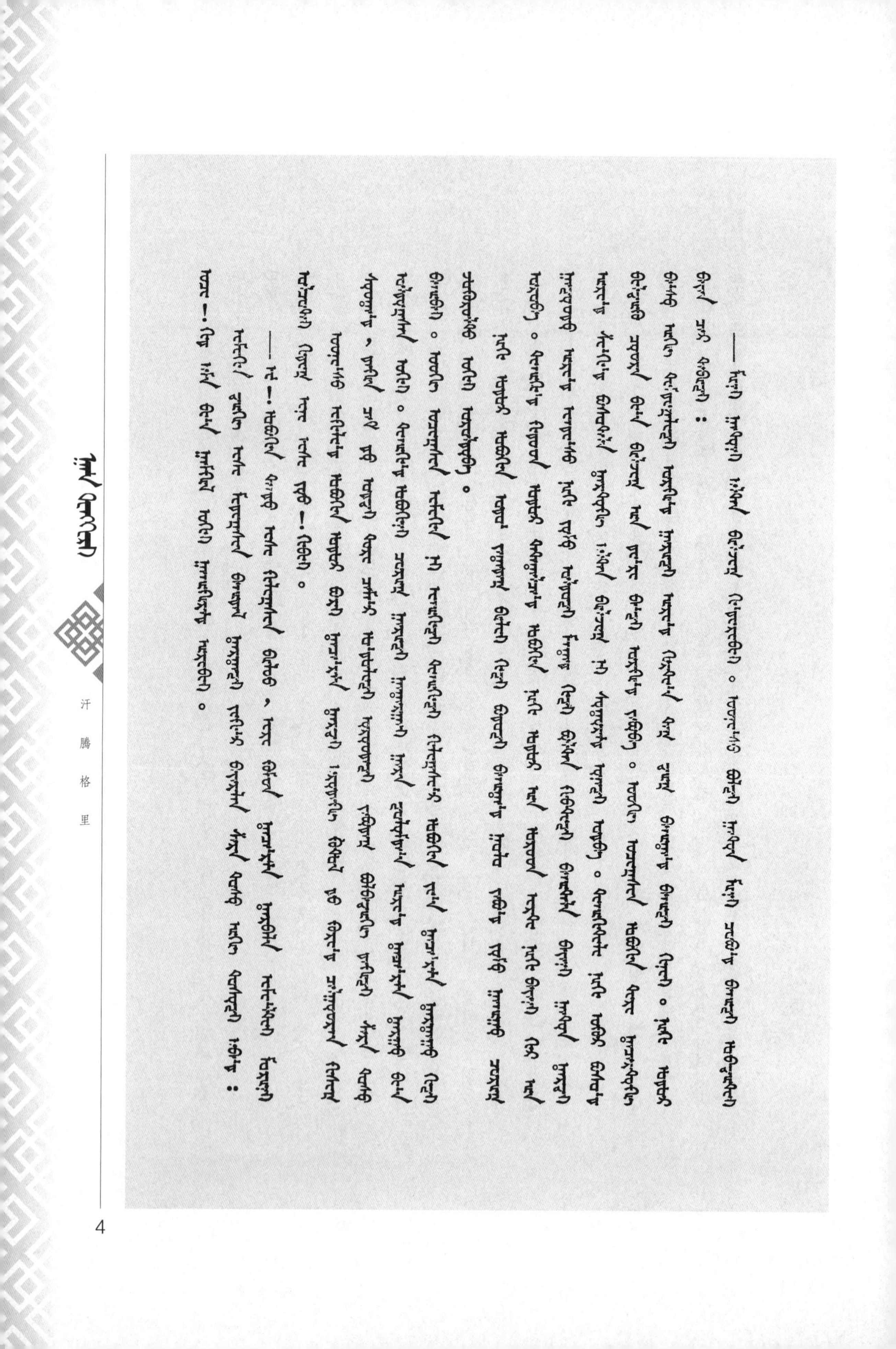

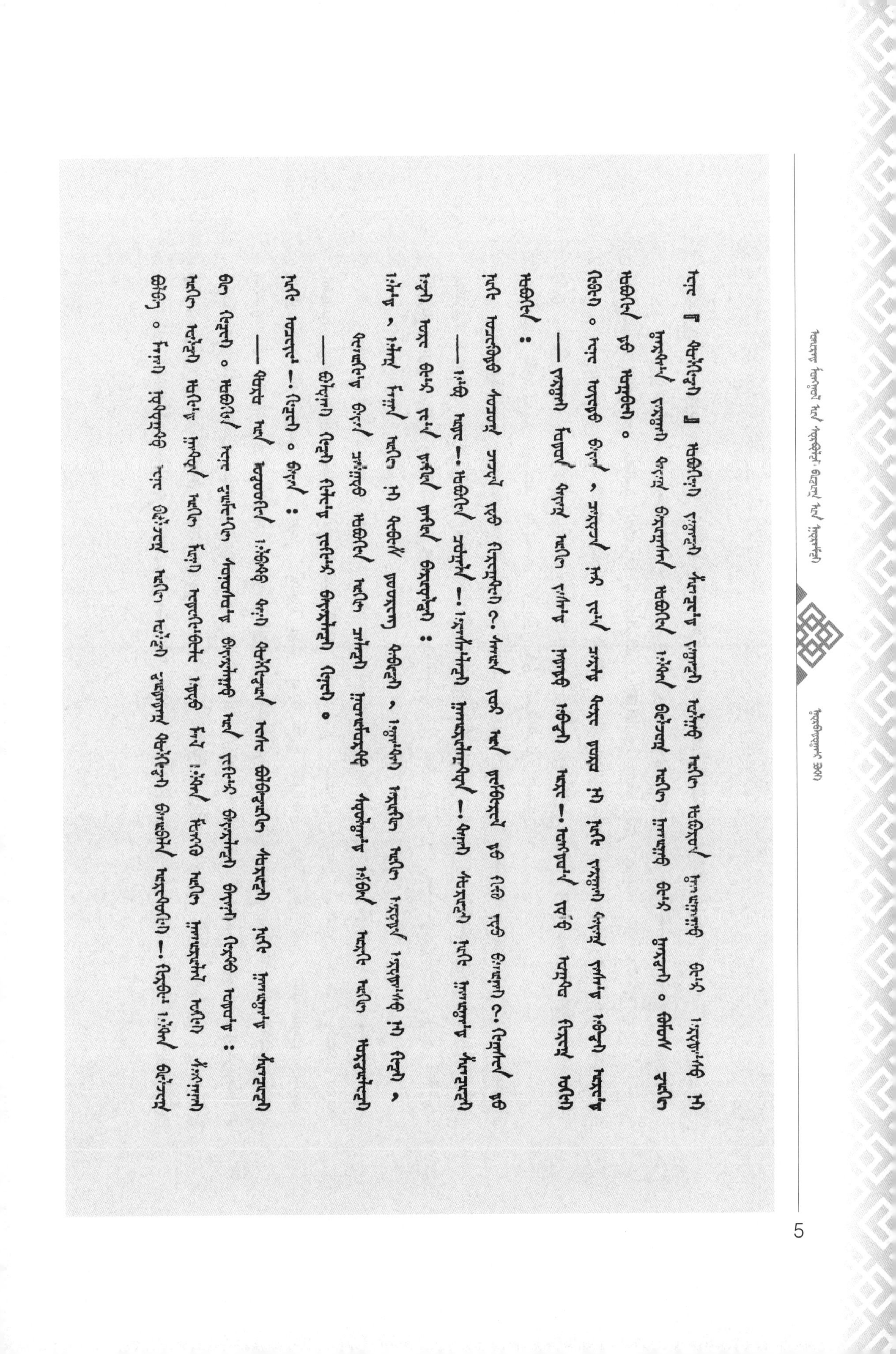

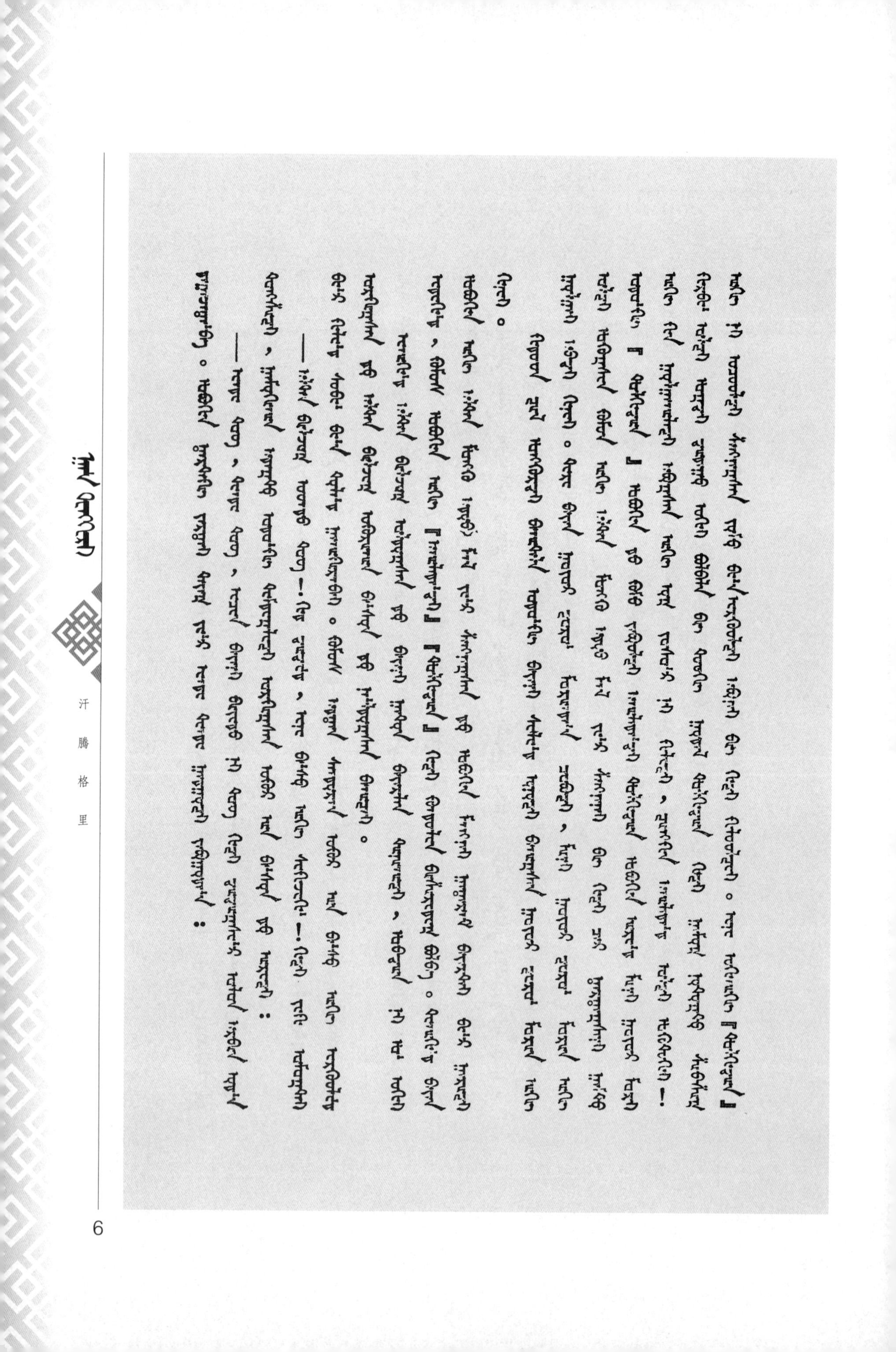

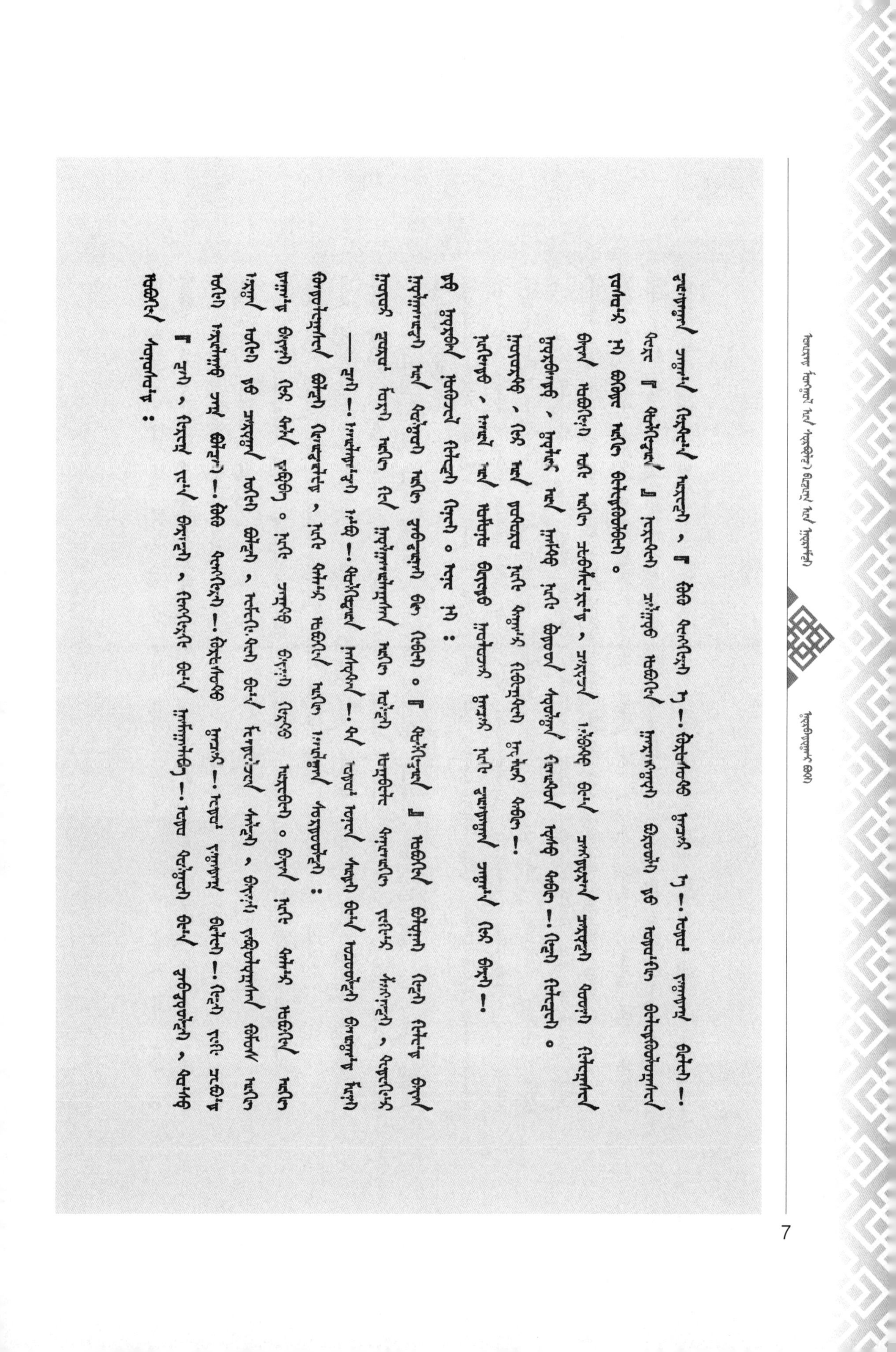

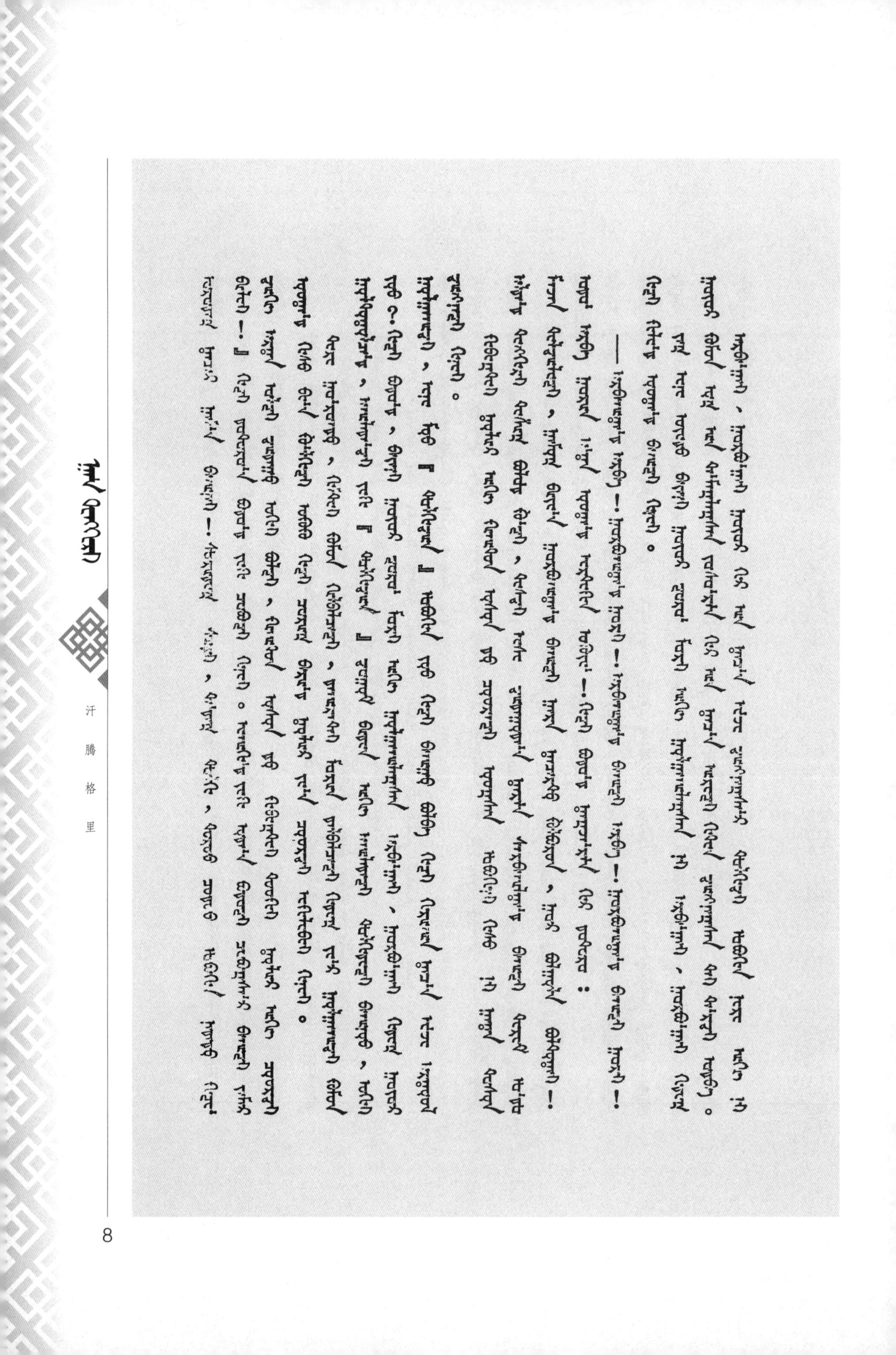

[illegible]

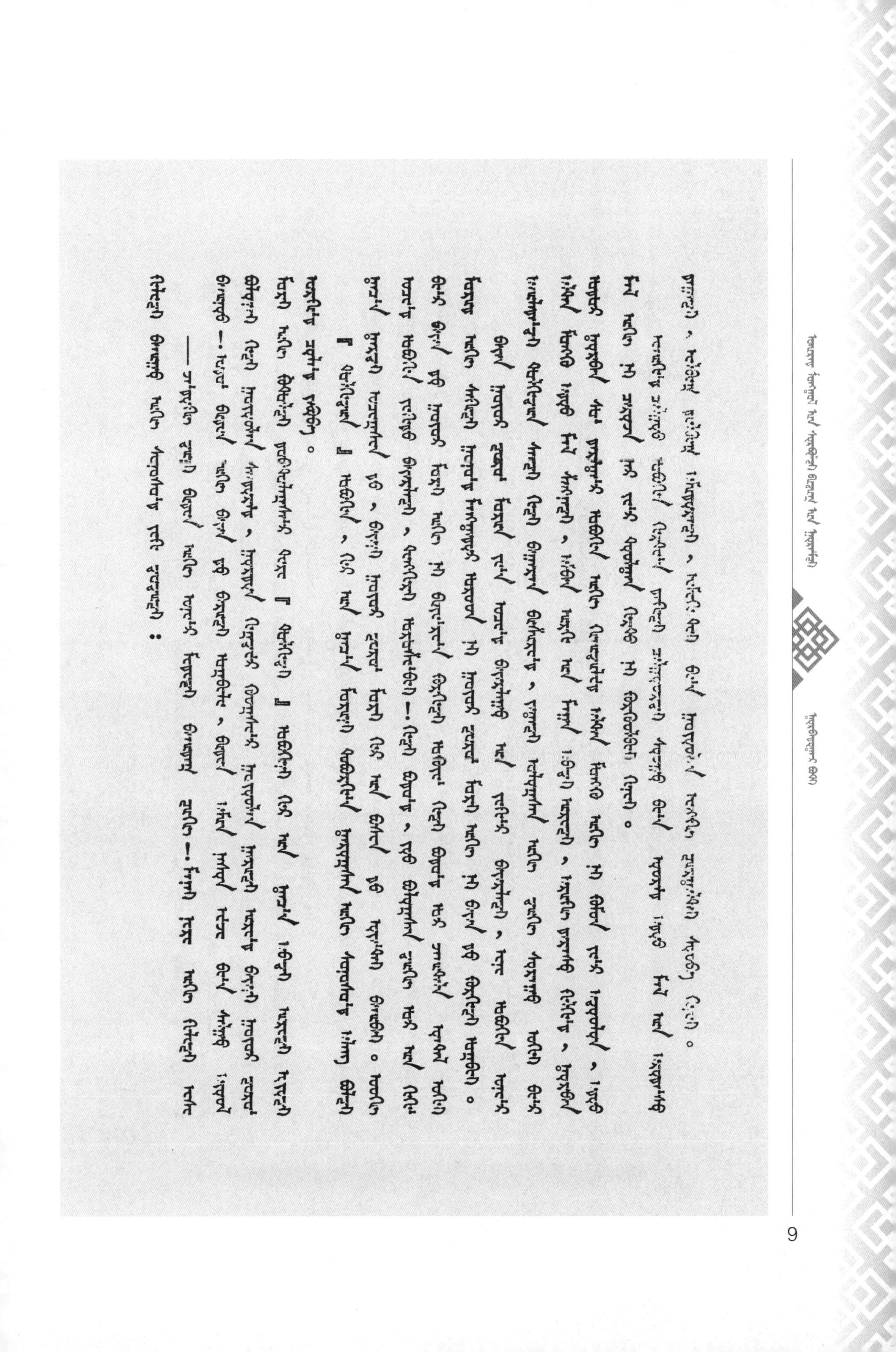

[illegible]

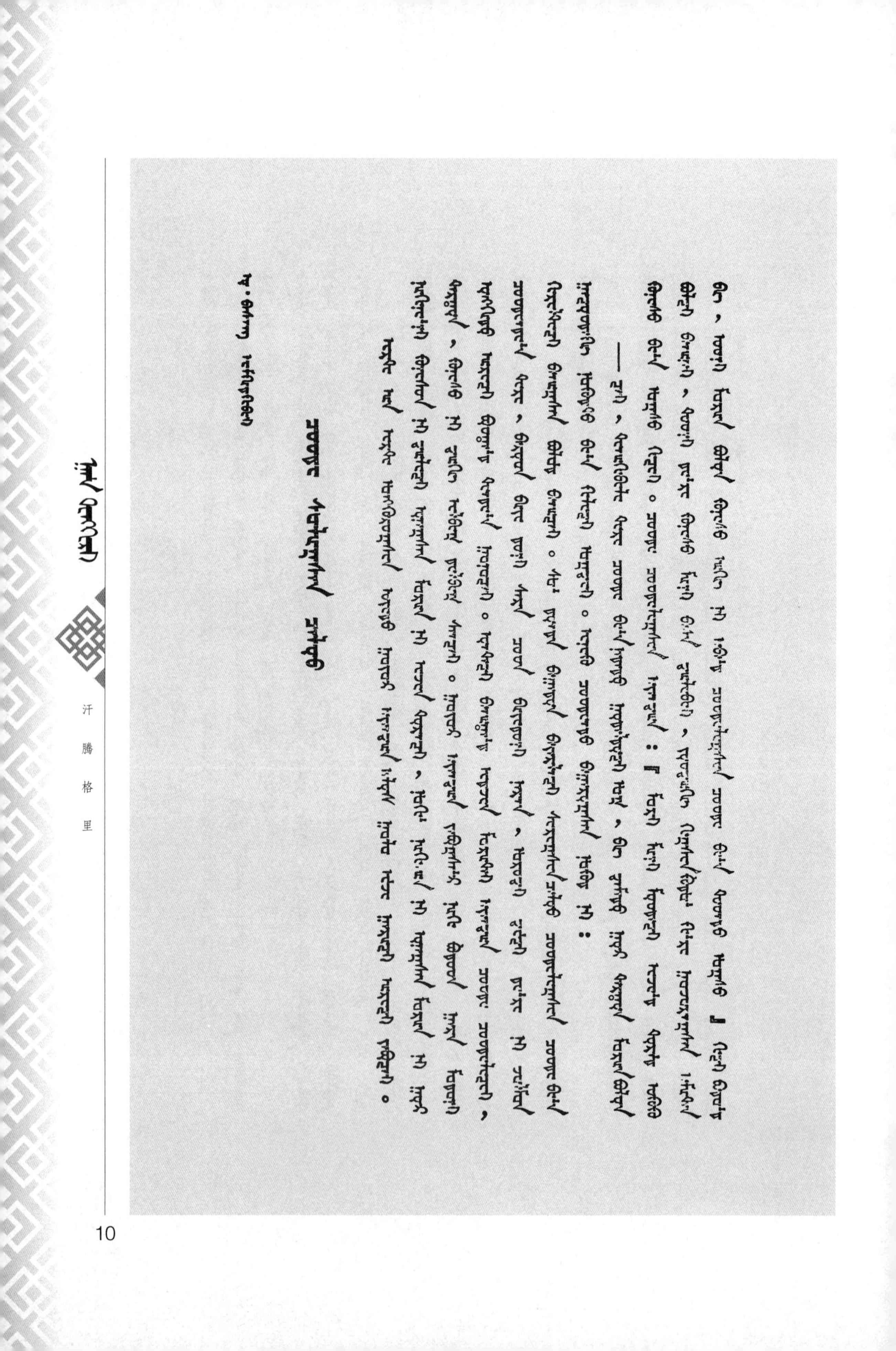

[illegible]

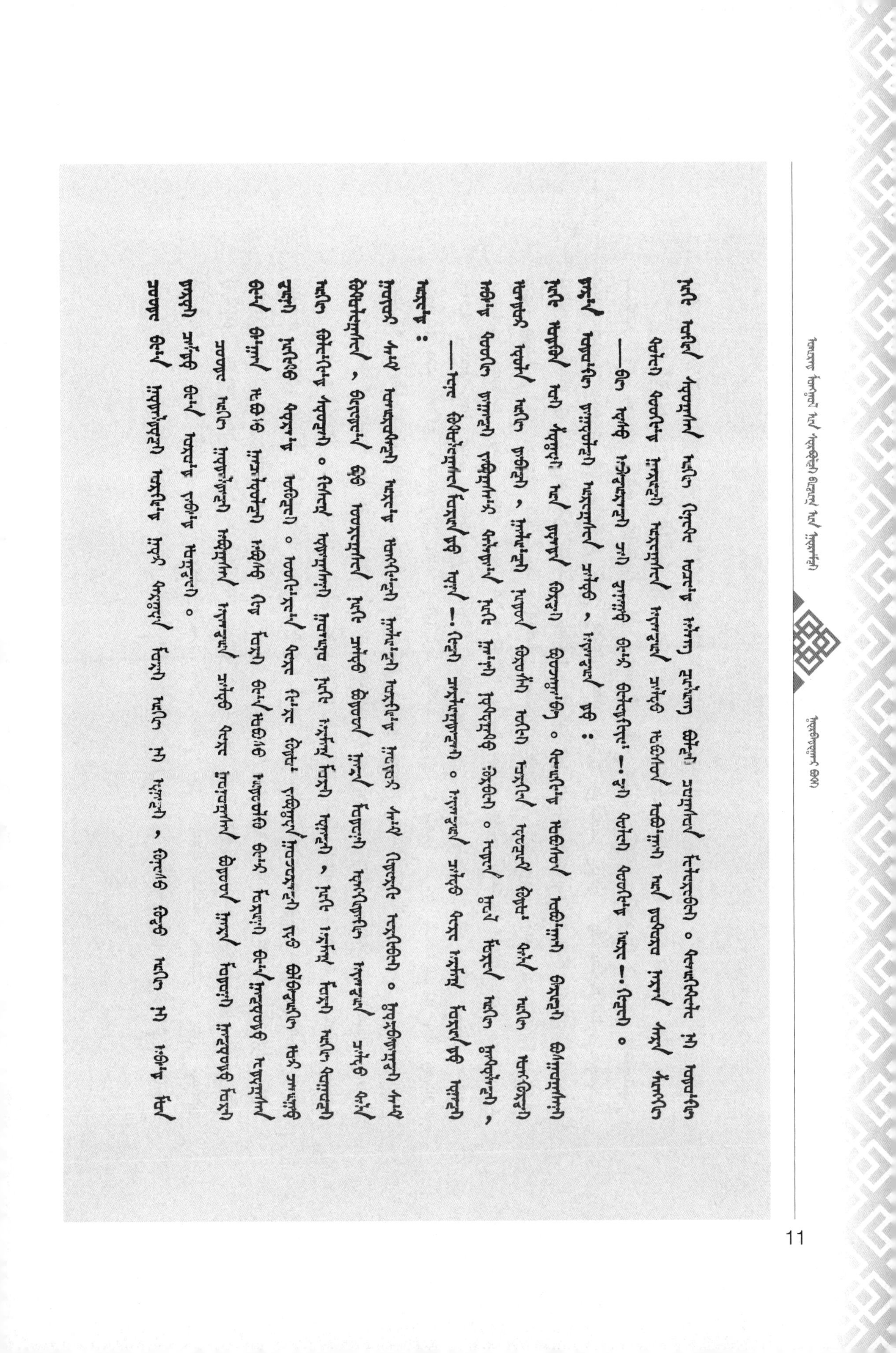

[illegible]

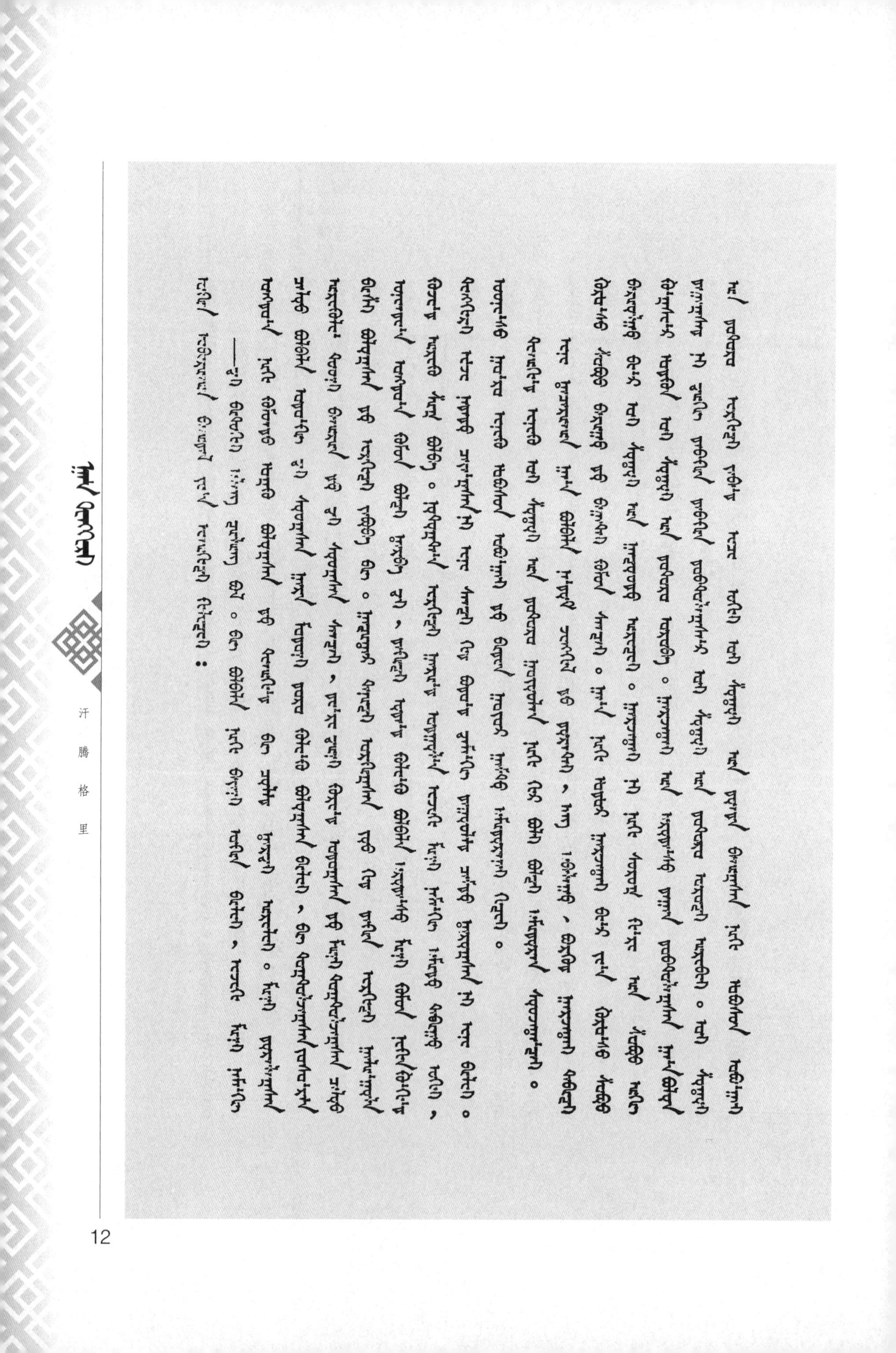

[illegible]

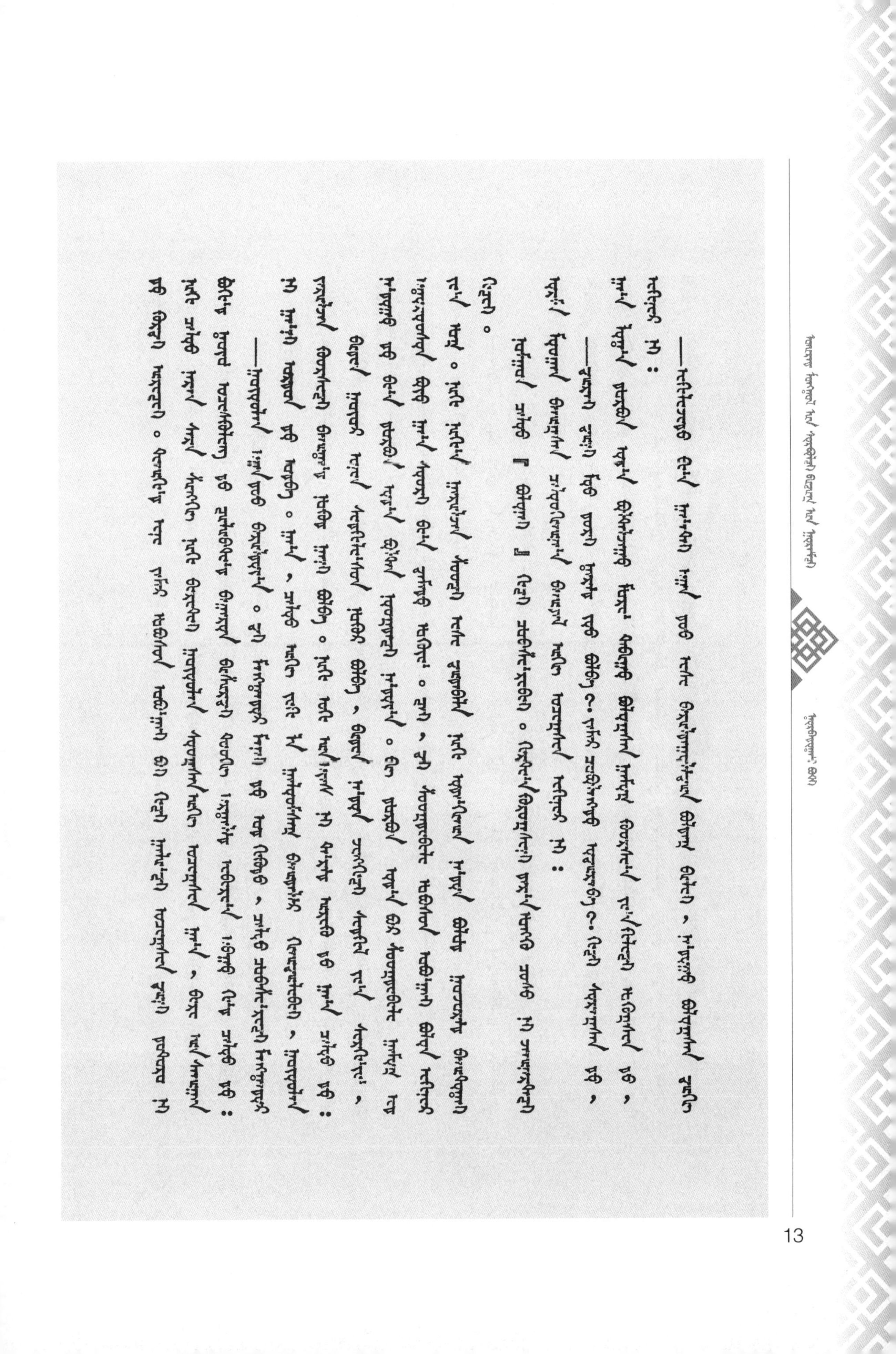

—— [illegible] ᠂ [illegible]
[illegible] :

[illegible] ᠂
—— [illegible] ᠂
[illegible] :

[illegible] 『 [illegible] 』 [illegible] ᠃ [illegible]
[illegible] ᠃

[illegible] ᠃ [illegible] ᠃ [illegible] ᠂ [illegible] ᠃ [illegible]

[illegible] ᠂ [illegible] ᠂
[illegible] :
[illegible] ᠃ [illegible] ᠂ [illegible] ᠂ [illegible]
—— [illegible] ᠃ [illegible] ᠂ [illegible]
[illegible] :
[illegible] ᠂ [illegible]
[illegible] ᠃ [illegible]

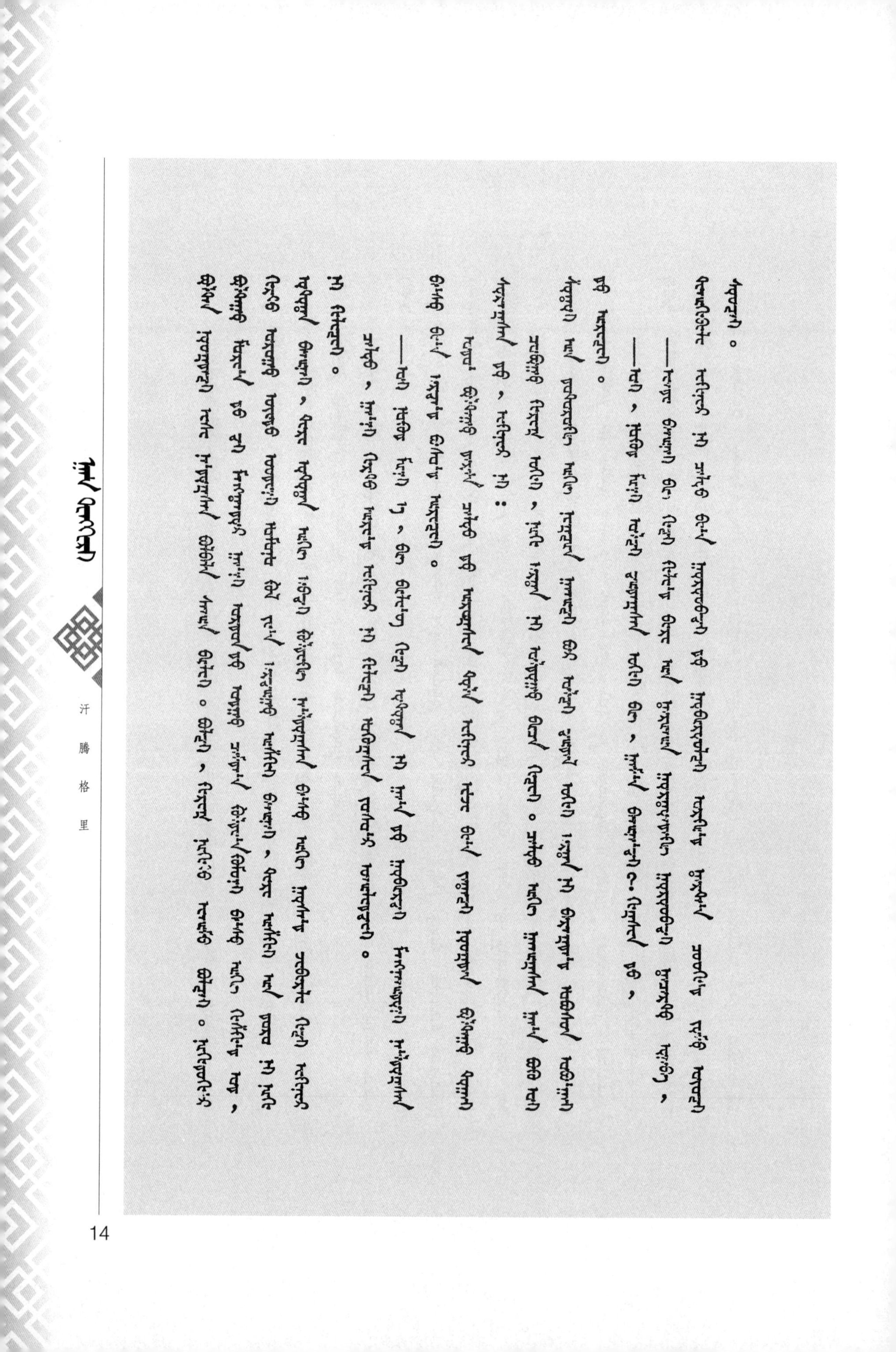

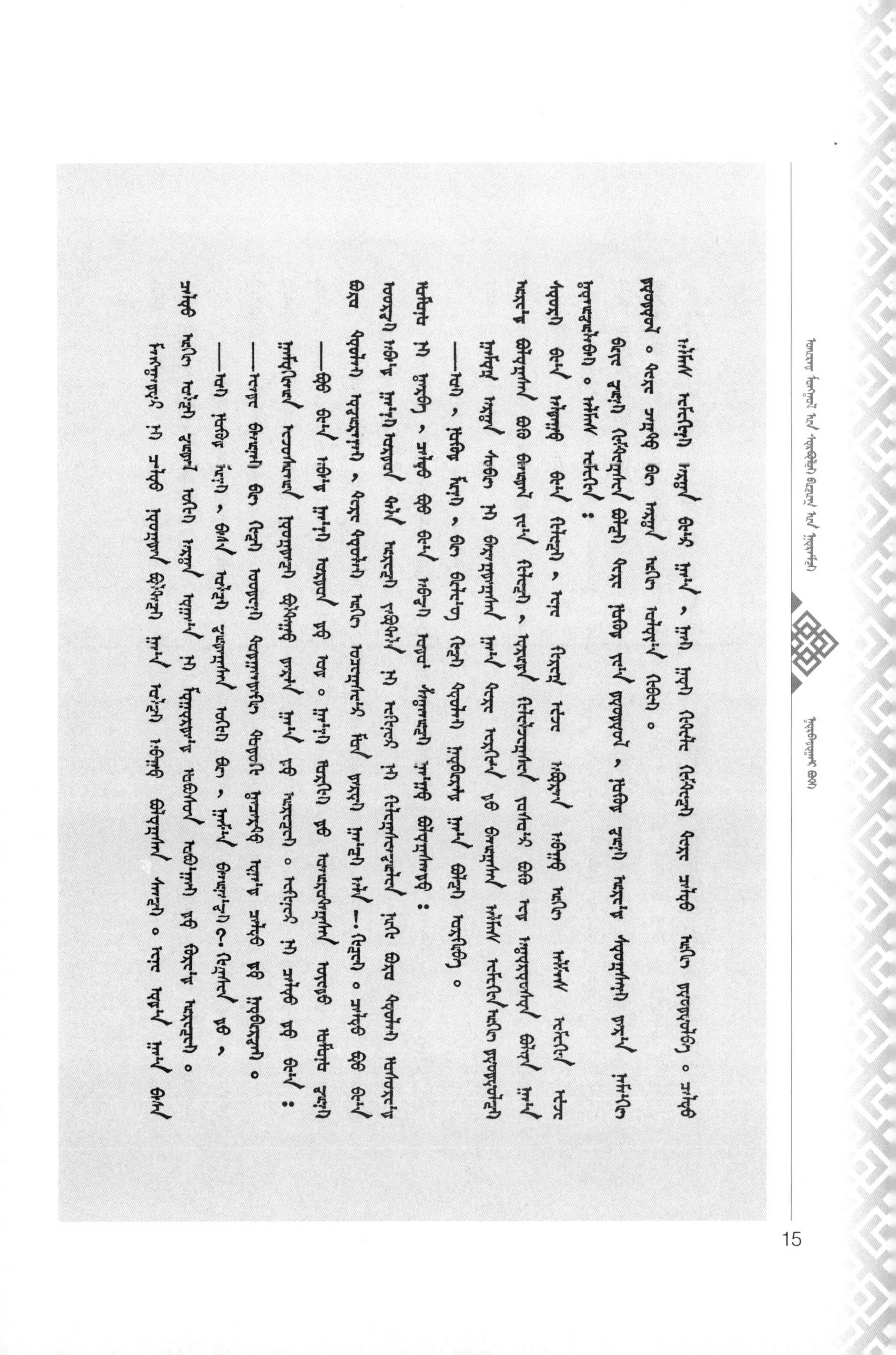

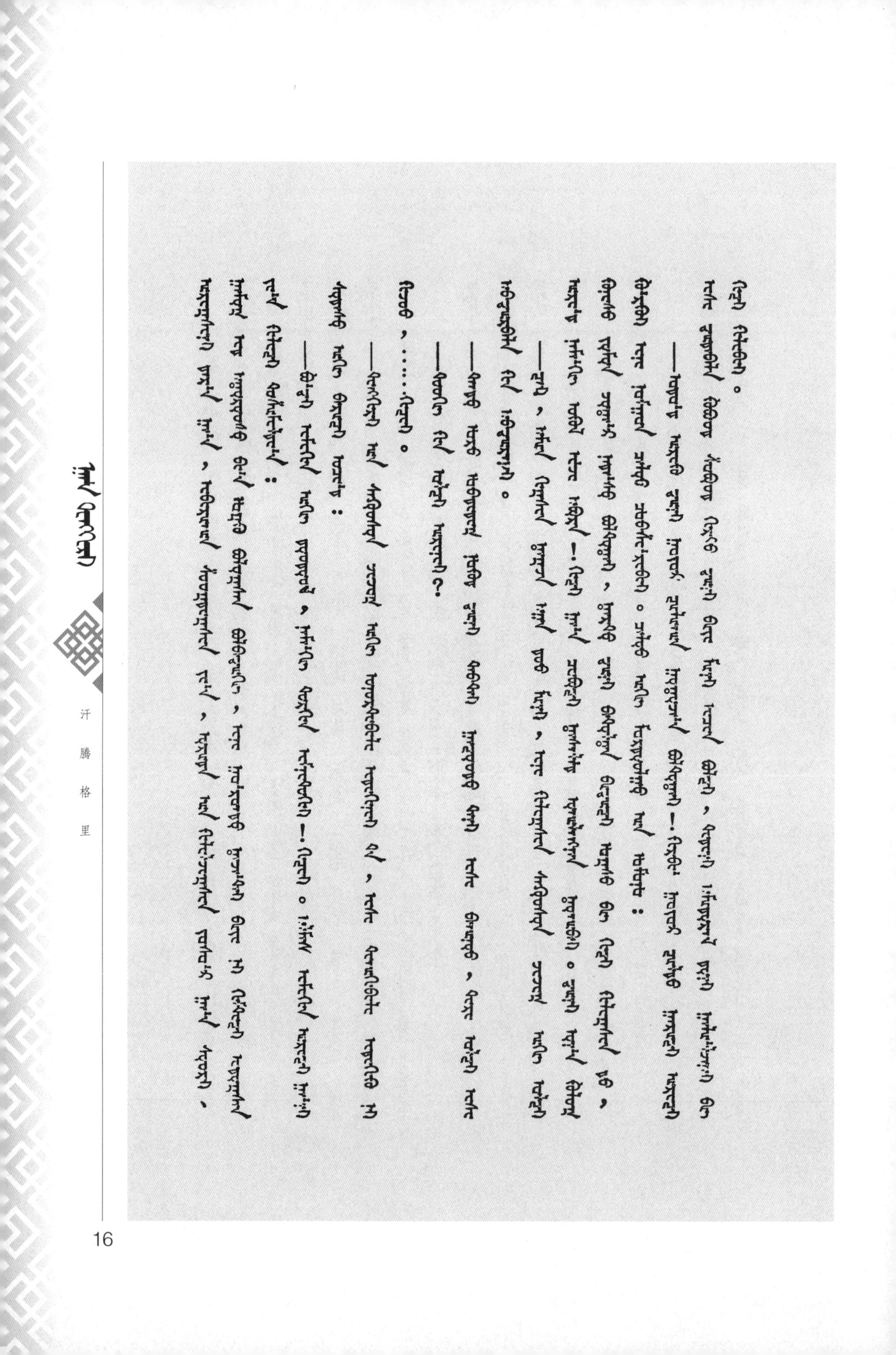

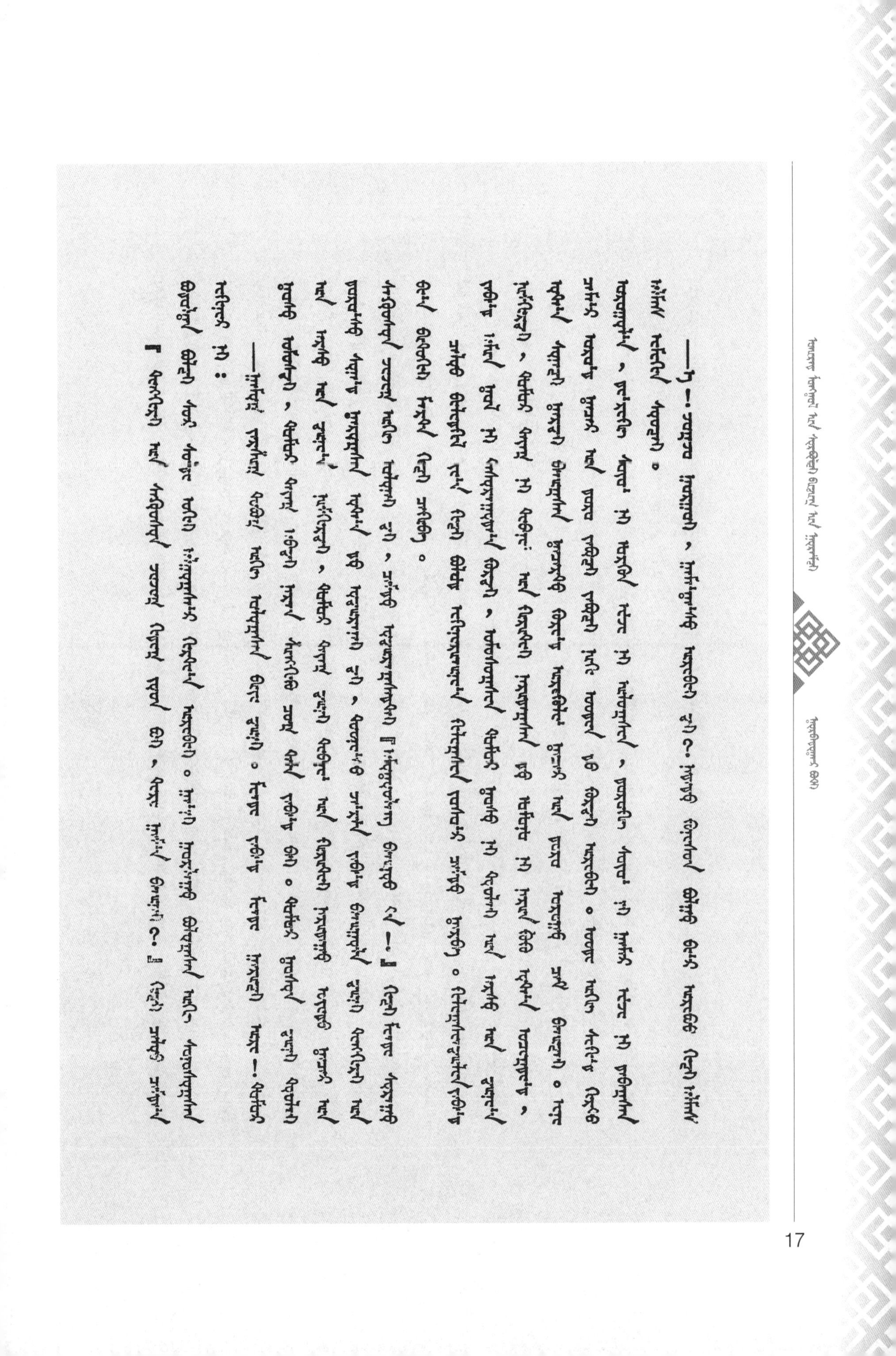

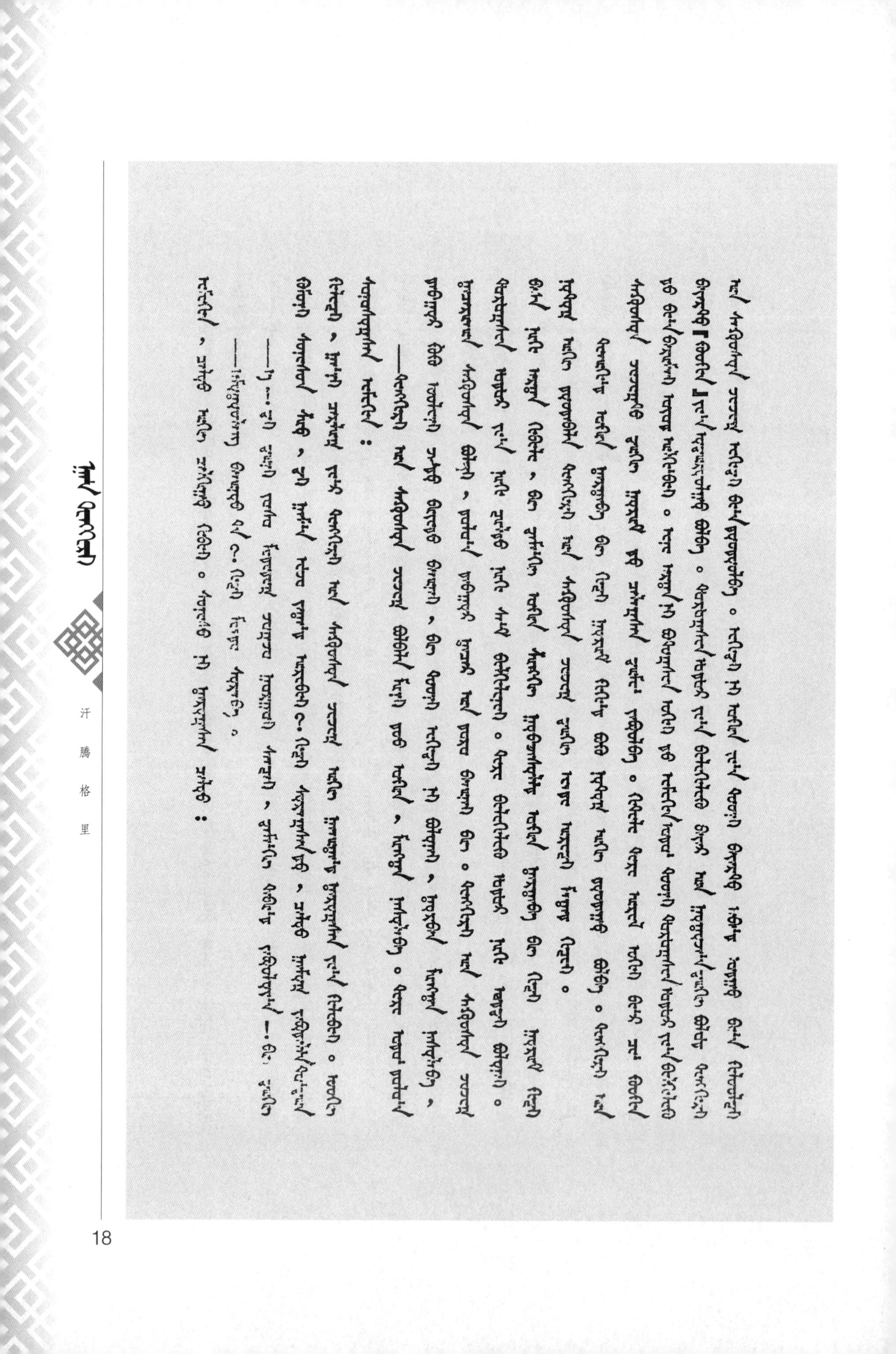

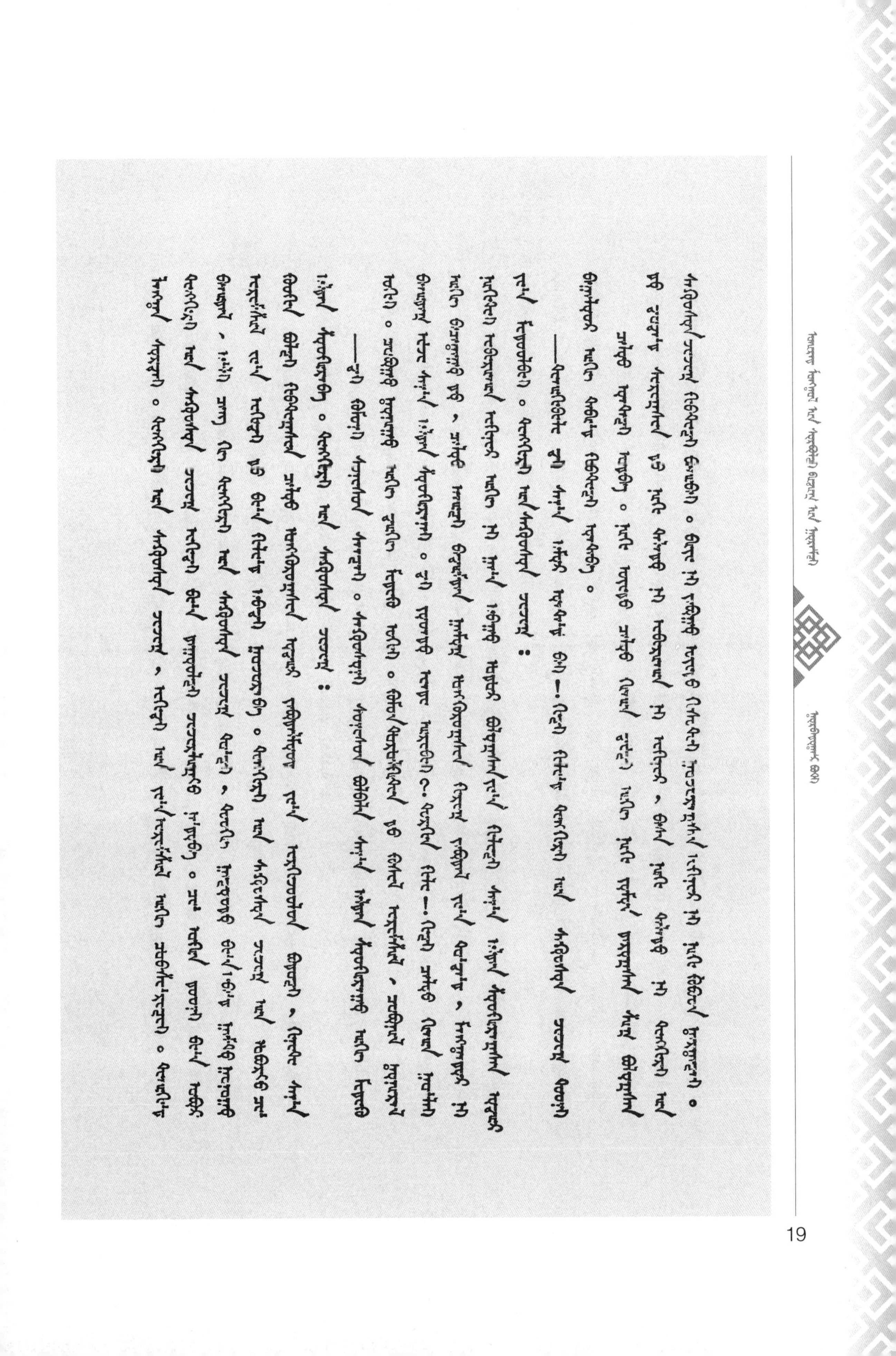

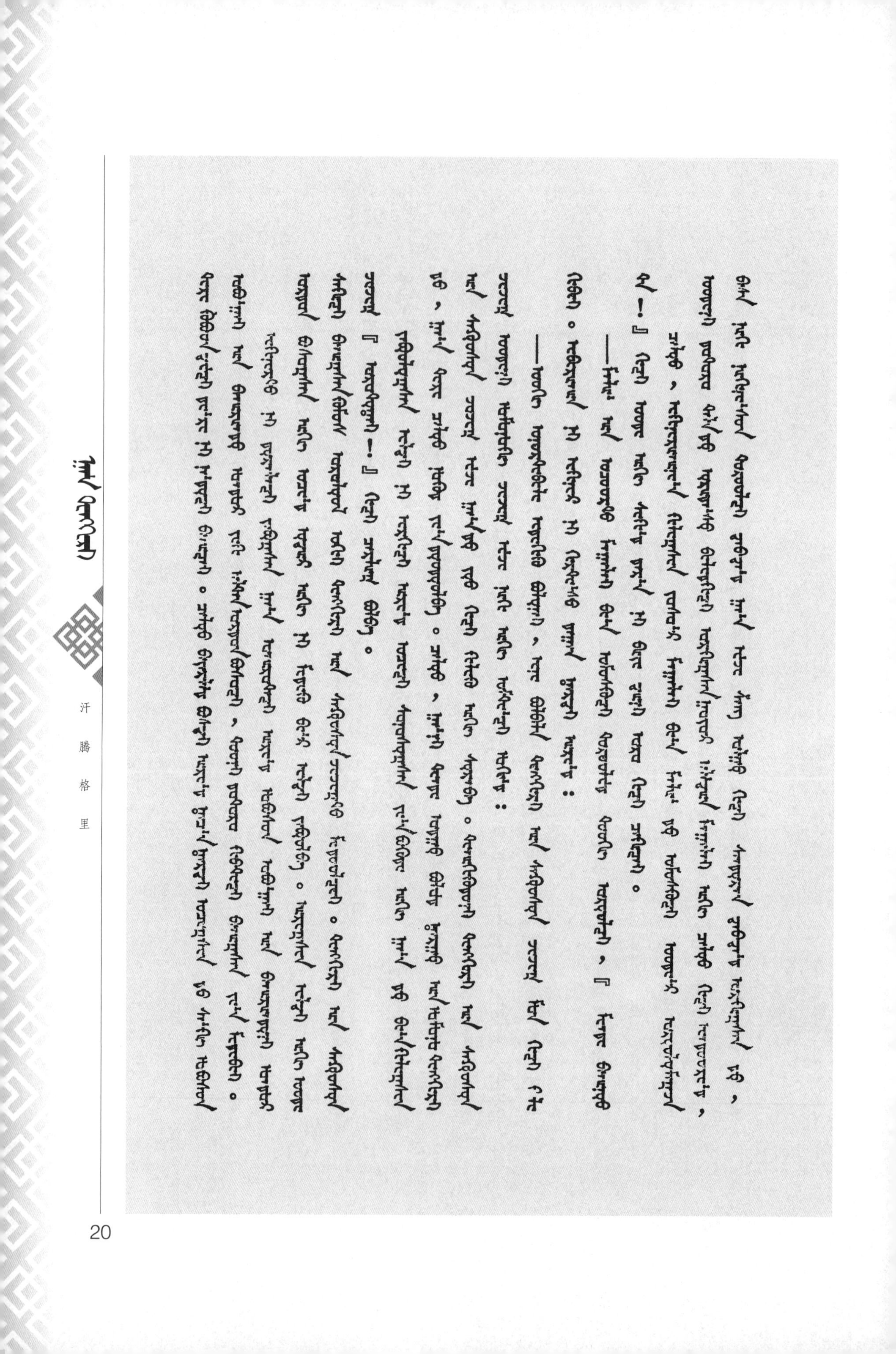

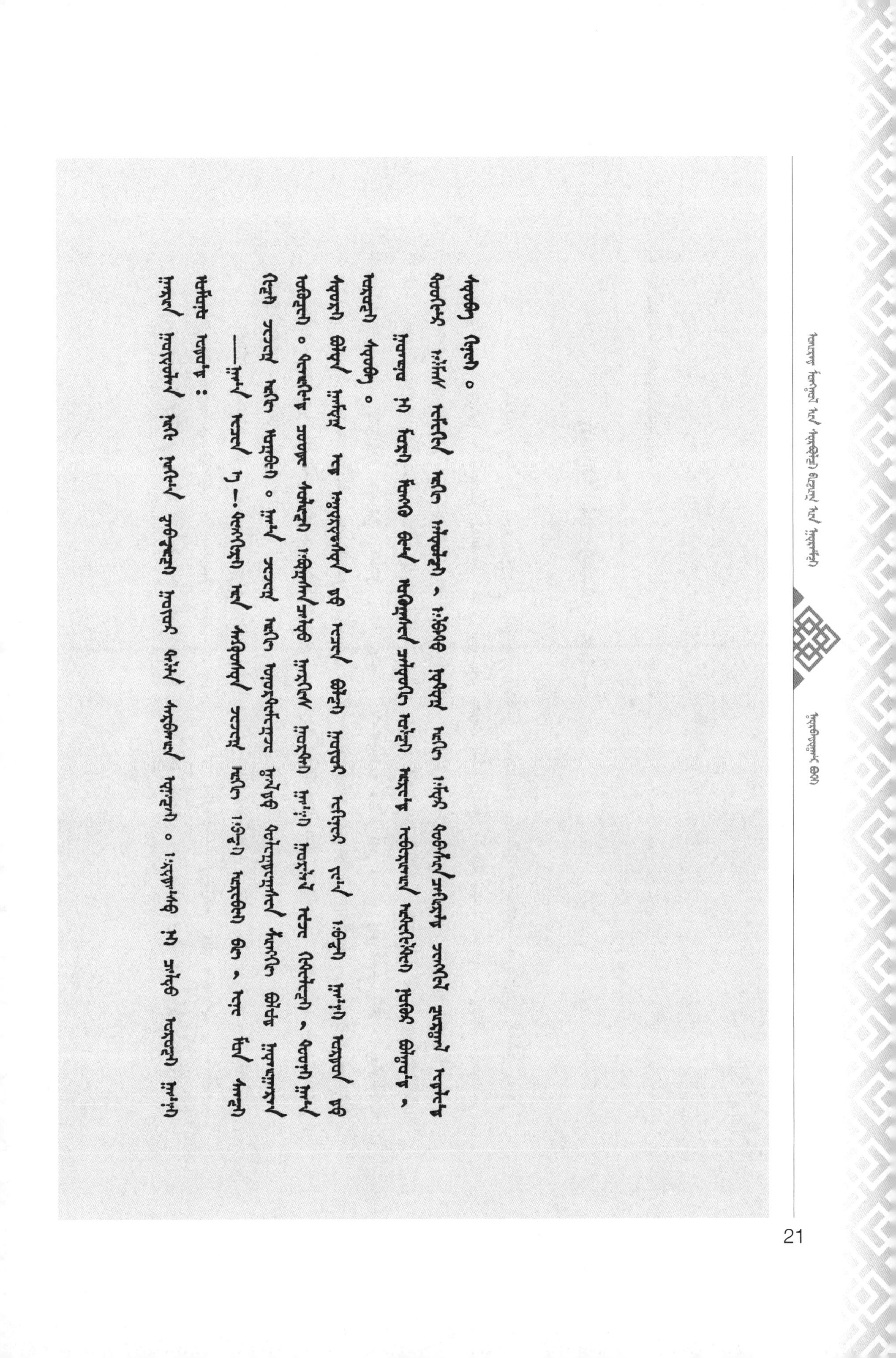

[illegible]

[illegible]

[illegible]

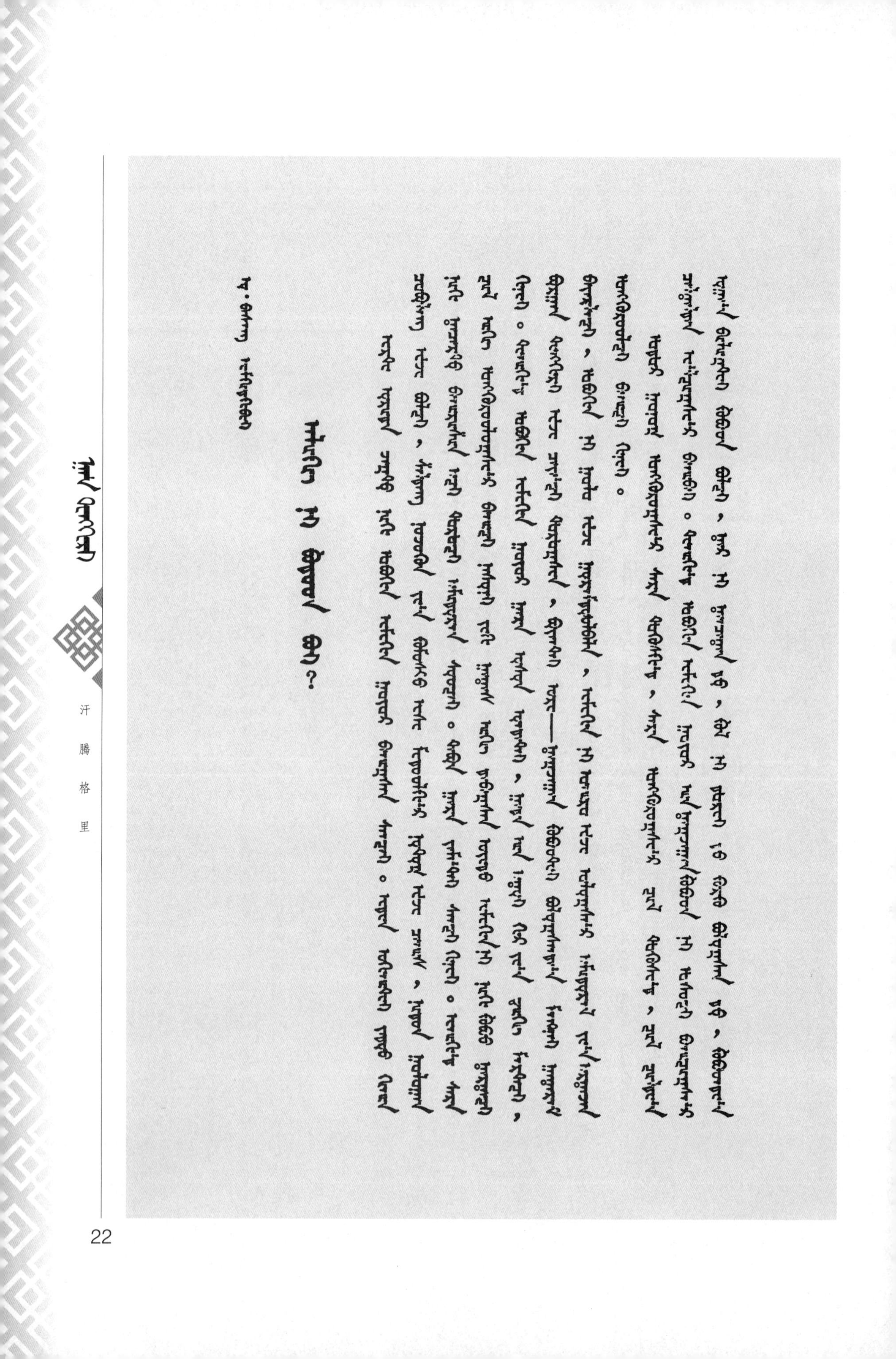

[illegible]

[illegible]

[illegible]

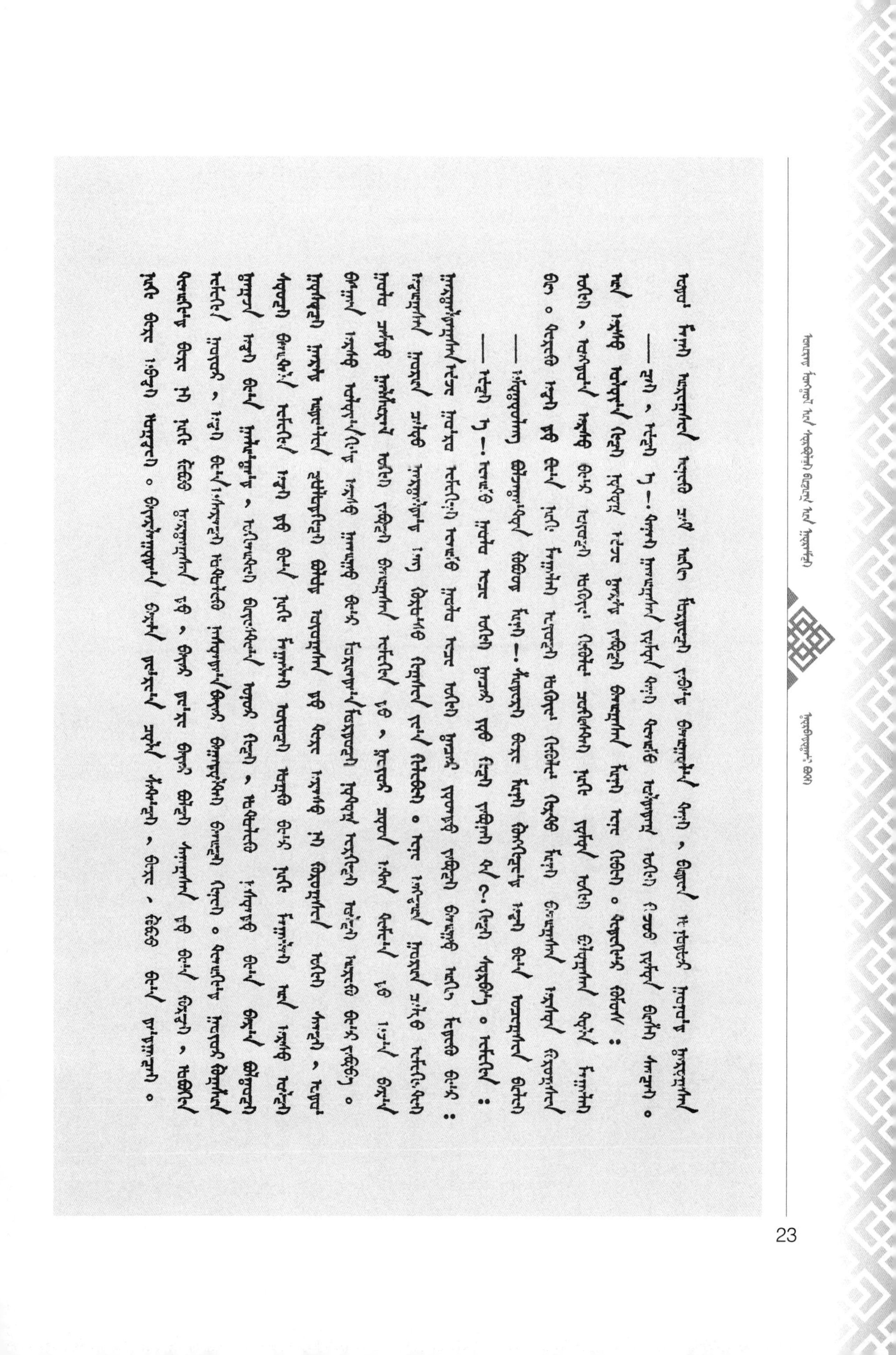

[illegible]

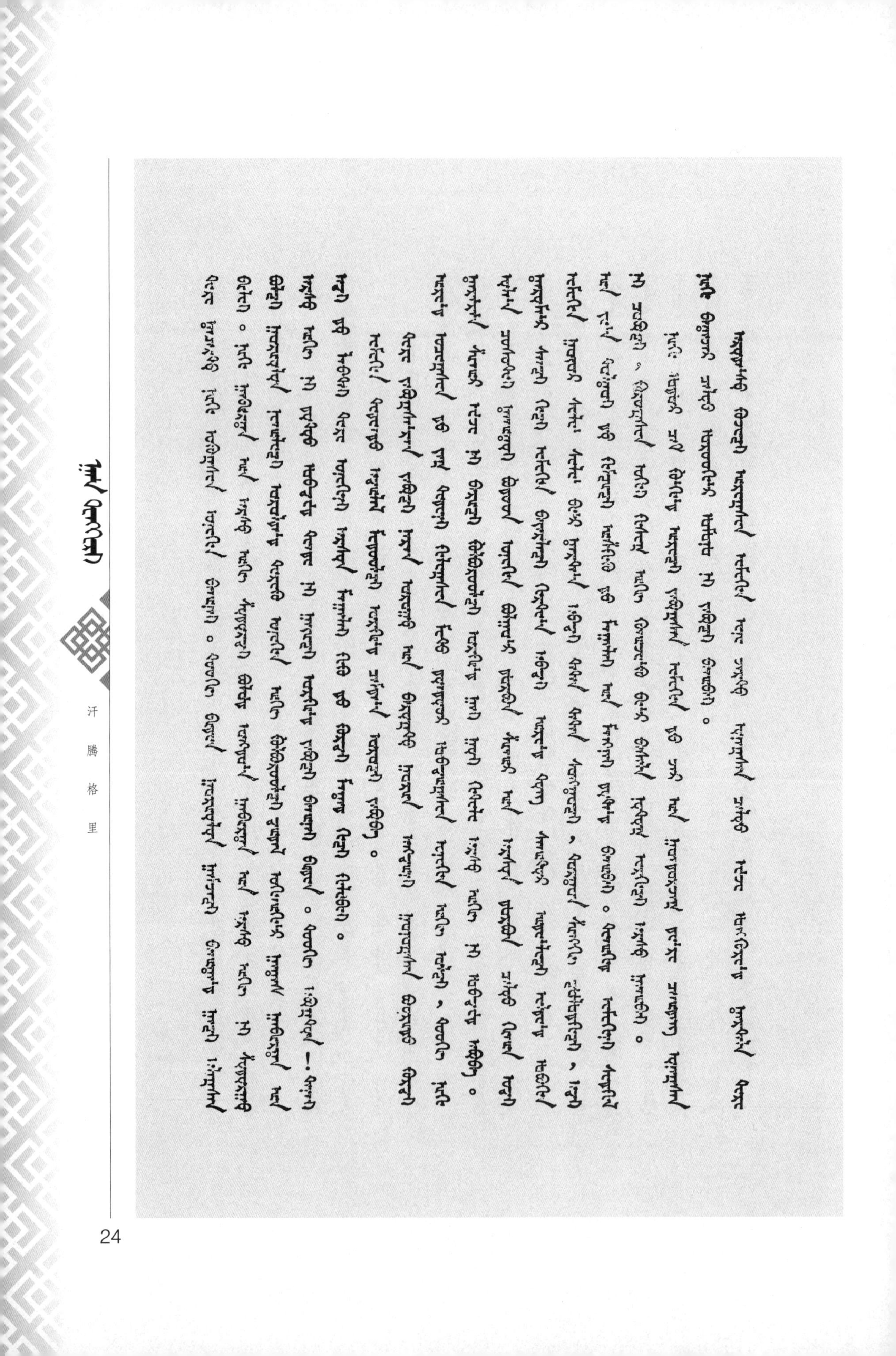

[illegible]

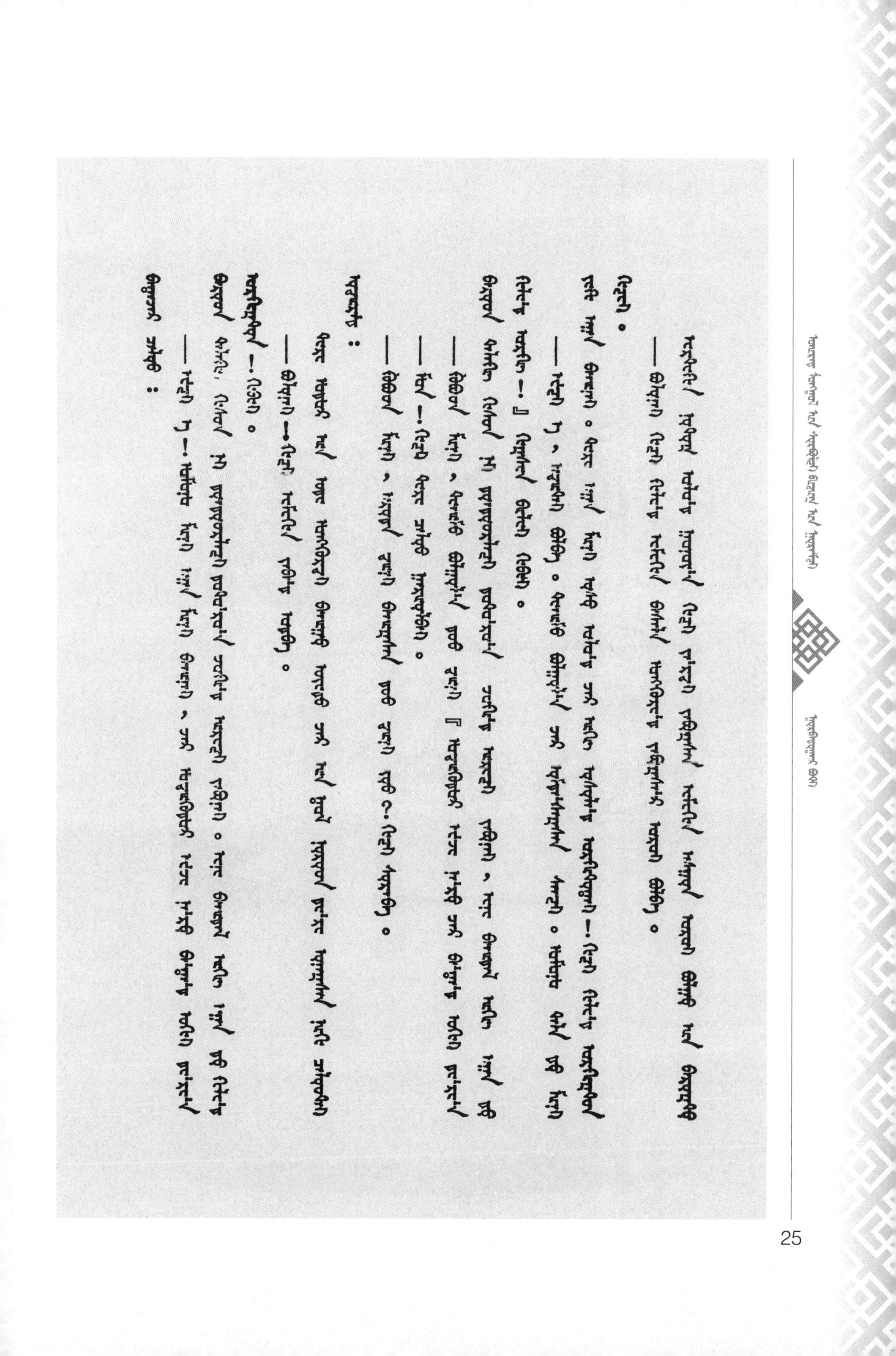

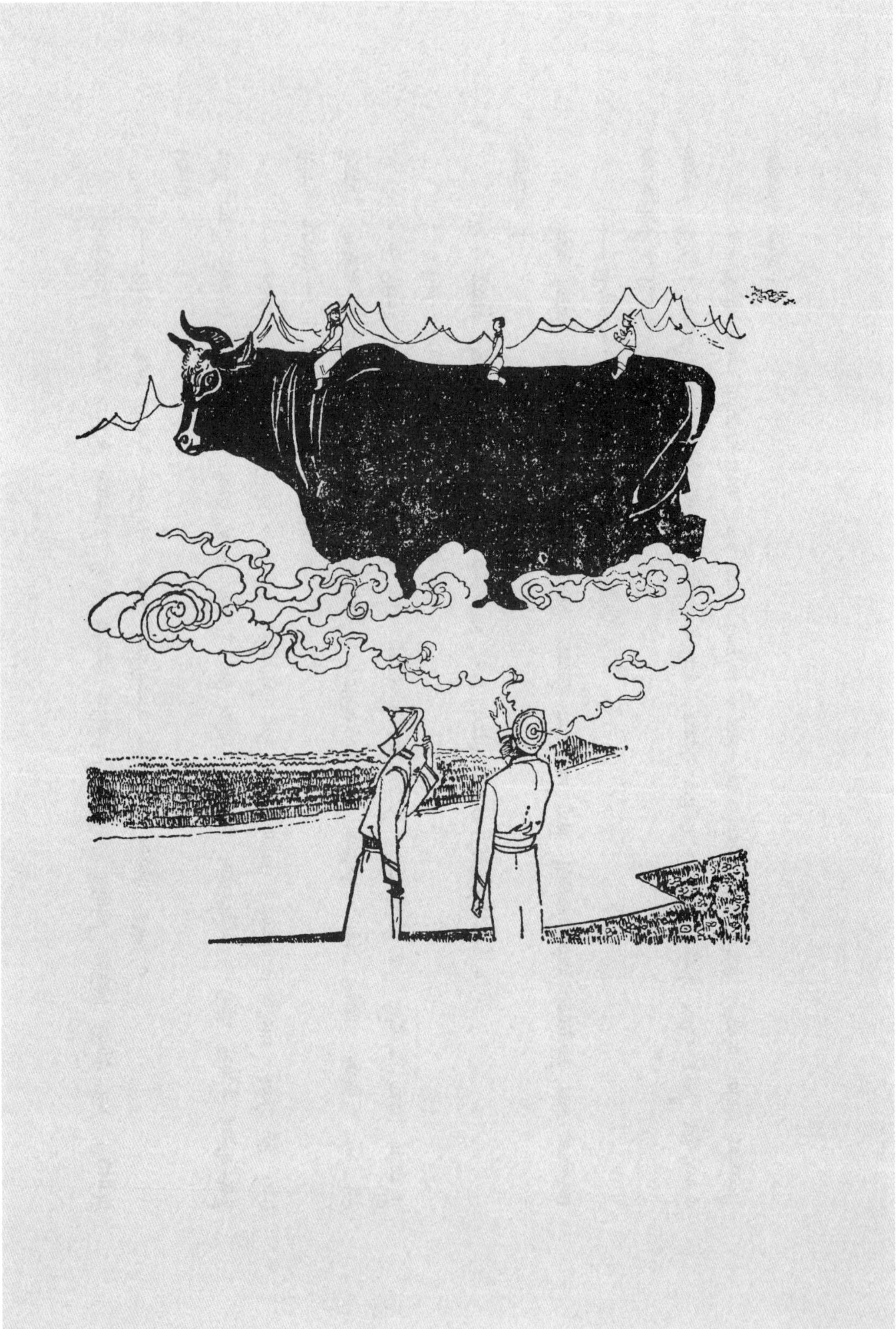

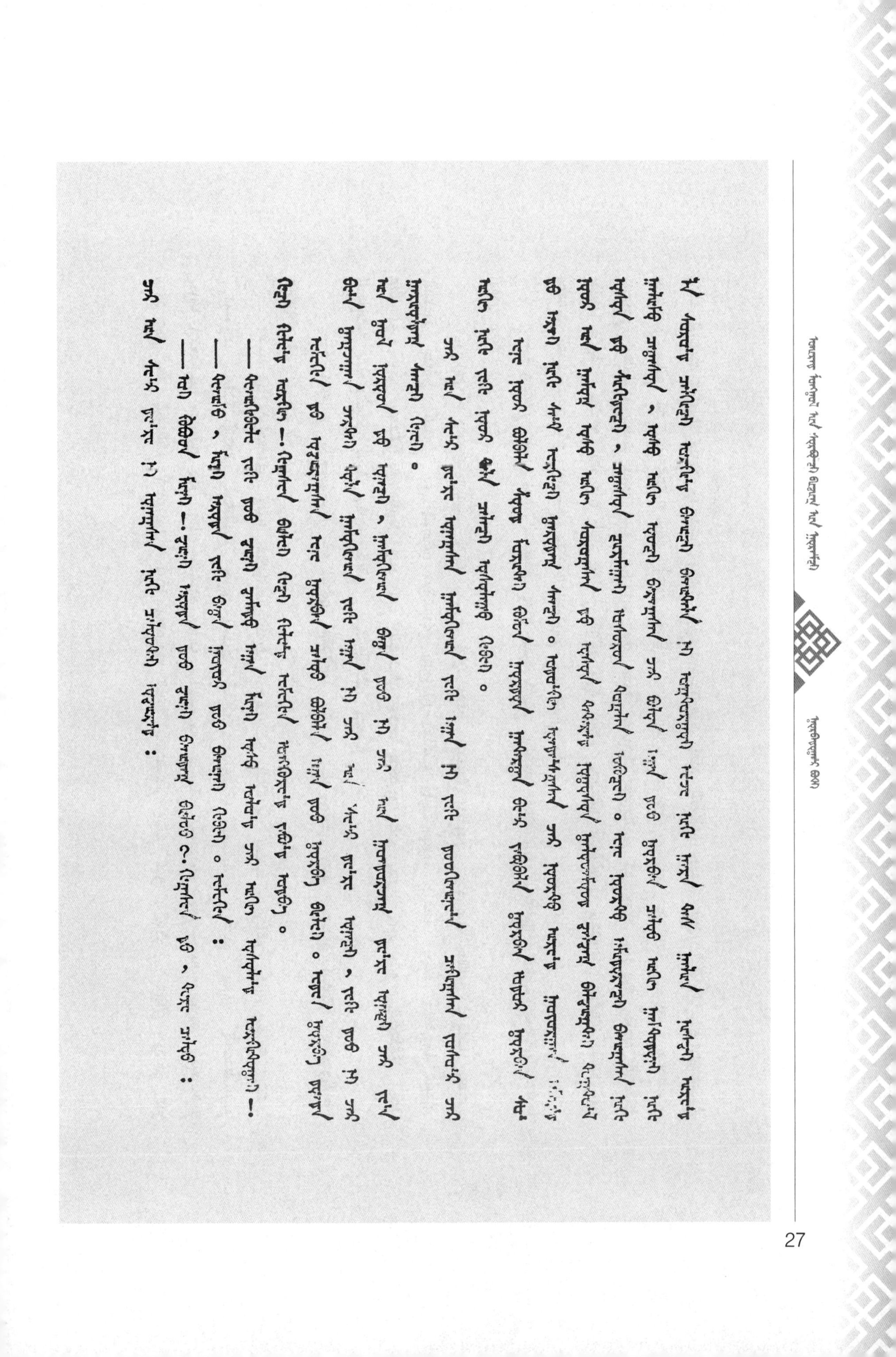

[illegible]

[illegible]

[illegible]

[illegible]

[illegible]

— [illegible]

— [illegible]

— [illegible]

[illegible]

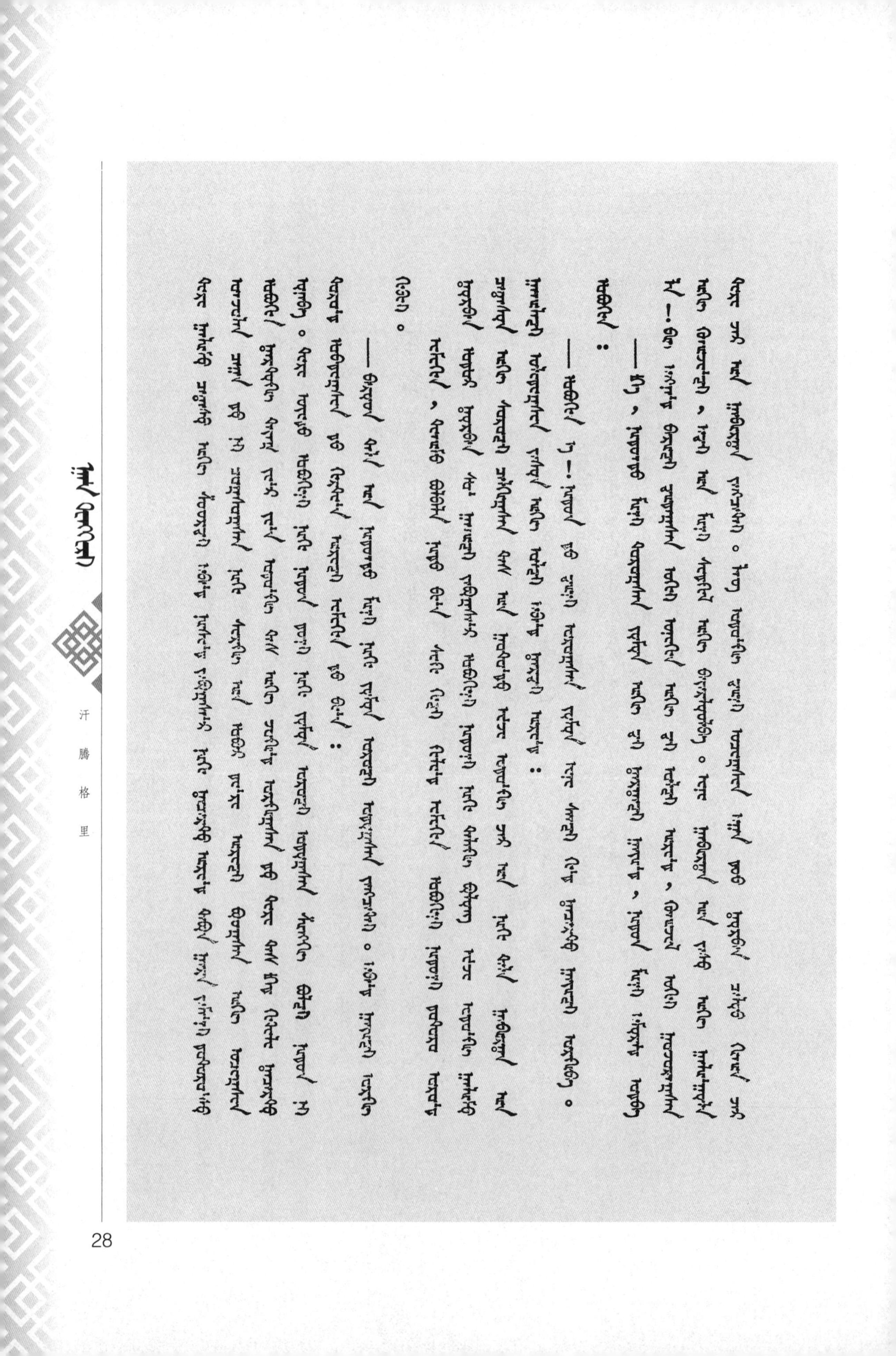

[illegible]

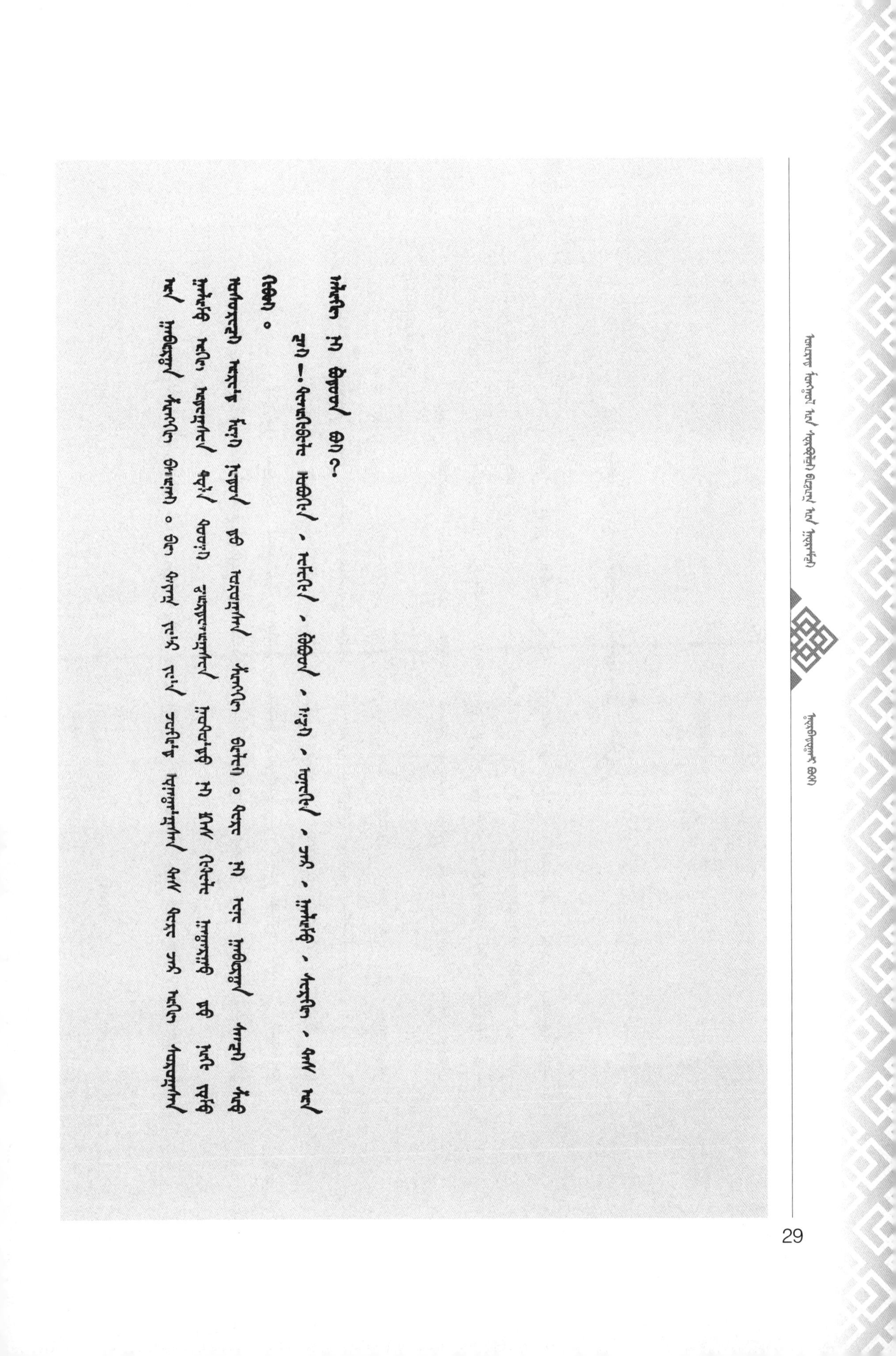

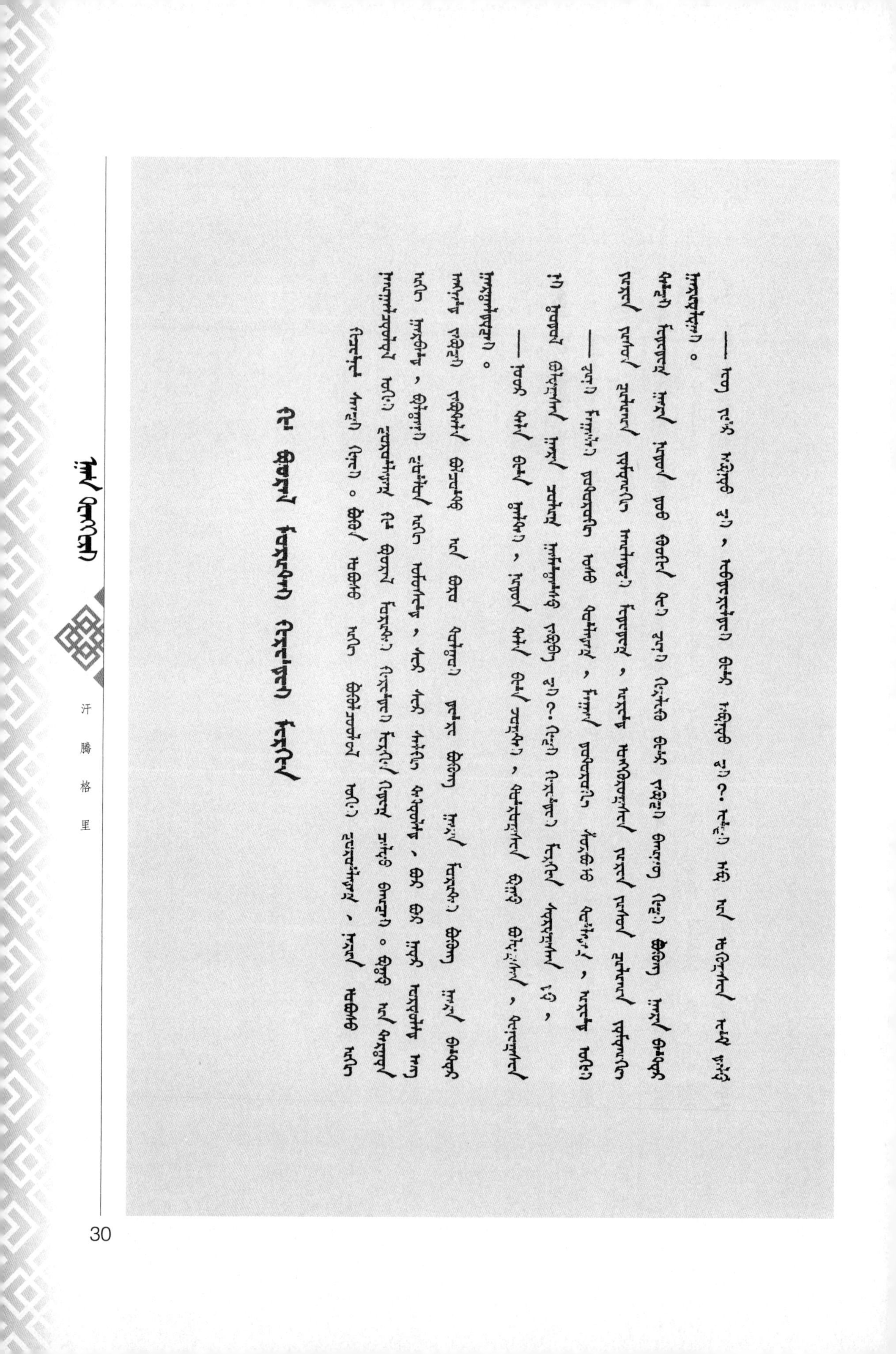

[illegible]

[illegible]

— ᠪᡅ ᠨᡅᡎᡄᠨ ᠨᡆᡆᠨ ᠪᡇᠯᡇ ᡐᡄᠷᡄ ᠨᡅᡎᡄ ᡋᡇᡇ ᠵᡅᠯ ᠵᡅᠷᡎᡇᠳᡇ ᡁᡅᠳᡄ ᠨᡅᡎᡄ ᡋᡇᡇ ᠵᡅᠷᡎᡇᡎᡄ ᡁᡄᠯᡄᡋᡄ ᠨᡅᡎᡄᠨ ᠨᡆᡆᠨ ᡁᡅᠯᡄᡄ ᠃

— [illegible] ᠬᡄᠯᡄ ᠪᡅᡔᡅᡎ [illegible] ᡁᡅᠯᡄᡄ ᠂ [illegible] ᡐᡇᡇᠵᡅ [illegible] ᠨᡅᡎᡄ ᠬᡄᠯᡄ ᠨᡅ ᠵᡅᠷᡎᡇᠯᡄᡄ ᠂ [illegible] ᡁᡅᠯᡄᡄ ᠨᡅᡎᡄ ᠬᡄᠯᡄ ᠨᡅ ᠵᡅᠷᡎᡇᠯᡄᡄ ᠄ ᡋᡅᠯᡄ [illegible] ᡁᡅᠯᡄᡄ ᠨᡅᡎᡄᠨ ᠨᡆᡆᠨ ᡋᡇᡇ [illegible] ᠨᡅᡎᡄ ᠬᡄᠯᡄ ᠪᡅᡔᡅᡎ [illegible] ᠨᡅᡎᡄ ᠪᡇᠯᡇᠨ [illegible] ᠨᡅ [illegible] ᠂ [illegible] ᠂ [illegible] ᠂ [illegible] ᠬᡄᠯᡄ [illegible] ᠂ [illegible] ᡋᡇᡇ [illegible] ᠂ [illegible] ᠂ [illegible] ᠬᡄᠯᡄ [illegible] ᠨᡅ [illegible] ᠂ [illegible] ᠬᡄᠯᡄ [illegible] ᠂ [illegible] ᠃ [illegible] ᠂ [illegible] ᠂ [illegible] ᠂ [illegible] ᠂ [illegible] ᠂

[illegible]

— [illegible] ᠨᡅ [illegible] ᠃

[illegible] ᠂ [illegible] ᡋᡇᡇ ᠂

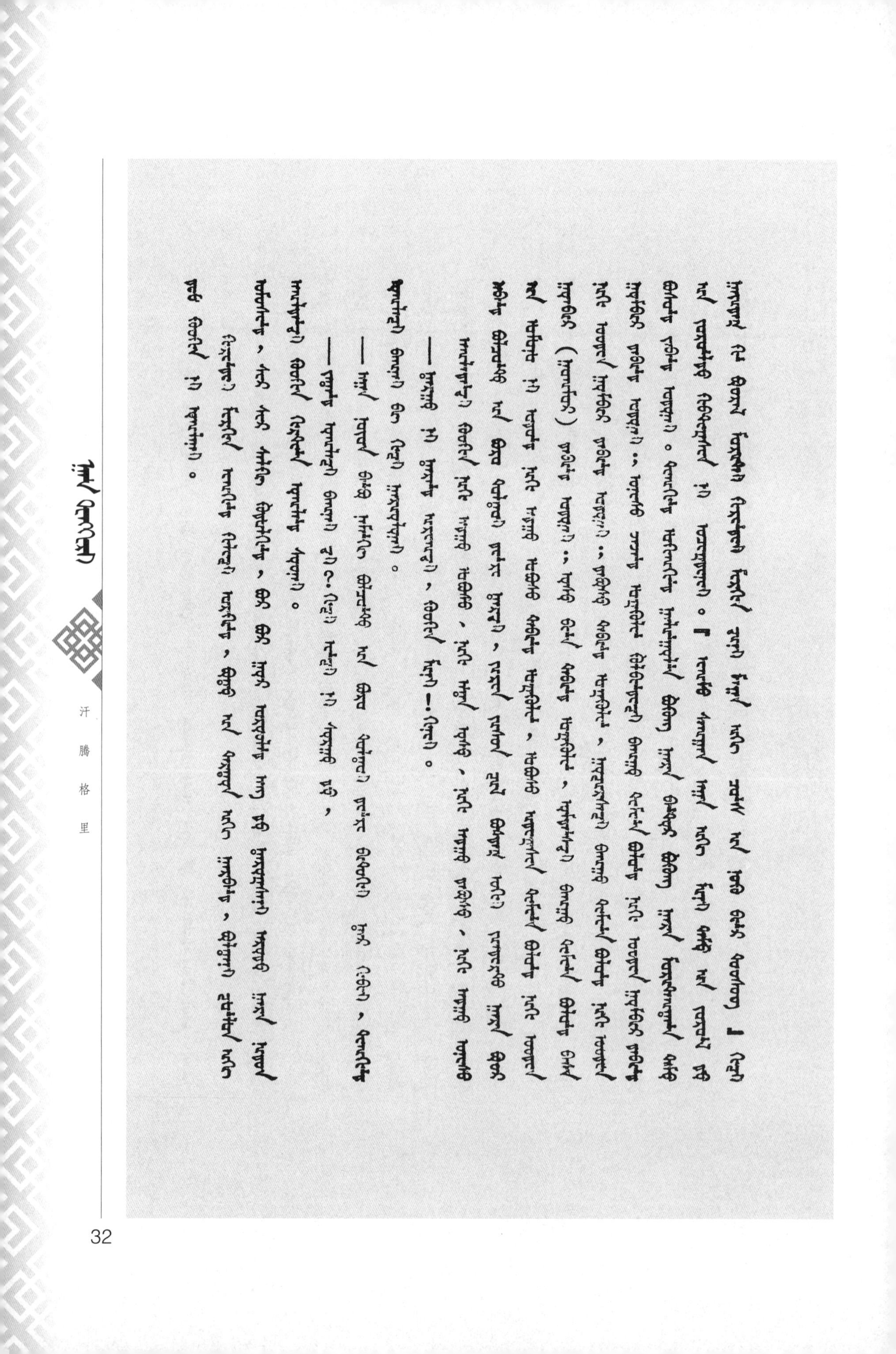

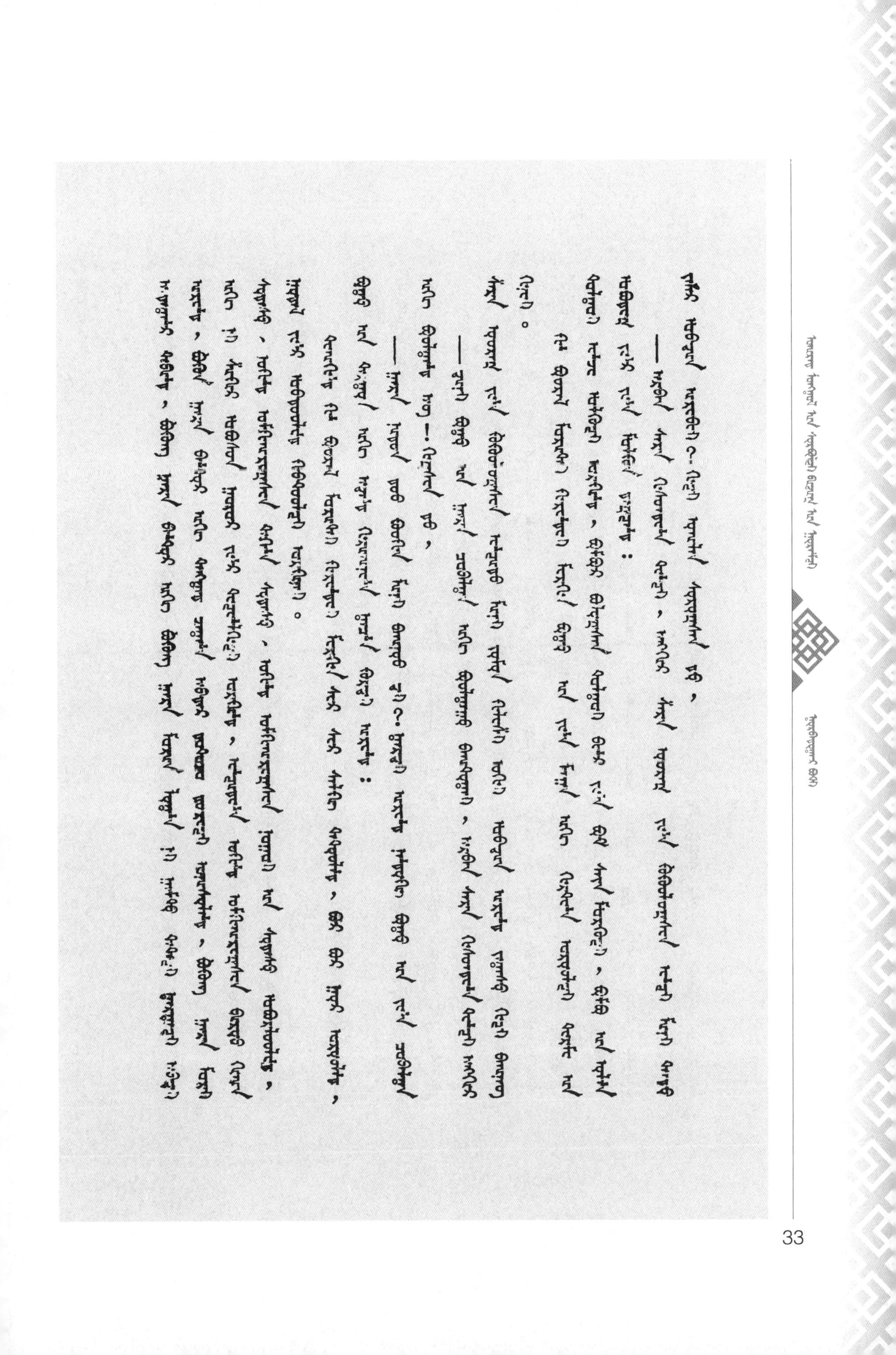

[illegible] ?-- [illegible] ᠂

—— [illegible] ᠄

[illegible] 。

[illegible]

—— [illegible] ——[illegible] ᠂

—— [illegible] ?-- [illegible] ᠄

[illegible] 。

[illegible]

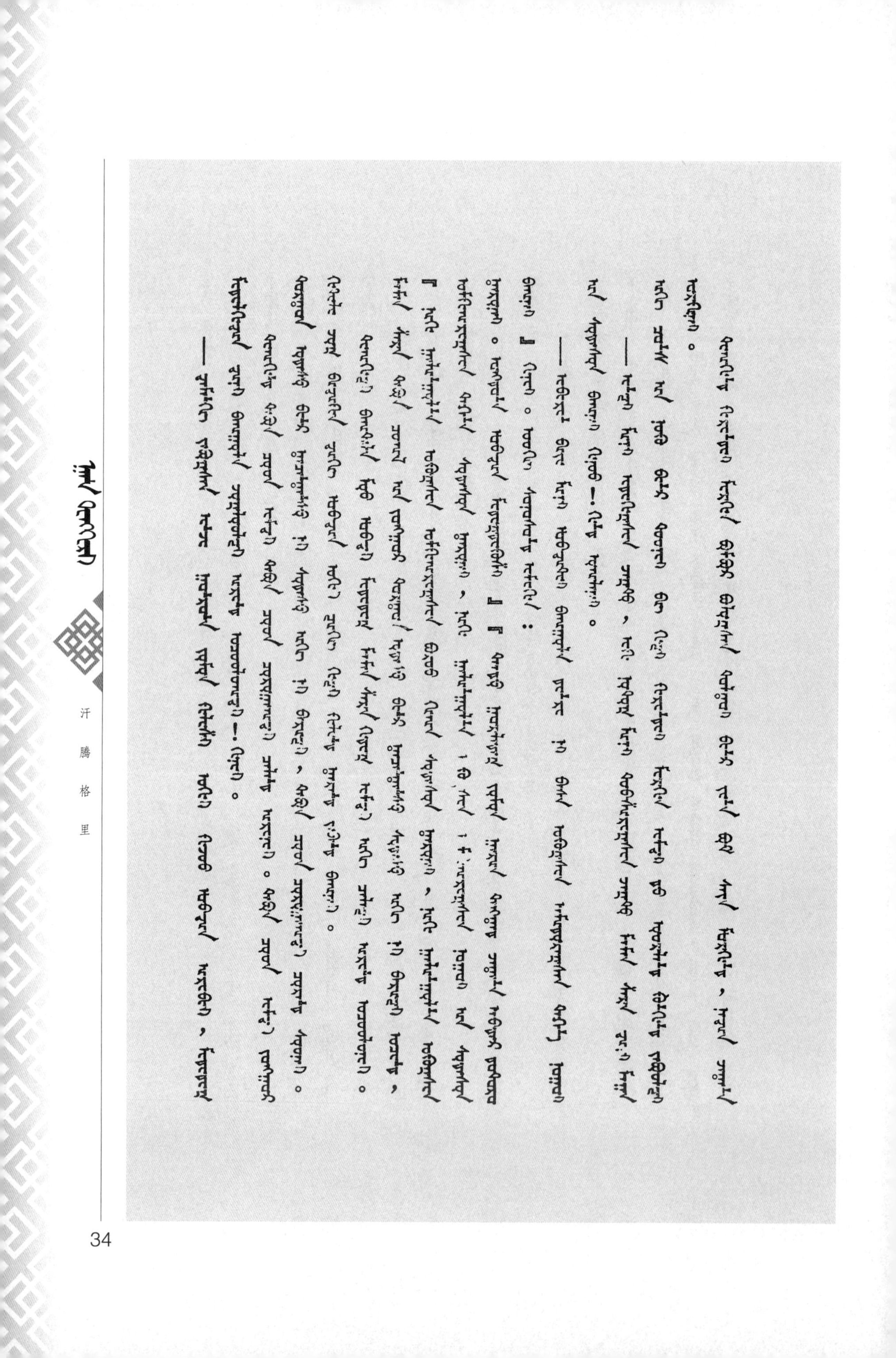

[illegible]

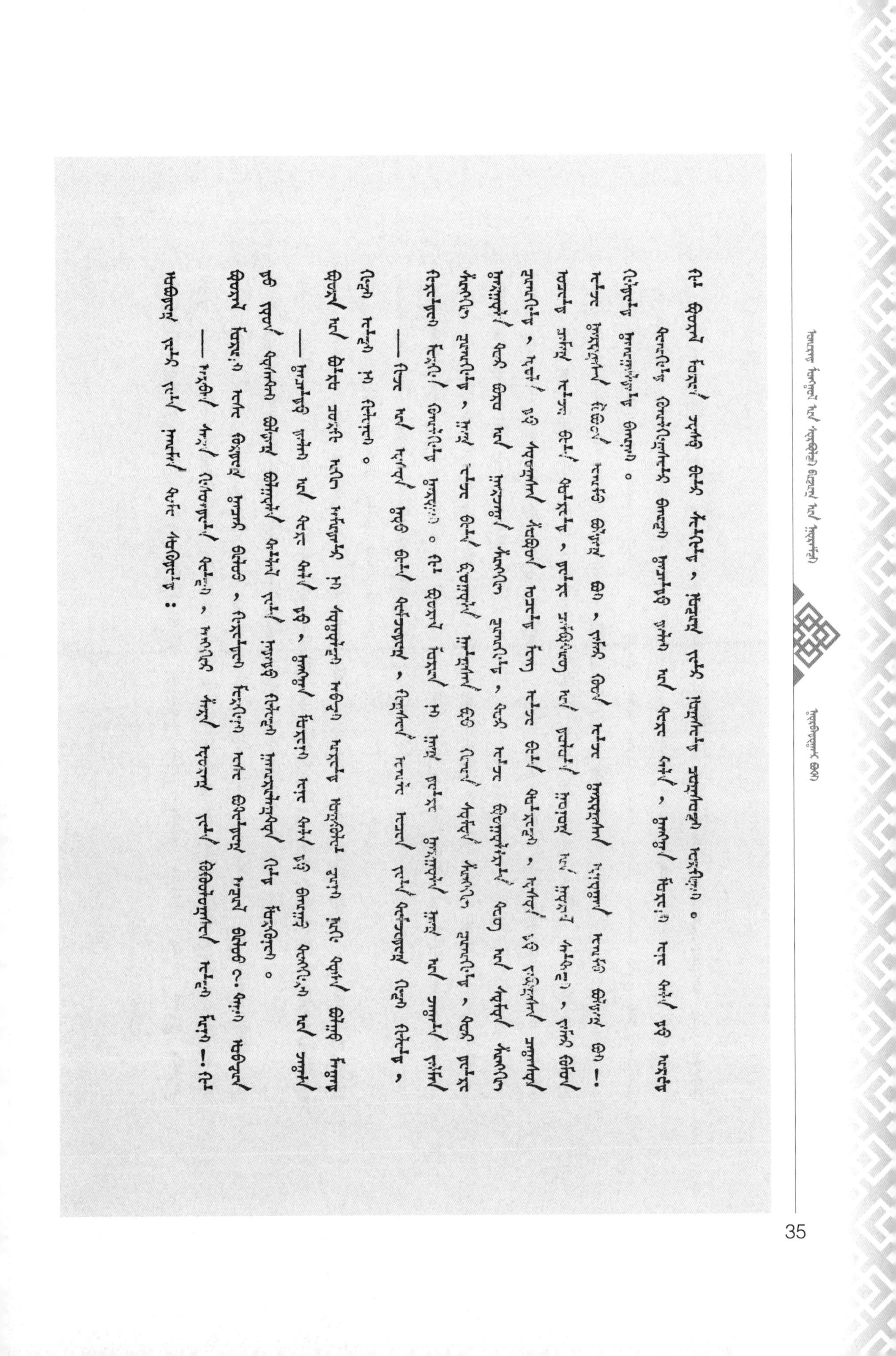

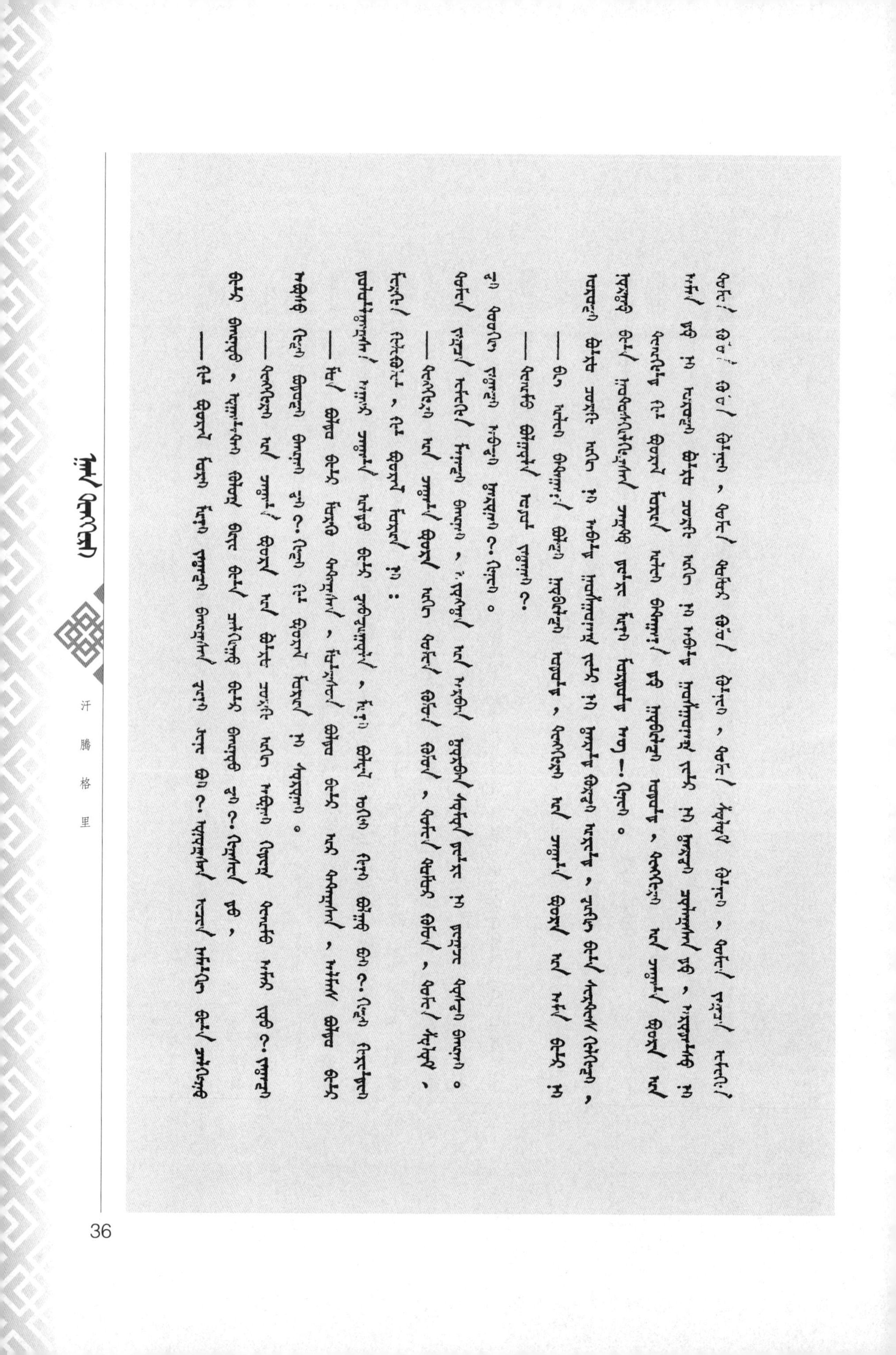

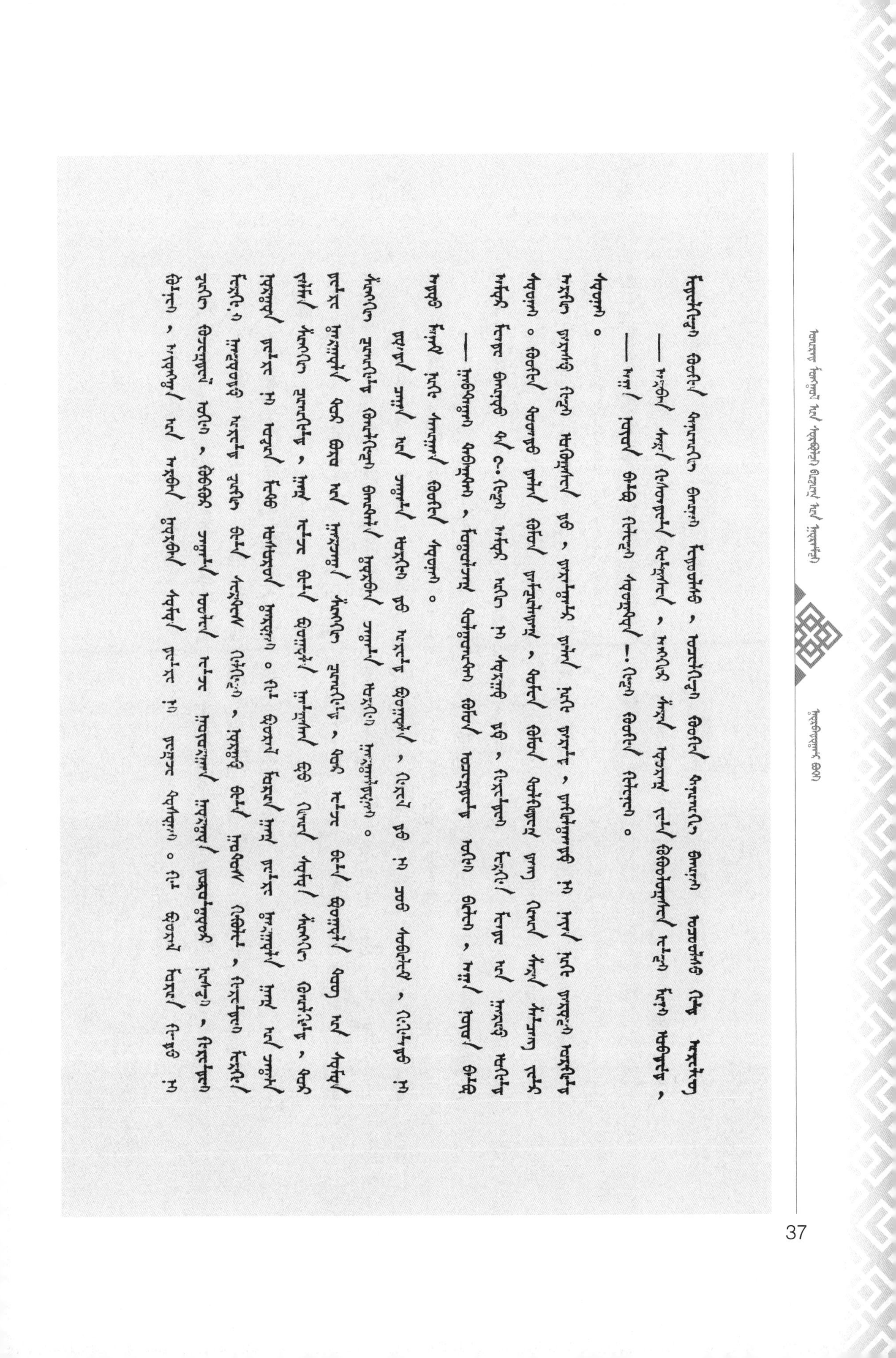

[illegible]
[illegible]
[illegible]
[illegible]
[illegible]
[illegible]
[illegible]
[illegible]
[illegible]
[illegible]
[illegible]
[illegible]
[illegible]
[illegible]
[illegible]
[illegible]
[illegible]
[illegible]

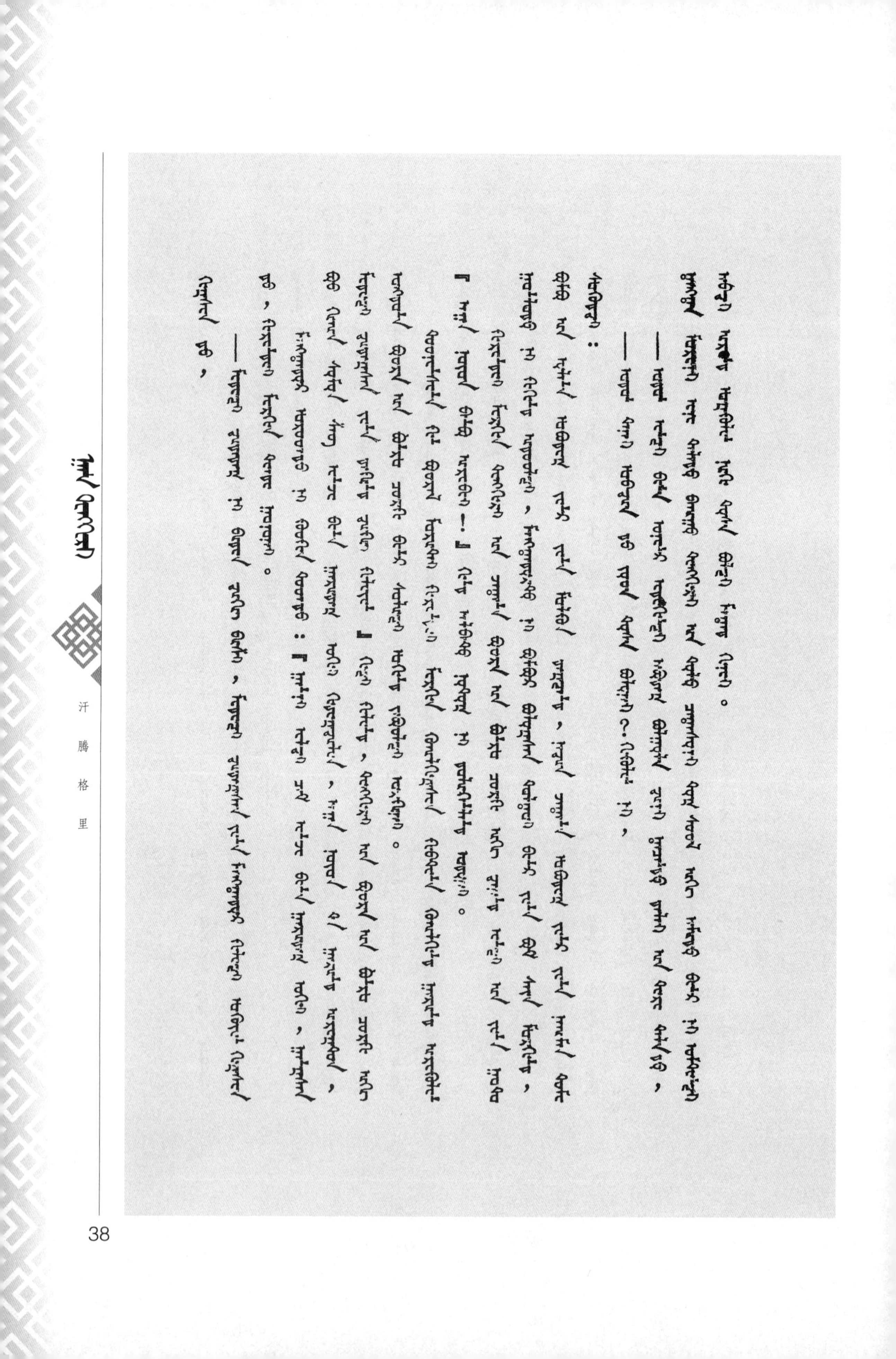

ᠪᠠᠢ᠌ᠭᠰᠠᠨ ᠪᠢᠯᠡ ᠂
ᠪᠢᠳᠡᠨ ᠪᠣᠯᠪᠠᠰᠤᠷᠠᠯᠴᠠᠭᠰᠠᠨ ᠨᠠᠶᠢᠵᠠ ᠰᠤᠷᠤᠭᠴᠢ ᠨᠢᠭᠡᠳ ᠪᠢᠳᠡᠨ ᠰᠤᠷᠤᠯᠴᠠᠵᠤ ᠬᠠᠮᠲᠤᠷᠠᠯᠴᠠᠭᠰᠠᠨ ᠶᠠᠭᠤ ᠪᠣᠯᠤᠭ ᠬᠠᠷᠢᠨ ᠶᠠᠭᠤ ᠪᠣᠯᠤᠭ᠎ᠠ ᠪᠣᠯ ᠦᠦ ?
—— ᠭᠡᠪᠡᠯ ᠲᠡᠷᠡ ᠪᠣᠯᠤᠨ ᠪᠢᠳᠡᠨ ᠲᠡᠭᠦᠨ ᠰᠤᠷᠤᠯᠴᠠᠨ ᠂ ᠲᠡᠭᠦᠨᠡᠴᠡ ᠪᠣᠯᠤᠨ ᠪᠢᠳᠡᠨ ᠴᠤ ᠰᠤᠷᠤᠯᠴᠠᠨ ᠂ ᠬᠠᠮᠲᠤ ᠪᠣᠯᠤᠨ ᠪᠣᠯᠪᠠᠰᠤᠷᠠᠯ ᠤᠨ ᠬᠠᠮᠲᠤᠷᠠᠯ ᠤᠨ ᠶᠠᠭᠤ᠋ ᠬᠠᠮᠲᠤ ᠶᠠᠭᠤ ᠪᠢᠯᠡ ᠦᠦ ᠬᠡᠮᠡᠨ ᠰᠤᠷᠪᠠ ᠃
—— ᠭᠠᠷᠬᠤ ᠪᠣᠯᠤᠭ ᠰᠤᠷᠭᠠᠭᠤᠯᠢ ᠳᠤᠮᠳᠠ ᠰᠤᠷᠤᠭᠴᠢᠳ ᠤᠨ ᠰᠤᠷᠤᠯᠴᠠᠯᠭ᠎ᠠ ᠶᠢ ᠰᠠᠢ᠌ᠨ ᠰᠤᠷᠤᠯᠴᠠᠭᠰᠠᠨ ᠰᠤᠷᠤᠯ ᠬᠠᠷᠢᠨ ᠬᠡᠮᠡᠨ ᠭᠠᠷᠭᠠᠵᠤ ᠶᠠᠭᠤ
ᠪᠢᠳᠡᠨ ᠪᠣᠯᠪᠠᠰᠤ ᠶᠢᠨ ᠬᠠᠮᠲᠤ ᠶᠠᠭᠤ ᠪᠢᠯᠡ ᠦᠦ ᠬᠡᠮᠡᠨ ᠰᠤᠷᠪᠠ ᠃
—— ᠰᠤᠷᠤᠭᠴᠢᠳ ᠰᠤᠷᠭᠠᠭᠤᠯᠢ ᠳᠤᠮᠳᠠ ᠰᠤᠷᠤᠯᠴᠠᠨ ᠪᠢᠳᠡᠨ ᠭᠠᠷᠬᠤ ᠪᠢᠳᠡᠨ ᠪᠣᠯᠪᠠᠰᠤ ᠂ ᠰᠤᠷᠤᠭᠴᠢᠳ ᠪᠣᠯᠤᠨ ᠪᠢᠳᠡᠨ ᠭᠠᠷᠬᠤ
ᠲᠡᠷᠡ ᠴᠠᠭ ᠲᠤ ᠪᠢᠳᠡᠨ ᠂ ᠭᠠᠷᠬᠤ ᠪᠢᠳᠡᠨ ᠰᠤᠷᠤᠯᠴᠠᠨ ᠰᠤᠷᠭᠠᠭᠤᠯᠢ ᠪᠢᠳᠡᠨ ᠰᠤᠷᠤᠯᠴᠠᠯᠭ᠎ᠠ ᠪᠣᠯᠪᠠᠰᠤᠷᠠᠯ ᠰᠤᠷᠪᠠ ᠃
ᠪᠣᠯᠪᠠᠰᠤ ᠪᠣᠯᠪᠠᠰᠤᠷᠠᠯ ᠪᠣᠯᠤᠨ ᠲᠡᠷᠡ ᠪᠣᠯᠤᠨ ᠬᠡᠮᠡᠨ ᠶᠢ ᠰᠤᠷᠤᠯᠴᠠᠵᠤ ᠰᠠᠶᠢᠨ ᠤᠨ ᠪᠣᠯᠤᠨ ᠪᠣᠯᠪᠠᠰᠤ ᠂ ᠰᠤᠷᠤᠯ ᠬᠡᠮᠡᠨ
ᠰᠤᠷᠤᠭᠴᠢ ᠰᠤᠷᠭᠠᠭᠤᠯᠢ ᠪᠣᠯᠤᠨ ᠪᠢᠳᠡ ᠪᠢᠯᠡ —— ᠲᠡᠷᠡ ᠰᠤᠷᠤᠯᠴᠠᠭᠰᠠᠨ ᠃
ᠪᠢᠳᠡᠨ ᠪᠣᠯᠤᠨ ᠰᠠᠶᠢᠨ ᠲᠡᠷᠡ ᠰᠤᠷᠭᠠᠭᠤᠯᠢ ᠰᠤᠷᠤᠯᠴᠠᠭᠰᠠᠨ ᠲᠡᠷᠡ ᠰᠤᠷᠭᠠᠭᠤᠯᠢ ᠪᠣᠯᠤᠨ ᠶᠠᠭᠤ ᠪᠢᠯᠡ ᠂ ᠰᠠᠶᠢᠨ ᠲᠡᠷᠡ ᠰᠤᠷᠤᠯᠴᠠᠭᠰᠠᠨ
ᠪᠣᠯᠪᠠᠰᠤ ᠰᠠᠶᠢᠨ ᠰᠤᠷᠭᠠᠭᠤᠯᠢ ᠪᠢᠳᠡᠨ ᠪᠣᠯᠪᠠᠰᠤᠷᠠᠯ ᠂ ᠰᠤᠷᠭᠠᠭᠤᠯᠢ ᠰᠤᠷᠤᠯᠴᠠᠭᠰᠠᠨ ᠤᠨ ᠪᠣᠯᠪᠠᠰᠤ ᠤᠨ ᠰᠤᠷᠤᠯᠴᠠᠯᠭ᠎ᠠ ᠂ ᠰᠤᠷᠤᠭᠴᠢᠳ ᠂
ᠬᠡᠮᠡᠨ ᠂ ᠰᠤᠷᠤᠯ ᠪᠠᠨ ᠰᠤᠷᠤᠯᠴᠠᠭᠰᠠᠨ ᠰᠤᠷᠤᠯᠴᠠᠨ ᠰᠤᠷᠤᠯᠴᠠᠭᠰᠠᠨ ᠰᠤᠷᠭᠠᠭᠤᠯᠢ ᠪᠢᠳᠡᠨ ᠪᠣᠯᠪᠠᠰᠤᠷᠠᠯ ᠂ ᠰᠤᠷᠤᠯ ᠰᠤᠷᠤᠯᠴᠠᠭᠰᠠᠨ ᠰᠤᠷᠤᠯᠴᠠᠨ
ᠰᠤᠷᠤᠯᠴᠠᠭᠰᠠᠨ ᠪᠢᠳᠡᠨ ᠪᠣᠯᠤᠨ ᠶᠢ ᠰᠤᠷᠭᠠᠭᠤᠯᠢ ᠰᠤᠷᠤᠯᠴᠠᠨ ᠬᠡᠮᠡᠨ ᠰᠤᠷᠤᠯᠴᠠᠭᠰᠠᠨ ᠂ ᠪᠢᠳᠡᠨ ᠰᠤᠷᠭᠠᠭᠤᠯᠢ ᠪᠣᠯᠪᠠᠰᠤ ᠪᠣᠯᠤᠨ ᠶᠢ ᠰᠤᠷᠤᠯᠴᠠᠨ ᠬᠡᠮᠡᠨ
ᠰᠤᠷᠤᠯᠴᠠᠭᠰᠠᠨ ᠰᠤᠷᠤᠯᠴᠠᠨ ᠂ ᠰᠤᠷᠤᠯ ᠰᠤᠷᠭᠠᠭᠤᠯᠢ ᠪᠣᠯᠪᠠᠰᠤ ᠰᠤᠷᠤᠯᠴᠠᠭᠰᠠᠨ ᠪᠢᠳᠡ ᠰᠠᠶᠢᠨ ᠬᠡᠮᠡᠨ ᠰᠤᠷᠤᠯᠴᠠᠭᠰᠠᠨ ᠰᠤᠷᠤᠯᠴᠠᠨ ᠂ ᠪᠢᠳᠡᠨ ᠰᠤᠷᠤᠭ
ᠰᠤᠷᠤᠯᠴᠠᠯᠭ᠎ᠠ ᠬᠡᠮᠡᠨ ᠪᠣᠯᠪᠠᠰᠤᠷᠠᠯ ᠰᠤᠷᠪᠠ ᠃ ᠲᠡᠷᠡ ᠪᠣᠯᠤᠨ ᠶᠠᠭᠤ ᠶᠢ ᠰᠤᠷᠤᠯ ᠰᠤᠷᠭᠠᠭᠤᠯᠢ ᠰᠤᠷᠤᠯᠴᠠᠭᠰᠠᠨ ᠰᠤᠷᠤᠯ ᠤᠨ ᠬᠠᠮᠲᠤ ᠪᠣᠯᠪᠠ
—— ᠲᠡᠷᠡ ᠤᠨ ᠰᠤᠷᠤᠯᠴᠠᠨ ᠰᠠᠶᠢᠨ ᠪᠢᠳᠡᠨ ᠪᠣᠯᠪᠠᠰᠤᠷᠠᠯ ᠂ ᠪᠠᠢ᠌ᠭᠰᠠᠨ ᠰᠤᠷᠤᠯ ᠰᠤᠷᠭᠠᠭᠤᠯᠢ ᠪᠢᠳᠡ ᠰᠤᠷᠤᠯᠴᠠᠭᠰᠠᠨ ᠪᠢᠯᠡ ᠪᠢᠴᠢᠵᠦ

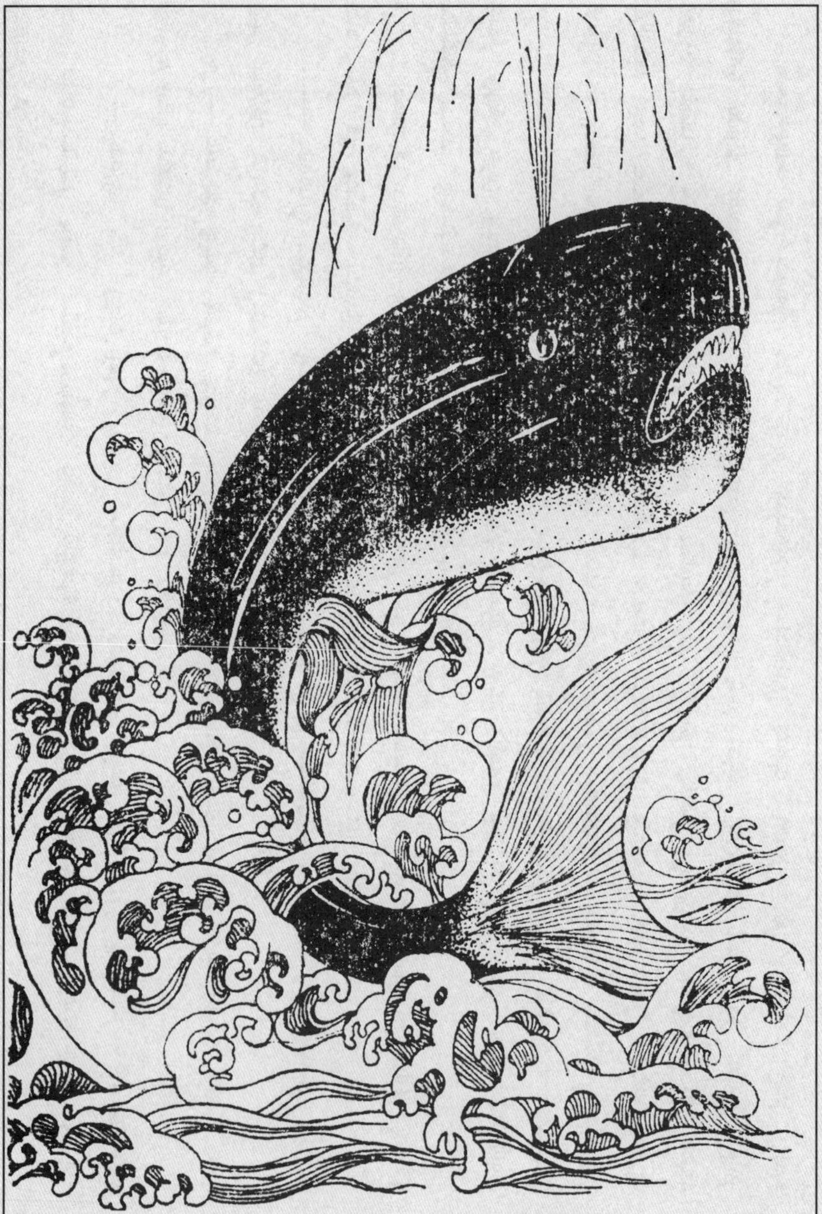

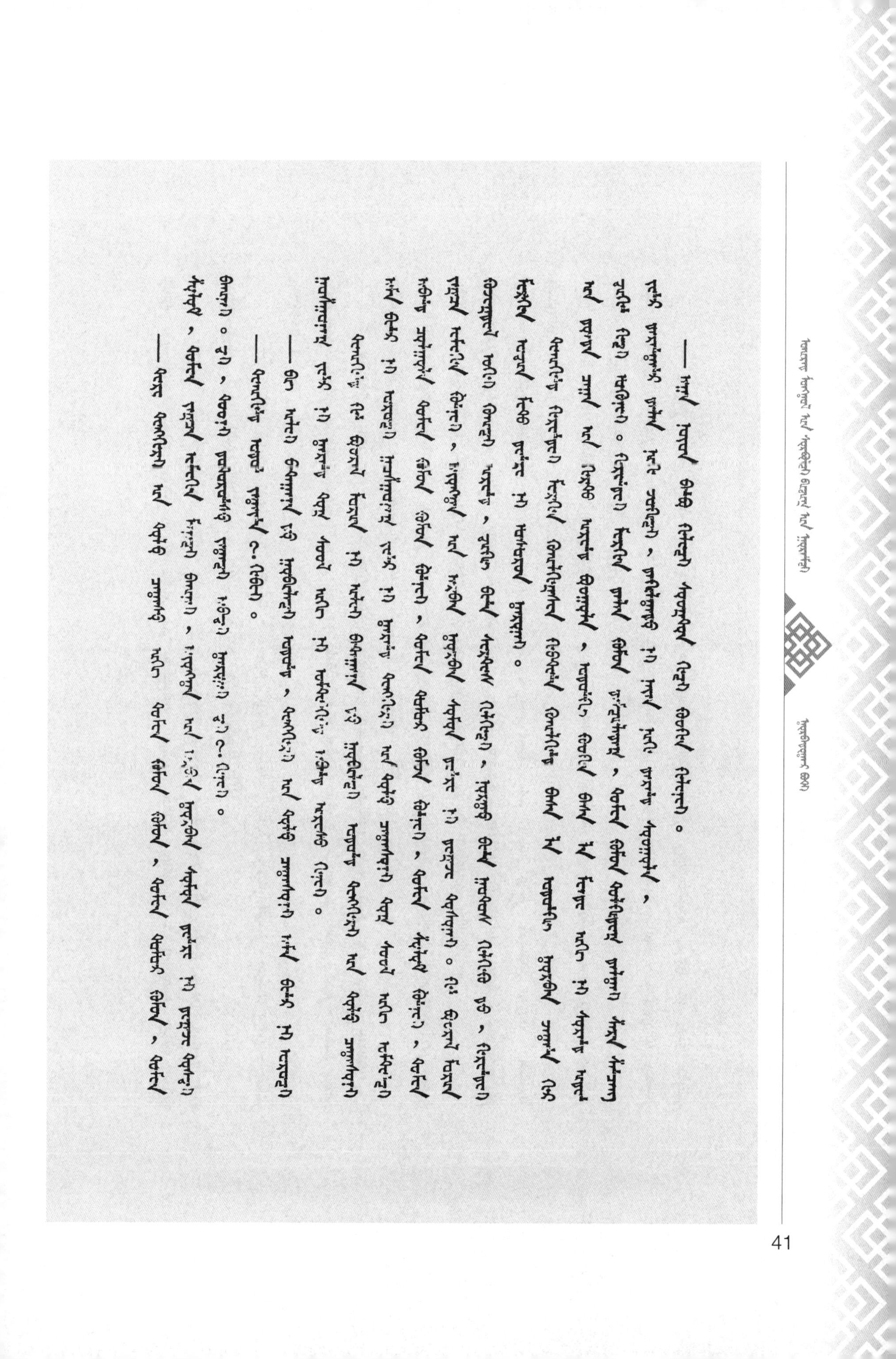

—— [illegible] 。

[illegible]

[illegible]

—— [illegible] 。

—— [illegible]

—— [illegible] 。

[illegible]

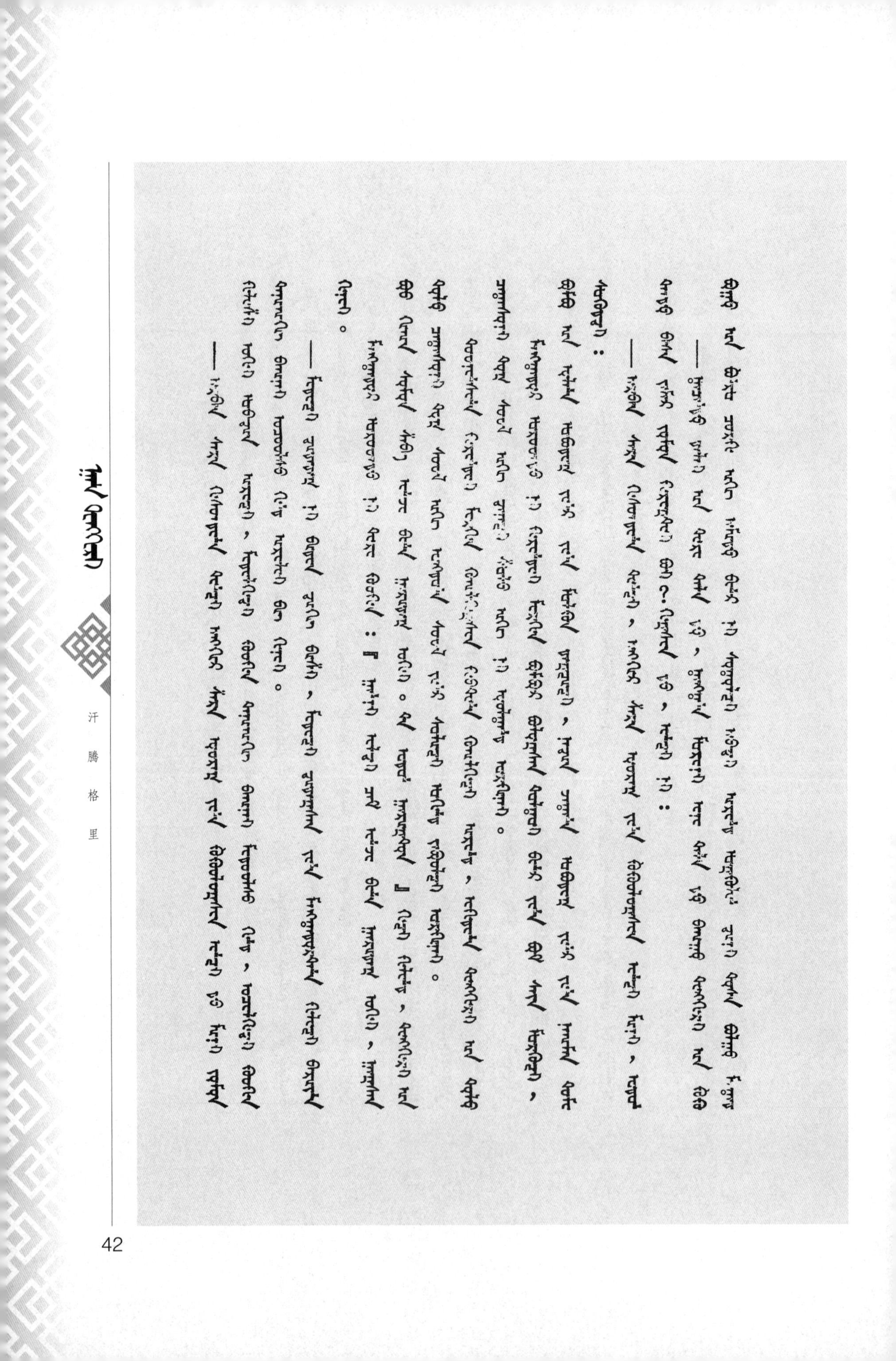

[illegible]

—— [illegible] :

—— [illegible] :

[illegible]

[illegible] ᠃

[illegible] ᠃

[illegible] ᠃

—— [illegible] ᠃

[illegible]

—— [illegible]

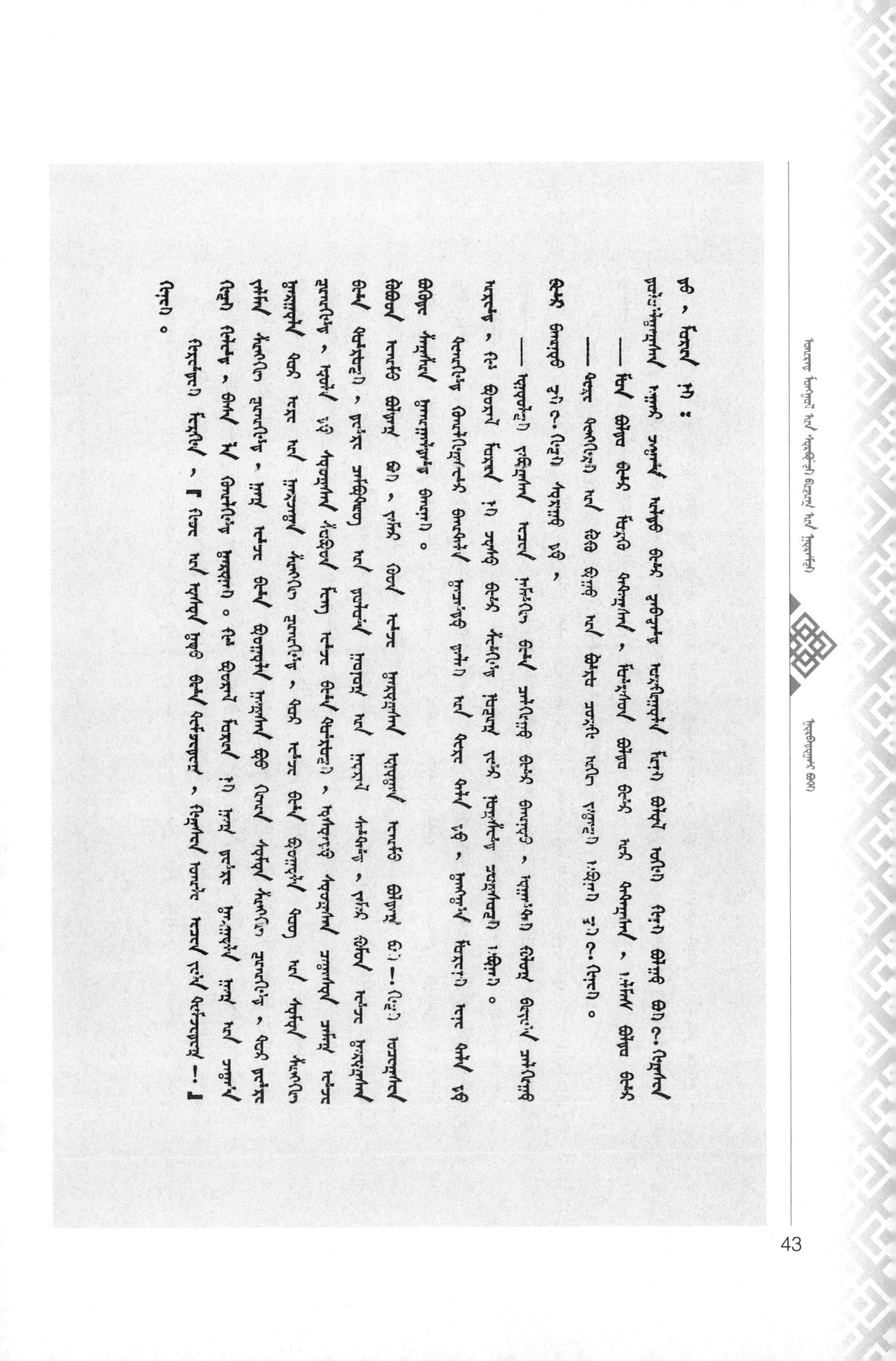

[illegible]

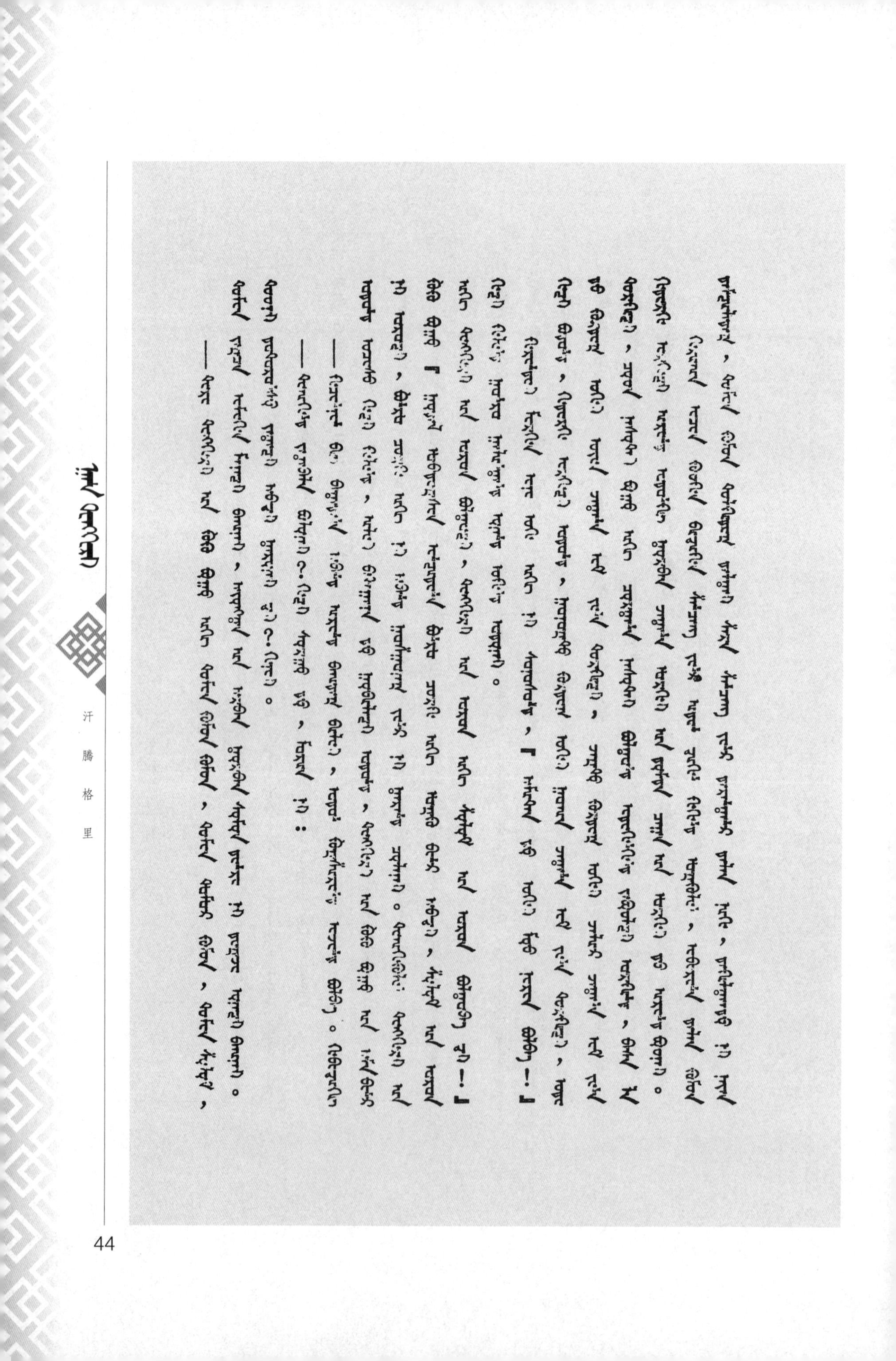

[illegible]

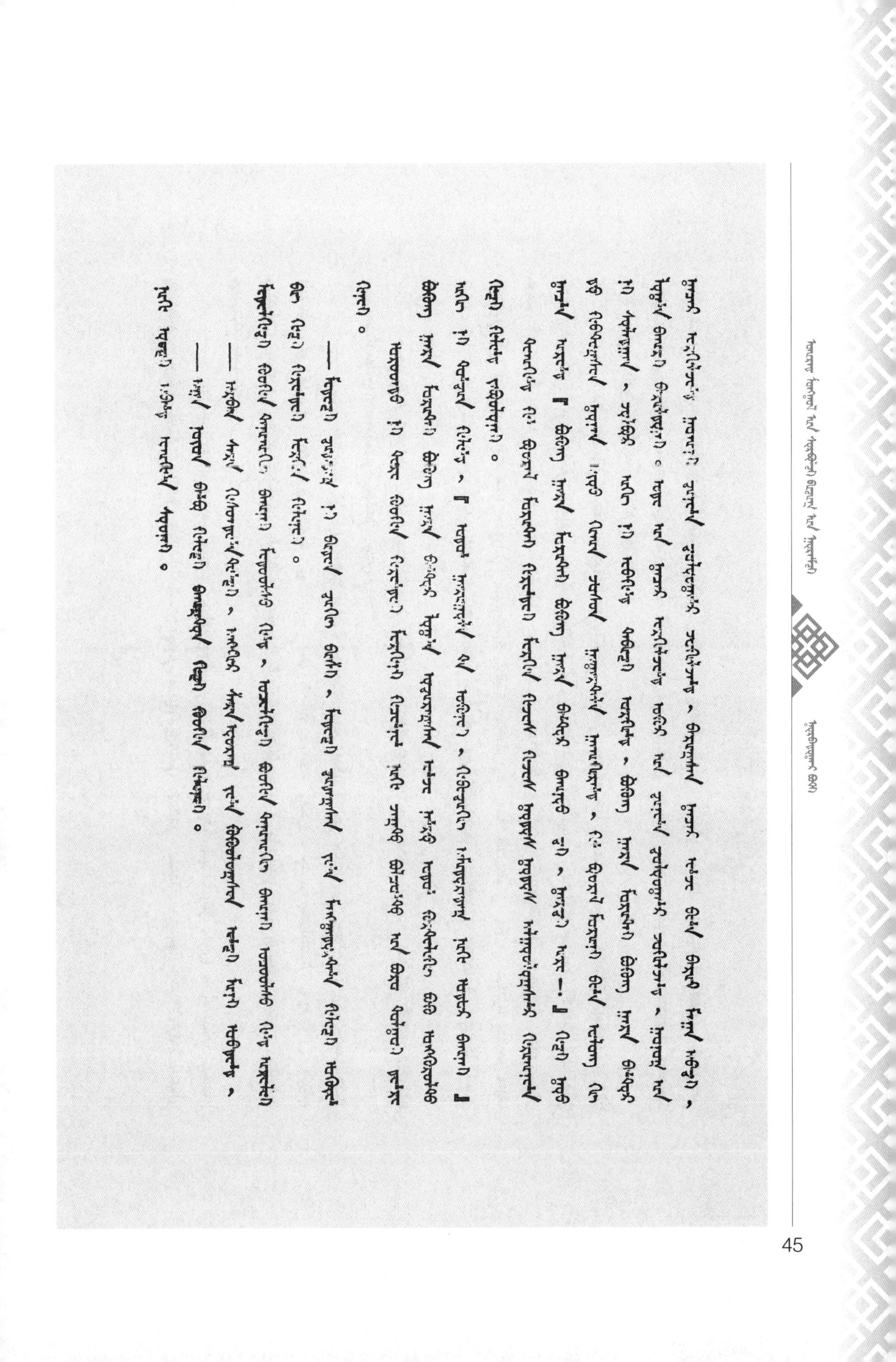

[illegible]

[illegible]

[illegible]

[illegible]

—— [illegible]

—— [illegible]

—— [illegible]

[illegible]

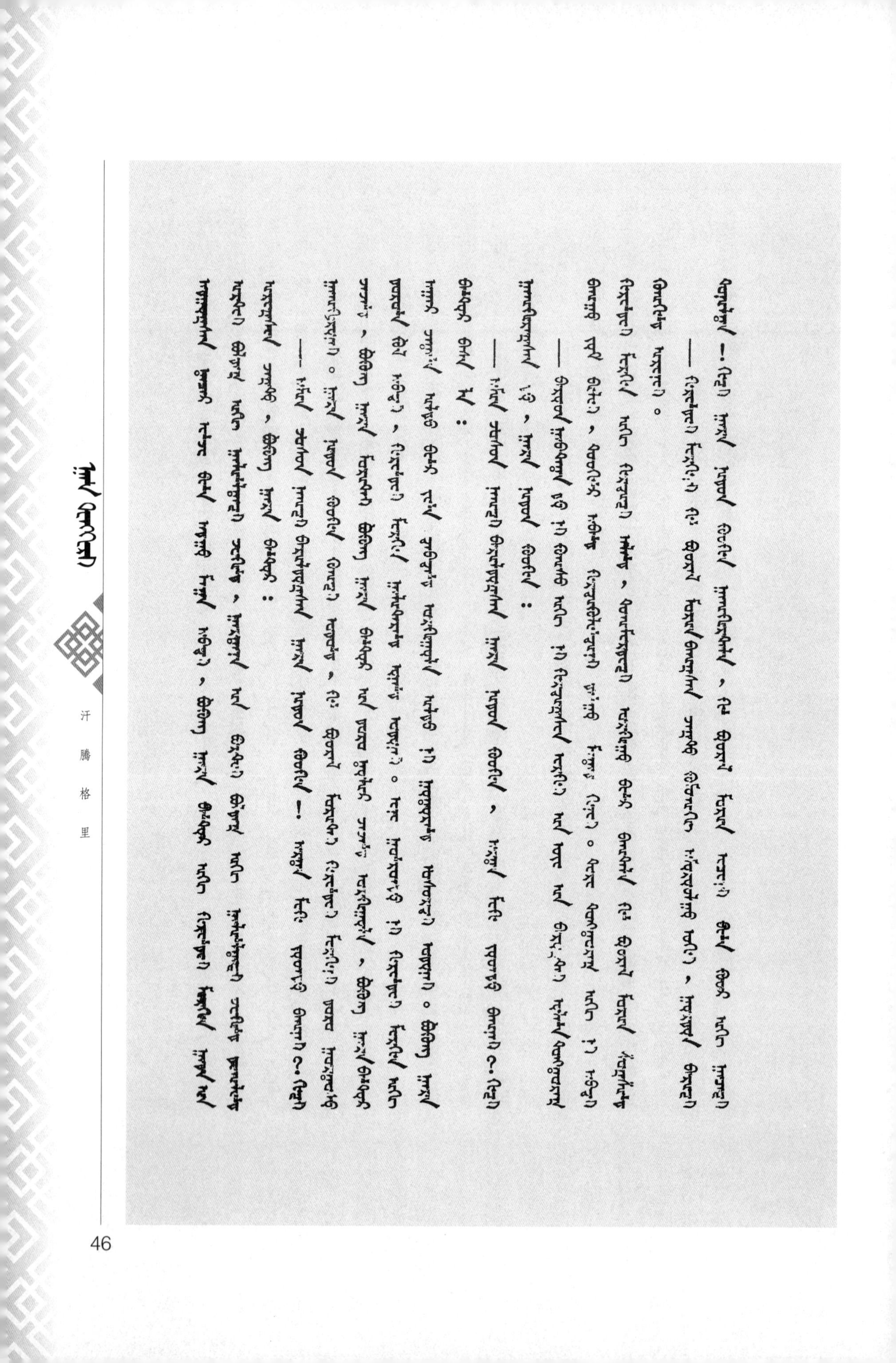

[illegible] :

—— [illegible] :

—— [illegible] :

—— [illegible] 。

—— [illegible]

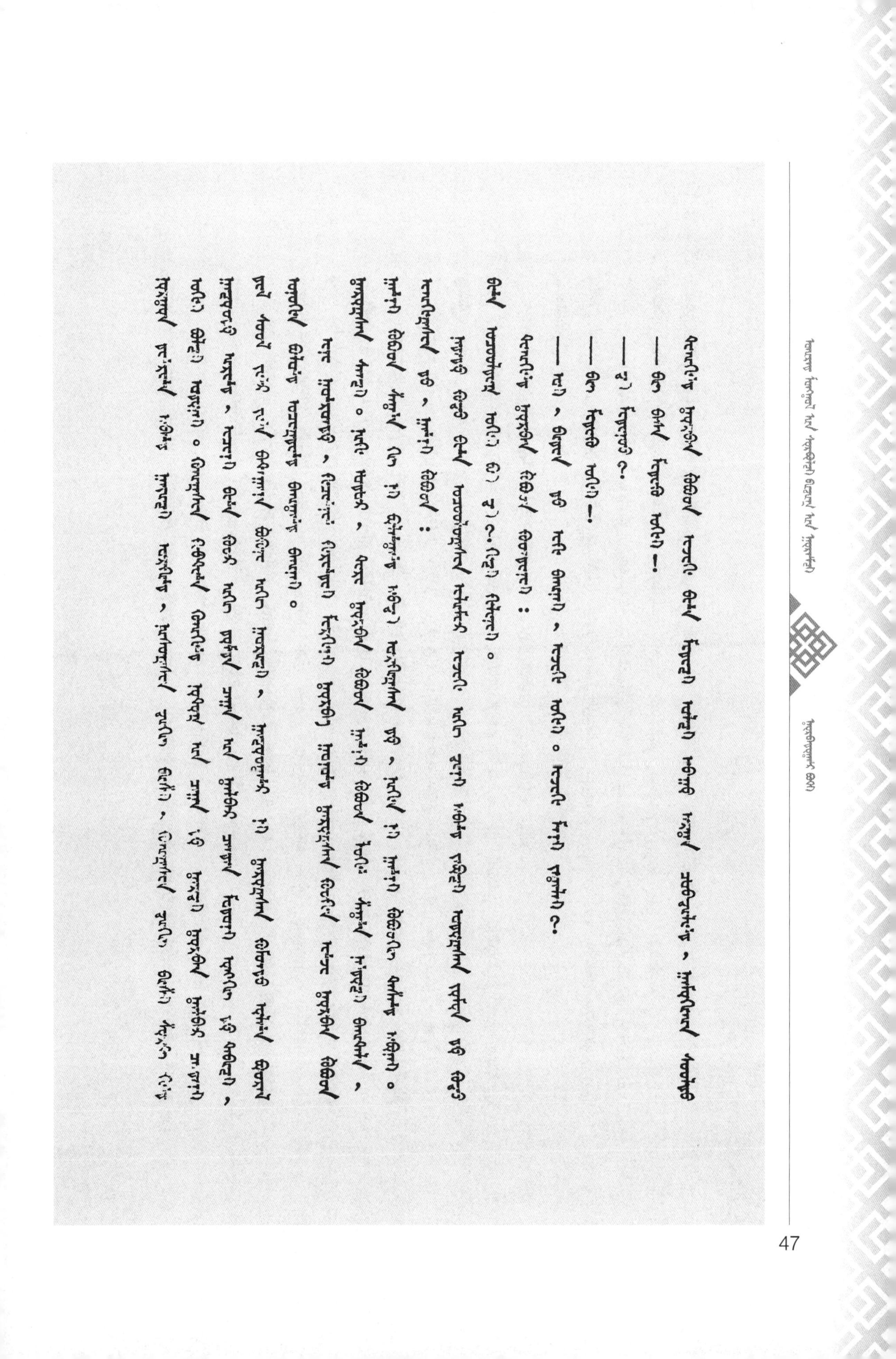

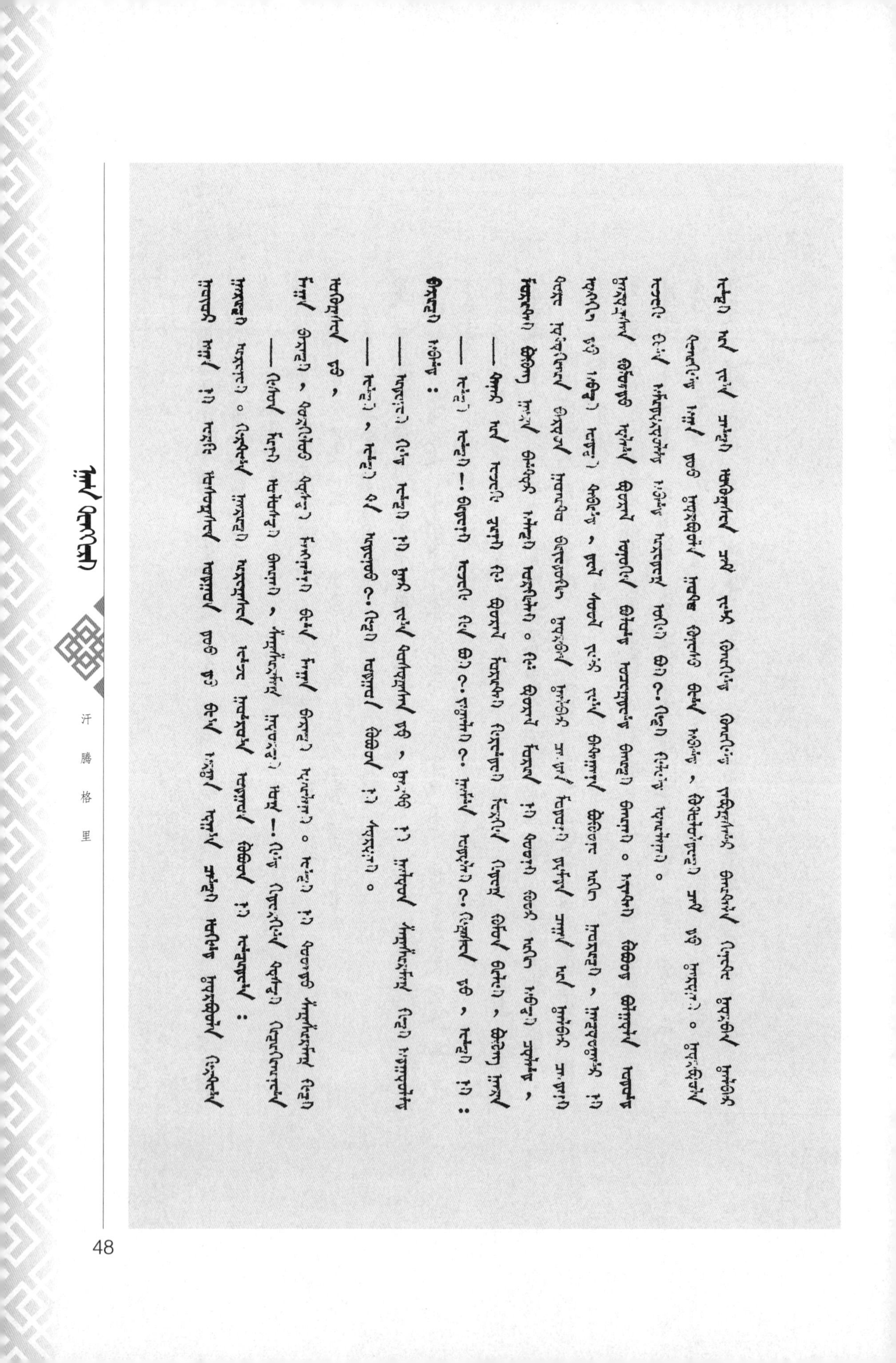

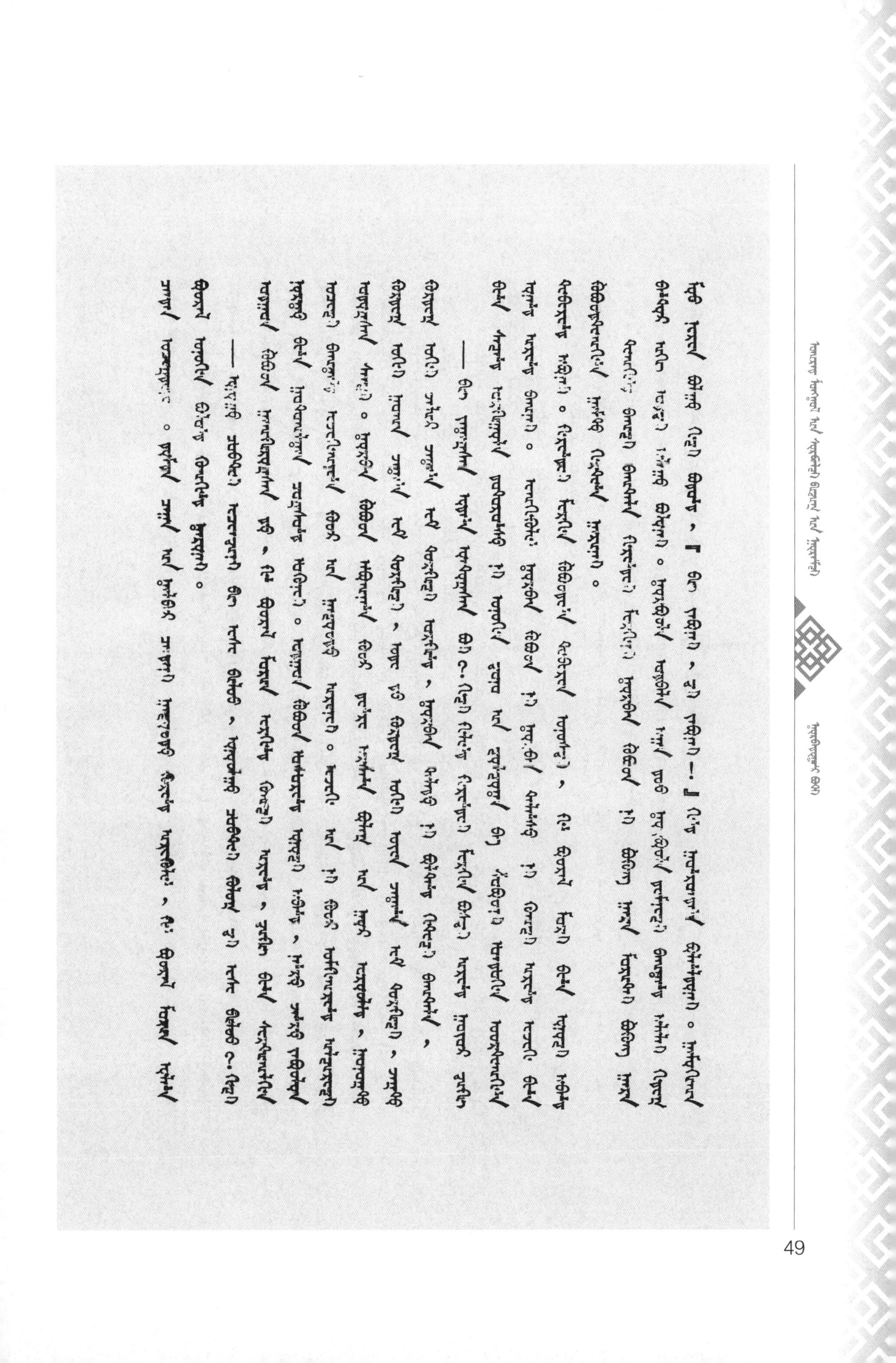

[illegible]

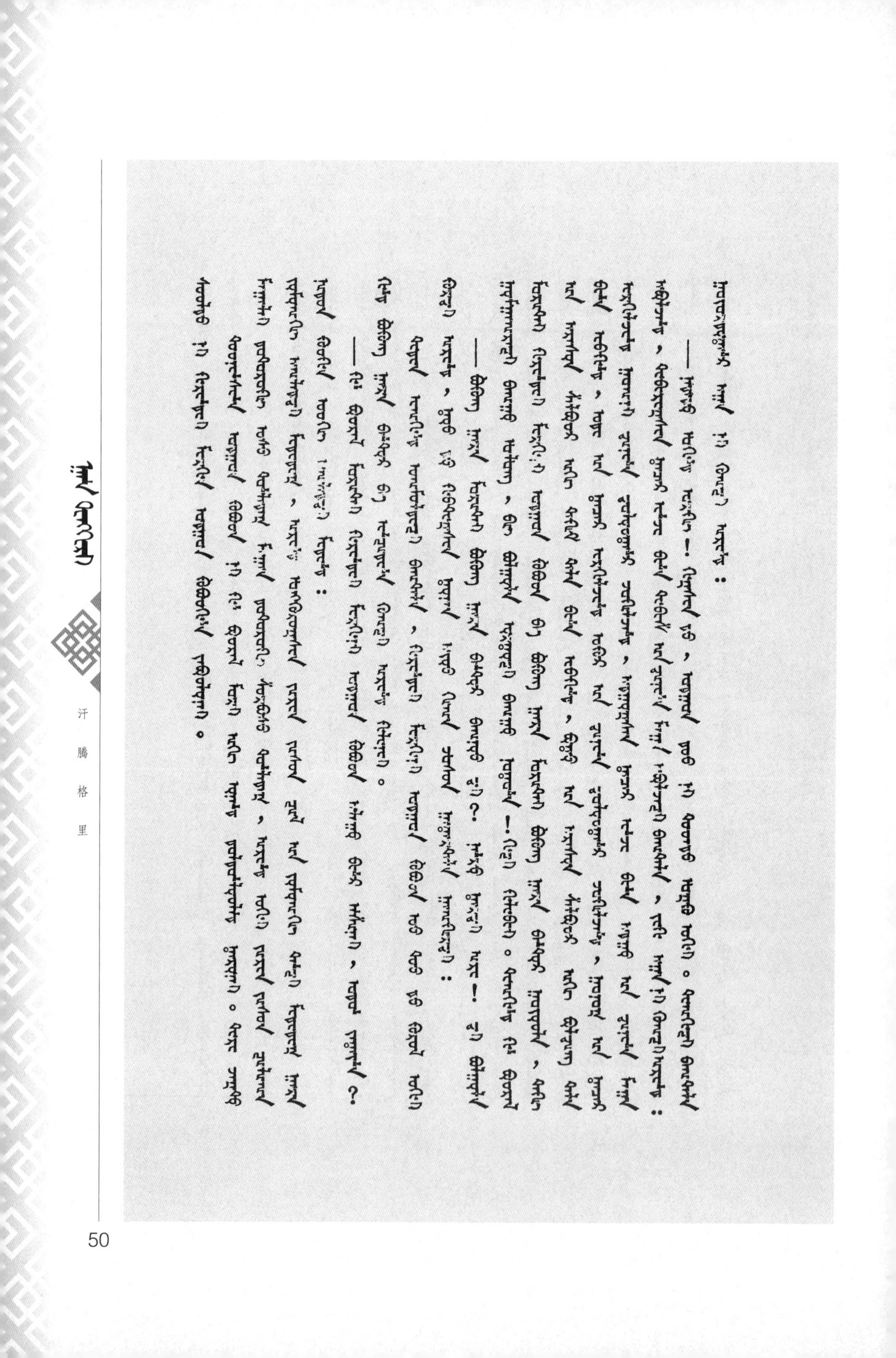

[illegible]

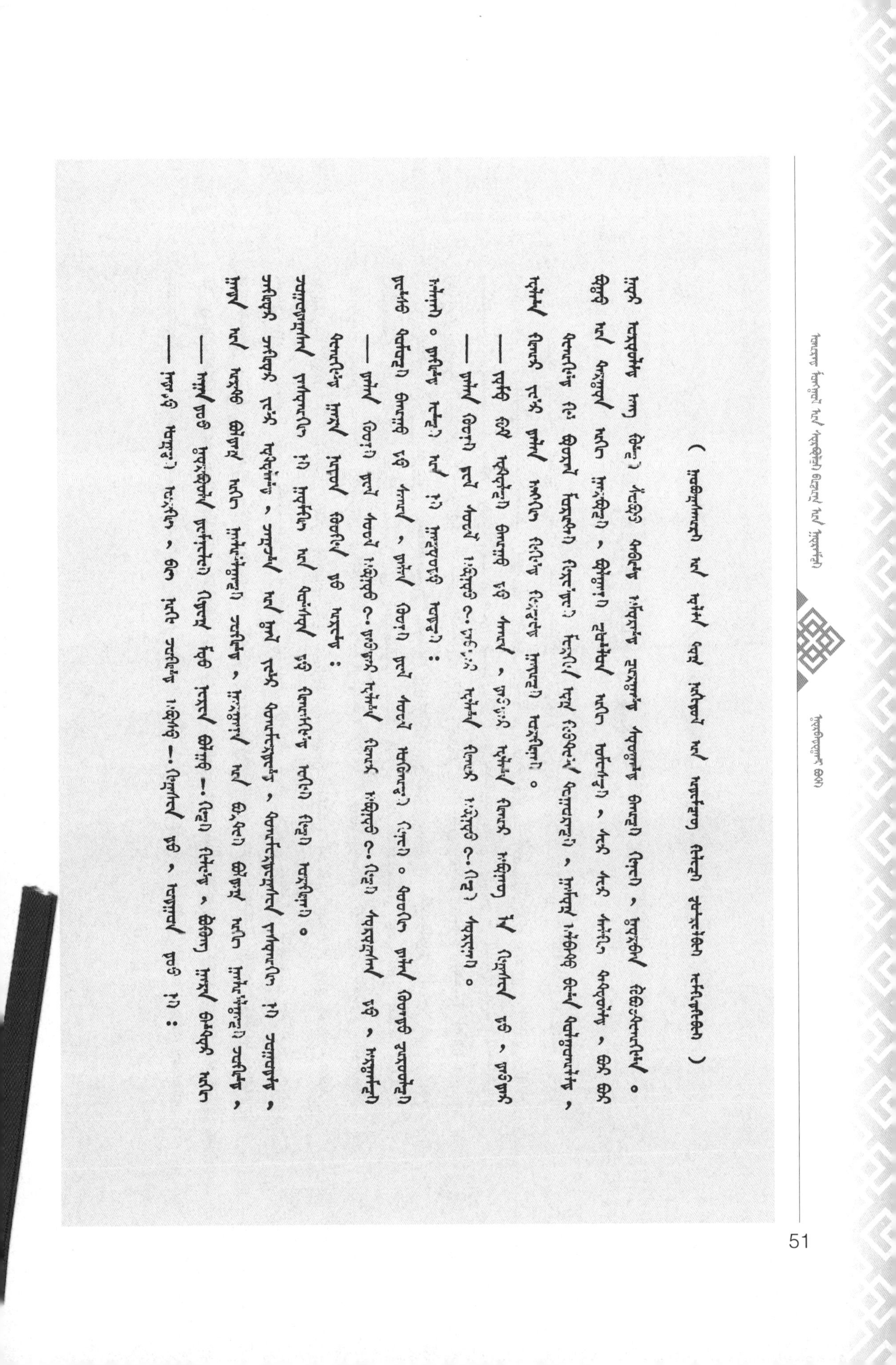

[illegible]

[illegible]
[illegible]
[illegible]
[illegible]
[illegible]
[illegible]
[illegible]
[illegible]
[illegible]
[illegible]
[illegible]
[illegible]
[illegible]
[illegible]
[illegible]
[illegible]
[illegible]
[illegible]

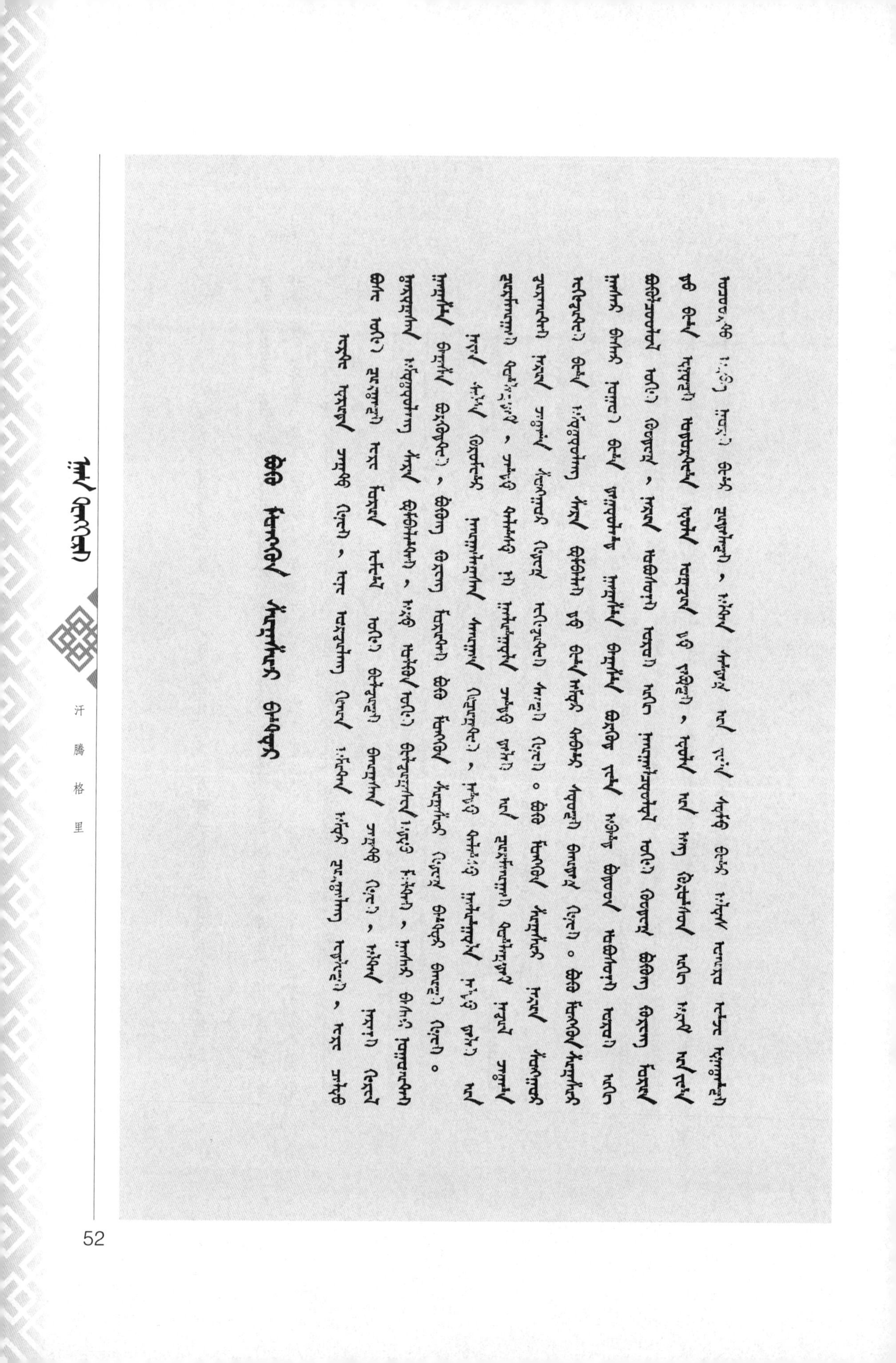

[illegible]

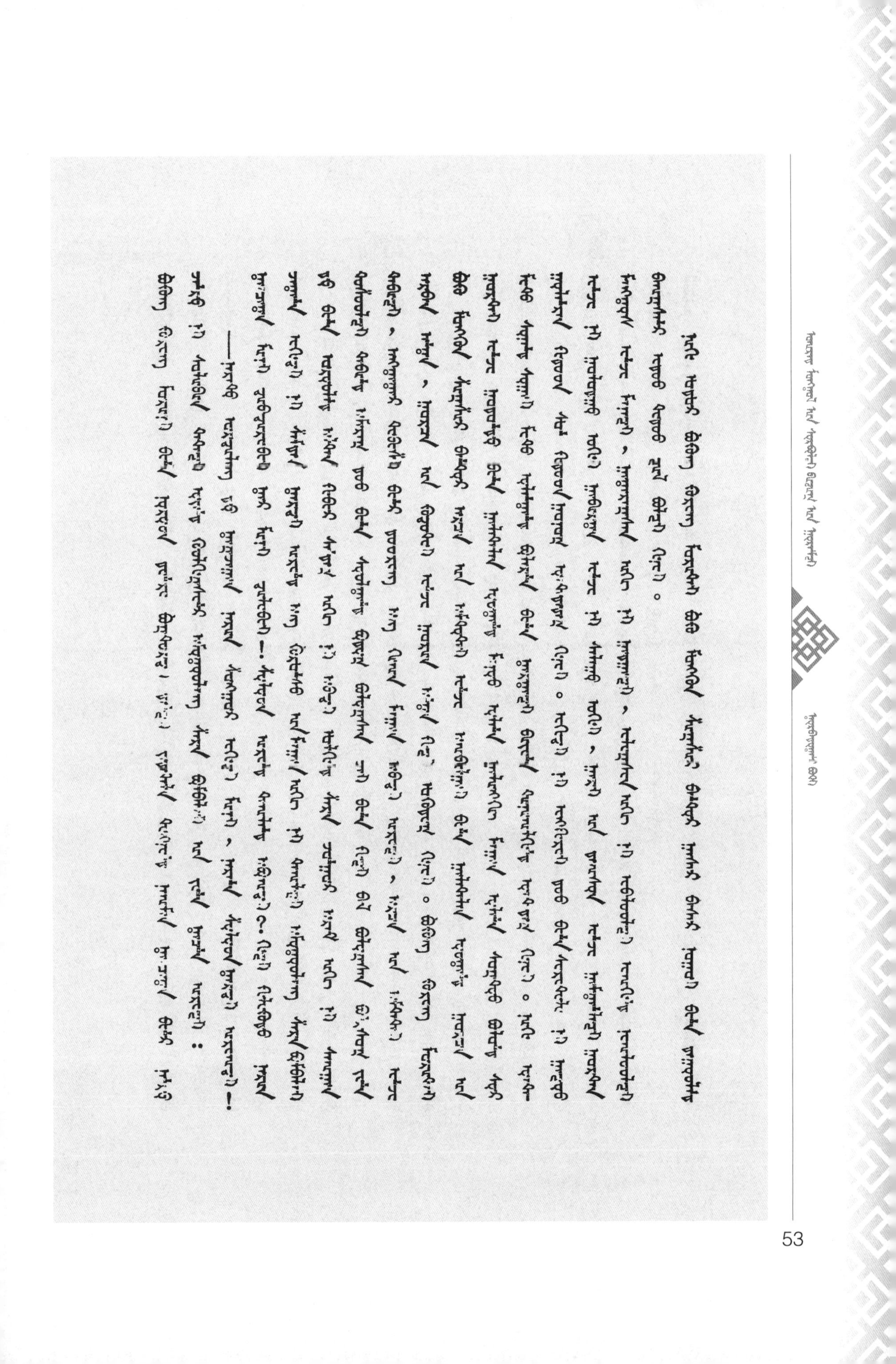

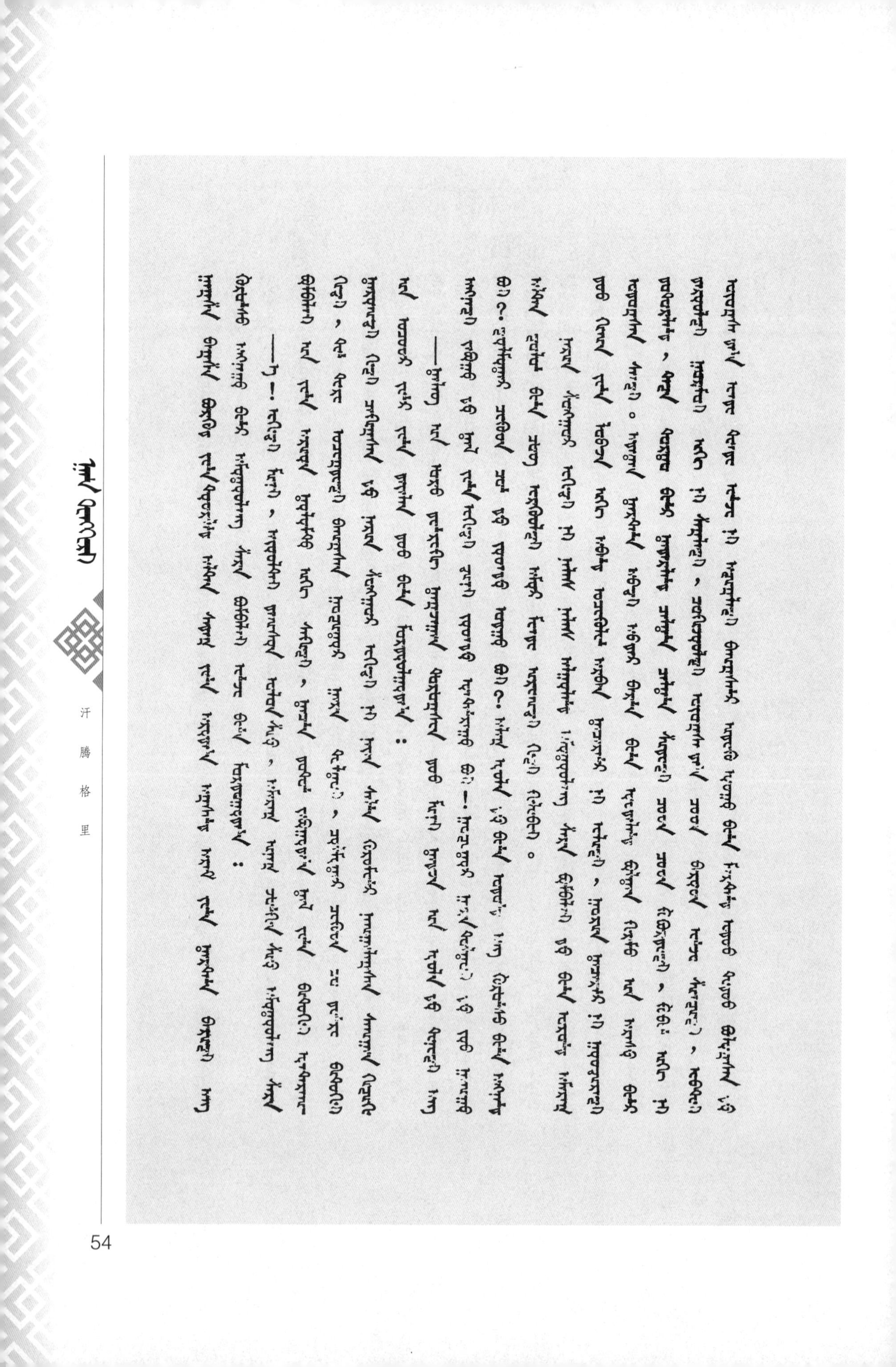

[illegible]

[illegible]

[illegible]

[illegible]

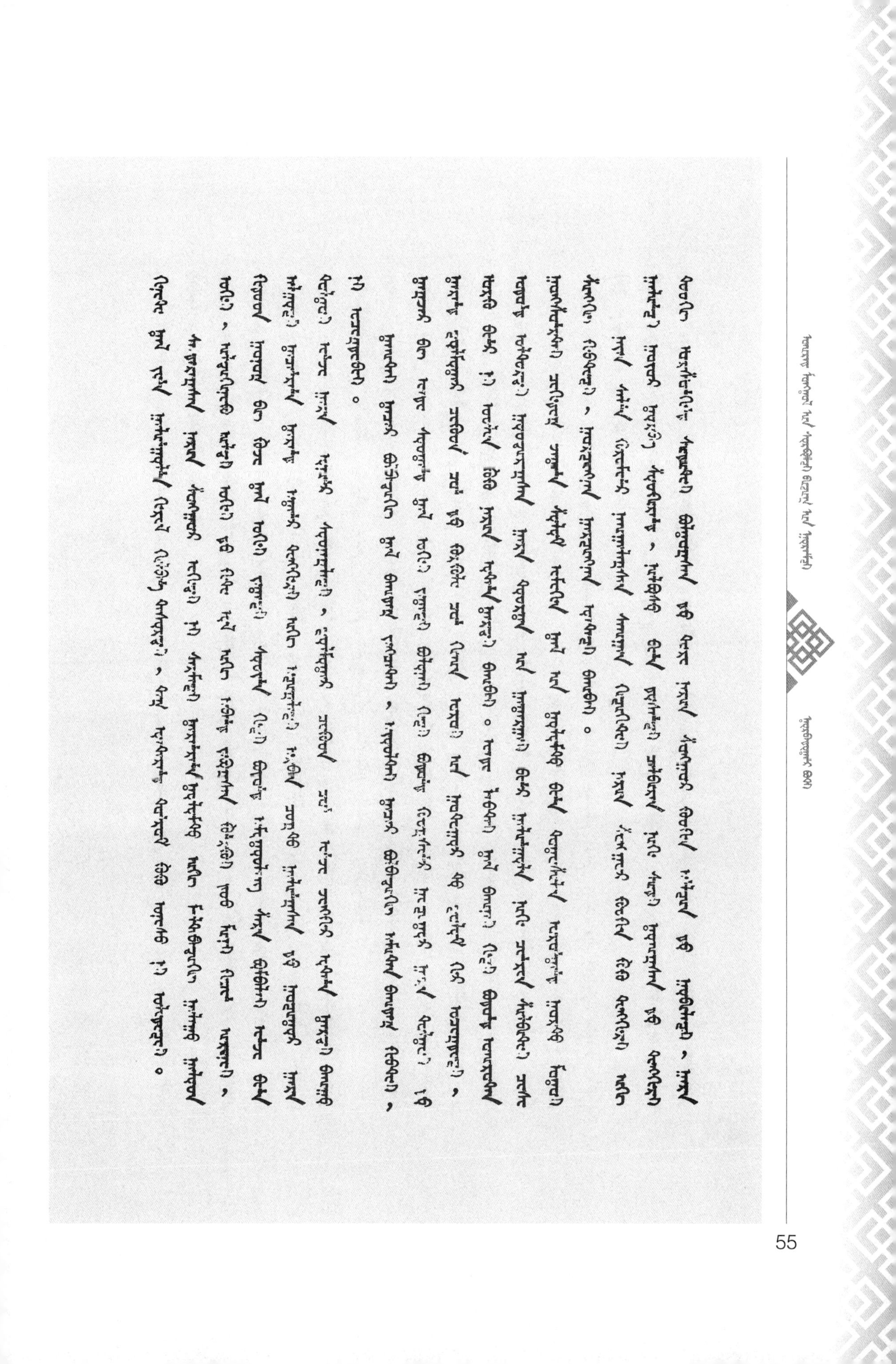

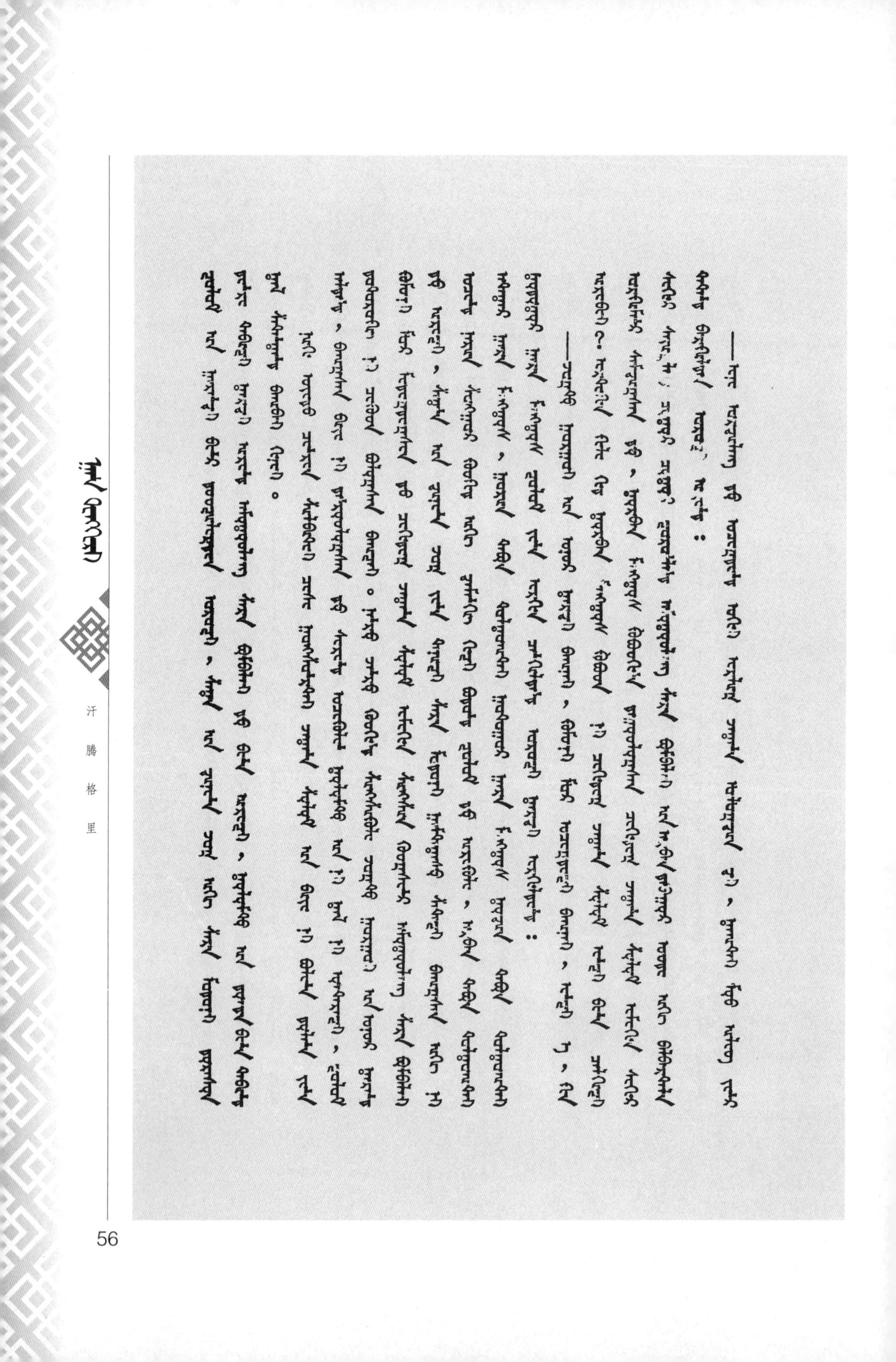

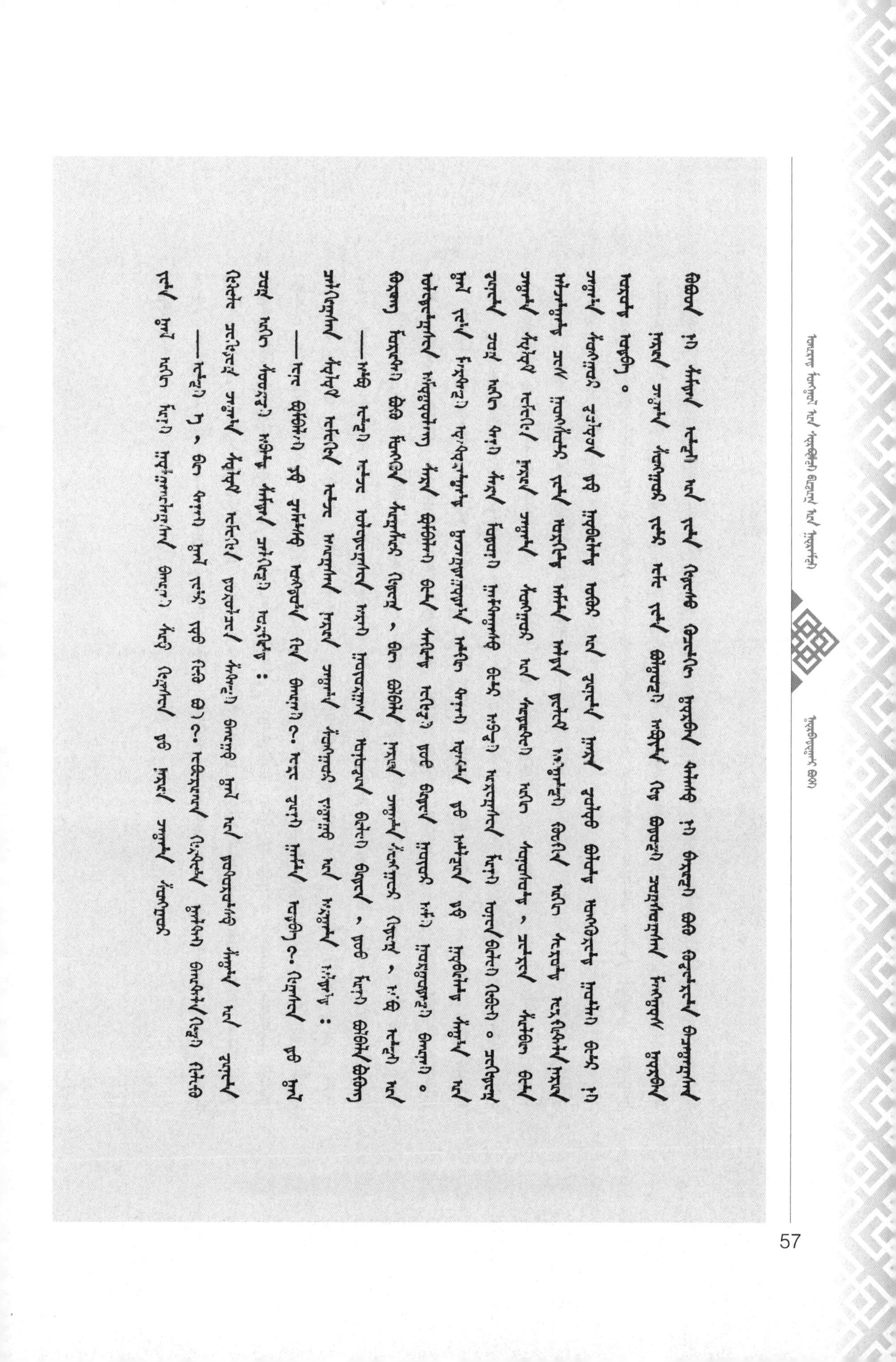

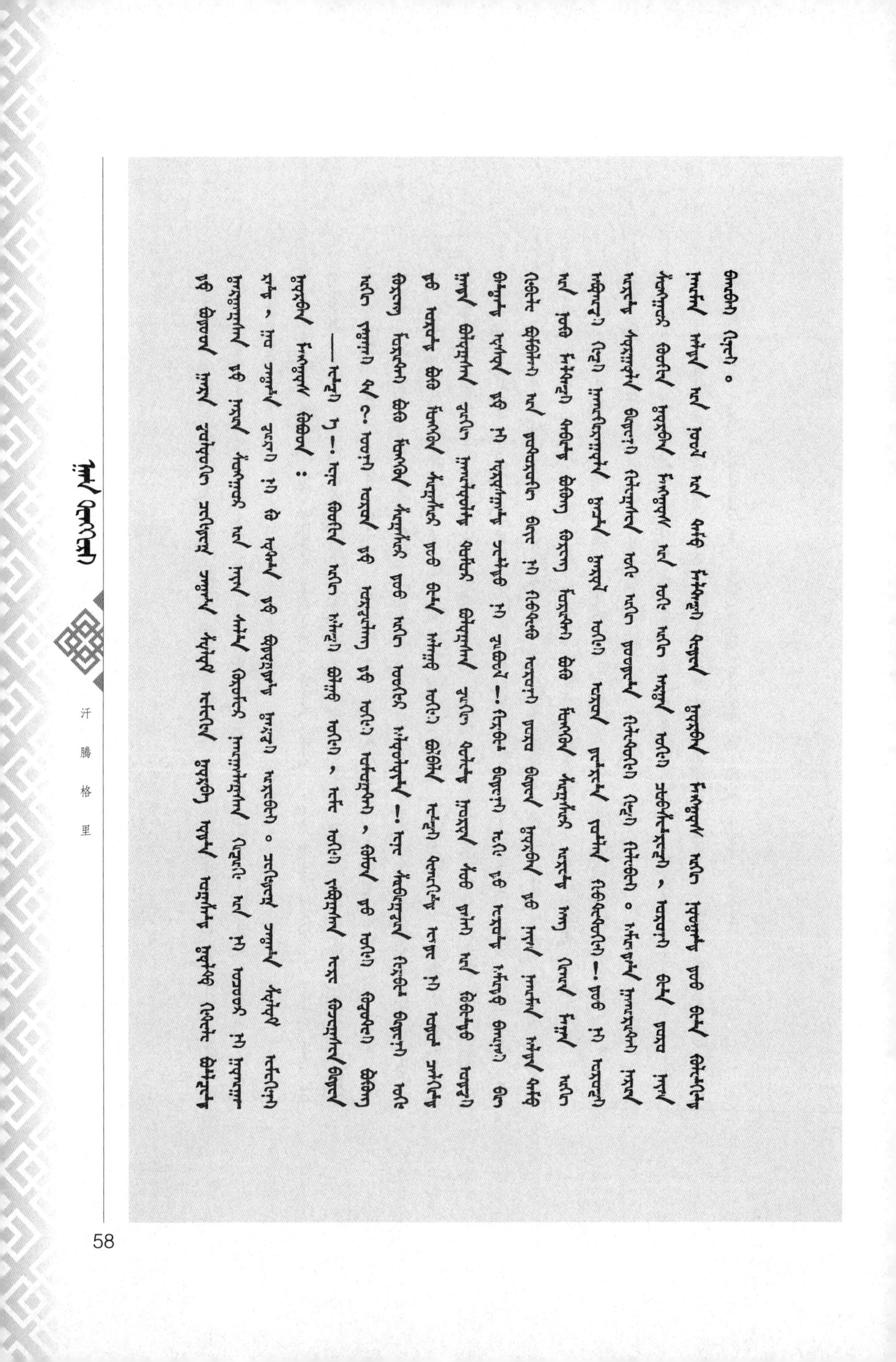

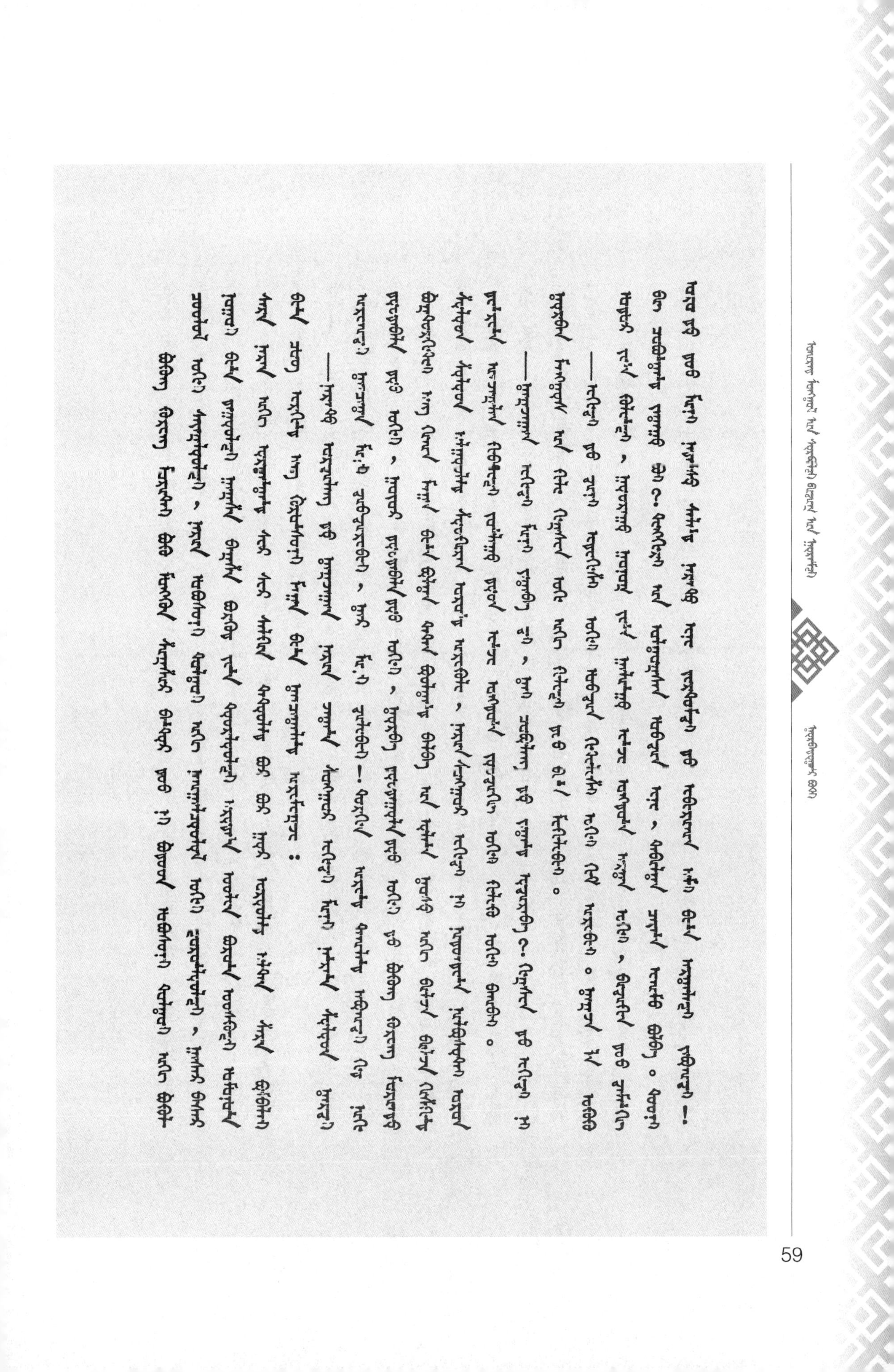

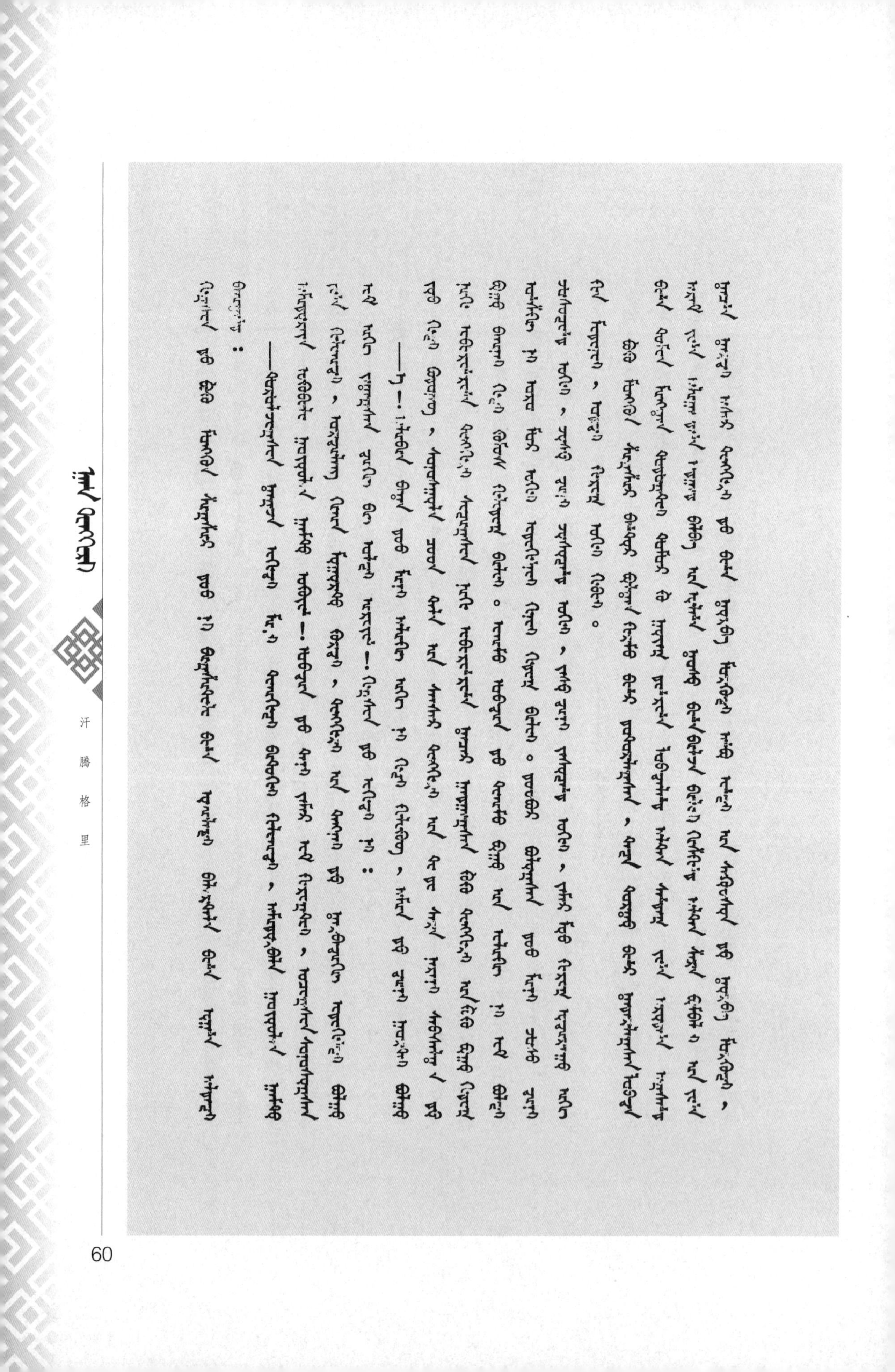

[illegible]
[illegible]

[illegible]
[illegible]

[illegible]
[illegible]
[illegible]
[illegible]
[illegible]

[illegible]
[illegible]
[illegible]
[illegible]
[illegible]
[illegible]
[illegible]

[illegible]
[illegible]

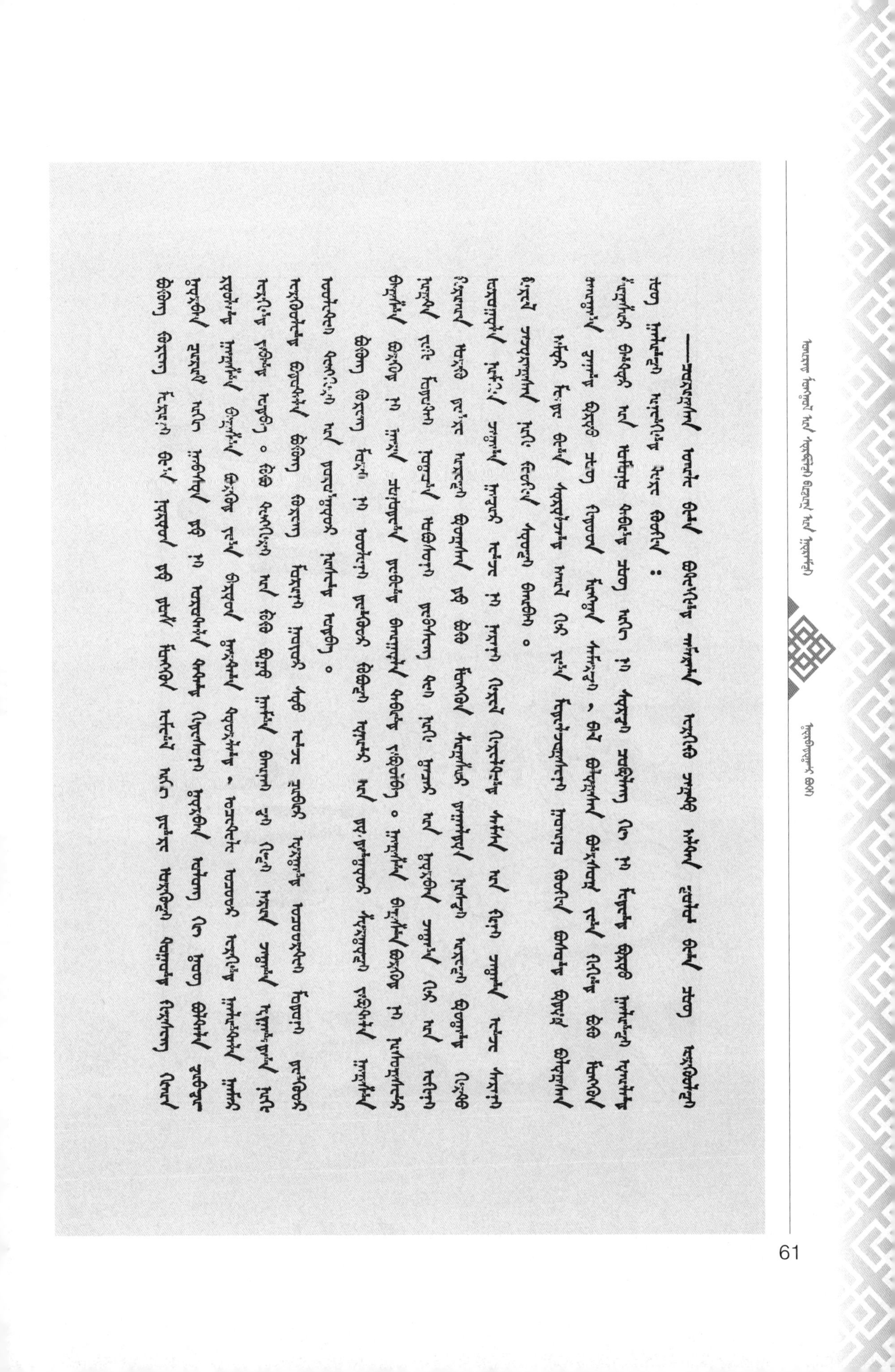

[illegible]

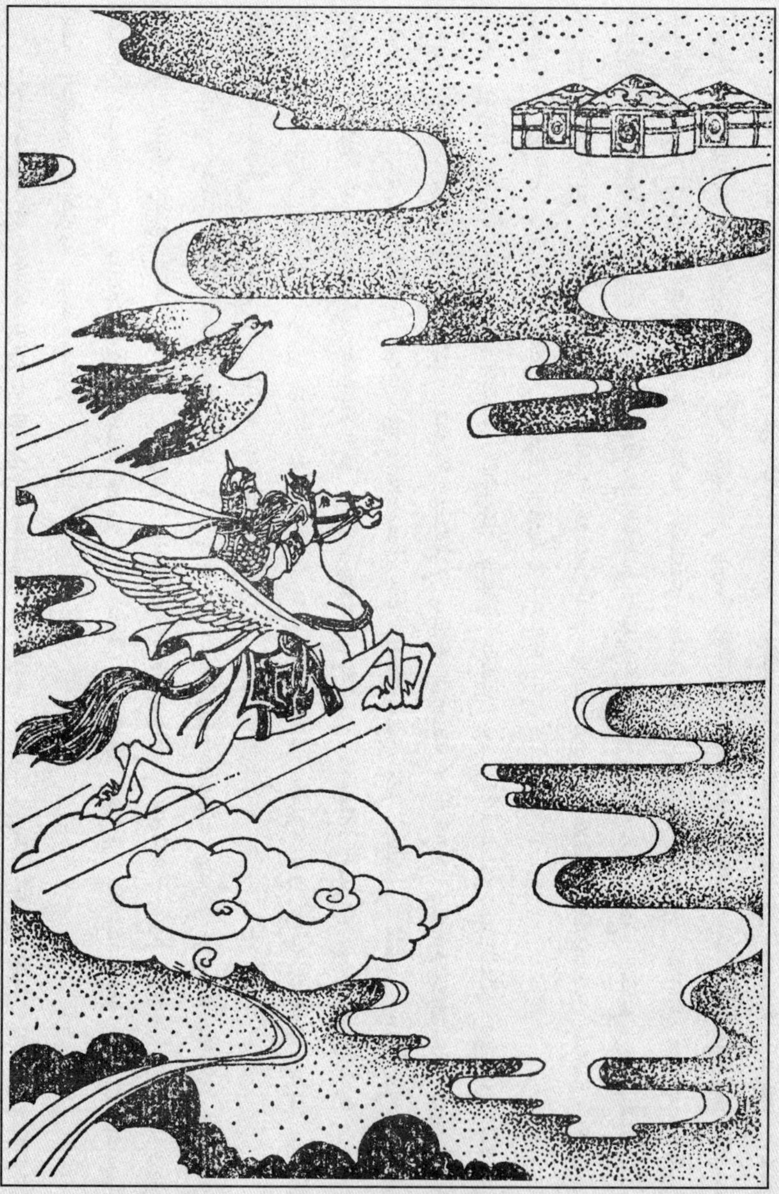

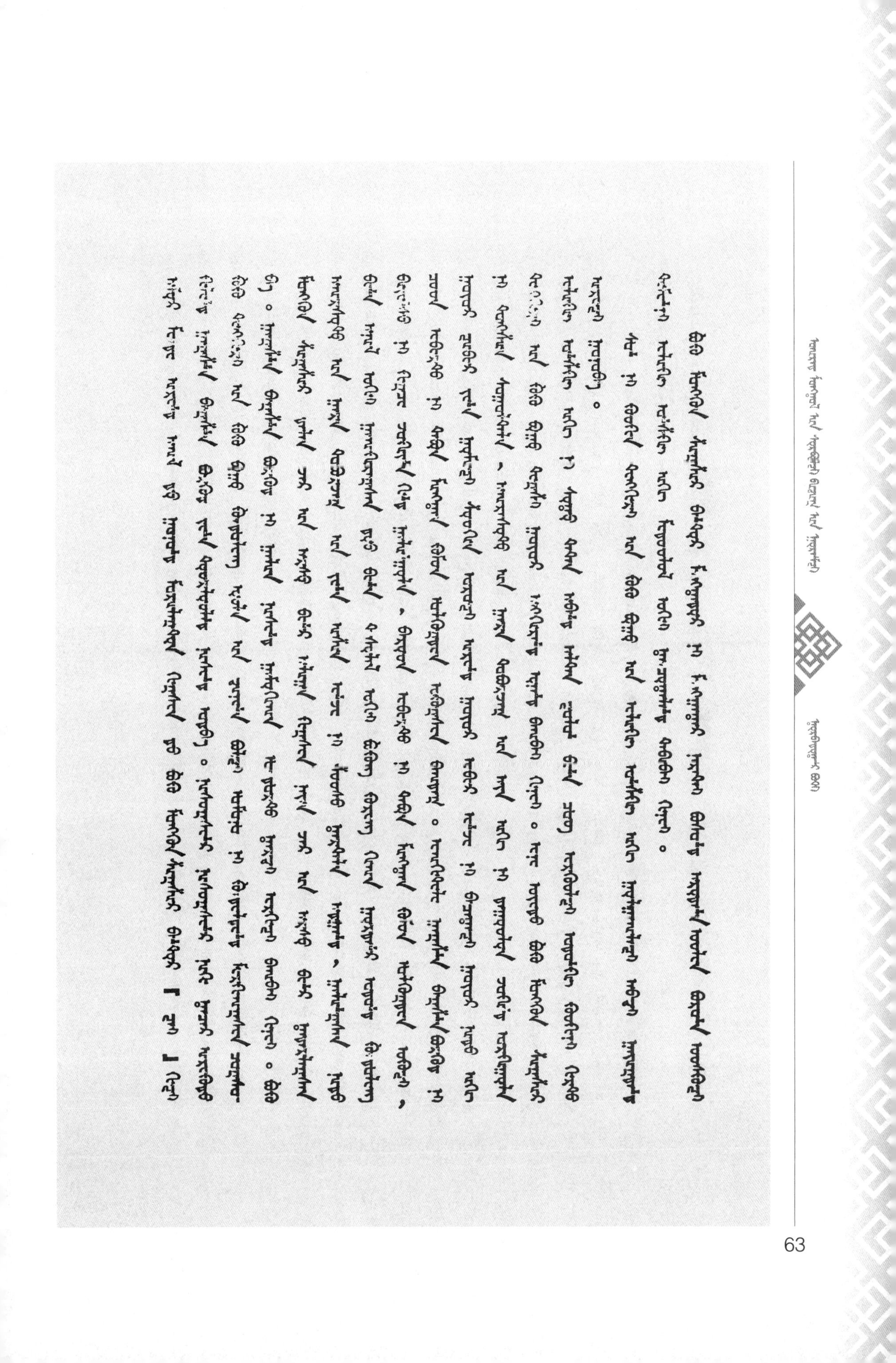

[illegible]

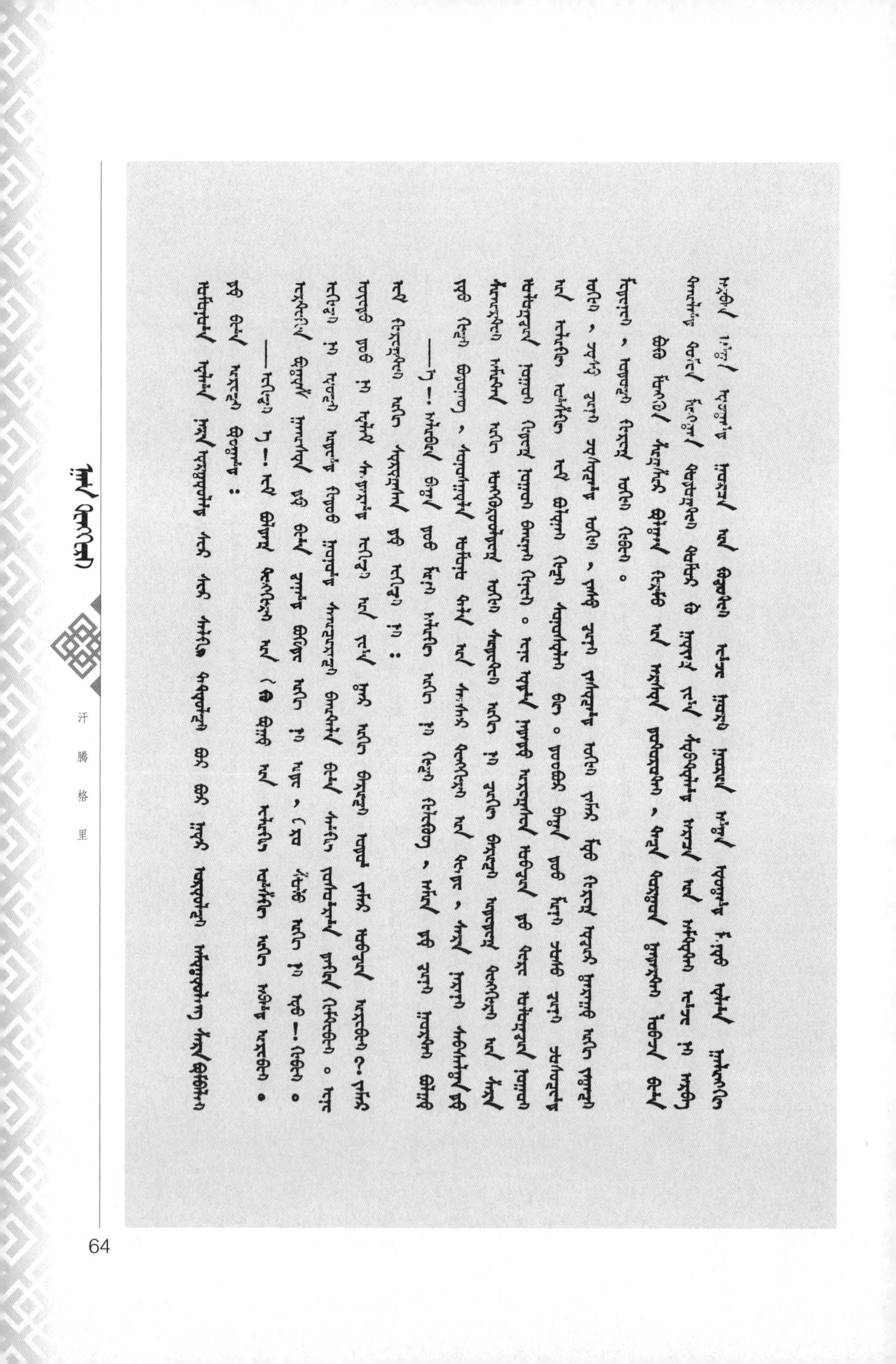

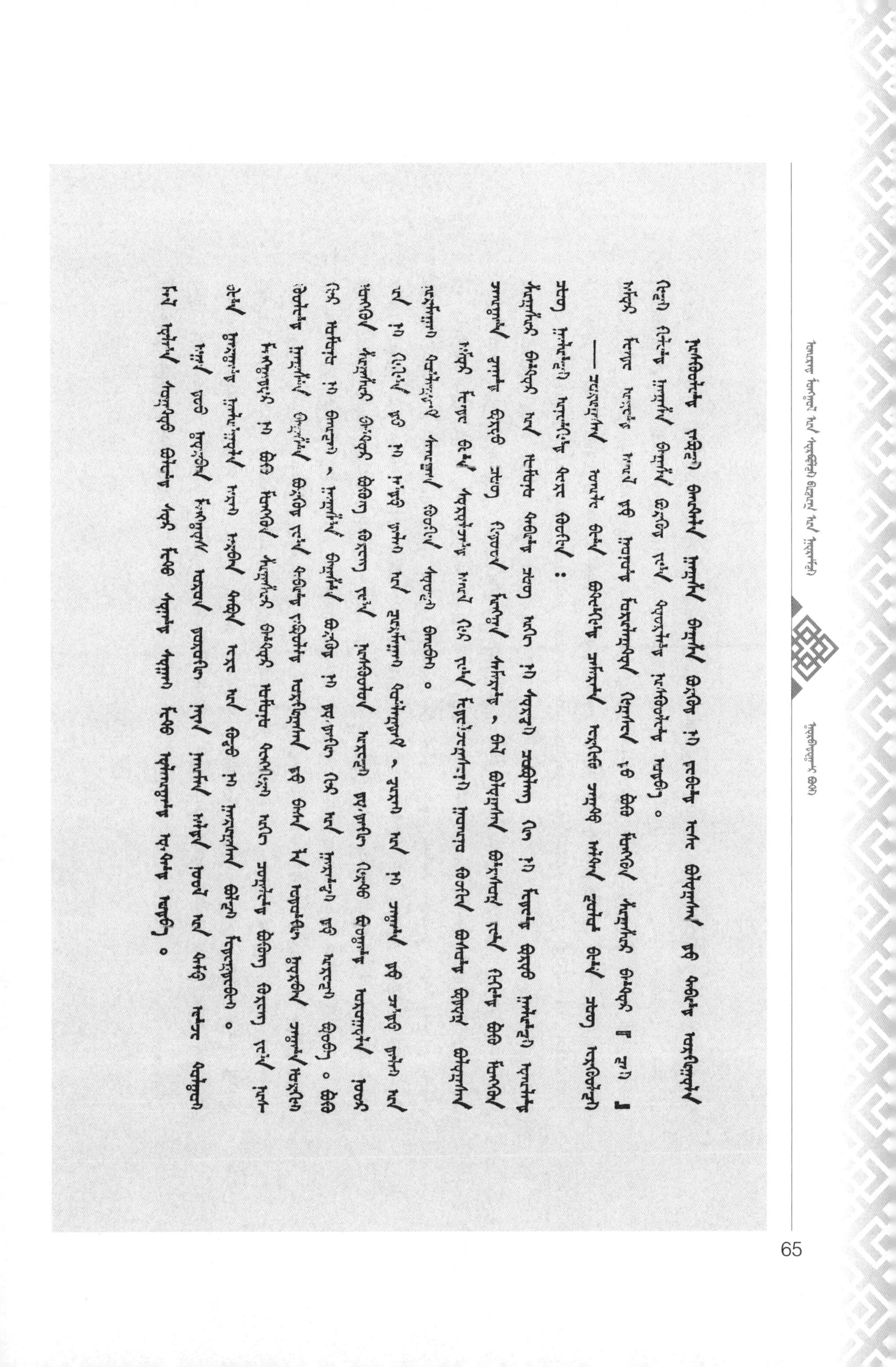

[illegible] ◦

「 [illegible] 」

—— [illegible] :

[illegible] ◦

[illegible] ◦

[illegible] ◦

[illegible] ◦

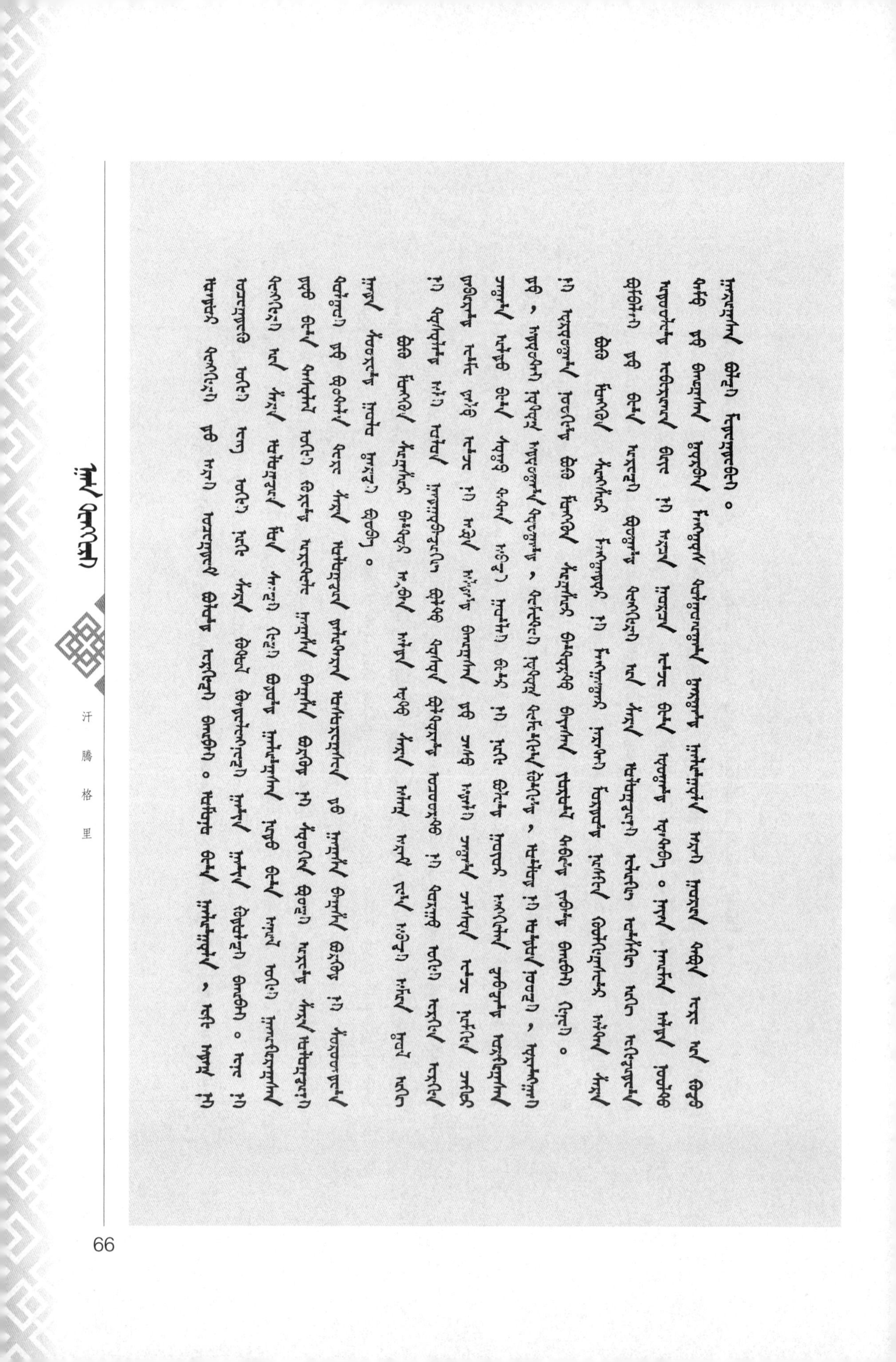

[illegible]

[illegible]

[illegible]

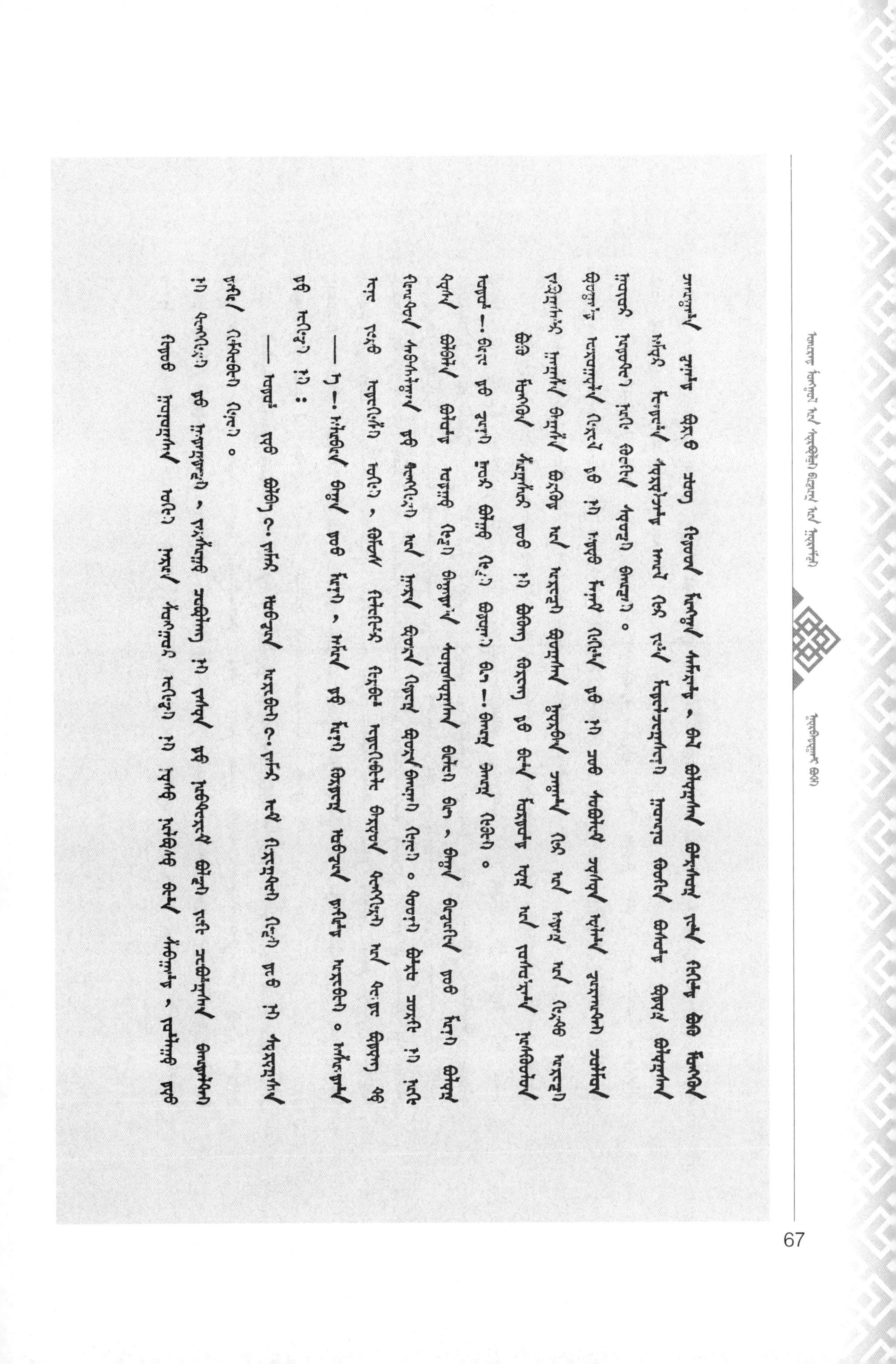

[illegible]

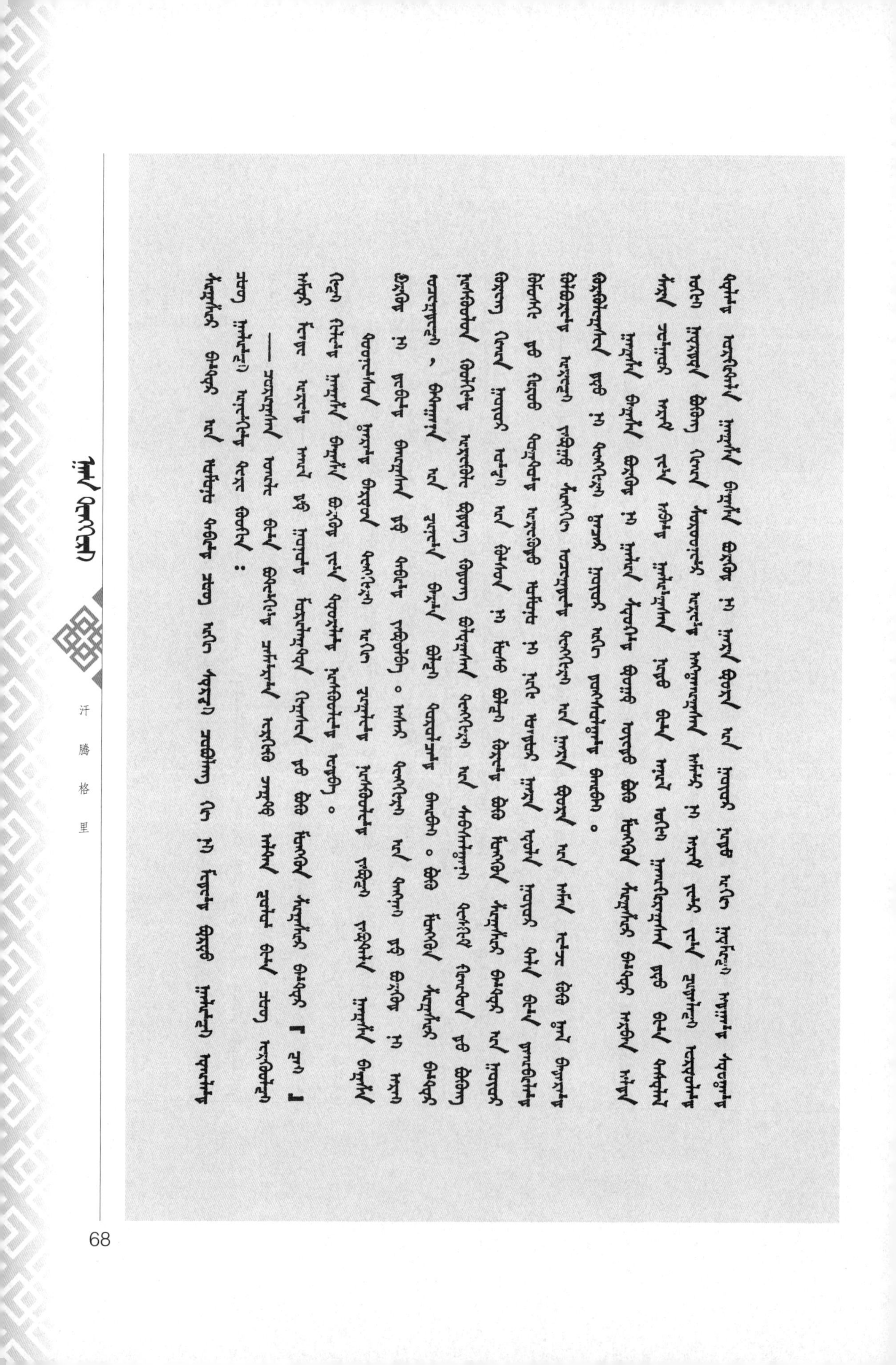

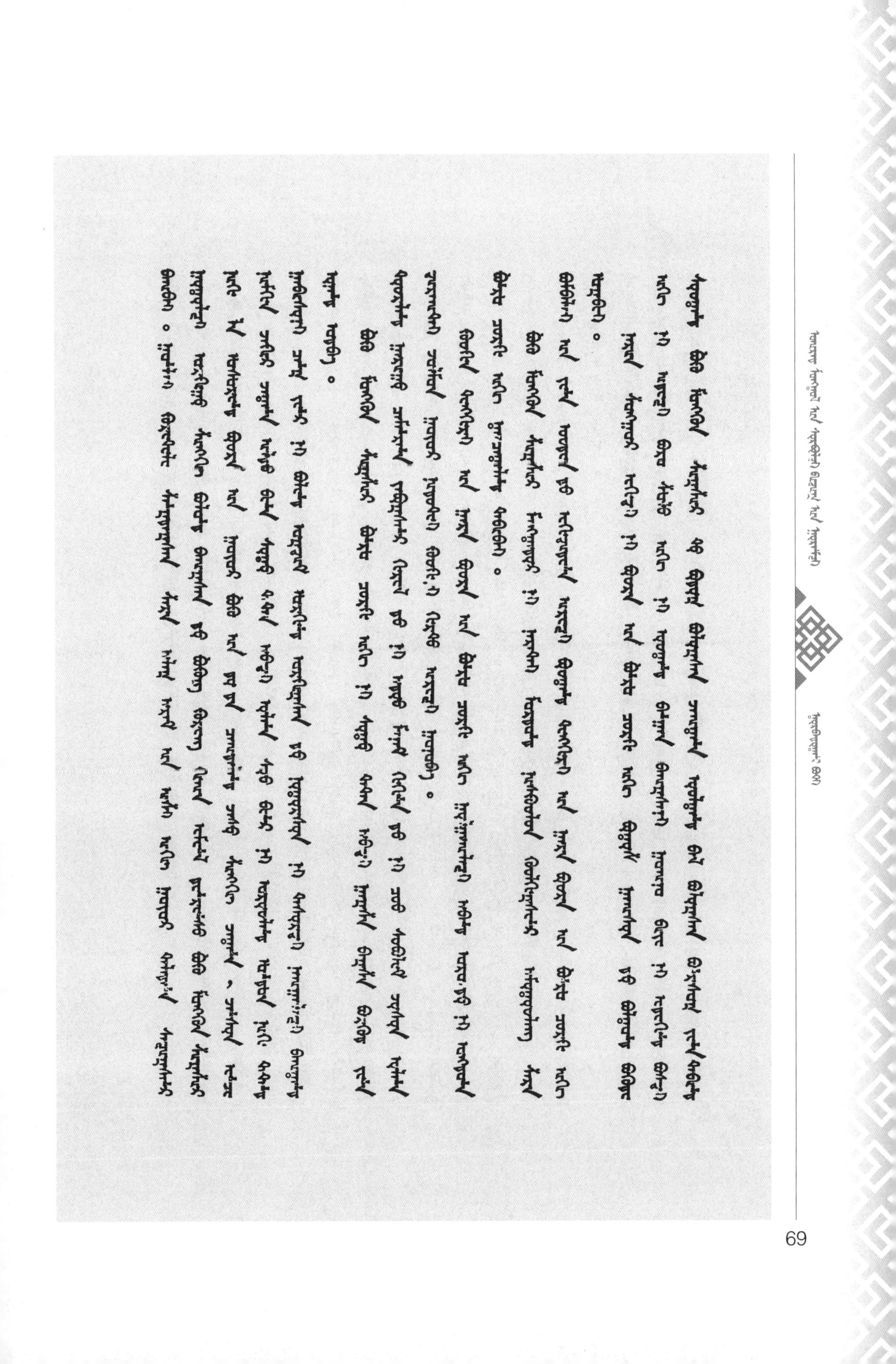

[illegible]

[illegible]

[illegible]

[illegible]

[illegible]

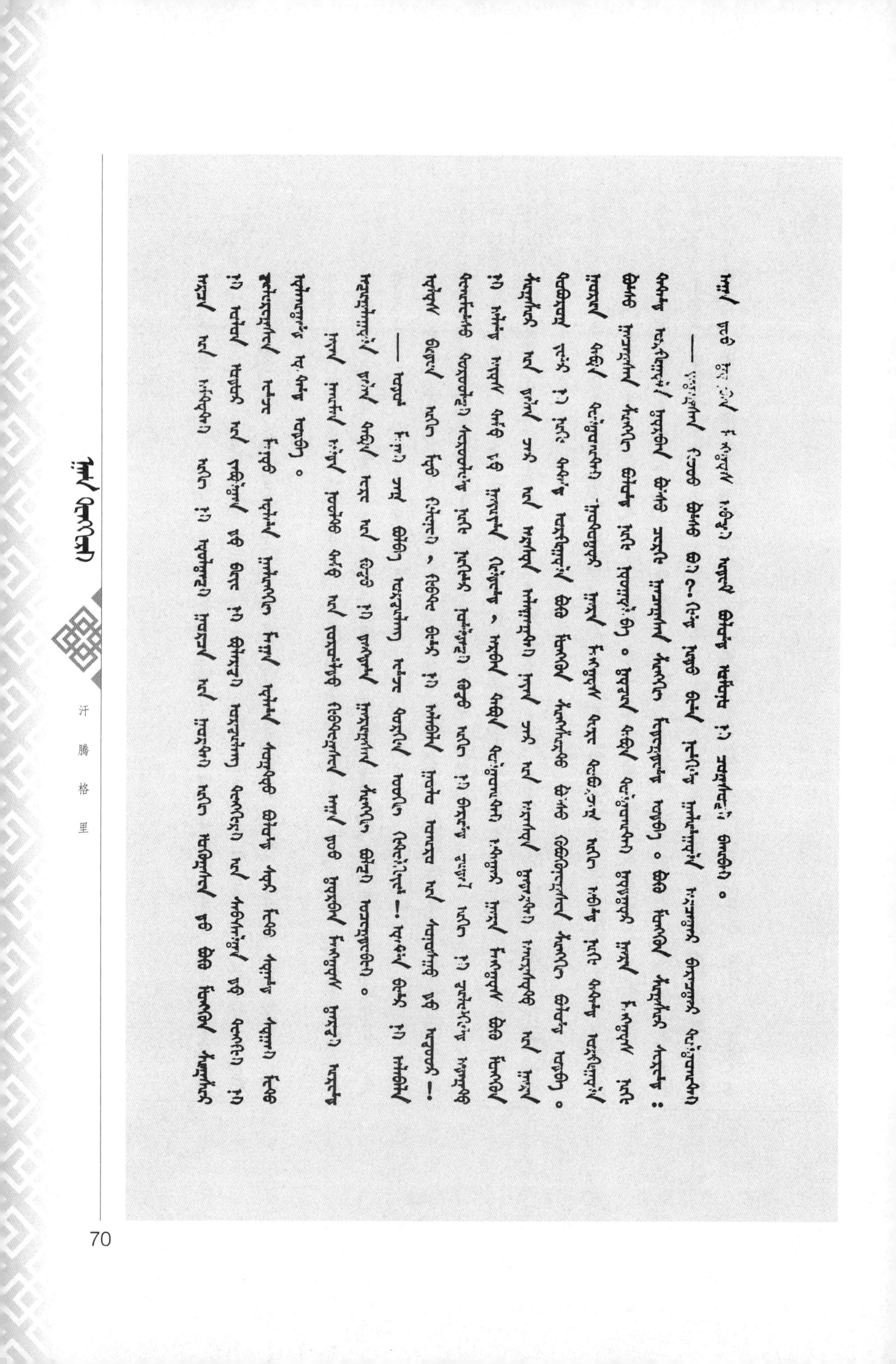

[illegible]

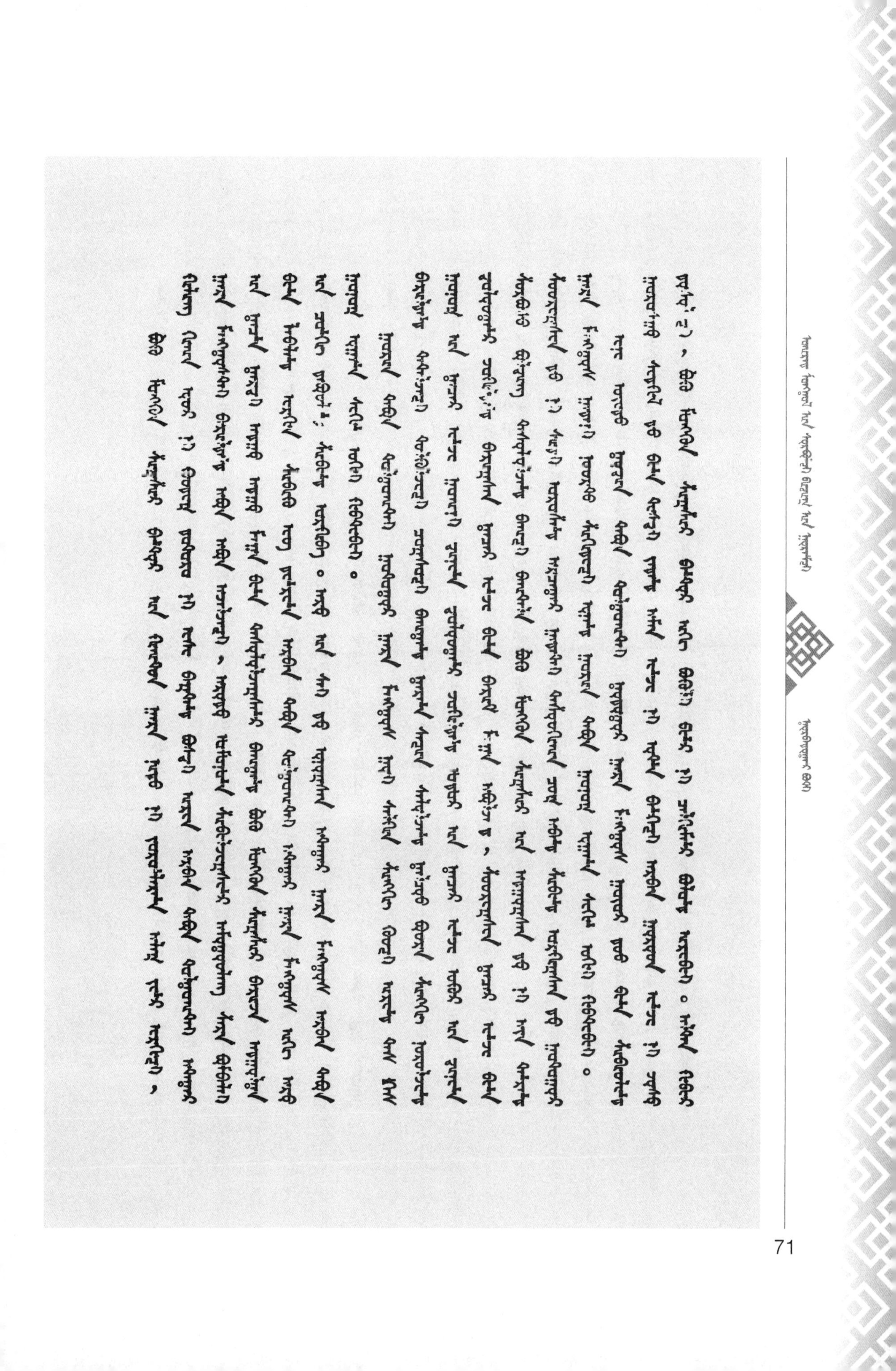

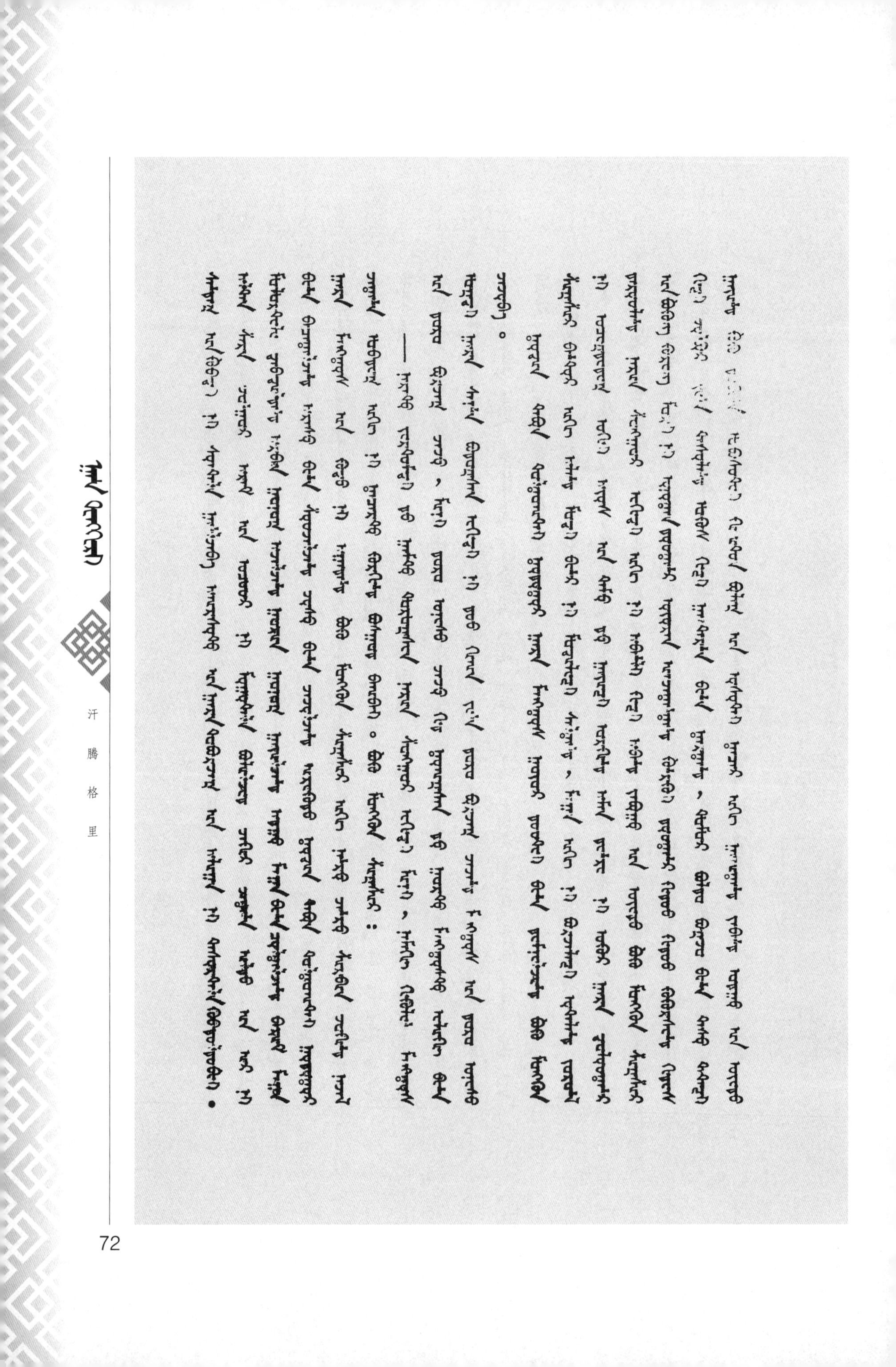

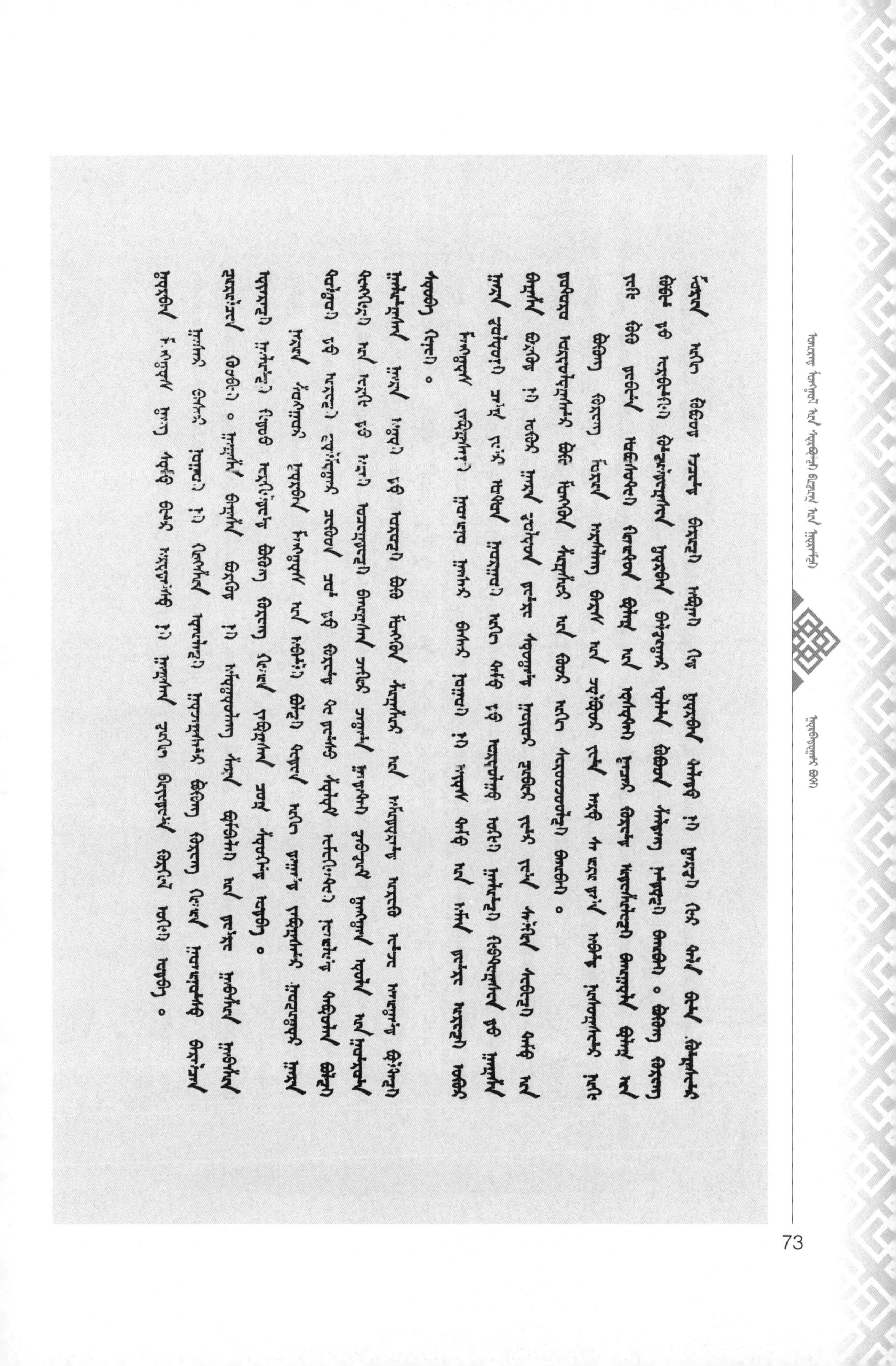

[illegible]

[illegible]

[illegible]

[illegible]

[illegible]

[illegible]

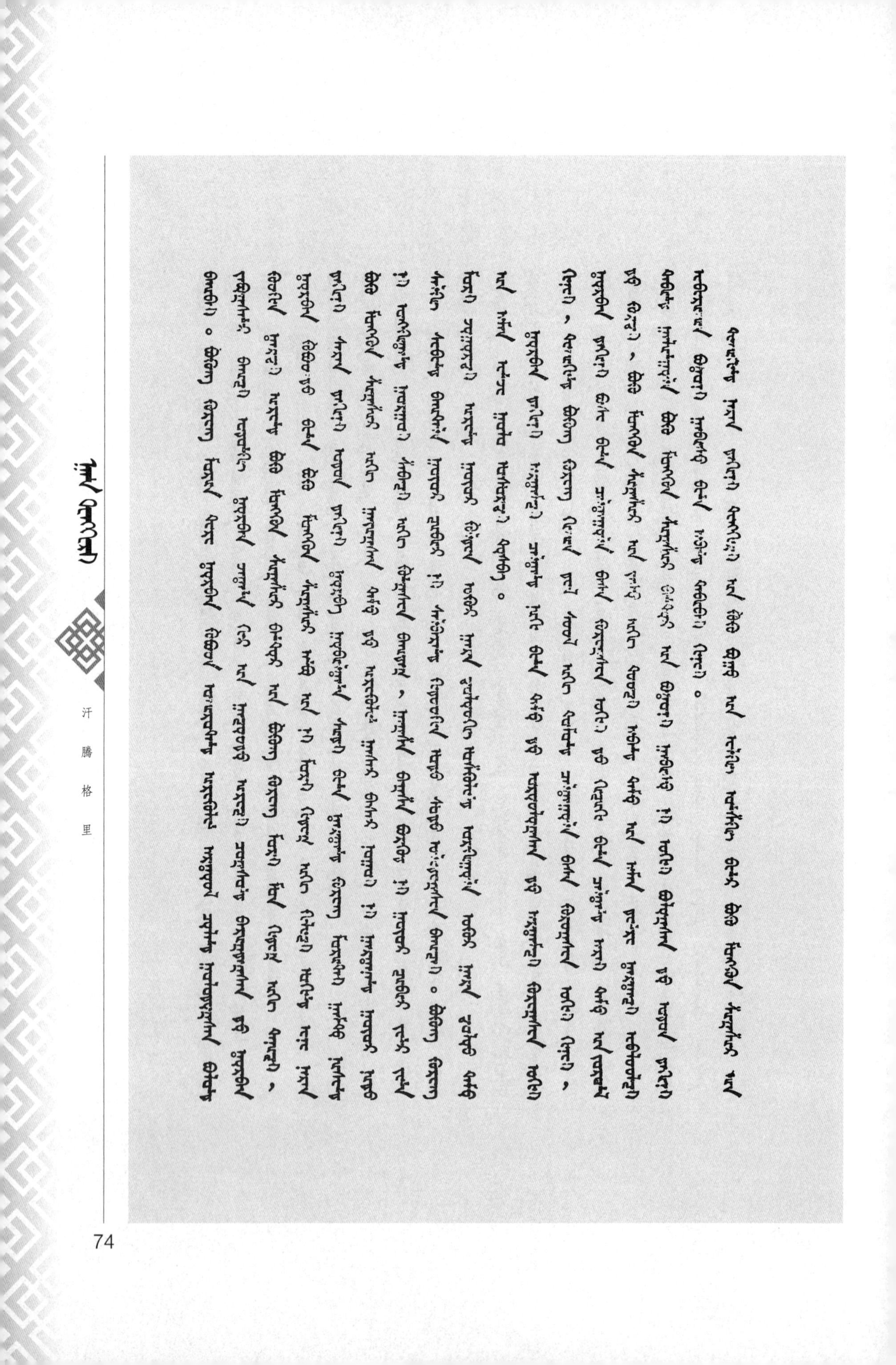

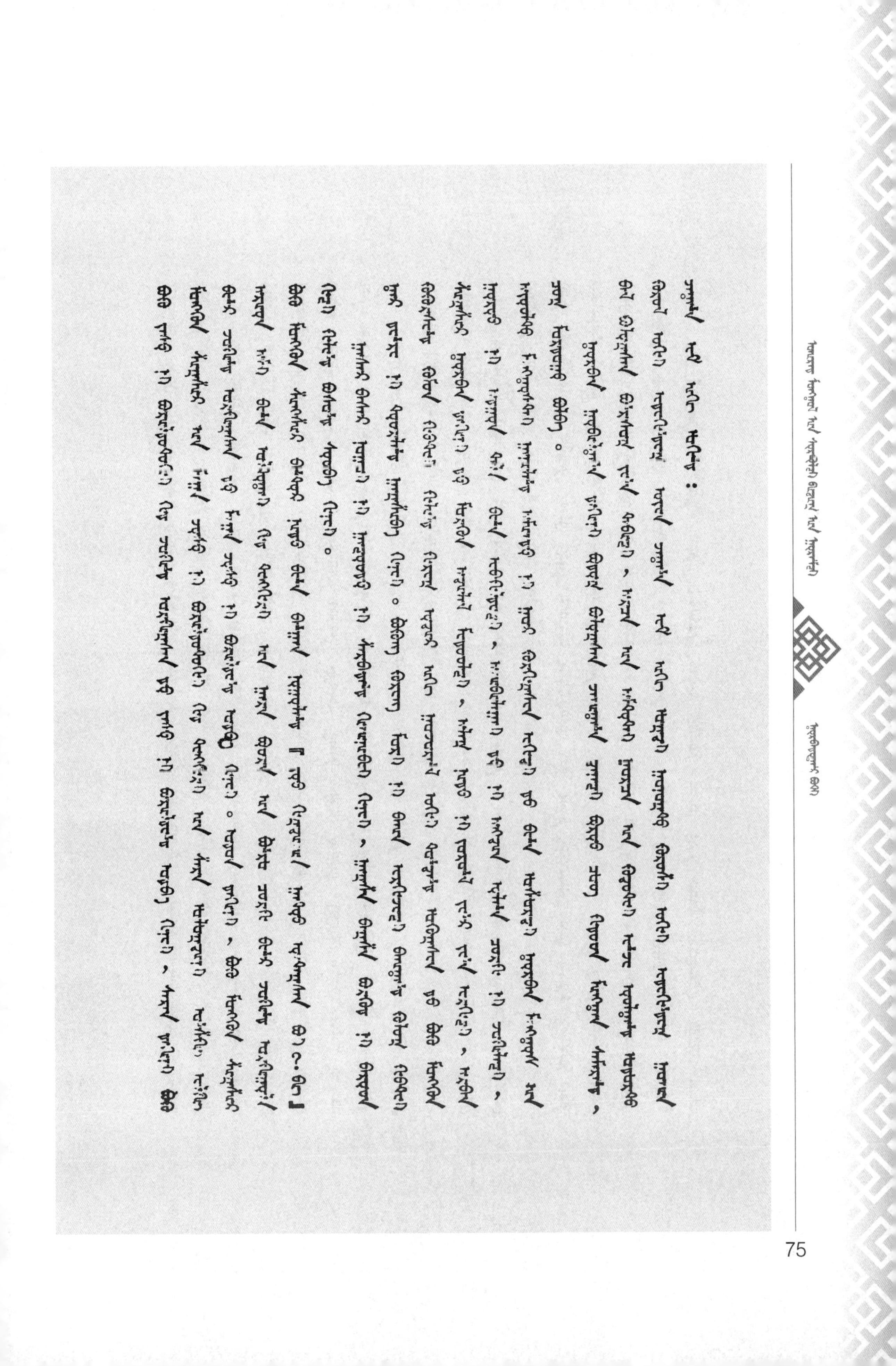

[illegible]

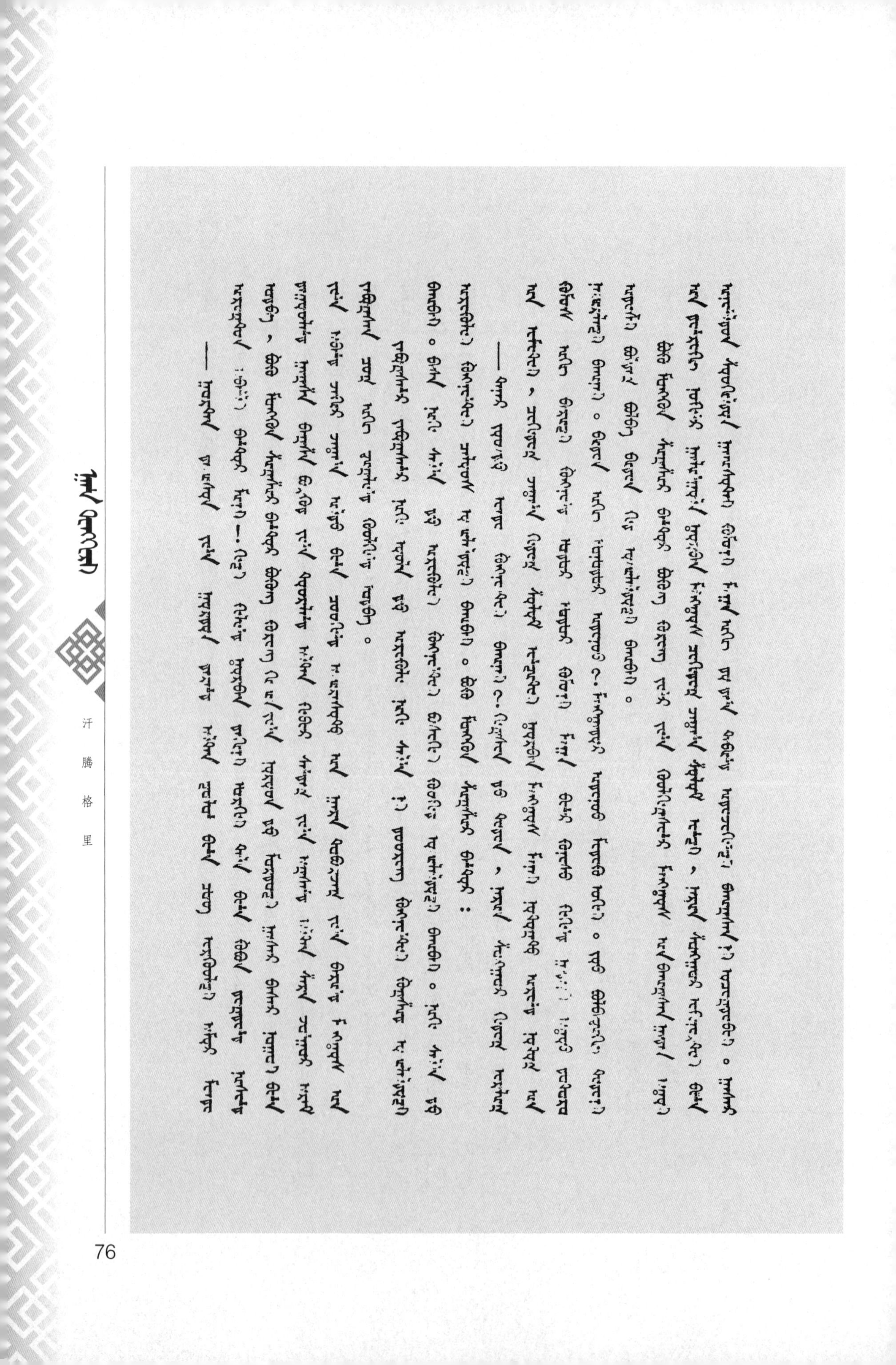

[illegible]

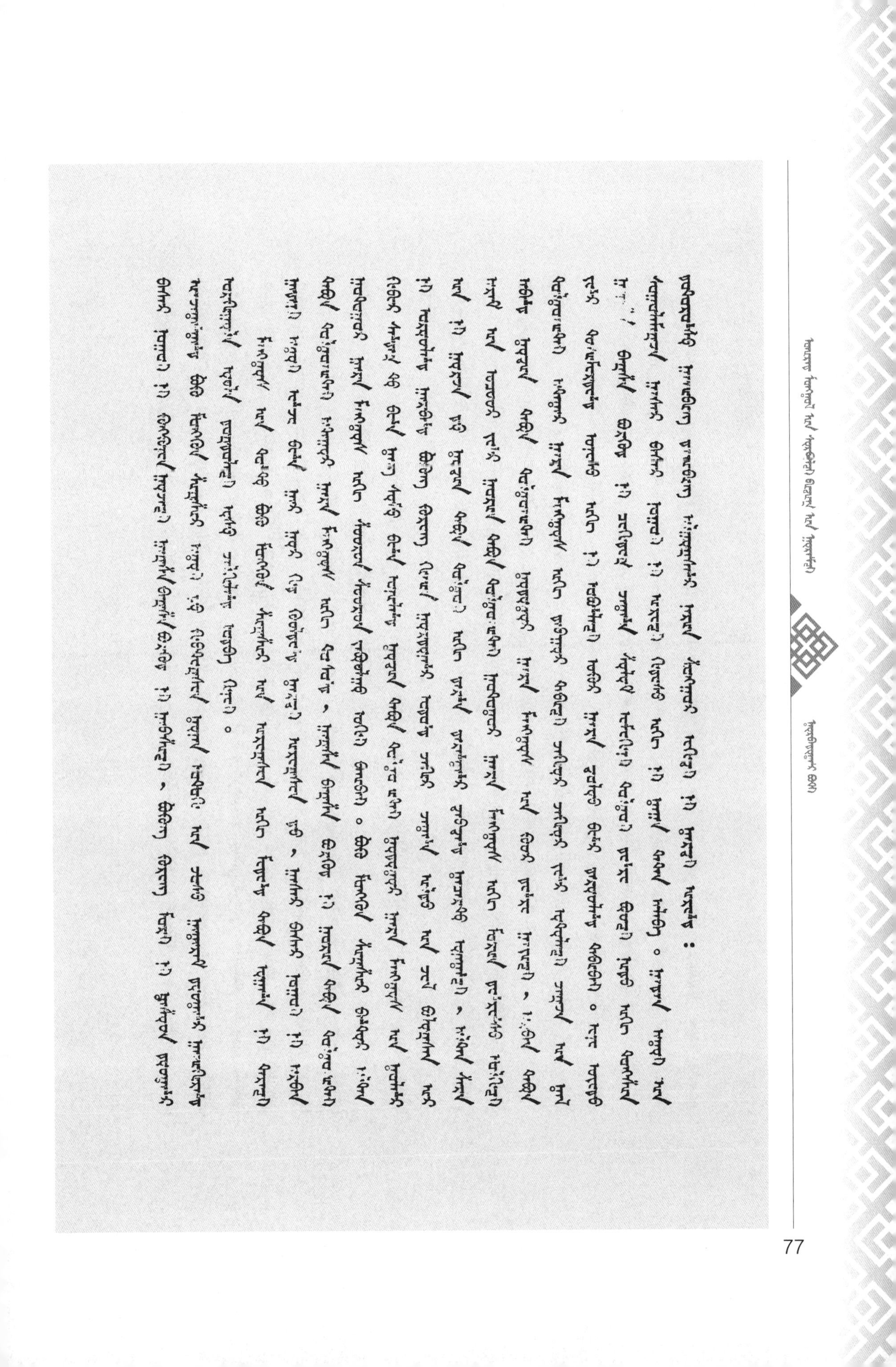

[illegible]

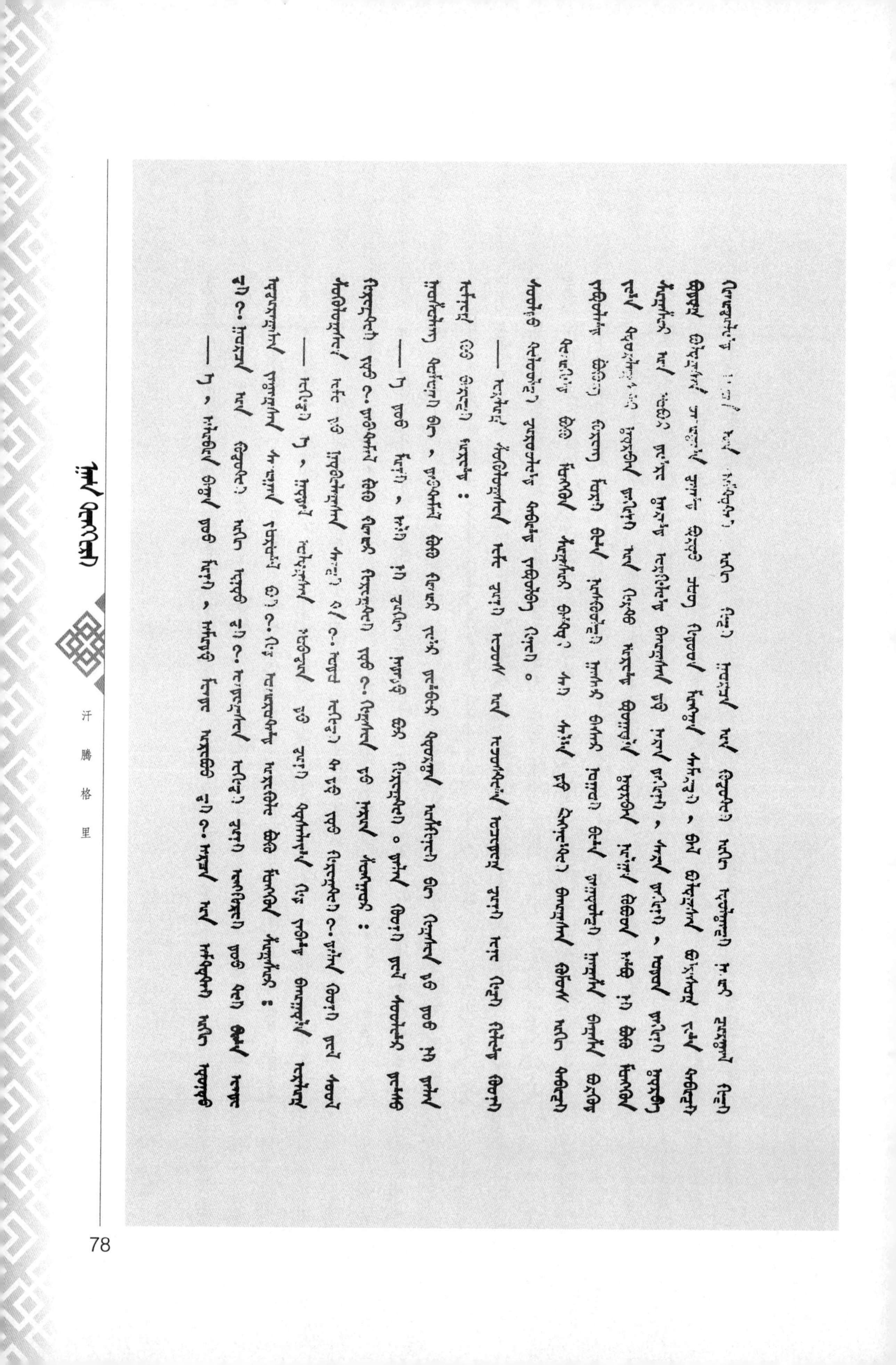

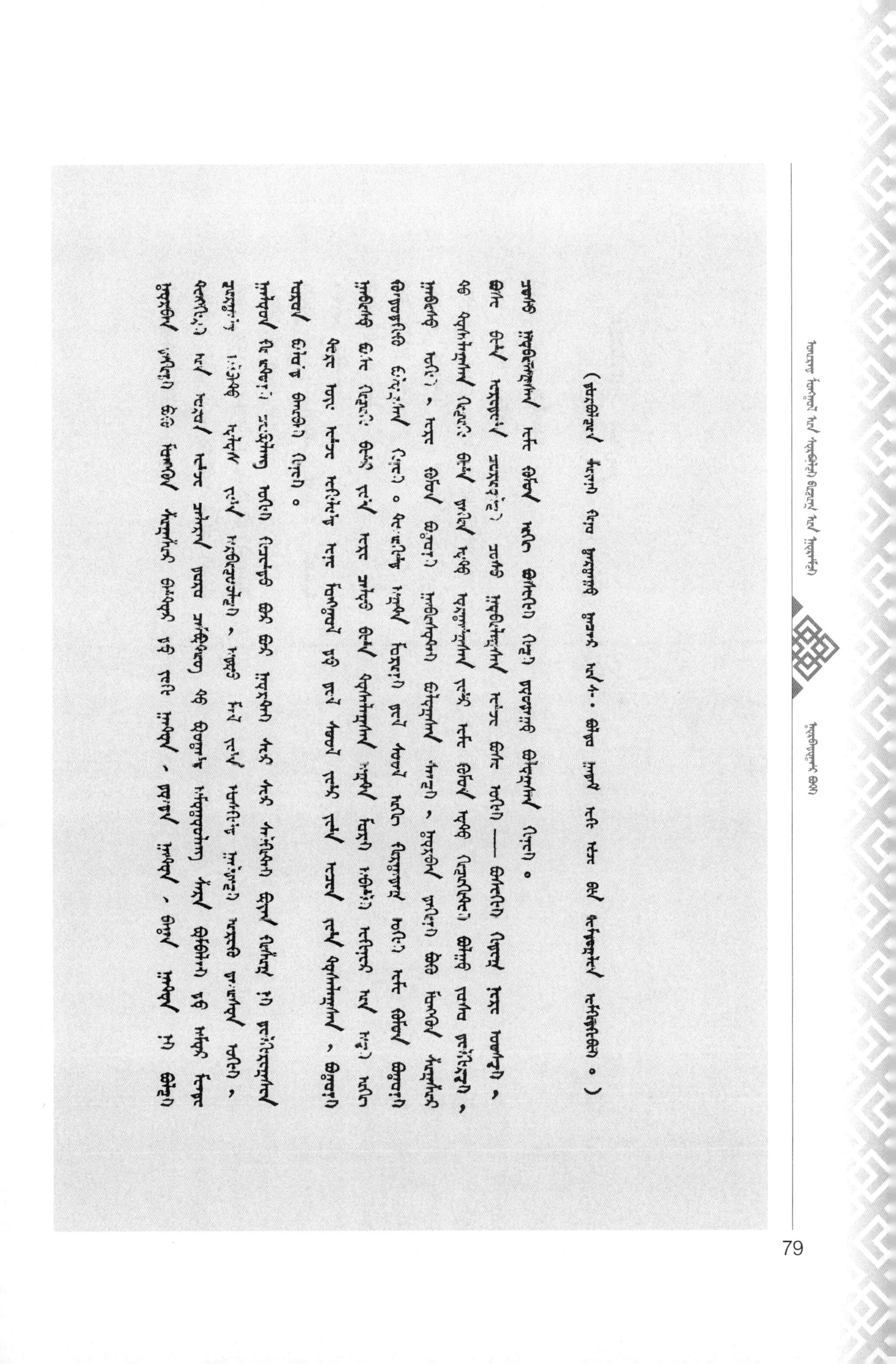

([illegible] ∘)

[illegible] ∘
[illegible] — [illegible]
[illegible]
[illegible]
[illegible] ∘ [illegible]
[illegible]

[illegible] ∘

[illegible]
[illegible]
[illegible]
[illegible]

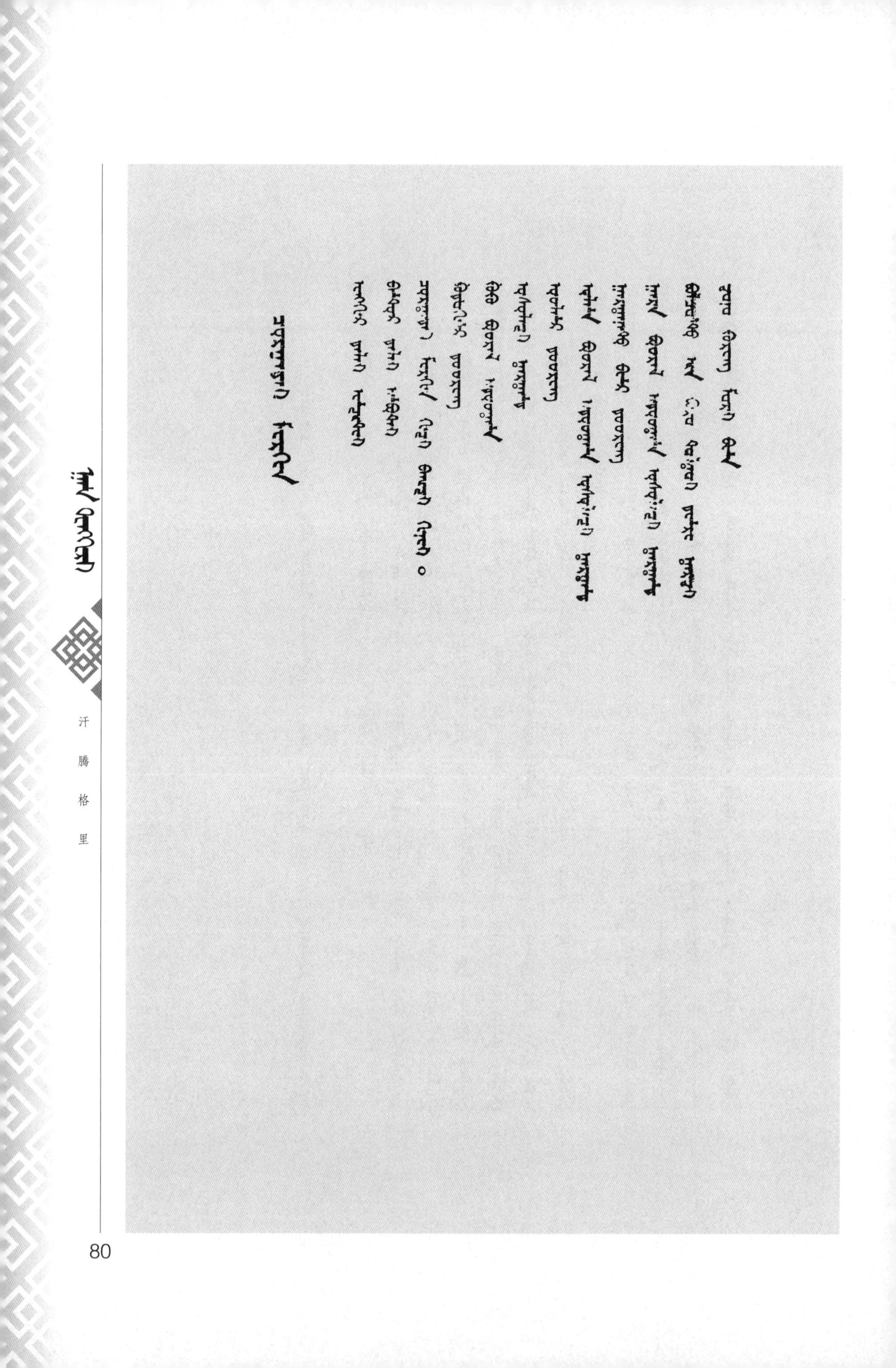

[illegible]

[illegible]
[illegible]
[illegible]
[illegible]
[illegible]
[illegible]
[illegible]
[illegible]
[illegible]
[illegible]
[illegible]
[illegible]

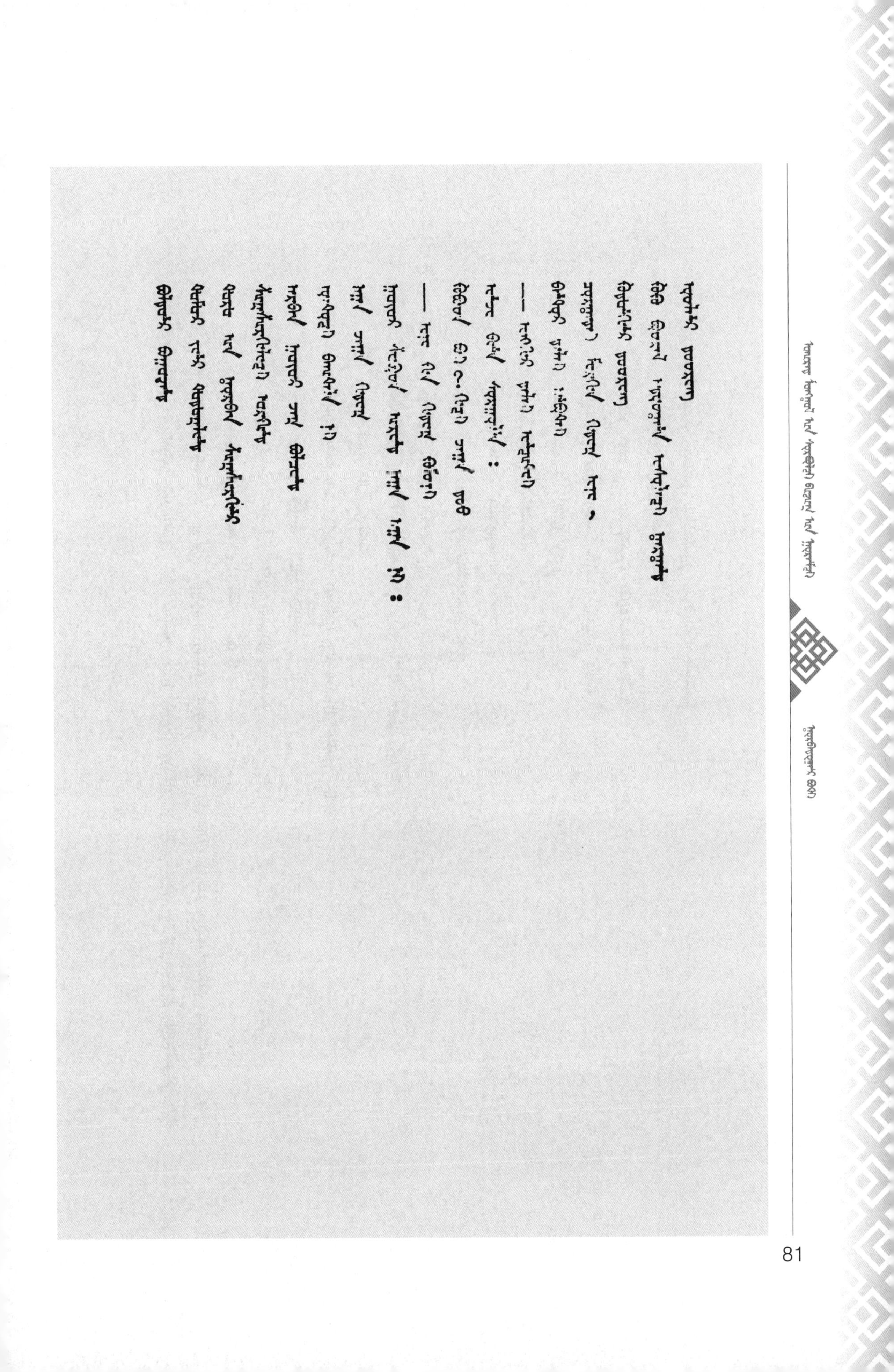

[illegible] [illegible]
[illegible] [illegible] [illegible] [illegible] [illegible]
[illegible] [illegible]
[illegible] [illegible] [illegible] [illegible] ᠂
[illegible] [illegible] [illegible]
—— [illegible] [illegible] [illegible]
[illegible] [illegible] [illegible] ᠄
[illegible] [illegible] [illegible] [illegible] [illegible]
—— [illegible] [illegible] [illegible] [illegible]
[illegible] [illegible] [illegible] [illegible] [illegible] [illegible] ᠄
[illegible] [illegible] [illegible]
[illegible] [illegible] [illegible]
[illegible] [illegible] [illegible] [illegible]
[illegible] [illegible]
[illegible] [illegible] [illegible] [illegible]
[illegible] [illegible] [illegible]
[illegible] [illegible]

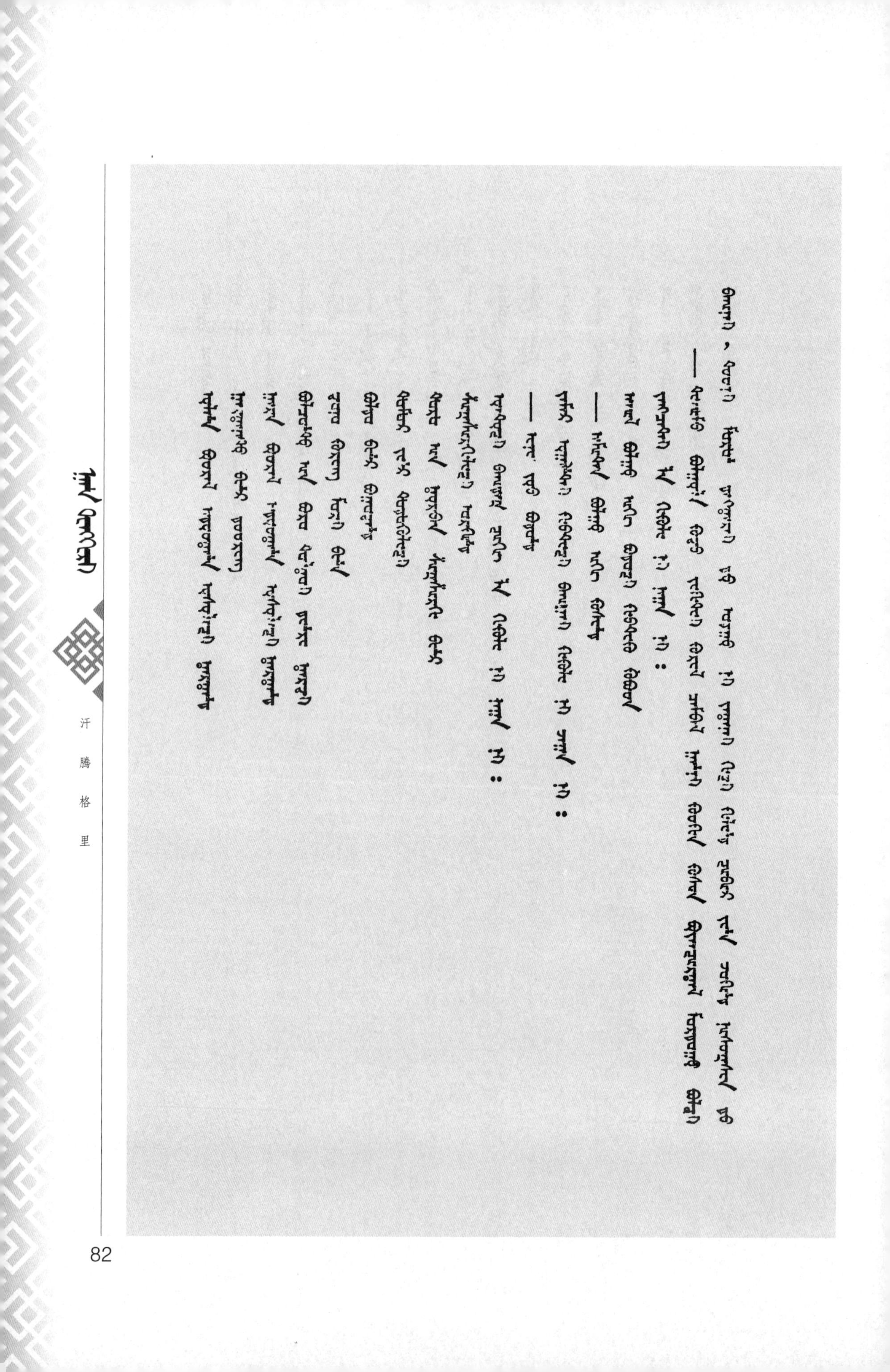

[illegible]

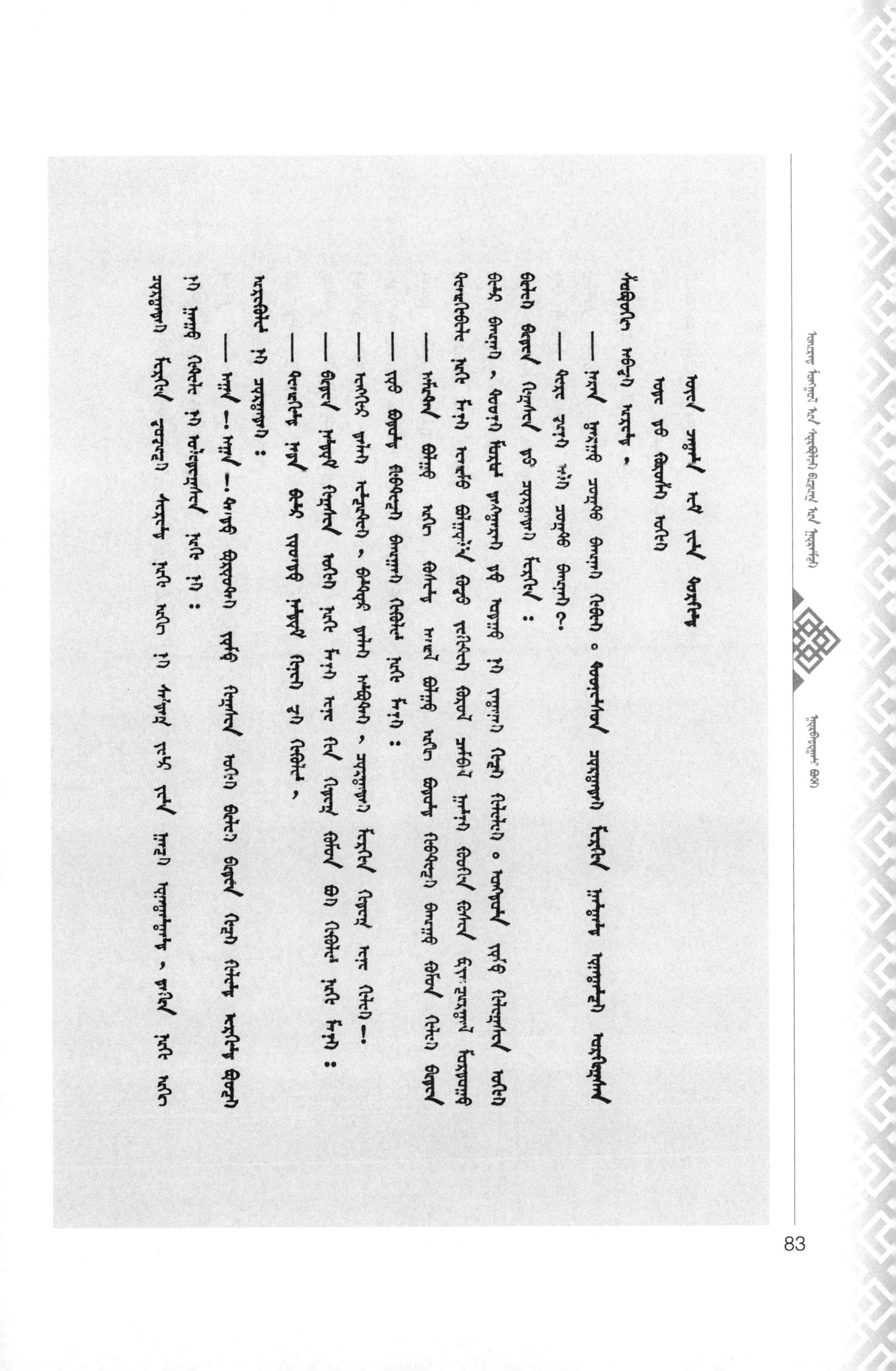

[illegible]

[illegible]

[illegible] ᠃

—— [illegible] ᠃ [illegible]

—— [illegible] ?

[illegible] :

[illegible] ᠂ [illegible] ᠃ [illegible]

[illegible]

—— [illegible]

—— [illegible] :

—— [illegible] ᠂ [illegible] ᠂ [illegible] !

—— [illegible] :

—— [illegible] ᠂

[illegible] :

—— [illegible] ! [illegible] ! [illegible]

[illegible] :

[illegible] ᠂ [illegible]

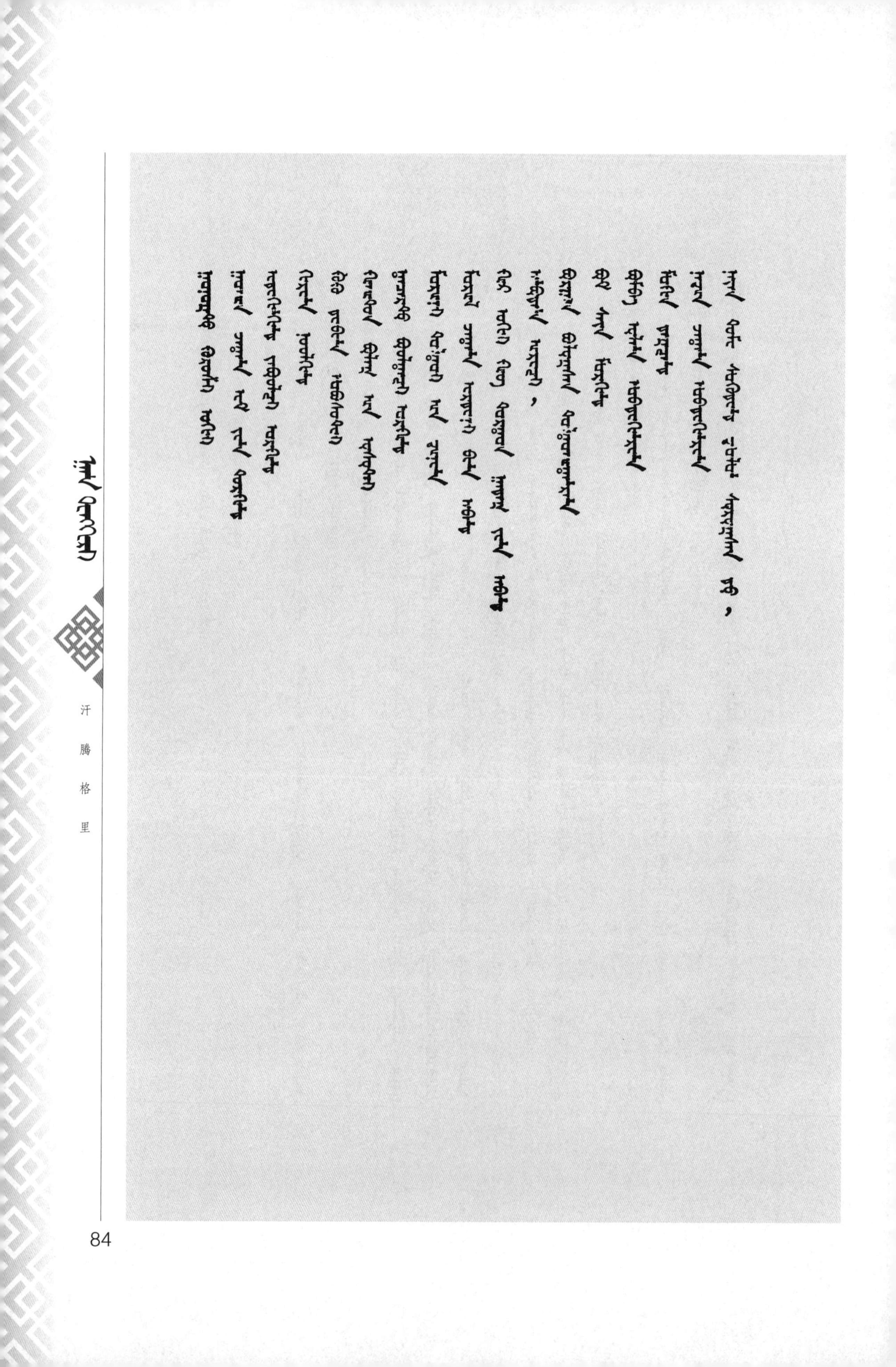

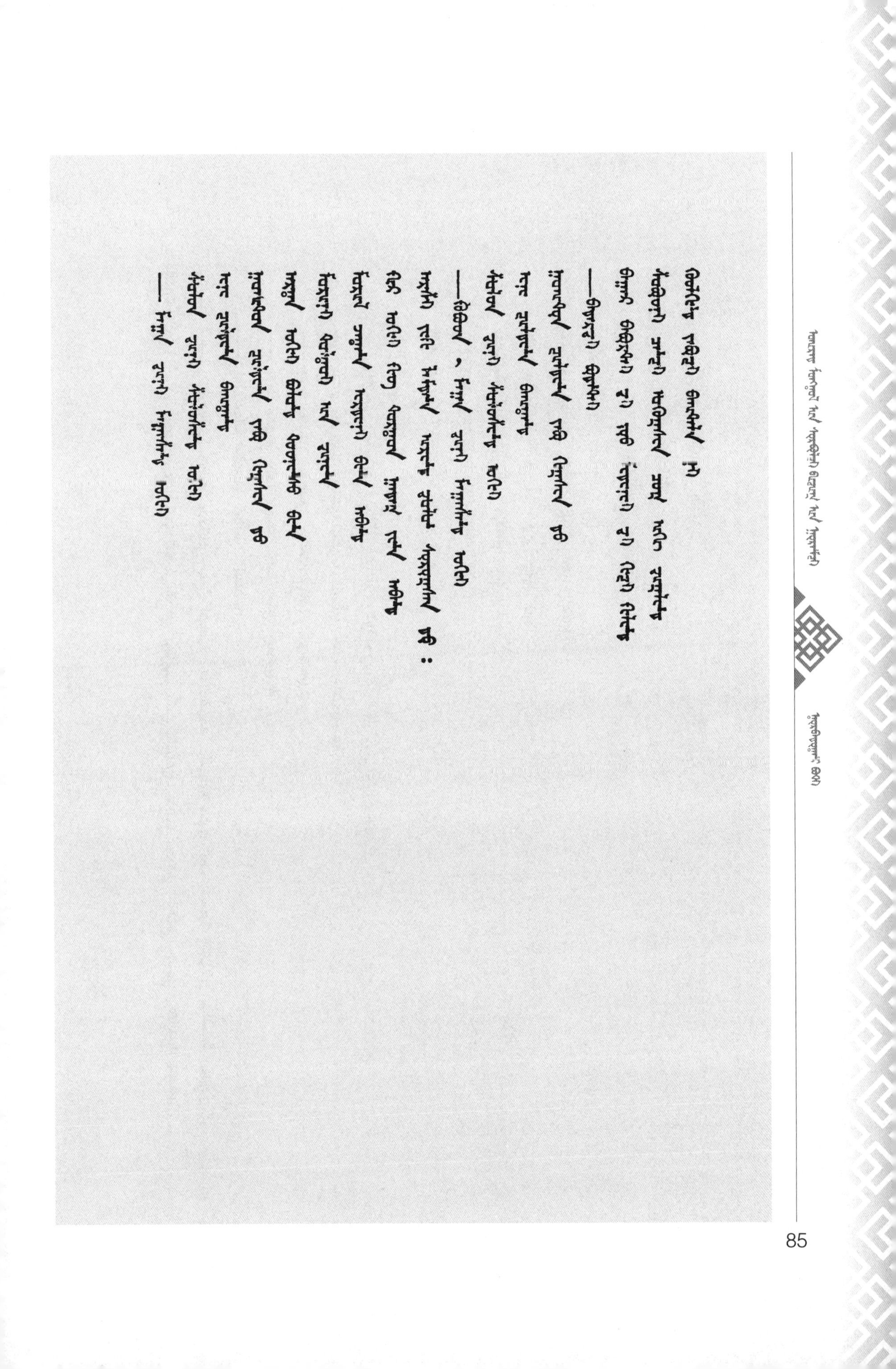

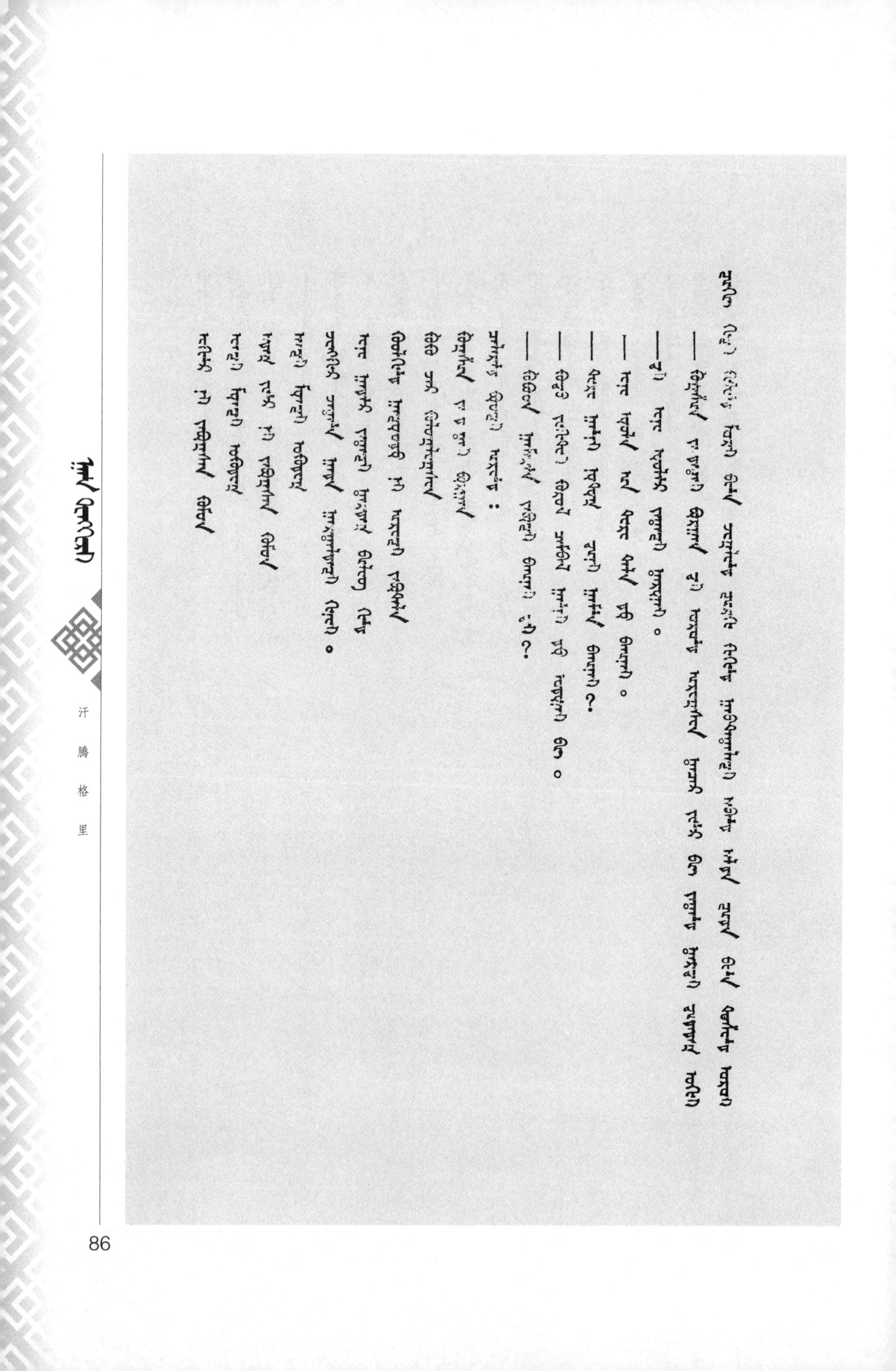

[illegible]

—— [illegible]

—— [illegible]

—— [illegible]

—— [illegible]

—— [illegible]

—— [illegible]

[illegible]

[illegible]
[illegible]
[illegible]
[illegible]
[illegible]

[illegible]
[illegible]
[illegible]
[illegible]

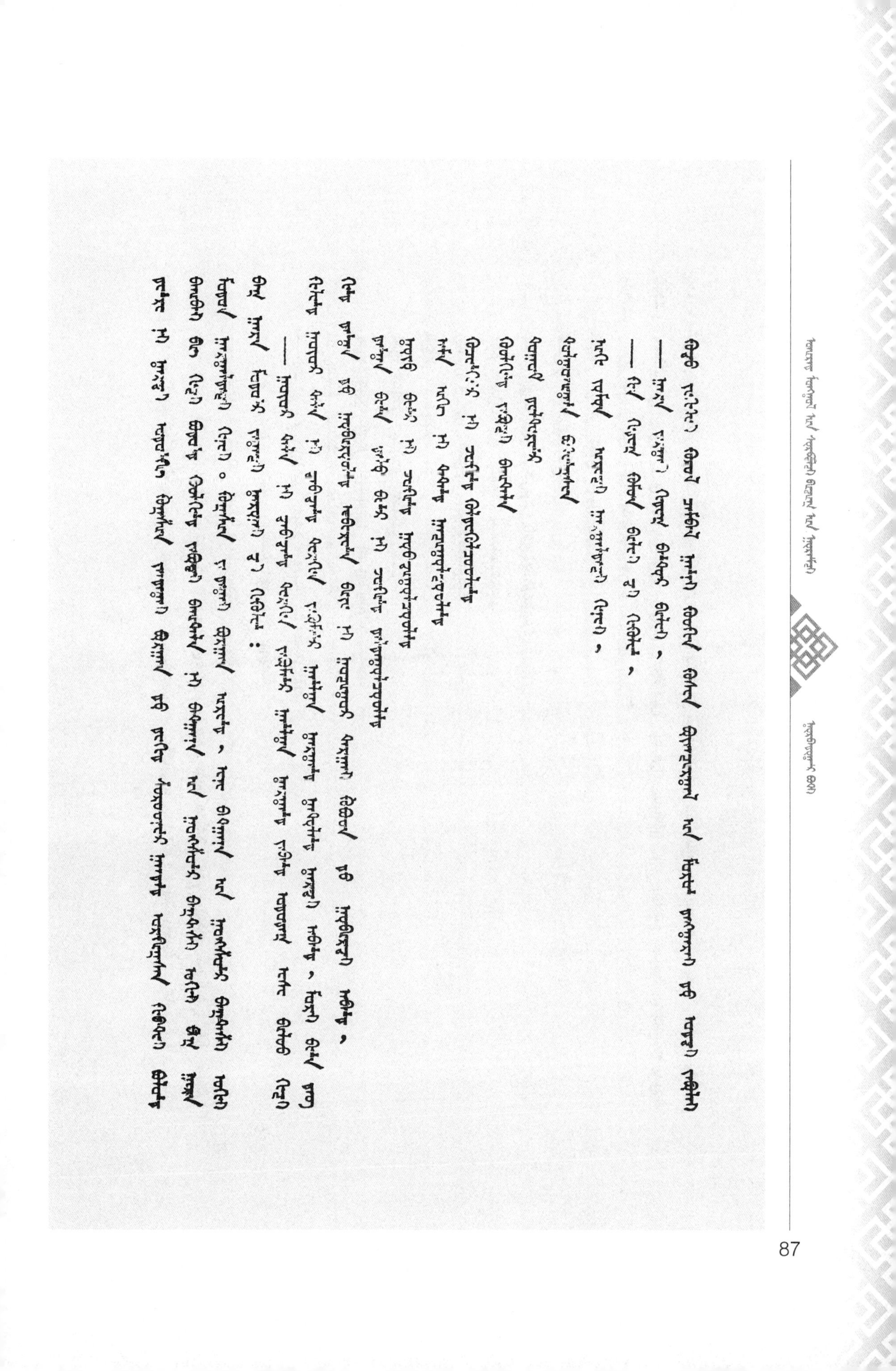

[illegible]
—— [illegible]
—— [illegible]
[illegible]
[illegible]
[illegible]
[illegible]
[illegible]
[illegible]
[illegible]
[illegible]
[illegible]

[illegible]
—— [illegible]
[illegible]

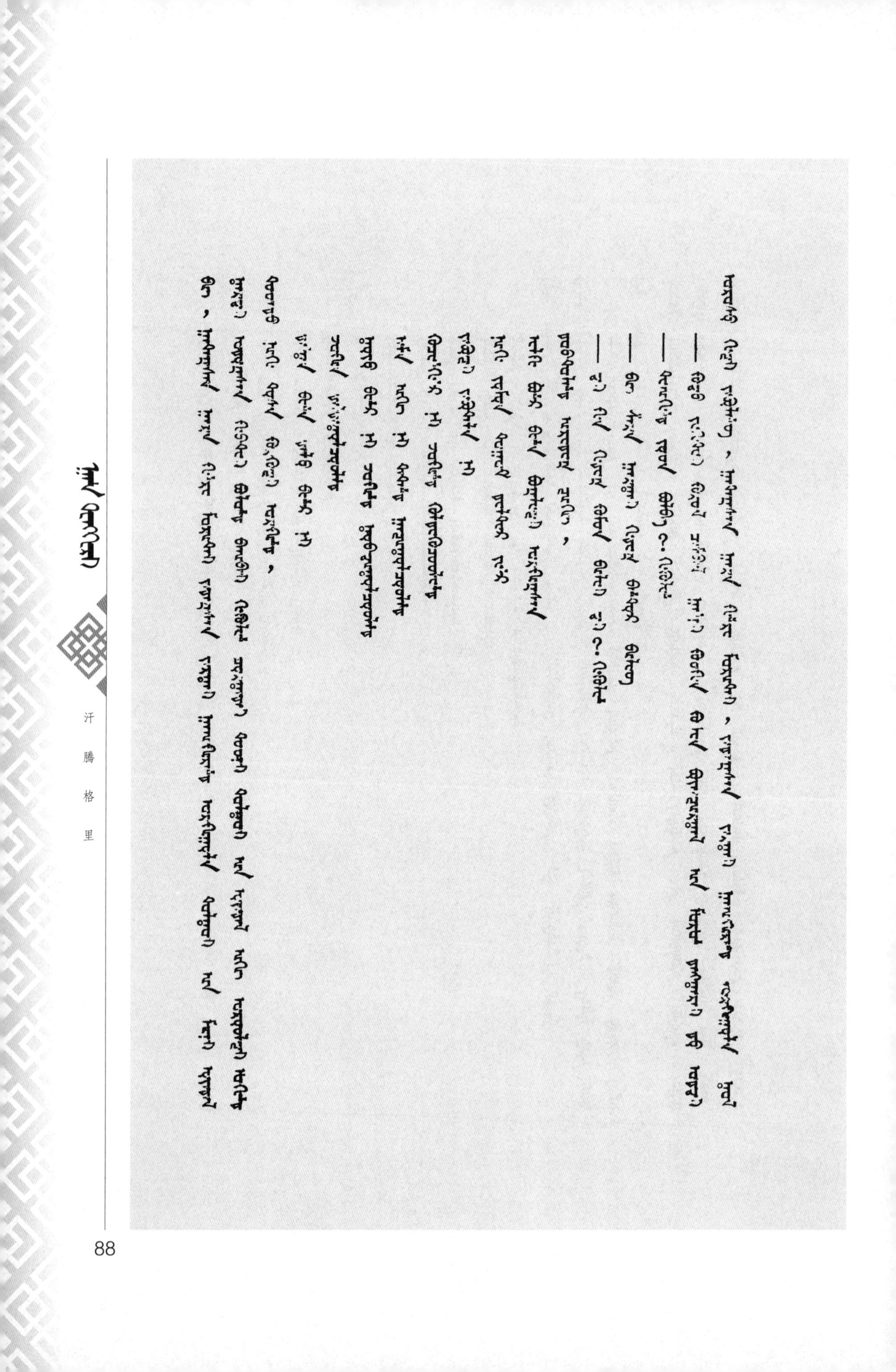

[illegible]

— [illegible]

— [illegible]

— [illegible]

— [illegible]

[illegible]

[illegible]

[illegible]

[illegible]

[illegible]

[illegible]

[illegible]

[illegible]

[illegible]

[illegible]

[illegible]

[illegible]

[illegible]

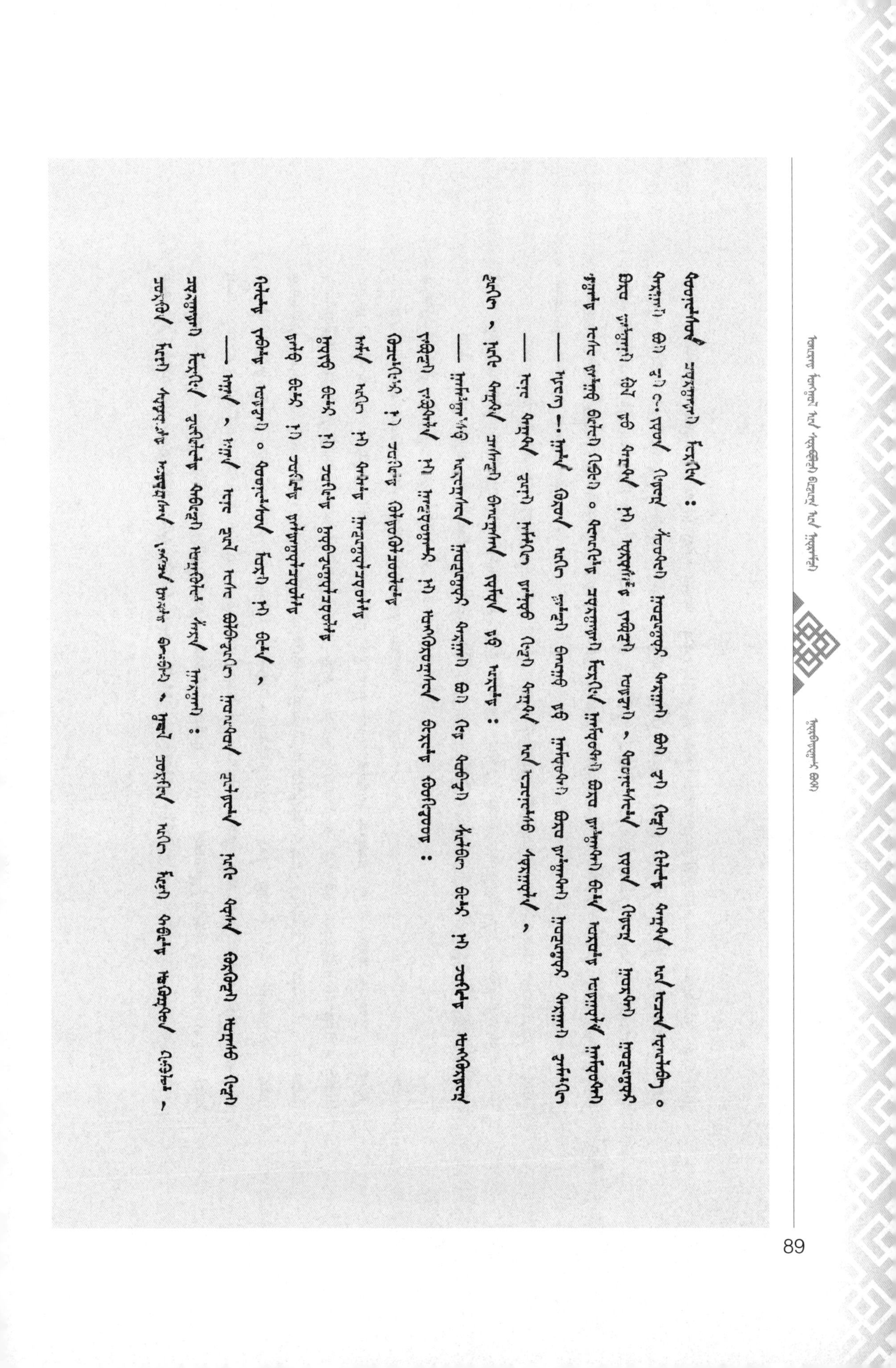

[illegible] :

[illegible]
[illegible]
[illegible]

—— [illegible]

—— [illegible]

[illegible] :

—— [illegible]
[illegible] :

[illegible]
[illegible]
[illegible]
[illegible]

[illegible]

—— [illegible]
[illegible] :

[illegible]

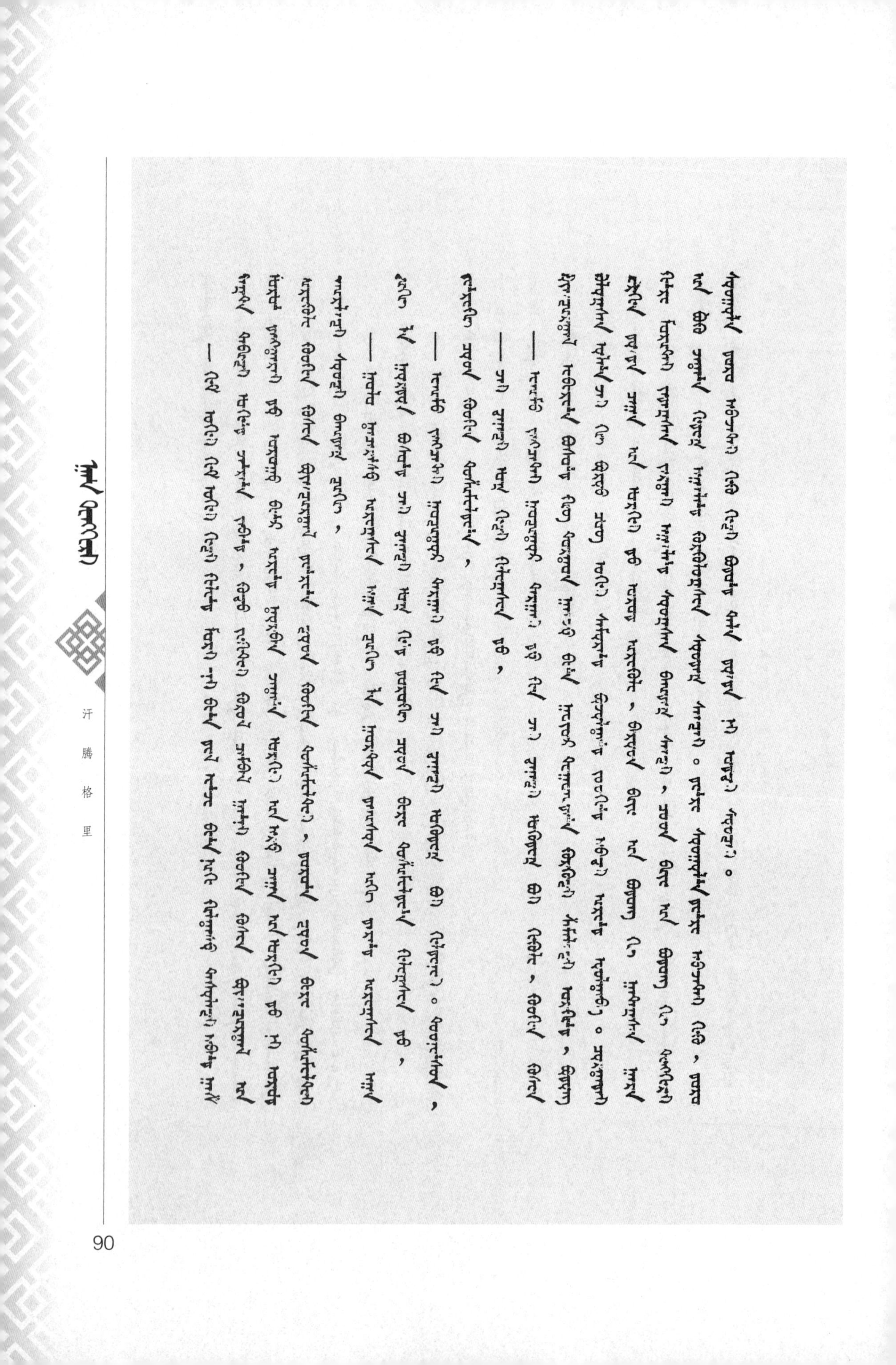

[illegible]

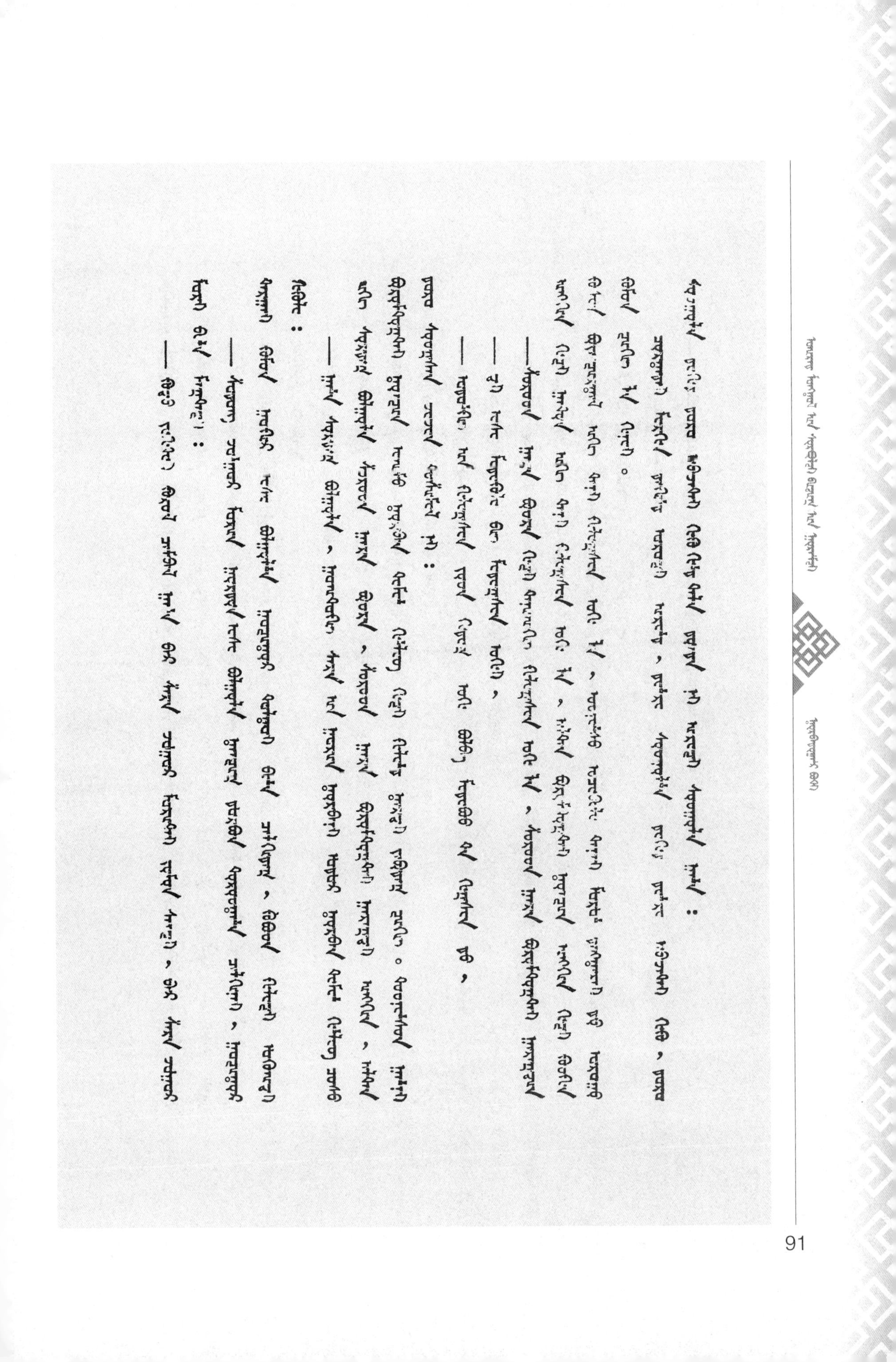

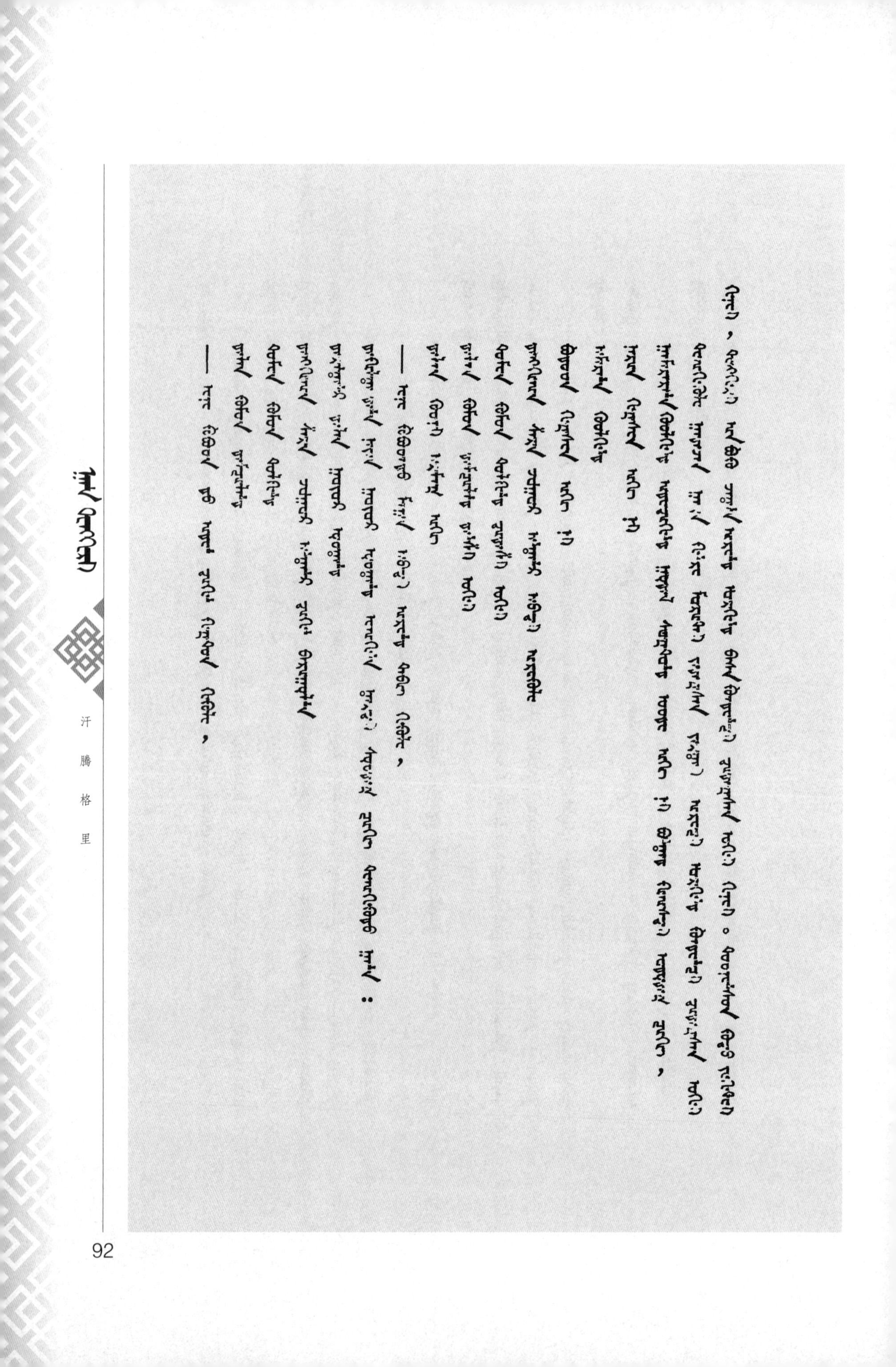

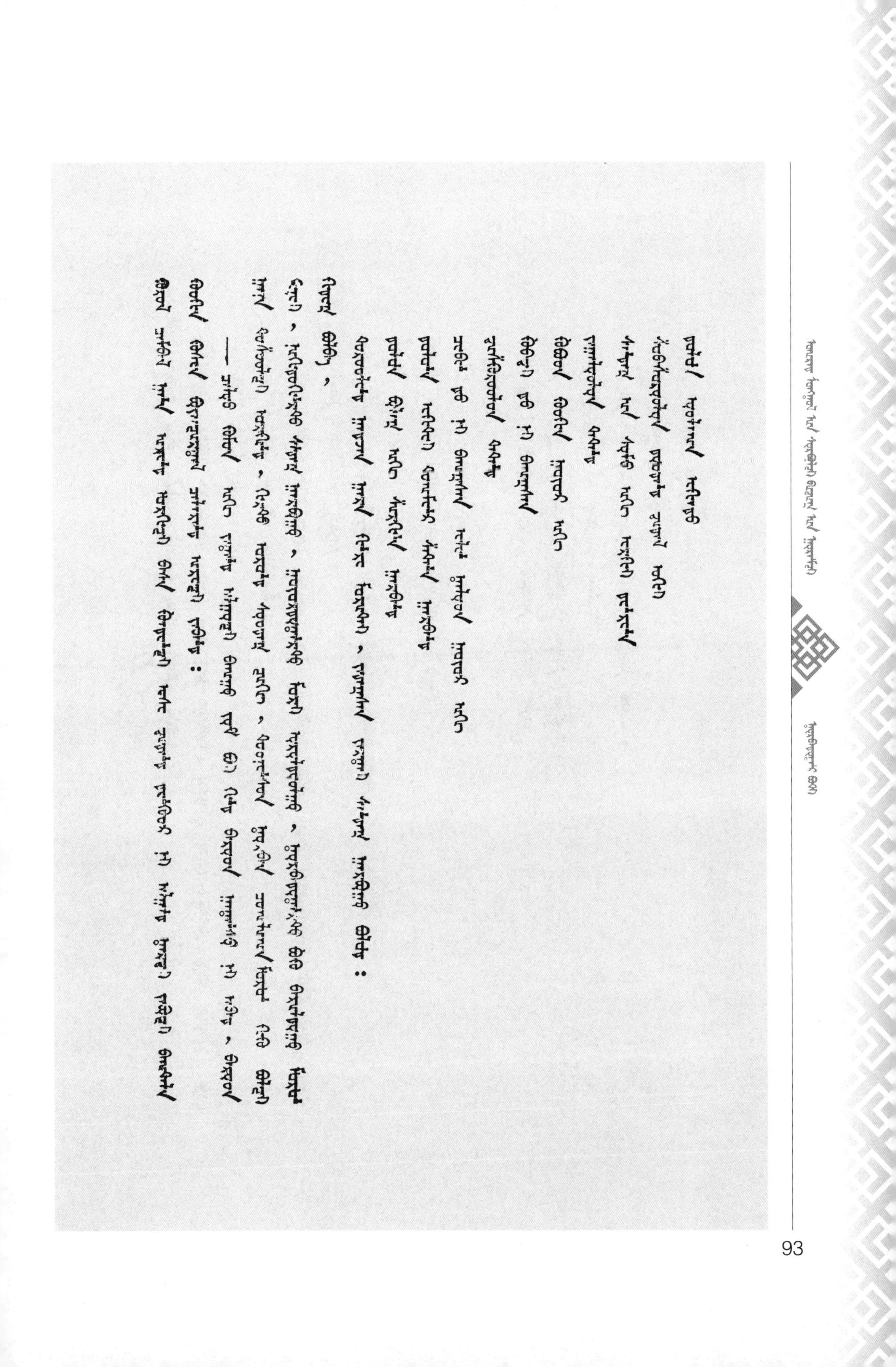

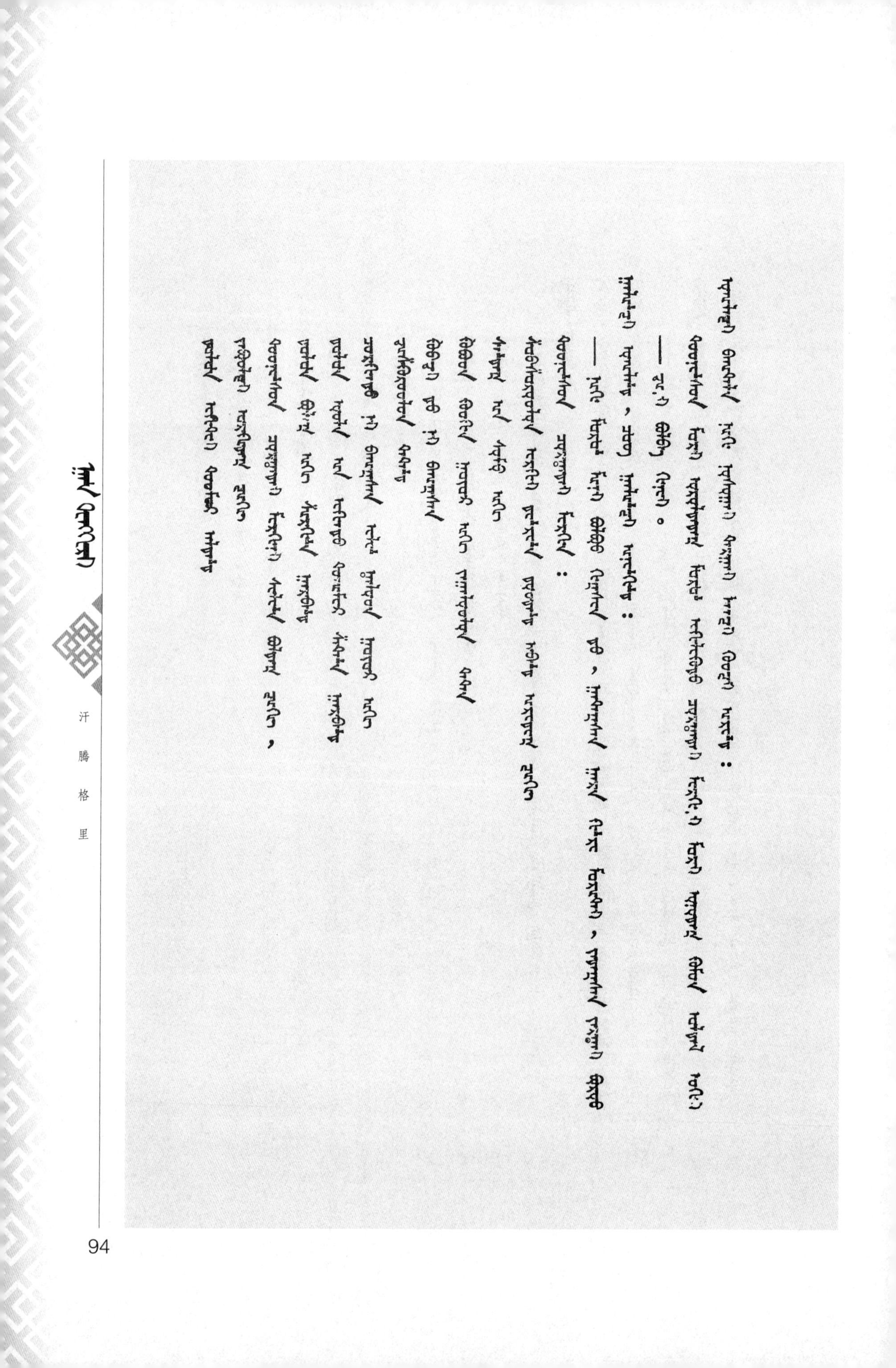

[illegible]

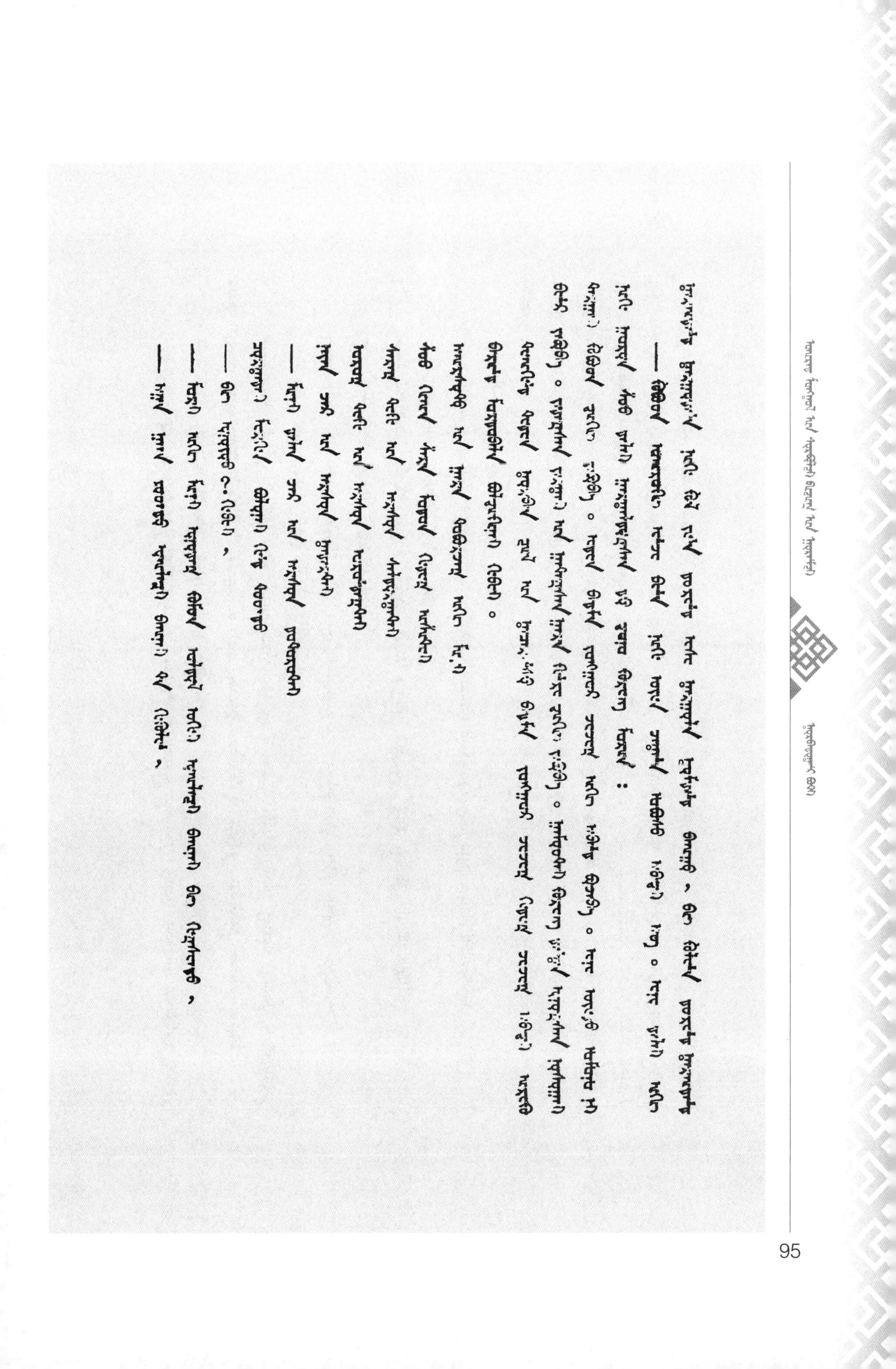

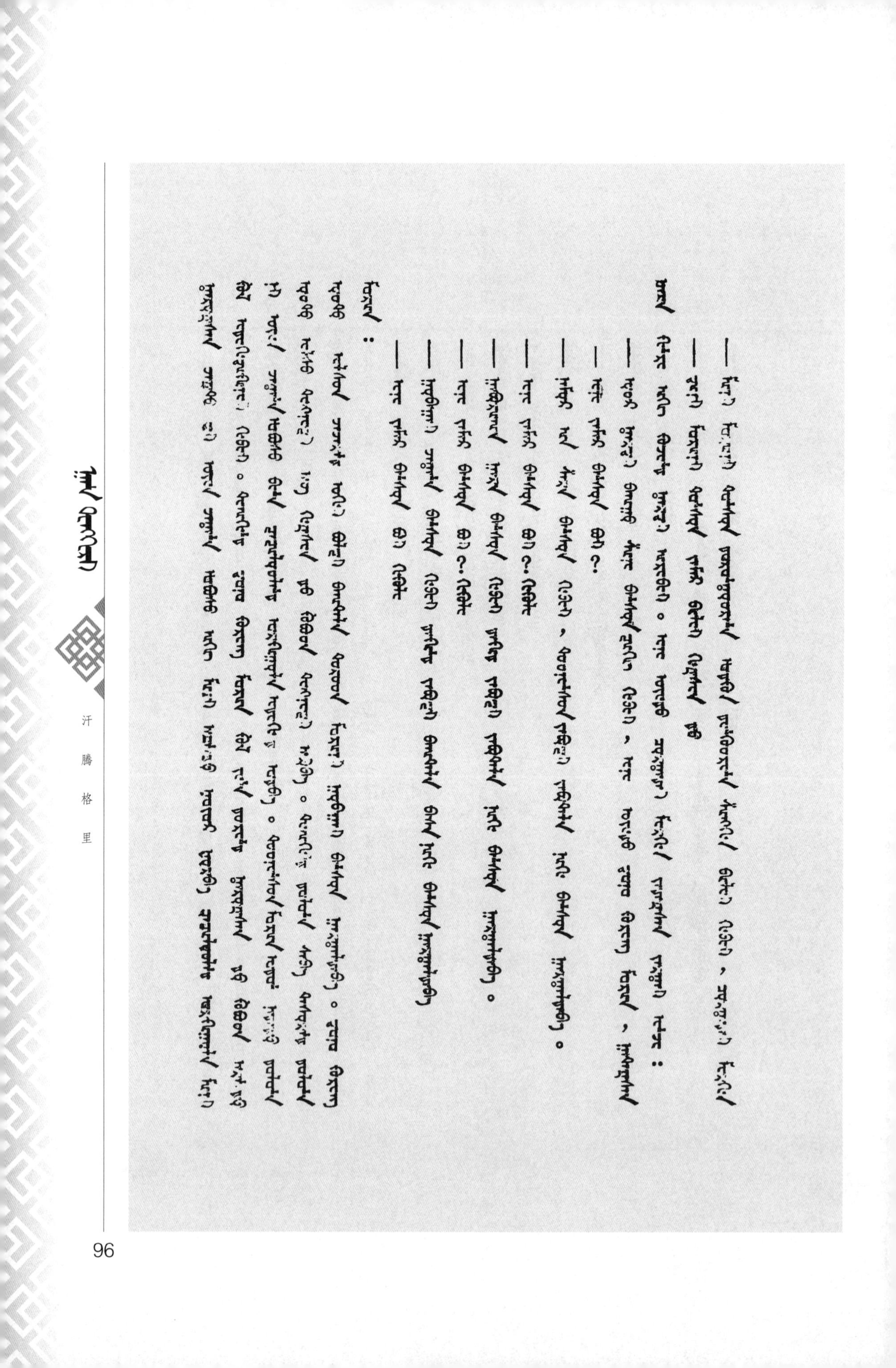

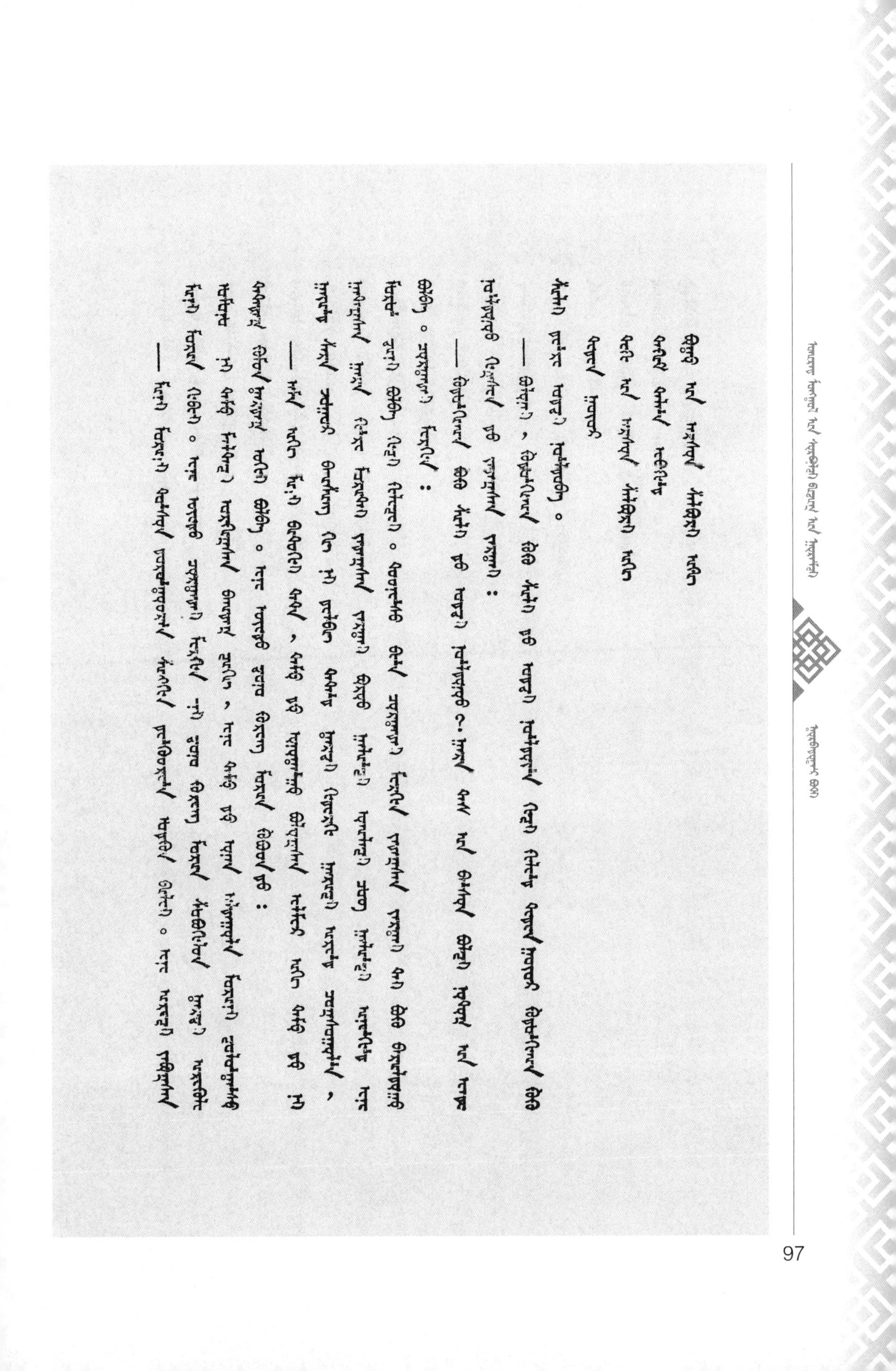

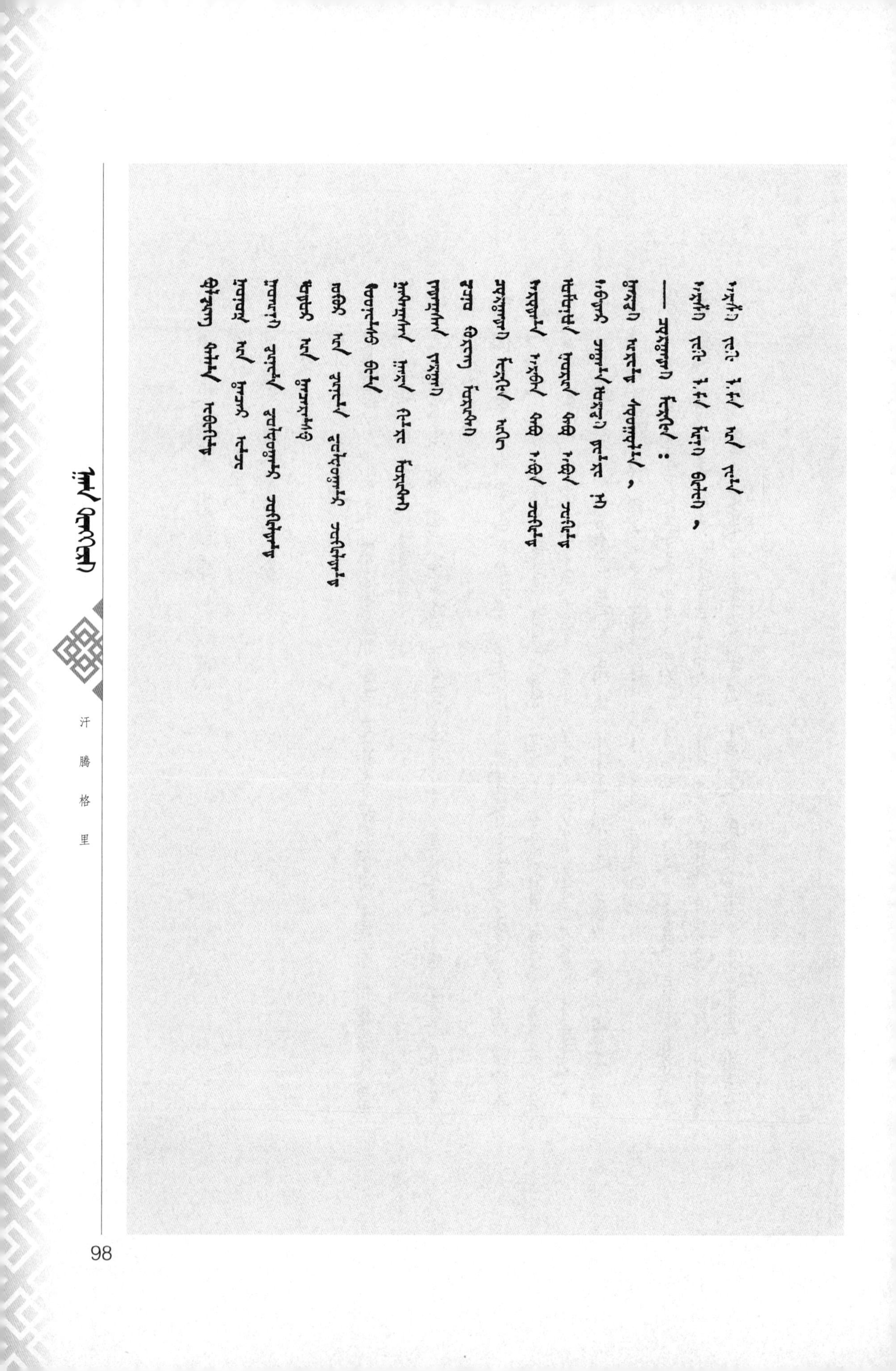

[illegible]
[illegible]
[illegible]
[illegible]
[illegible]
[illegible]
[illegible]
[illegible]
[illegible]
[illegible]
[illegible]
[illegible]
[illegible]
[illegible] ,
— [illegible] :
[illegible] ,
[illegible]

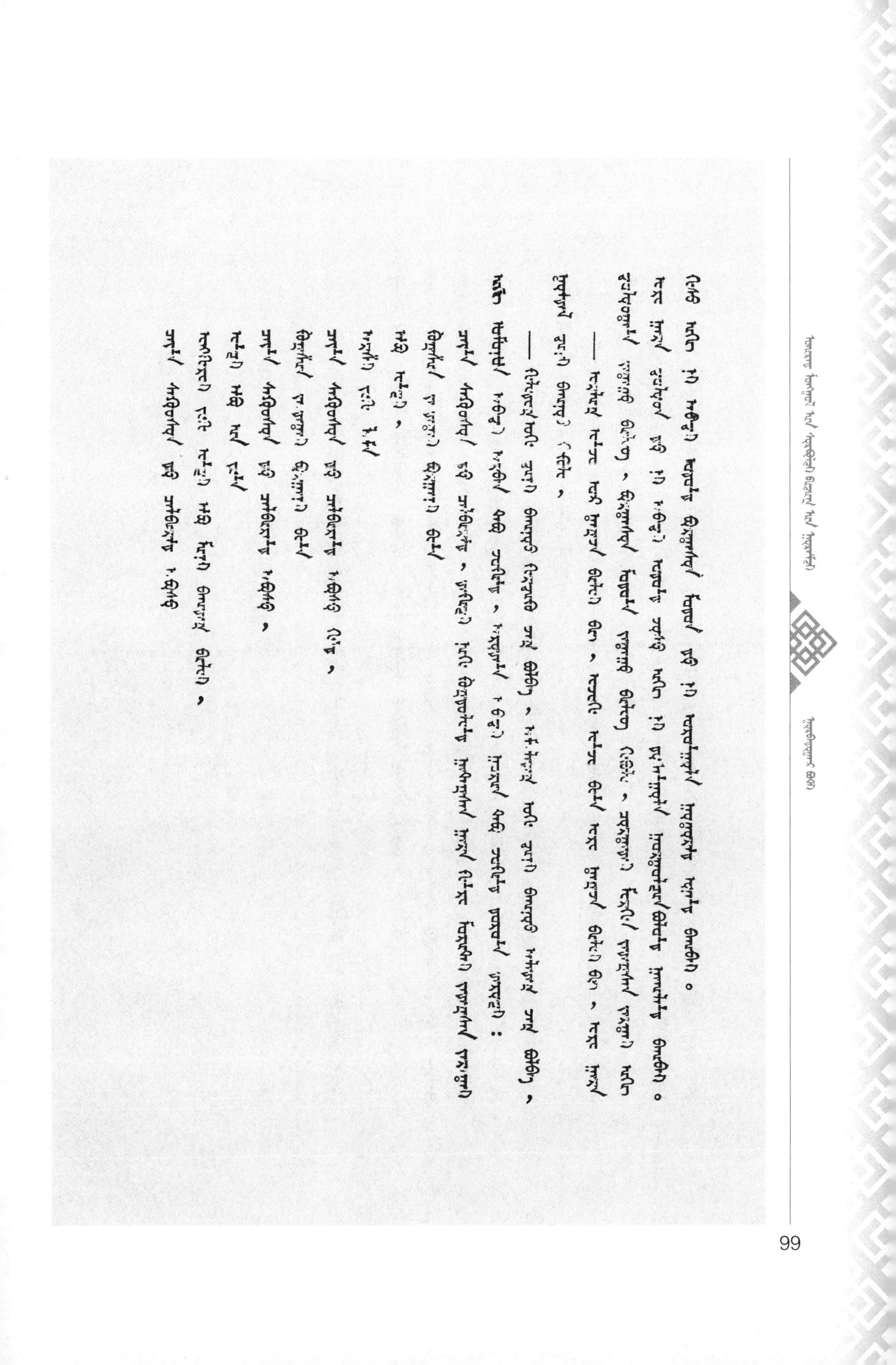

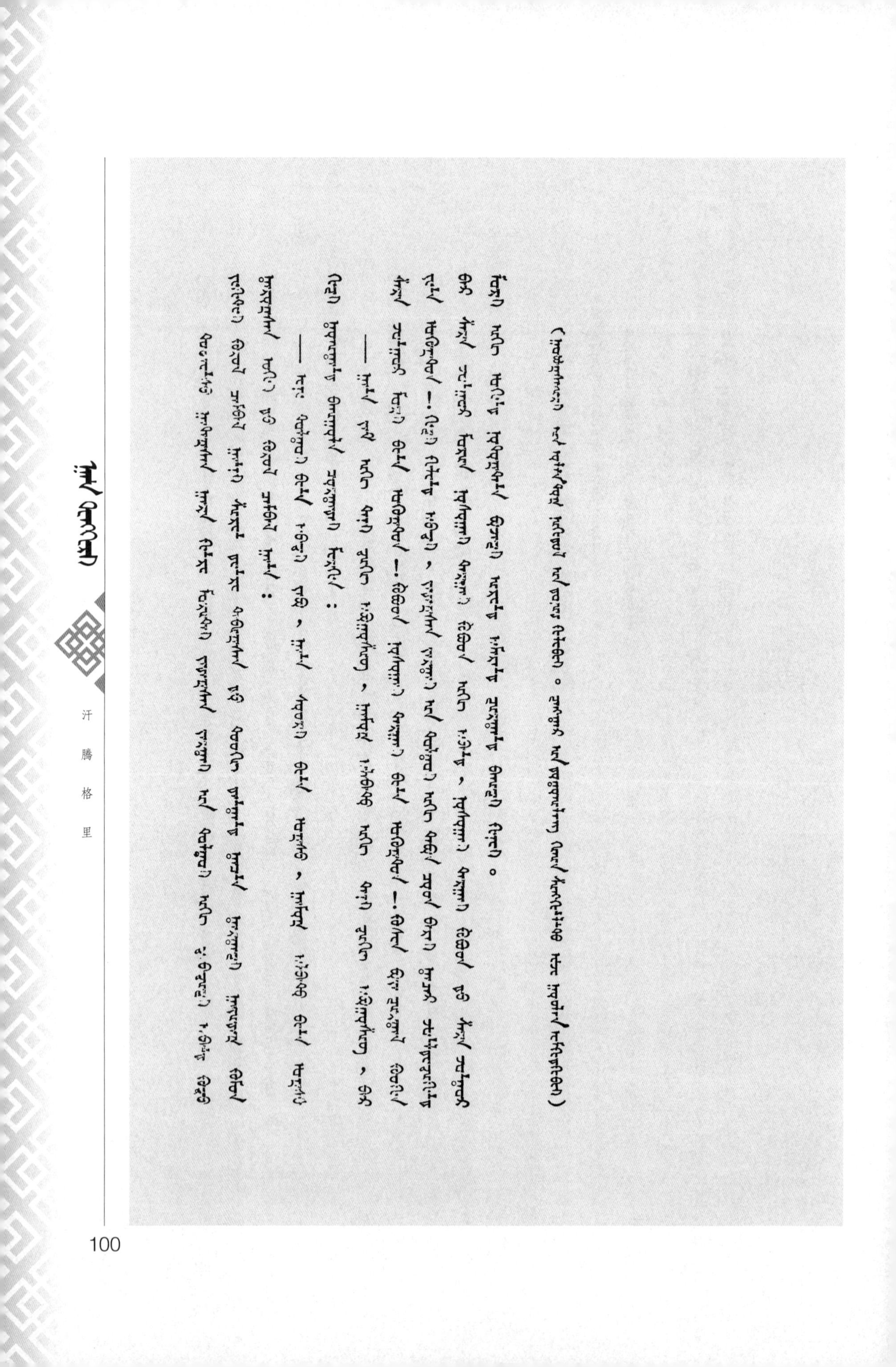

[illegible]

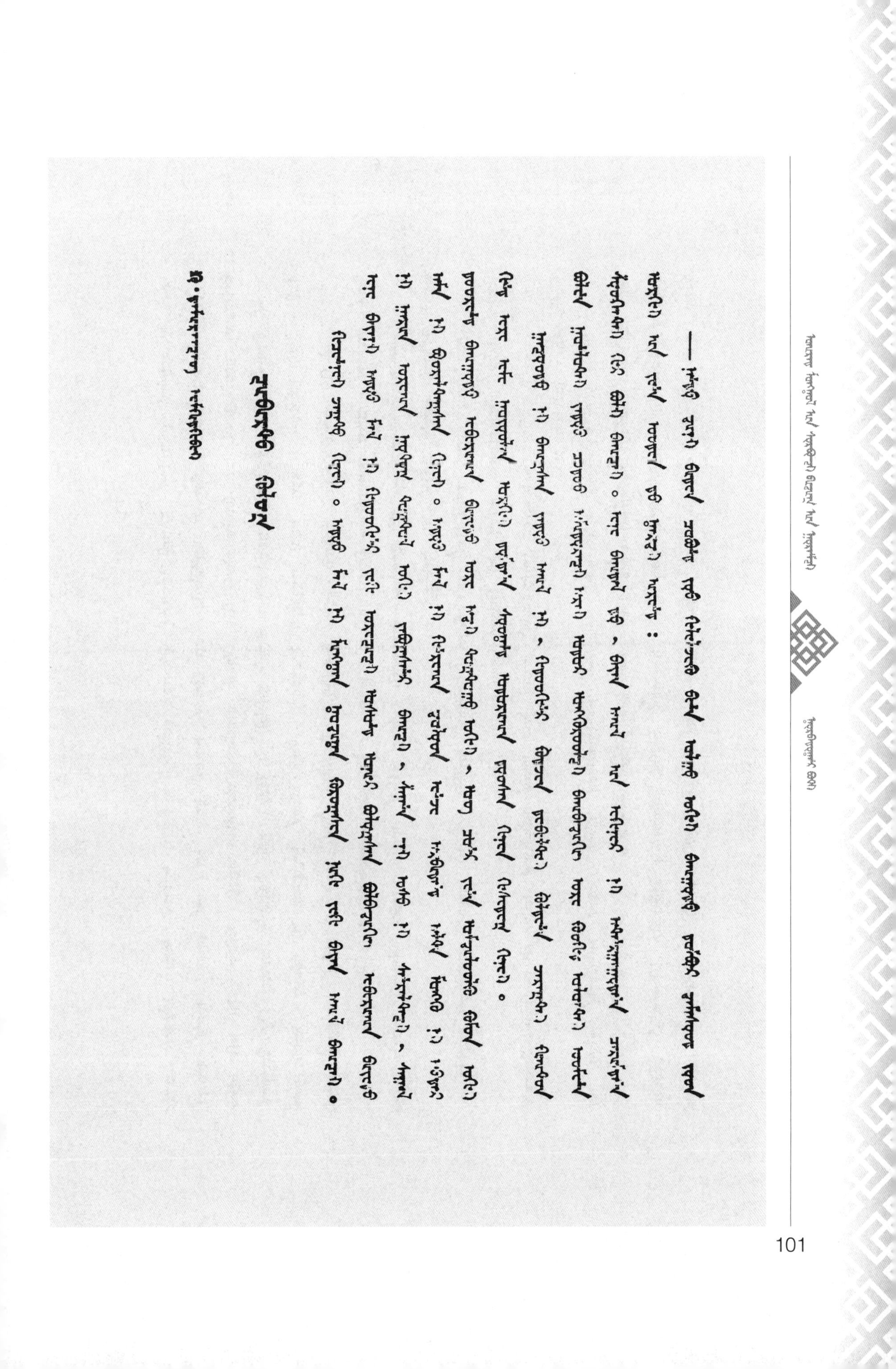

[illegible]

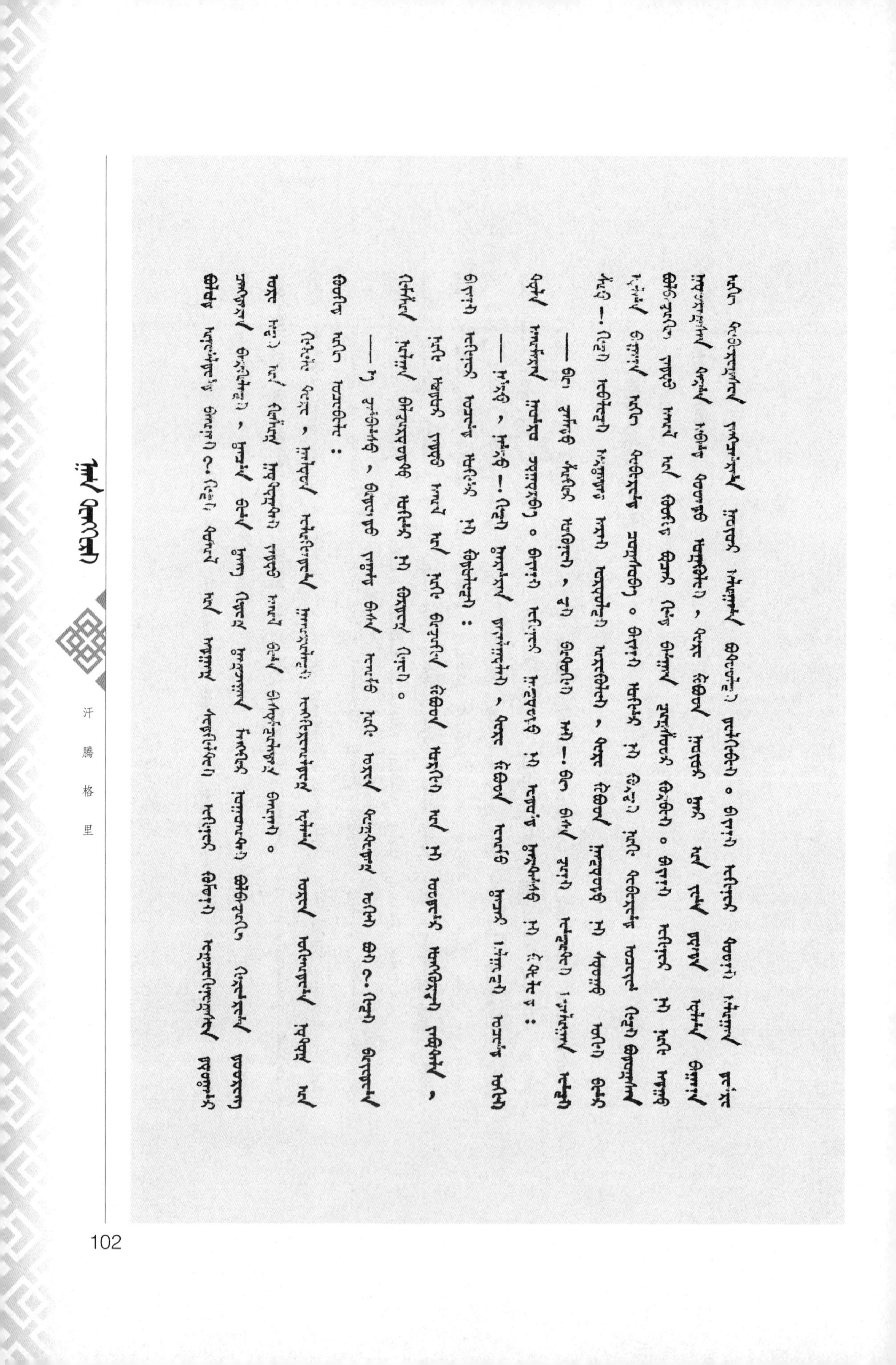

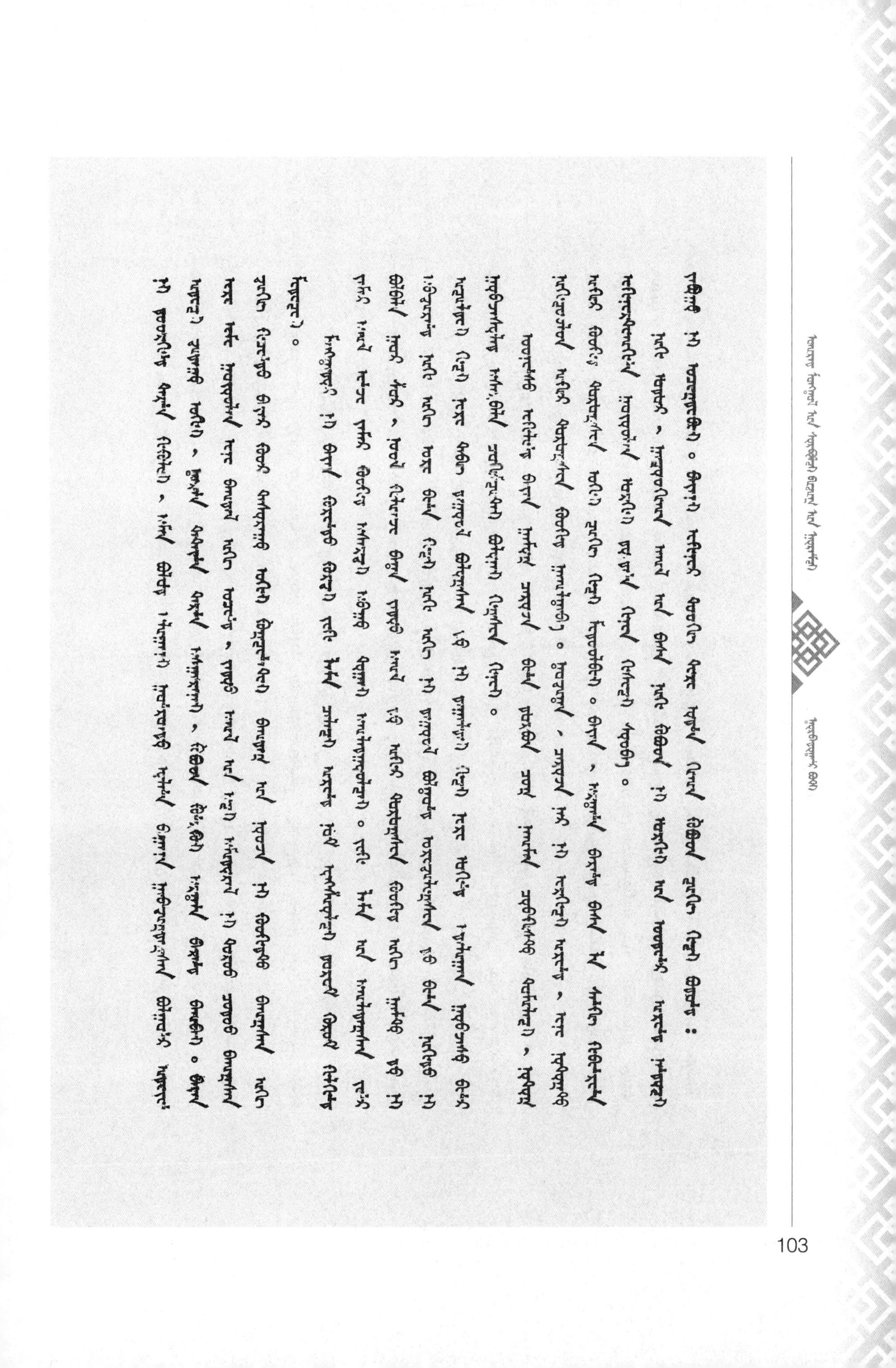

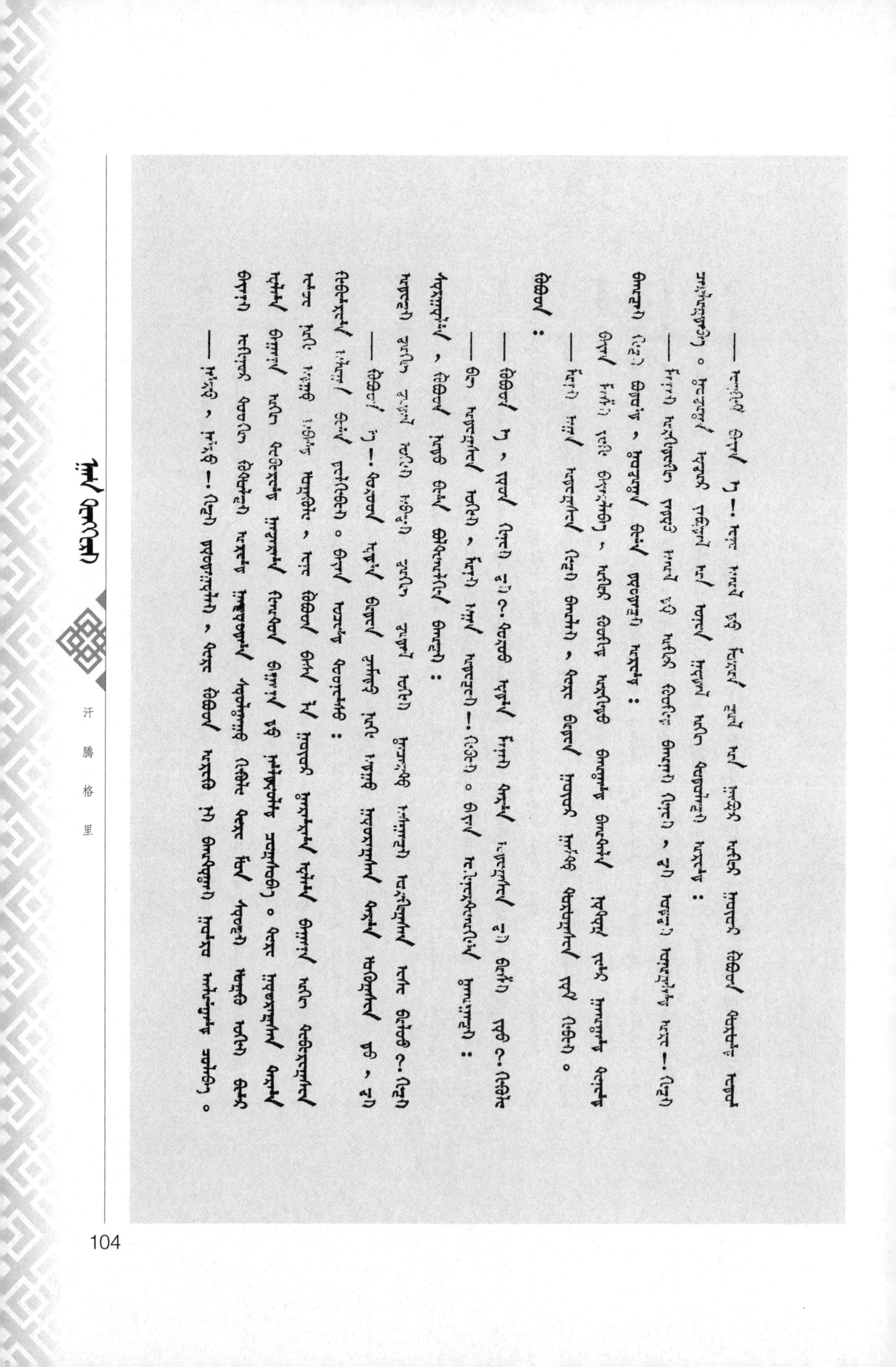

[illegible]

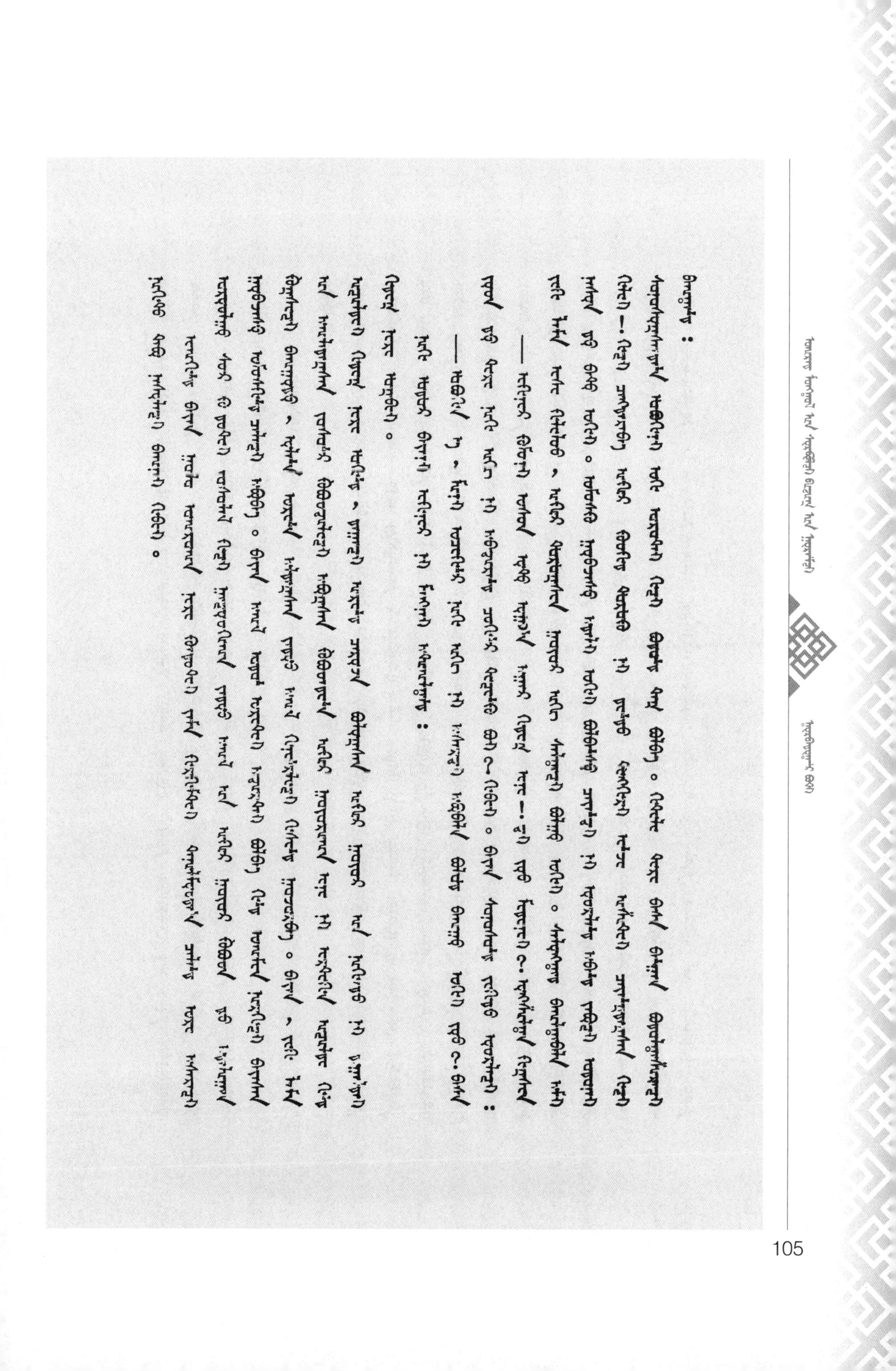

ᠪᠣᠯᠵᠤ ᠲᠡᠷᠡ ᠪᠡᠨ ᠰᠠᠶᠢᠬᠠᠨ ᠤᠳᠤᠷ ᠃ ᠬᠠᠮᠤᠭ ᠪᠠᠢᠳᠠᠯ ᠤᠯᠠᠭᠠᠨ ᠮᠦᠩᠭᠦᠨ ᠴᠠᠭᠠᠨ ᠰᠢᠷᠭᠠᠯᠵᠢᠨ ᠭᠠᠷ ᠪᠠᠷ ᠬᠤᠷᠢᠶᠠᠯᠠᠨ
ᠬᠦᠮᠦᠨ ᠶᠠᠭᠤᠨ ᠤᠯᠠᠭᠠᠨ ᠪᠠᠢᠳᠠᠯ ᠪᠠᠢᠳᠠᠯ ᠬᠤᠷᠢᠶᠠᠭᠰᠠᠨ ᠪᠣᠯᠣᠭᠰᠠᠨ ᠮᠠᠰᠢ ᠶᠠᠭᠤᠮᠠᠨ ᠪᠣᠯᠭᠠᠵᠤ ᠬᠤᠷᠢᠶᠠᠨ ᠭᠠᠷ ᠬᠠᠨ

ᠮᠦᠩᠭᠦᠨ ᠭᠠᠵᠠᠷ ᠬᠠᠮᠤᠭ ᠬᠤᠷᠠᠭᠠ ᠲᠡᠷᠡ ᠪᠡᠨ ᠶᠠᠭᠤᠨ ᠬᠤᠷᠠᠯ ᠶᠠᠭᠤ ᠲᠡᠷᠡ ᠪᠡᠨ ᠤᠷᠢᠳᠠᠨ ᠶᠠᠭᠤᠮᠠ
ᠶᠠᠪᠤᠳᠠᠯ ᠲᠡᠷᠡ ᠶᠠᠭᠤᠯᠠᠭᠰᠠᠨ ᠮᠦᠩᠭᠦᠨ ᠭᠠᠵᠠᠷ — ᠤᠯᠠᠭᠠᠨ ᠳᠠᠭᠤᠯᠠᠭᠰᠠᠨ ᠃

—— ᠳᠠᠭᠤᠯᠠᠬᠤ ᠰᠠᠶᠢᠬᠠᠨ — ᠲᠡᠷᠡ ᠬᠦᠮᠦᠨ ᠶᠠᠭᠤᠮᠠᠨ ᠳᠠᠭᠤᠳᠠᠨ ᠬᠠᠮᠤᠭ ᠪᠢ ᠶᠠᠭᠤᠨ ᠪᠠᠢᠳᠠᠯ ᠬᠠᠯᠠᠭᠤᠨ ᠭᠠᠵᠠᠷ ᠬᠠᠷᠢᠭᠤ
ᠪᠣᠯᠣᠭᠰᠠᠨ :

ᠰᠠᠶᠢᠨ ᠬᠦᠮᠦᠨ ᠬᠠᠮᠤᠭ ᠤᠨ ᠰᠠᠶᠢᠬᠠᠨ ᠂ ᠬᠦᠮᠦᠨ ᠪᠠᠢᠭᠰᠠᠨ ᠰᠠᠶᠢᠬᠠᠨ ᠭᠠᠵᠠᠷ ᠬᠤᠷᠠᠯ ᠬᠠᠷᠢᠭᠤᠯᠬᠤ ᠪᠣᠯᠵᠤ ᠶᠠᠭᠤᠮᠠᠨ ᠪᠡᠨ
ᠬᠠᠷᠢᠭᠤᠯᠤᠭᠰᠠᠨ ᠭᠠᠵᠠᠷ ᠶᠠᠭᠤᠨ ᠬᠠᠷᠢ ᠪᠠᠢᠭᠤᠯᠬᠤ ᠶᠠᠭᠤᠮᠠᠨ ᠲᠤᠯᠠ ᠬᠤᠷᠠᠯ ᠤᠯᠠᠭᠠᠨ ᠪᠣᠯᠬᠤ ᠬᠠᠷᠢᠭᠤᠯᠬᠤ ᠂ ᠶᠠᠭᠤ ᠲᠡᠷᠡ ᠶᠠᠭᠤᠯᠠᠭᠰᠠᠨ
ᠪᠢᠳᠡ ᠳᠠᠷᠤᠢ ᠬᠠᠷᠢ ᠬᠡᠪᠲᠡᠭᠰᠡᠨ ᠪᠠᠢᠭᠤᠯᠤᠭᠰᠠᠨ ᠬᠠᠮᠤᠭ ᠲᠡᠷᠡᠭᠦᠦᠨ ᠬᠠᠷᠢᠭᠤ ᠂ ᠬᠠᠮᠤᠭ ᠪᠣᠯᠣᠭᠰᠠᠨ ᠲᠡᠷᠡ ᠪᠡᠨ ᠬᠦᠮᠦᠨ ᠲᠡᠷᠡᠭᠦᠦᠨ
ᠬᠦᠮᠦᠨ ᠪᠠᠢᠭᠠ ᠶᠠᠭᠤ ᠦᠦ ？ ᠤᠯᠠᠭᠠᠨ ᠶᠠᠭᠤᠮᠠᠨ ᠬᠠᠷᠢᠭᠤ ᠬᠠᠮᠤᠭ ᠪᠣᠯᠵᠤ ᠪᠢ ᠬᠦᠮᠦᠨ ᠪᠢ ᠪᠢᠳᠡᠨ ᠲᠡᠷᠡ ᠪᠣᠯᠣᠭᠰᠠᠨ ᠶᠠᠭᠤᠮᠠᠨ ᠬᠠᠷᠢ
ᠬᠦᠮᠦᠨ ᠪᠠᠢᠭᠤᠯᠬᠤ ᠪᠢᠳᠡᠨ ᠬᠡᠪᠲᠡᠭᠰᠡᠨ ᠪᠠᠢᠭᠤᠯᠤᠭᠰᠠᠨ ᠬᠦᠮᠦᠨ ᠪᠠᠢᠭᠰᠠᠨ ᠪᠠᠢᠳᠠᠯ ᠶᠠᠭᠤᠮᠠᠨ ᠪᠠᠢᠭᠤᠯᠬᠤ ᠂ ᠲᠡᠷᠡ ᠤᠯᠠᠭᠠᠨ ᠭᠠᠵᠠᠷ ᠮᠦᠩᠭᠦᠨ
ᠬᠠᠷᠢᠭᠤ ᠶᠠᠭᠤᠨ ᠬᠠᠨ ᠶᠠᠭᠤᠮᠠᠨ ᠲᠡᠷᠡ ᠲᠡᠷᠡᠭᠦᠦᠨ ᠬᠠᠷᠢᠭᠤ ᠪᠠᠢᠭᠤᠯᠤᠭᠰᠠᠨ ᠂ ᠪᠠᠢᠭᠤᠯᠬᠤ ᠶᠠᠭᠤᠨ ᠬᠠᠷᠢᠭᠤᠯᠬᠤ ᠪᠢ ᠦᠦ ？ ᠬᠠᠨ
ᠰᠠᠶᠢᠬᠠᠨ ᠬᠠᠨ ᠶᠠᠭᠤᠮᠠᠨ ᠂ ᠲᠡᠷᠡ ᠲᠡᠷᠡᠭᠦᠦᠨ ᠬᠠᠨ ᠬᠠᠷᠢ ᠳᠠᠷᠤᠢ ᠪᠠᠢᠭᠤᠯᠬᠤ ᠃ ᠶᠠᠭᠤ ᠶᠢ ᠪᠢᠳᠡ ᠪᠢᠳᠡᠨ ᠪᠣᠯᠣᠭᠰᠠᠨ ᠬᠠᠷᠢᠭᠤᠯᠬᠤ
ᠪᠢᠳᠡᠨ ᠭᠠᠵᠠᠷ ᠪᠢ ᠦᠦ ？ ᠪᠢᠳᠡᠨ ᠃ ᠪᠢᠳᠡᠨ ᠬᠦᠮᠦᠨ ᠪᠠᠢᠭᠤᠯᠬᠤ ᠪᠢᠳᠡᠨ ᠬᠠᠮᠤᠭ ᠬᠠᠷᠢᠭᠤᠯᠬᠤ ᠶᠠᠭᠤᠨ ᠪᠡᠨ ᠬᠠᠷᠢᠭᠤᠯᠬᠤ ᠶᠠᠭᠤᠨ ᠶᠠᠭᠤᠨ
ᠶᠢ ᠶᠠᠭᠤᠨ ᠮᠦᠩᠭᠦᠨ ᠪᠠᠢᠭᠤᠯᠬᠤ ᠬᠠᠷᠢᠭᠤ ᠪᠢᠳᠡᠨ ᠶᠠᠭᠤᠮᠠᠨ ᠬᠠᠷᠢᠭᠤ ᠲᠡᠷᠡ ᠬᠦᠮᠦᠨ ᠪᠠᠢᠭᠤᠯᠬᠤ ᠶᠠᠭᠤᠨ ᠬᠠᠮᠤᠭ ᠲᠡᠷᠡᠭᠦᠦᠨ
ᠳᠠᠭᠤᠯᠠᠭᠰᠠᠨ ᠬᠦᠮᠦᠨ ᠬᠦᠮᠦᠨ ᠪᠡᠨ ᠪᠣᠯᠣᠭᠰᠠᠨ ᠤᠯᠠᠭᠠᠨ ᠲᠡᠷᠡ ᠪᠢᠳᠡᠨ ᠂ ᠪᠣᠯᠵᠤ ᠬᠠᠷᠢᠭᠤ ᠪᠠᠢᠭᠤᠯᠤᠭᠰᠠᠨ ᠬᠠᠮᠤᠭ ᠲᠡᠷᠡ ᠬᠠᠷᠢ
—— ᠬᠦᠮᠦᠨ ᠶᠢ ᠂ ᠪᠢᠳᠡᠨ ᠲᠡᠷᠡ ᠮᠦᠩᠭᠦᠨ ᠬᠠᠮᠤᠭ ᠬᠠᠷᠢ ᠳᠠᠷᠤᠢ ᠬᠦᠮᠦᠨ ᠬᠠᠷᠢᠭᠤ ᠶᠠᠭᠤ ᠶᠠᠭᠤᠮᠠᠨ ᠪᠡᠨ

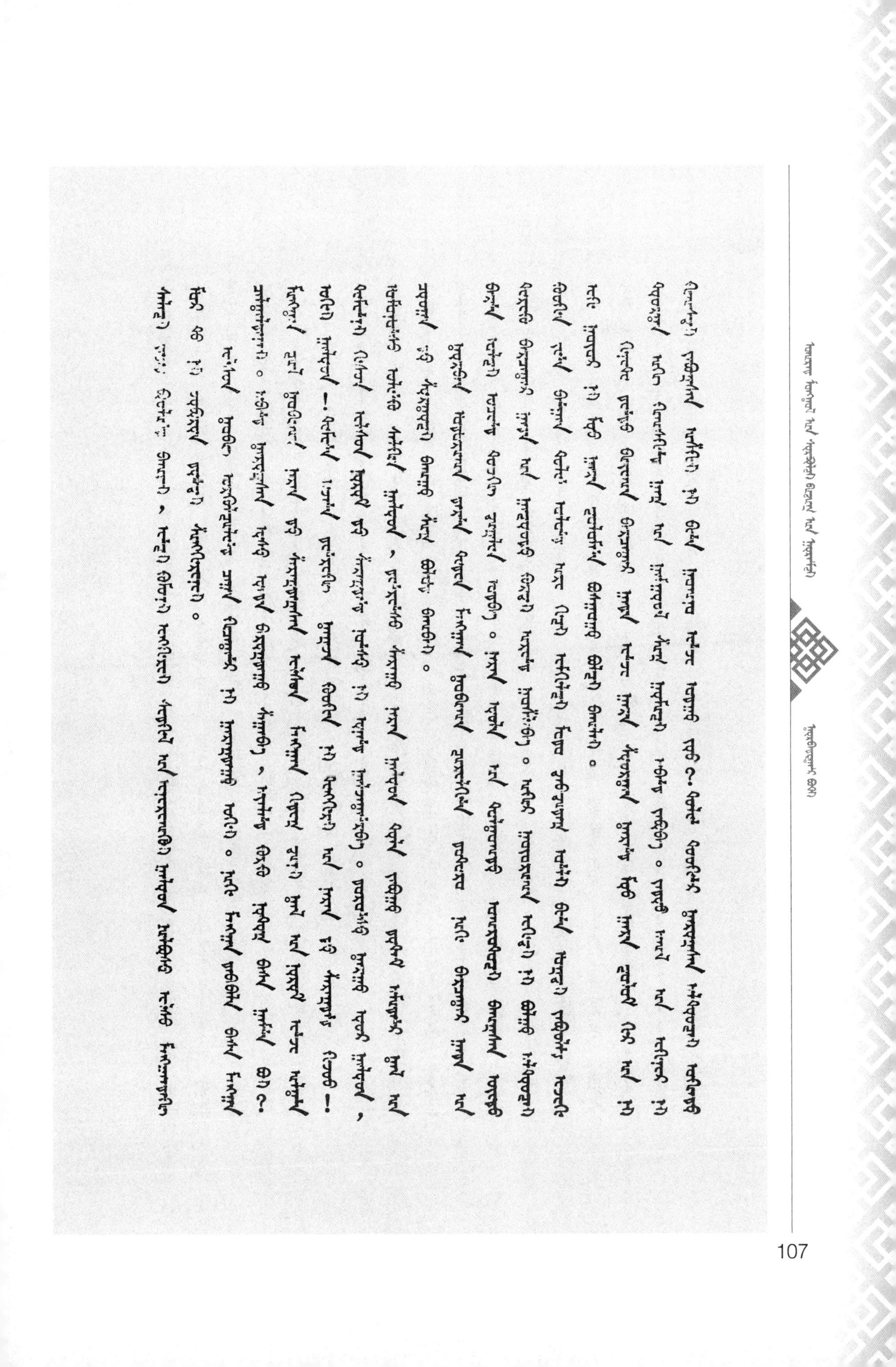

[illegible]

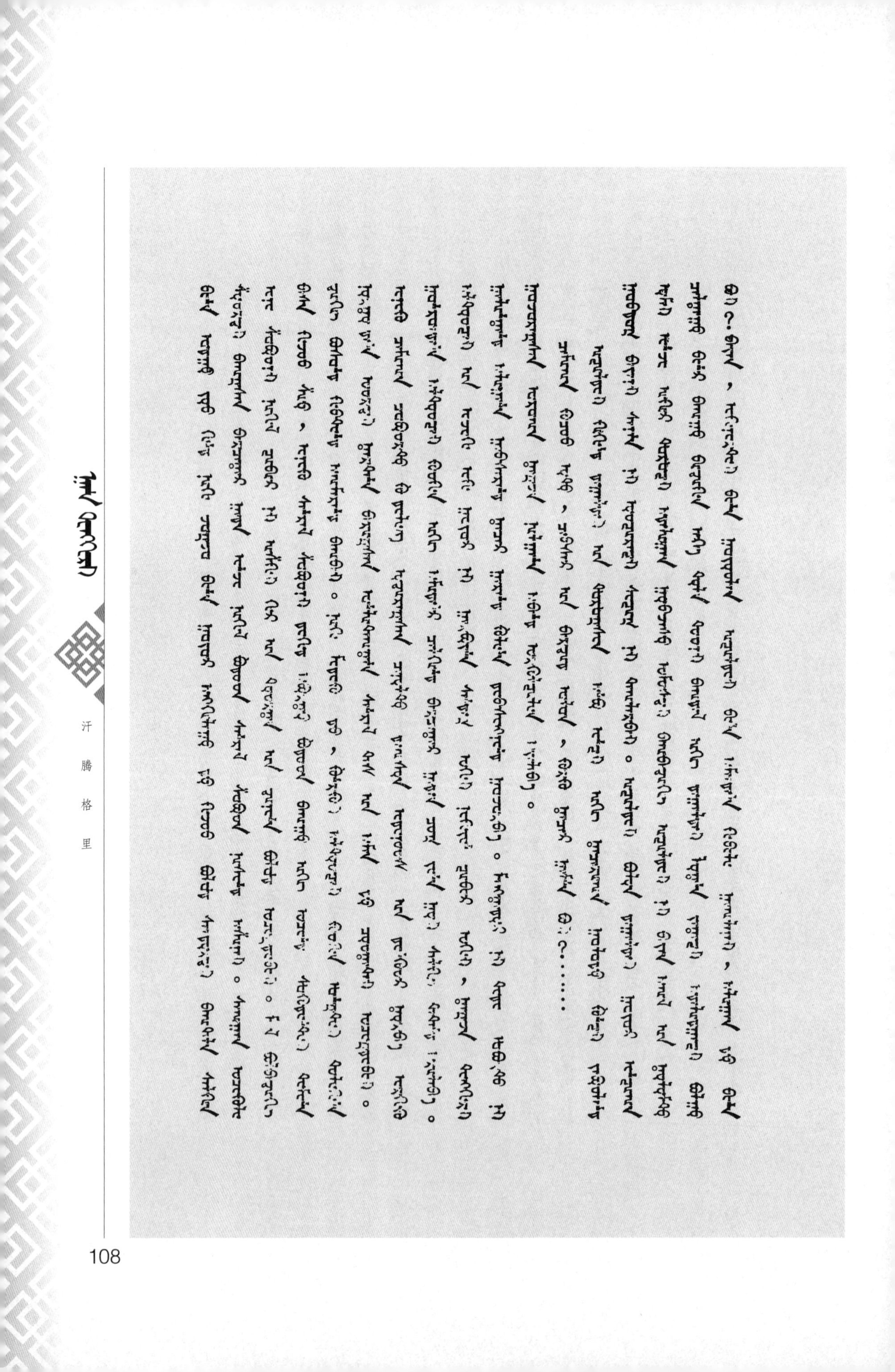

[illegible]

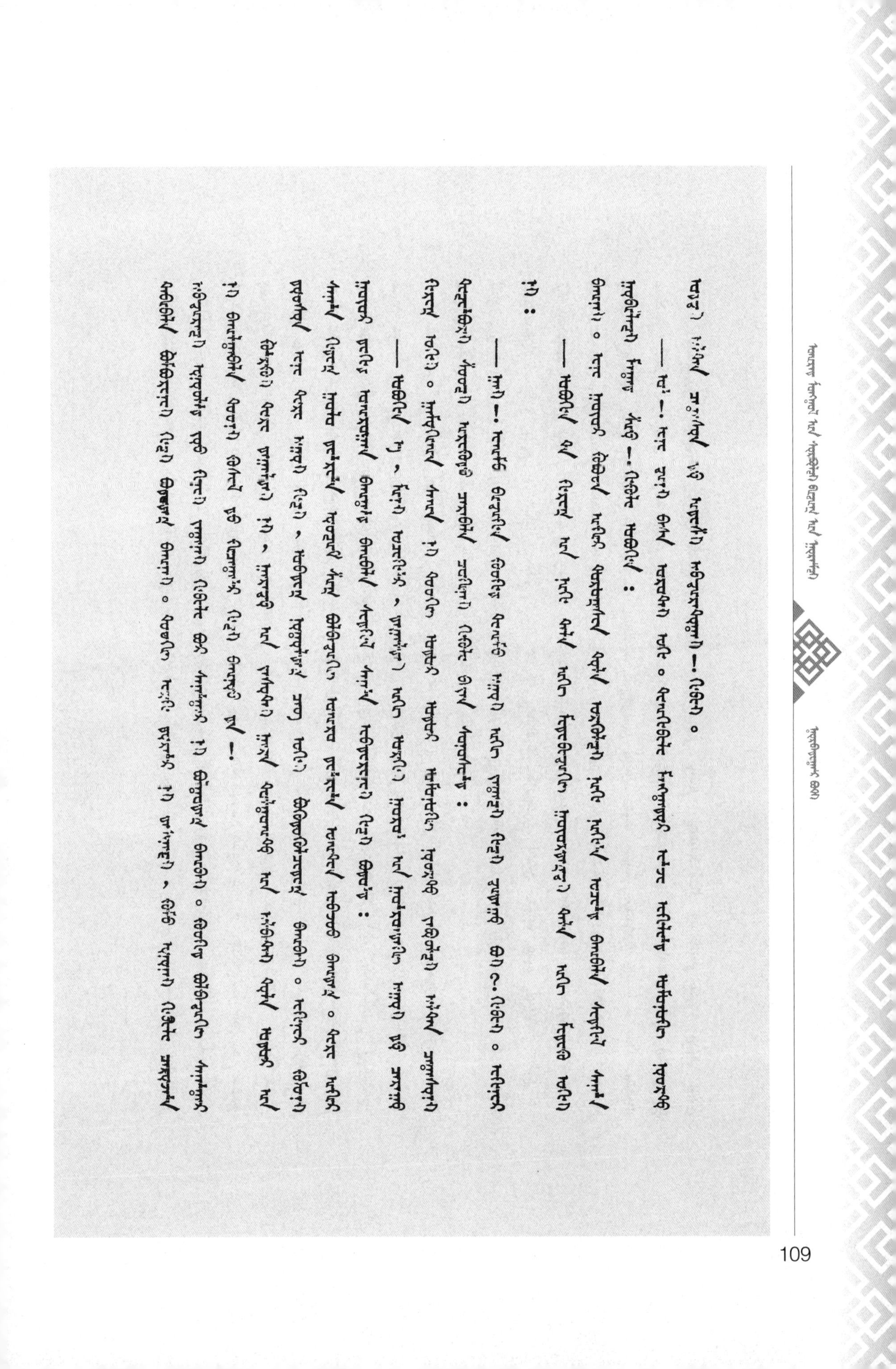

[illegible]

[illegible]

[illegible]

[illegible]

[illegible]

[illegible]

[illegible]

[illegible]

[illegible]

[illegible]

[illegible]

[illegible]

[illegible]

[illegible]

[illegible]

[illegible]

[illegible]

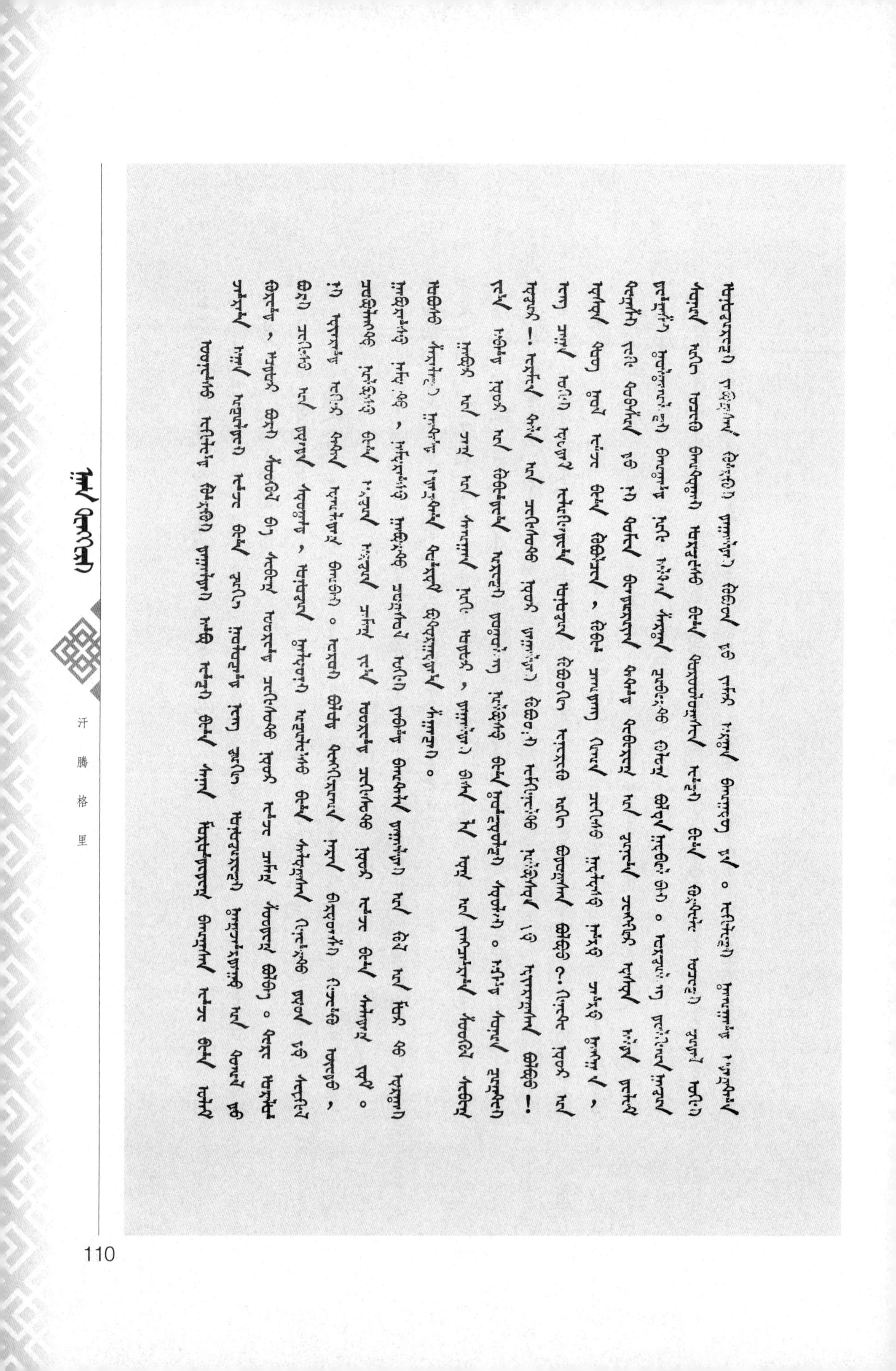

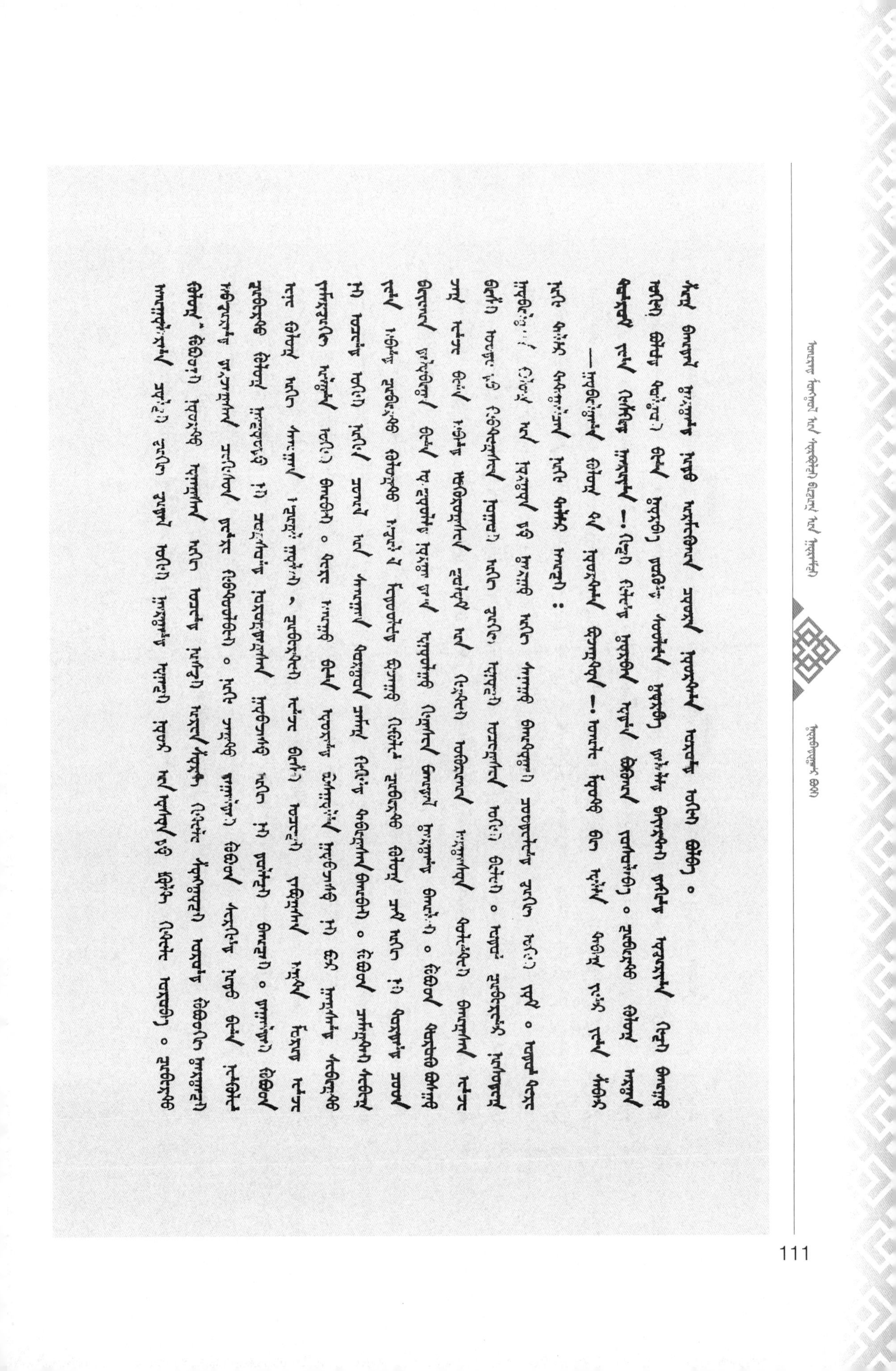

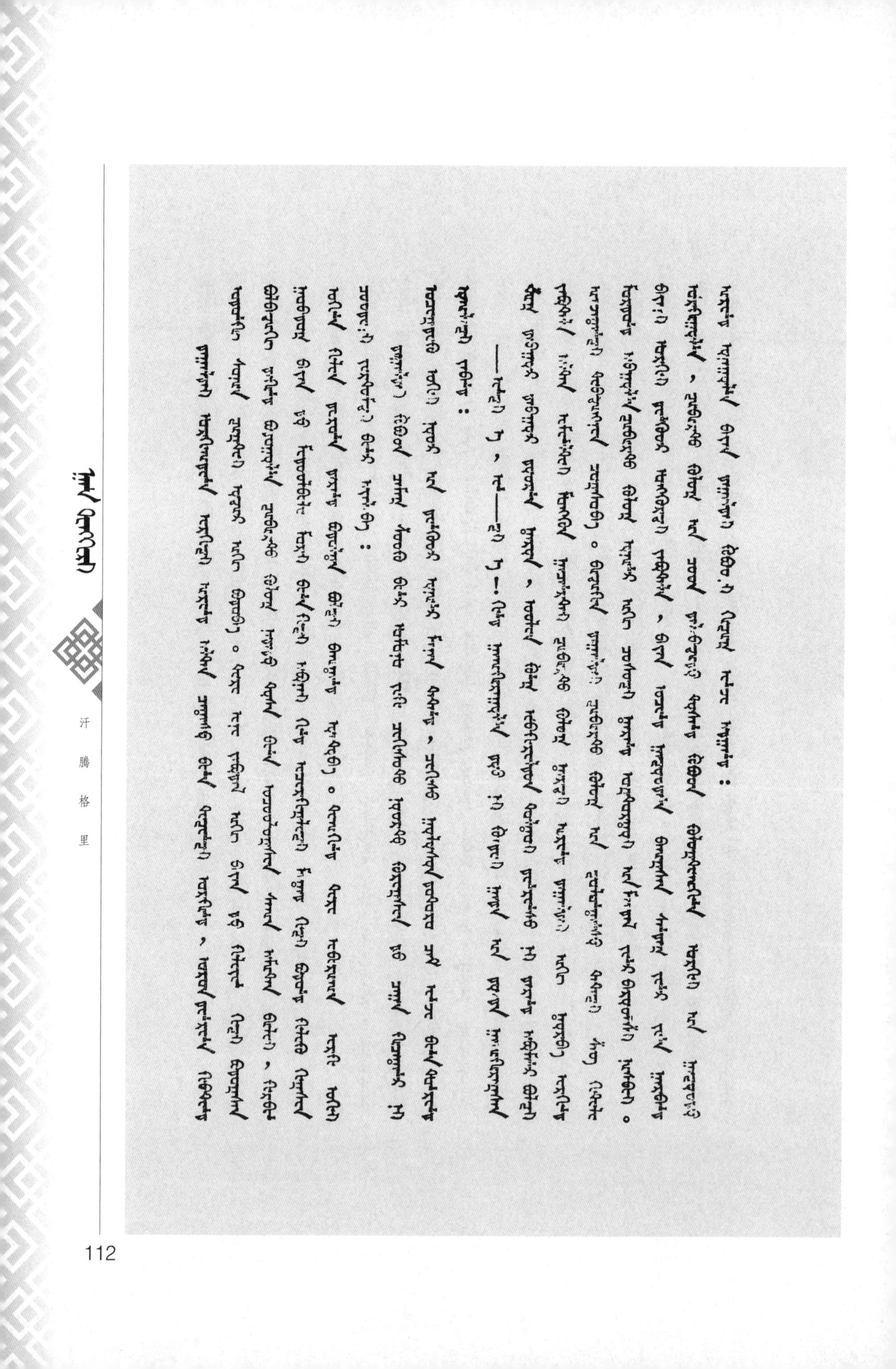

[illegible]

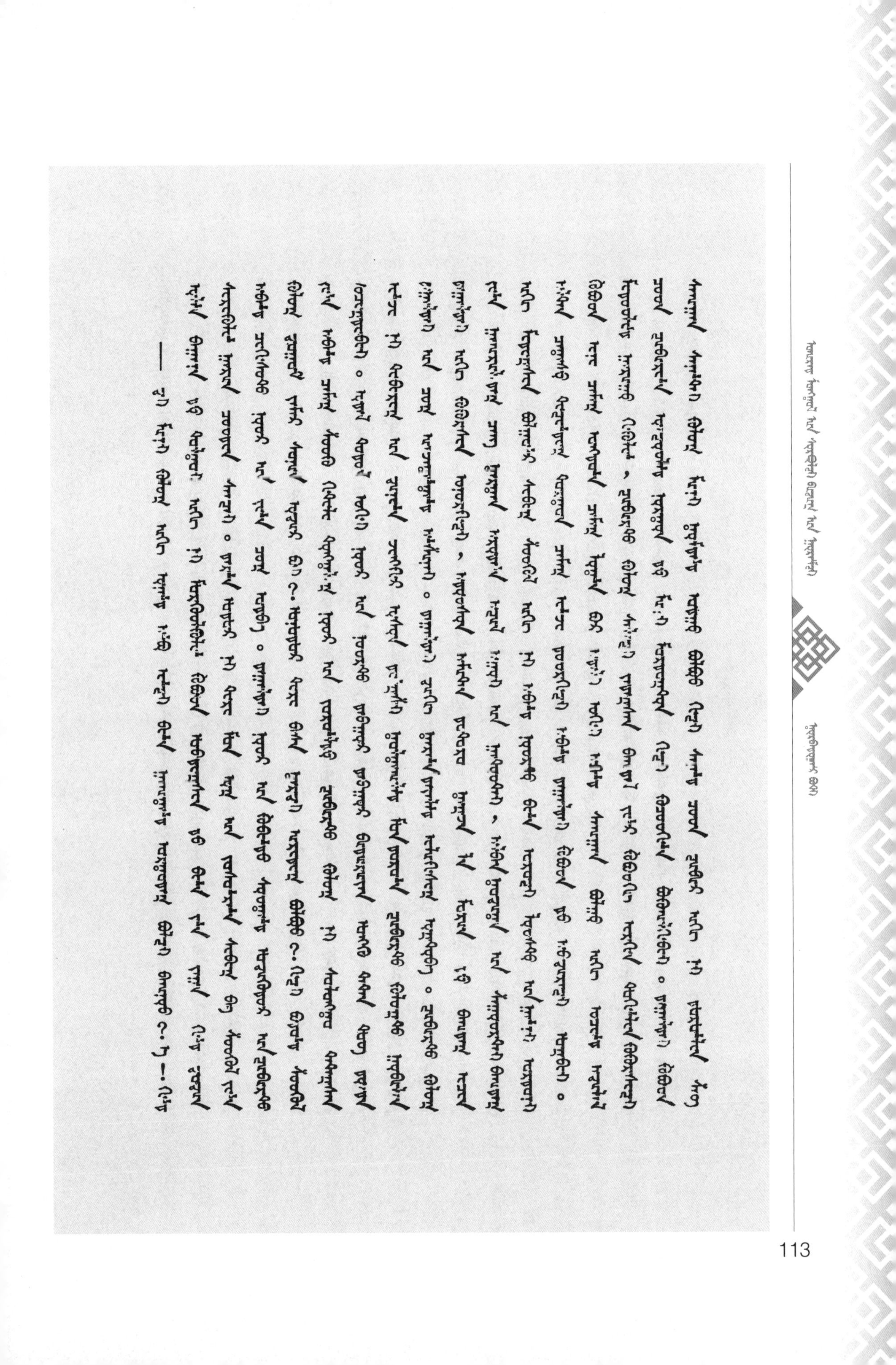

[illegible]

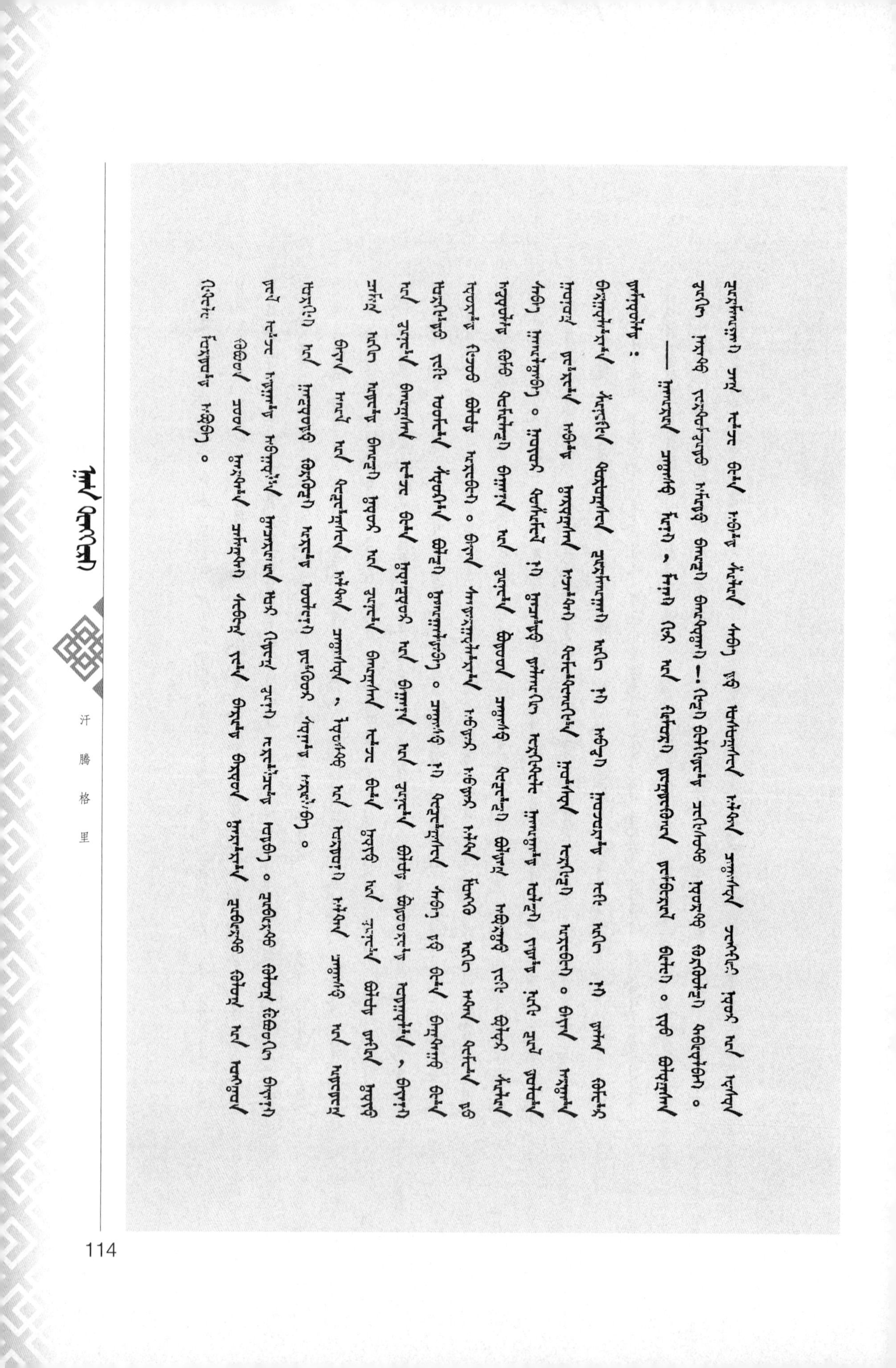

[illegible]

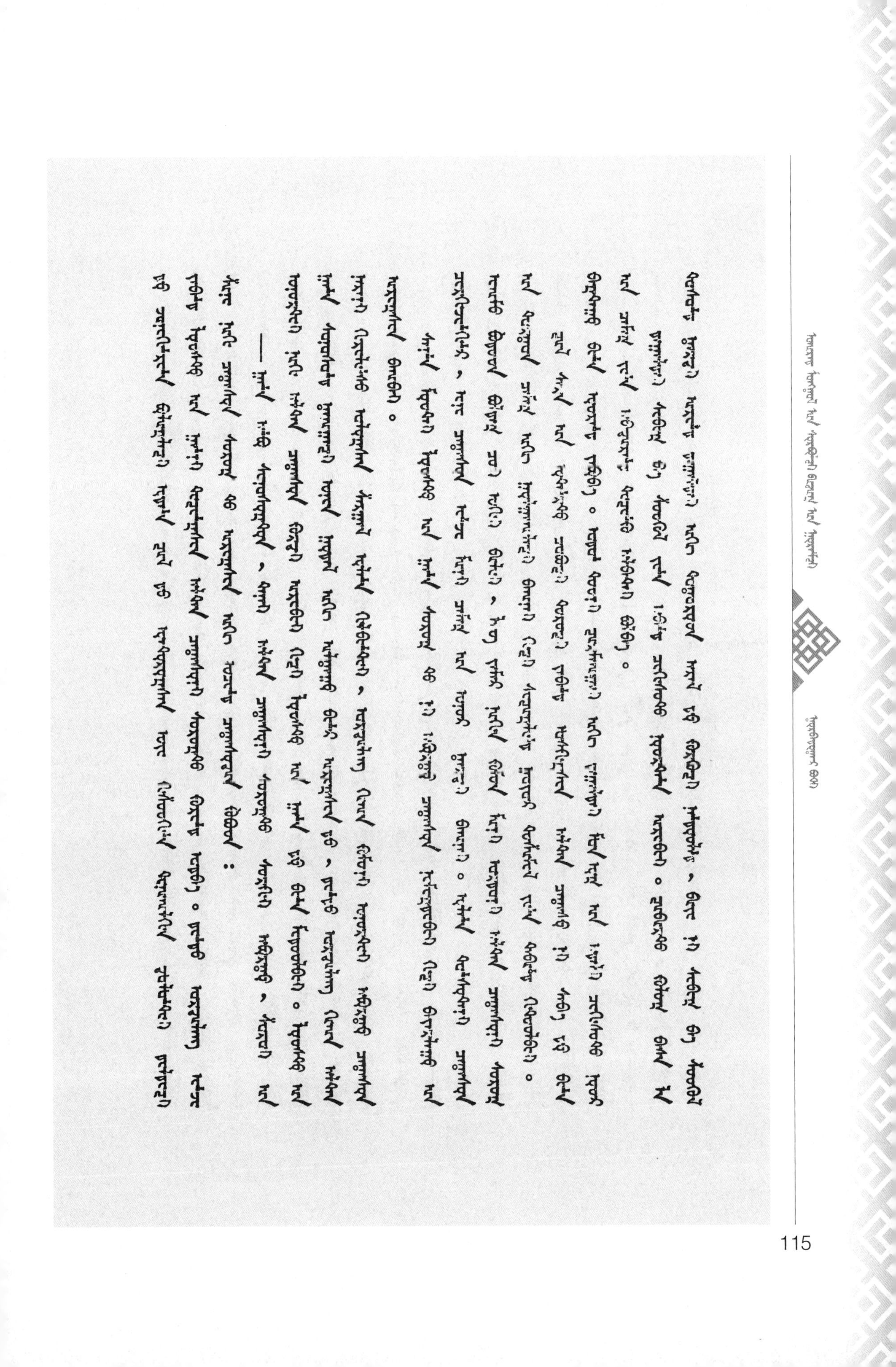

[illegible]

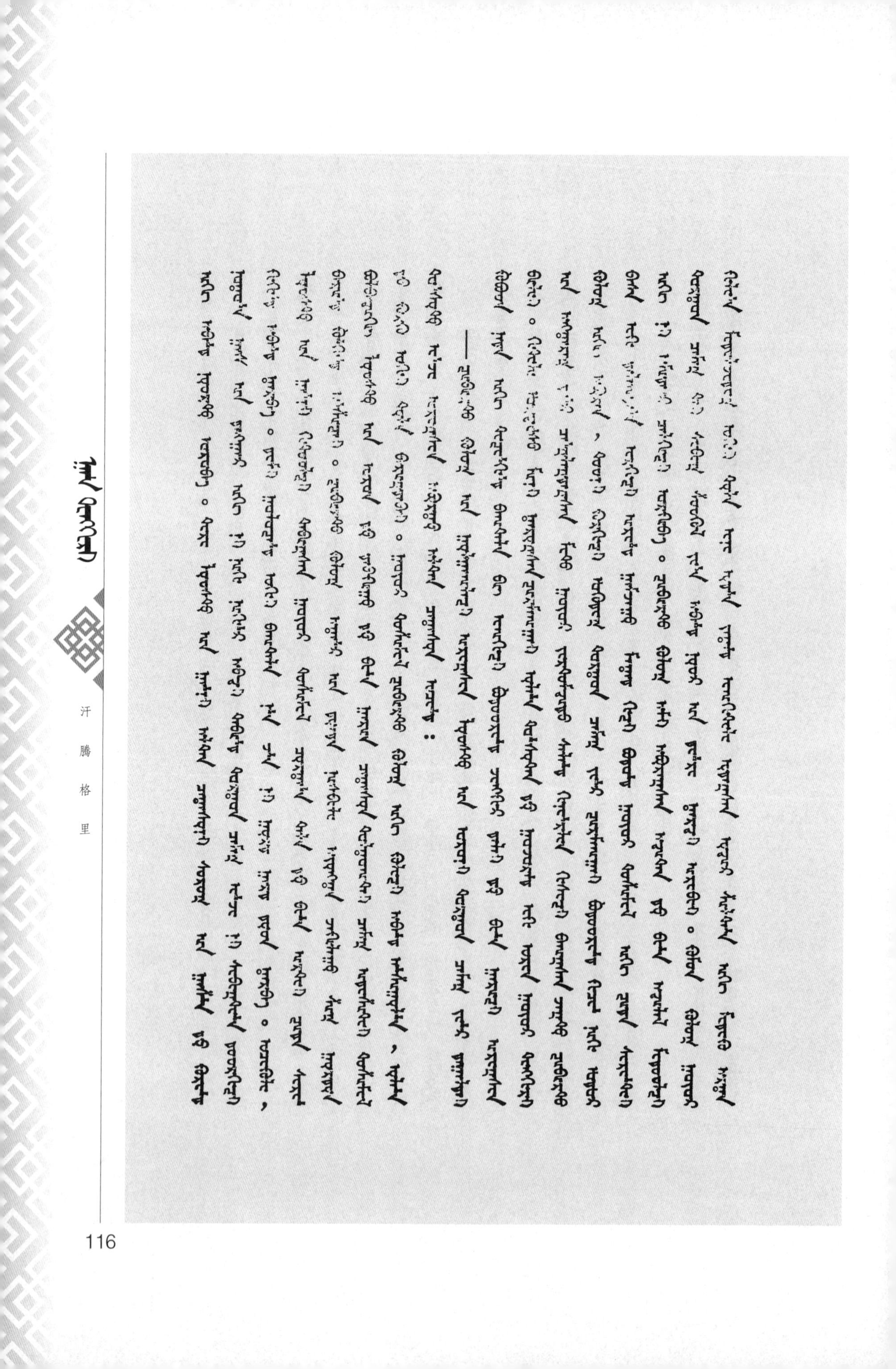

[illegible]

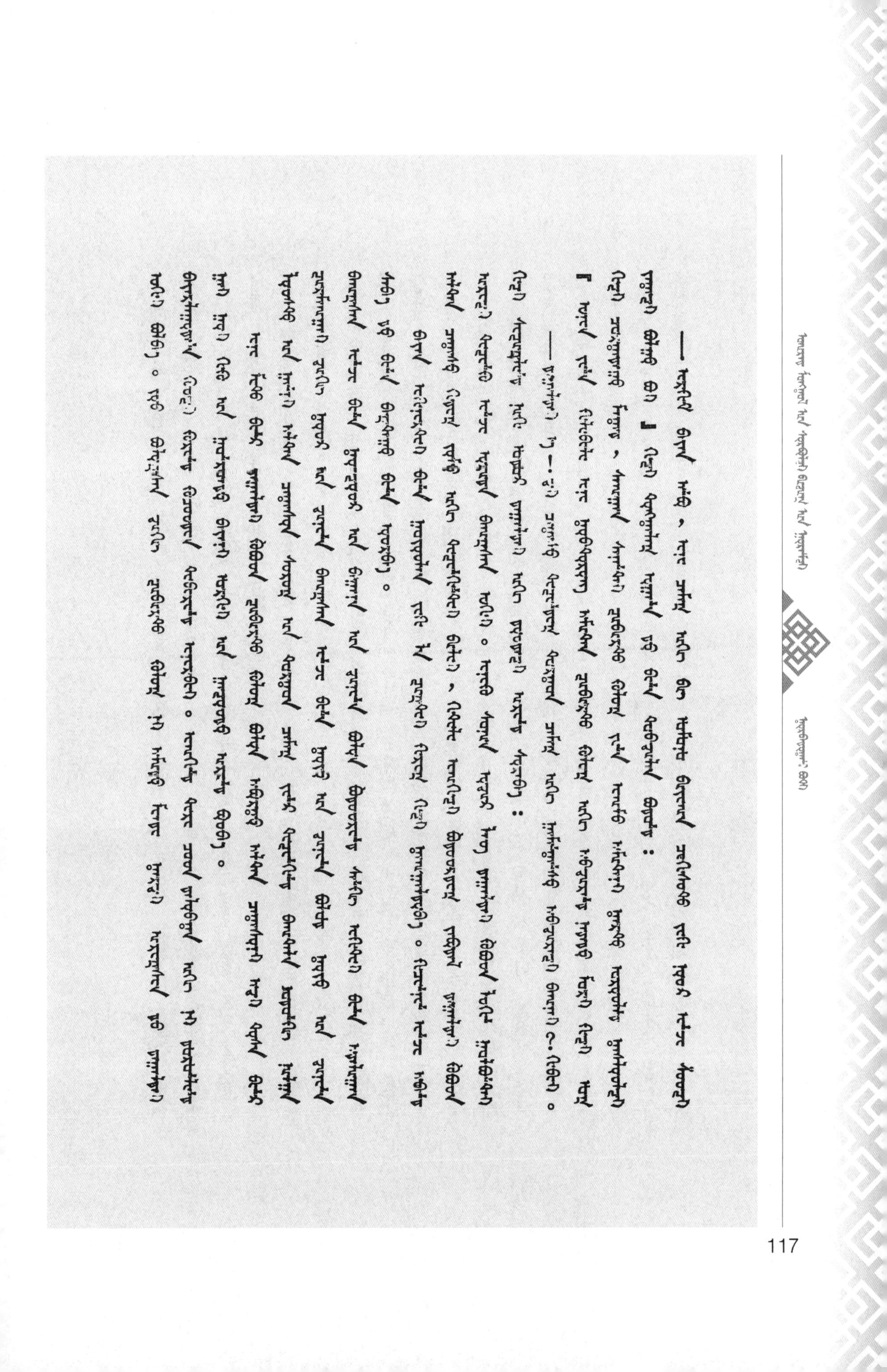

[illegible]

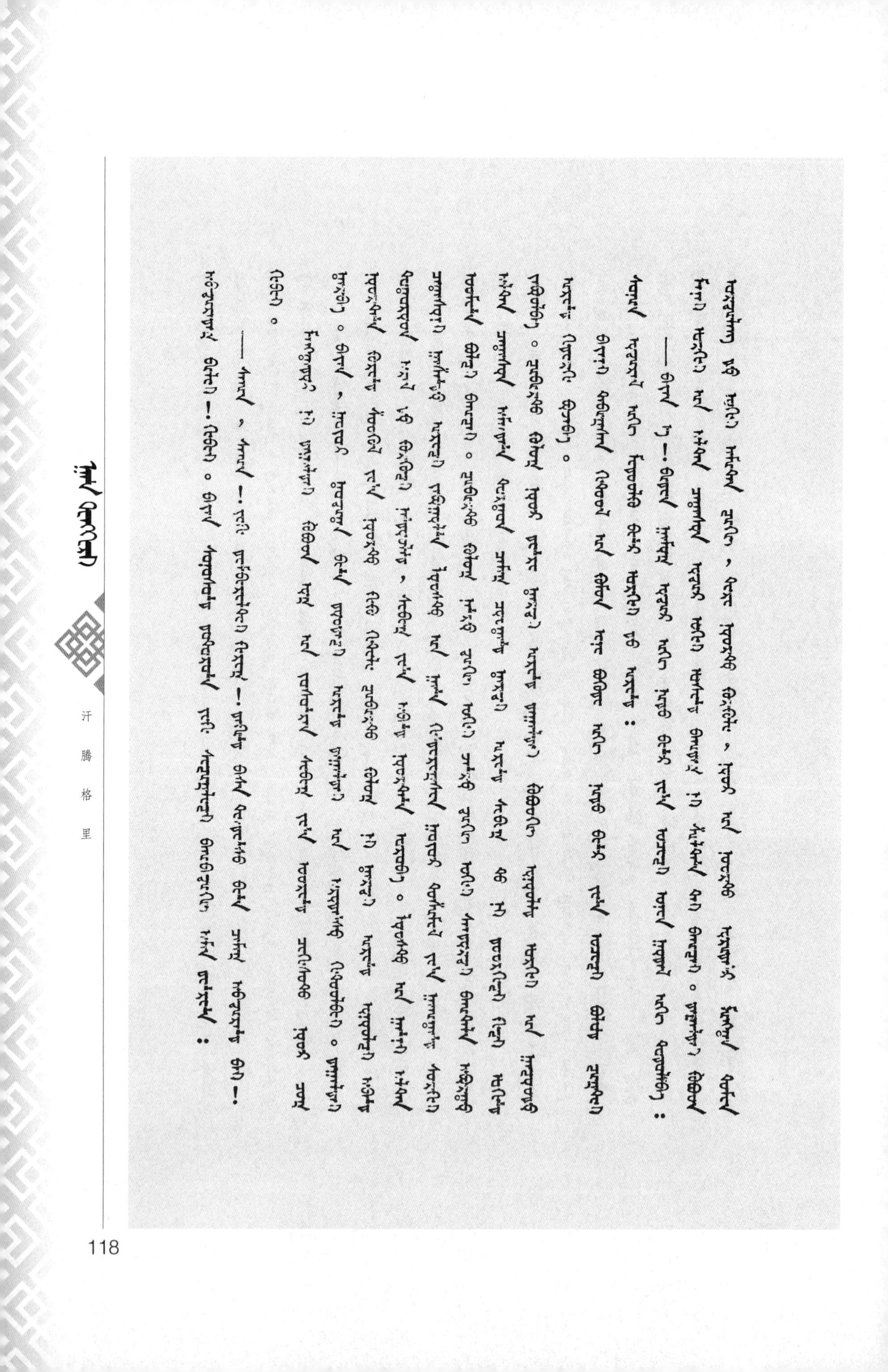

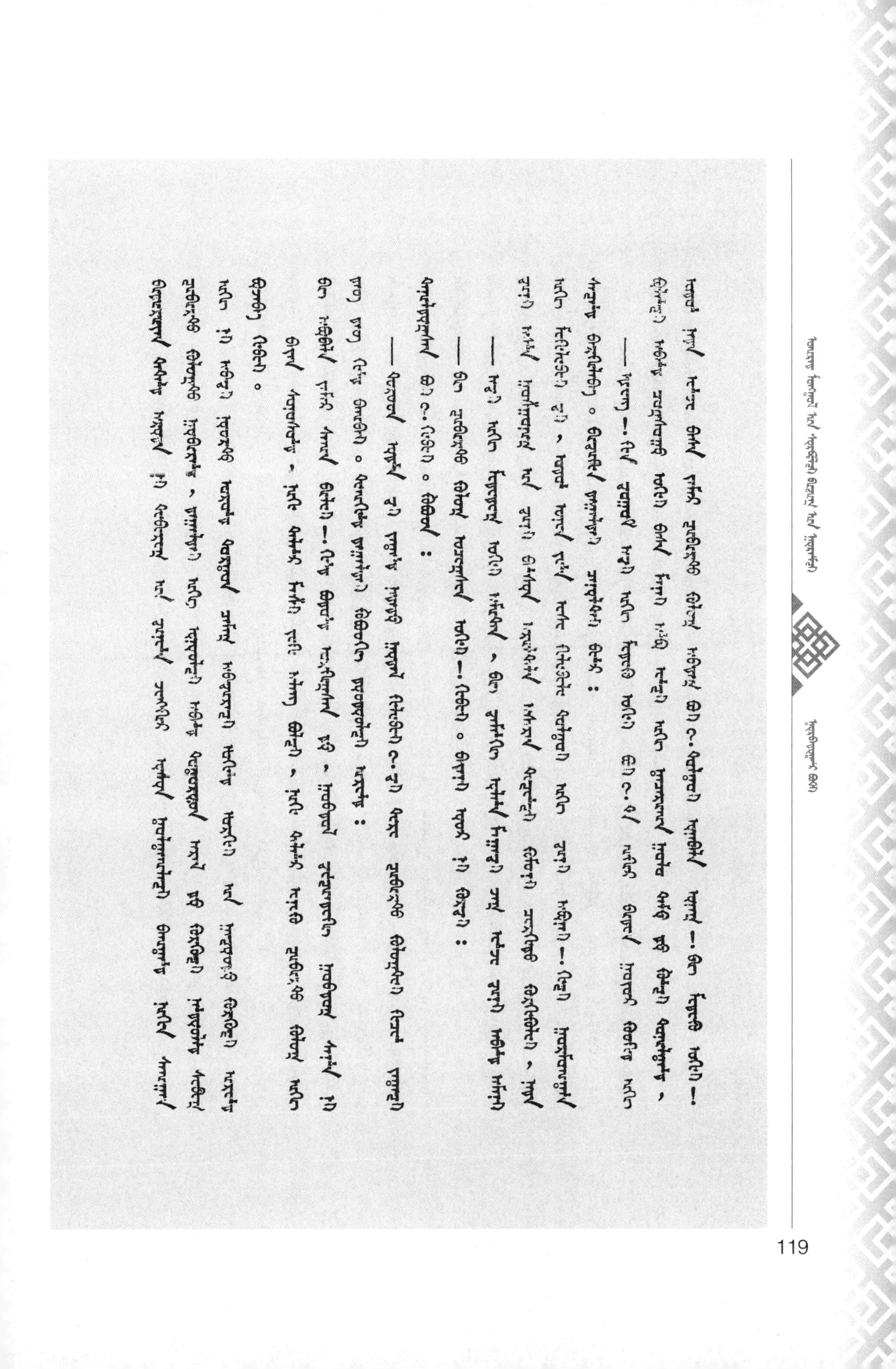

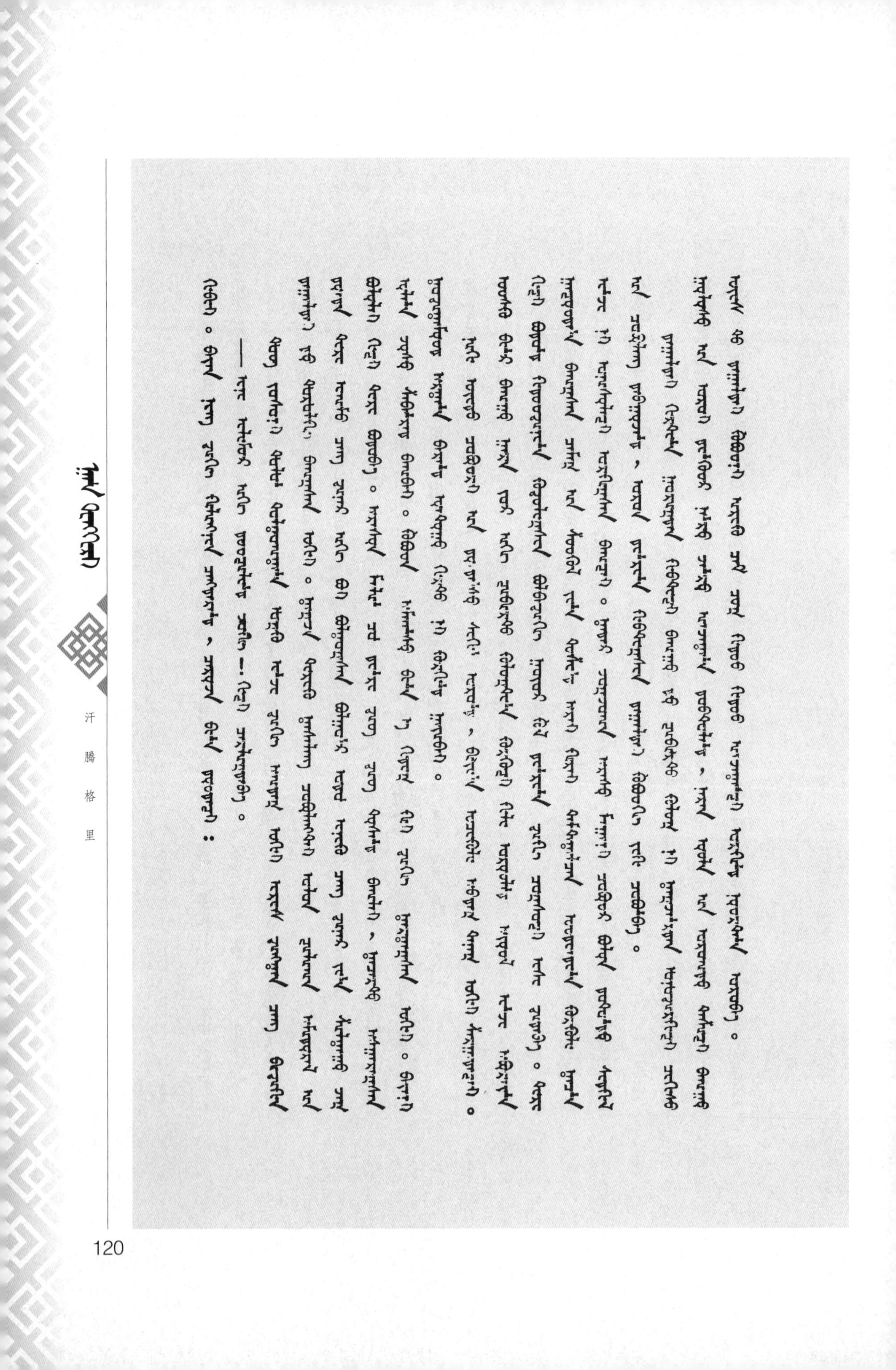

[illegible]

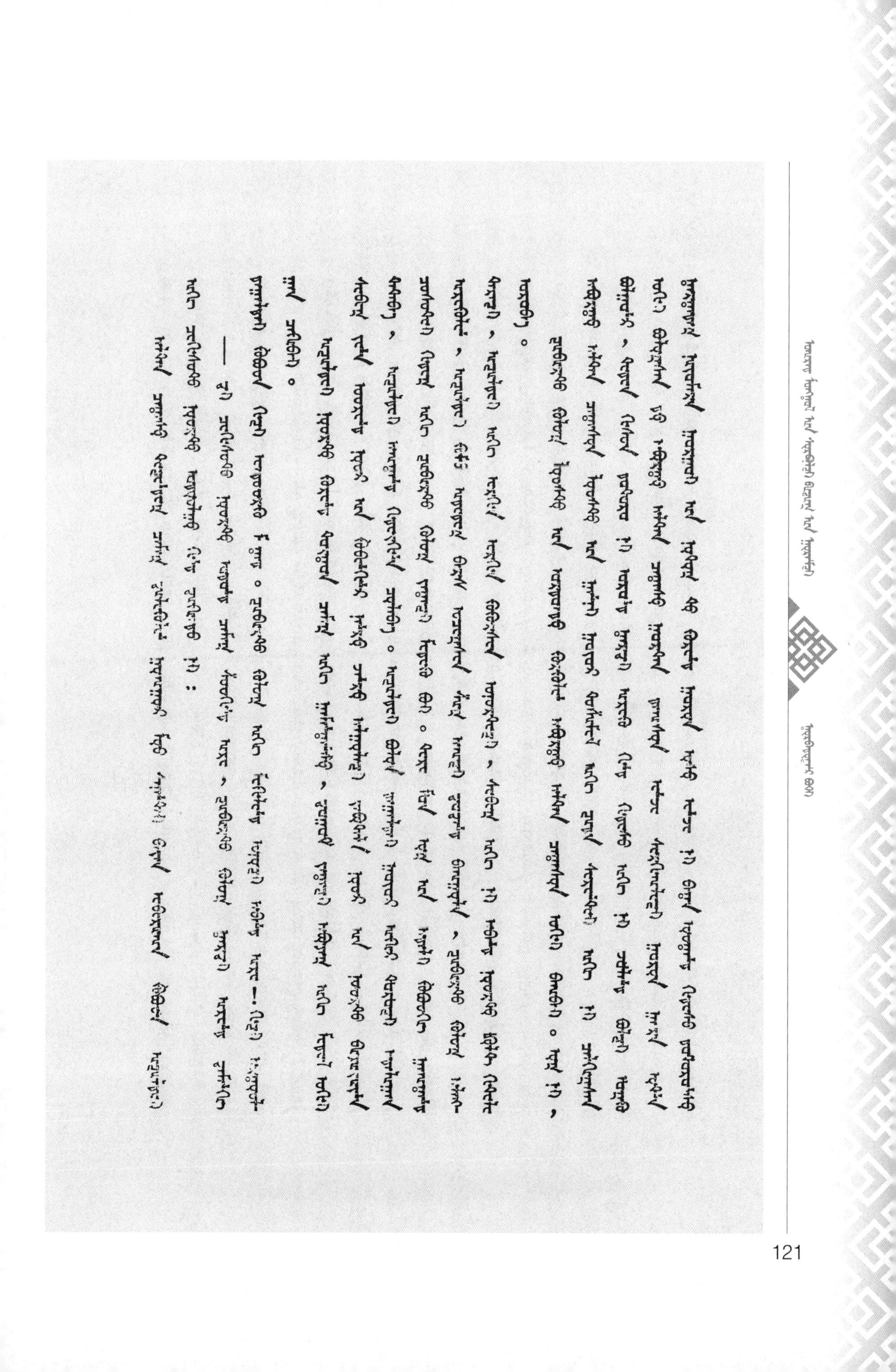

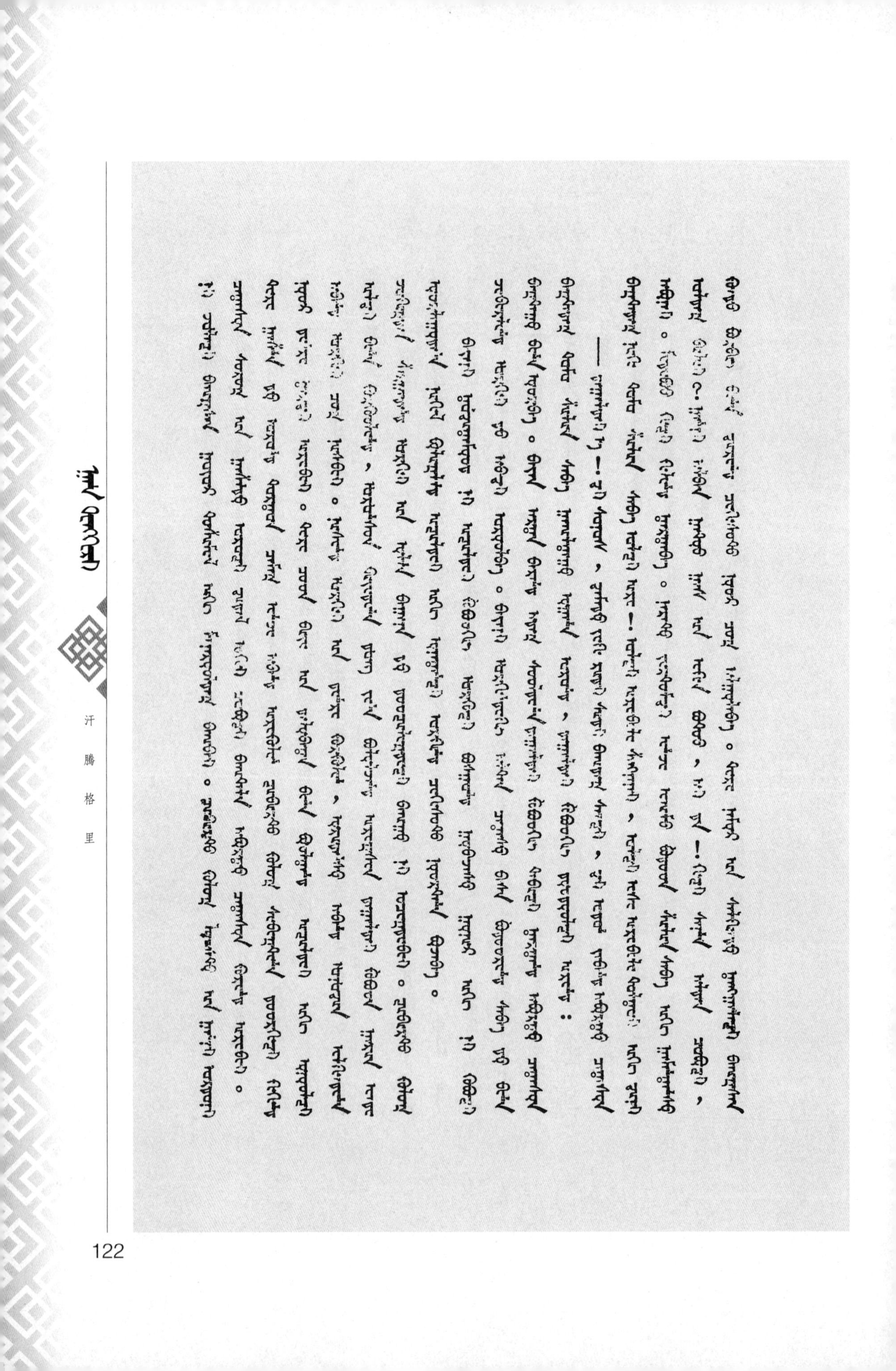

[illegible]

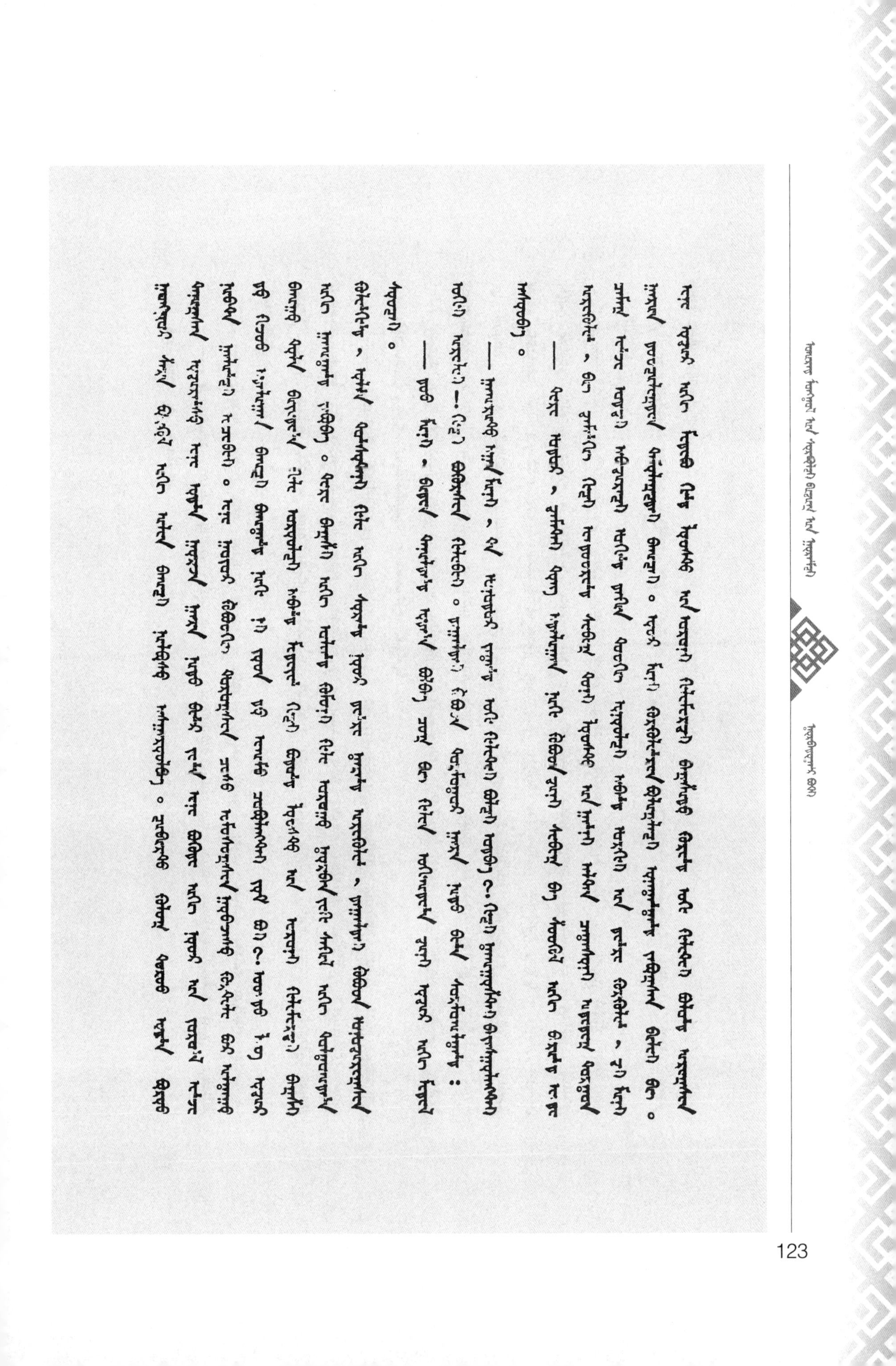

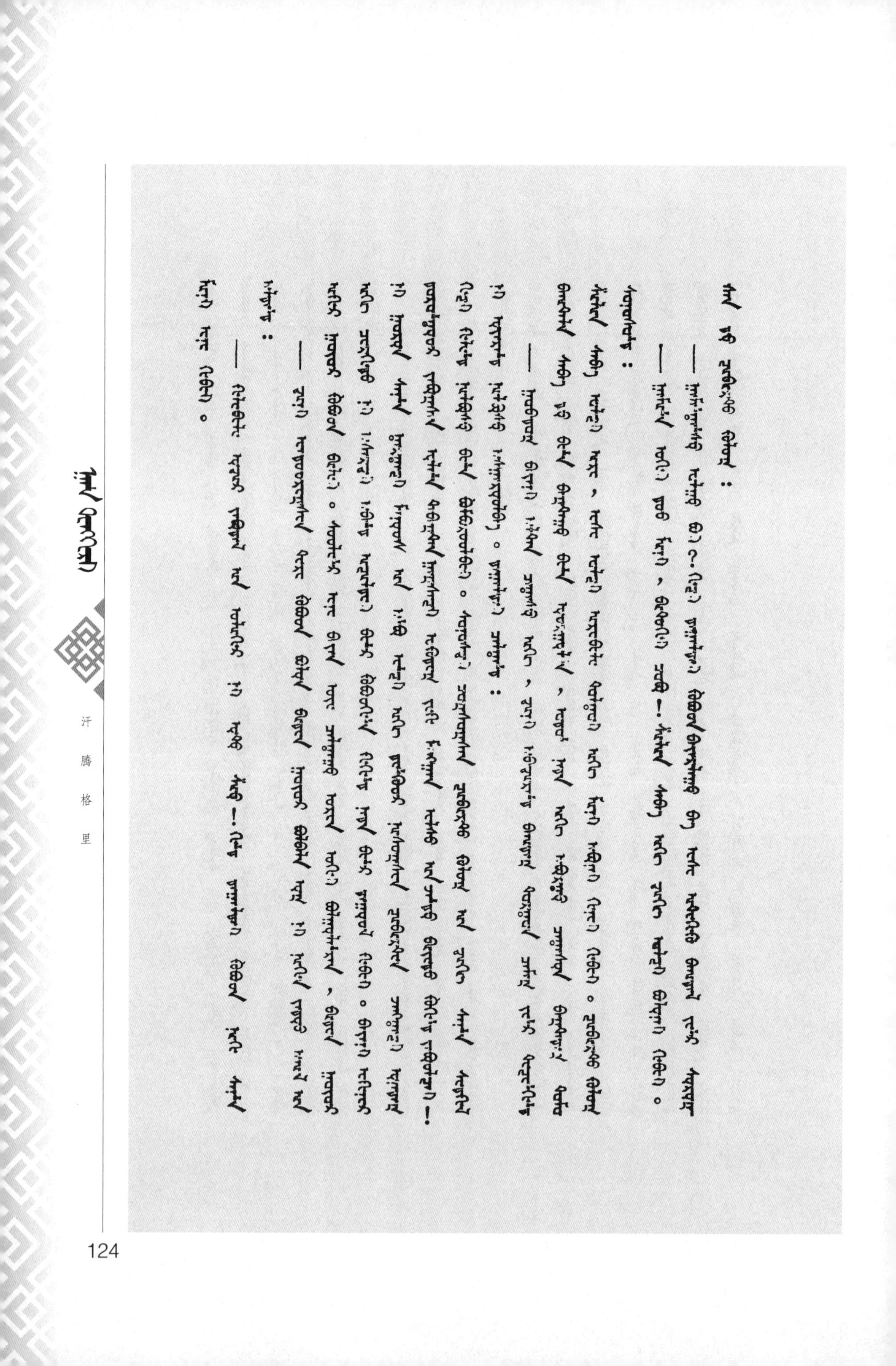

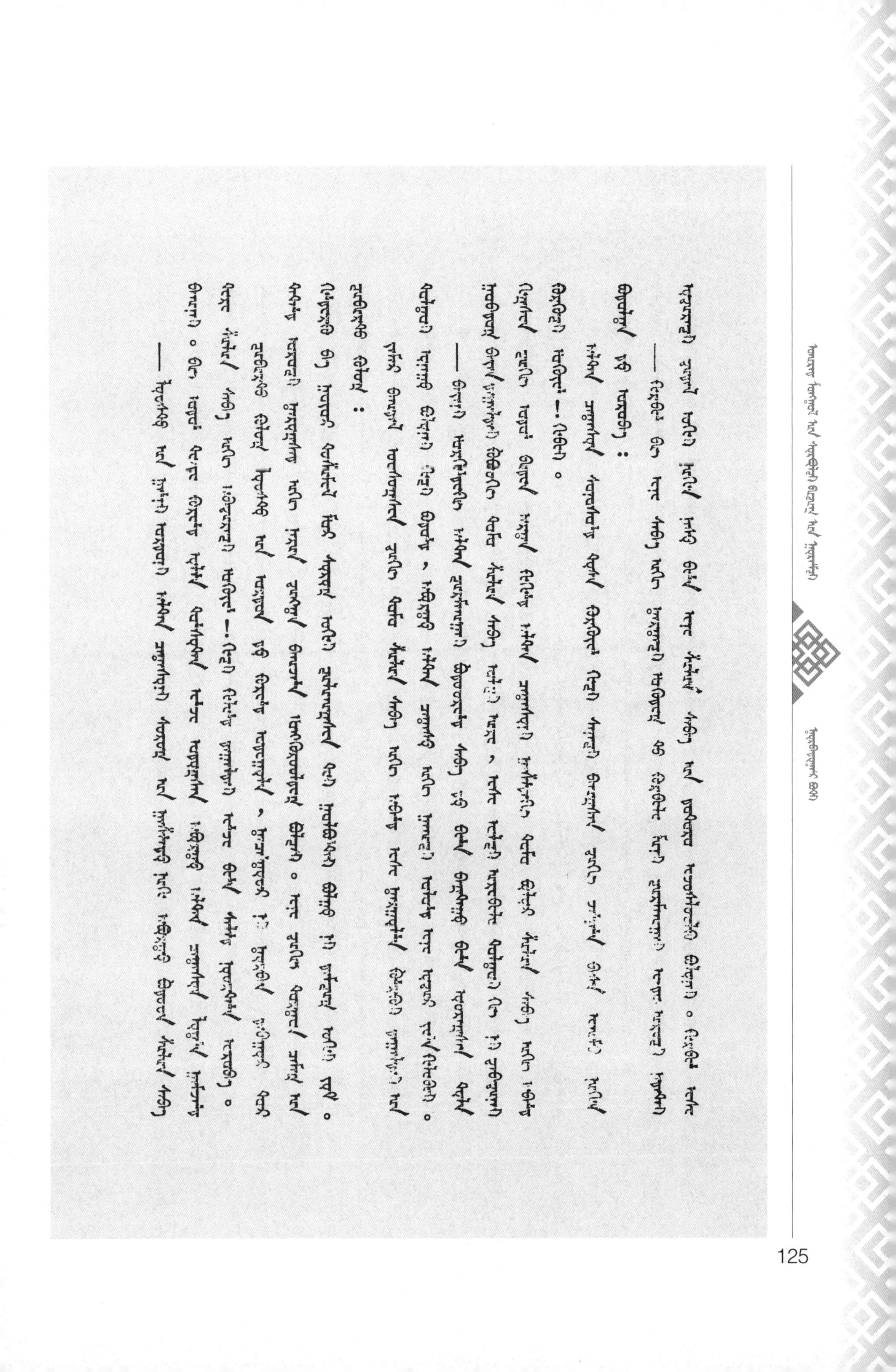

[illegible] ᠃ [illegible]

—— [illegible]

[illegible] ᠄

[illegible]

[illegible] ——! [illegible] ᠃

[illegible]

[illegible] ᠂ [illegible]

—— [illegible]

[illegible] ᠂ [illegible] ᠃

[illegible]

[illegible] ᠄

[illegible] ᠃

[illegible] ᠃ [illegible]

[illegible] ᠂ [illegible]

[illegible] ——! [illegible] ᠃

[illegible] ᠃ [illegible]

—— [illegible]

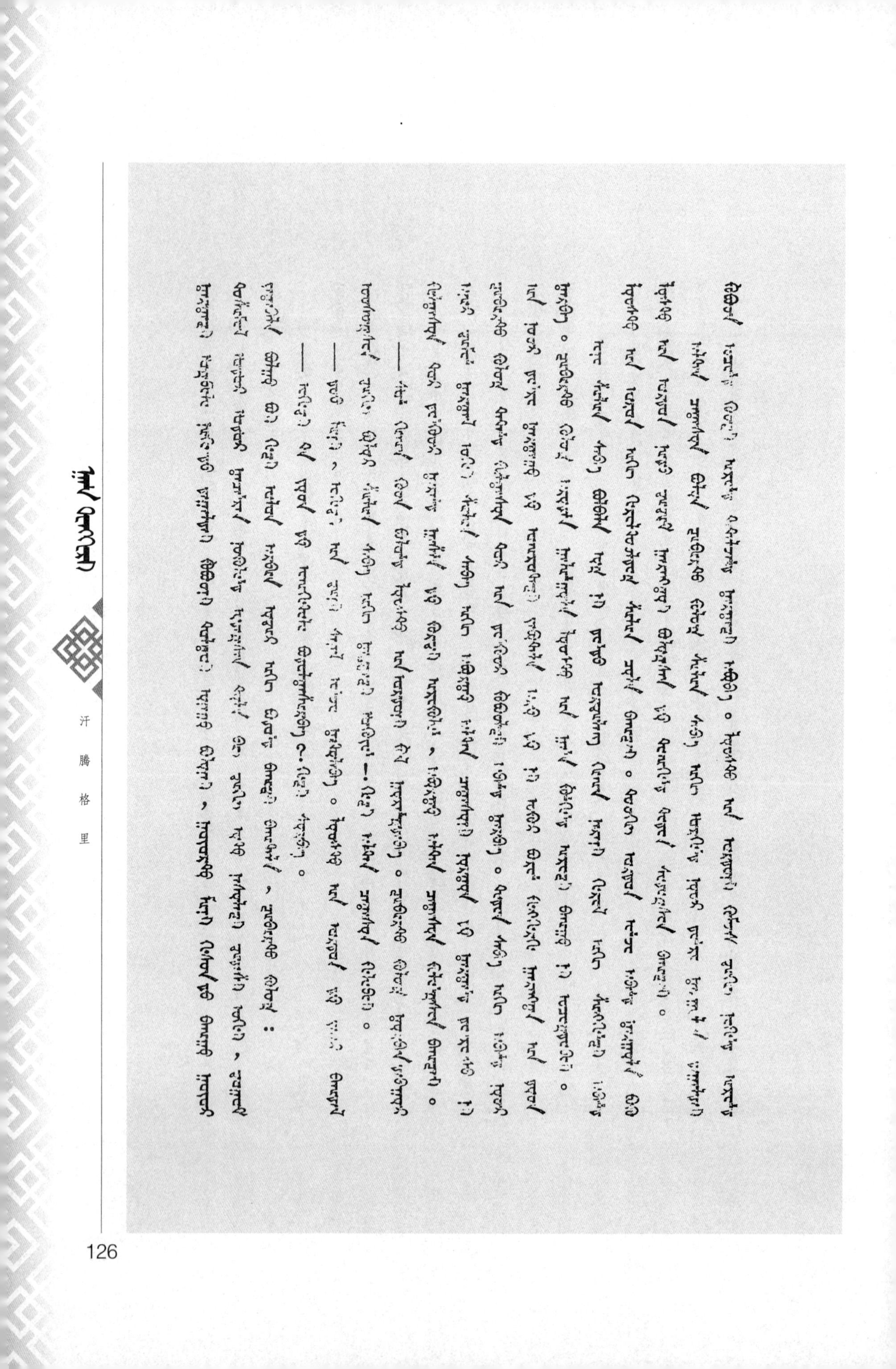

[illegible]

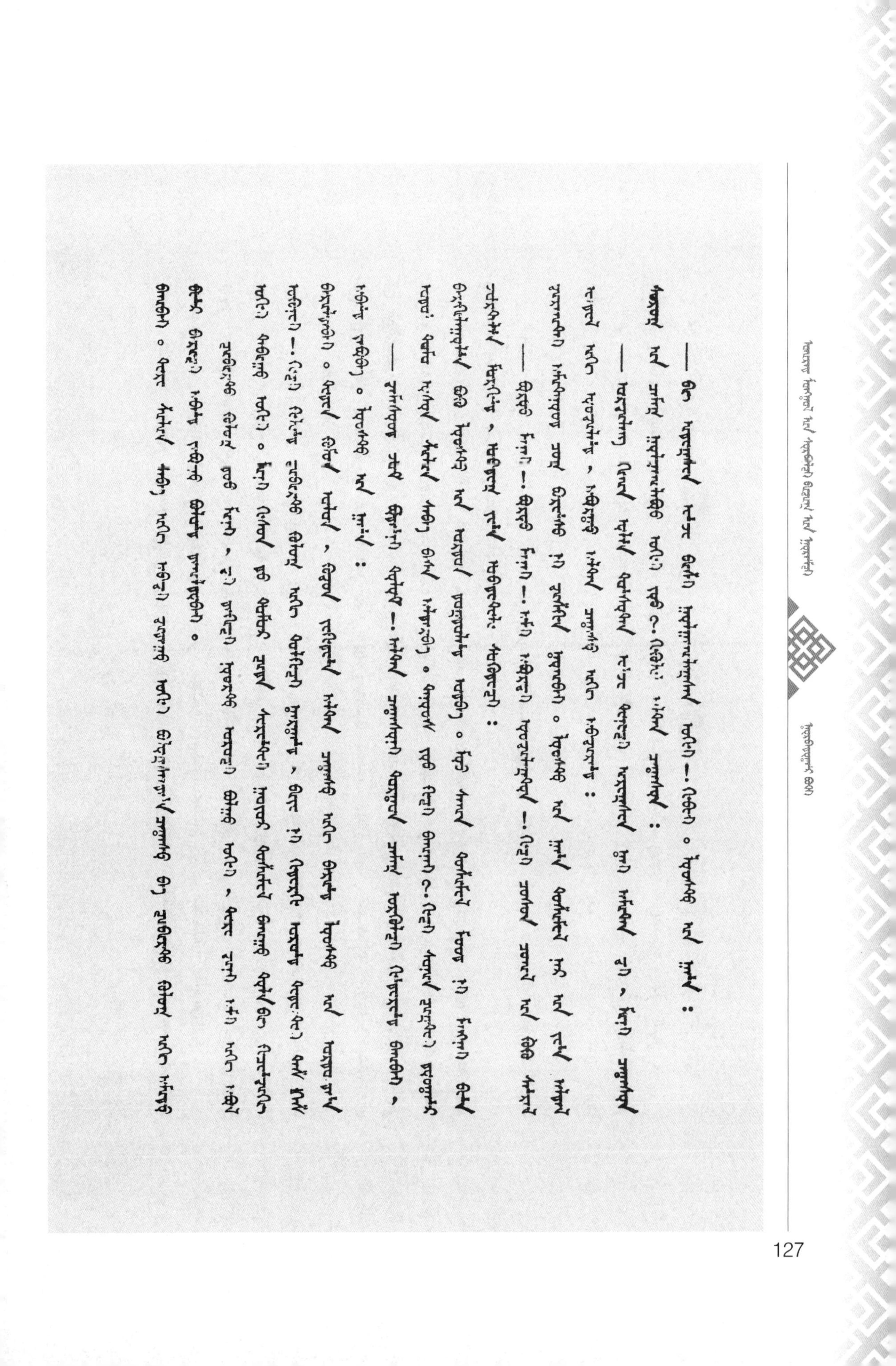

— [illegible] :
[illegible] :
— [illegible]
[illegible] :
[illegible]
— [illegible]
[illegible] :
[illegible]
[illegible]
— [illegible]
[illegible] :
[illegible]
[illegible]
[illegible]
[illegible]
[illegible]
[illegible]

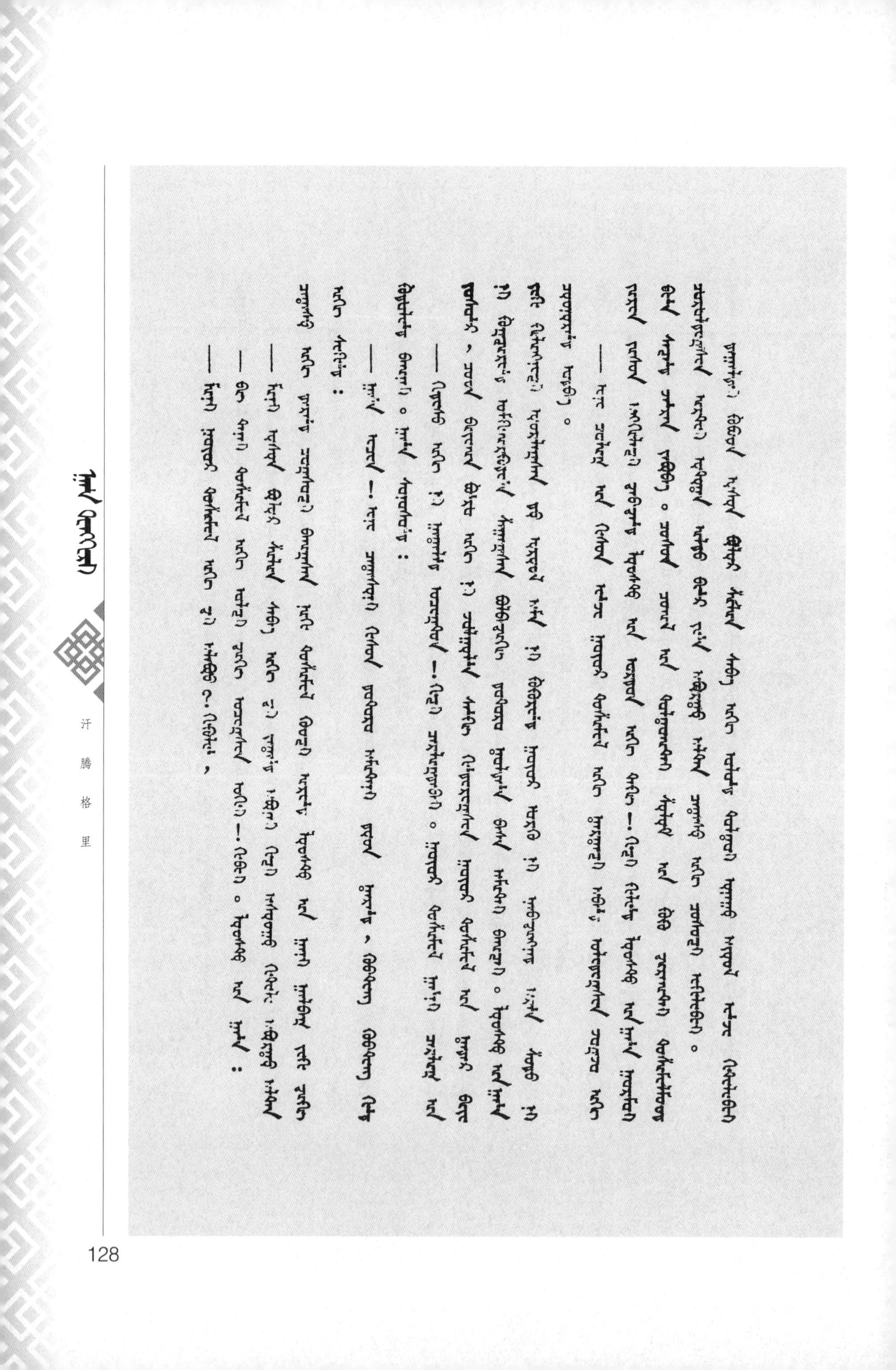

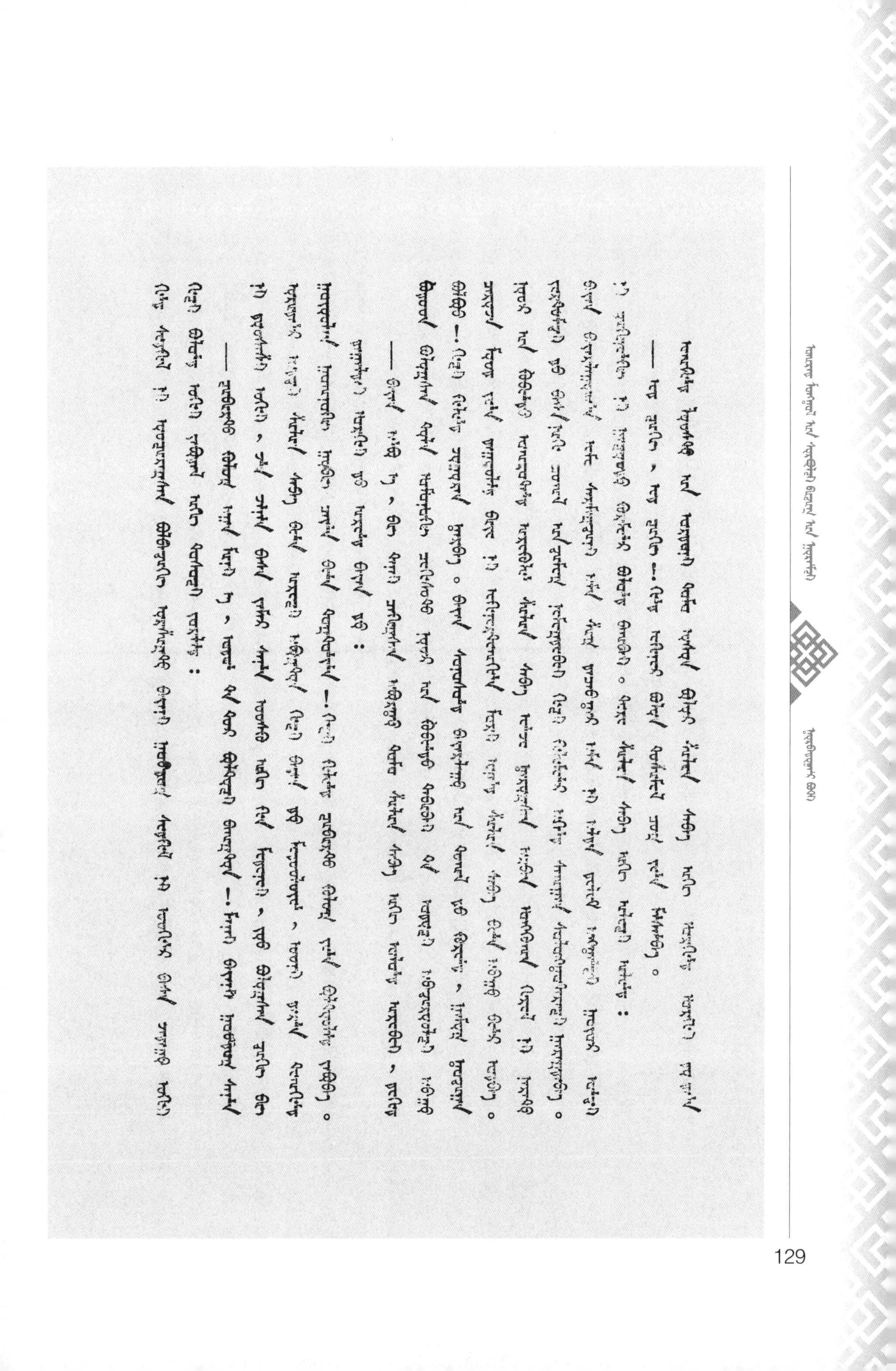

[illegible]

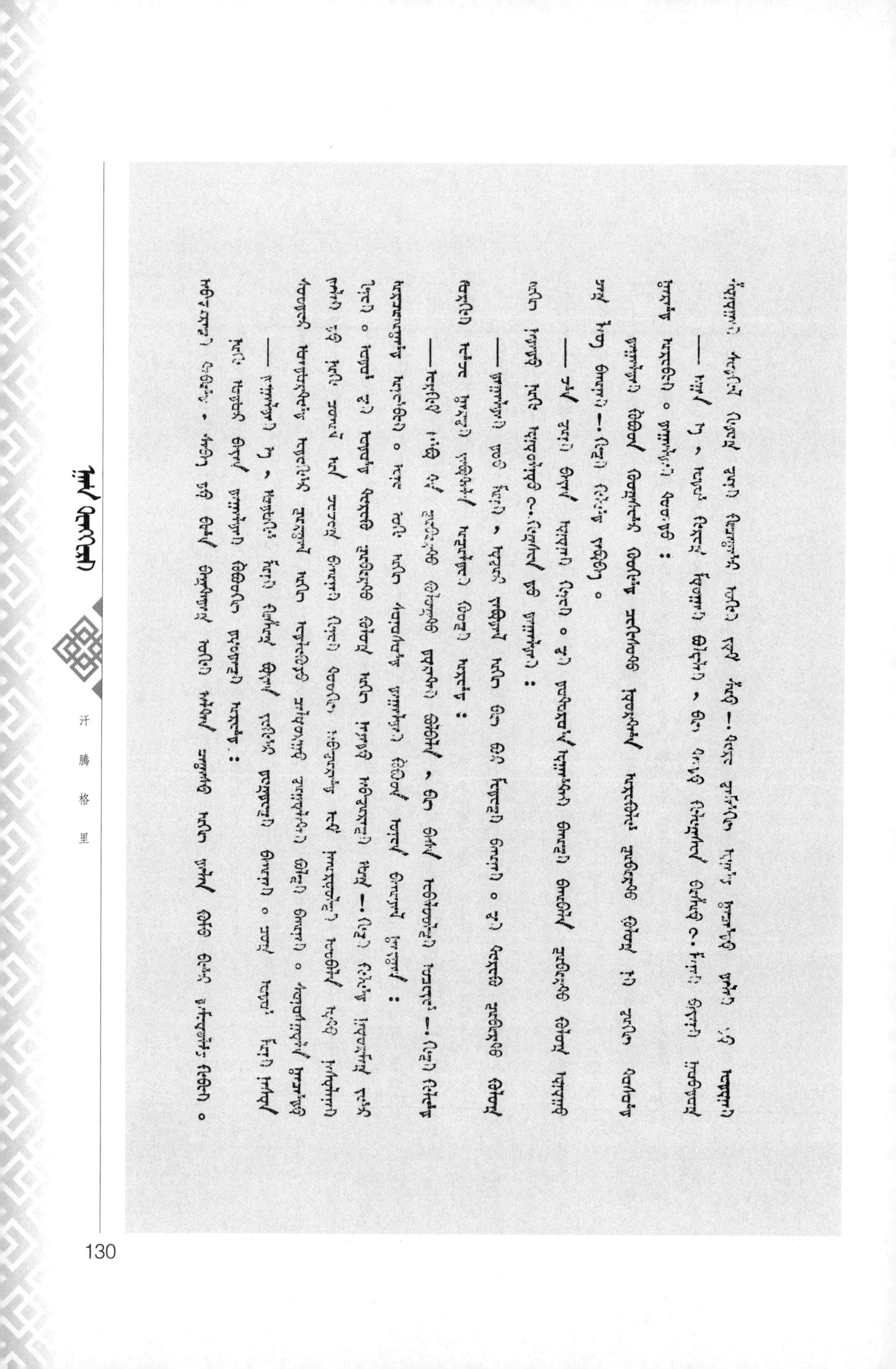

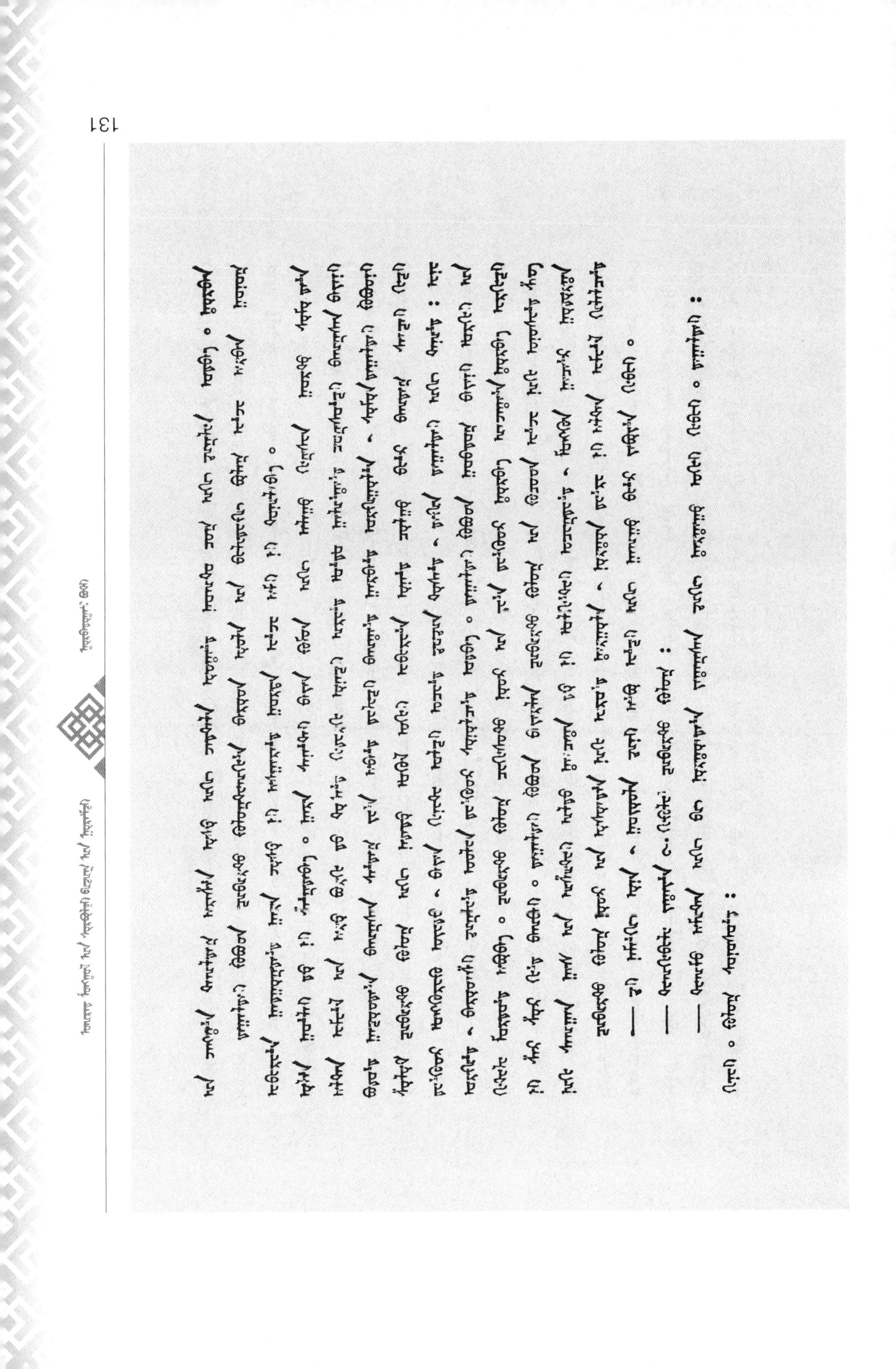

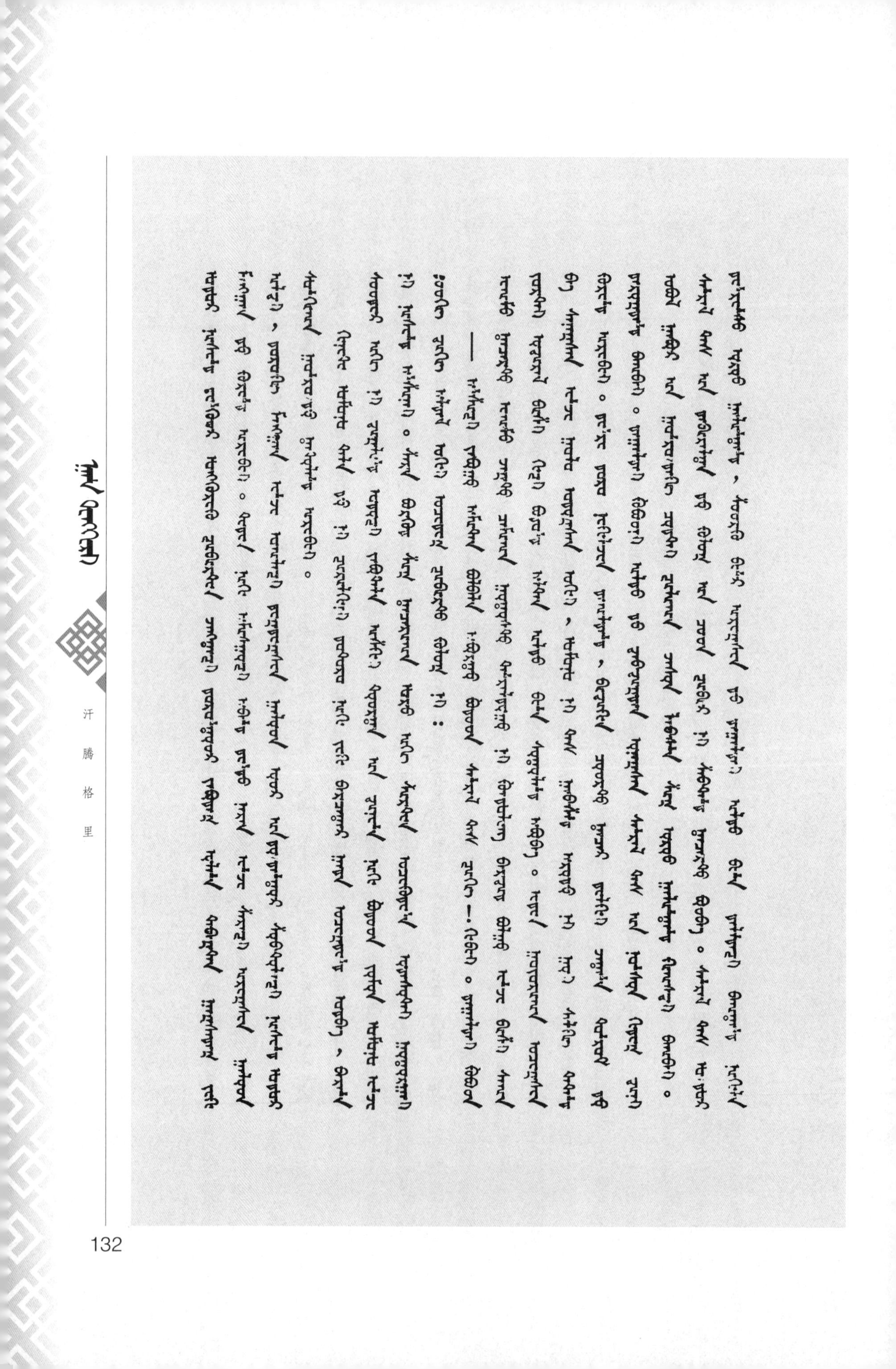

[illegible]

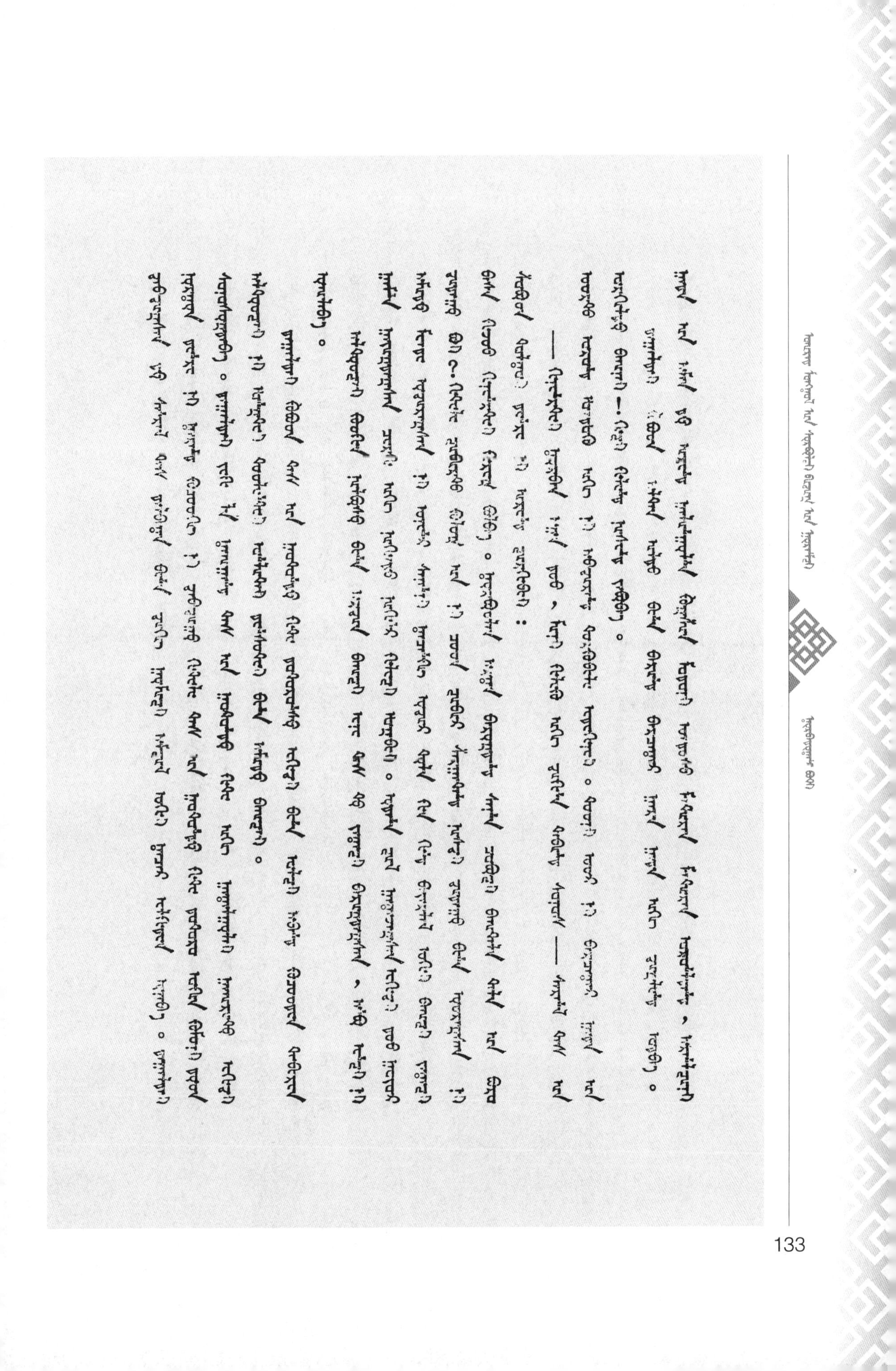

[illegible]

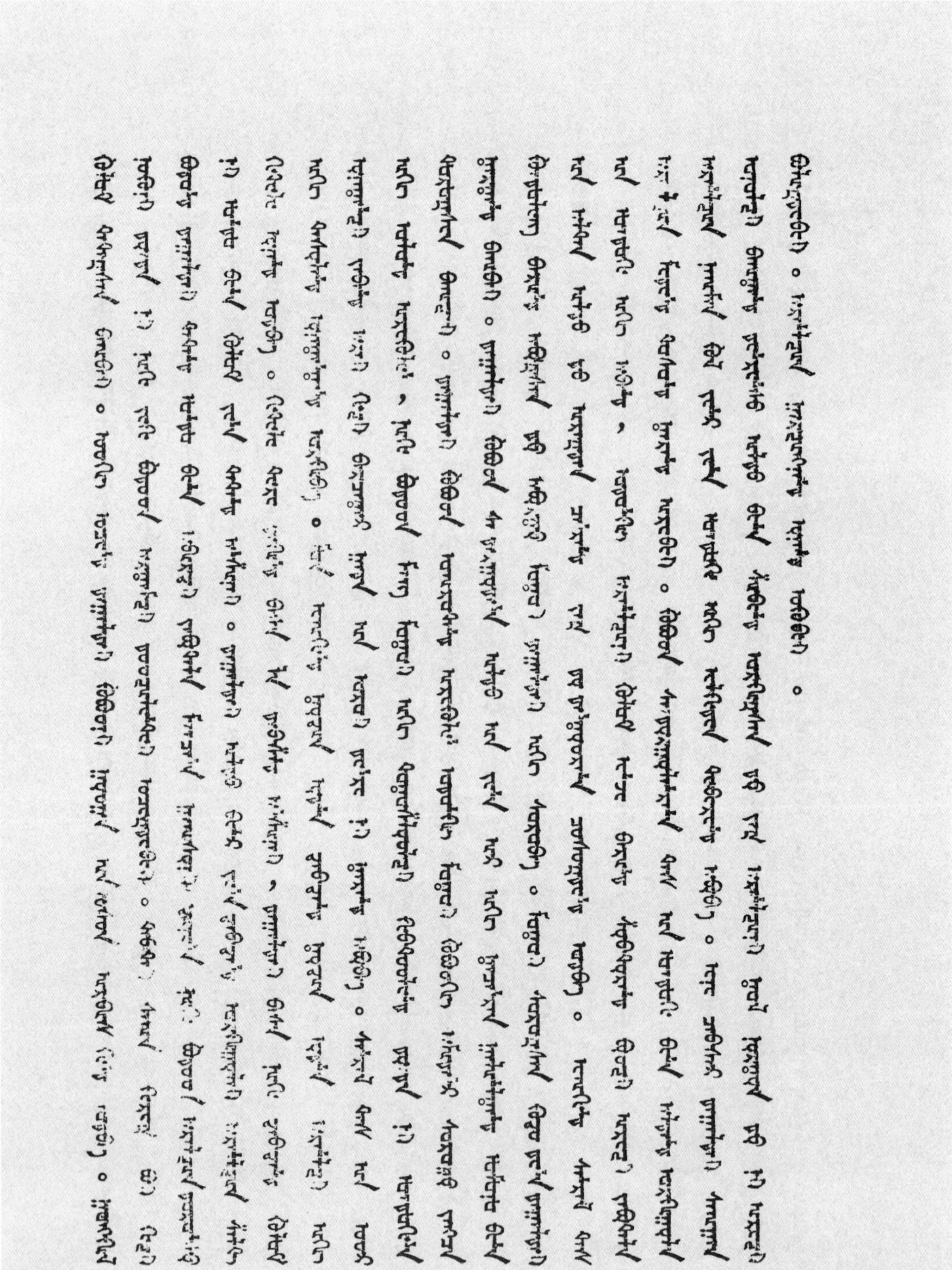

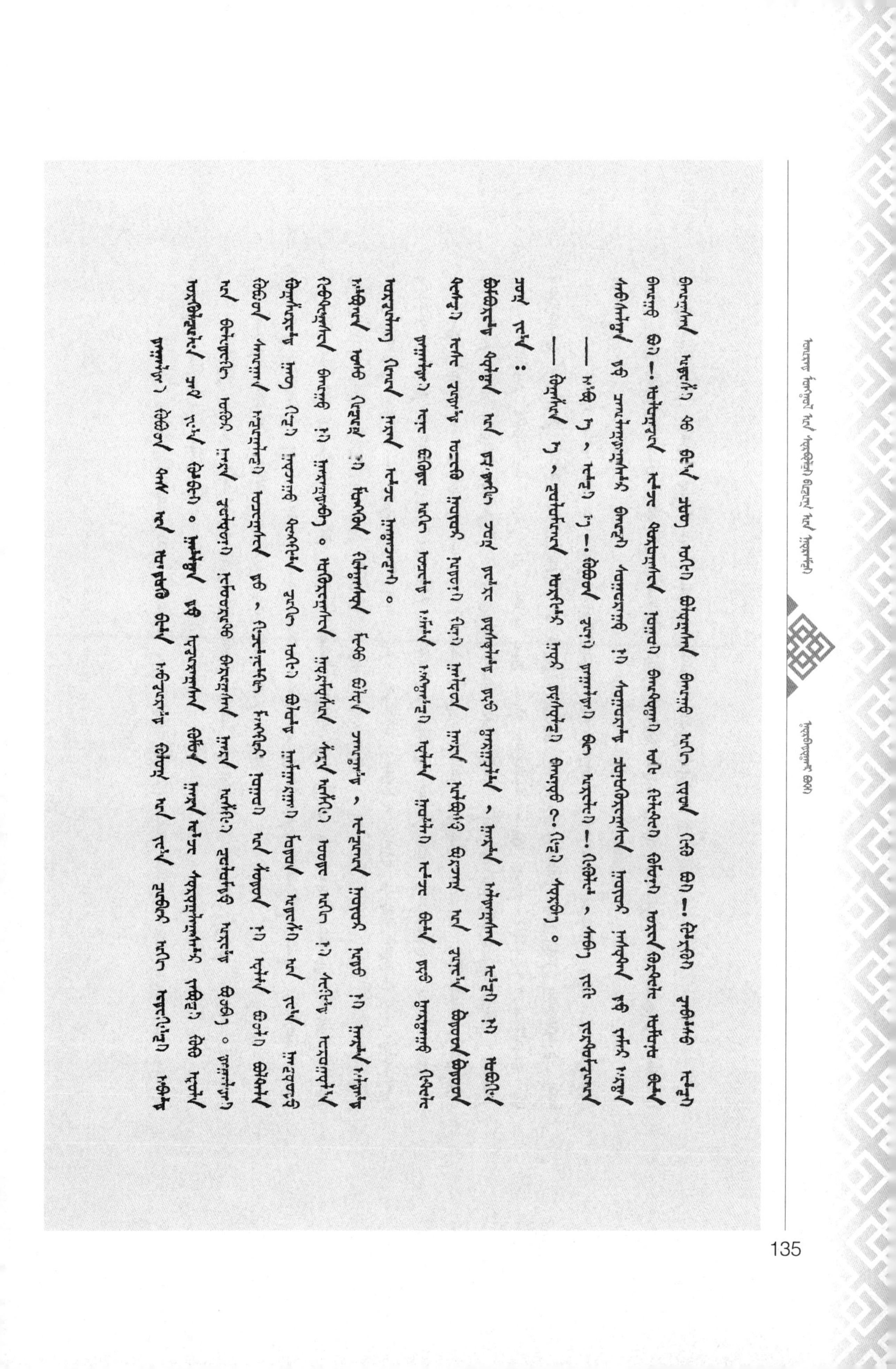

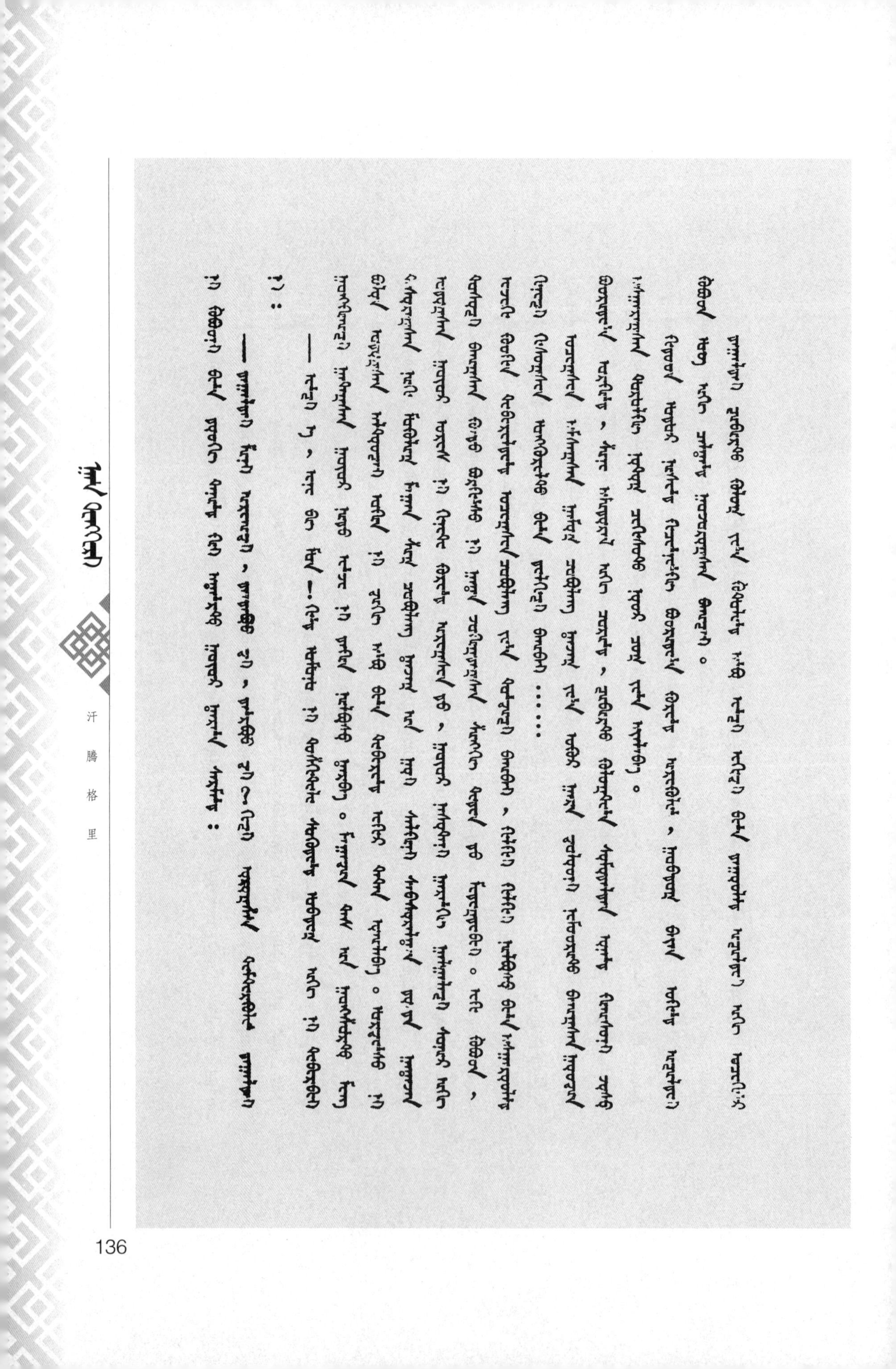

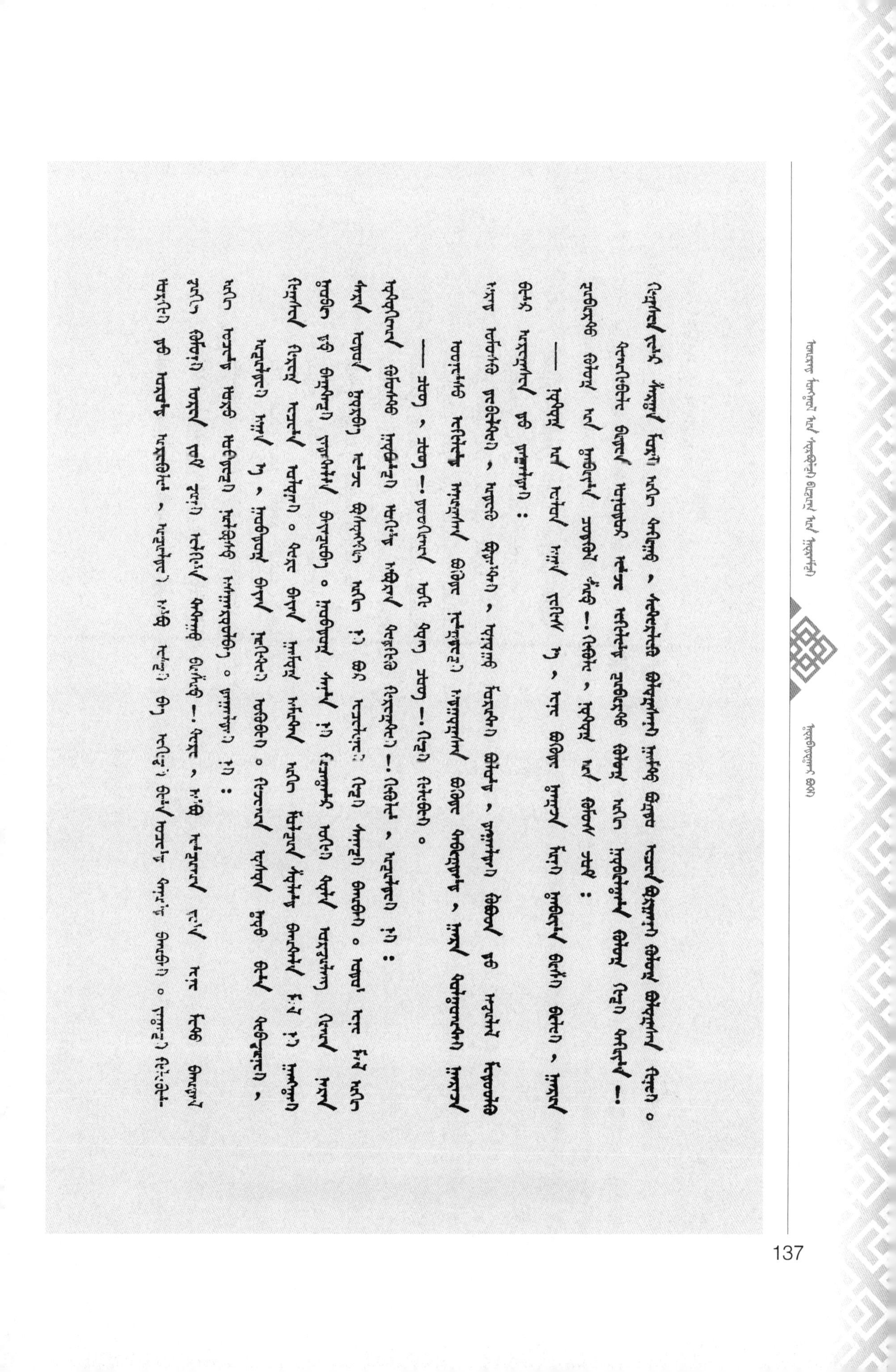

[illegible]

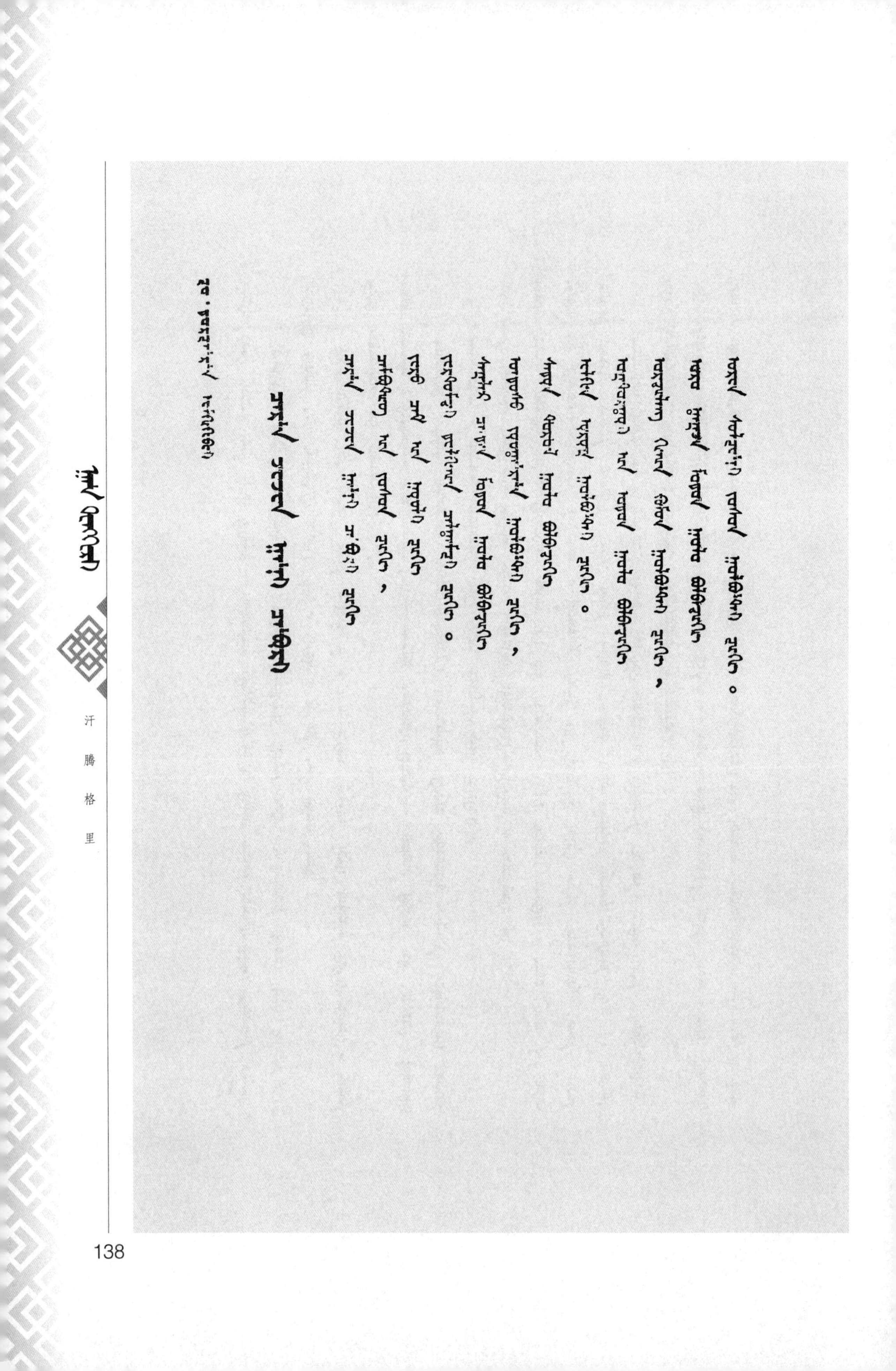

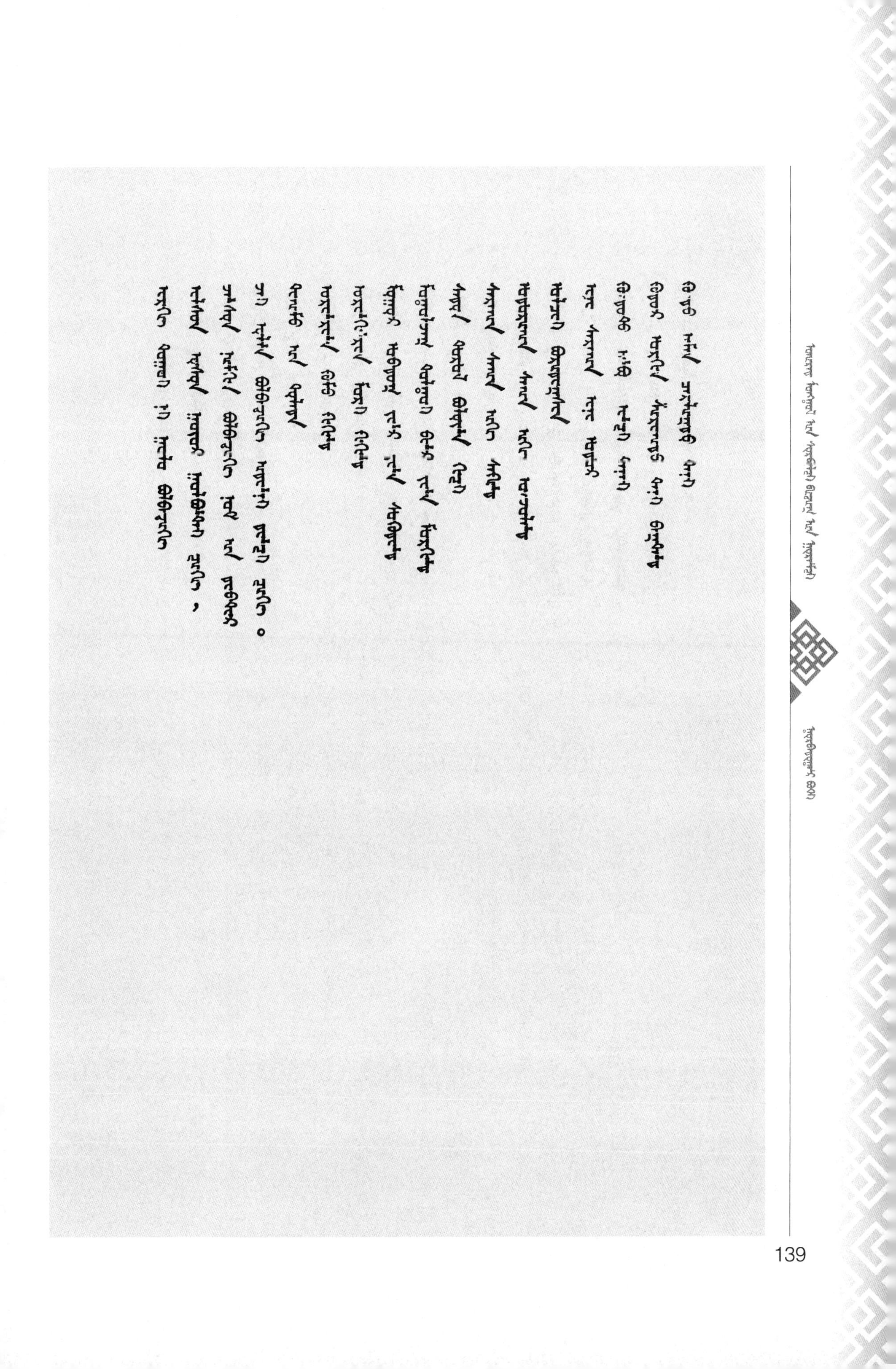

[illegible]
[illegible]
[illegible]
[illegible]
[illegible]
[illegible]
[illegible]
[illegible]
[illegible]
[illegible]
[illegible]
[illegible]
[illegible]
[illegible] ᠃
[illegible] ᠂
[illegible]

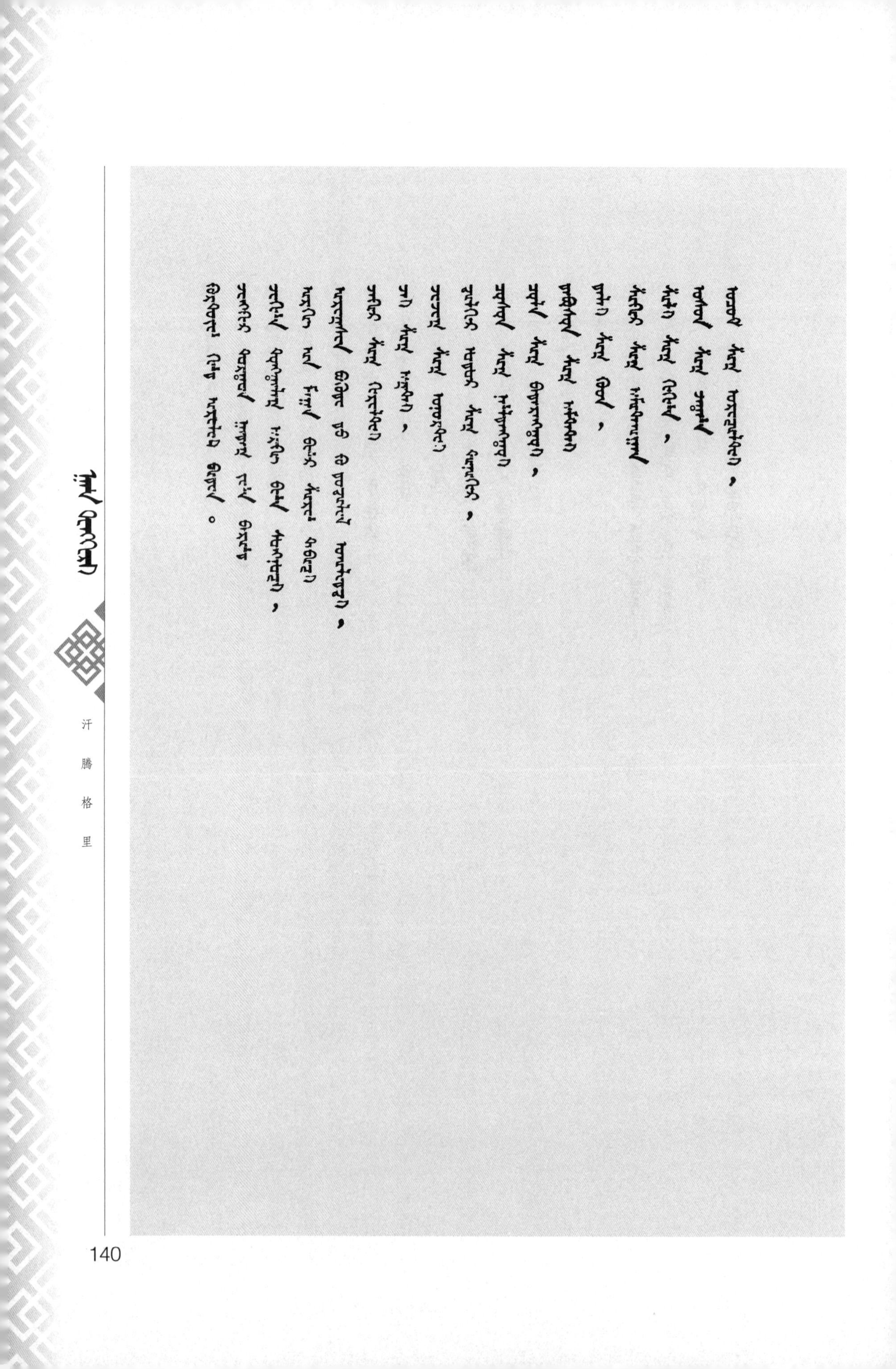

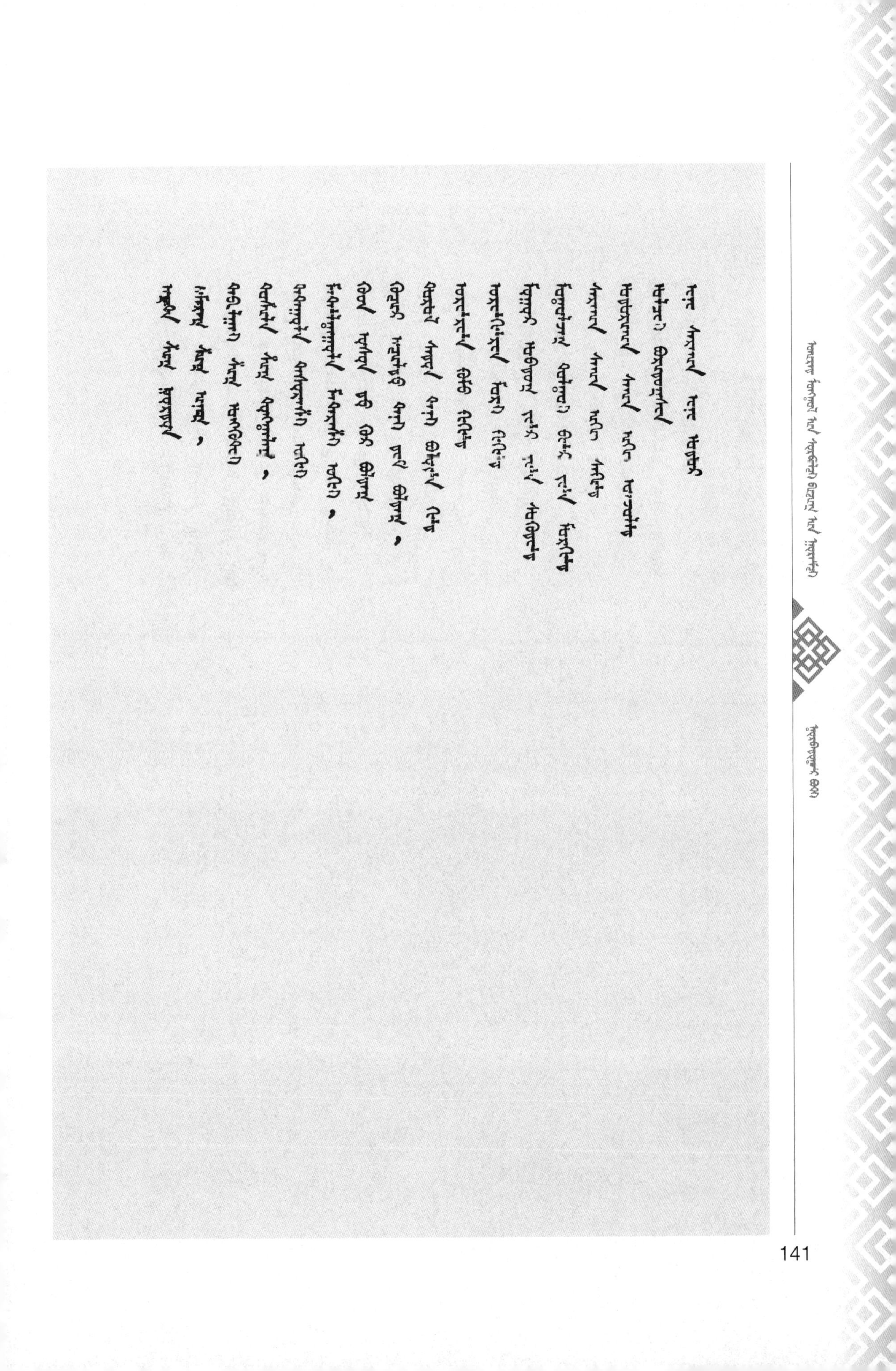

[illegible]

ᠴᠠᠰᠤᠲᠤ ᠬᠠᠶᠢᠷᠬᠠᠨ ᠣᠷᠭᠢᠯ ᠪᠣᠯᠤᠭᠰᠠᠨ ᠲᠡᠯᠡ
ᠮᠥᠩᠭᠦᠨ ᠣᠳᠣᠨ ᠮᠥᠷ ᠪᠣᠯᠤᠭᠰᠠᠨ ᠲᠡᠯᠡ
ᠮᠥᠩᠭᠦᠯᠢᠭ ᠣᠳᠣᠨ ᠮᠥᠩᠬᠡ ᠪᠣᠯᠤᠭᠰᠠᠨ ᠲᠡᠯᠡ
ᠣᠷᠭᠢᠯ ᠪᠢᠳᠡᠨ ᠦ ᠨᠢᠭᠤᠷ ᠮᠡᠲᠦ ᠪᠠᠶᠢᠨ᠎ᠠ ᠂
ᠣᠳᠣᠨ ᠣᠳᠣᠨ ᠢ ᠰᠢᠭ᠋ᠦ ᠪᠠᠶᠢᠨ᠎ᠠ
ᠮᠥᠩᠭᠦᠯᠢᠭ ᠮᠥᠩᠭᠦᠨ ᠦ ᠮᠡᠲᠦ ᠪᠠᠶᠢᠨ᠎ᠠ ᠂
ᠮᠥᠩᠬᠡ ᠲᠡᠩᠭᠡᠷ ᠦ ᠰᠢᠭ᠋ᠦ ᠪᠠᠶᠢᠨ᠎ᠠ
ᠪᠣᠯᠤᠨ ᠣᠳᠣᠨ ᠤ ᠮᠡᠲᠦ ᠪᠠᠶᠢᠨ᠎ᠠ ᠂
ᠪᠣᠯᠤᠨ ᠪᠠᠷᠠᠭᠠᠨ ᠤ ᠰᠢᠭ᠋ᠦ ᠪᠠᠶᠢᠨ᠎ᠠ
ᠬᠠᠯᠠᠭᠤᠨ ᠳᠣᠭᠣᠳᠠᠯ ᠤ ᠮᠡᠲᠦ ᠪᠠᠶᠢᠨ᠎ᠠ ᠂
ᠬᠠᠢᠷ᠎ᠠ ᠮᠥᠨᠭᠬᠡᠯᠢᠭ ᠦ ᠰᠢᠭ᠋ᠦ ᠪᠠᠶᠢᠨ᠎ᠠ
ᠵᠣᠷᠢᠭ ᠲᠡᠮᠡᠴᠡᠯ ᠦ ᠮᠡᠲᠦ ᠪᠠᠶᠢᠨ᠎ᠠ ᠂
ᠵᠣᠷᠢᠭ ᠪᠠᠭᠠᠳᠤᠯ ᠤ ᠰᠢᠭ᠋ᠦ ᠪᠠᠶᠢᠨ᠎ᠠ
ᠪᠠᠭᠠᠳᠤᠷ ᠲᠠᠨ ᠤ ᠬᠠᠳᠠᠭᠠᠯᠠ ᠪᠣᠯᠪᠠ ᠃
ᠪᠣᠯᠤᠭᠠᠳ ᠬᠠᠨ ᠵᠢᠷᠦᠭᠡᠨ ᠳᠦ ᠮᠢᠨᠢ
ᠪᠣᠳᠣᠨ ᠣᠷᠣᠨ ᠠᠷᠠᠳ ᠤᠨ ᠮᠢᠨᠢ ᠪᠠᠶᠠᠰᠬᠤ
ᠪᠣᠯᠣᠳ ᠬᠠᠷ᠎ᠠ ᠲᠡᠩᠭᠡᠷᠢ ᠮᠢᠨᠢ

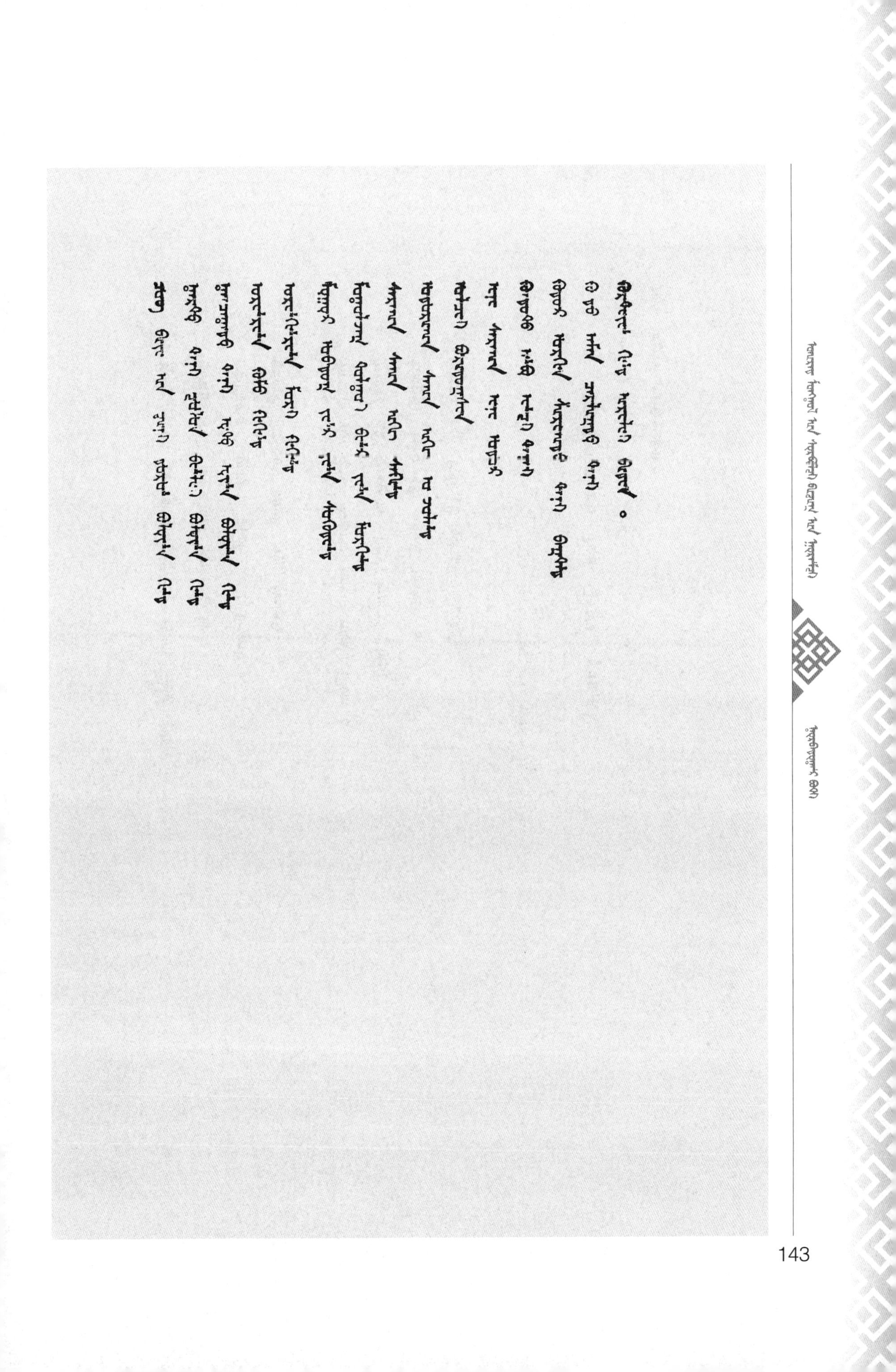

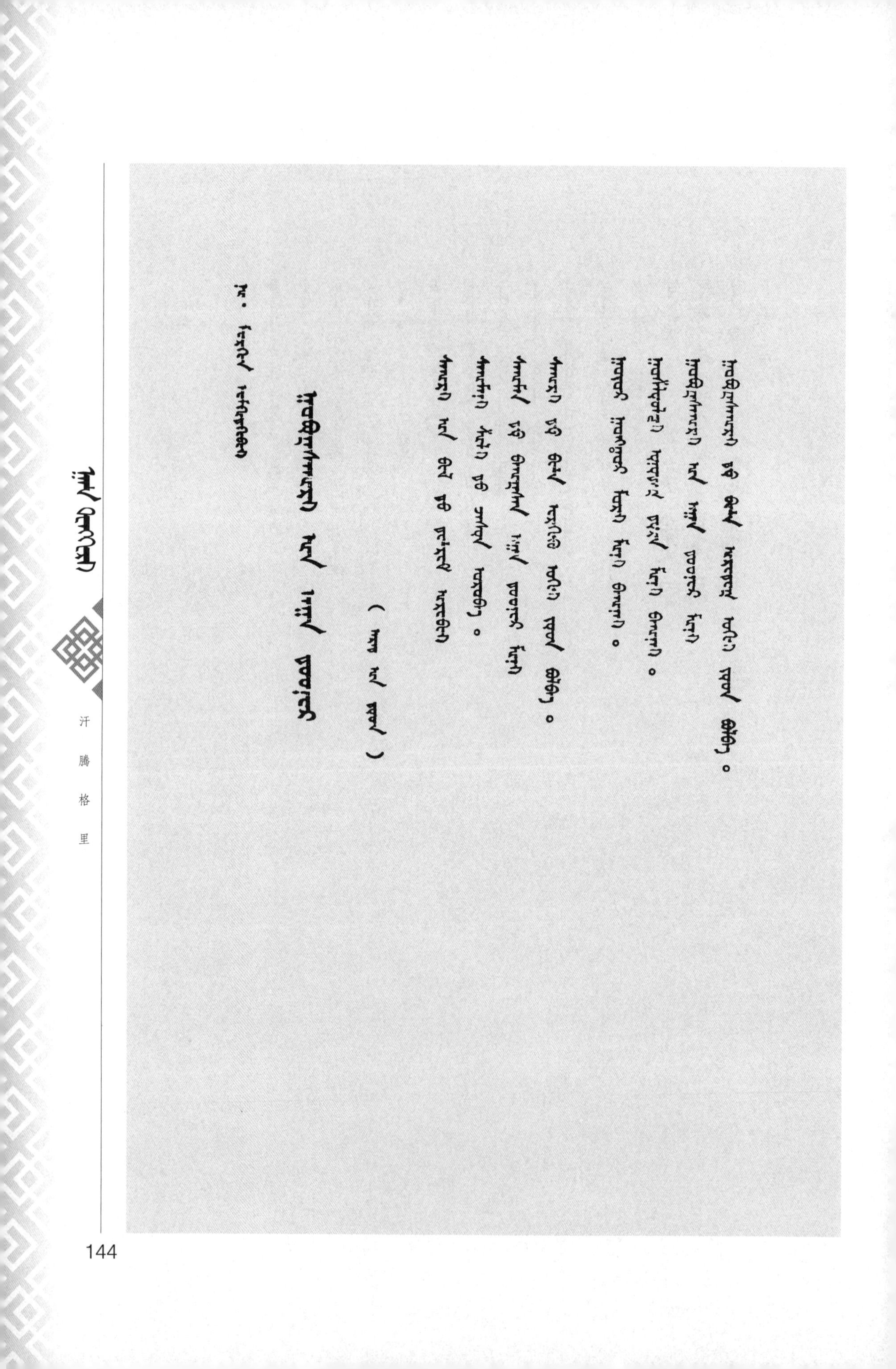

[illegible]
[illegible]
[illegible]
[illegible]

[illegible]
[illegible]
[illegible]
[illegible]

([illegible])

[illegible]

[illegible]

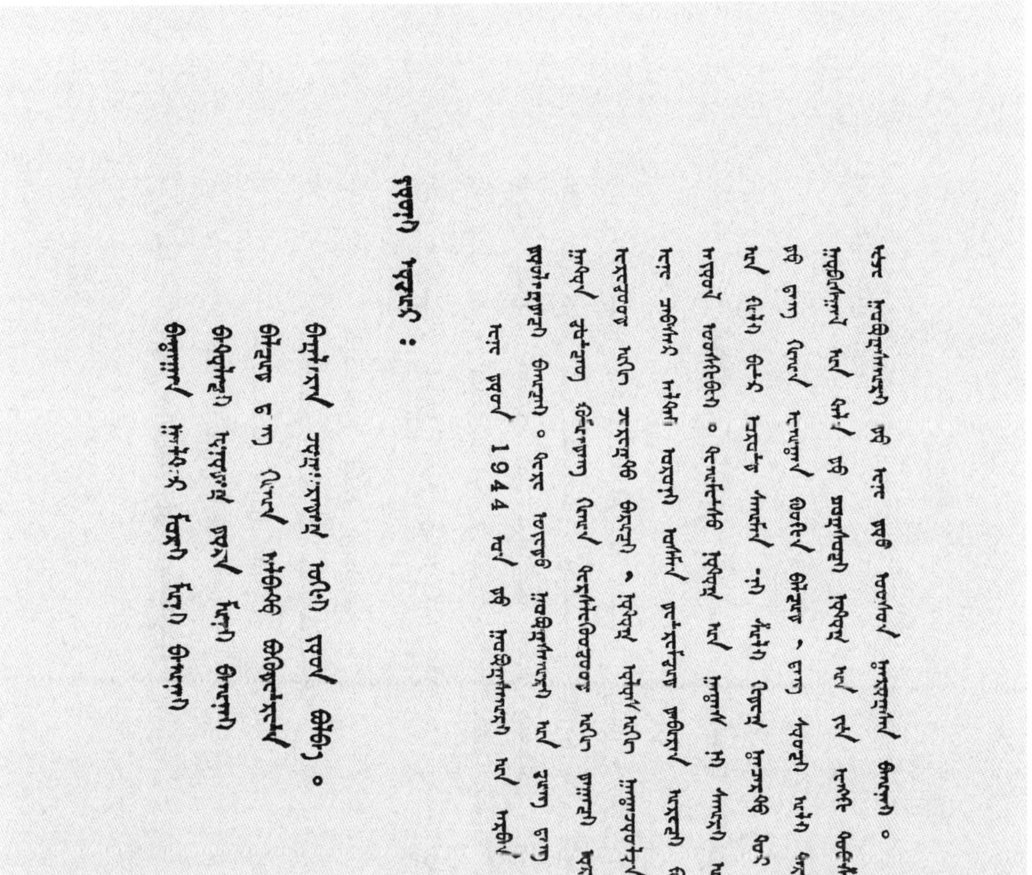

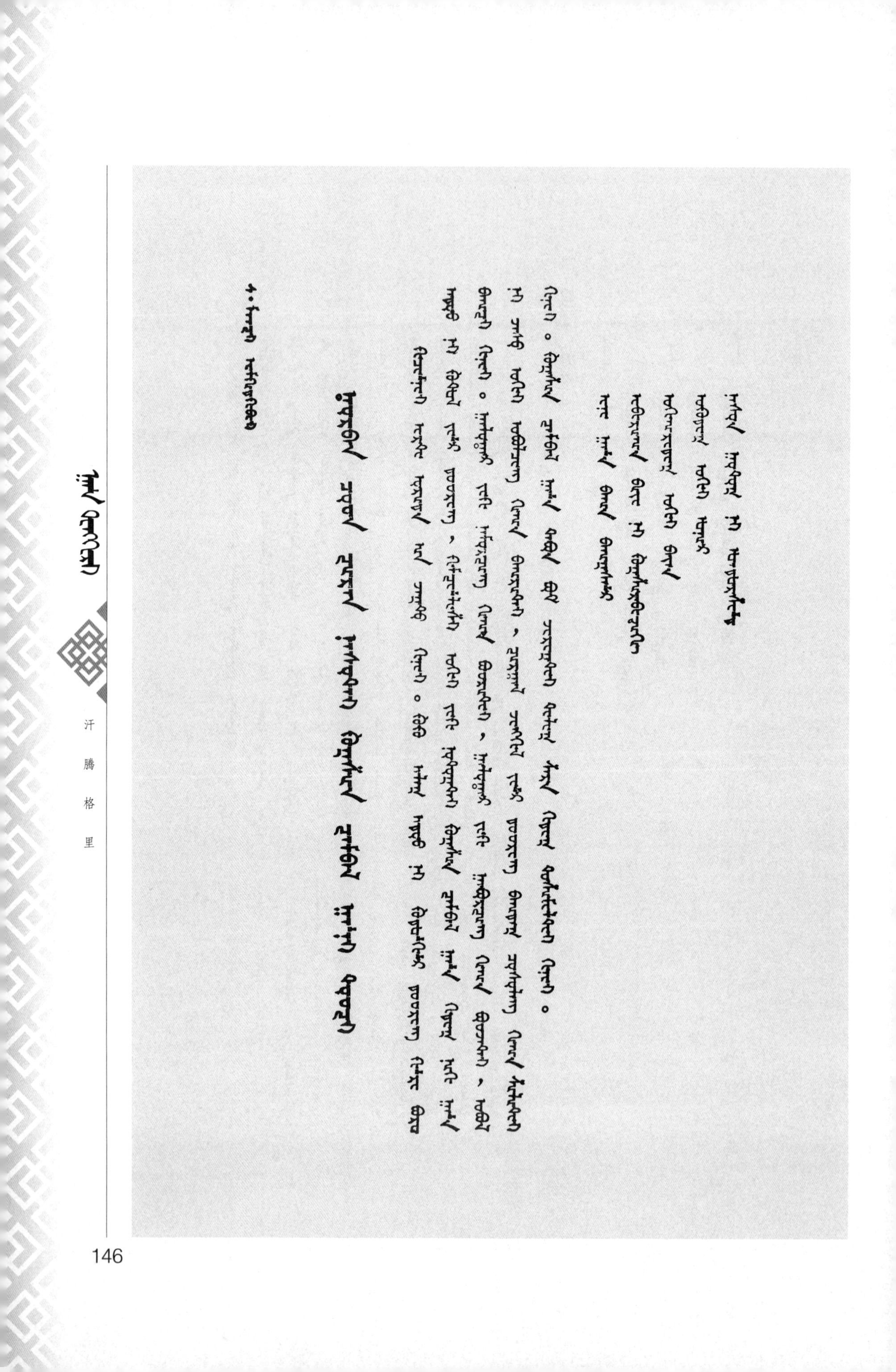

[illegible]

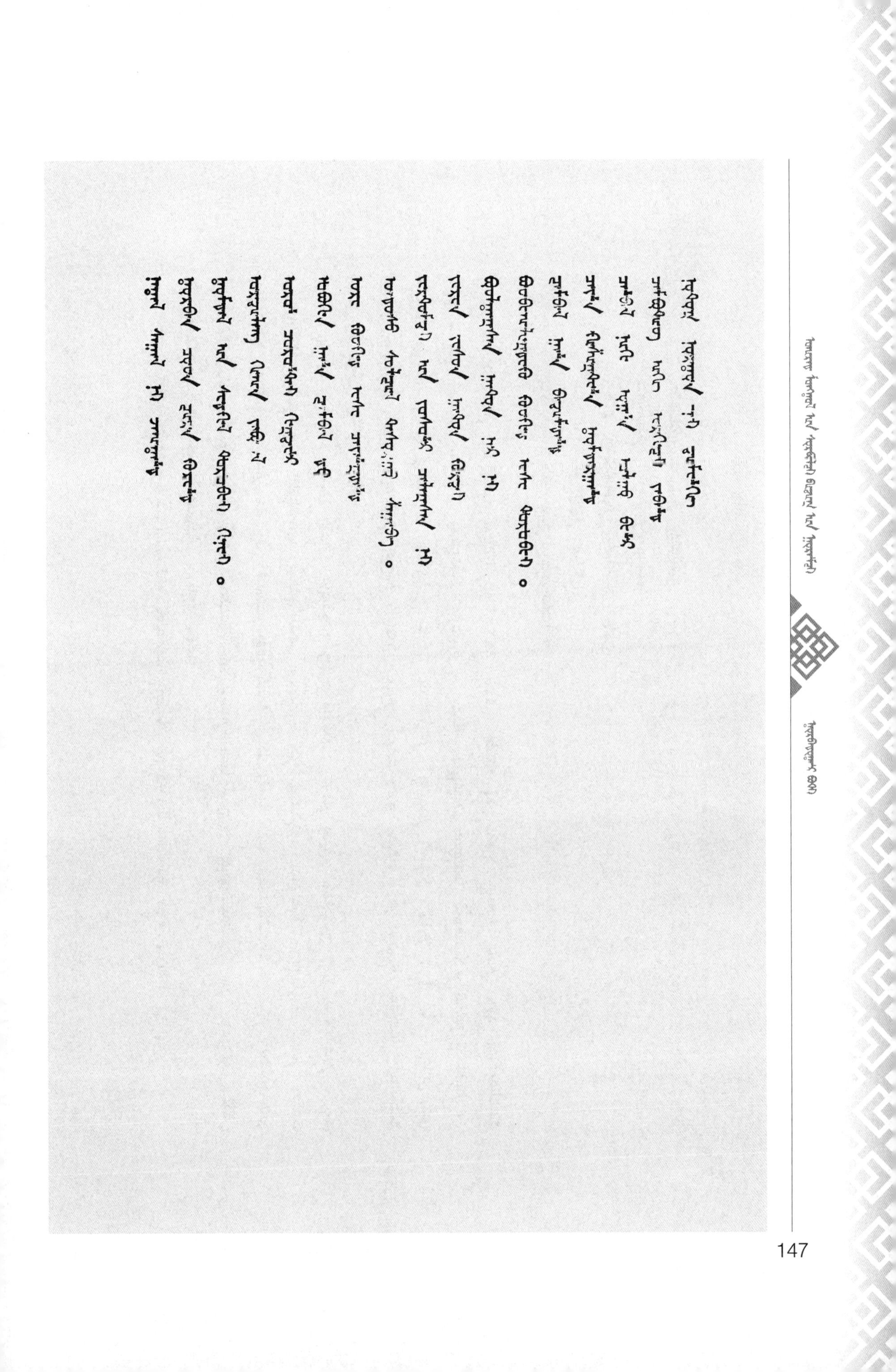

[illegible]
[illegible]
[illegible]
[illegible]
[illegible]
[illegible] ᠃
[illegible]
[illegible]
[illegible]
[illegible] ᠃
[illegible]
[illegible]
[illegible]
[illegible]
[illegible] ᠃
[illegible]
[illegible] ᠃

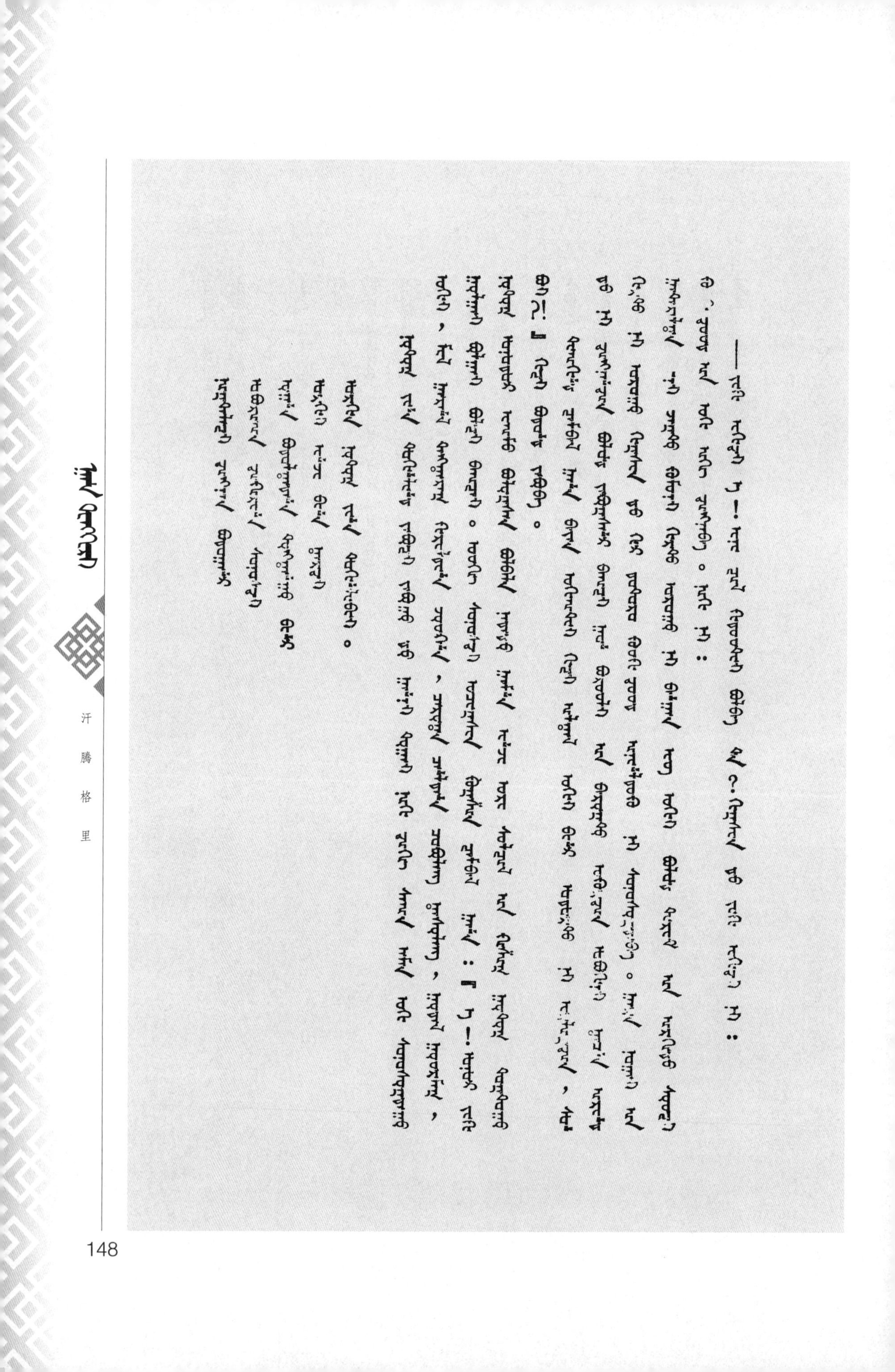

[illegible]
[illegible]
[illegible]
[illegible]
[illegible]
[illegible]
[illegible]

[illegible]
[illegible]
[illegible]
[illegible]

[illegible]
[illegible]
[illegible]
[illegible]
[illegible]

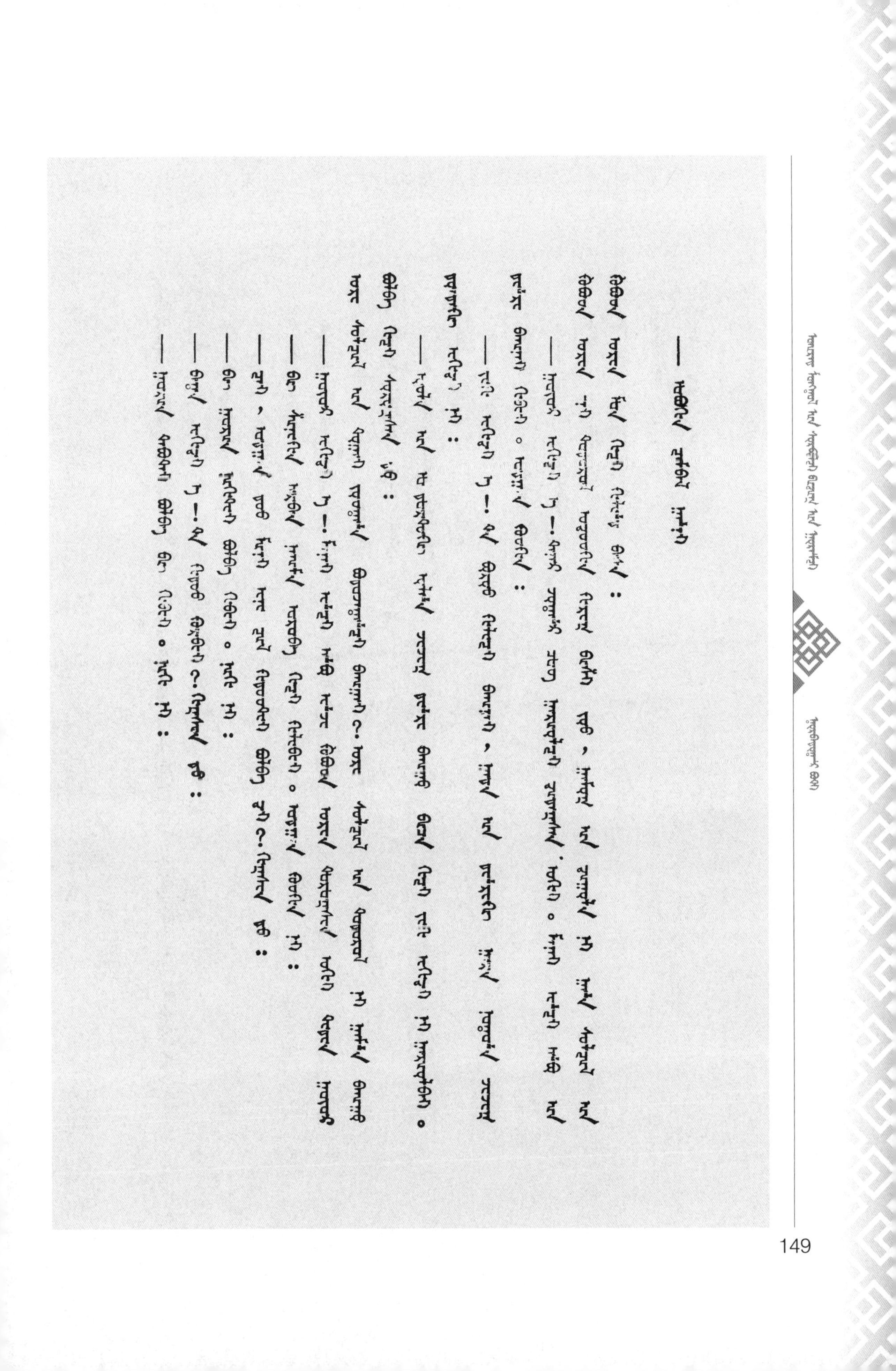

— [illegible]

[illegible] :
[illegible]
— [illegible] ! [illegible] 。[illegible]
[illegible] 。[illegible] :
— [illegible] ! [illegible]
[illegible] :
— [illegible] 。
[illegible] :
[illegible]
— [illegible] ! [illegible]
— [illegible] 。[illegible] :
— [illegible] ? [illegible] :
— [illegible] 。[illegible] :
— [illegible] ! [illegible] ? [illegible] :
— [illegible] 。[illegible] :

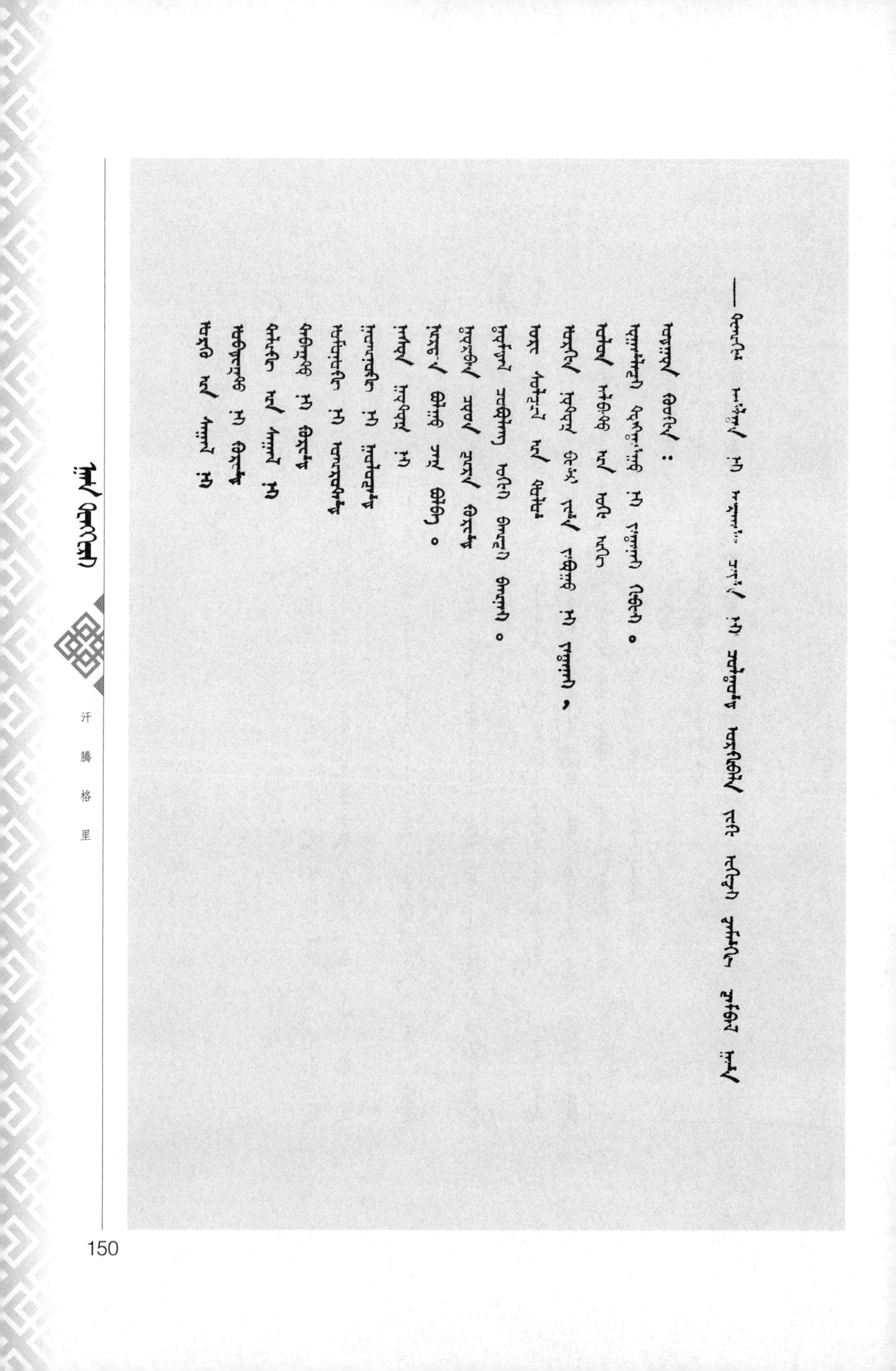

[illegible]

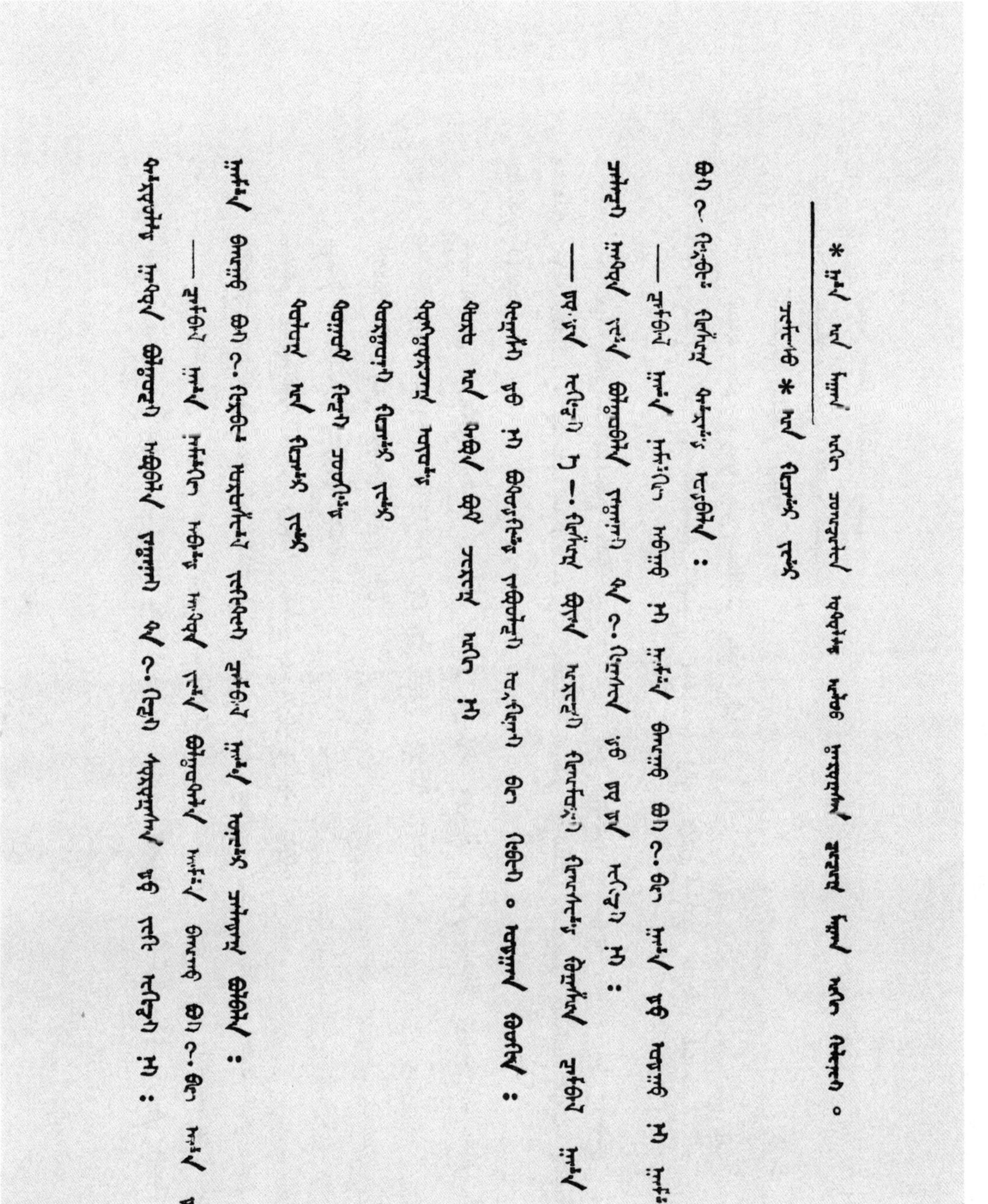

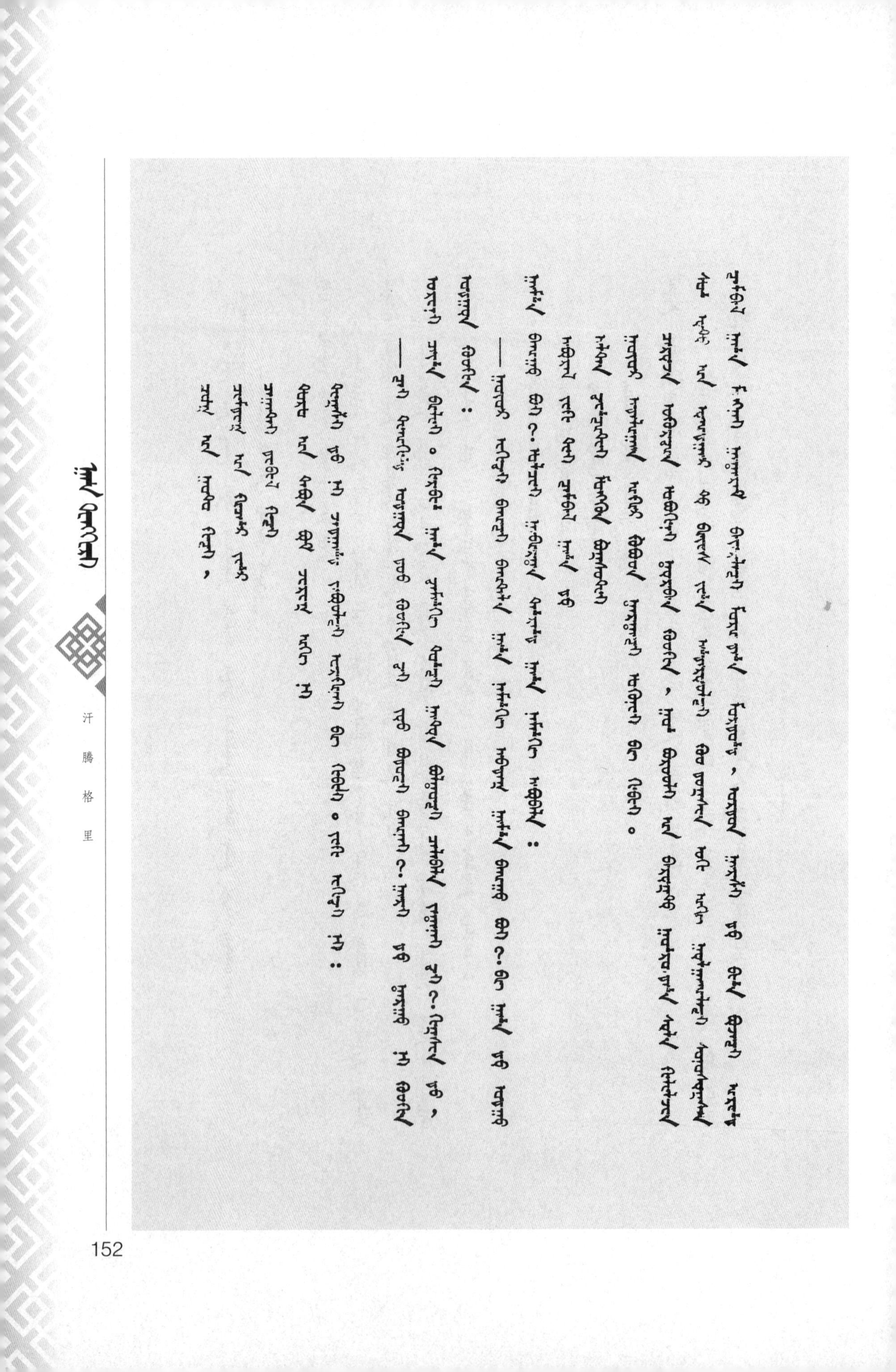

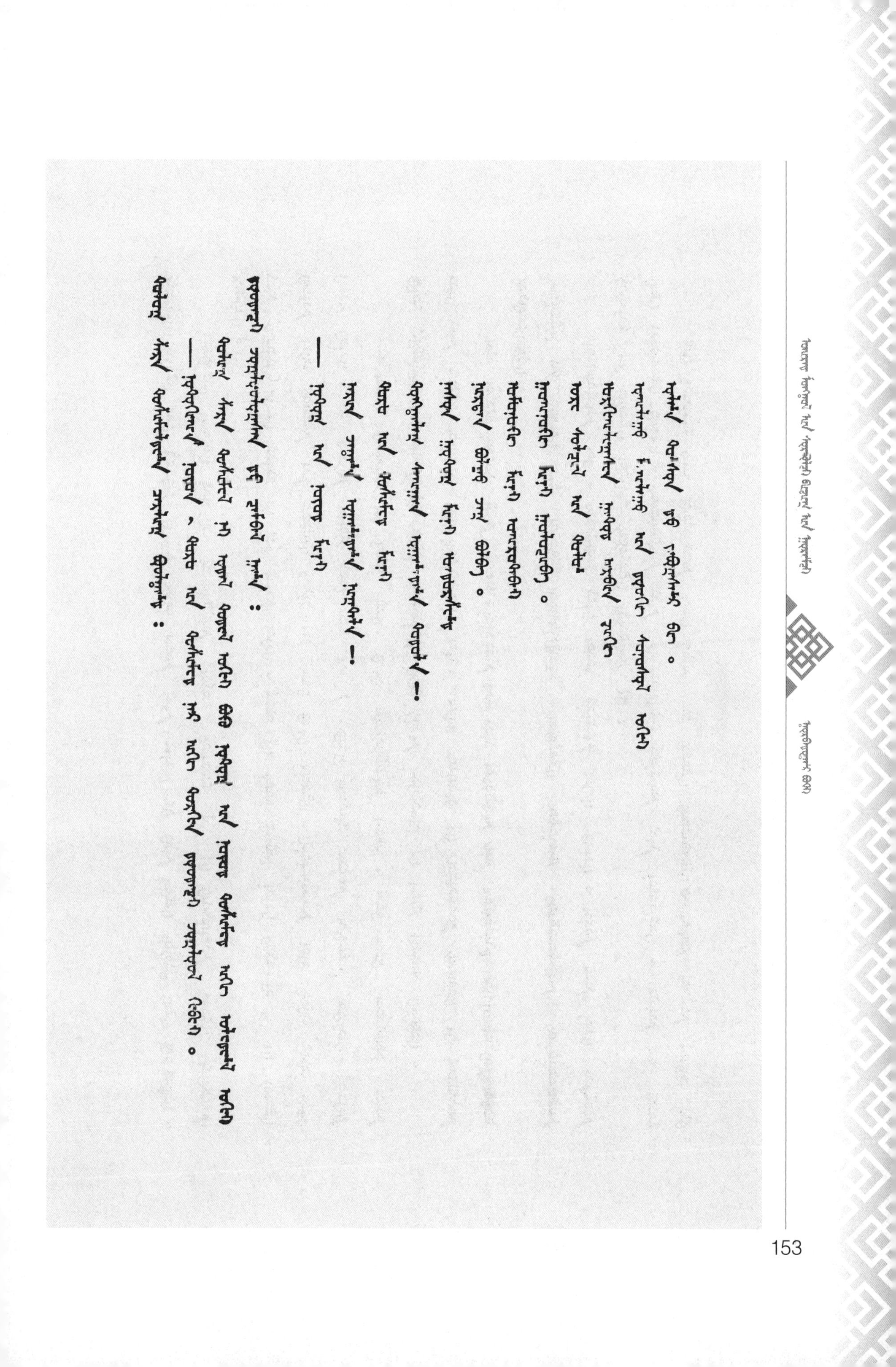

[illegible] ◦
[illegible]
[illegible]
[illegible]
[illegible] ◦
[illegible]
[illegible] ◦
[illegible]
[illegible] !
[illegible]
[illegible] !
— [illegible]

[illegible] :
[illegible]
— [illegible] , [illegible] ◦
[illegible] :

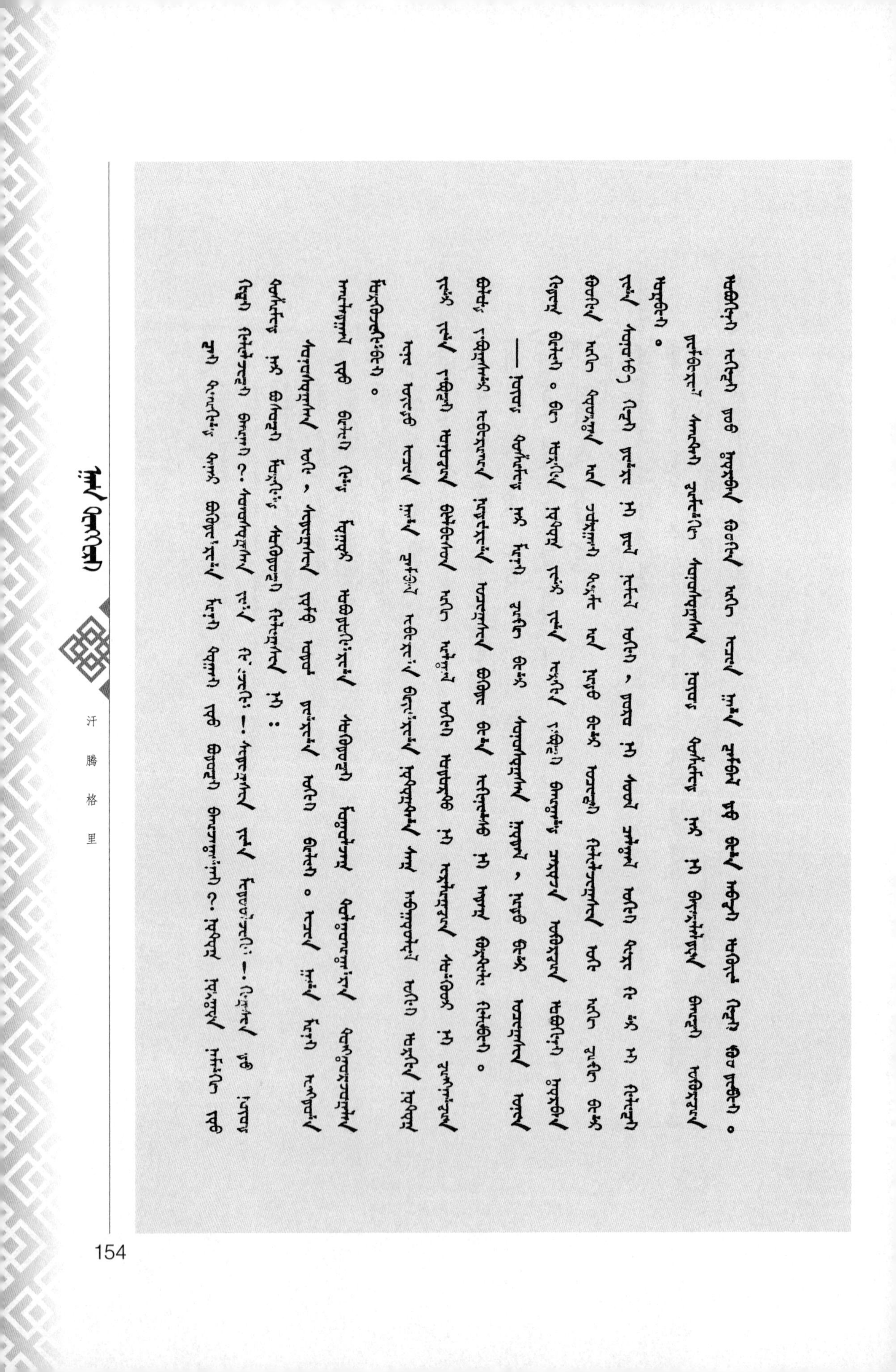

[illegible]

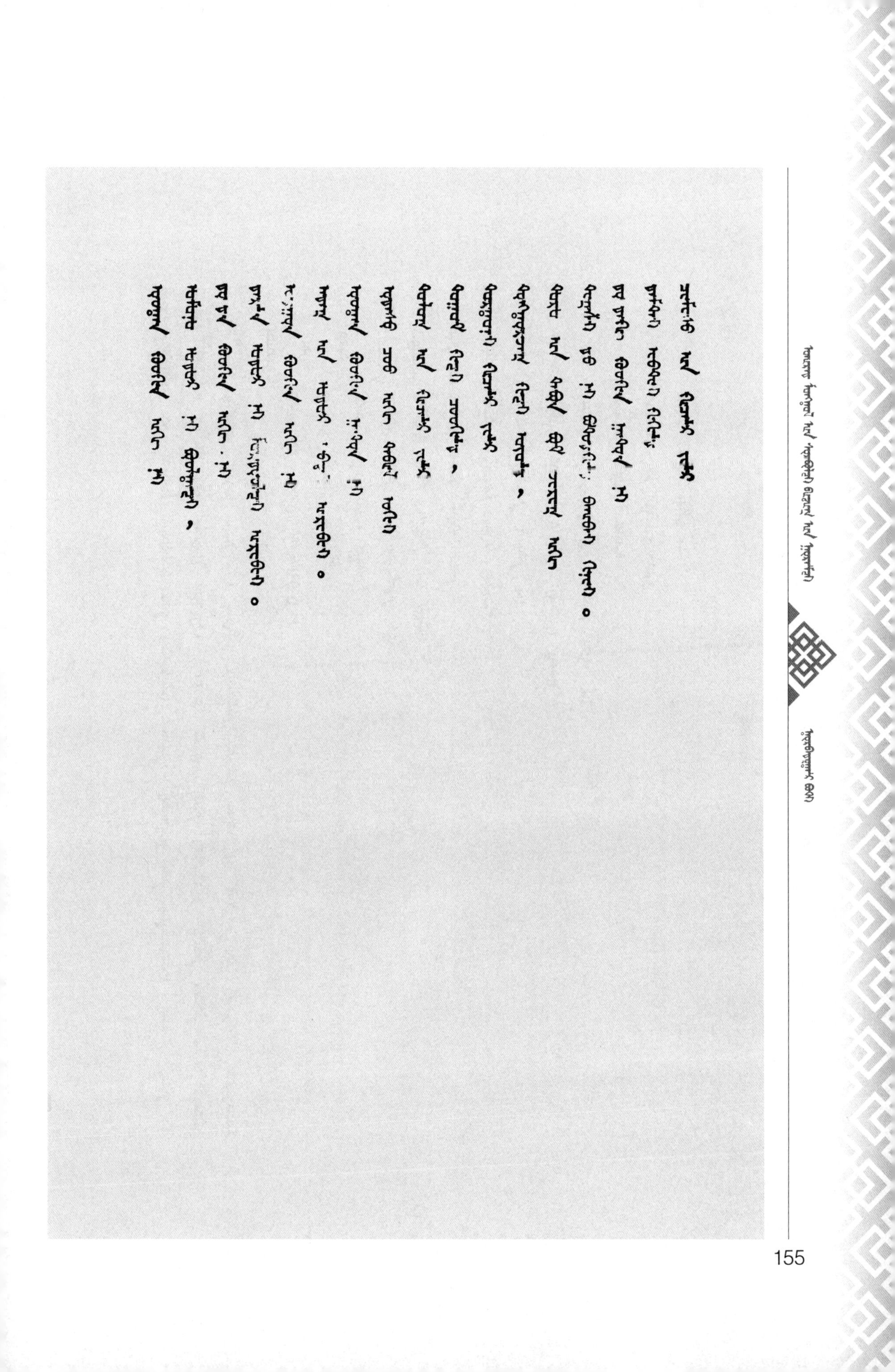

[illegible]
[illegible]
[illegible]
[illegible] ᠃
[illegible]
[illegible] ᠂
[illegible]
[illegible] ᠂
[illegible]
[illegible]
[illegible]
[illegible] ᠃
[illegible]
[illegible] ᠃
[illegible]
[illegible] ᠂
[illegible]

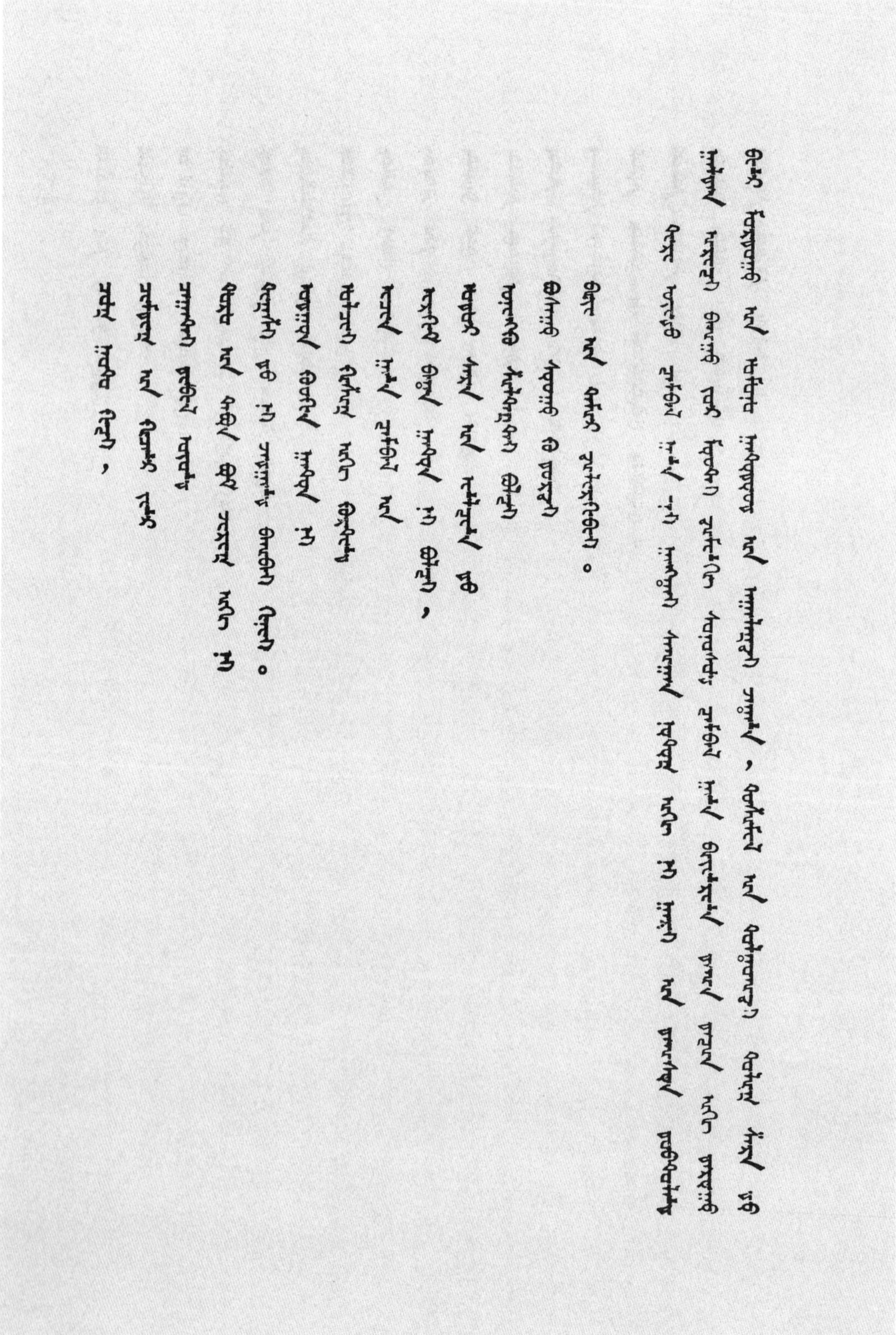

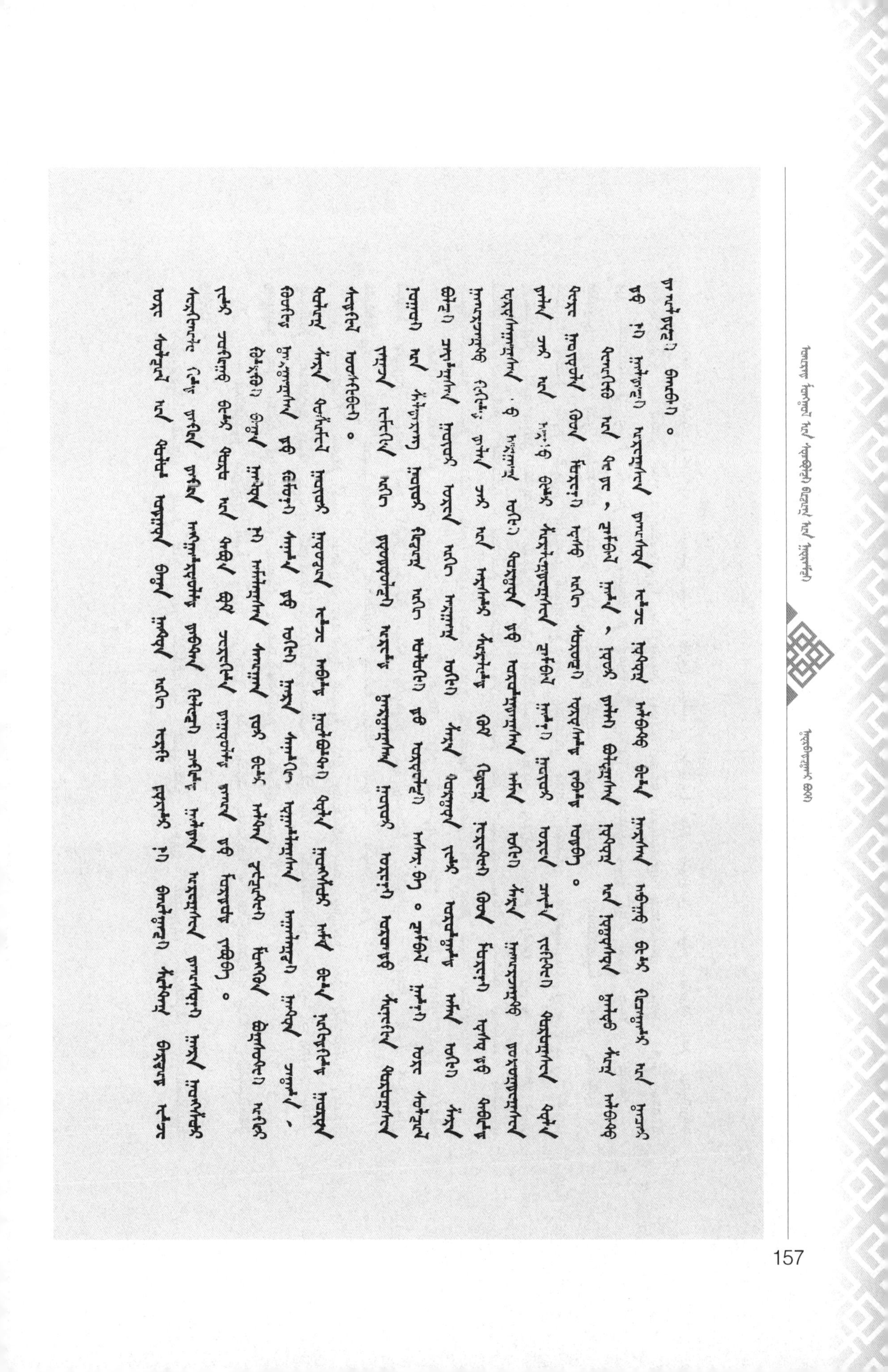

[illegible]

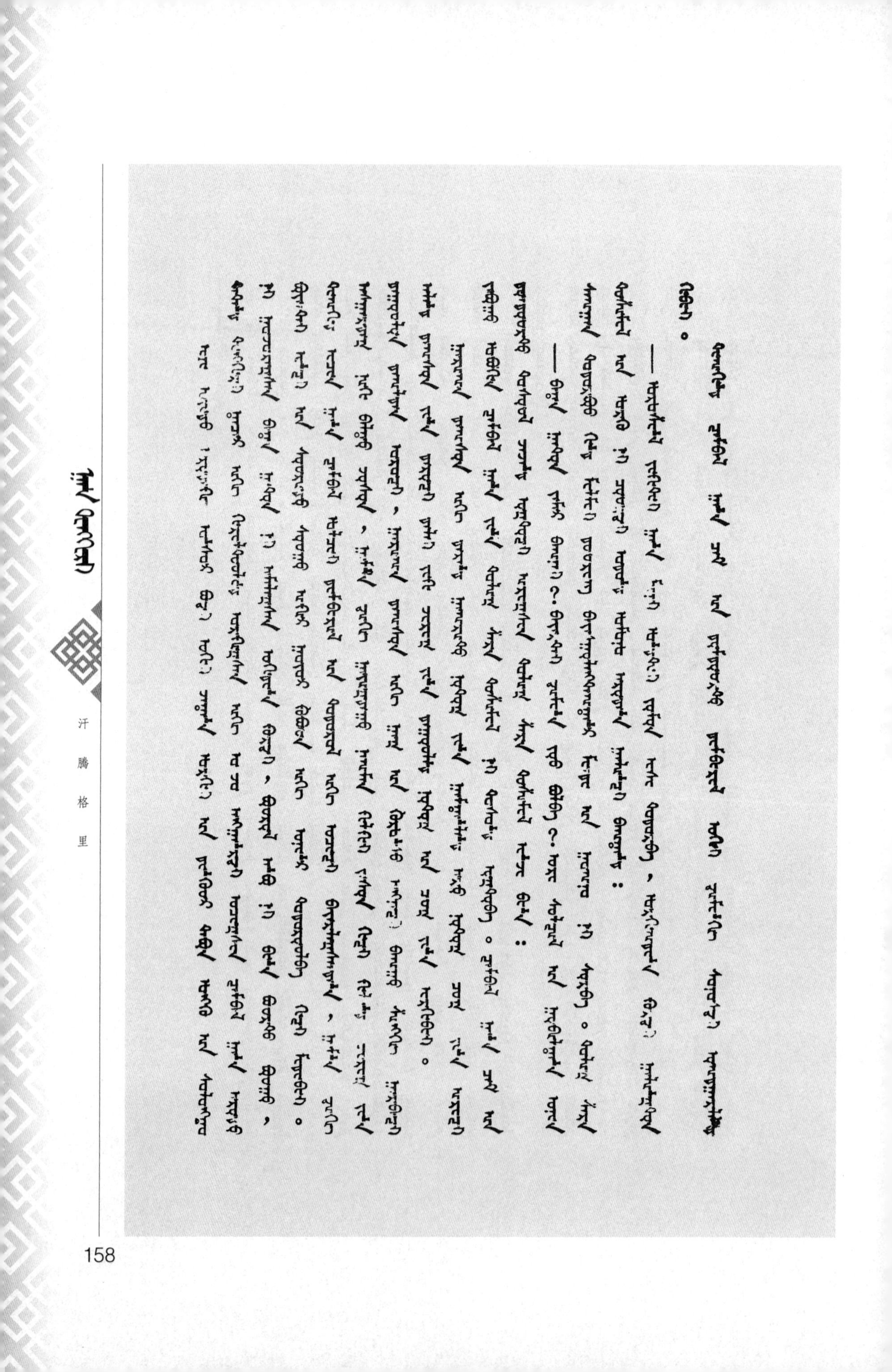

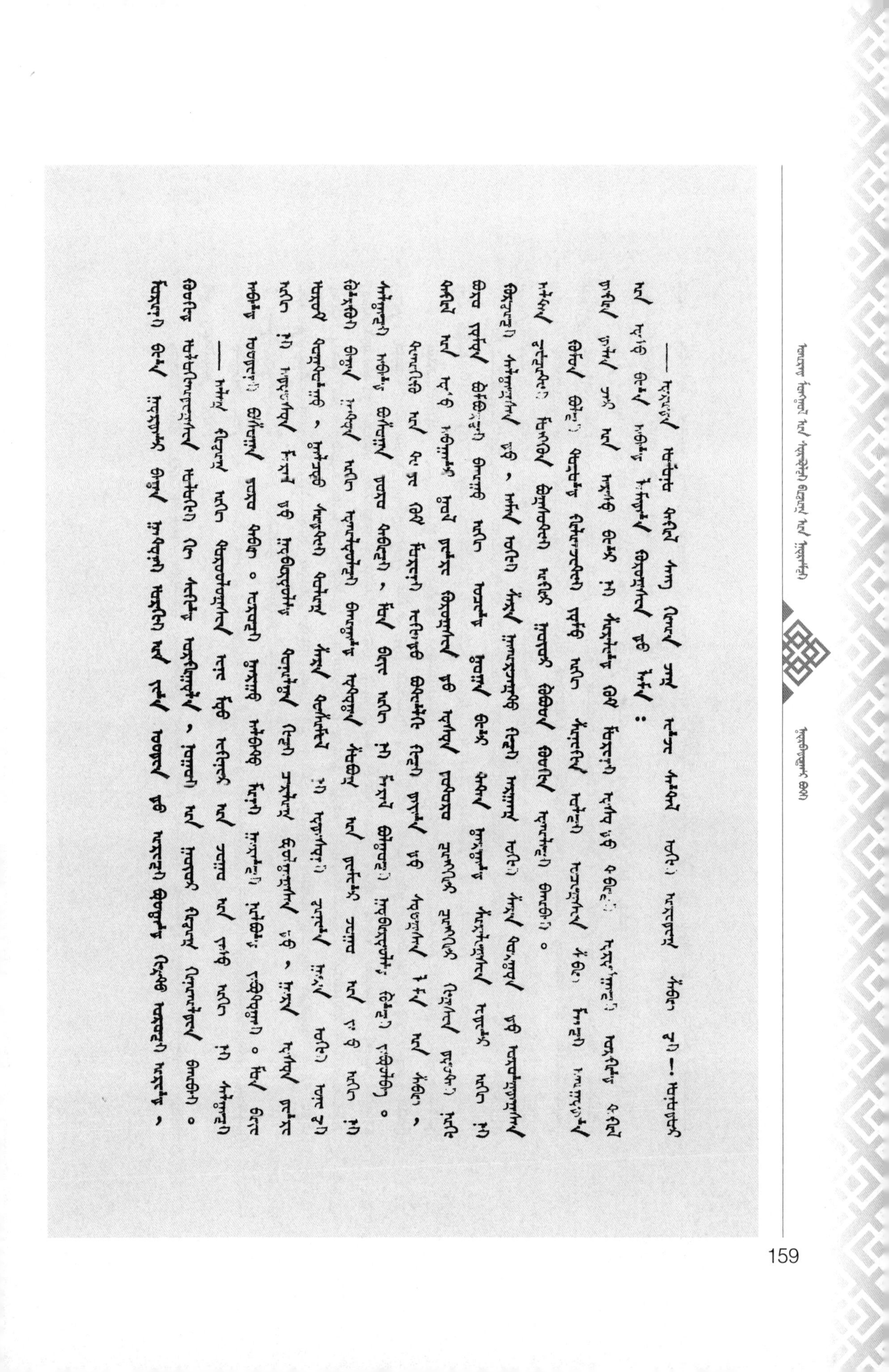

[illegible]

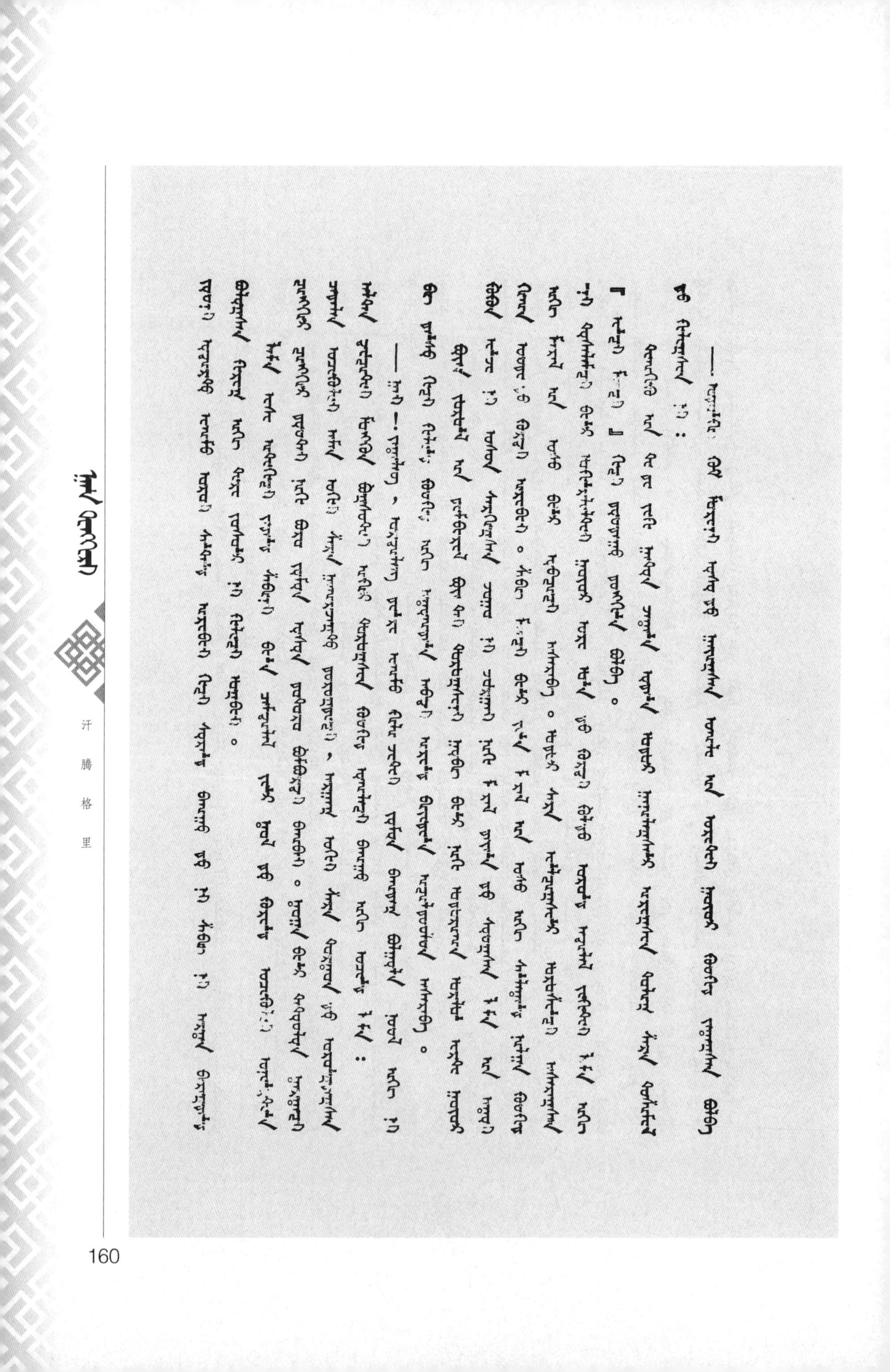

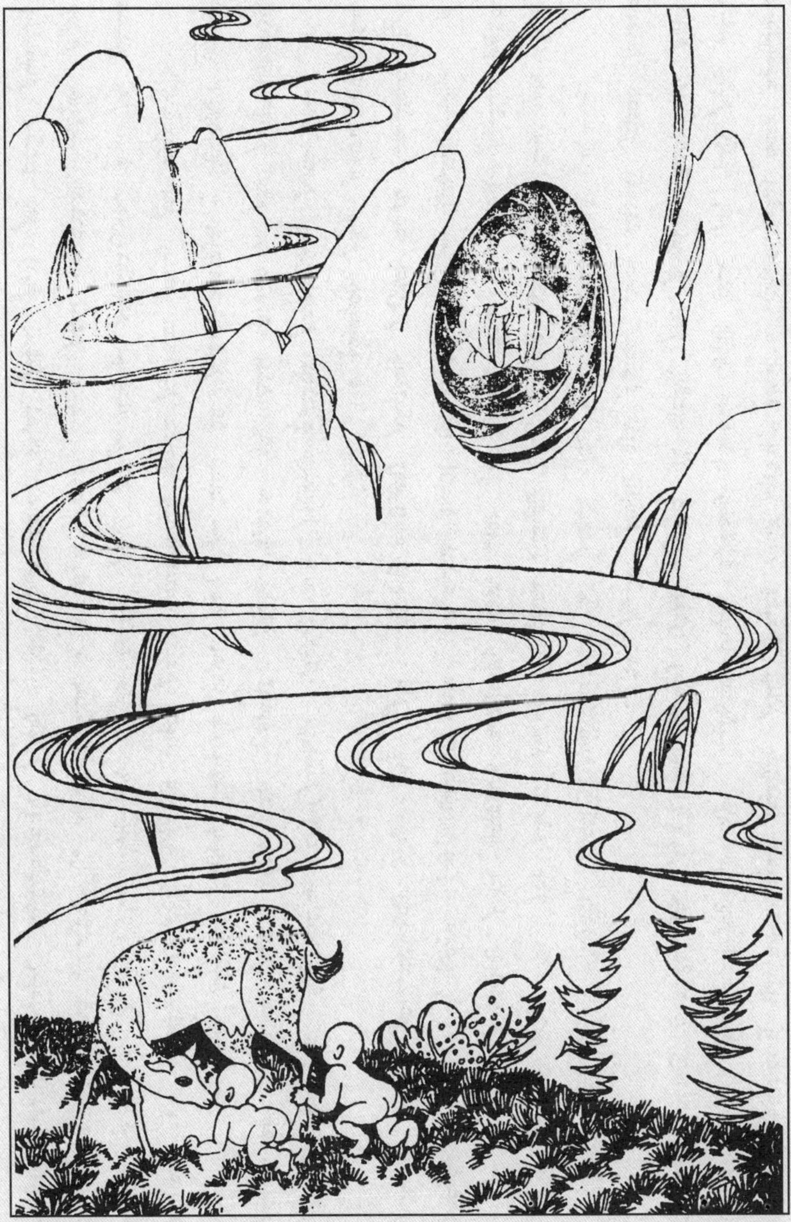

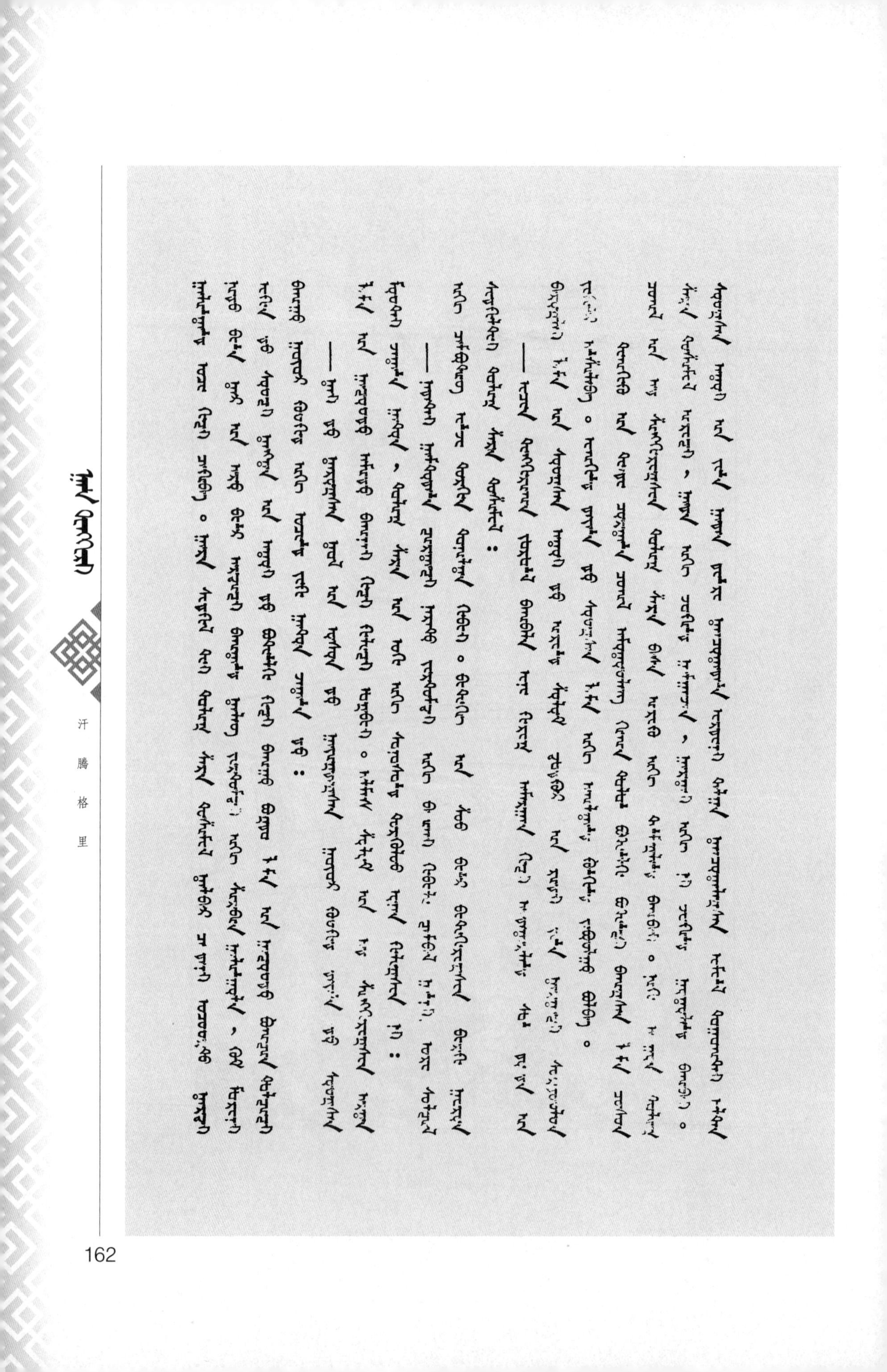

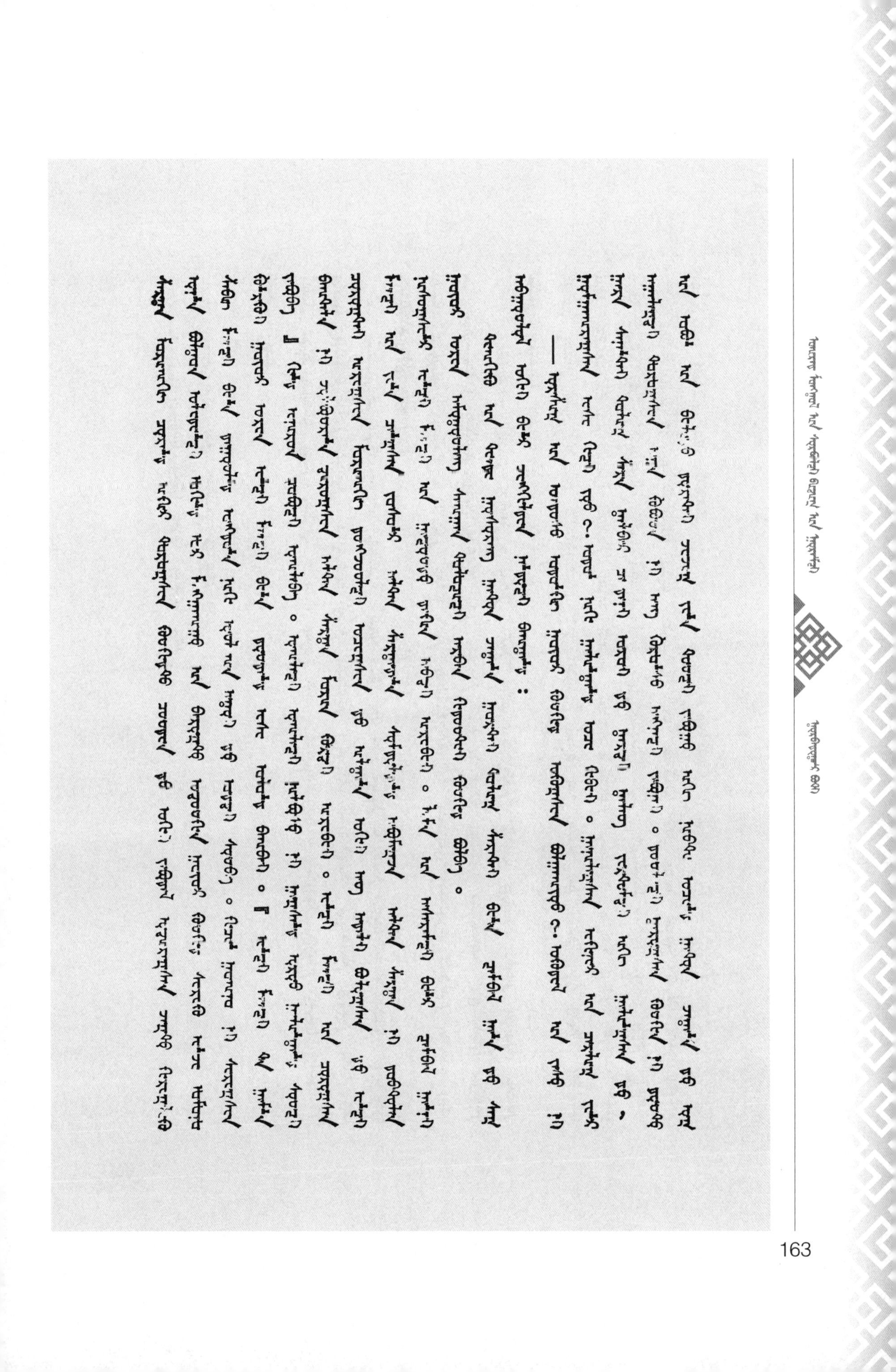

[illegible]

[illegible]

[illegible]

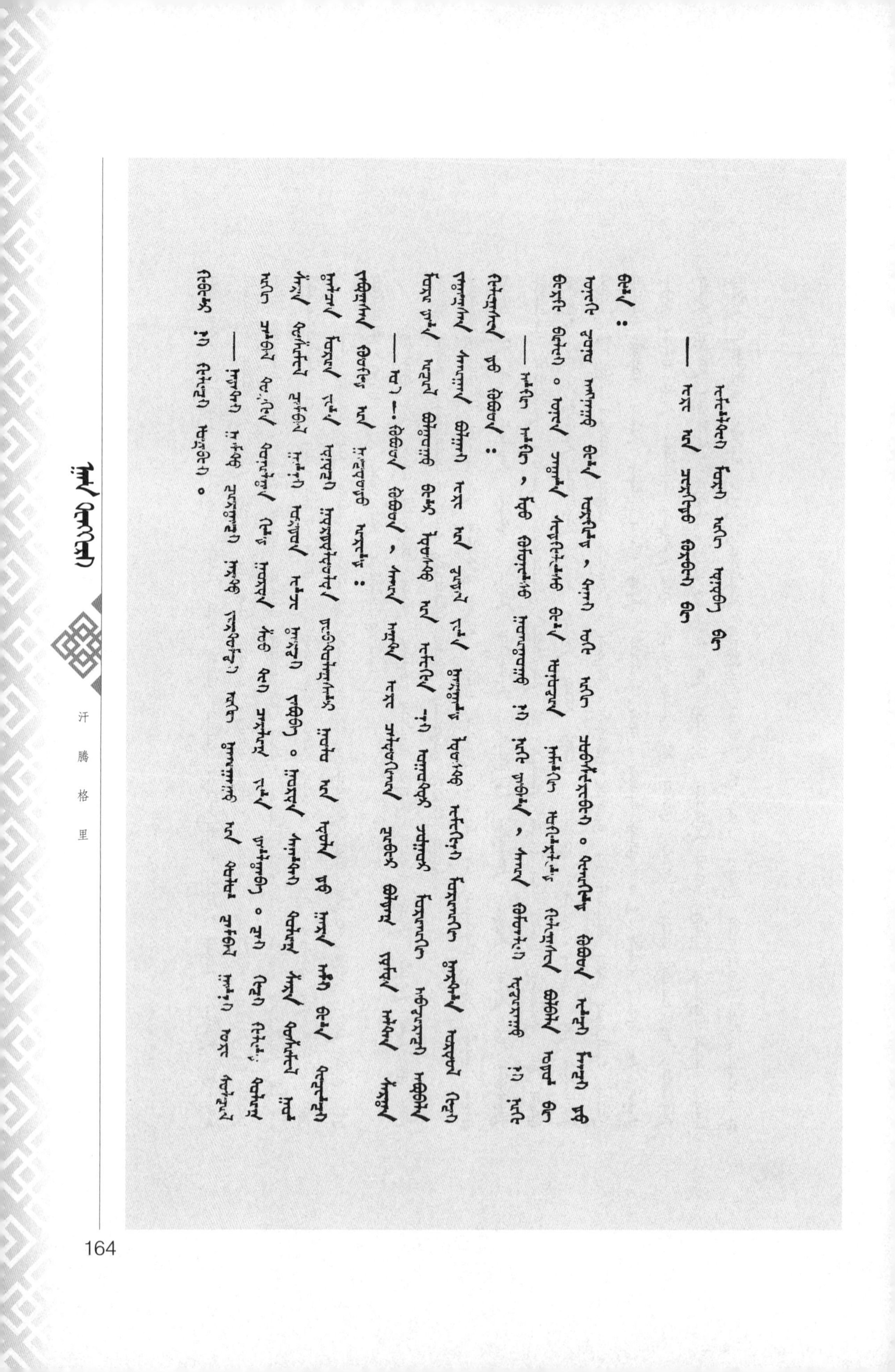

[illegible]

— [illegible]

[illegible] :

[illegible]

— [illegible]

[illegible] :

[illegible]

— [illegible]

[illegible] :

[illegible]

— [illegible]

[illegible] ᠃

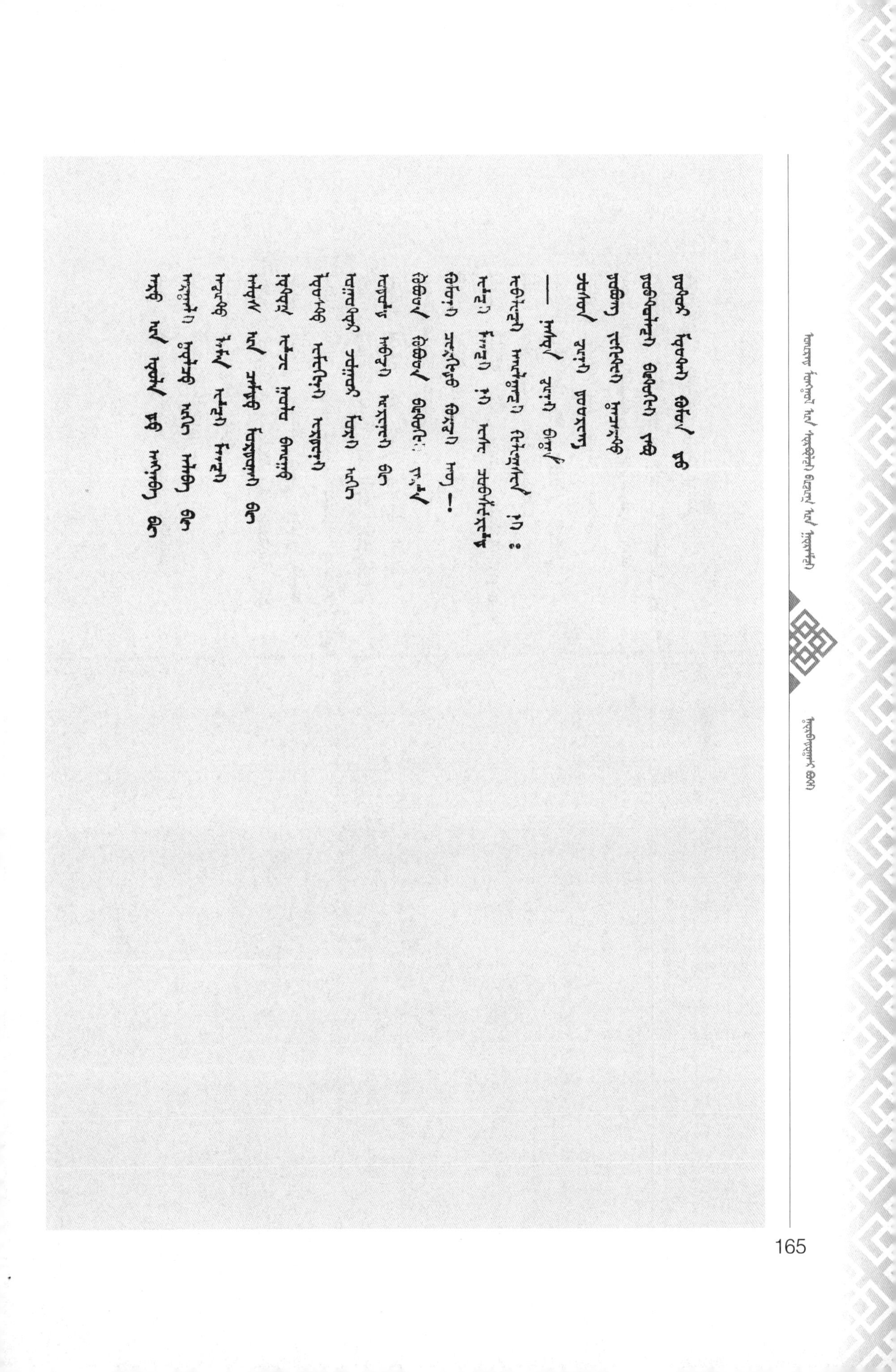

ᠬᠦᠮᠦᠰ ᠮᠠᠯ ᠠᠮᠢᠲᠠᠨ ᠶᠡᠬᠡ ᠪᠣᠯᠪᠠᠯ ᠰᠠᠶᠢᠬᠠᠨ
ᠵᠢᠷᠭᠠᠯ ᠲᠤᠭᠤᠯ ᠬᠦᠷᠲᠡᠭᠡᠢ!
—— ᠲᠠ ᠪᠢᠳᠡᠨ ᠪᠣᠯᠣᠳᠠᠭ ᠠᠷᠠᠳ
ᠬᠦᠷᠢᠶᠡᠯᠡᠭᠦ ᠠᠭᠤᠯᠠᠭᠠᠳ ᠠᠮᠢᠳᠤᠷᠠᠯᠴᠠᠭᠤ ᠪᠠᠶᠢᠭᠠᠯ ᠪᠢ
ᠠᠷᠪᠢᠨ ᠠᠷᠭᠠᠯ ᠬᠦᠷᠳᠡᠭᠦ ᠪᠡᠷ ᠠᠳᠠᠯ ᠪᠣᠳᠠᠷ
ᠠᠷᠪᠠᠯ ᠨᠢᠭᠡᠳ ᠠᠯᠢ ᠲᠠᠯᠠ ᠠᠳᠠᠭᠤ ᠠᠮᠢᠳᠠᠷᠠᠢ ᠪᠢᠳᠡ
ᠠᠶᠠ ᠳᠡᠭᠡᠳᠦᠰ ᠠᠯᠢ ᠨᠢᠭᠤᠴᠠ ᠠᠮᠢᠳᠠᠷᠠᠢ,
ᠠᠮᠢᠲᠠᠢ ᠬᠦᠮᠦᠨ ᠮᠠᠯ ᠶᠡᠬᠡ ᠪᠠᠶᠢᠭᠤ ᠪᠣᠳᠠᠷ
ᠪᠢᠯᠢᠭᠯᠡᠭᠰᠡᠨ ᠵᠠᠭᠠᠰᠤ
ᠪᠣᠯᠣᠨ ᠠᠯᠲᠠ ᠪᠣᠯᠣᠨ ᠠᠯᠢᠮᠠᠯᠢᠭ
ᠳᠣᠯᠣᠭᠠᠨ ᠳᠣᠯᠣᠭᠠᠨ ᠶᠡᠬᠡ ᠪᠣᠯᠪᠠᠯ ᠠᠳᠠᠭᠠᠨ ᠪᠢᠯᠢᠭ,
ᠳᠣᠷᠣᠢ ᠳᠣᠷᠣᠢ ᠶᠡᠬᠡ ᠳᠡᠭᠡᠳᠦ ᠠᠳᠠᠭᠤ
ᠨᠢᠭᠤᠴᠠᠨ ᠳᠣᠯᠣᠭᠠᠳᠤ ᠮᠠᠯ ᠠᠯᠢᠯᠢᠨ ᠪᠣᠯᠪᠠᠯ
ᠨᠢᠭᠤᠷᠯᠤᠭᠤ ᠪᠠᠨᠳᠢ ᠮᠠᠯ ᠵᠢᠷᠭᠠᠯ ᠪᠠᠶᠢᠭᠤ
ᠠᠪᠣᠯᠤᠭᠠᠯ ᠳᠣᠭᠤᠷᠢᠶᠠᠯ ᠪᠣᠳᠣᠯᠨᠢᠭᠤᠯ ᠳᠣᠭᠤ!
ᠠᠮᠢᠳᠠᠷᠠᠯ ᠪᠣᠳᠠᠷ ᠪᠣᠯ! ᠠᠯᠢ ᠠᠮᠢᠳᠠᠷᠠᠯᠤᠯ ᠬᠦᠷᠡ!
ᠳᠣᠯᠢ ᠪᠡᠷ ᠪᠣᠯᠣᠳᠠᠭ ᠪᠢᠯᠢ ᠪᠢᠯᠢᠭ。

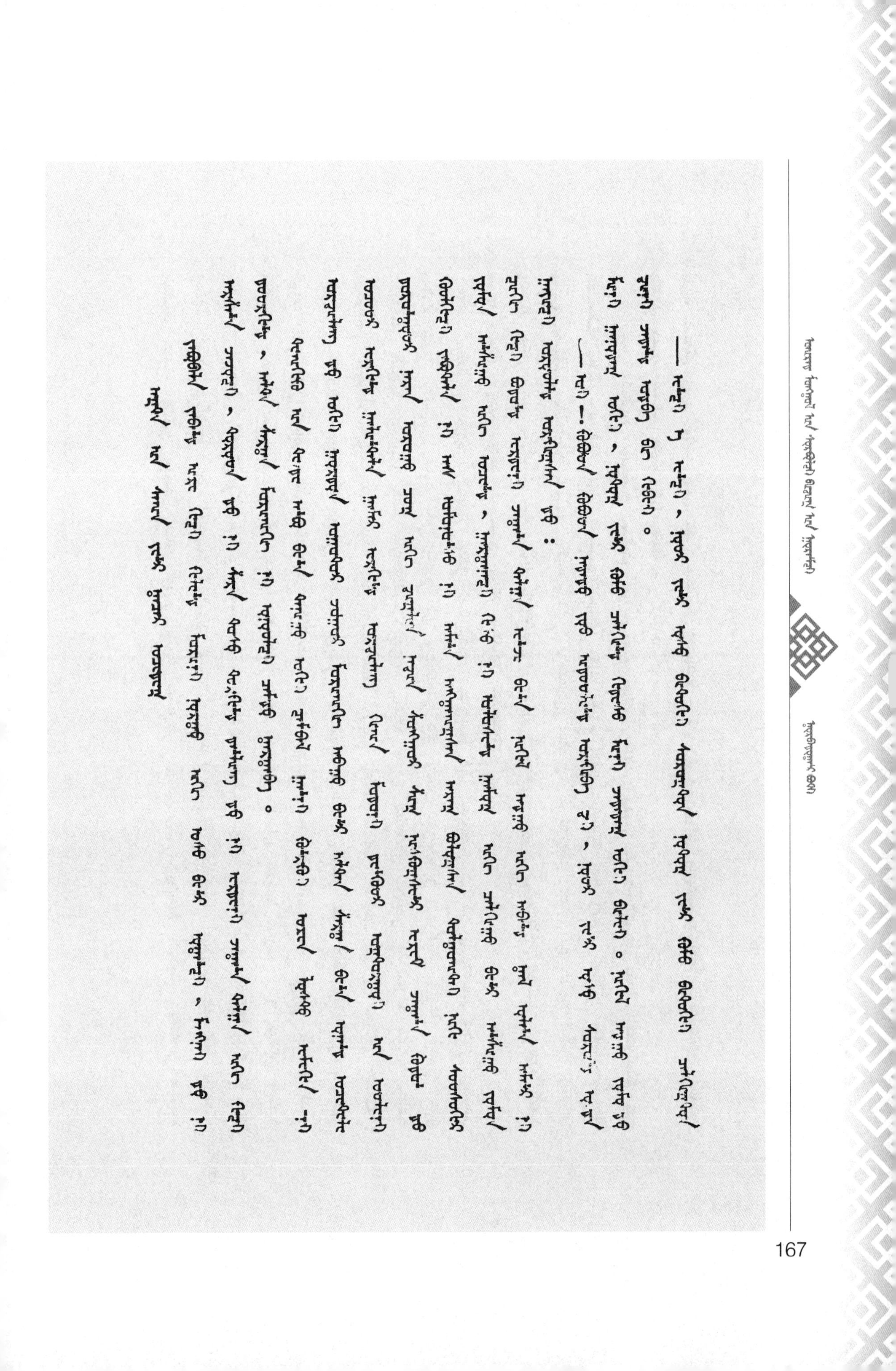

[illegible]

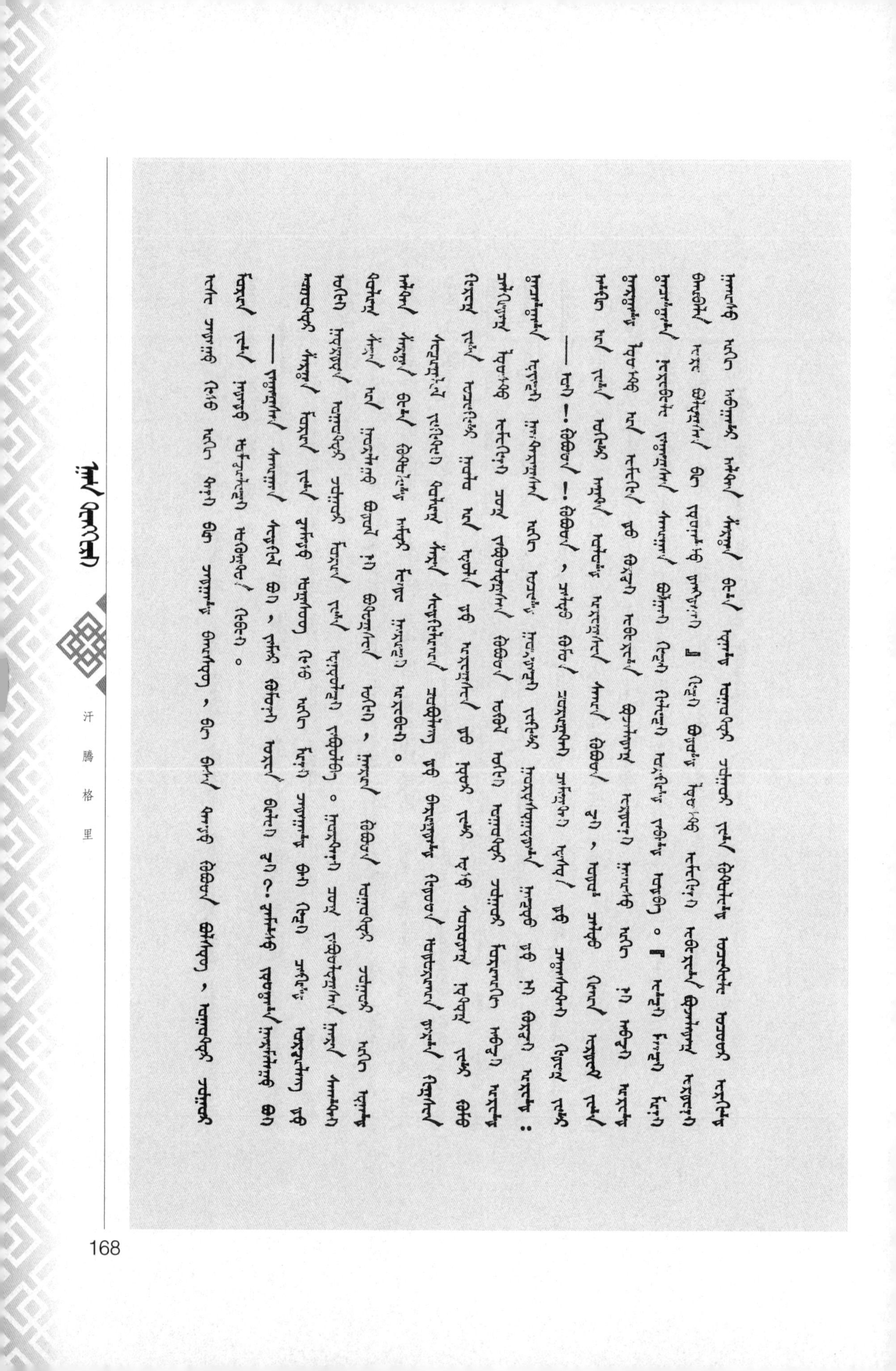

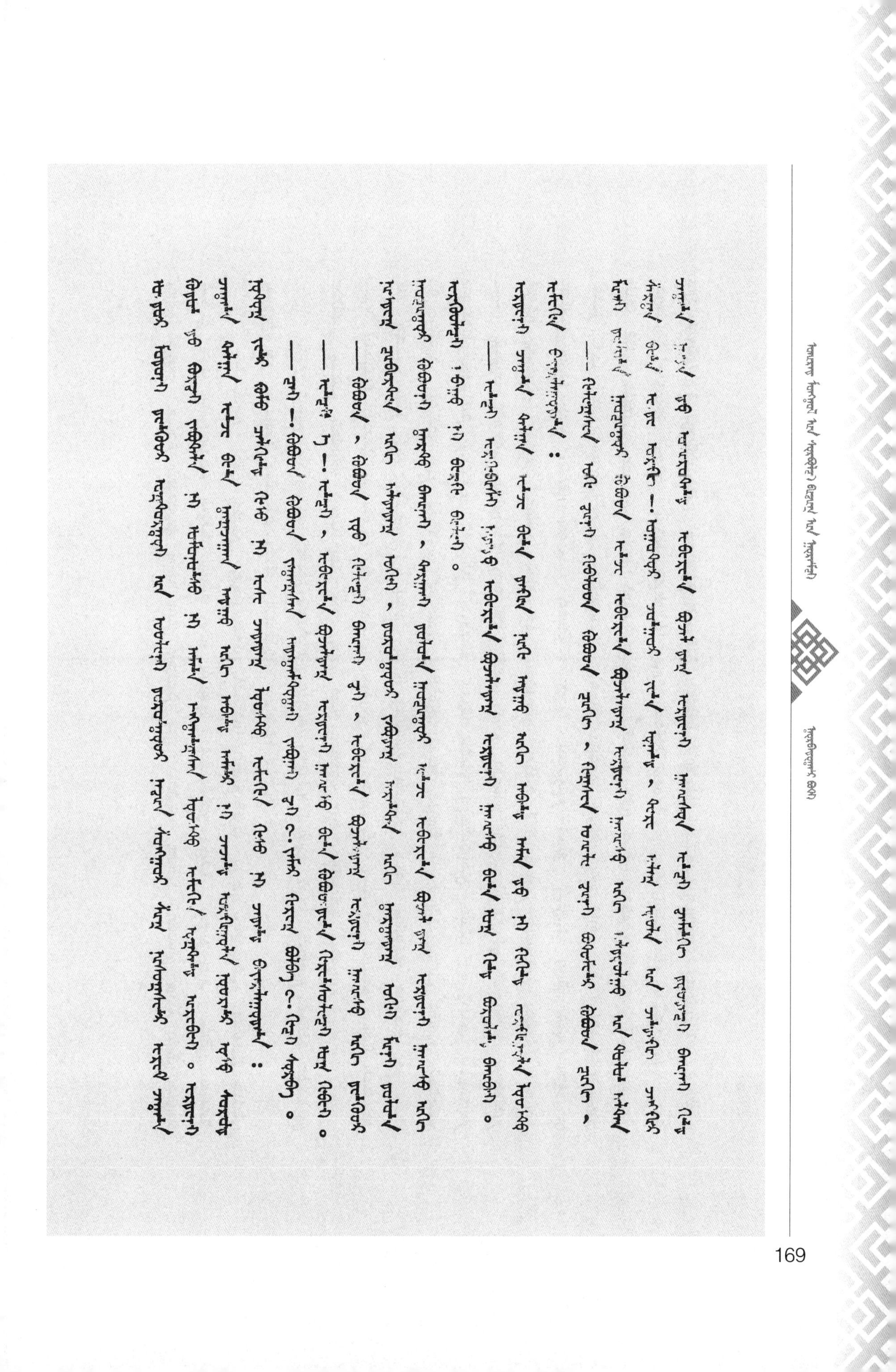

[illegible]

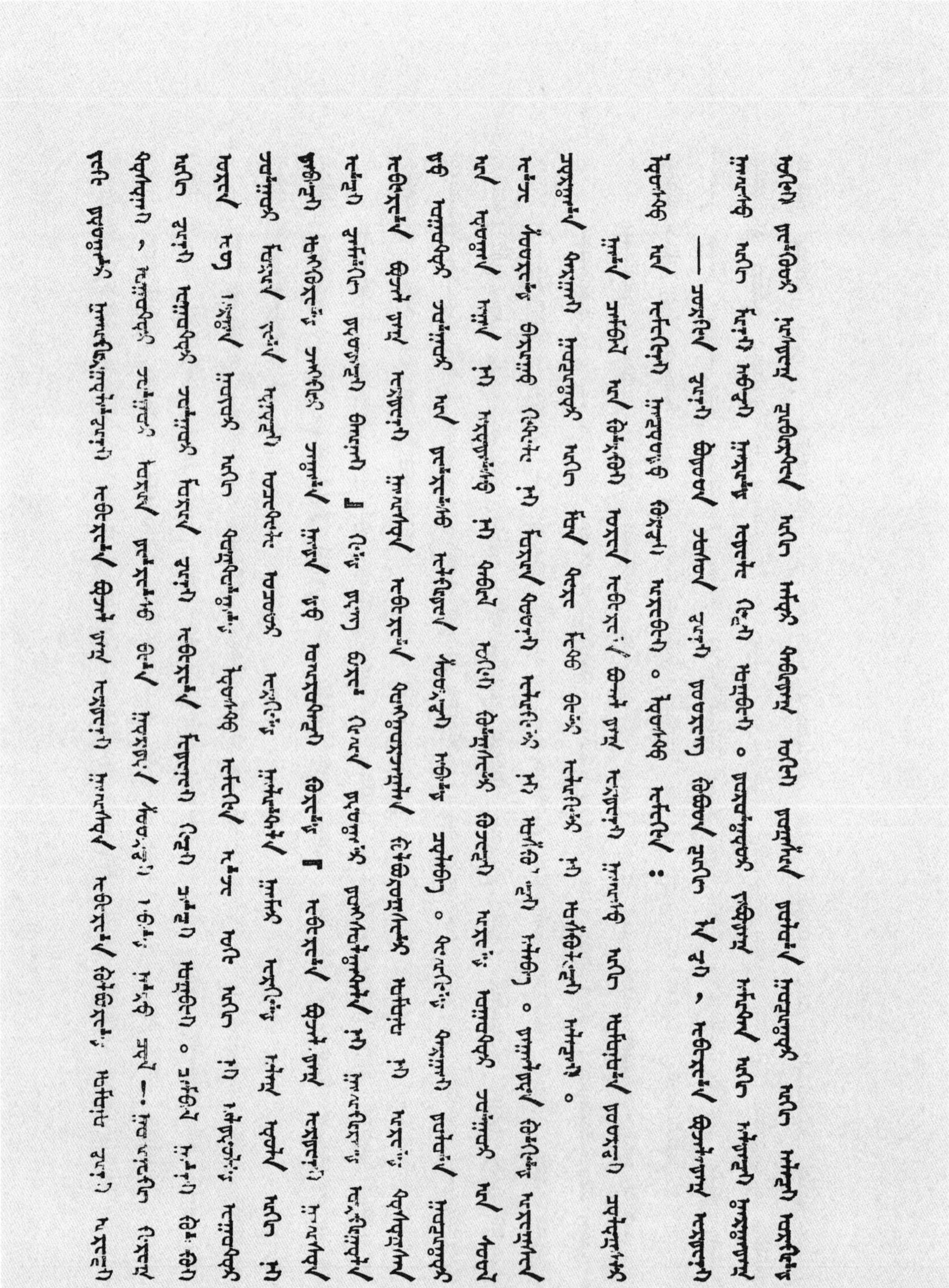

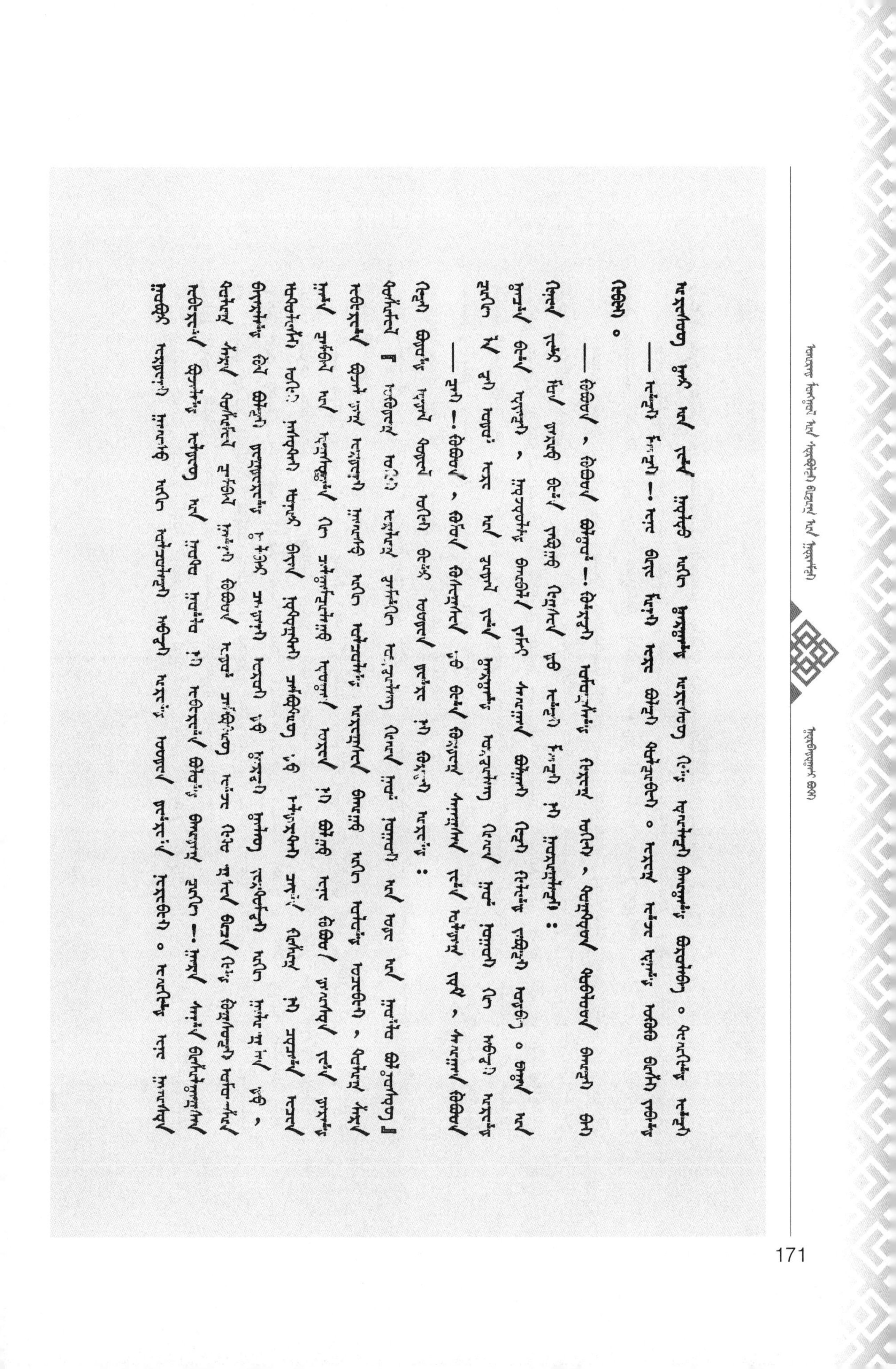

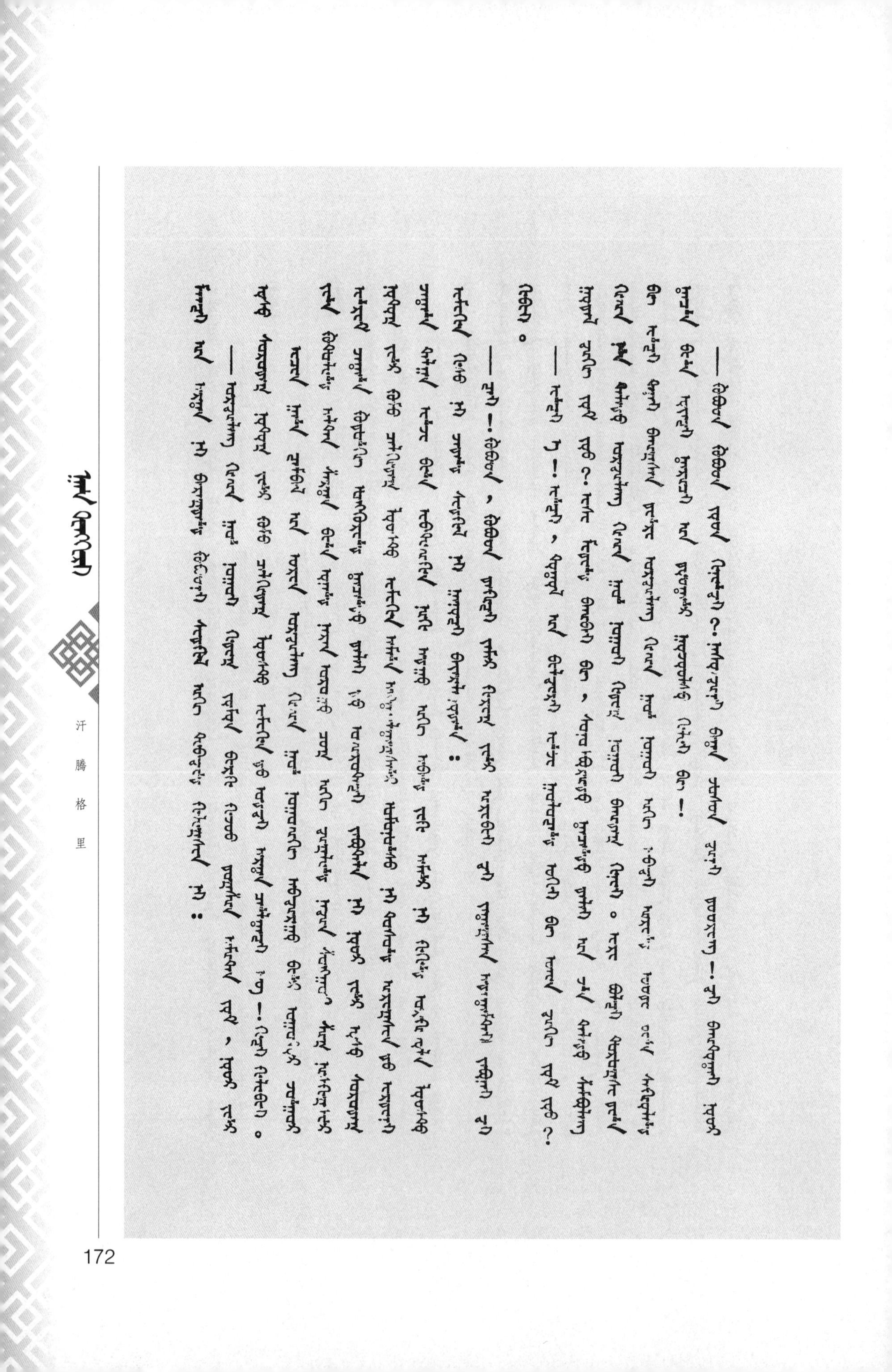

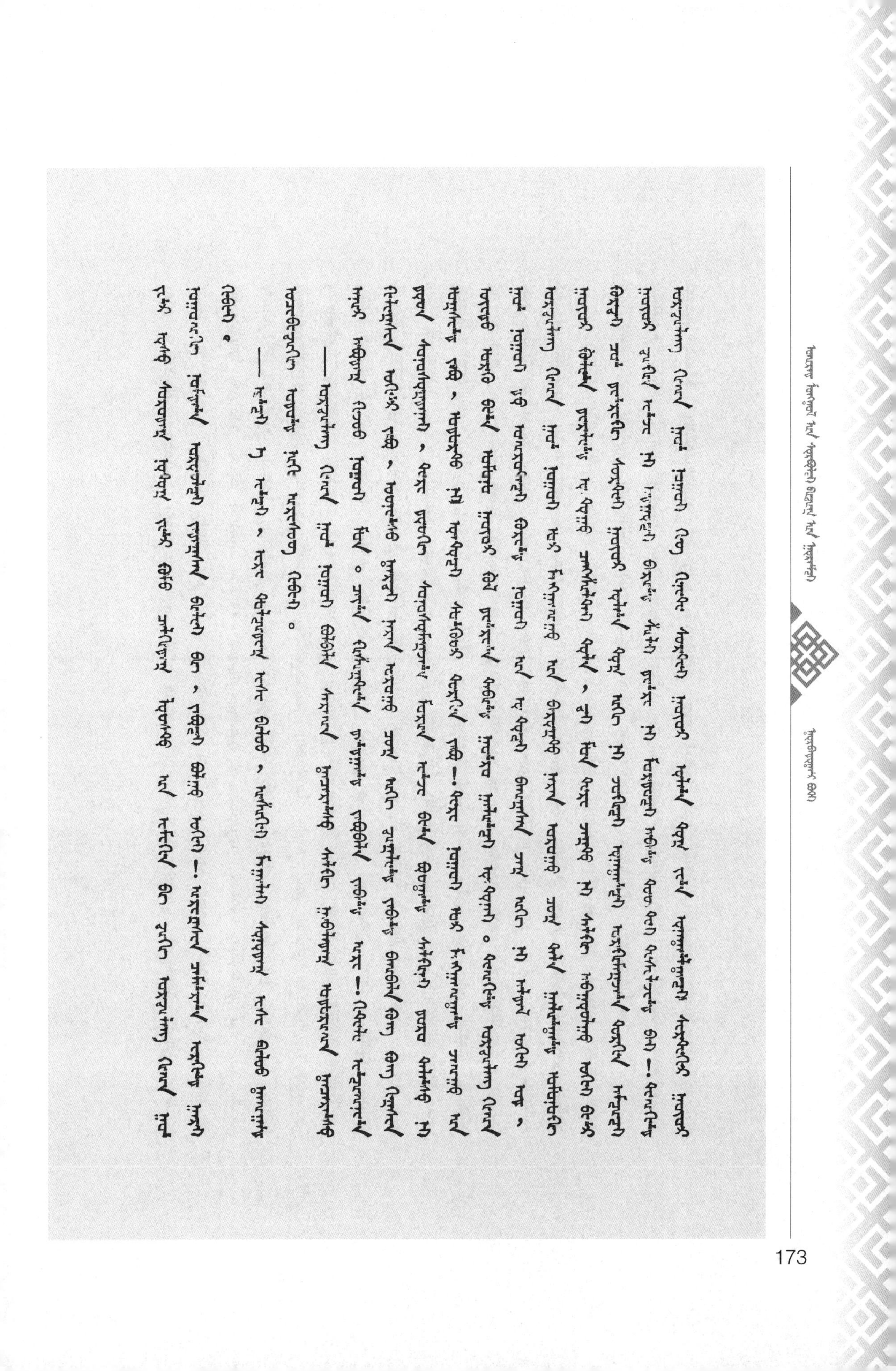

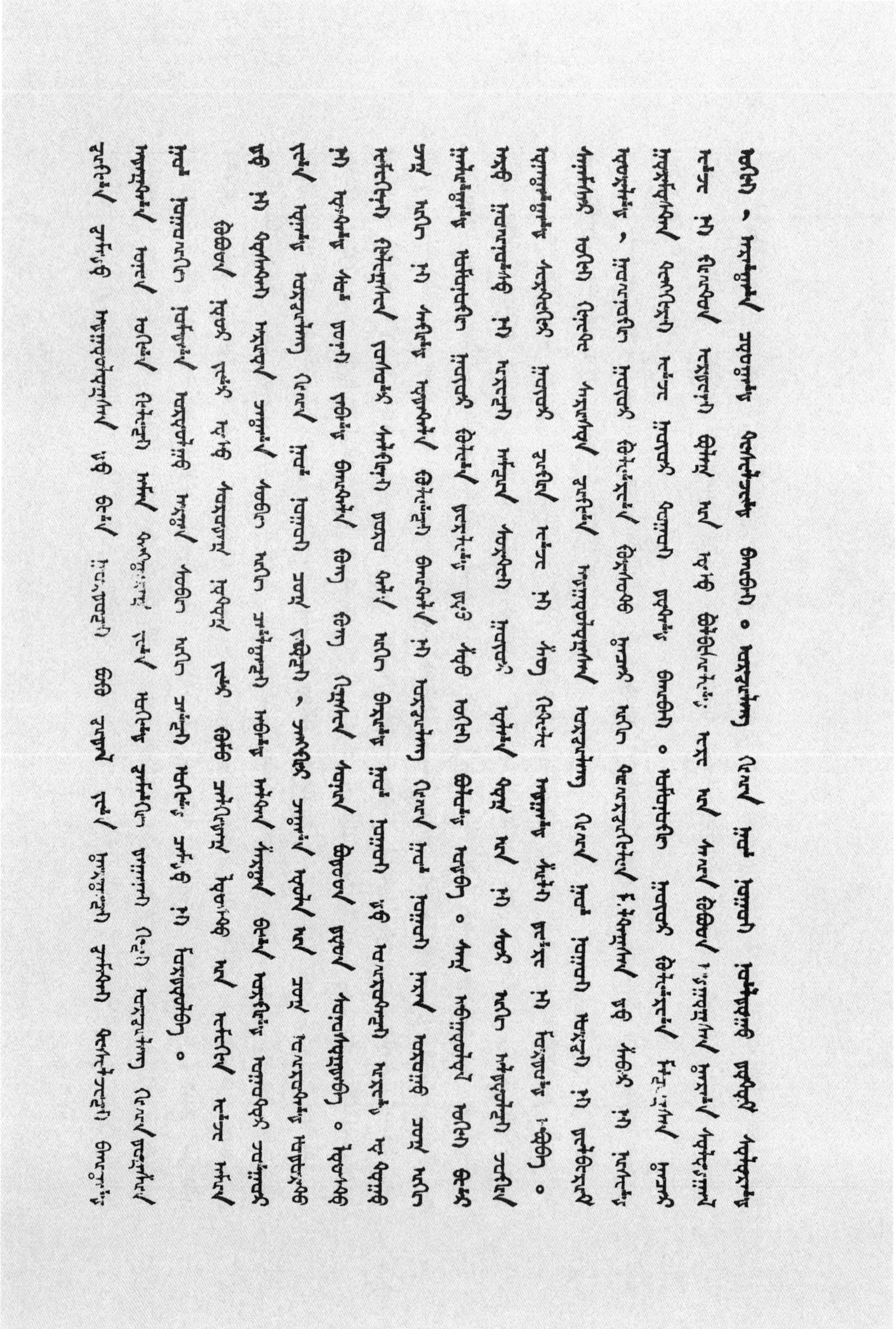

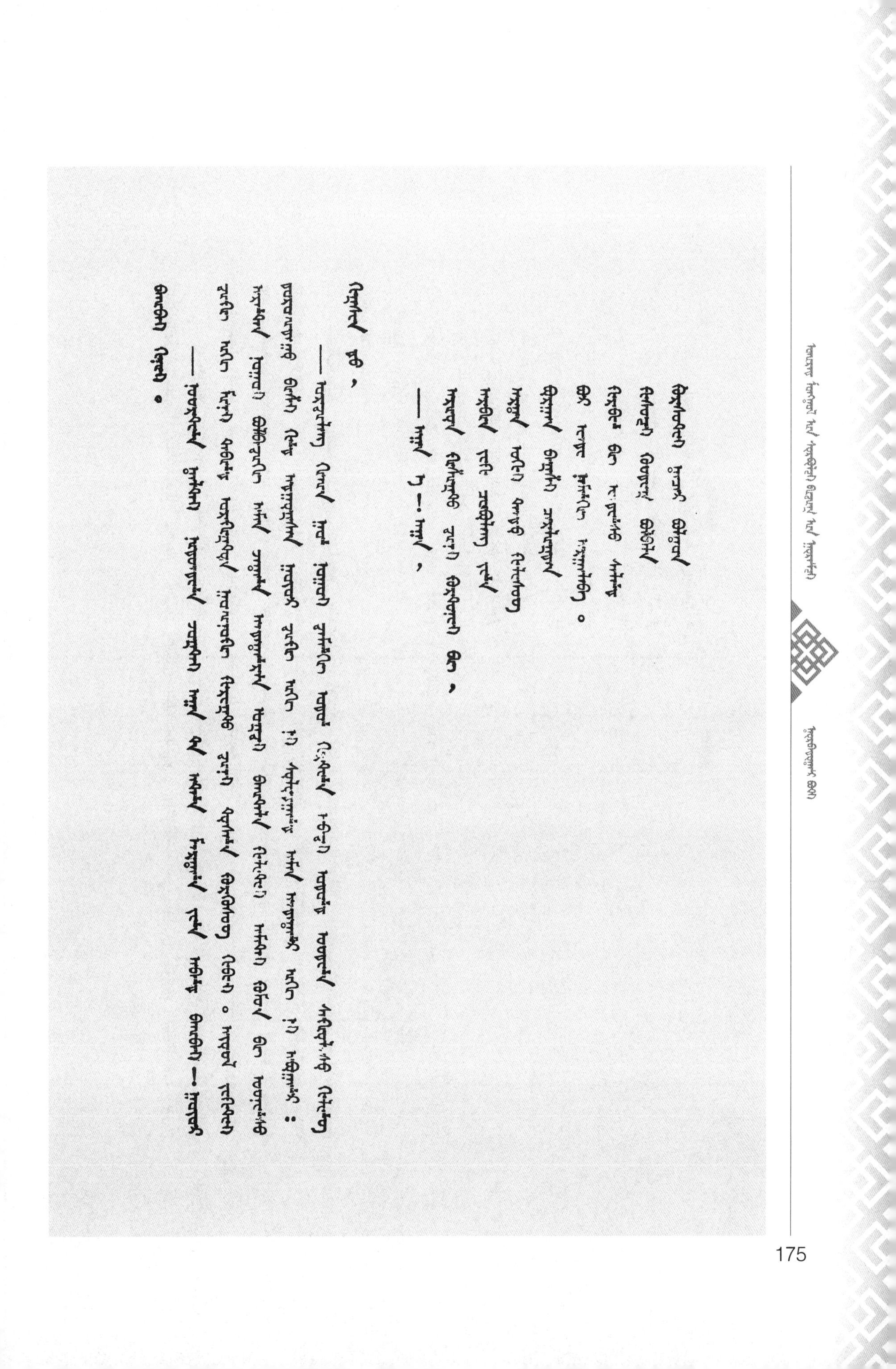

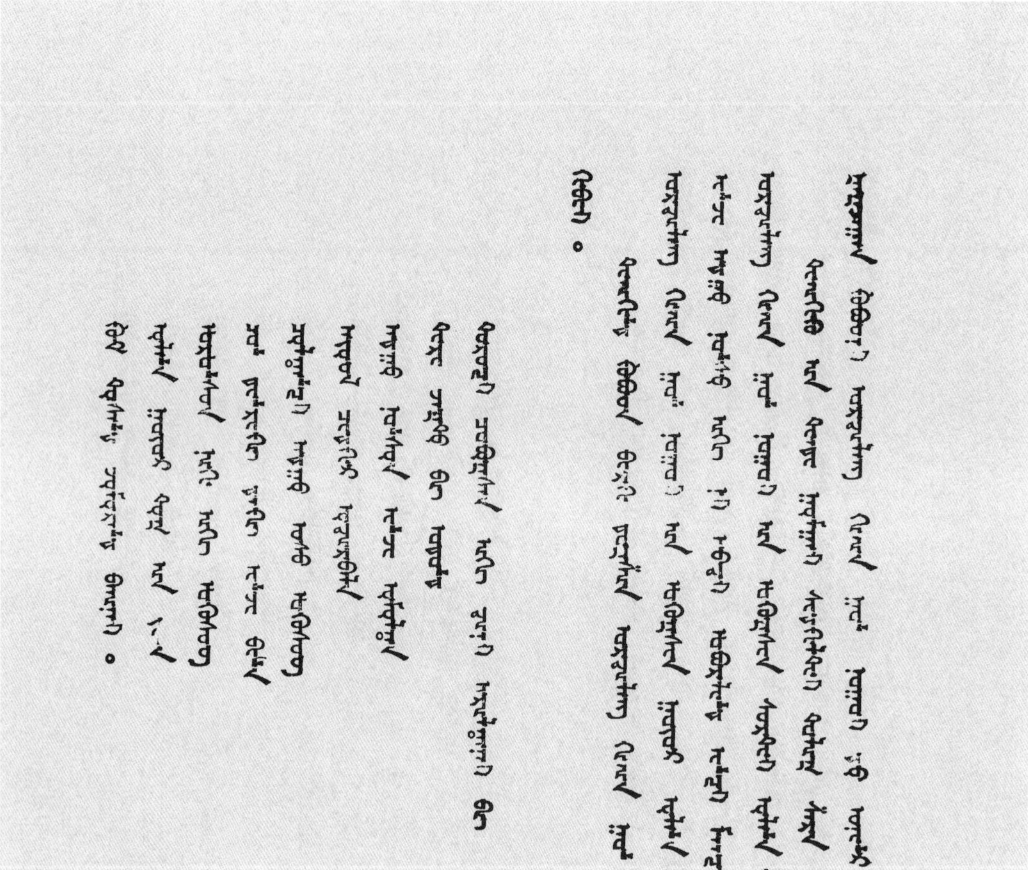

[illegible] ᠦᠨ [illegible] [illegible] [illegible] [illegible] ᠢᠶᠡᠨ [illegible] ᠂ [illegible] [illegible] [illegible] ᠶᠢᠨ [illegible] [illegible] [illegible] [illegible] [illegible] [illegible] [illegible] ᠶᠢᠨ [illegible] [illegible] ᠶᠢᠨ [illegible] ᠶᠢᠨ [illegible] [illegible] [illegible] [illegible] [illegible] [illegible] ᠦᠨ [illegible] ᠃ [illegible] [illegible] [illegible] [illegible] [illegible] [illegible] [illegible] [illegible] ᠄

[illegible]
[illegible] ᠂
[illegible]
[illegible]
[illegible]
[illegible]
[illegible]
[illegible]
[illegible]
[illegible]
[illegible]
[illegible] ?
—— [illegible] ·— [illegible] ᠂

ᠪᠠᠶᠢᠭ᠎ᠠ ᠃ [illegible]

—— ᠠᠭ᠎ᠠ ᠣ — ᠠᠭ᠎ᠠ ᠂ ᠪᠢᠳᠡᠨ [illegible]

—— [illegible] — ᠪᠢᠳᠡᠨ [illegible] ᠂

[illegible] ᠃

[illegible] ᠃ [illegible]

[illegible] ᠃ ᠪᠢᠳᠡᠨ [illegible]

[illegible] ᠃ [illegible]

—— [illegible] — ᠪᠢᠳᠡᠨ ᠂ [illegible]

[illegible] ᠃

—— ᠠᠭ᠎ᠠ [illegible] ᠣ — [illegible] ᠂ [illegible]

[illegible] :

ᠪᠢᠳᠡᠨ ᠂ [illegible]

ᠪᠢᠴᠢᠪᠡ ᠃

[illegible] ᠪᠢᠴᠢᠪᠡ

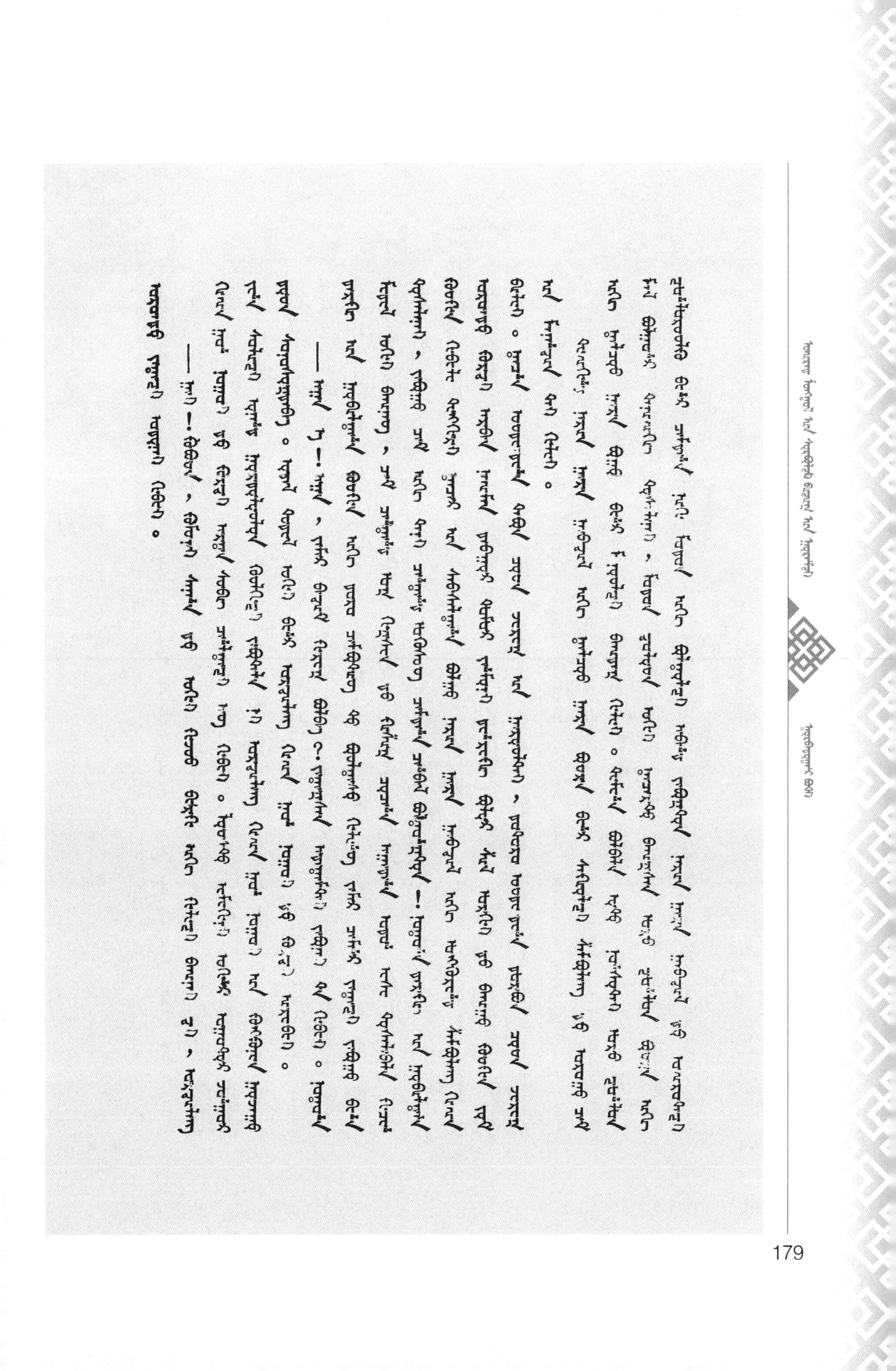

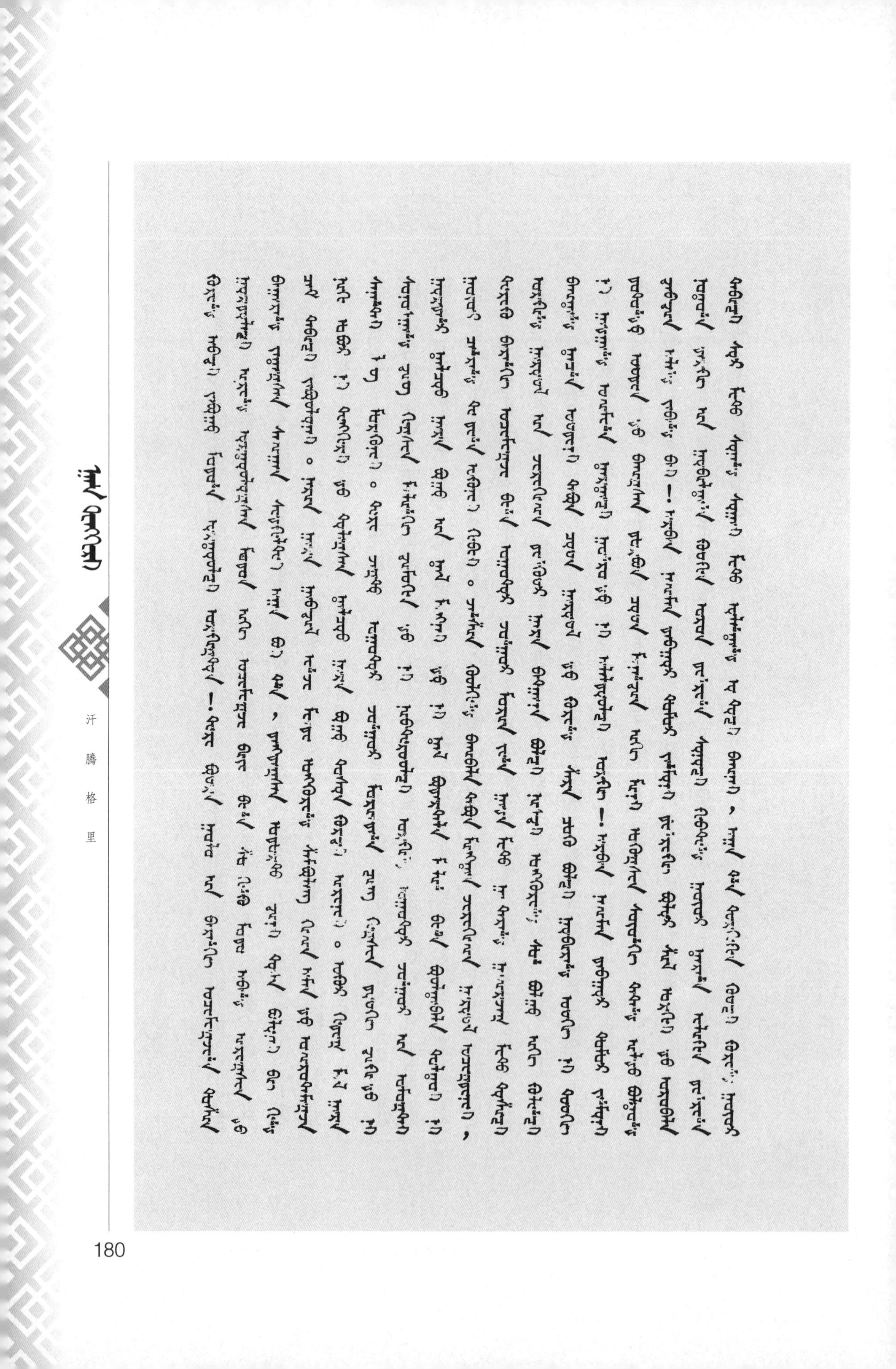

[illegible]

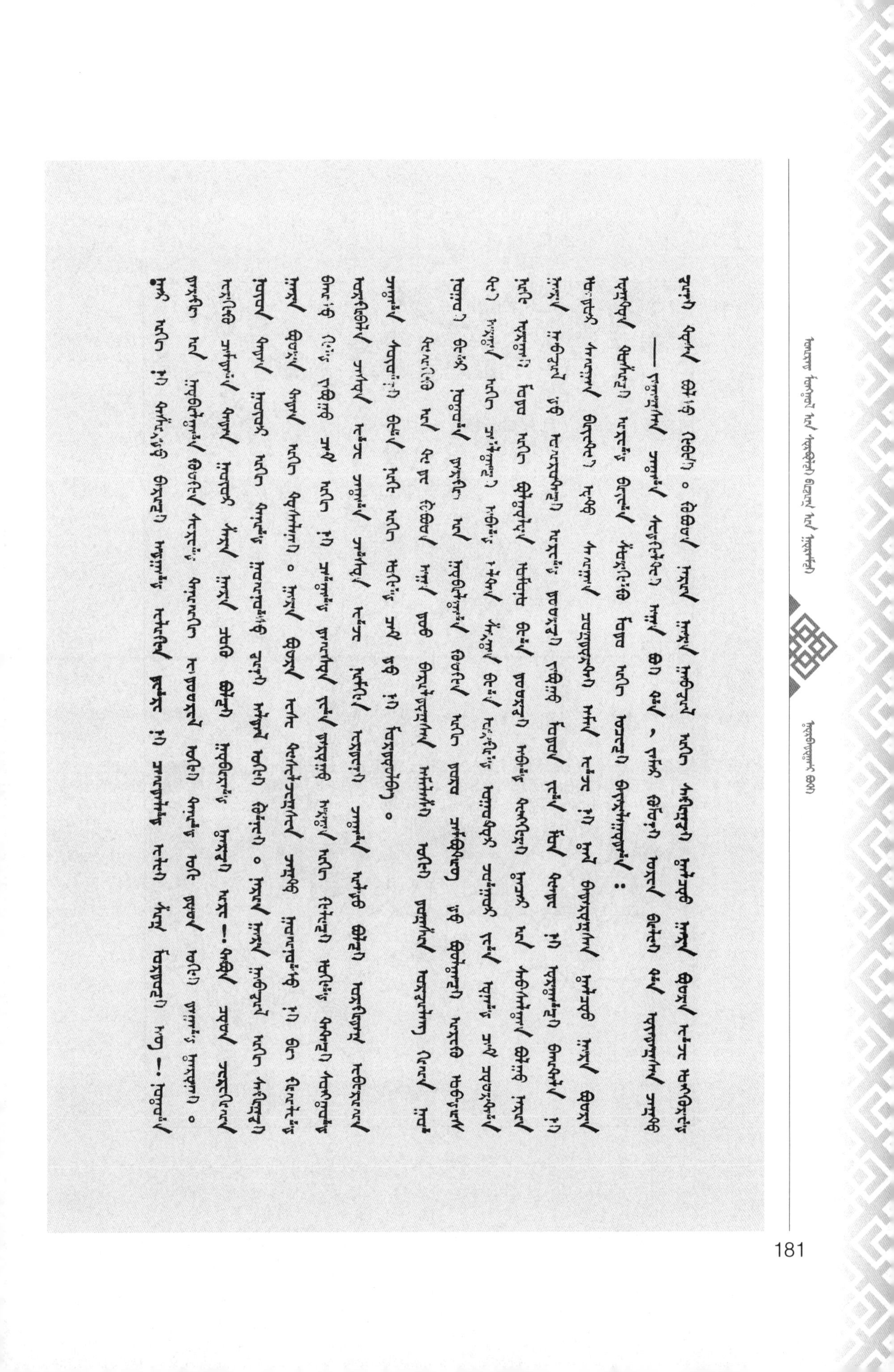

[illegible]

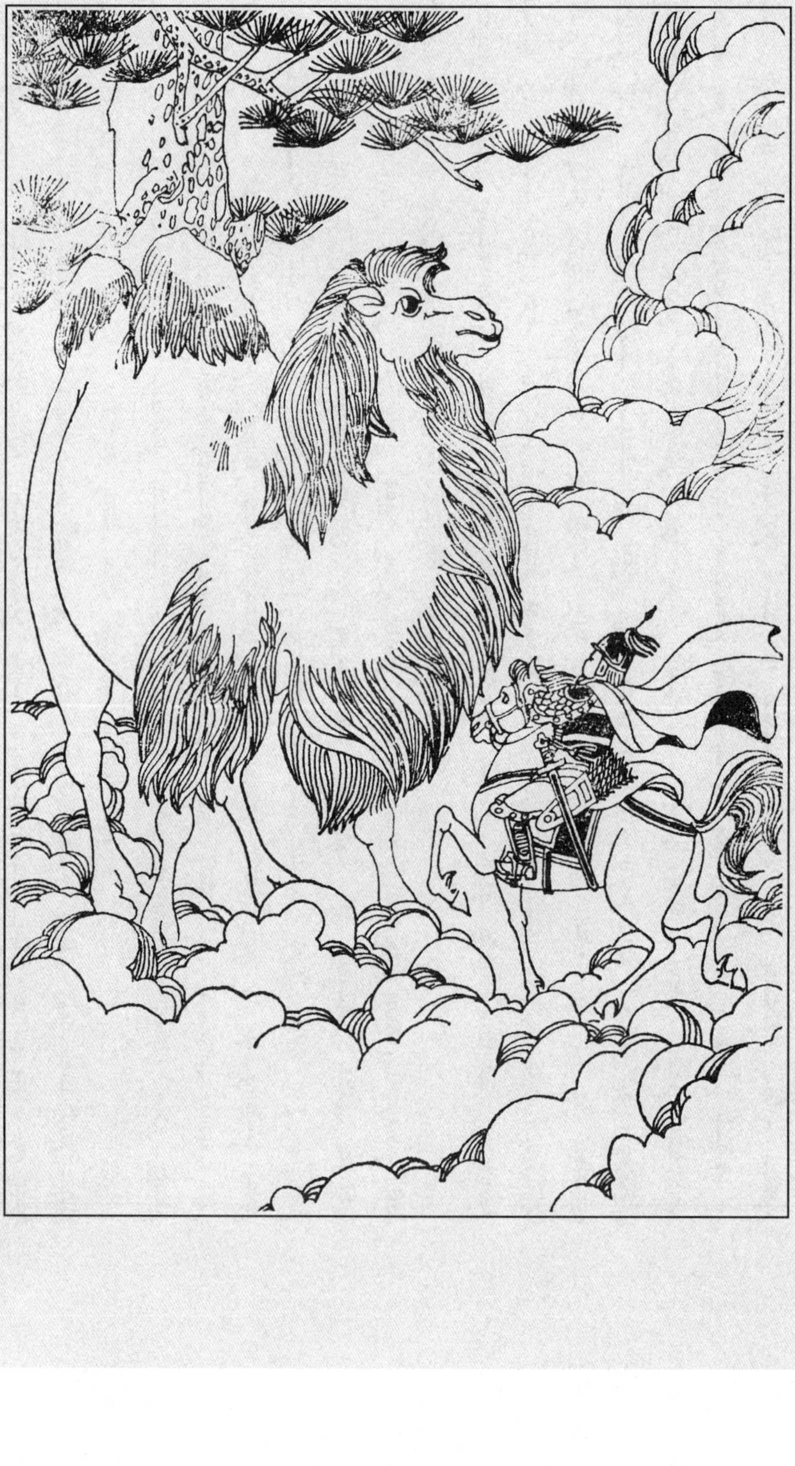

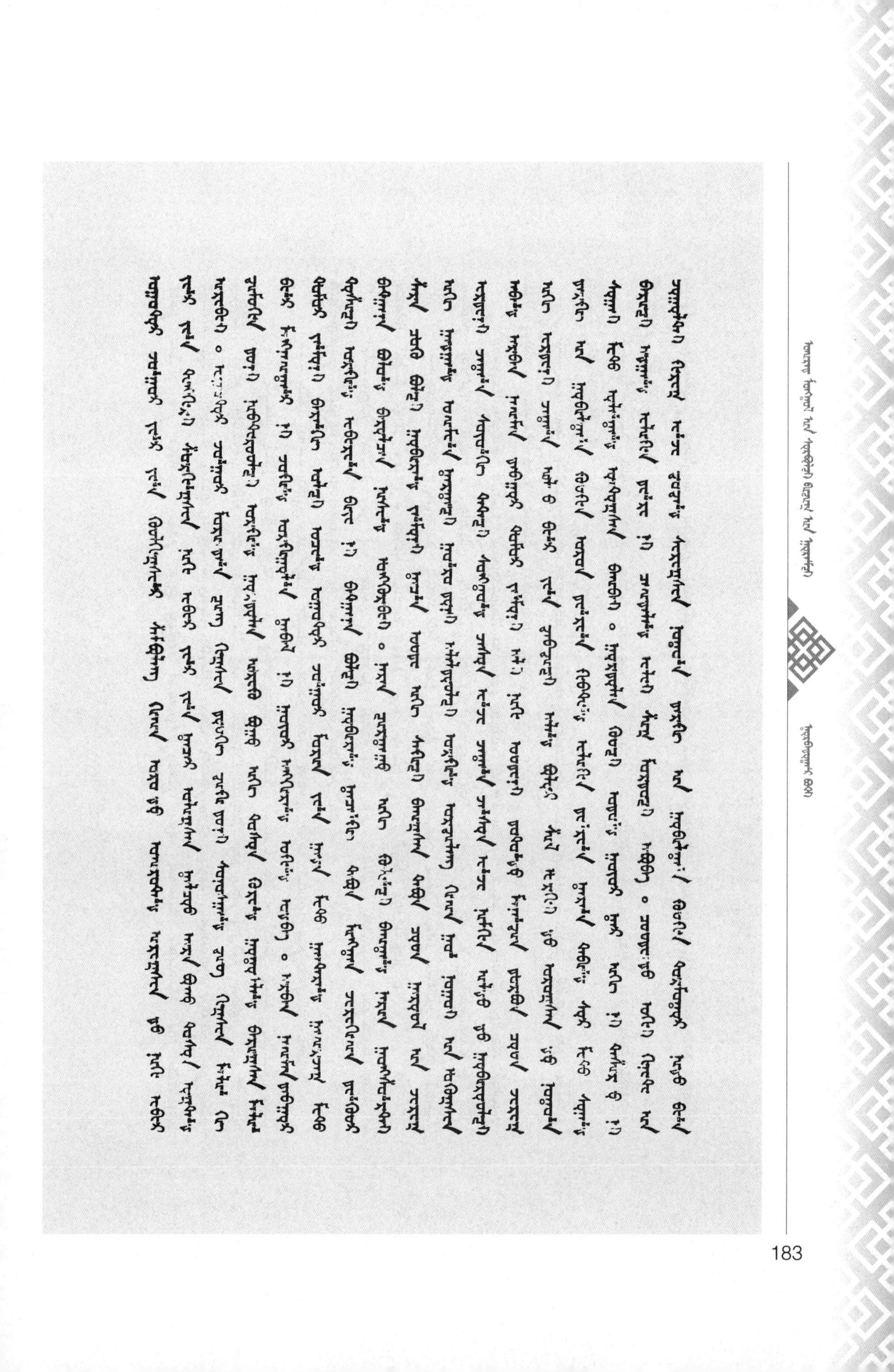

[illegible]

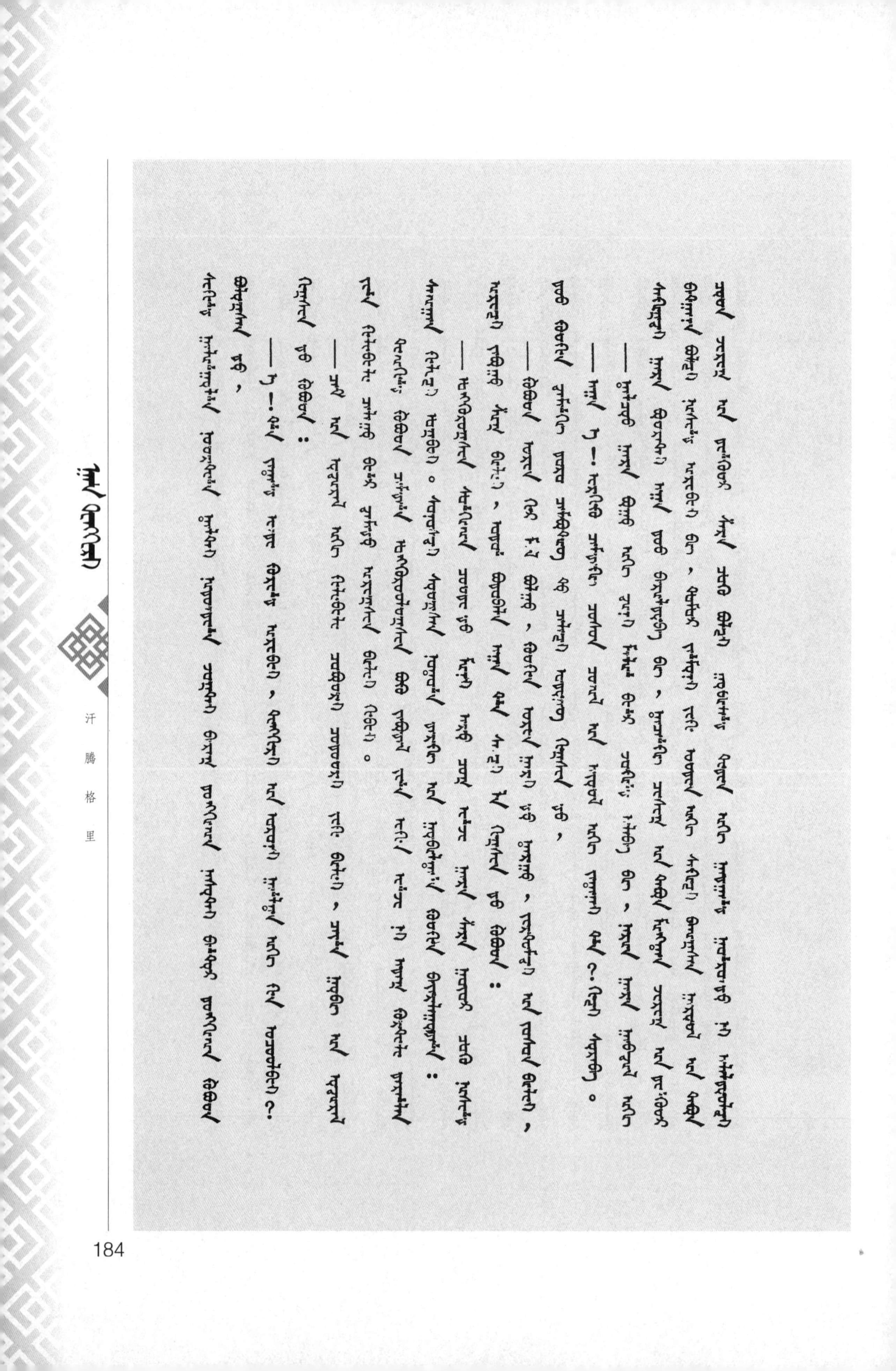

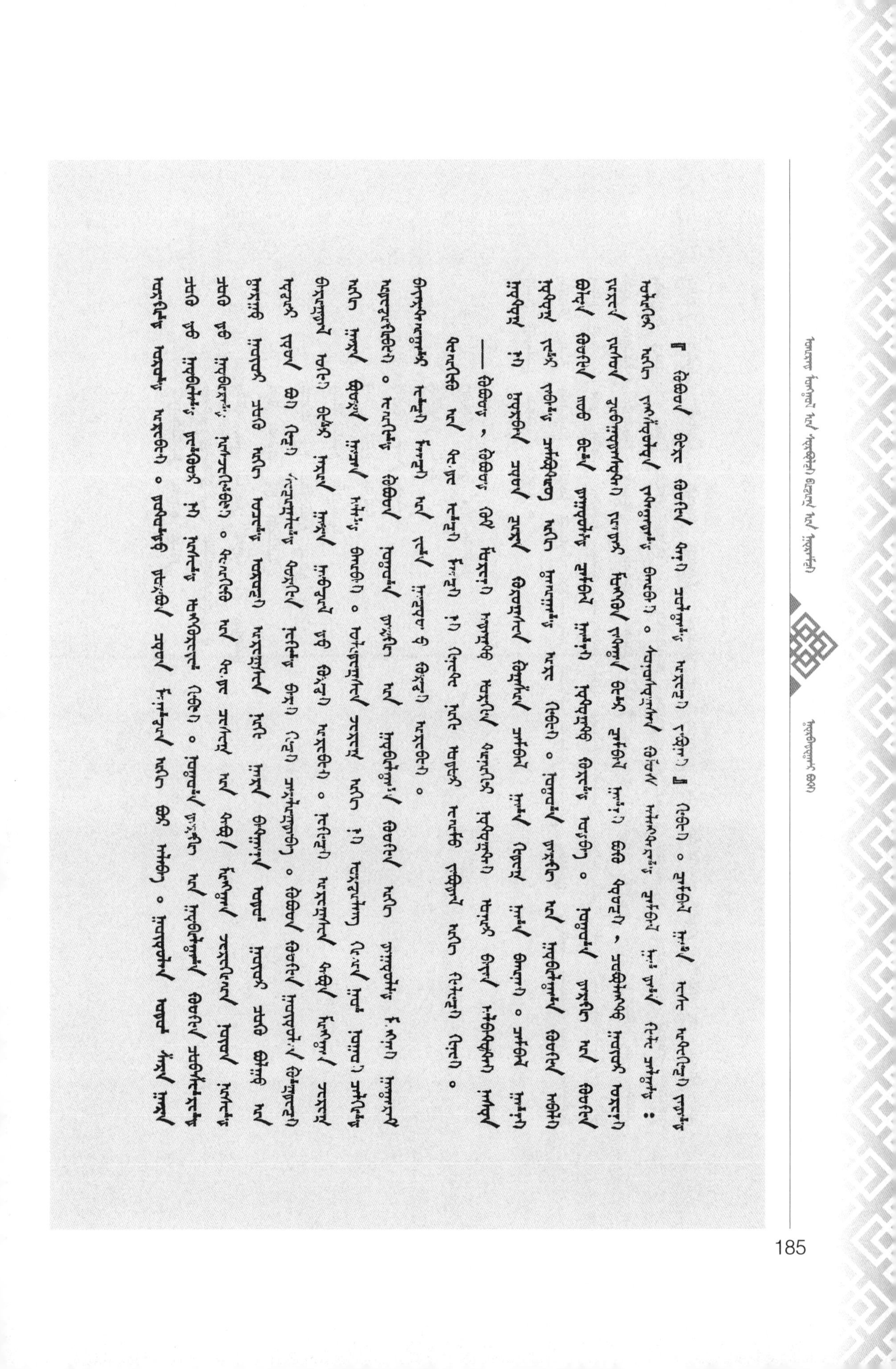

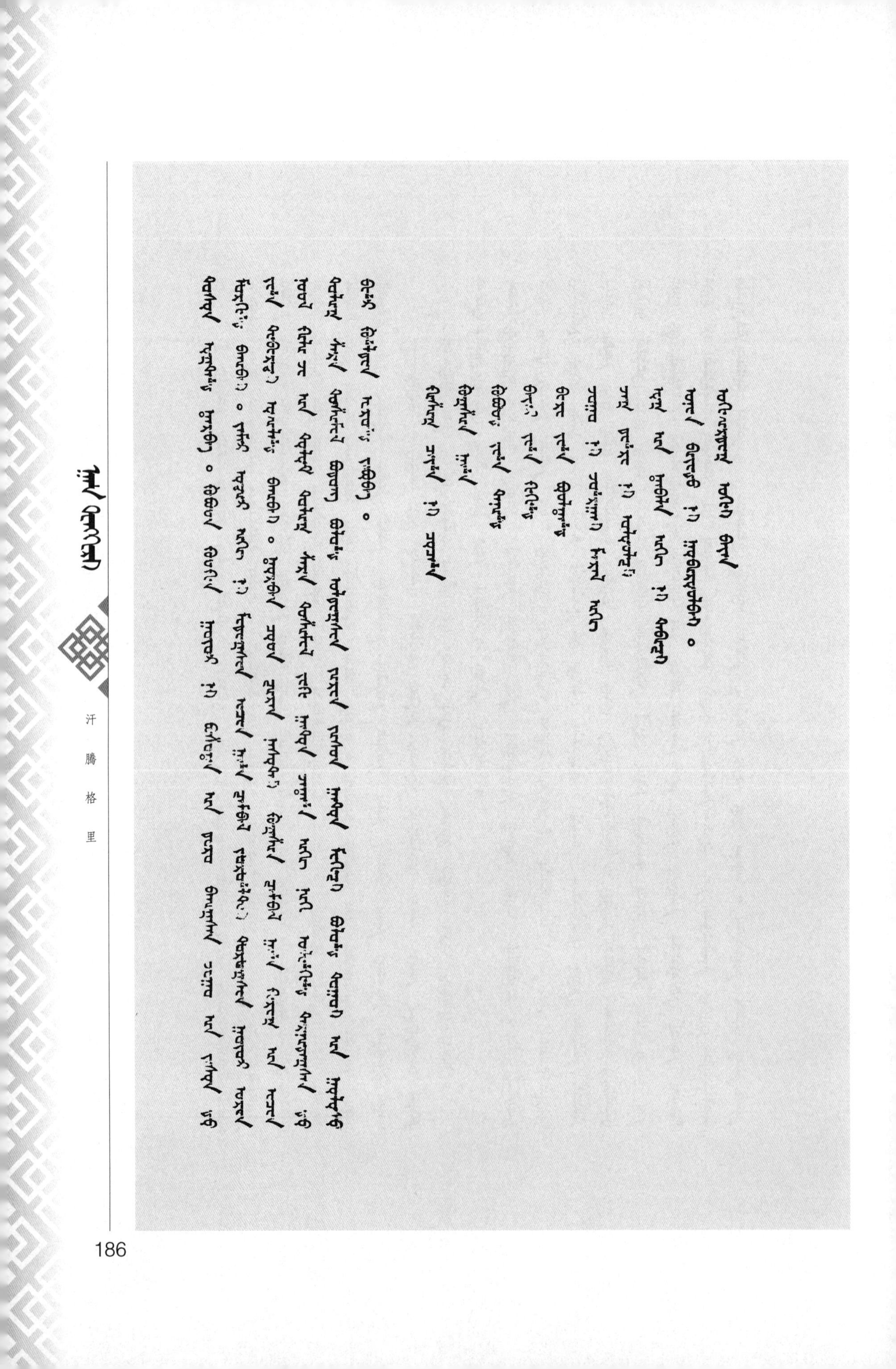

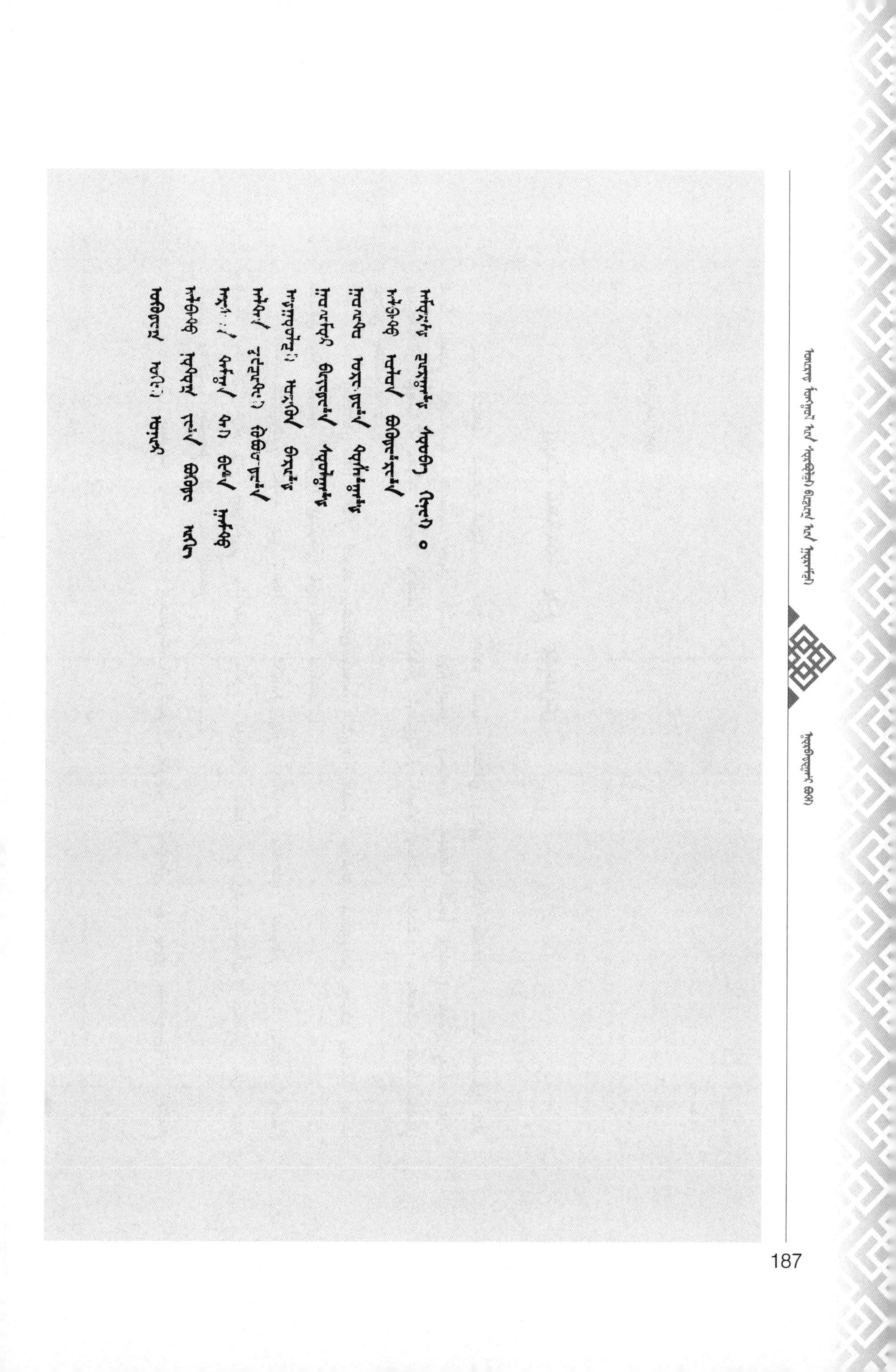

[illegible]

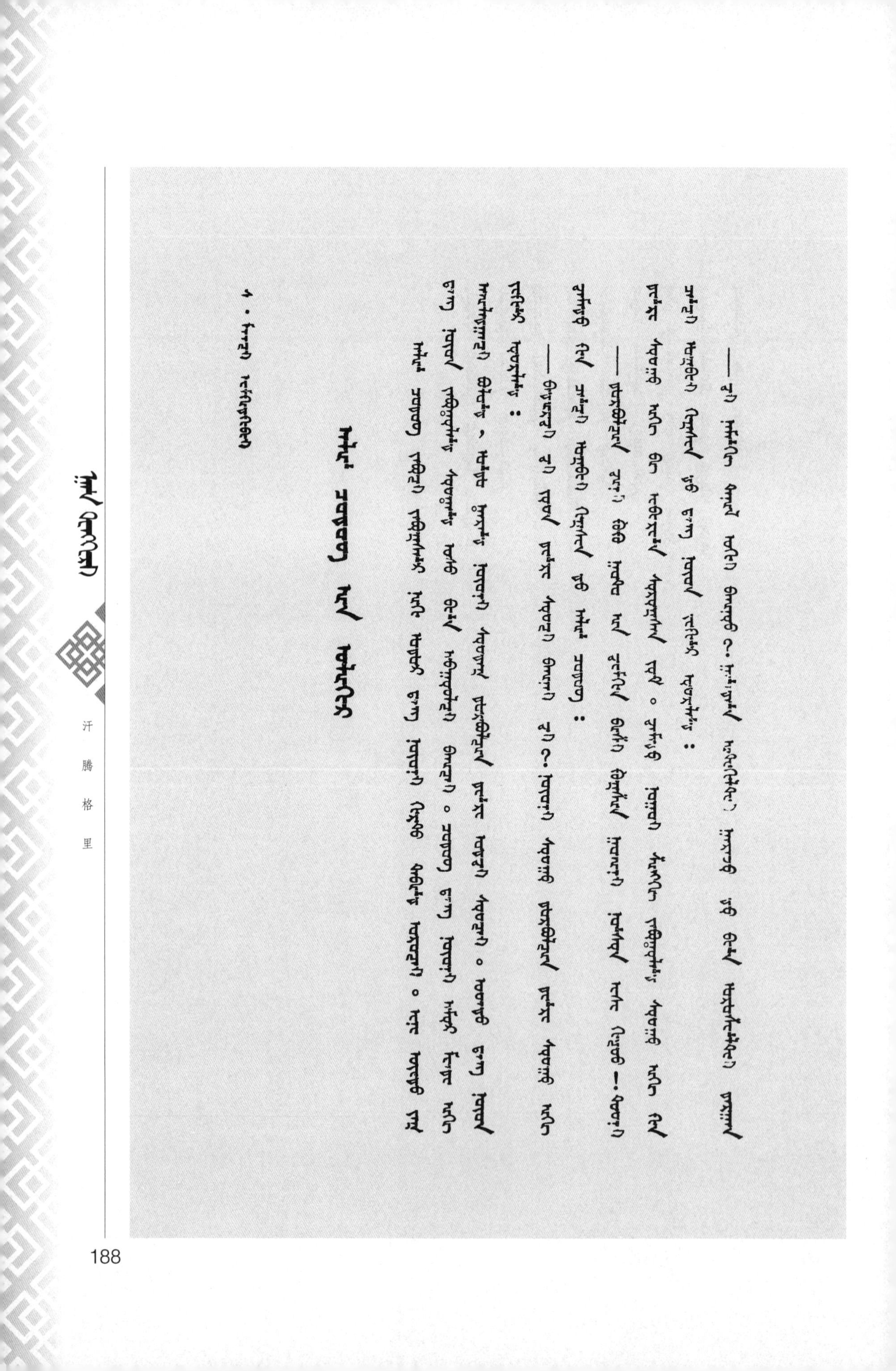

[illegible]

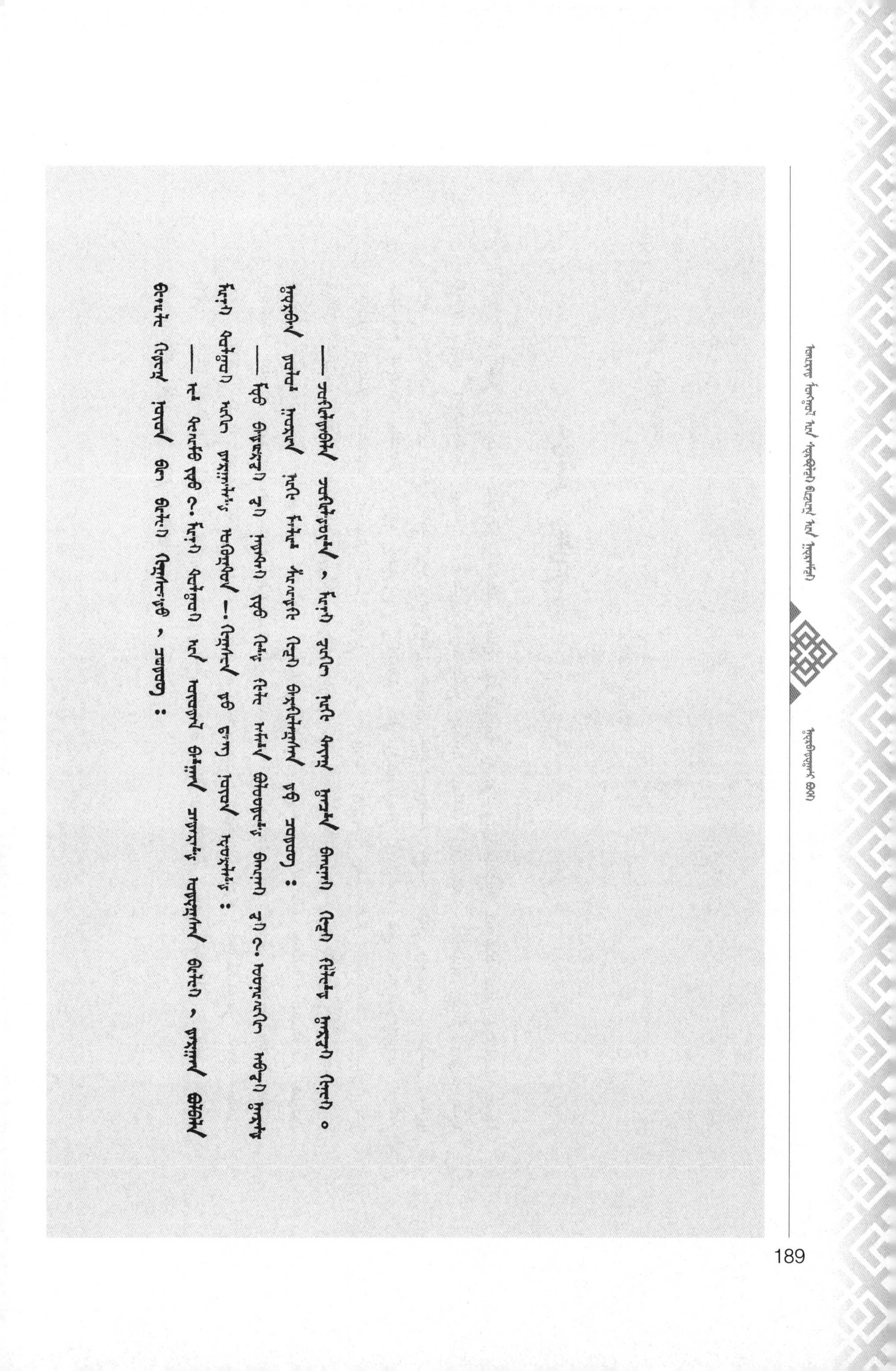

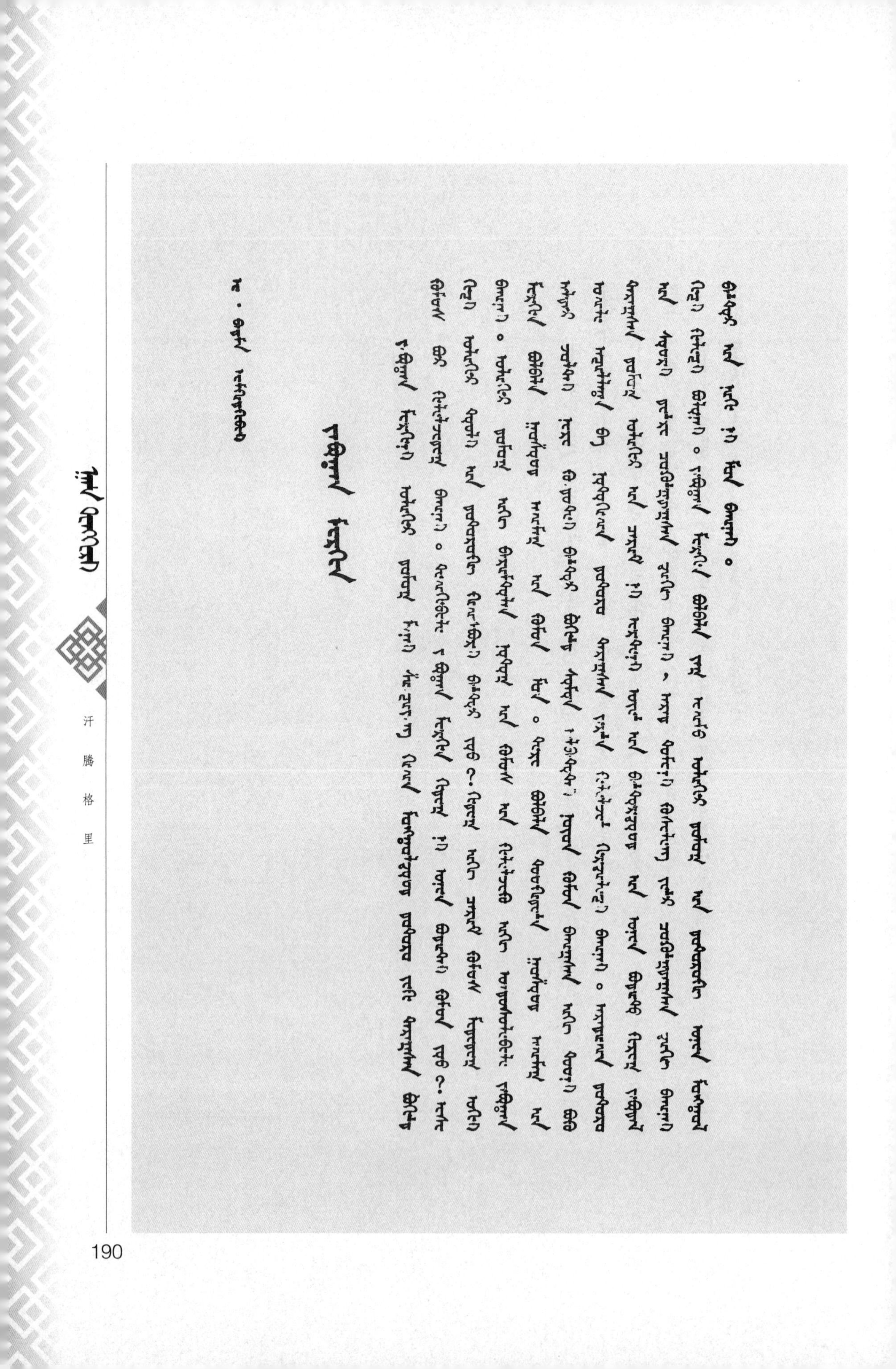

[illegible]

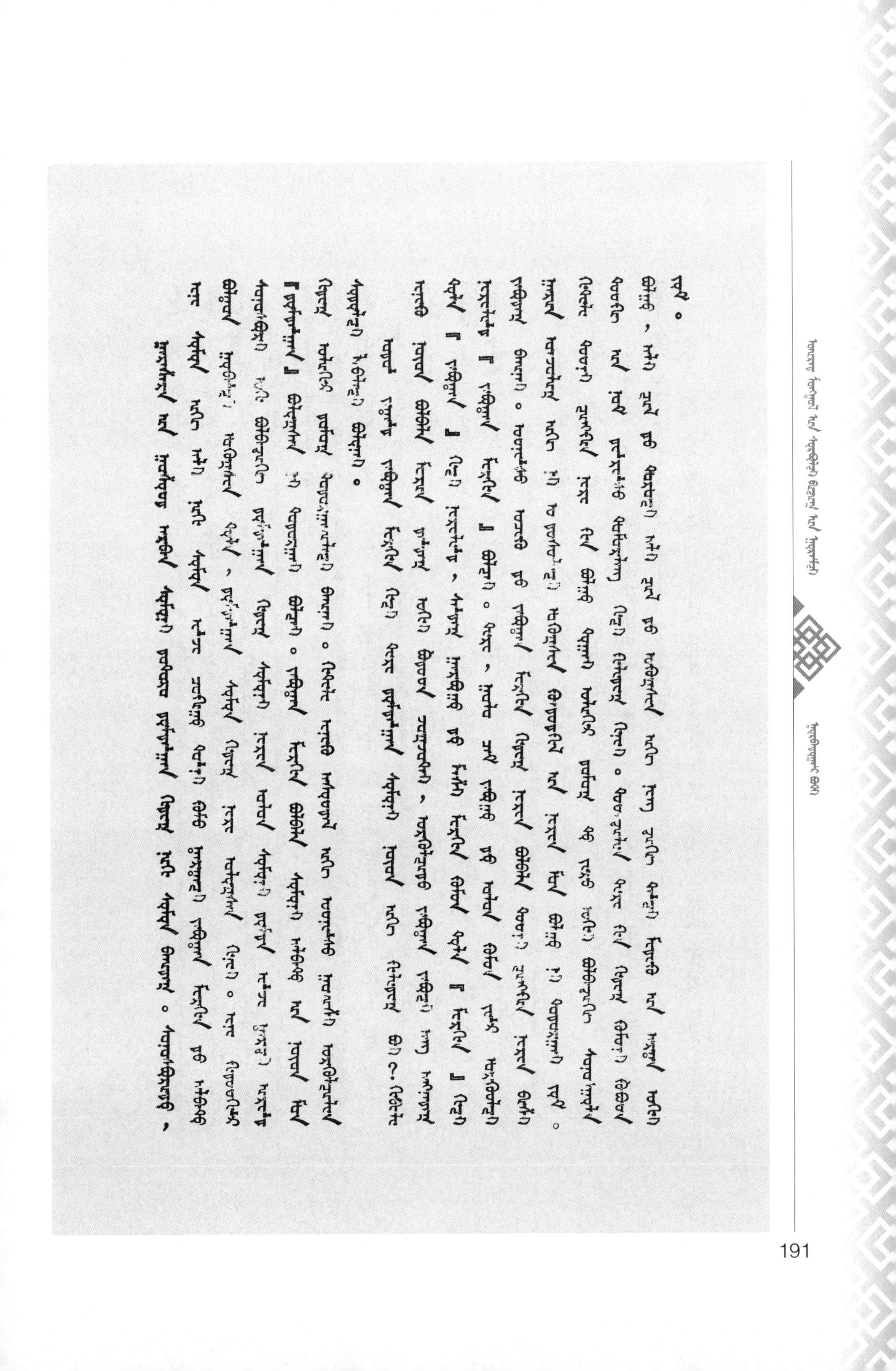

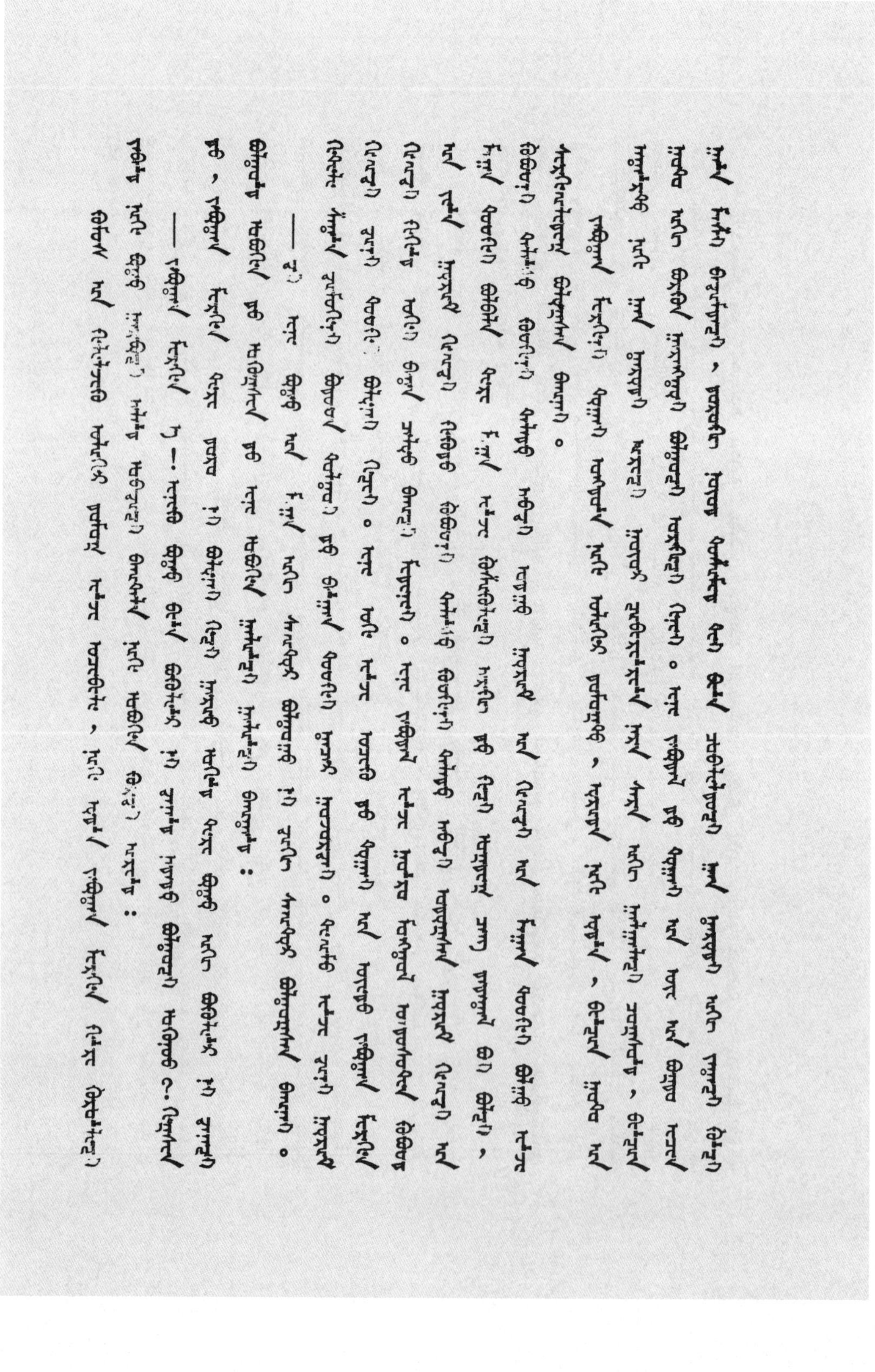

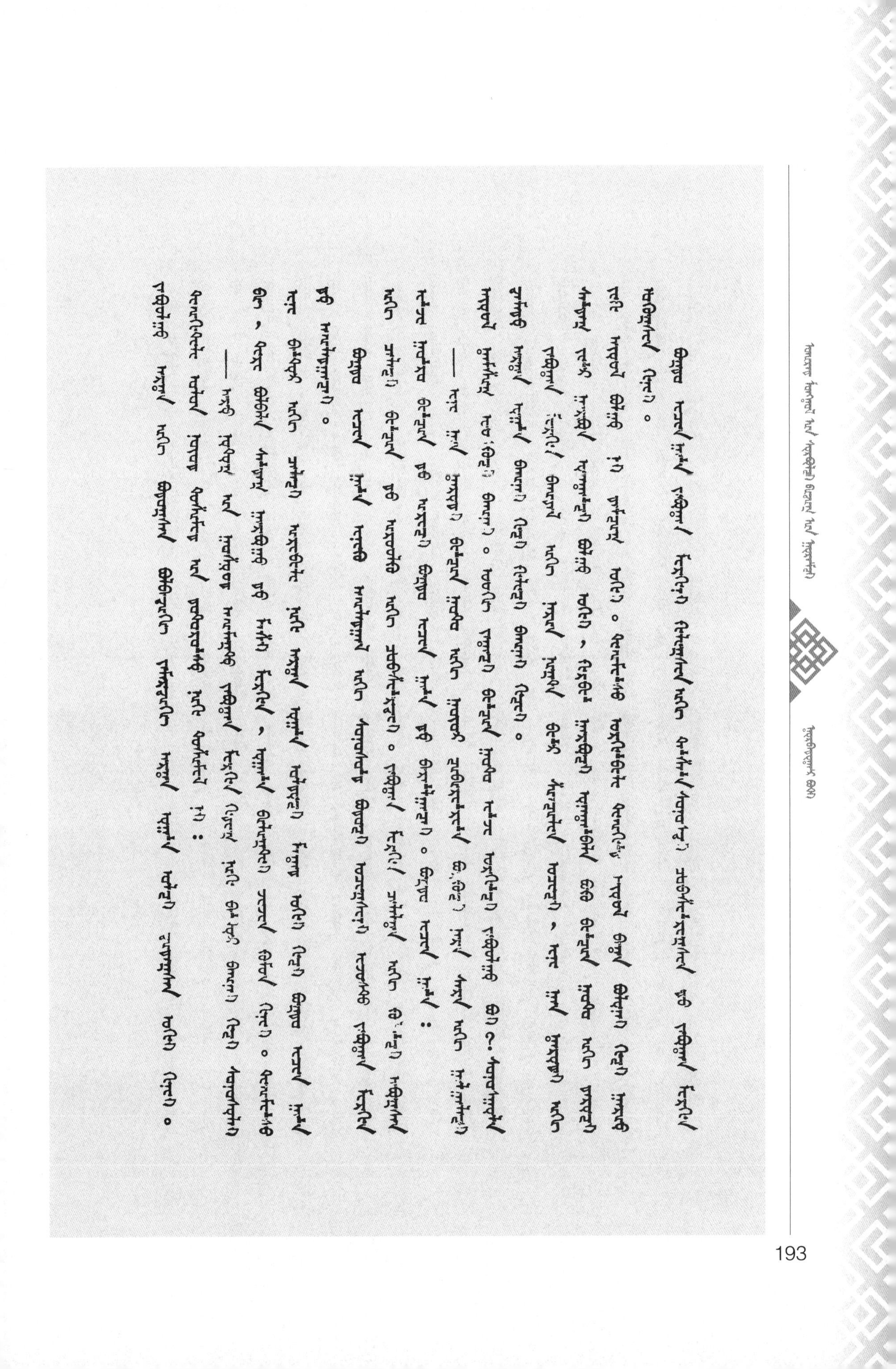

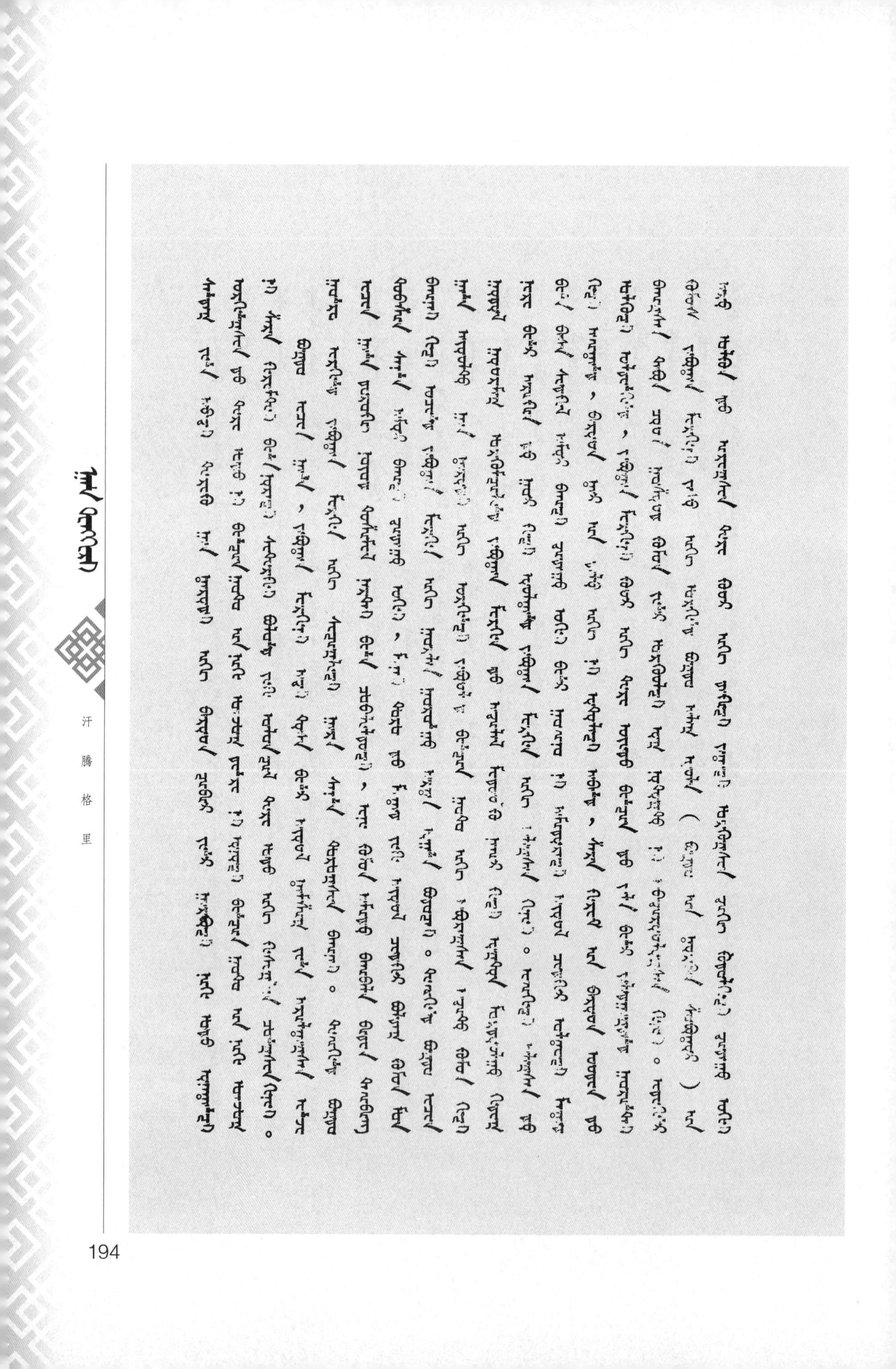

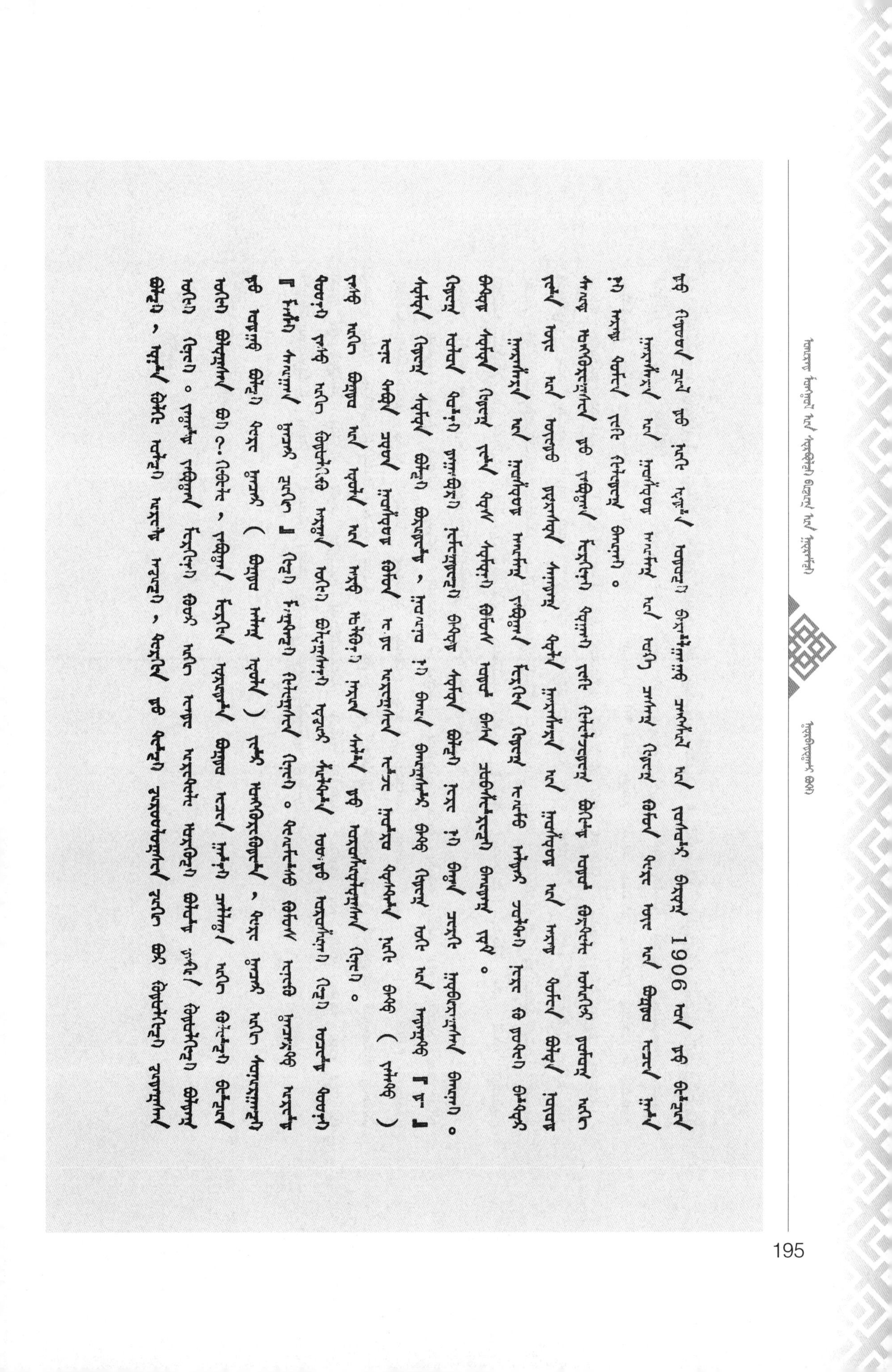

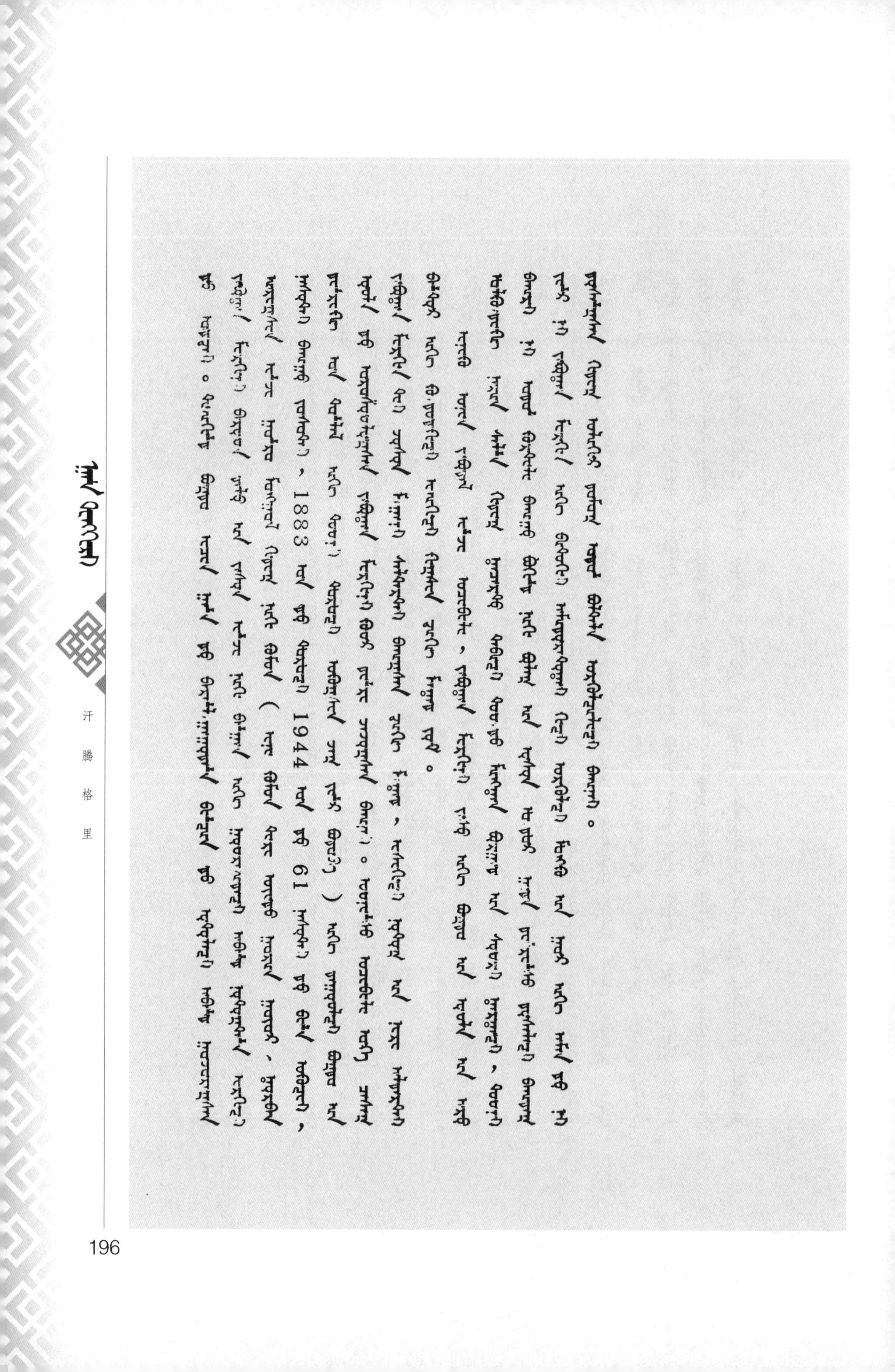

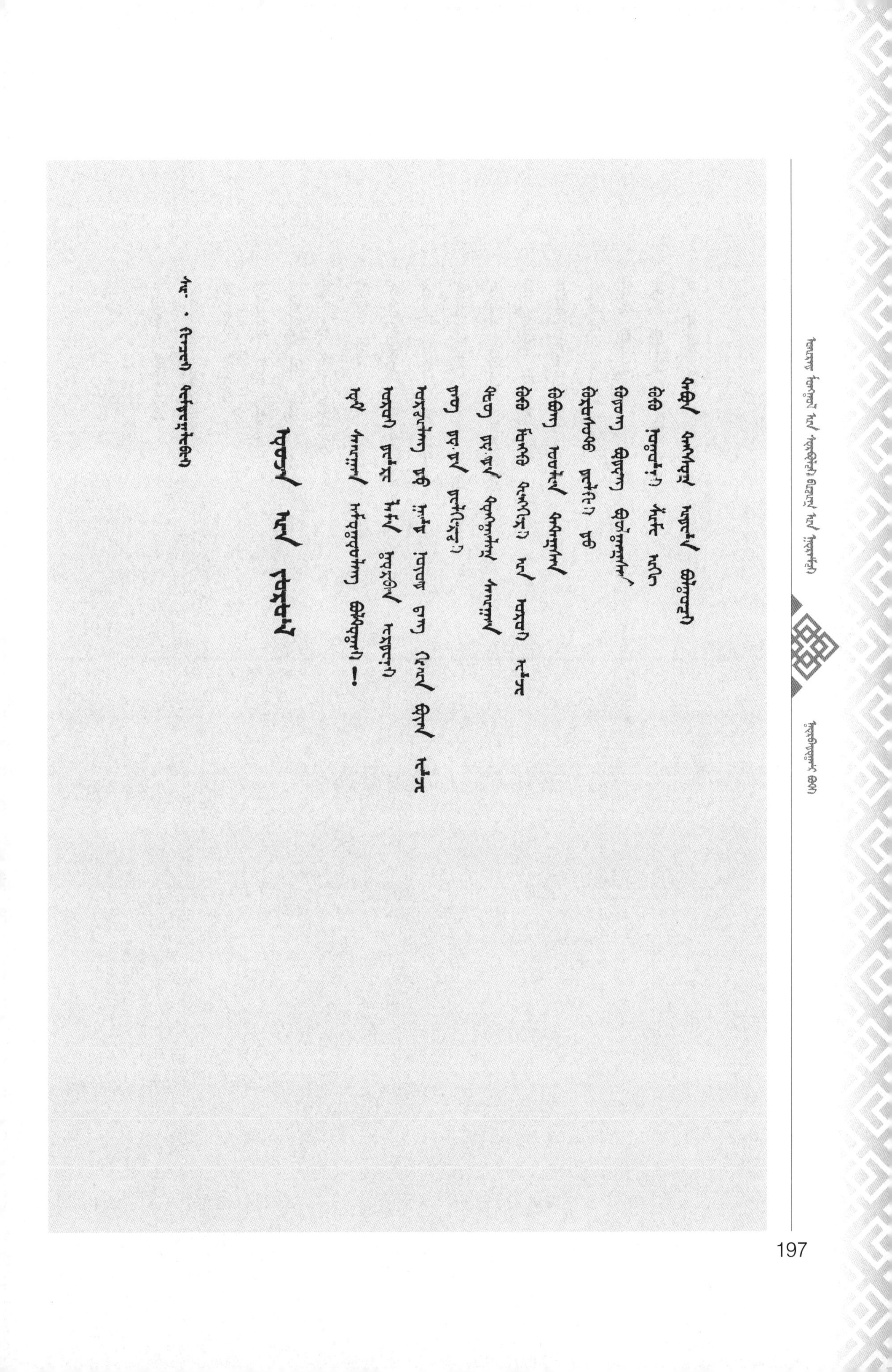

[illegible]

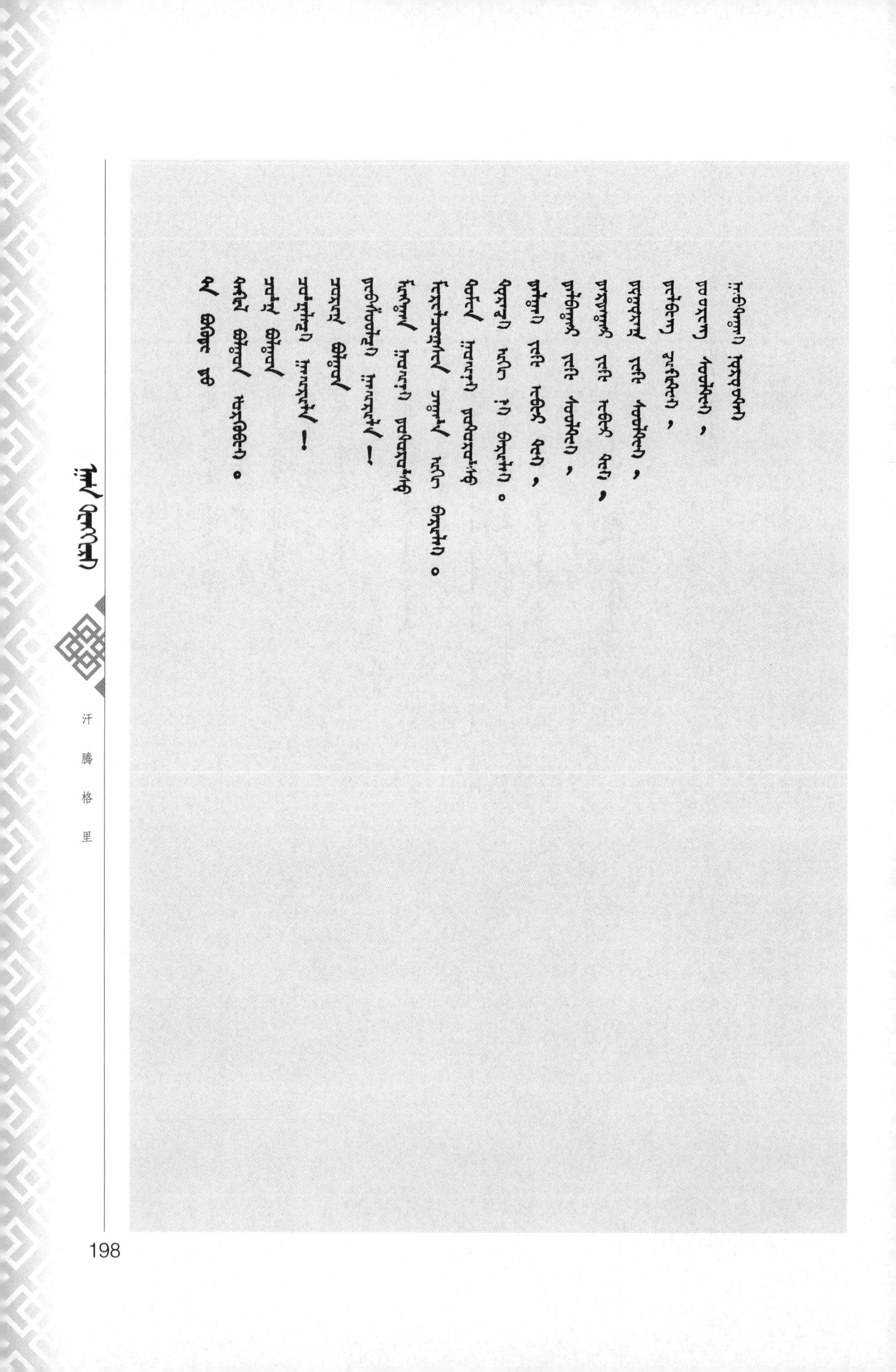

[illegible]
[illegible] ,
[illegible] ,
[illegible] ,
[illegible] ,
[illegible] ,
[illegible] ,
[illegible] 。
[illegible]
[illegible] 。
[illegible]
[illegible] !
[illegible]
[illegible] !
[illegible]
[illegible] 。
[illegible]

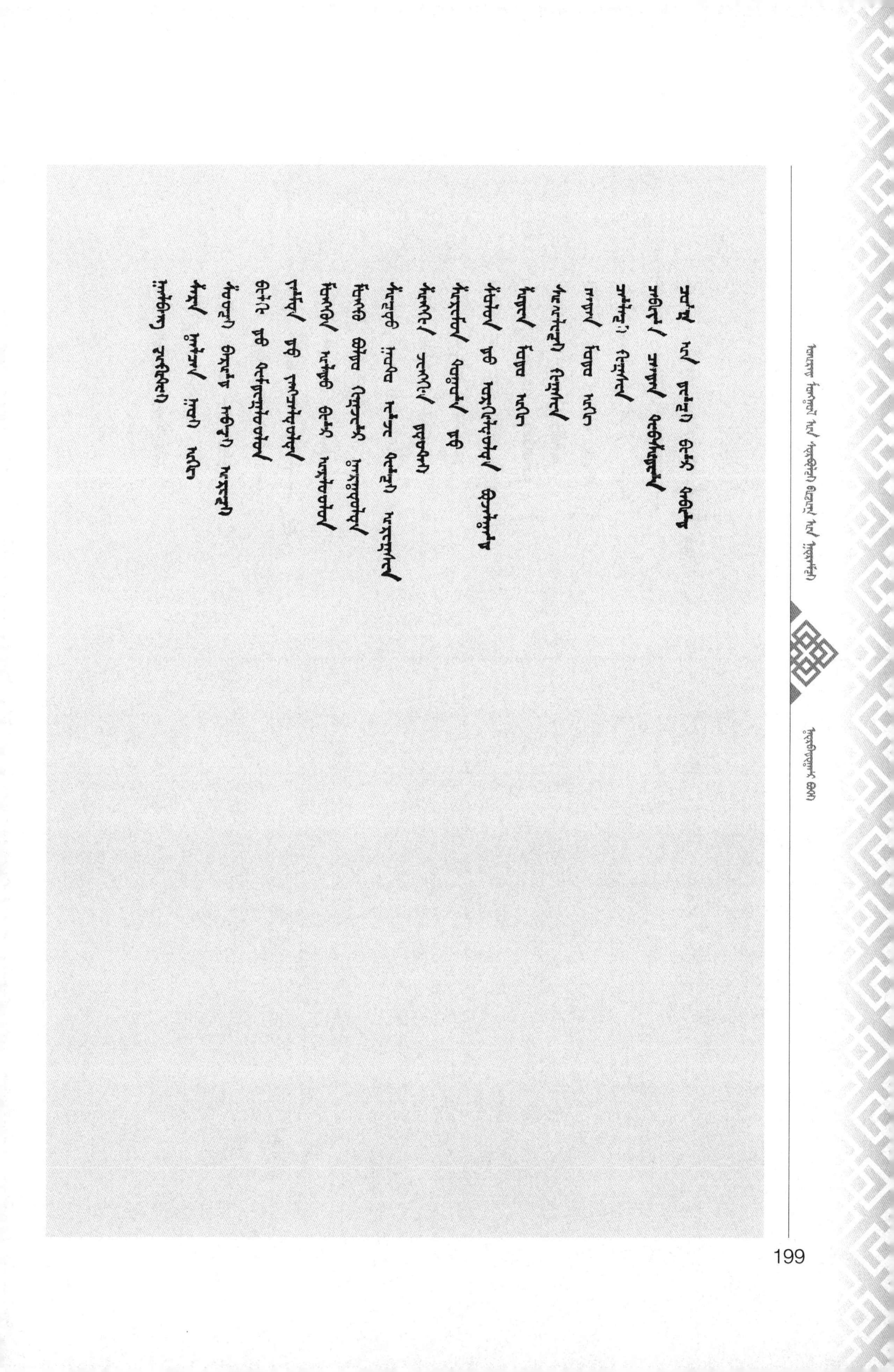

[illegible]

[illegible] ,
[illegible]
[illegible] !
ᠬᠠᠨ ᠲᠩᠷᠢ ᠶᠢᠨ ᠣᠷᠭᠢᠯ ᠳᠤ
[illegible]
[illegible]
[illegible]
[illegible]
[illegible]
[illegible]
[illegible]
[illegible]
[illegible]
[illegible] !
ᠬᠠᠨ ᠲᠩᠷᠢ ᠶᠢᠨ ᠣᠷᠭᠢᠯ ᠳᠤ

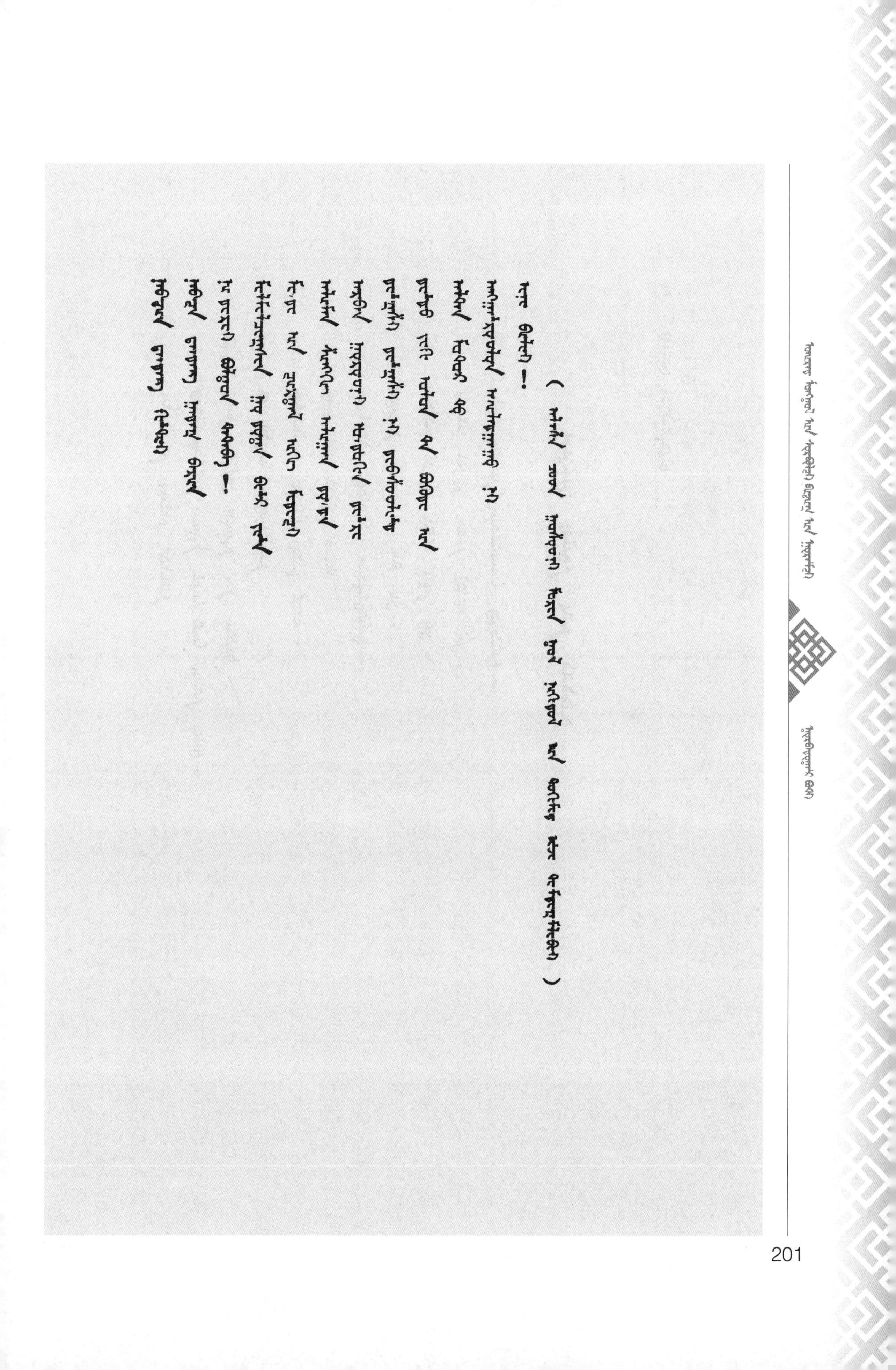

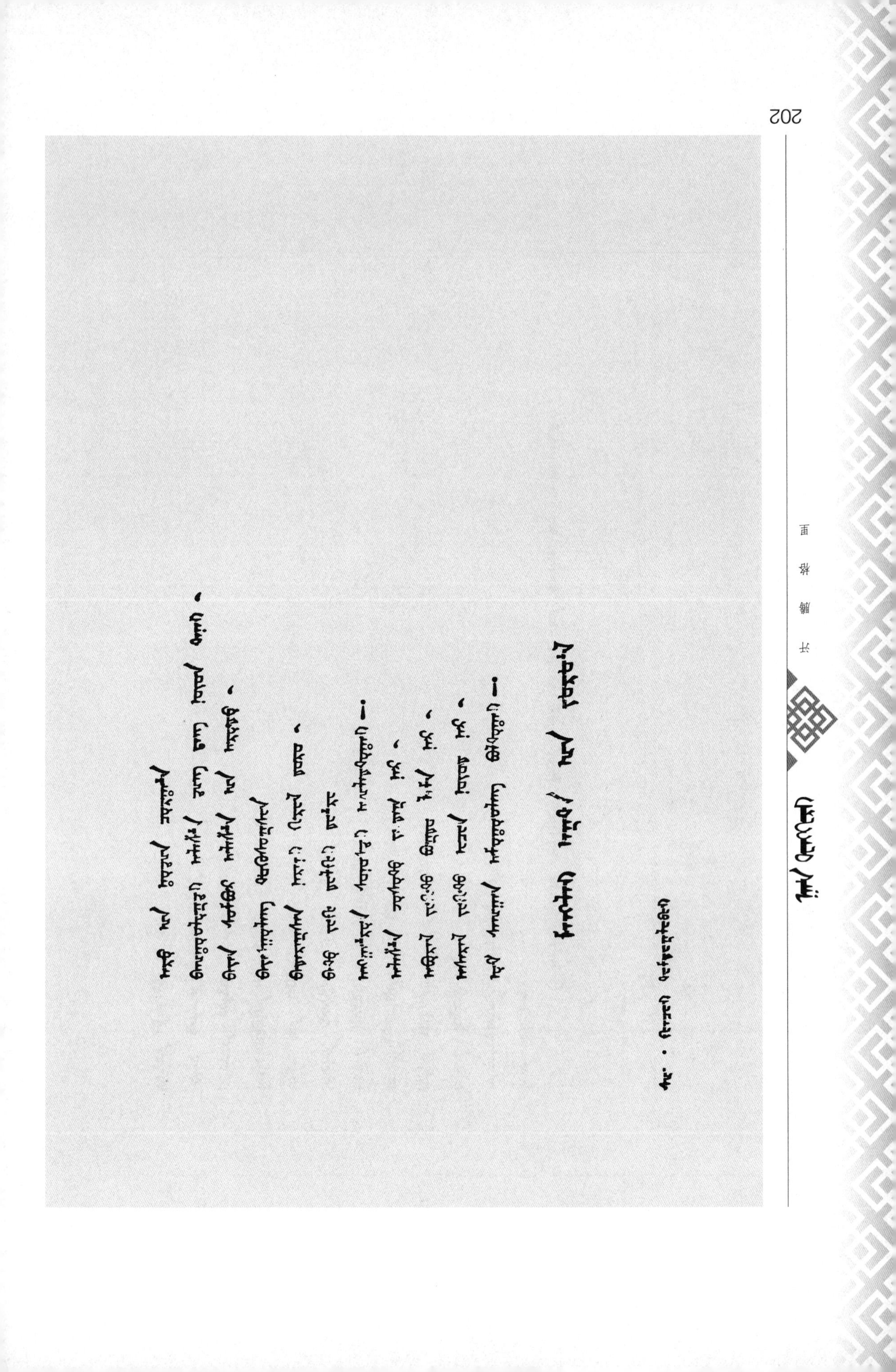

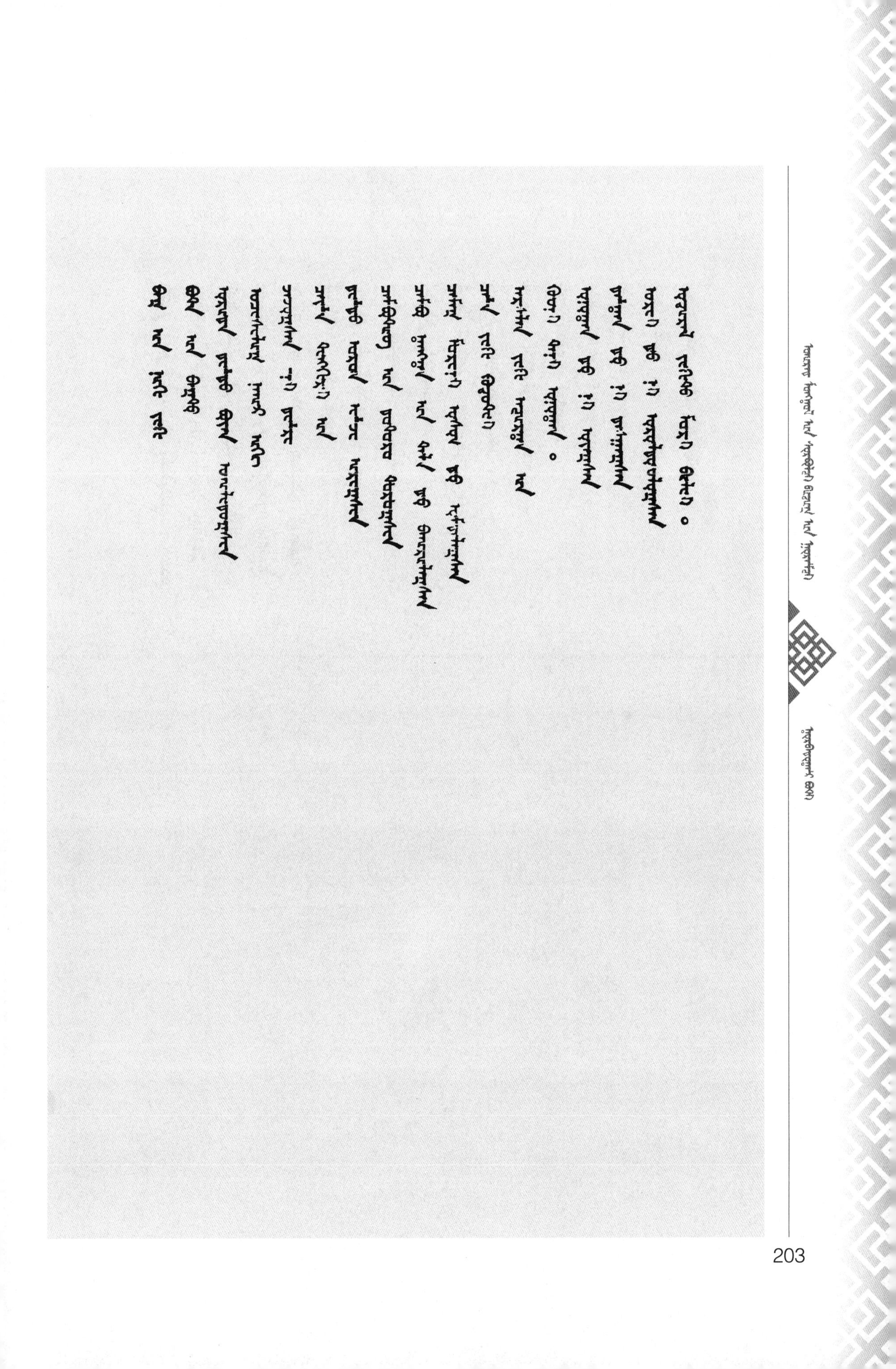

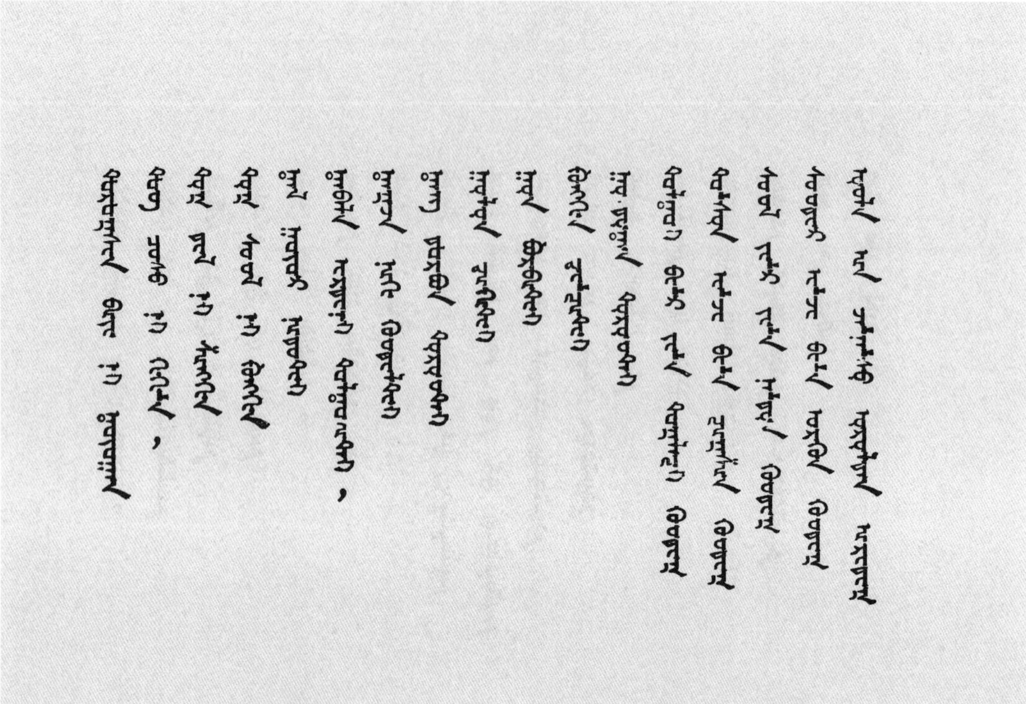

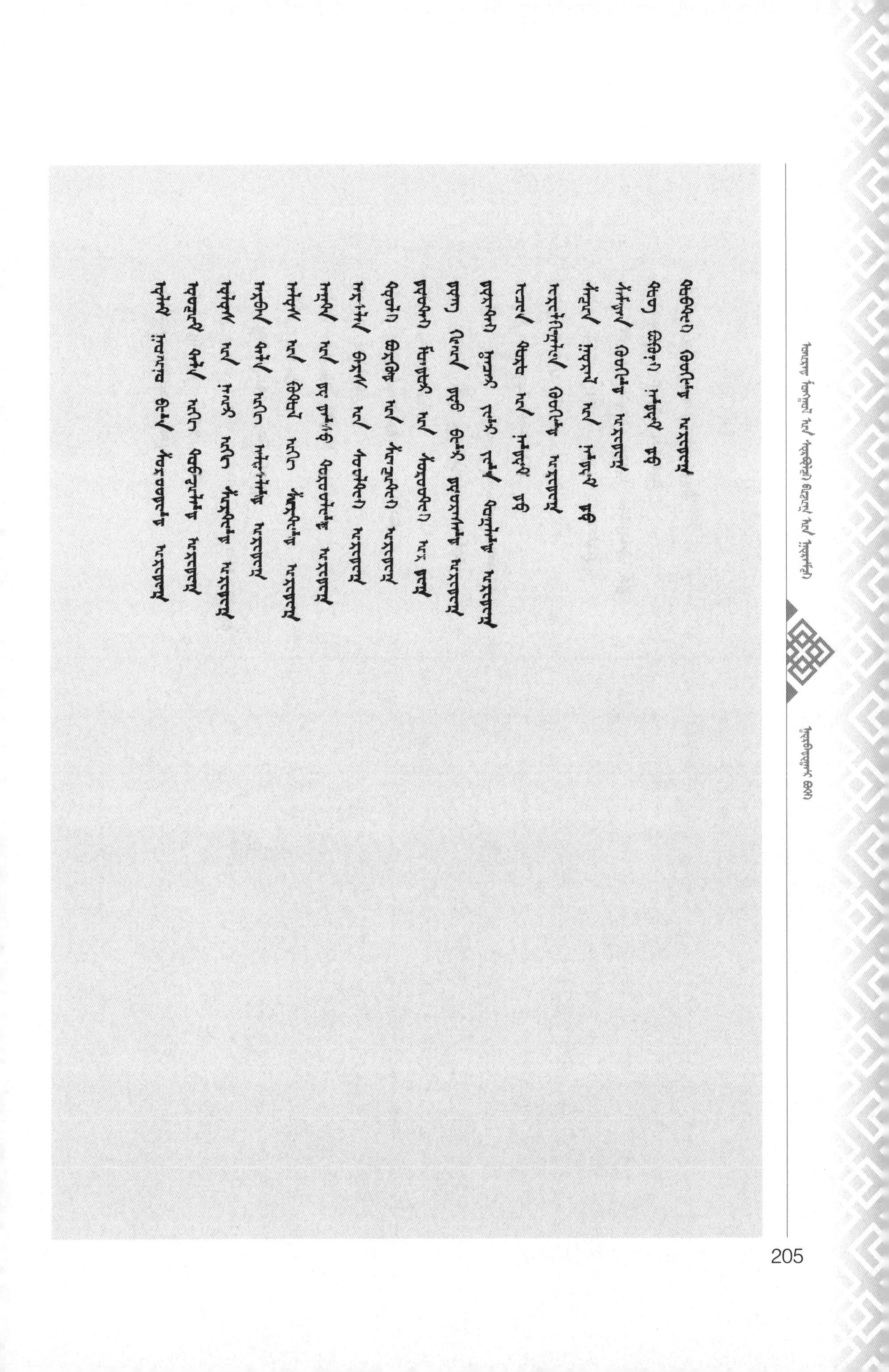

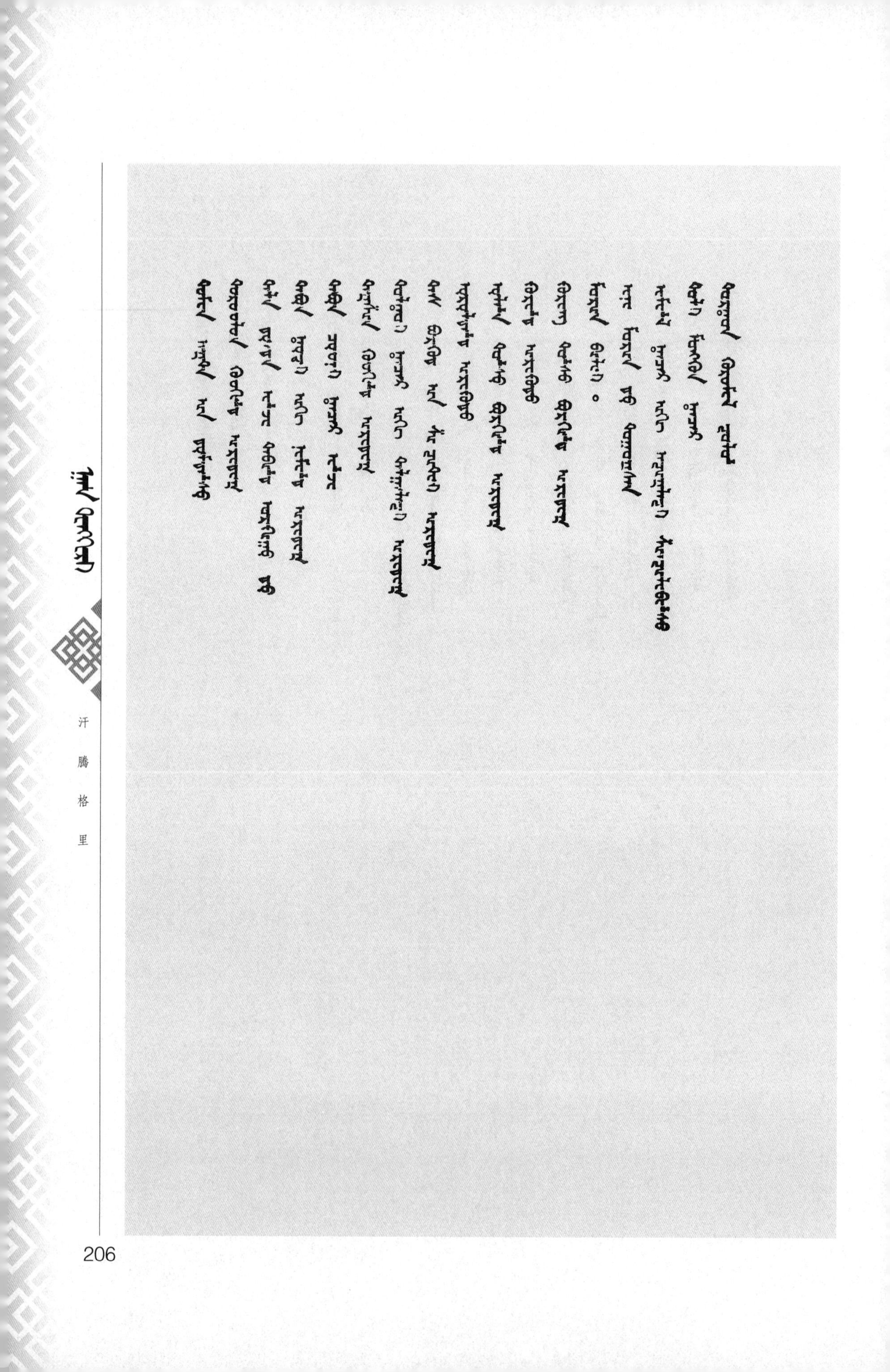

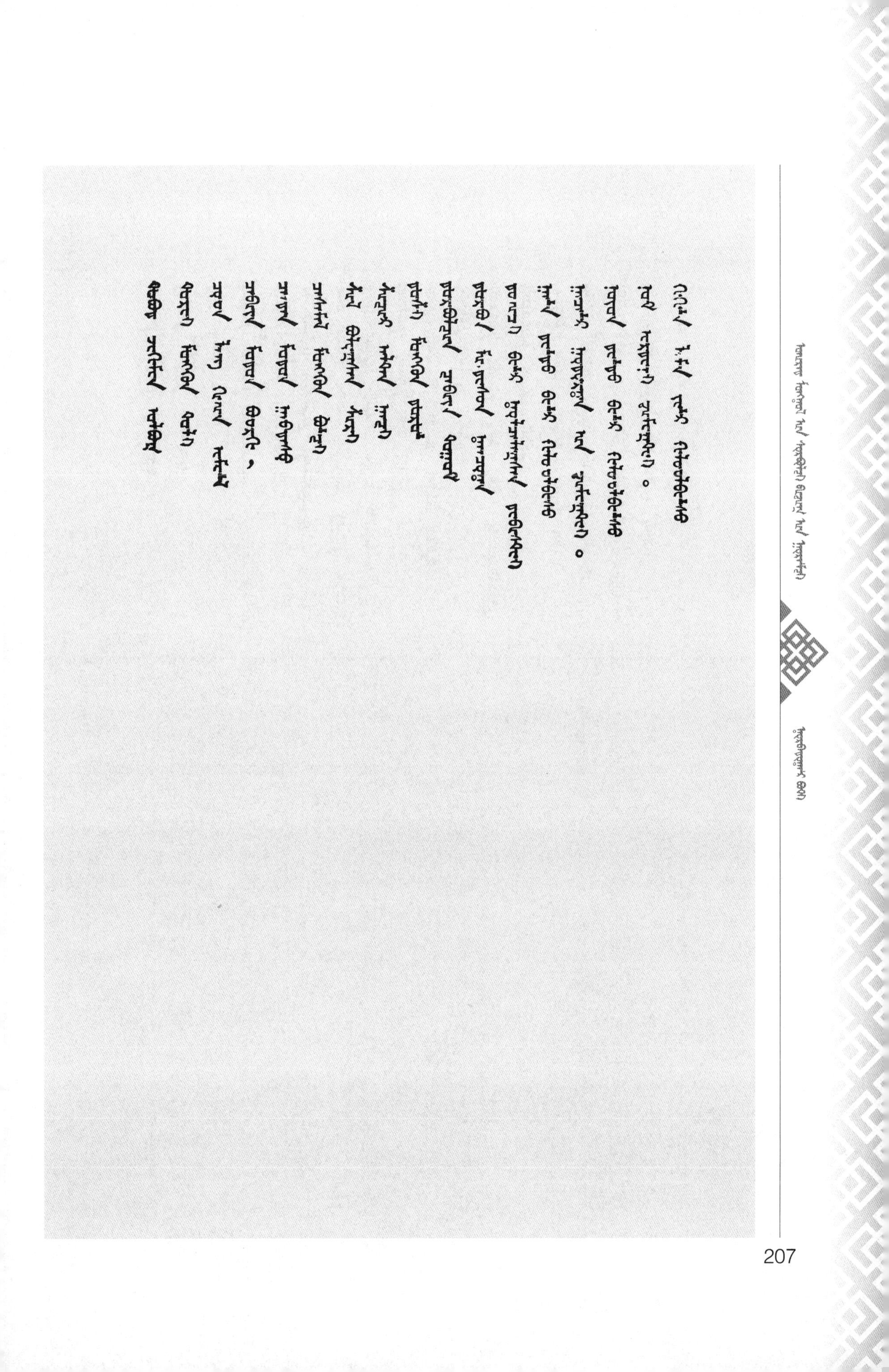

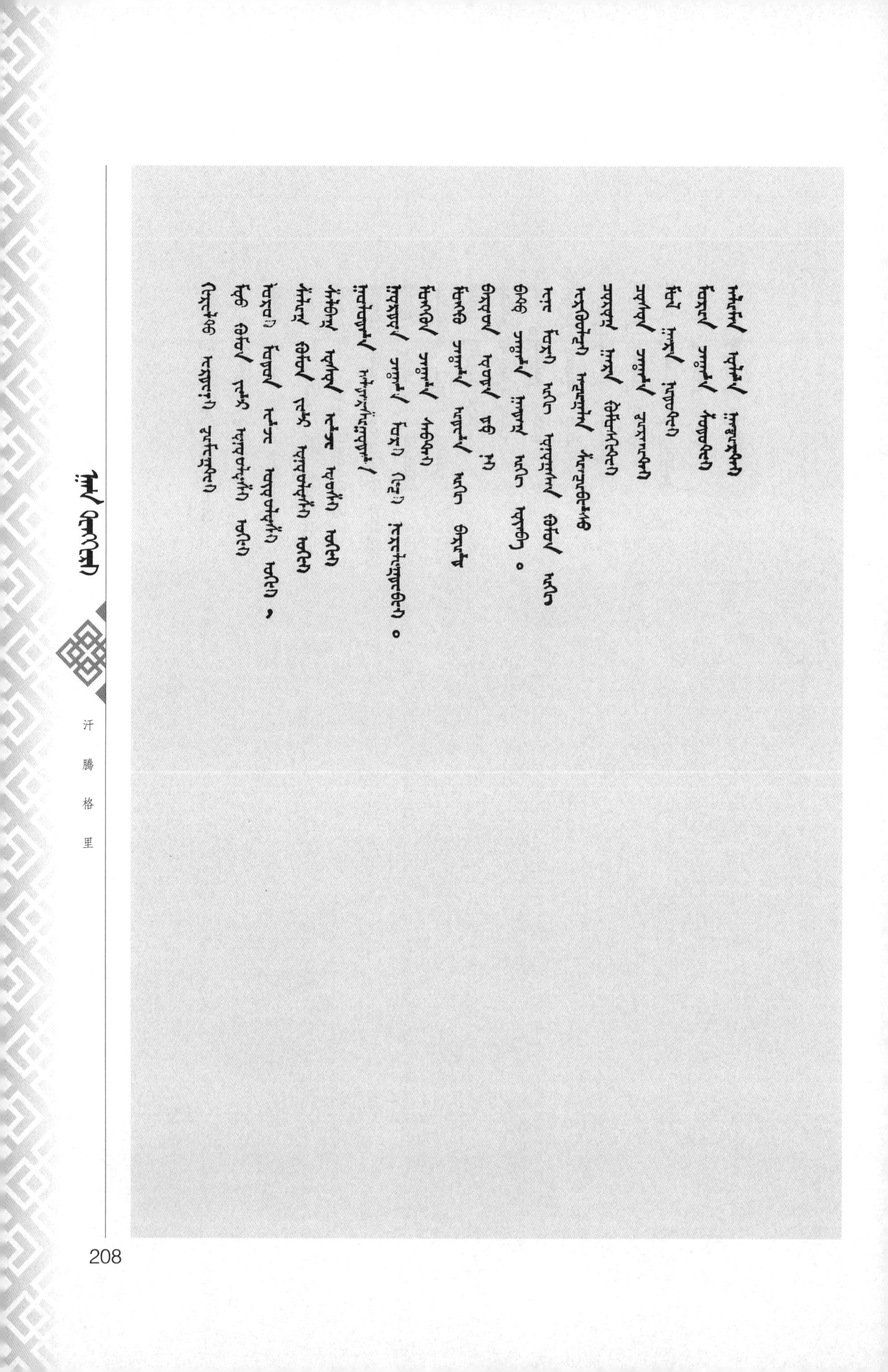

[illegible]
[illegible]
[illegible]
[illegible]
[illegible]
[illegible]
[illegible]
[illegible]
[illegible]
[illegible]
[illegible]
[illegible]
[illegible]
[illegible]
[illegible]
[illegible]
[illegible]
[illegible]

[illegible]
[illegible] ᠵᠠᠯᠠᠭᠤ ᠪᠢᠳᠡ [illegible] ᠃
[illegible] ᠵᠠᠯᠠᠭᠤ ᠪᠢᠳᠡ
[illegible] ᠵᠠᠯᠠᠭᠤ ᠪᠢᠳᠡ
[illegible] ᠵᠠᠯᠠᠭᠤ ᠪᠢᠳᠡ
[illegible] ᠵᠠᠯᠠᠭᠤ ᠪᠢᠳᠡ
[illegible] ᠵᠠᠯᠠᠭᠤ ᠪᠢᠳᠡ
[illegible]
[illegible]
[illegible]
[illegible]
[illegible]
[illegible]
[illegible]
[illegible]
[illegible]

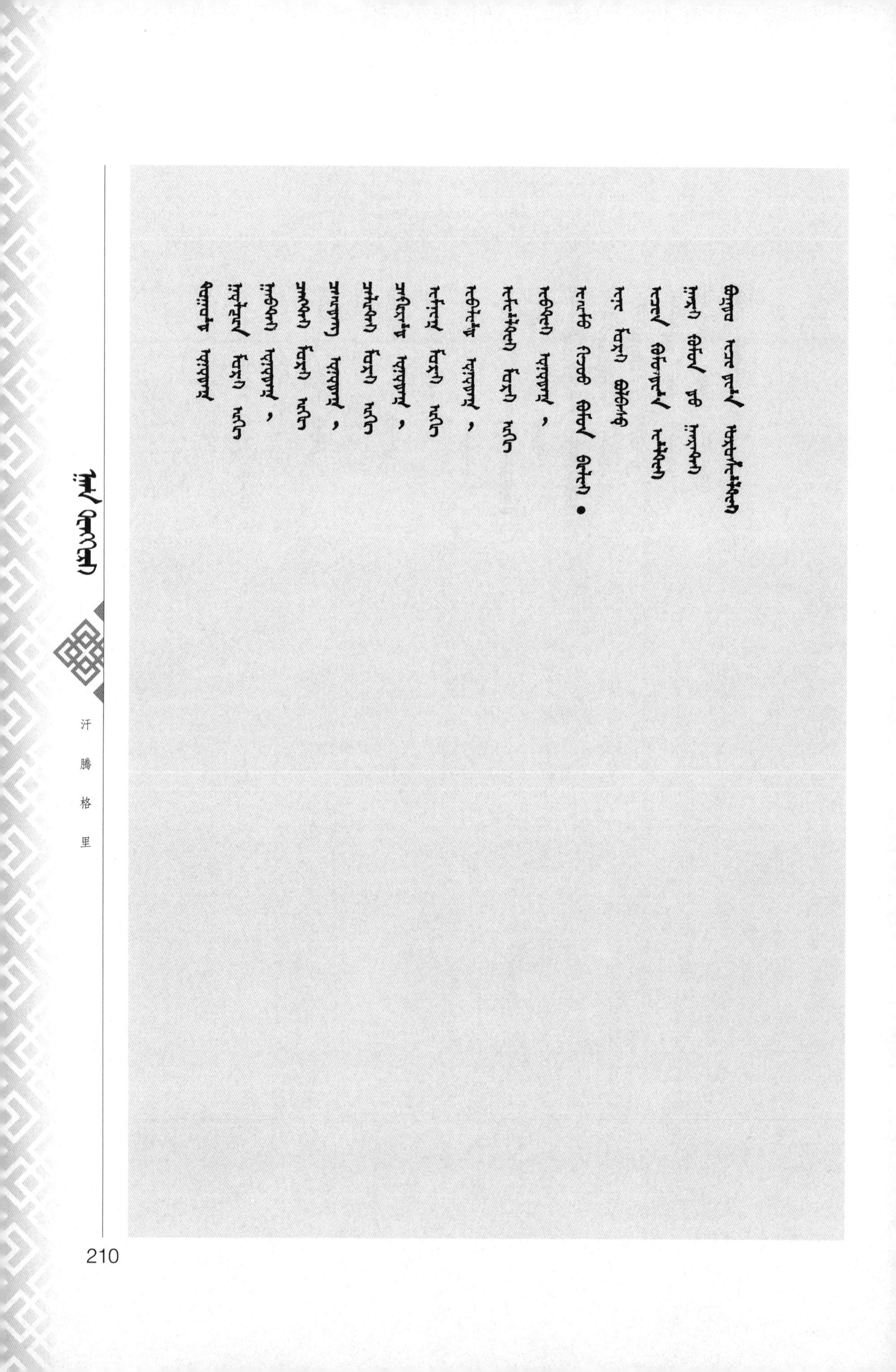

[illegible]
[illegible]
[illegible]
[illegible]
[illegible] •
[illegible] ，
[illegible]
[illegible] ，
[illegible]
[illegible] ，
[illegible]
[illegible] ，
[illegible]
[illegible] ，
[illegible]
[illegible]

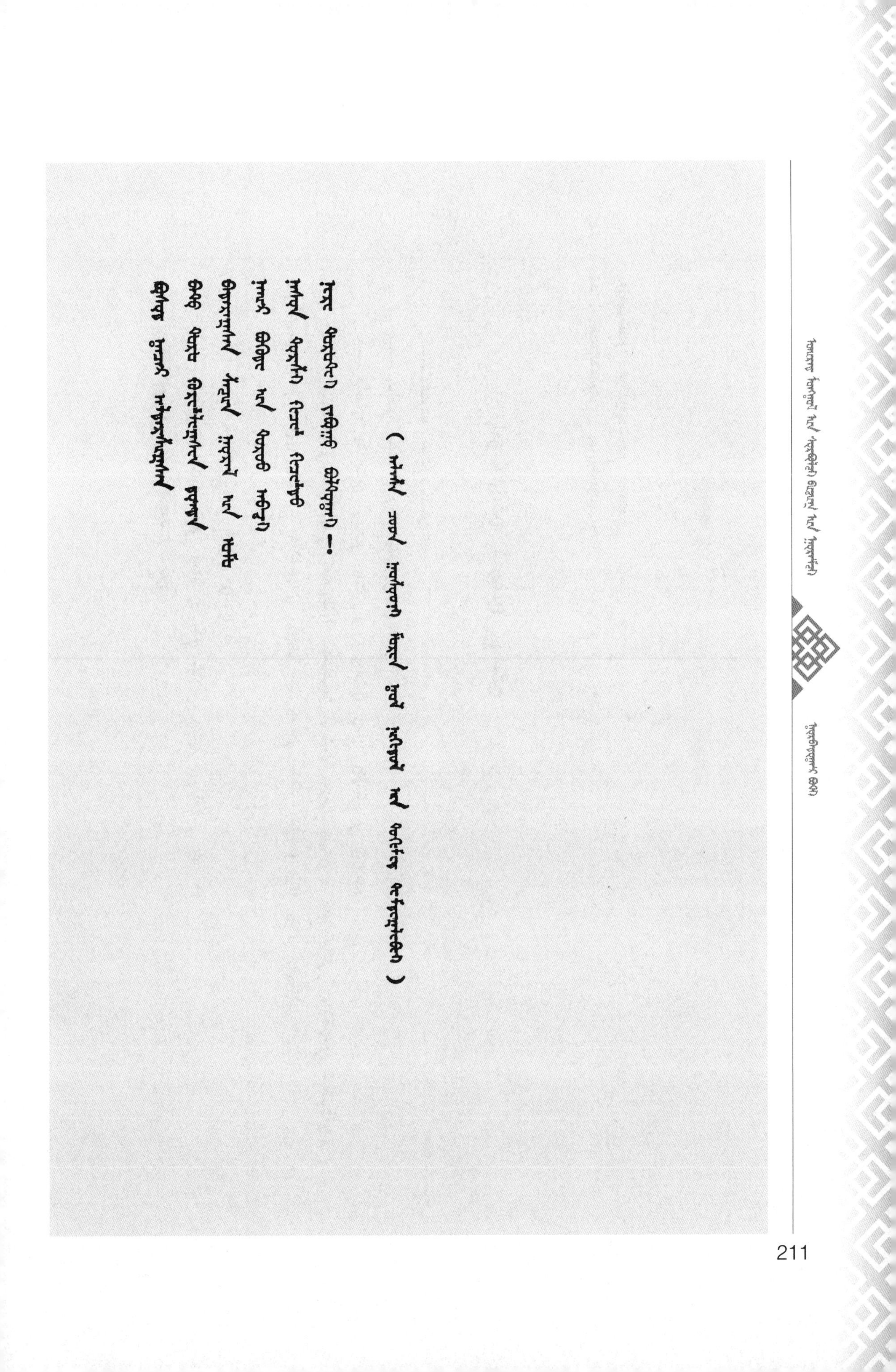

([illegible])

[illegible] !
[illegible]
[illegible]
[illegible]
[illegible]
[illegible]

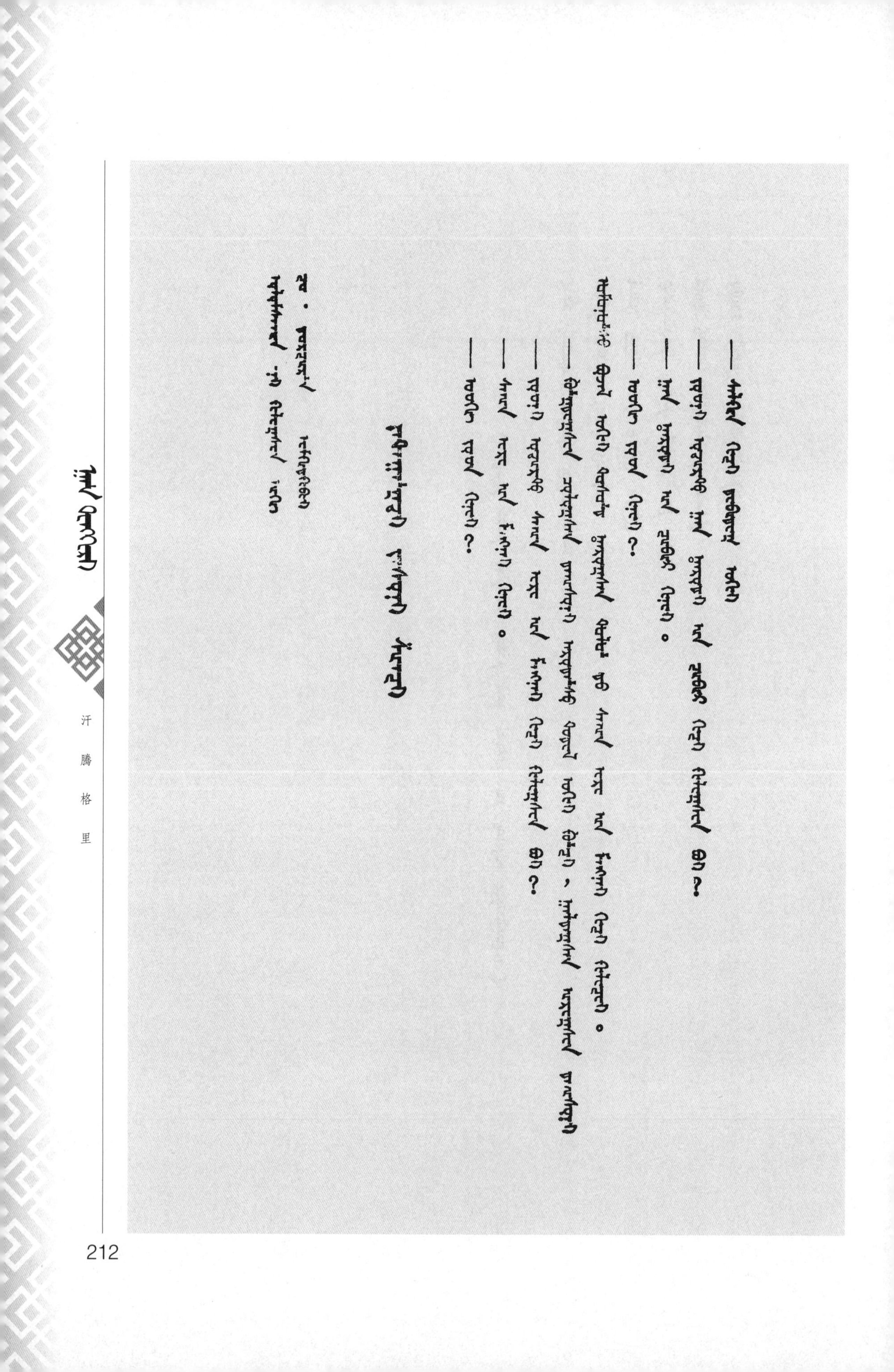

[illegible]

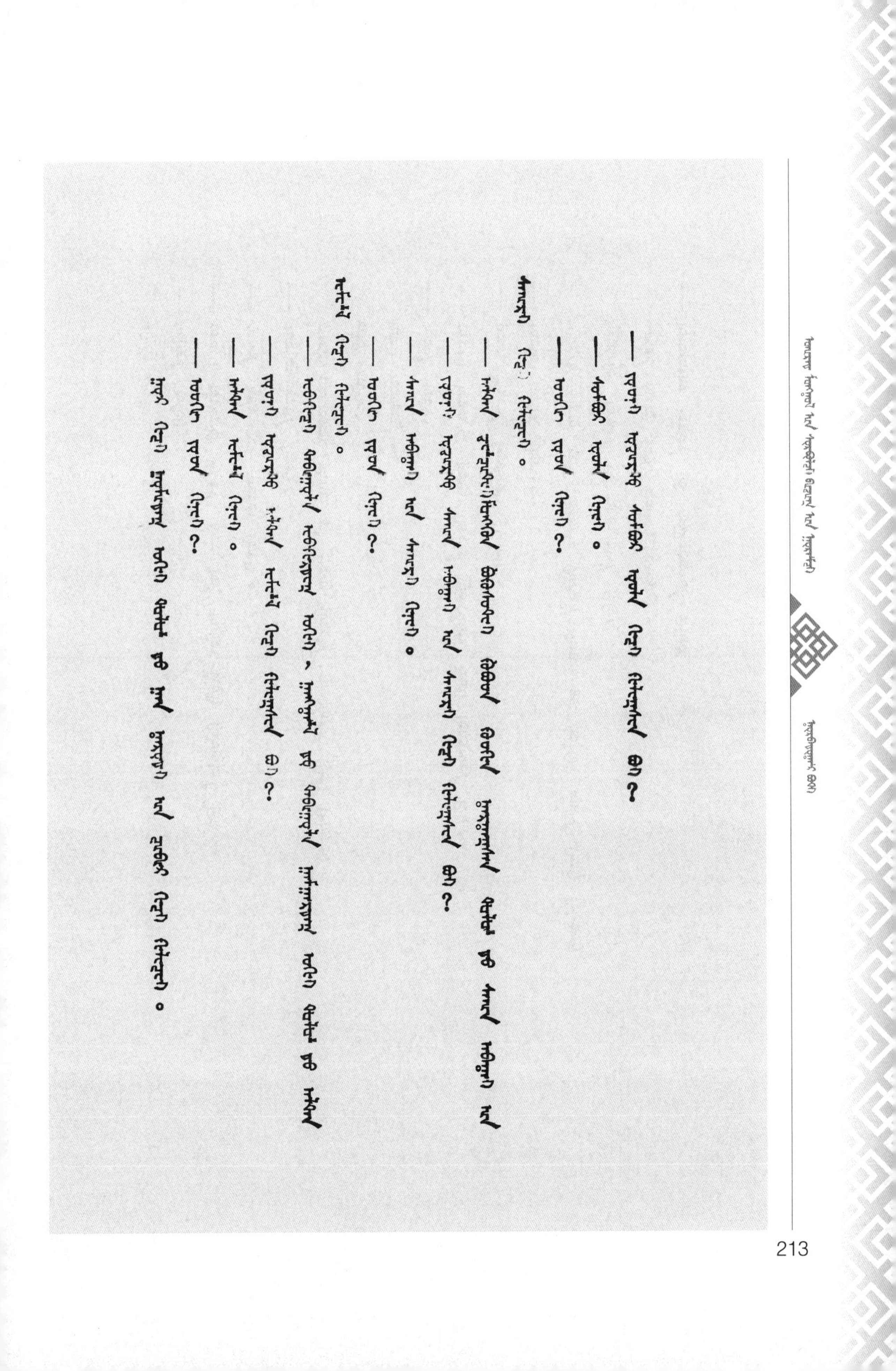

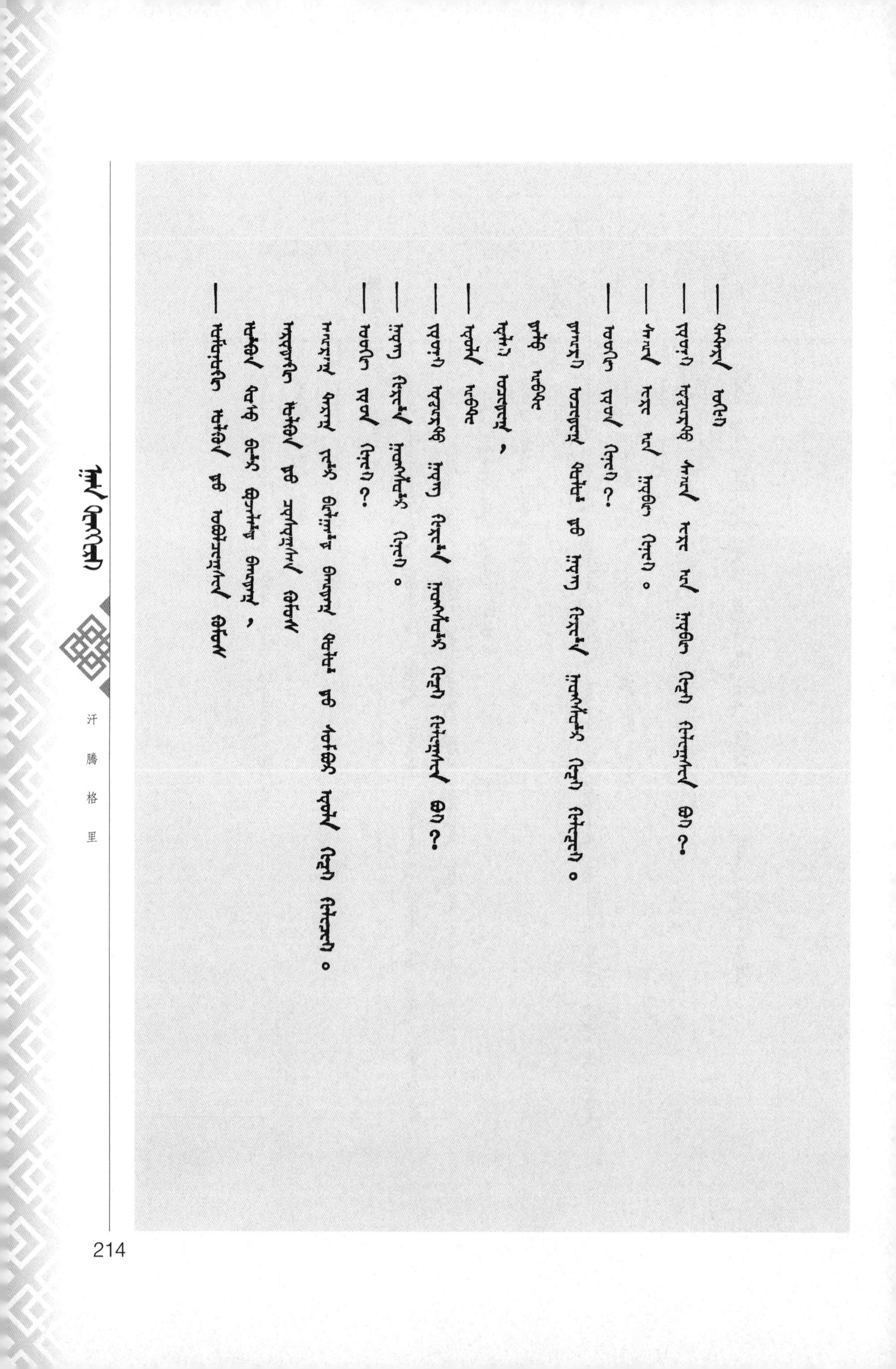

— [illegible]

[illegible],

[illegible]

[illegible]。

— [illegible]?

— [illegible]。

— [illegible]?

— [illegible]

[illegible],

[illegible]

[illegible]。

— [illegible]?

— [illegible]。

— [illegible]?

— [illegible]

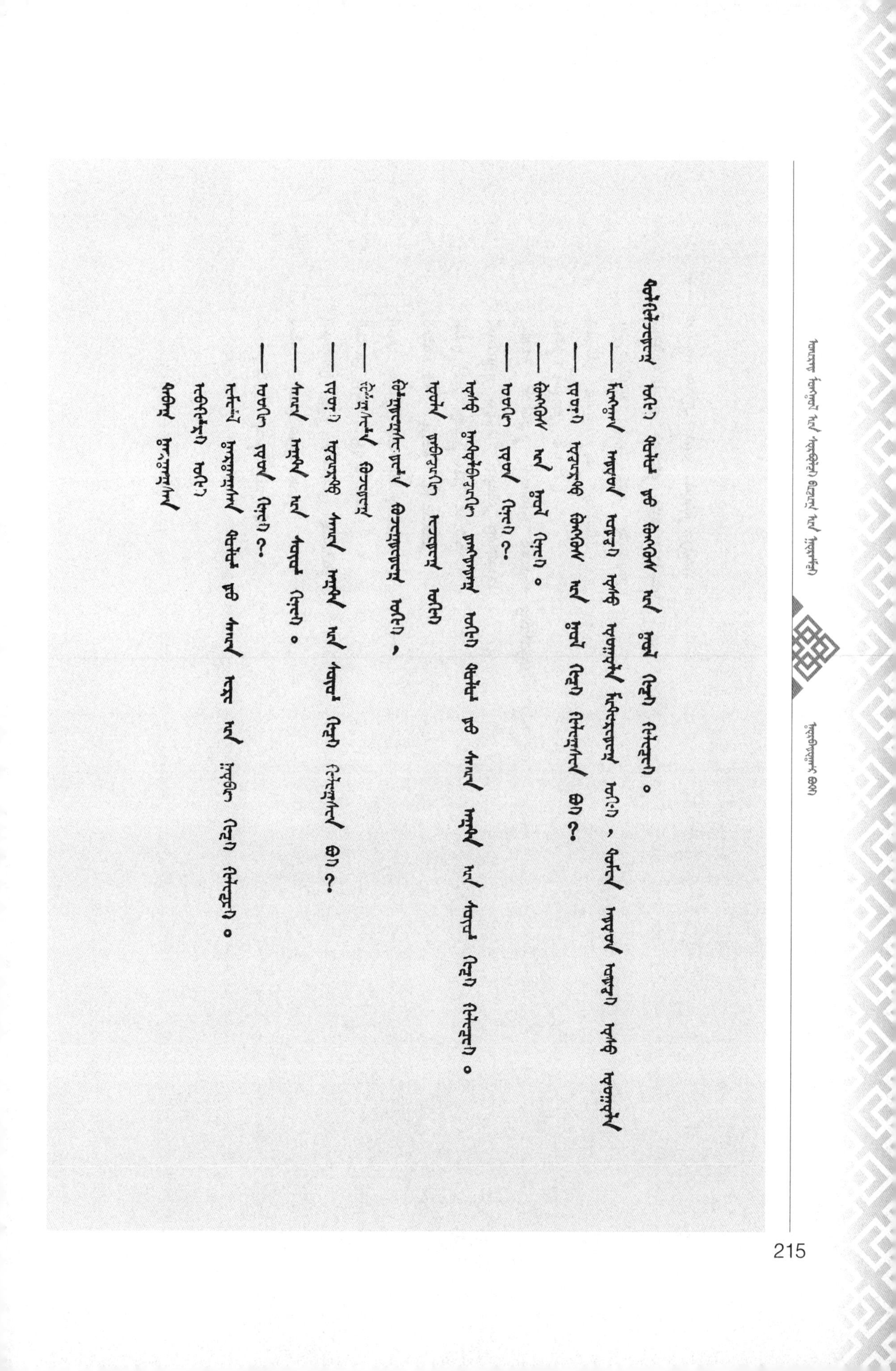

[illegible] ᠃

— [illegible] ᠂ [illegible]

— [illegible] ?

— [illegible] ᠃

— [illegible] ?

[illegible] ᠃

[illegible]

[illegible] ᠂

— [illegible]

— [illegible] ?

— [illegible] ᠃

— [illegible] ?

[illegible] ᠃

[illegible]

[illegible]

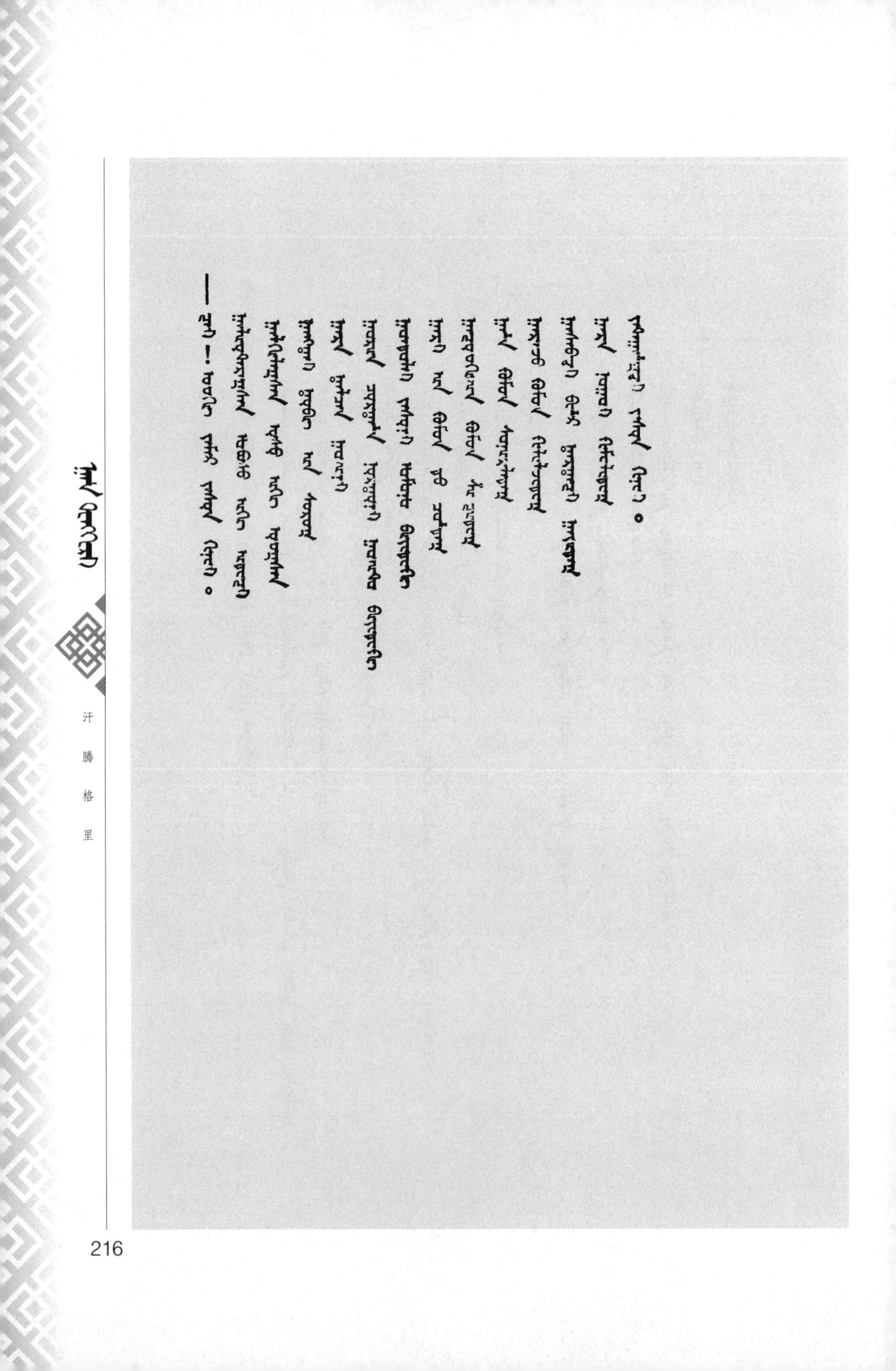

[illegible]
[illegible]
[illegible]
[illegible]
[illegible]
[illegible]
[illegible]
[illegible]
[illegible]
[illegible]
[illegible]
[illegible]
[illegible]
[illegible]

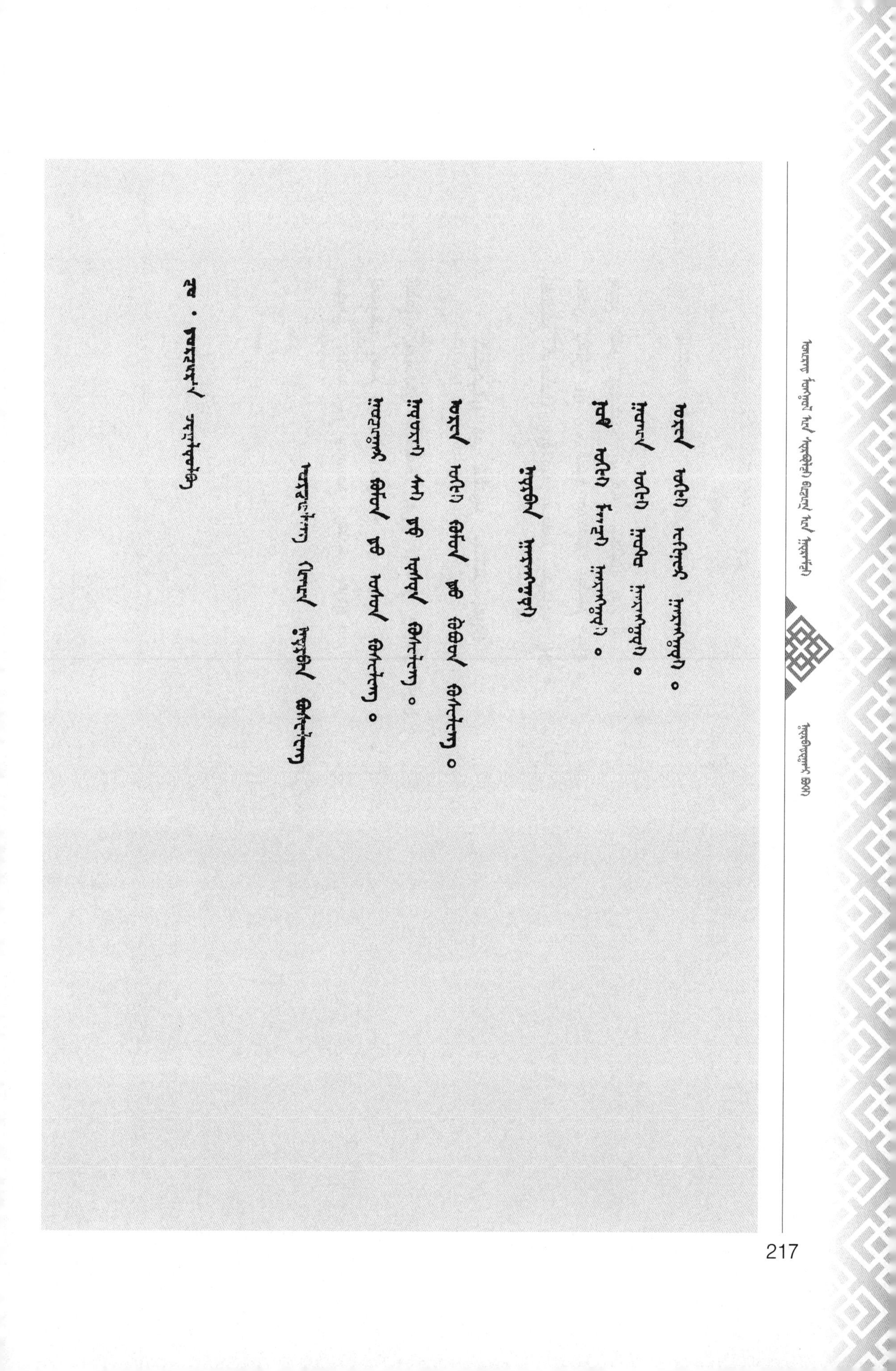

[illegible] ᠪᠢᠳᠡ ᠃
[illegible] ᠪᠢᠳᠡ ᠃
ᠮᠣᠷᠢ [illegible] ᠪᠢᠳᠡ ᠃

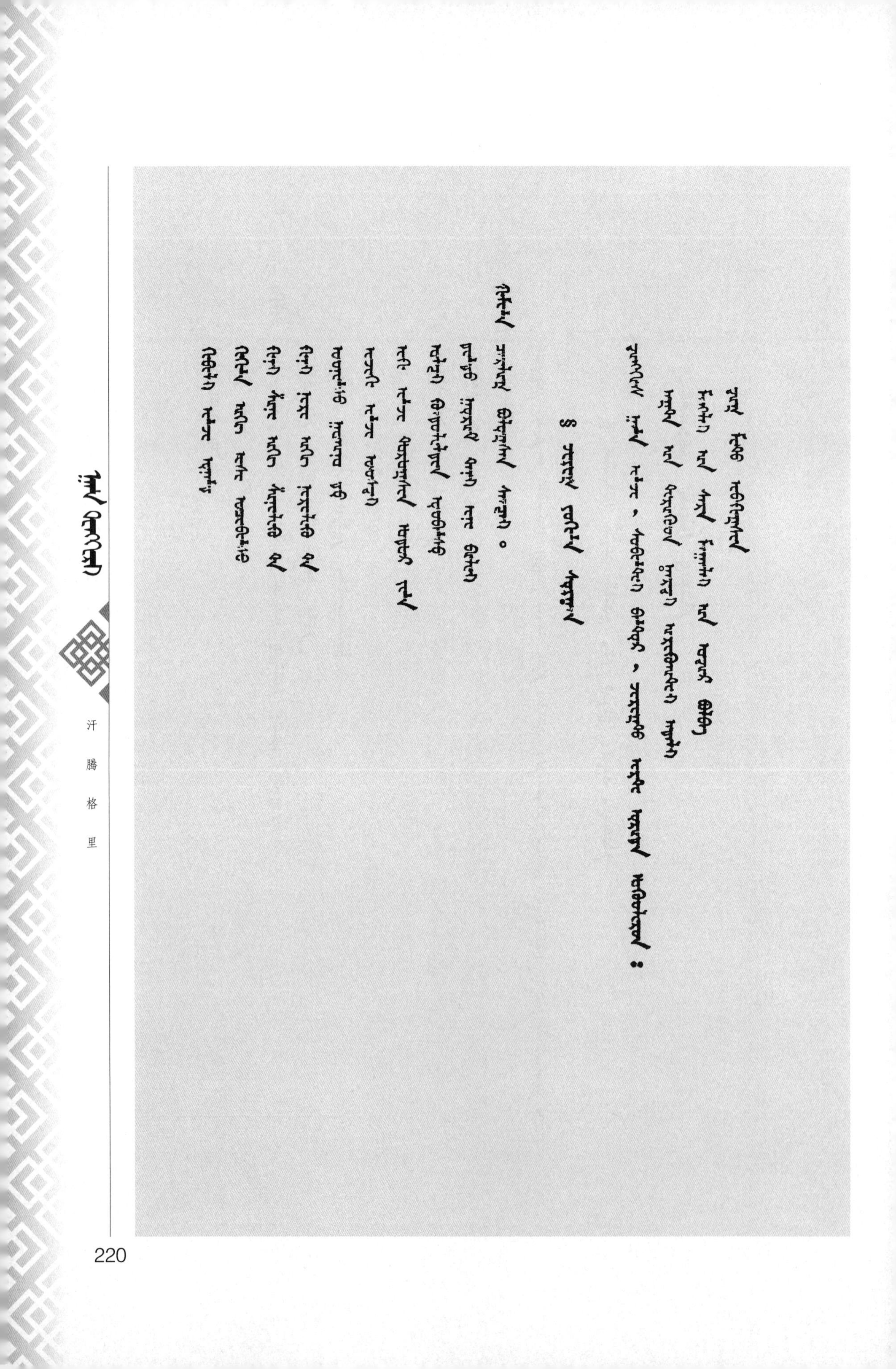

[illegible]
[illegible]
[illegible]
[illegible]

§ [illegible]

[illegible]
[illegible]
[illegible]
[illegible]
[illegible]
[illegible]
[illegible]
[illegible]
[illegible]
[illegible]

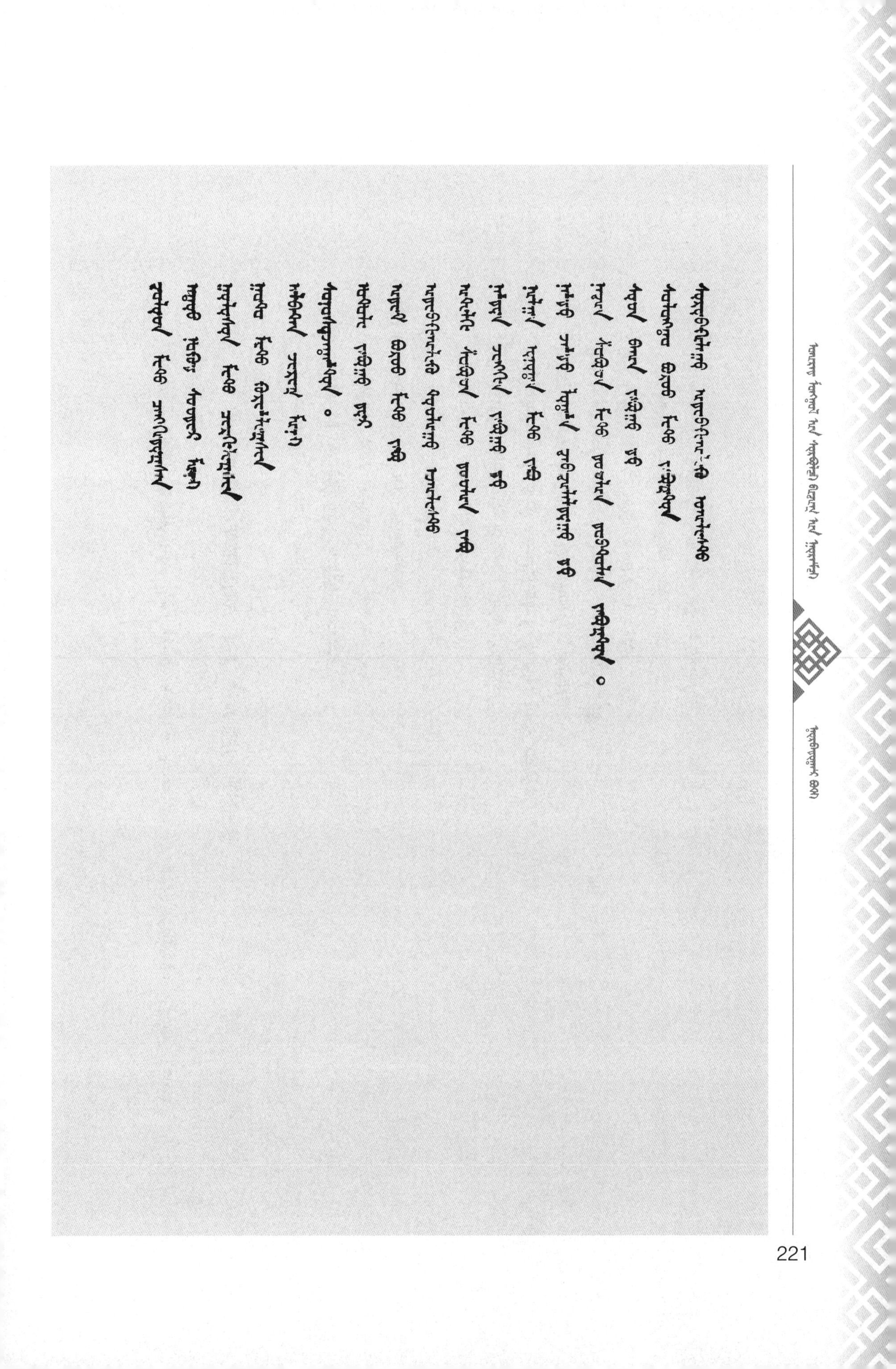

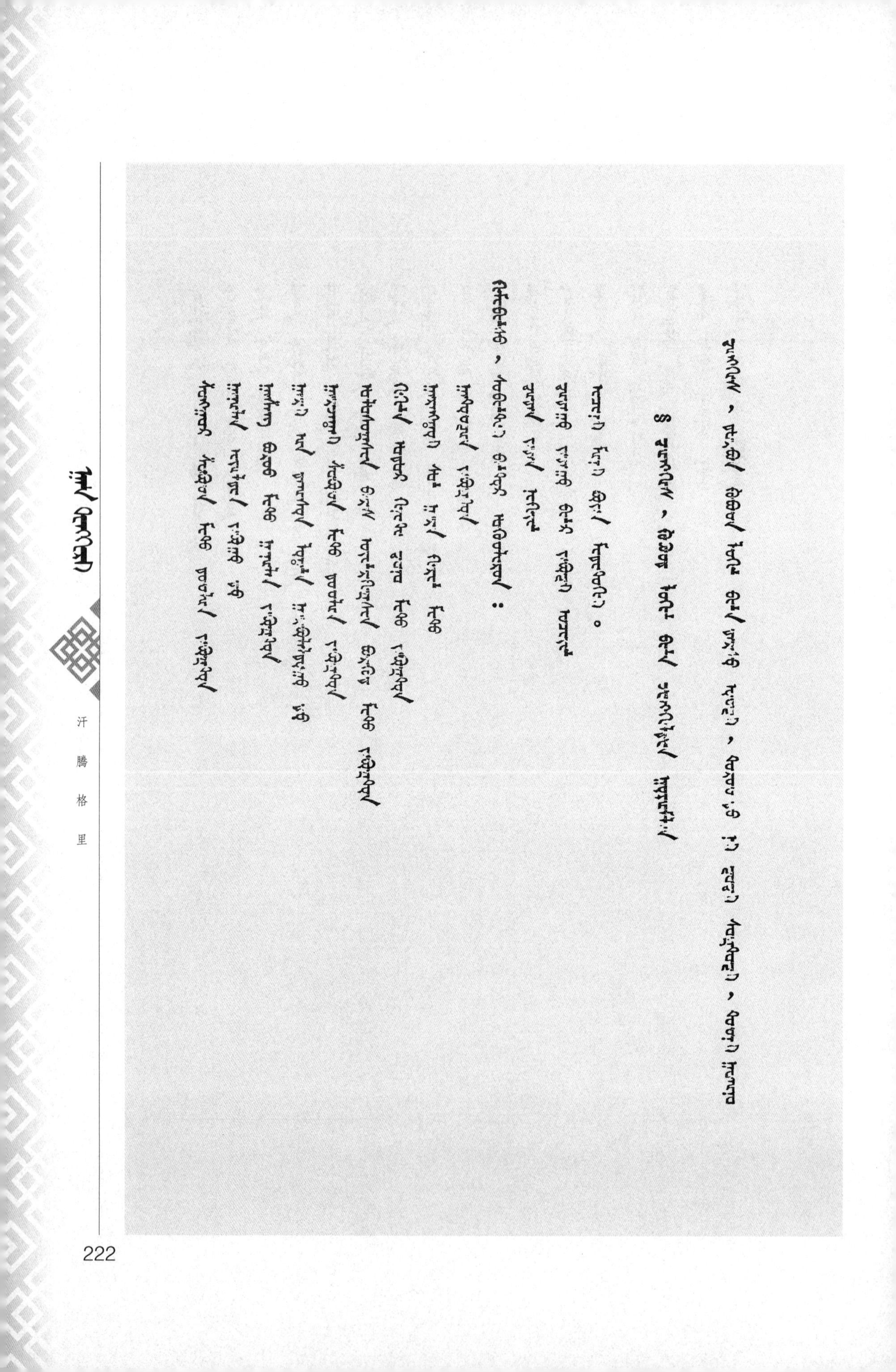

[illegible]

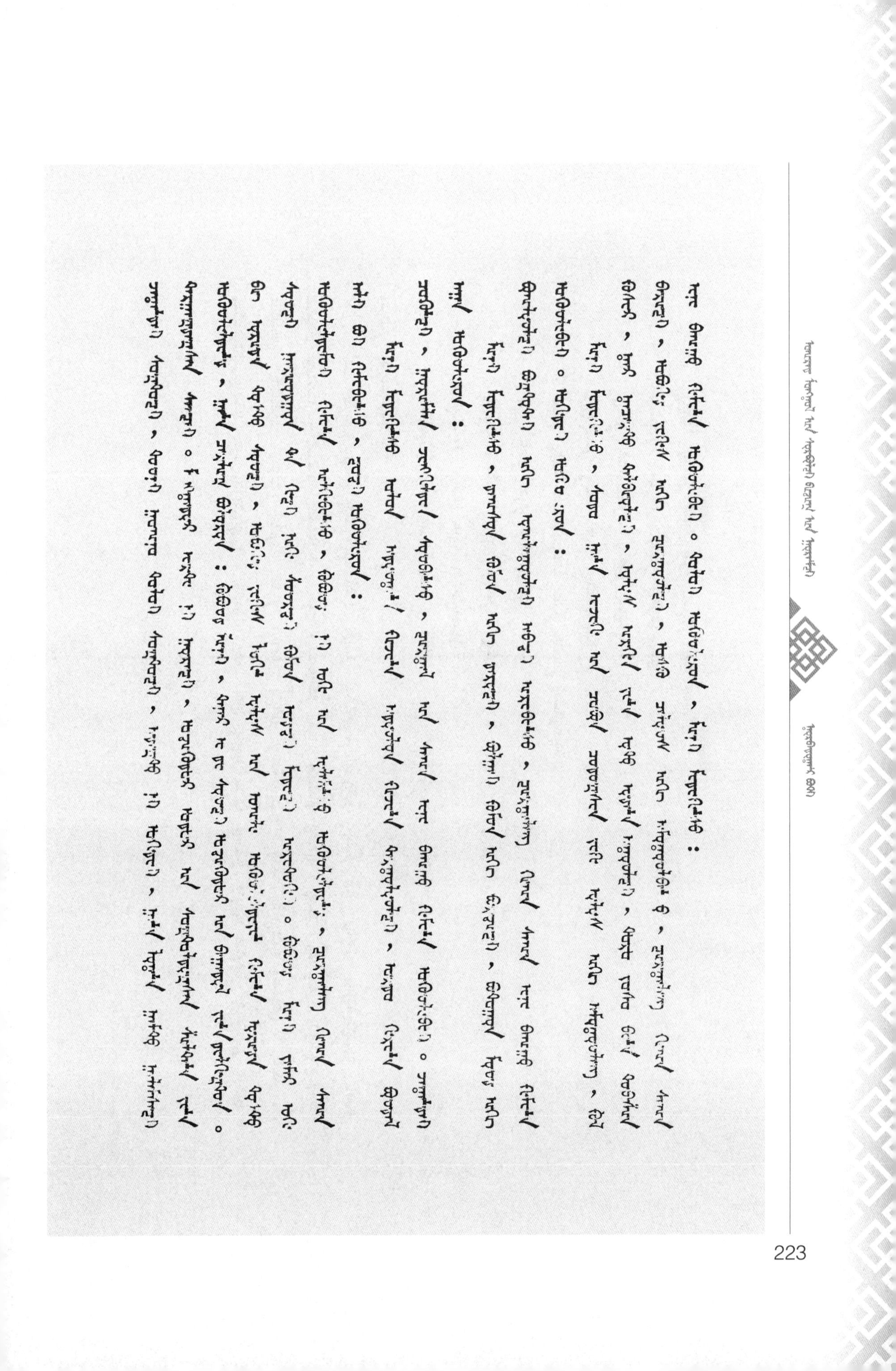

[illegible]

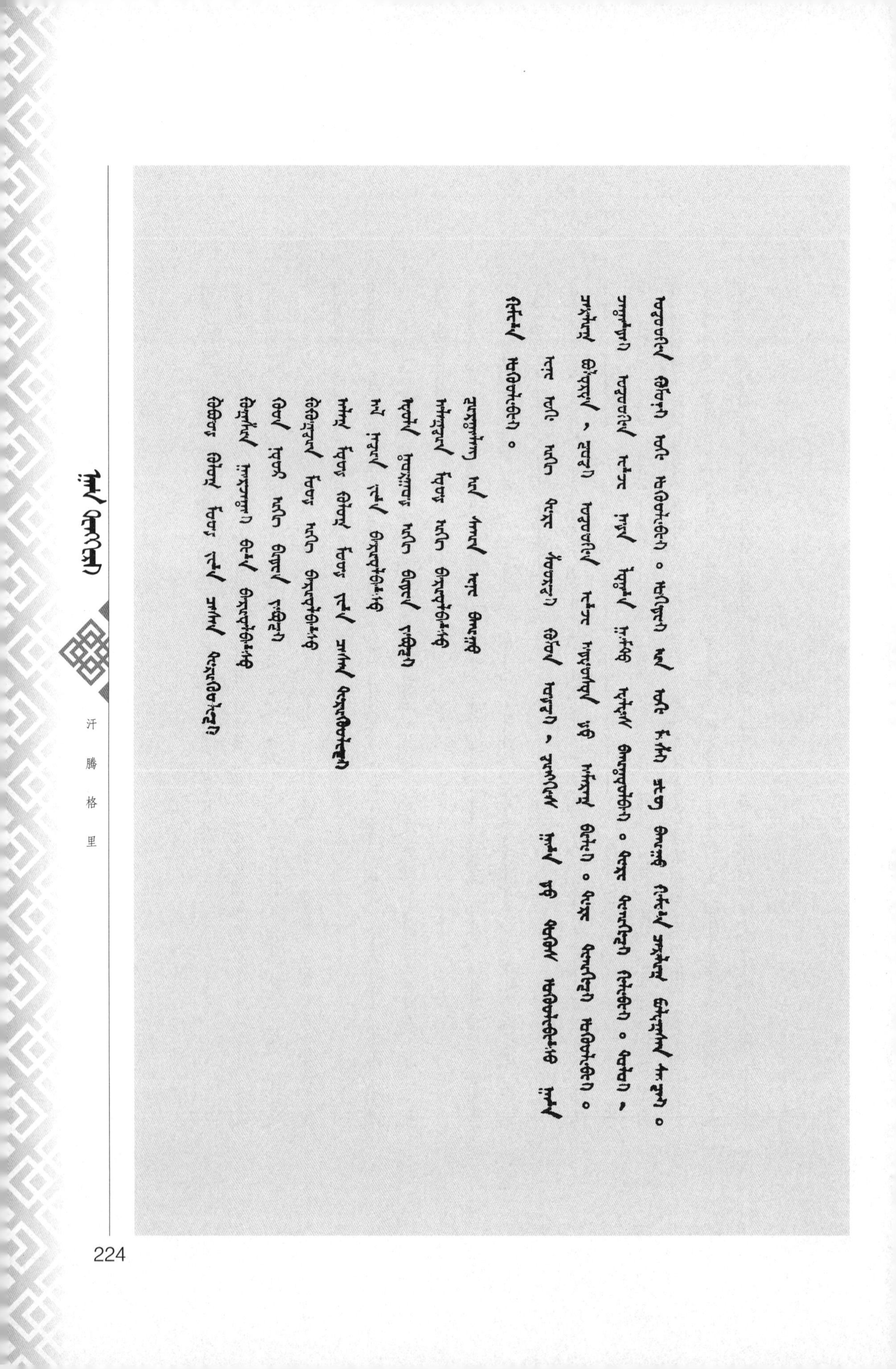

[illegible]

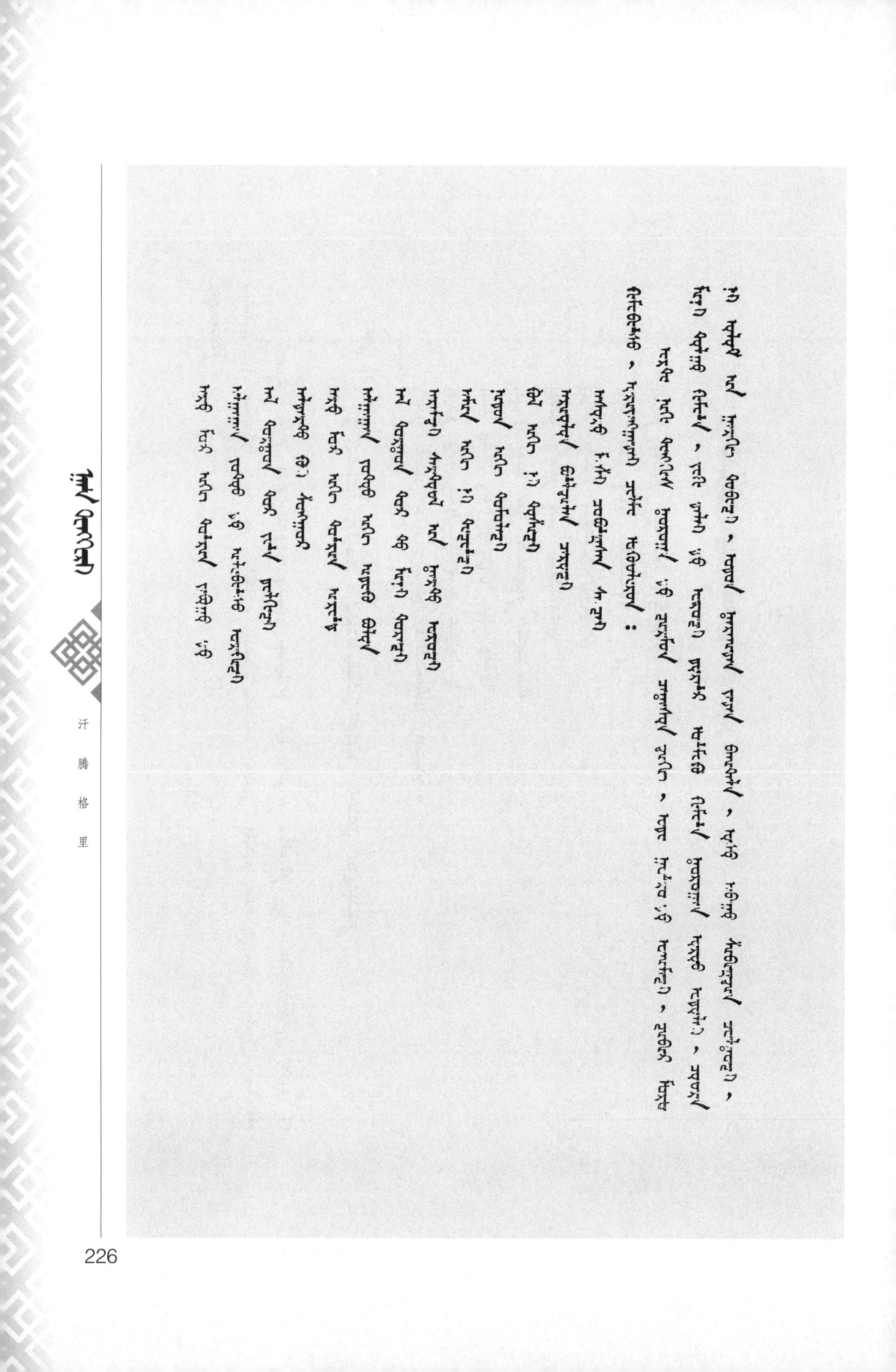

[illegible]

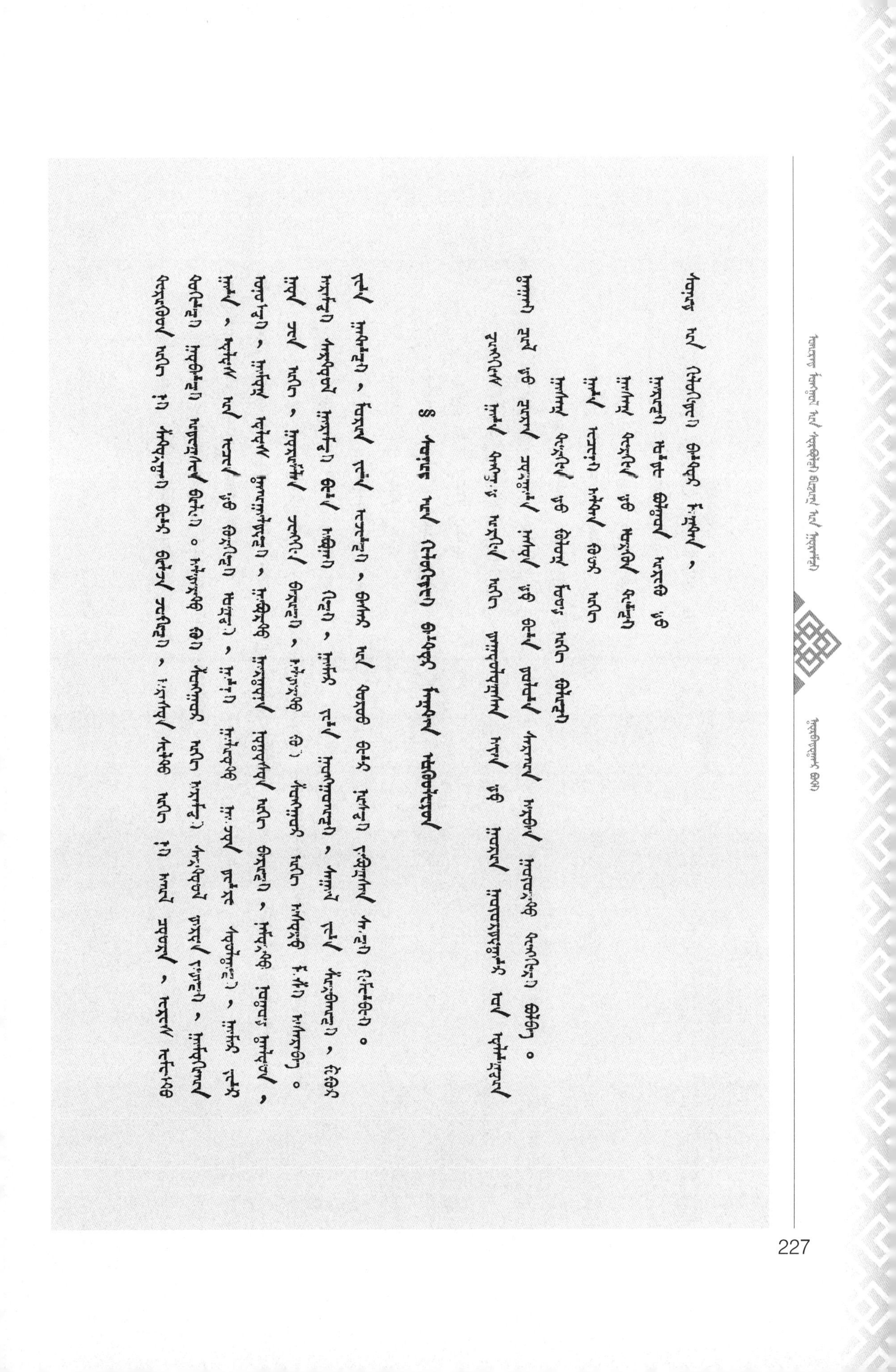

[illegible]

[illegible]
[illegible]
[illegible]
[illegible]

[illegible]

[illegible]

§ [illegible]

[illegible]
[illegible]
[illegible]
[illegible]
[illegible]
[illegible]
[illegible]

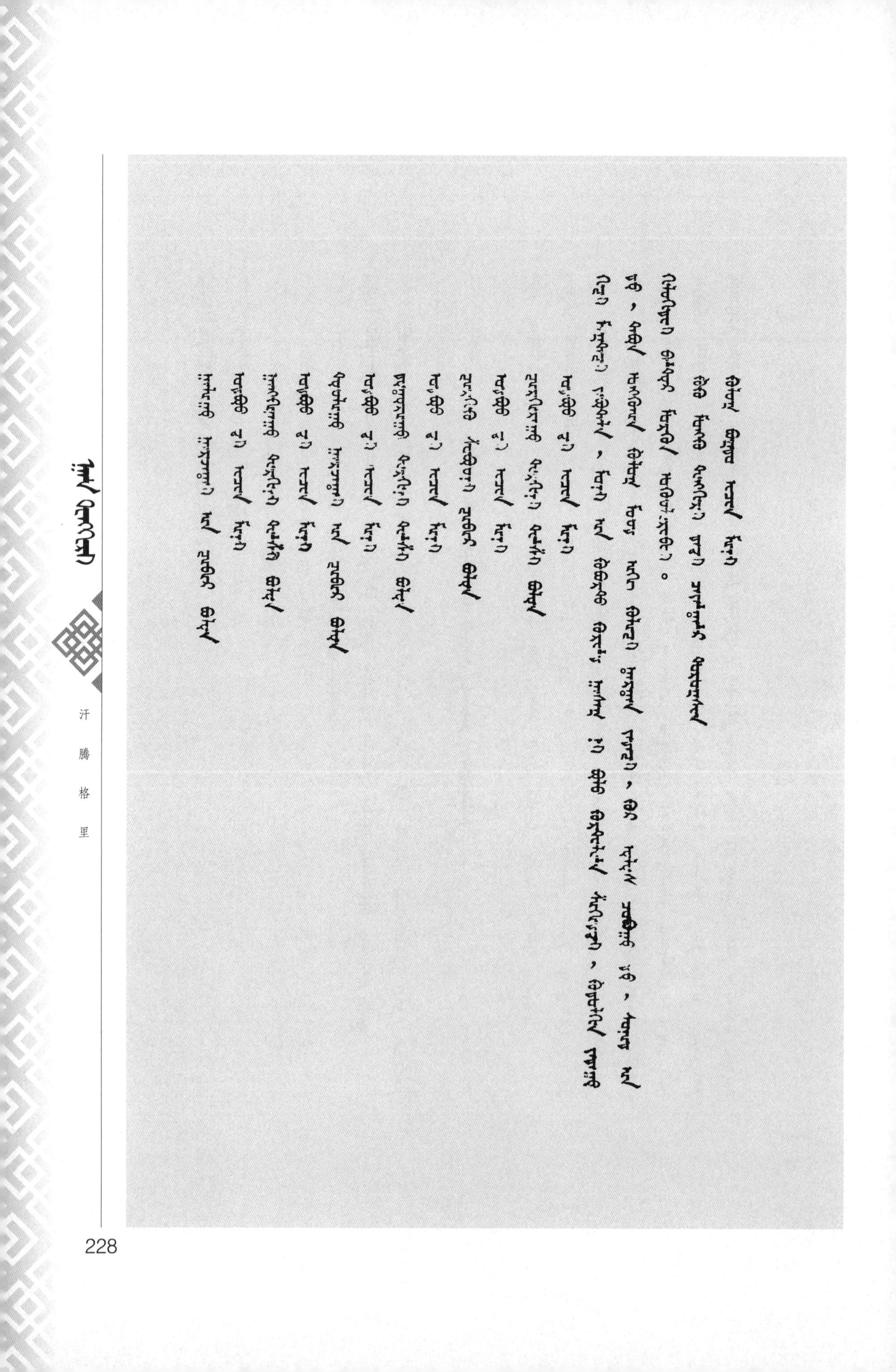

[illegible]
[illegible]
[illegible]

[illegible]
[illegible]

[illegible]
[illegible]
[illegible]
[illegible]
[illegible]
[illegible]
[illegible]
[illegible]
[illegible]
[illegible]
[illegible]
[illegible]

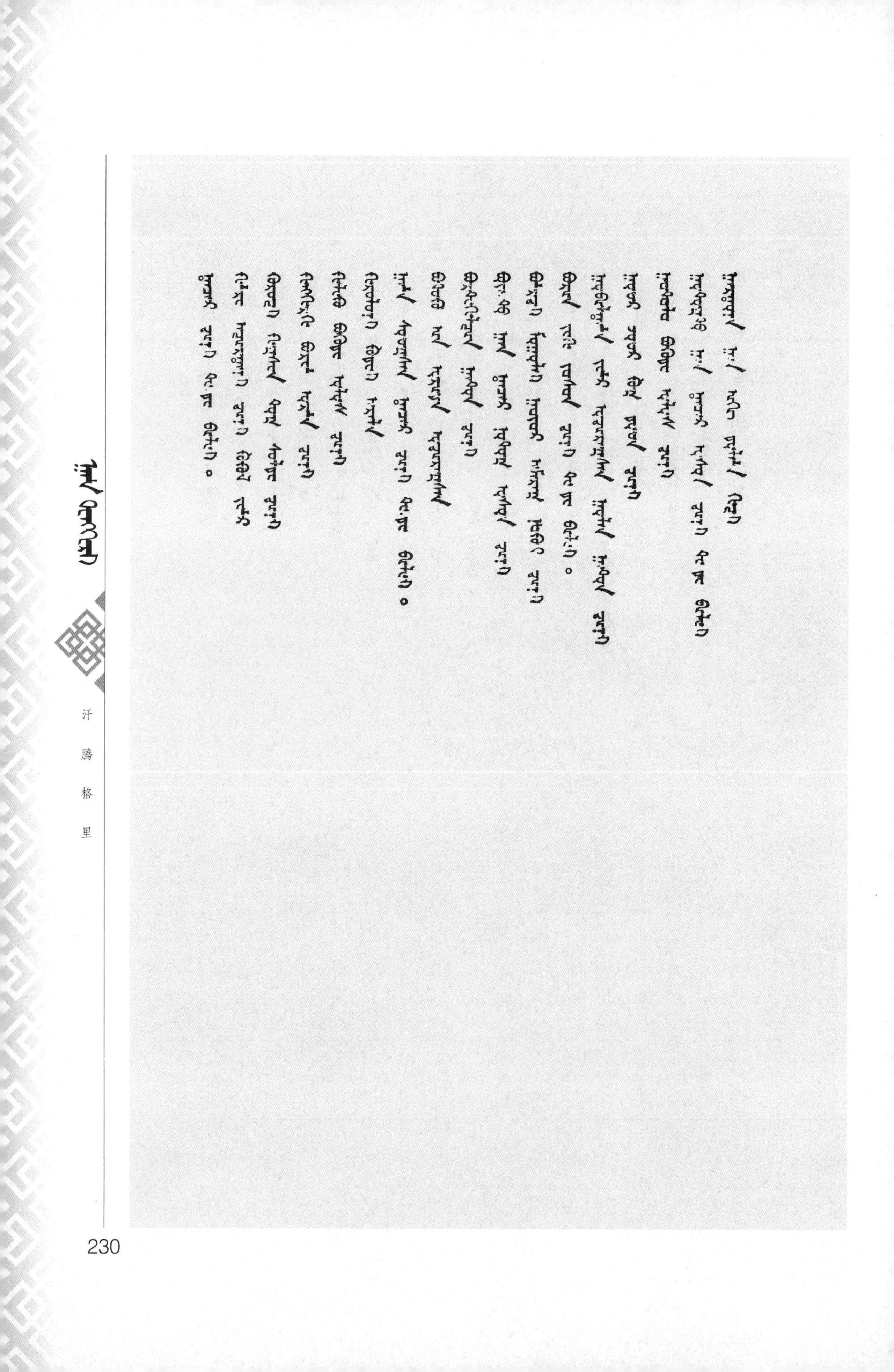

[illegible]

[illegible]

[illegible]

[illegible]

[illegible]

[illegible]

[illegible]

[illegible]

[illegible]

[illegible]

[illegible]

[illegible]

[illegible]

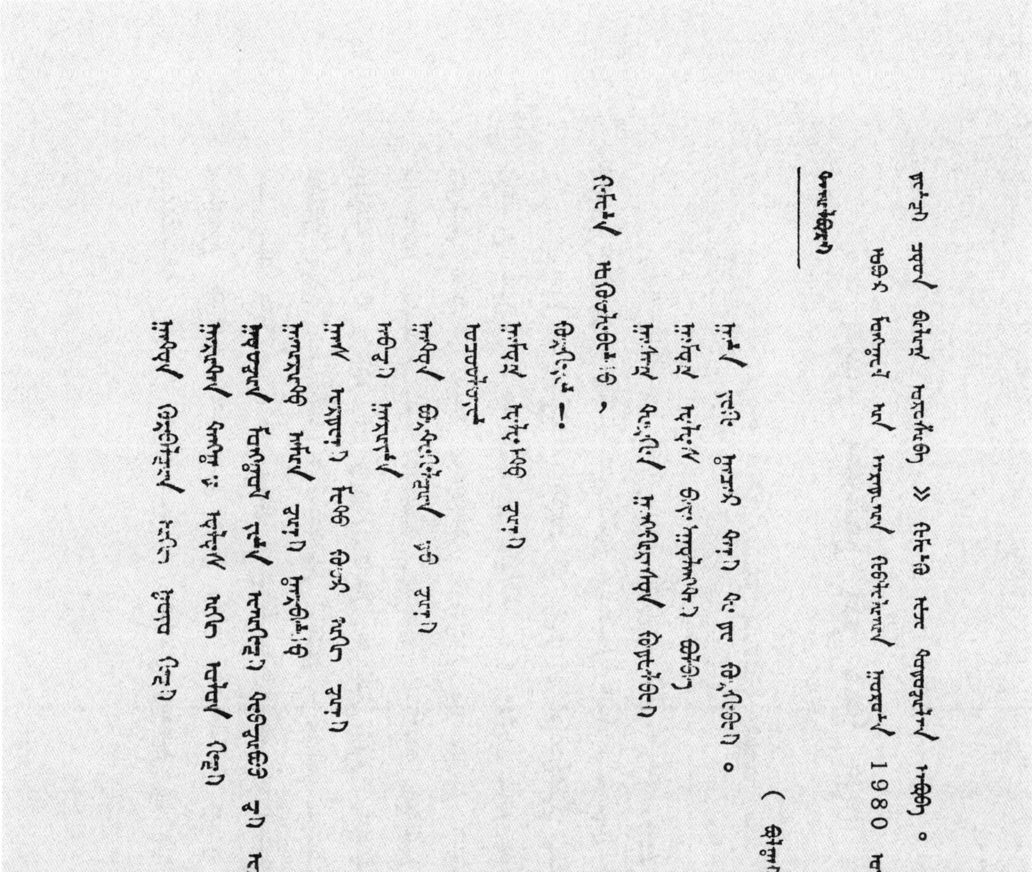

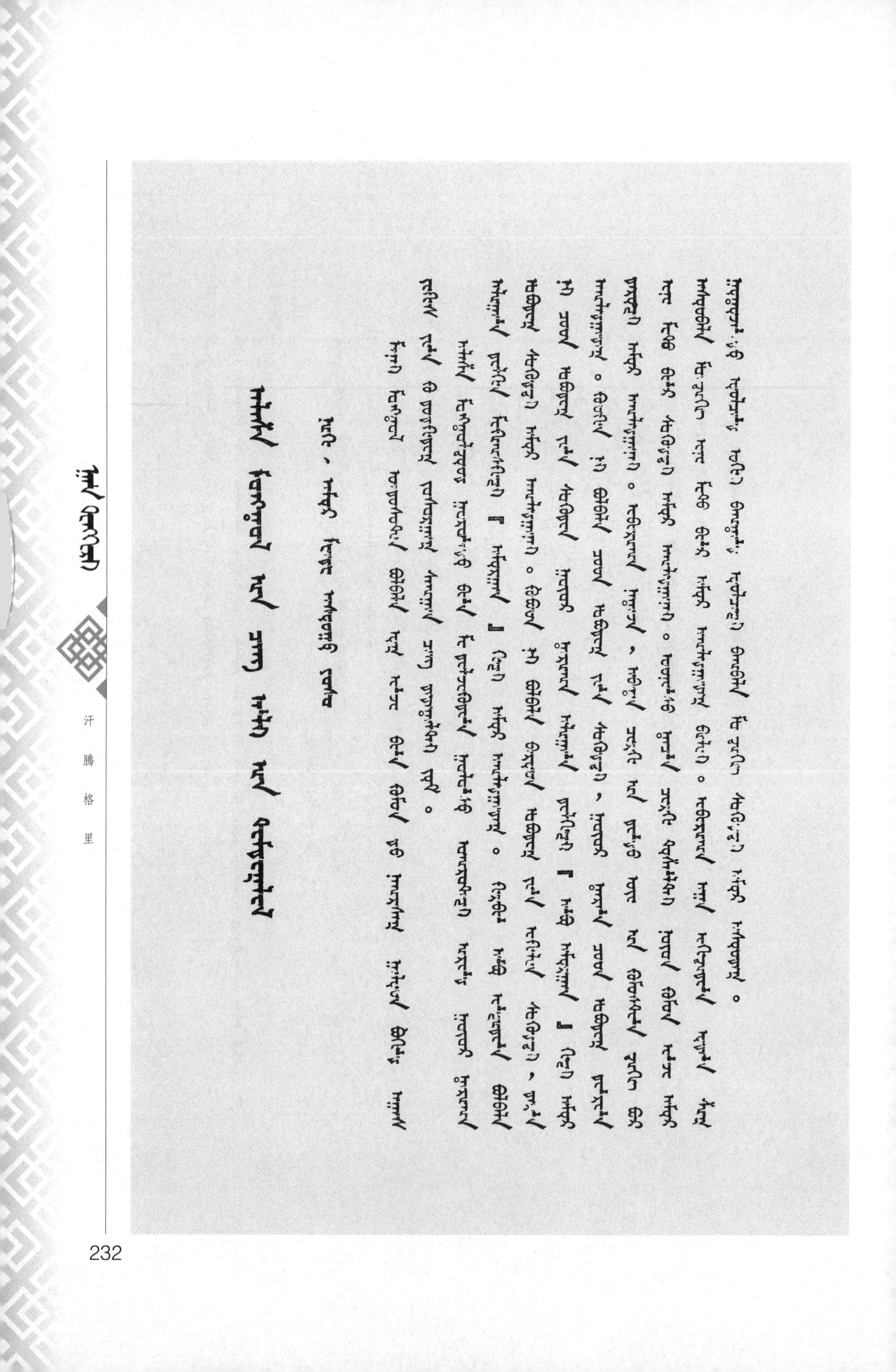

[illegible]

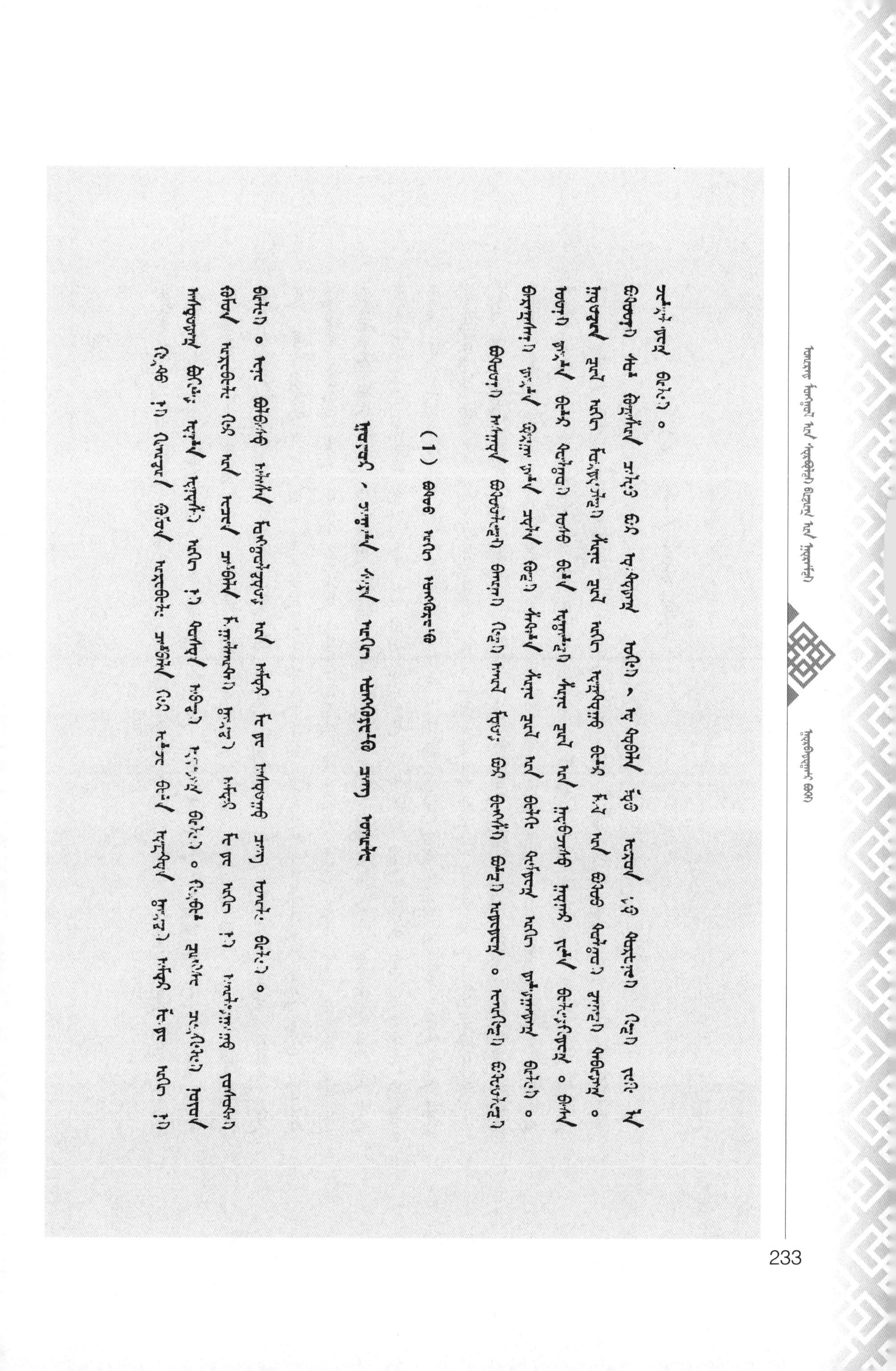

[illegible] ᠪᠠᡅᠨᠠ ᠃ [illegible] ᠪᠠᡅᠨᠠ ᠃

[illegible]

(1) [illegible]

[illegible] ᠪᠠᡅᠨᠠ ᠃ [illegible] ᠪᠠᡅᠨᠠ ᠃

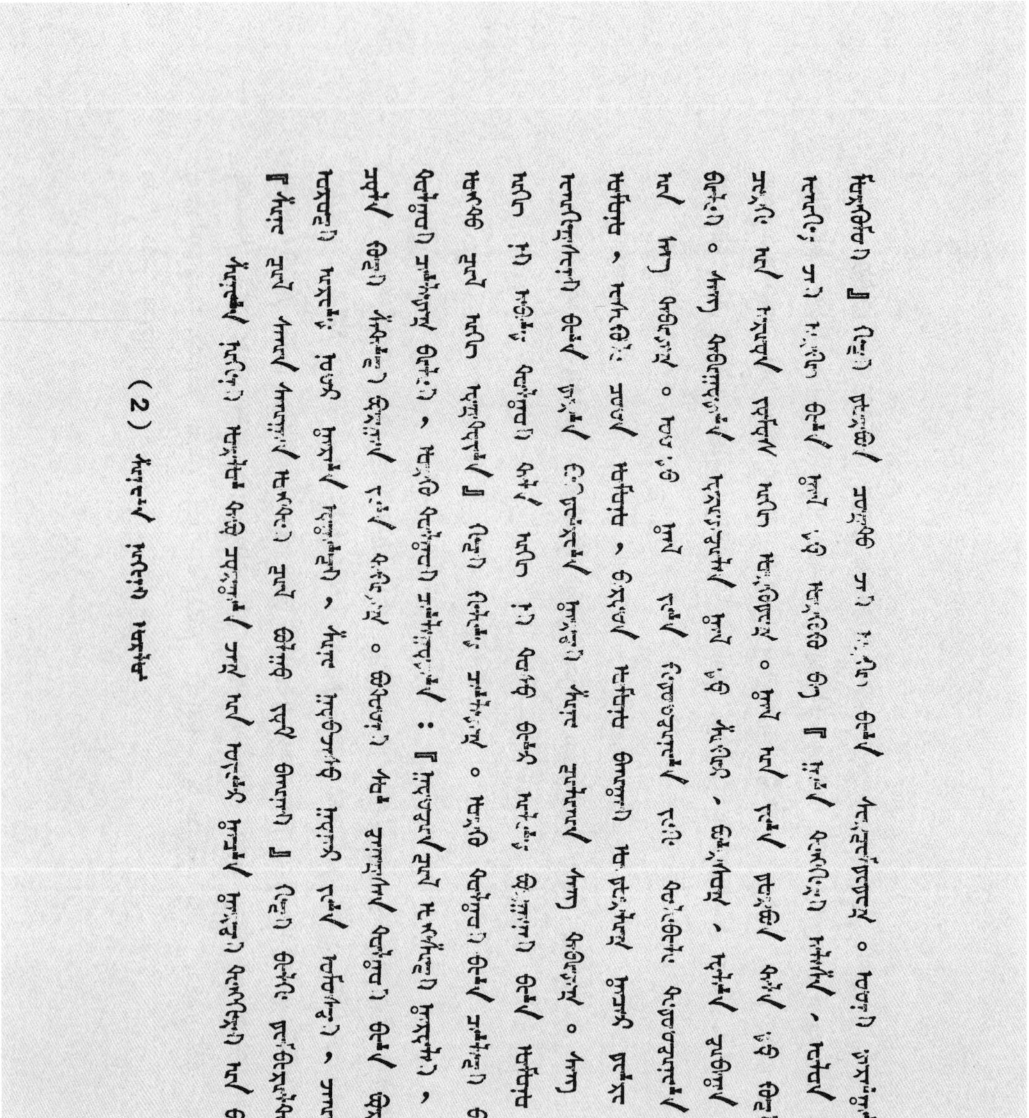

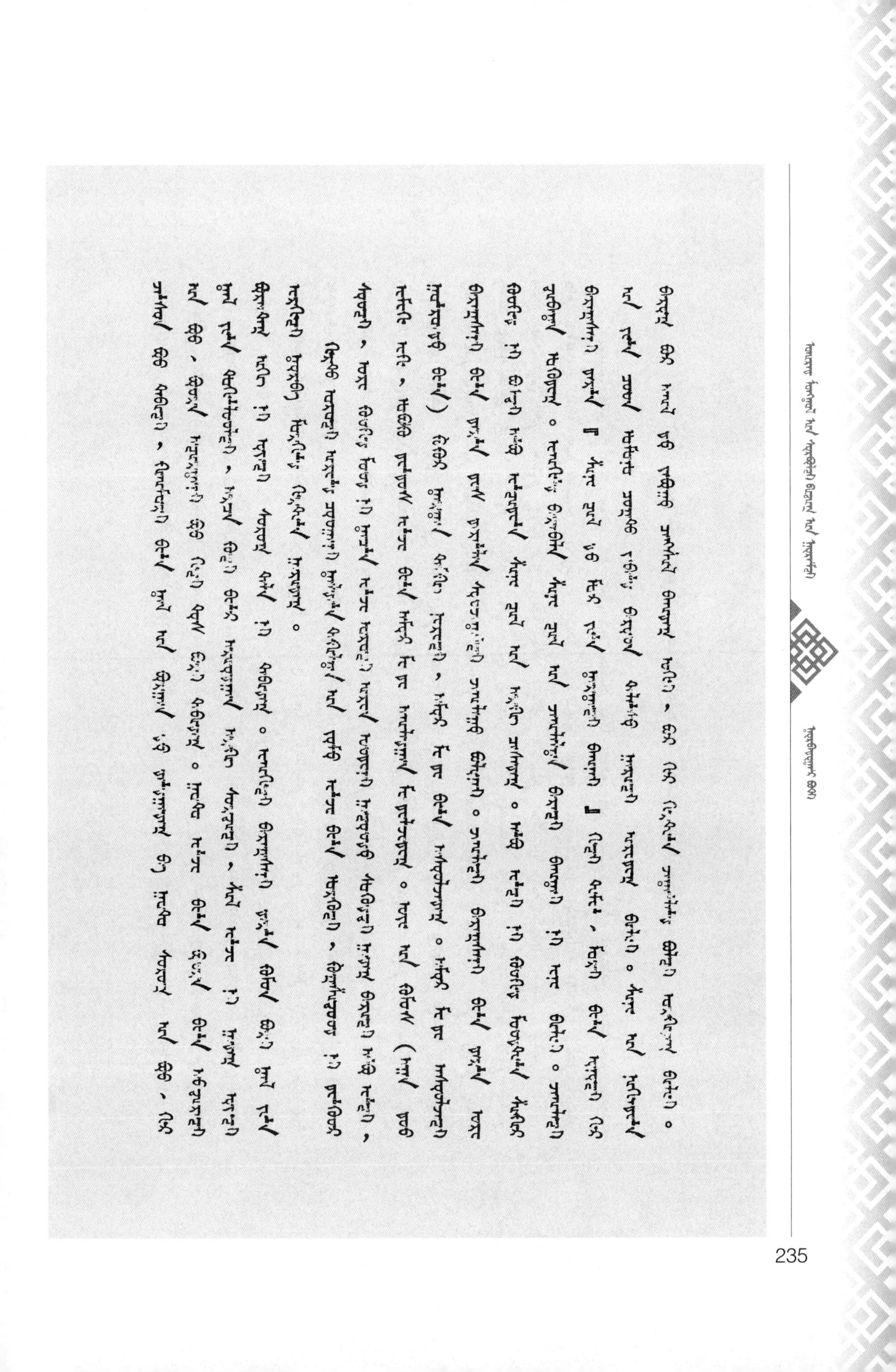

[illegible]
[illegible]
[illegible]
[illegible]
[illegible]
[illegible]
[illegible]
[illegible]
[illegible]

[illegible]
[illegible]

[illegible]
[illegible]
[illegible]
[illegible]

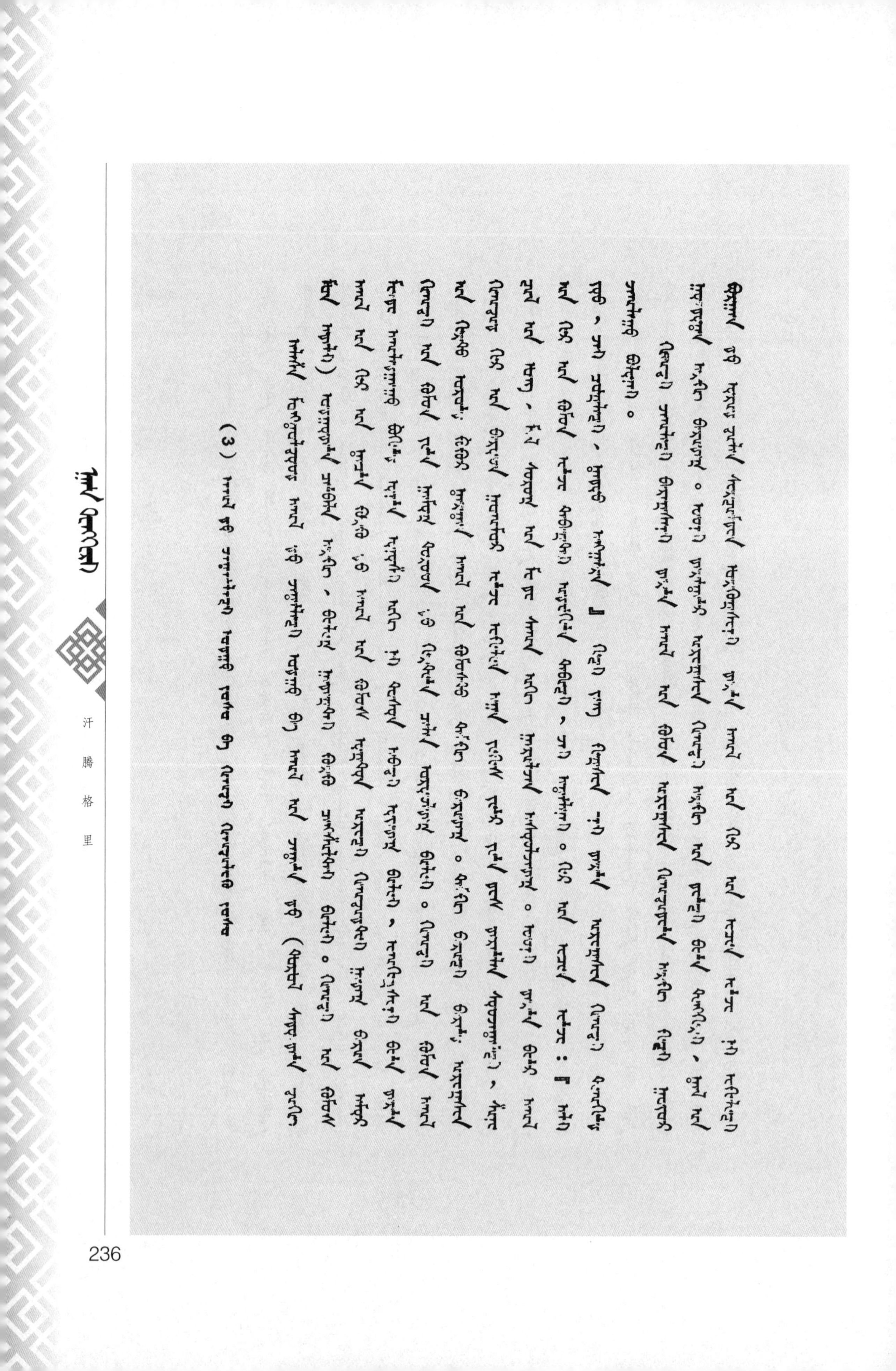

[illegible]

(3) [illegible]

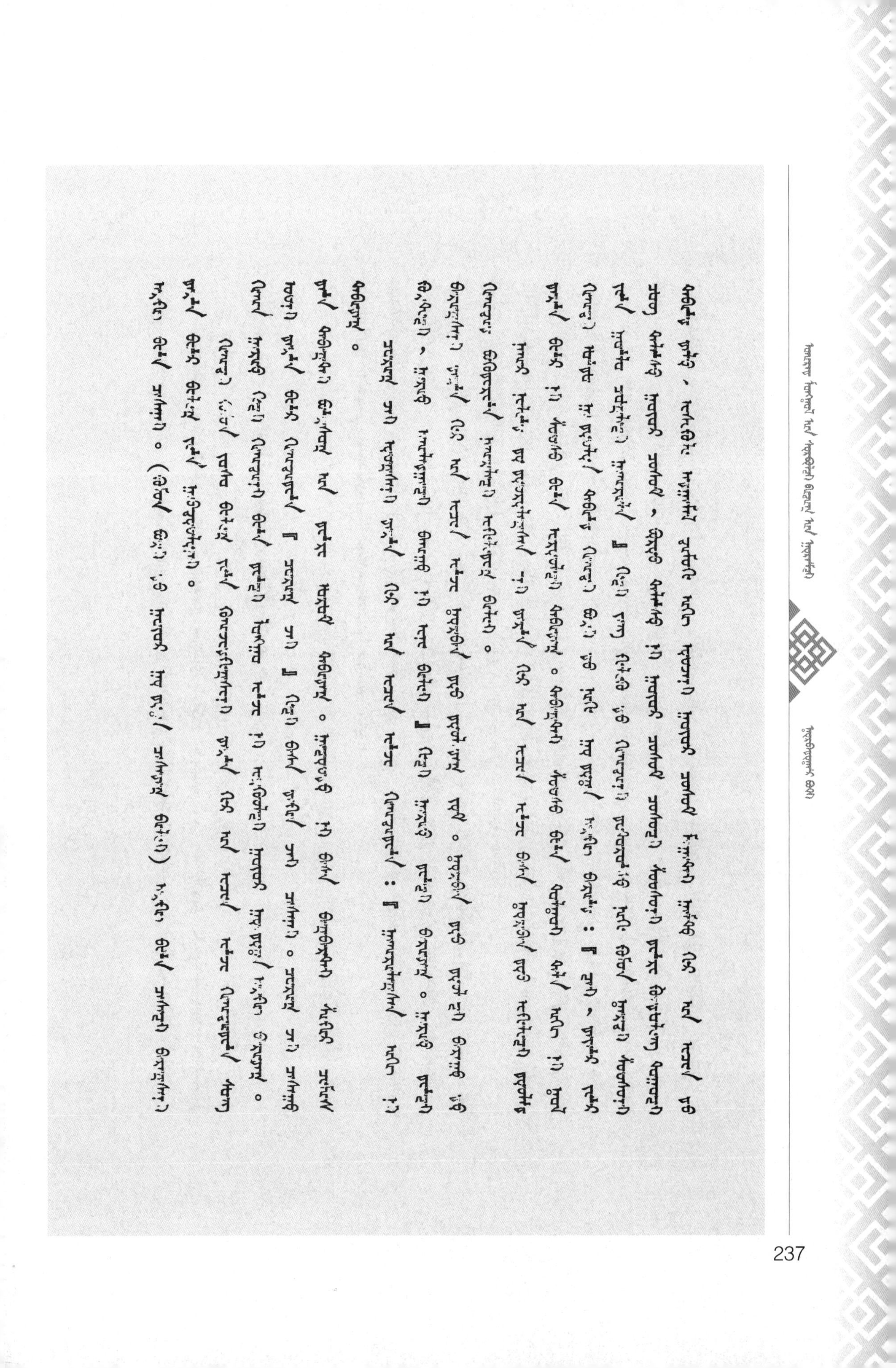

[illegible]

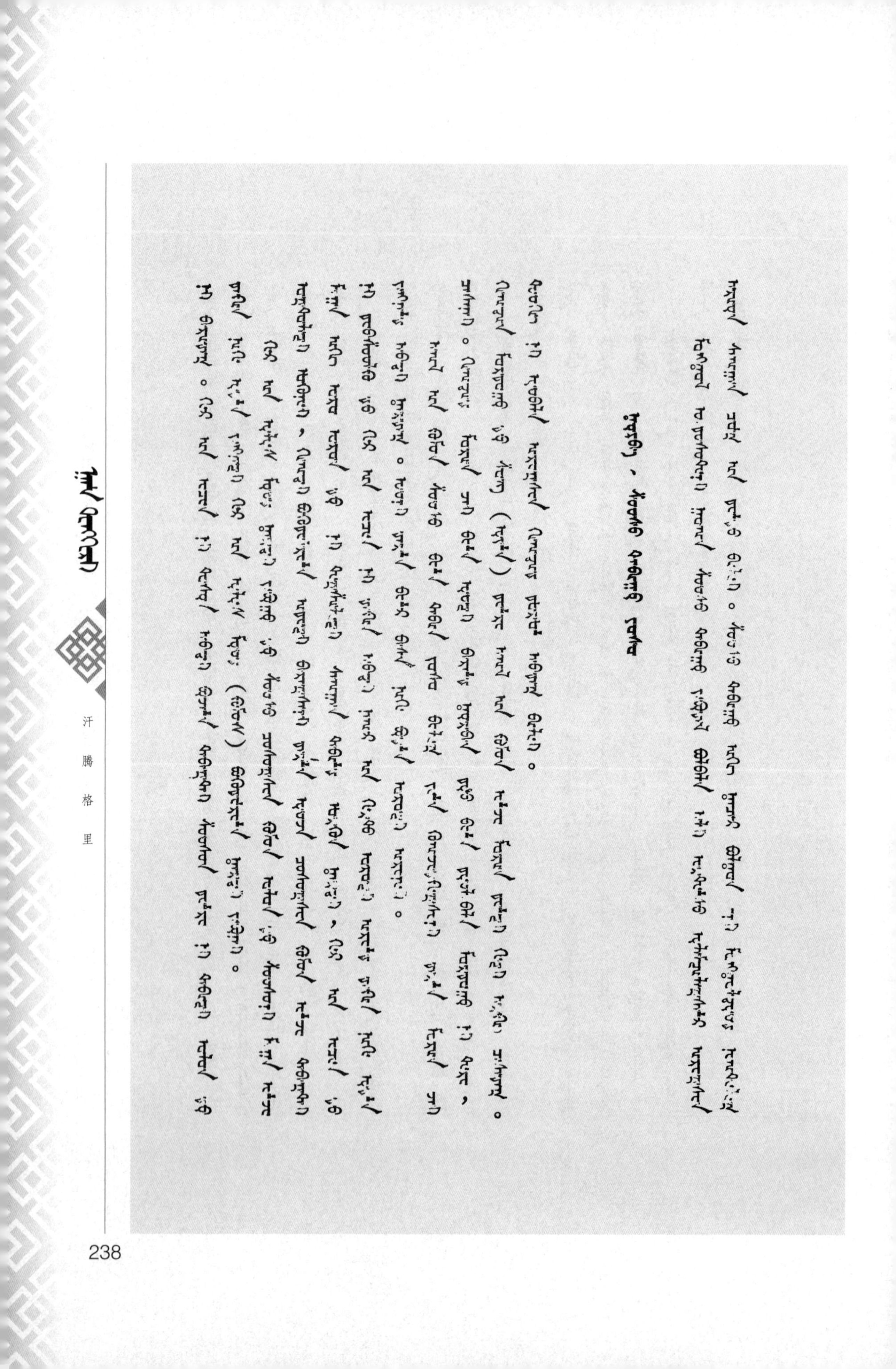

[illegible]

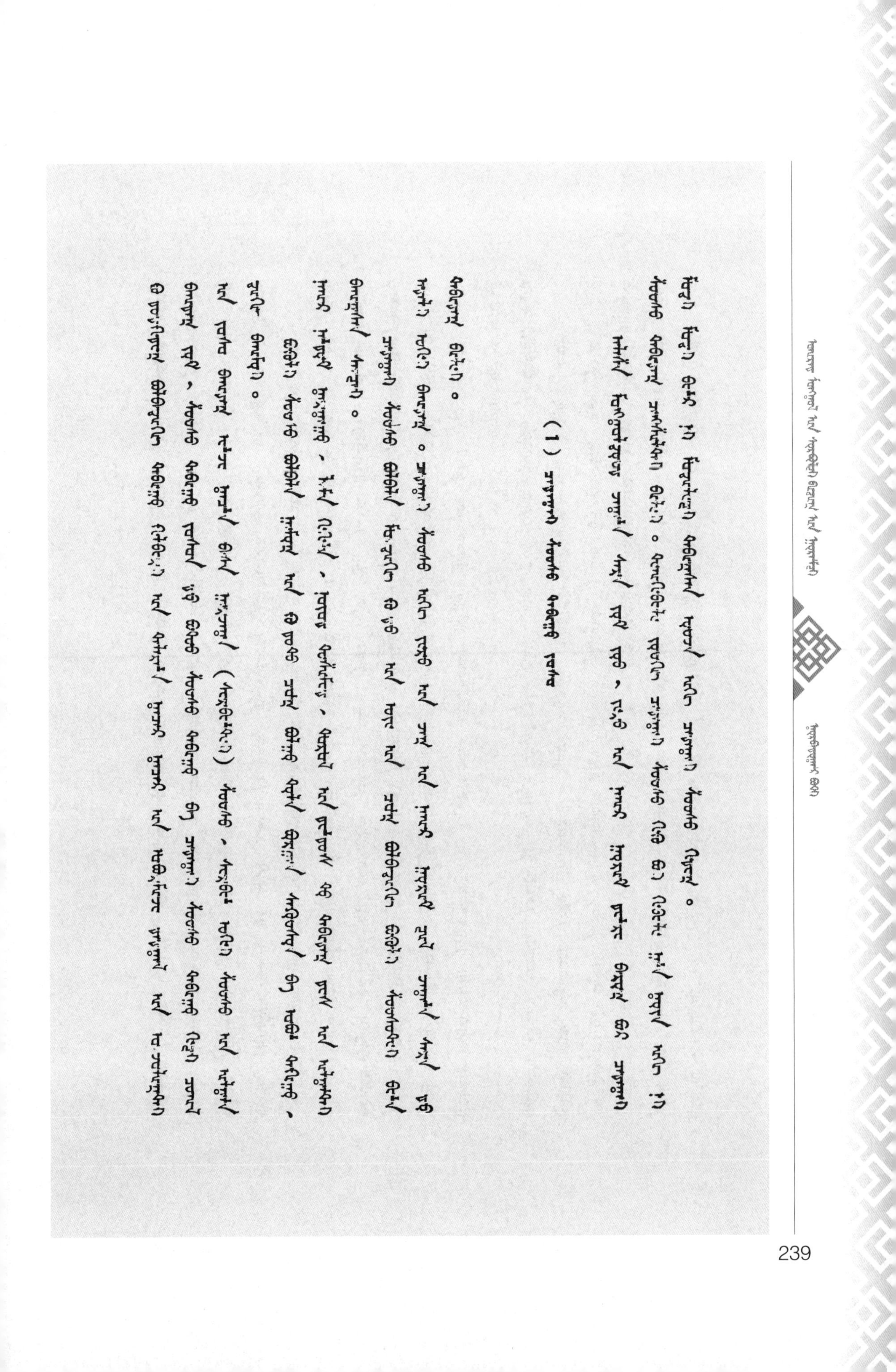

[illegible]

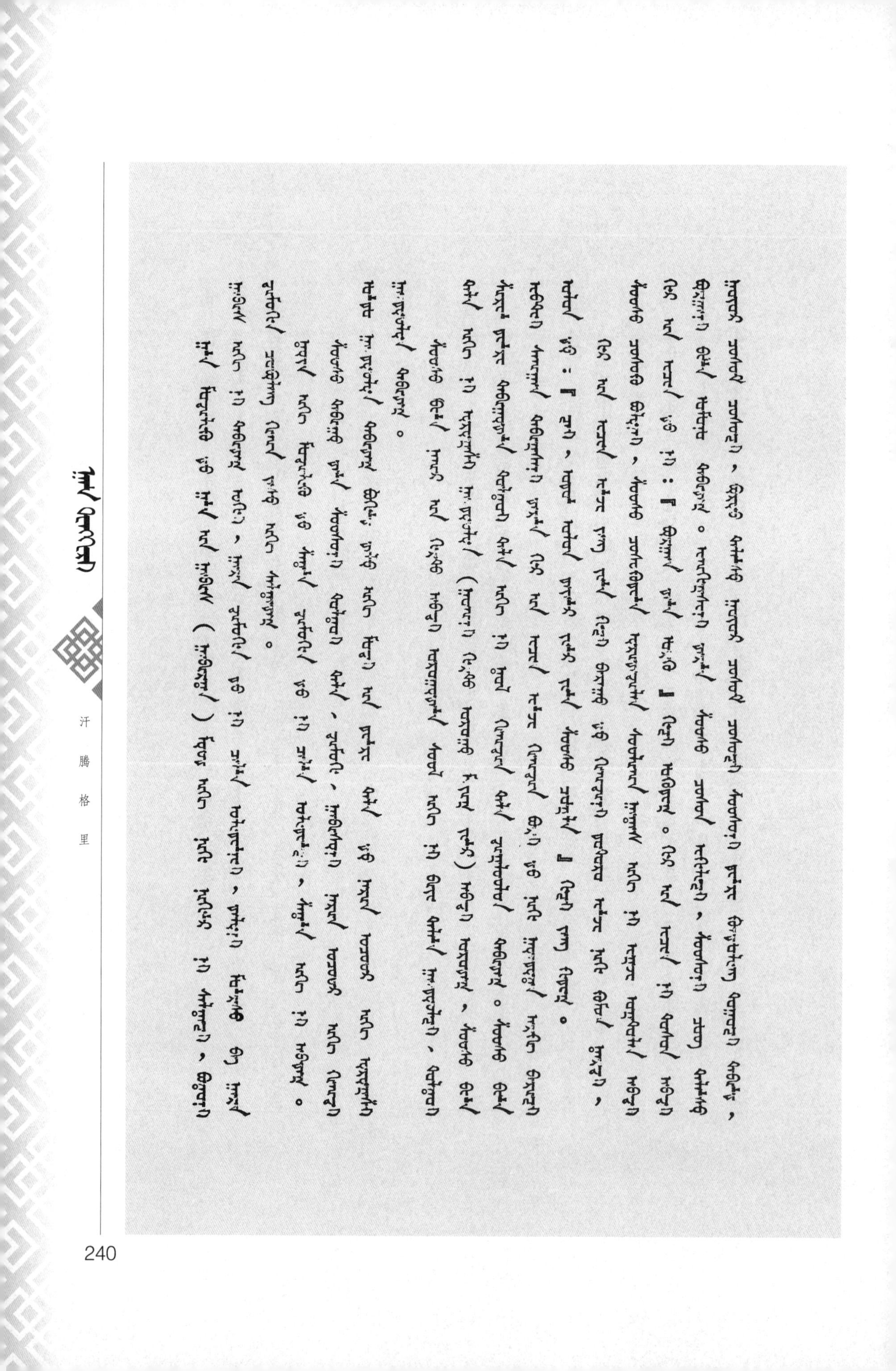

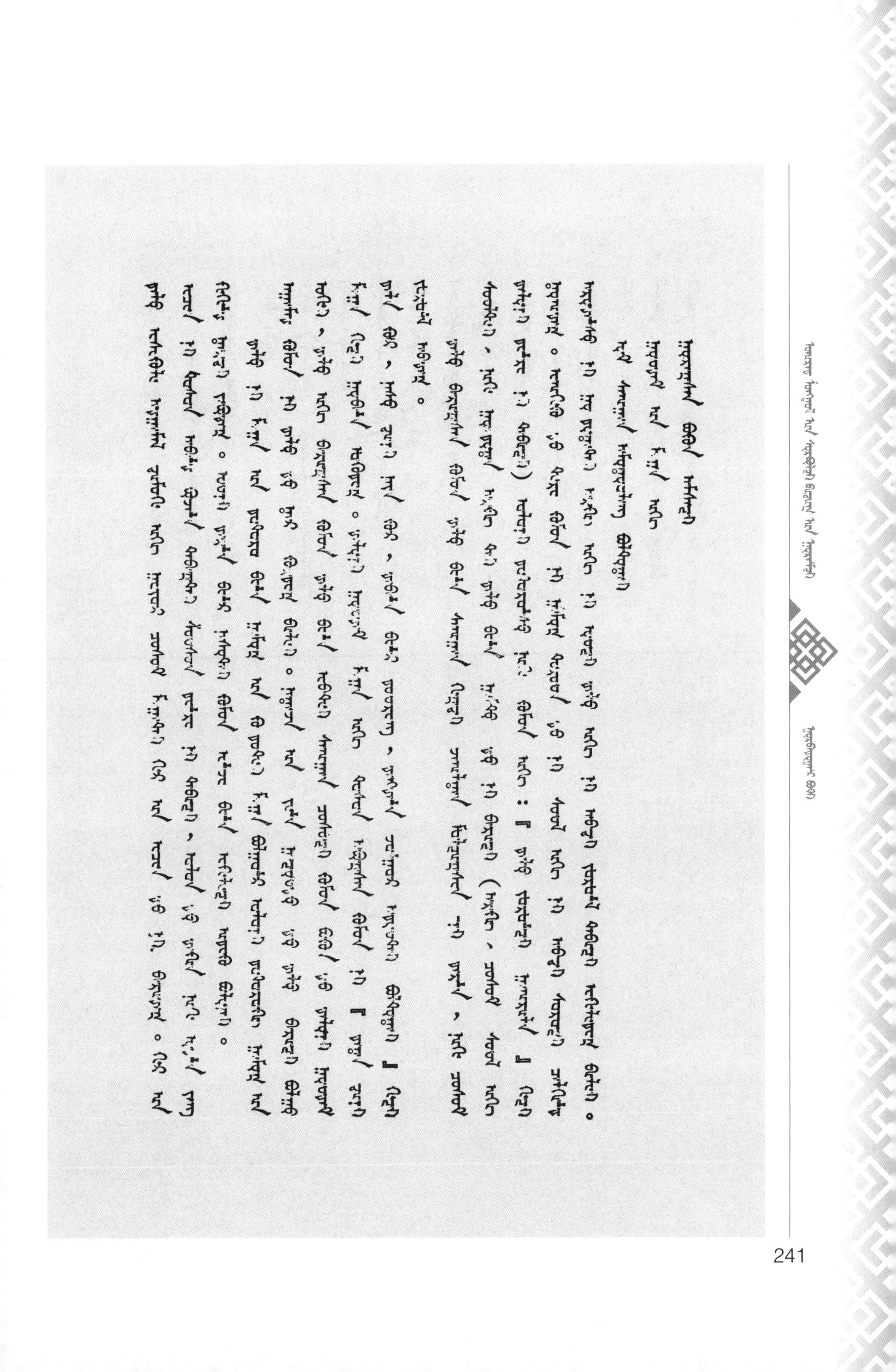

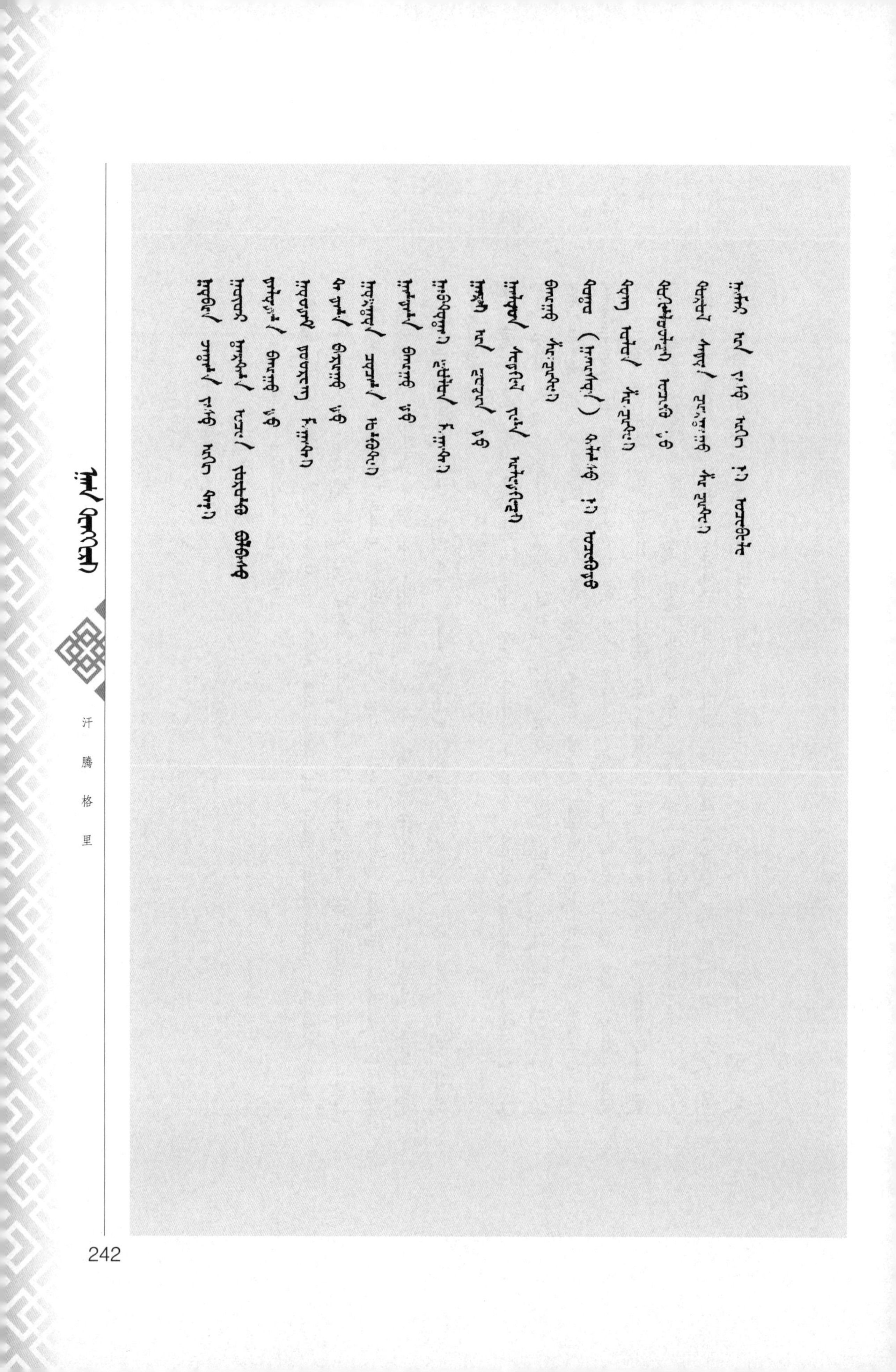

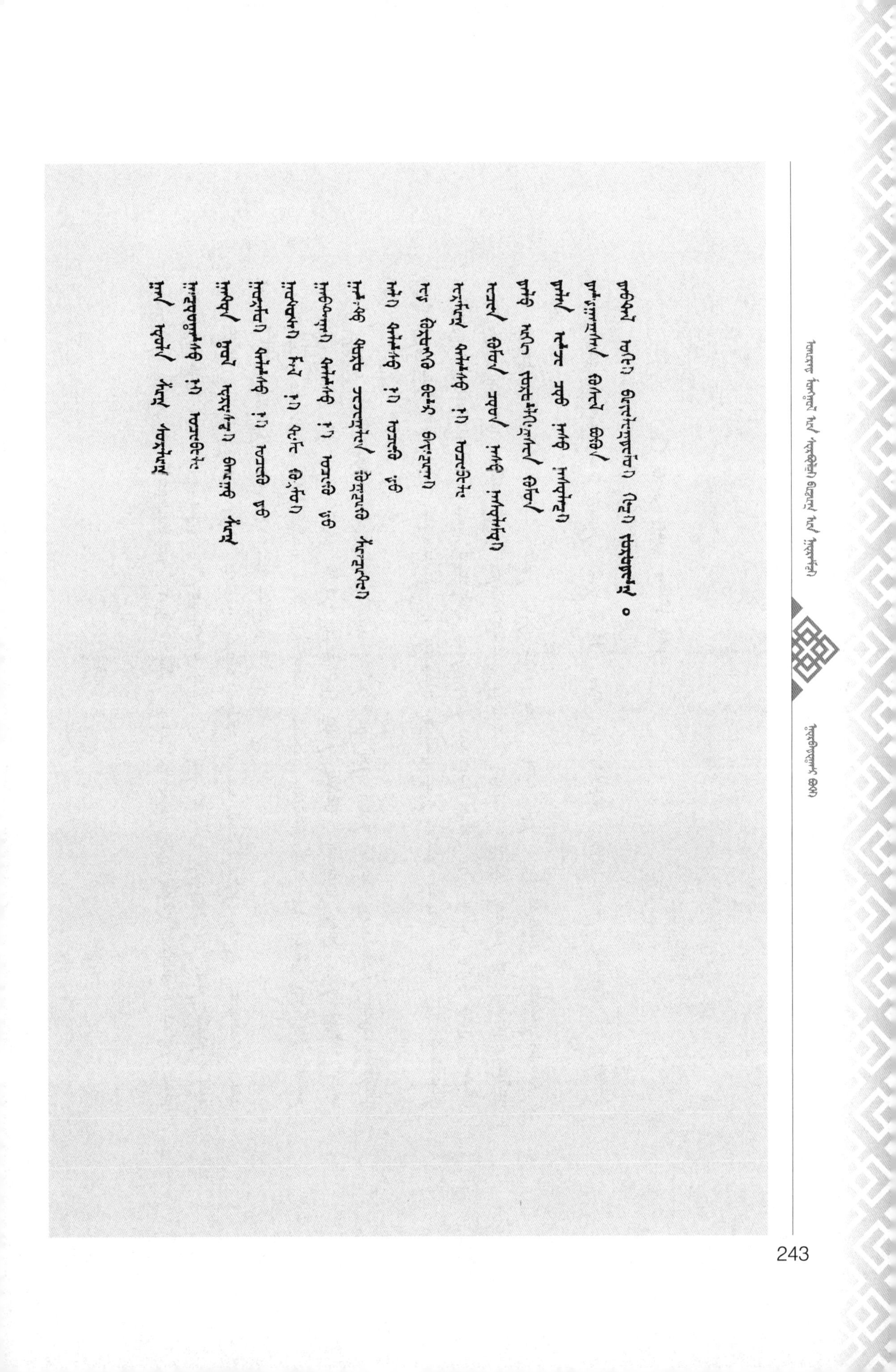

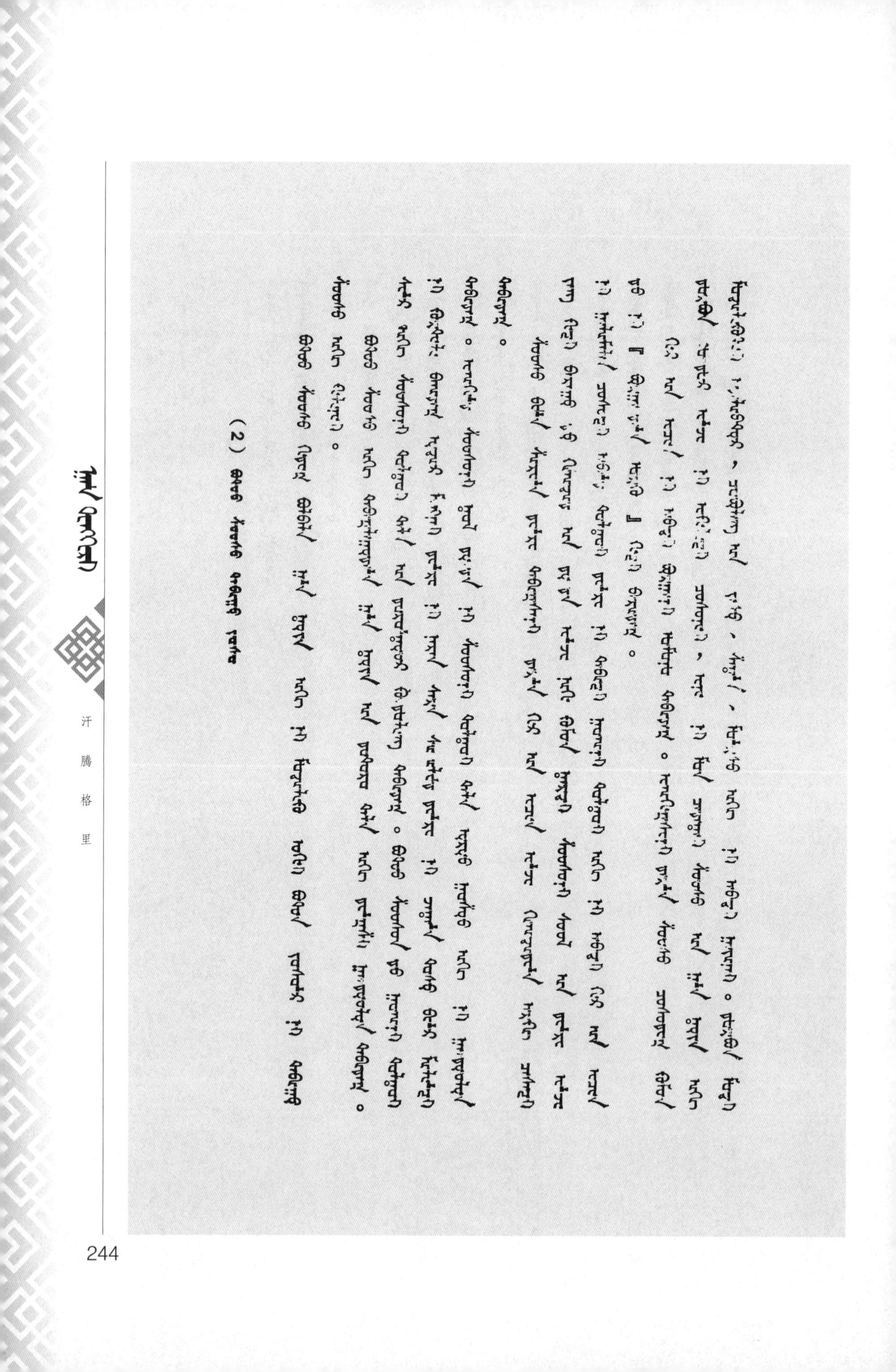

[illegible]

(2) [illegible]

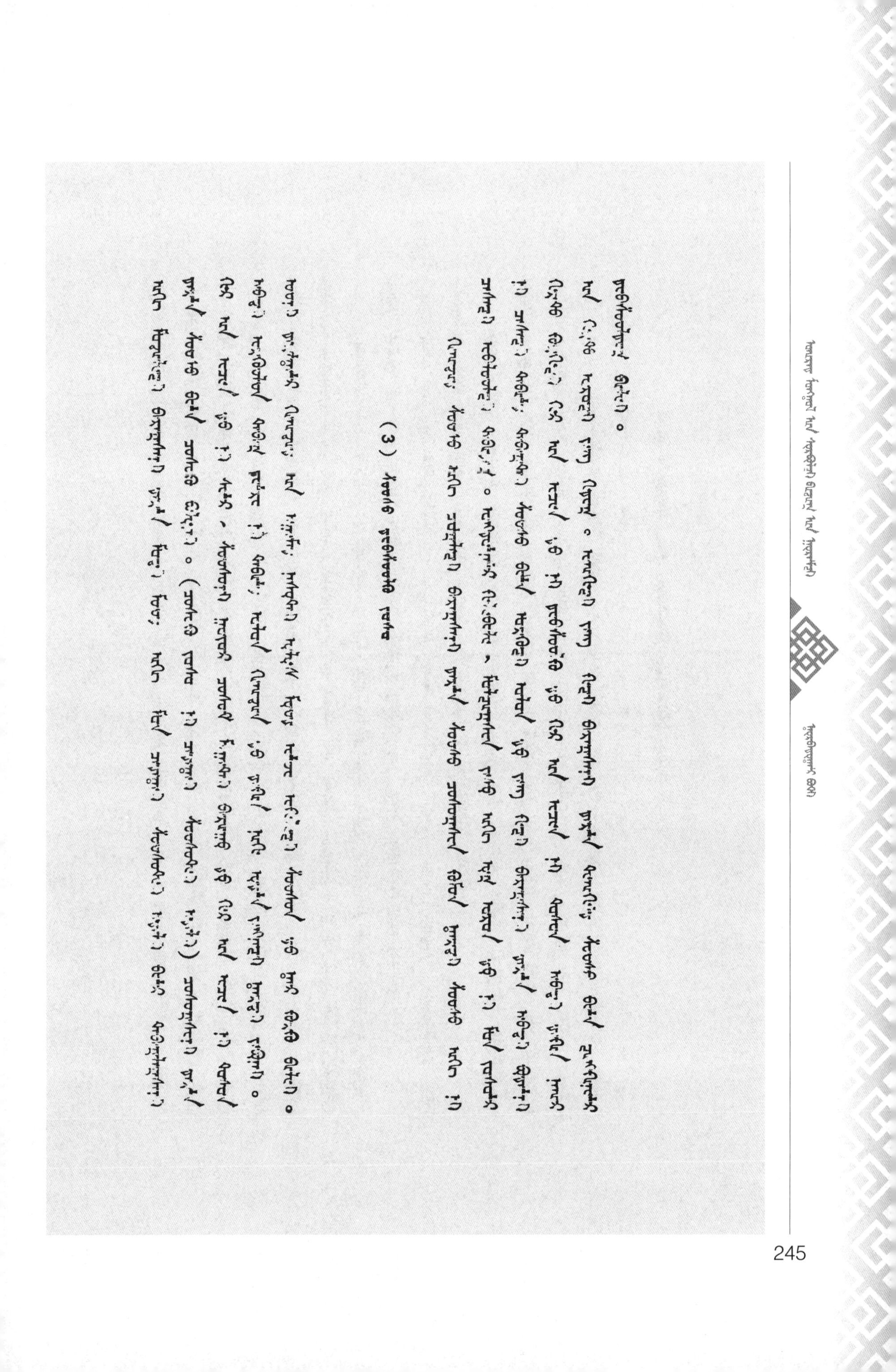

[illegible] ◦

[illegible] ◦ [illegible] ◦ [illegible]

(3) [illegible]

[illegible] ◦ [illegible] ◦ [illegible] ◦ ([illegible]) [illegible]

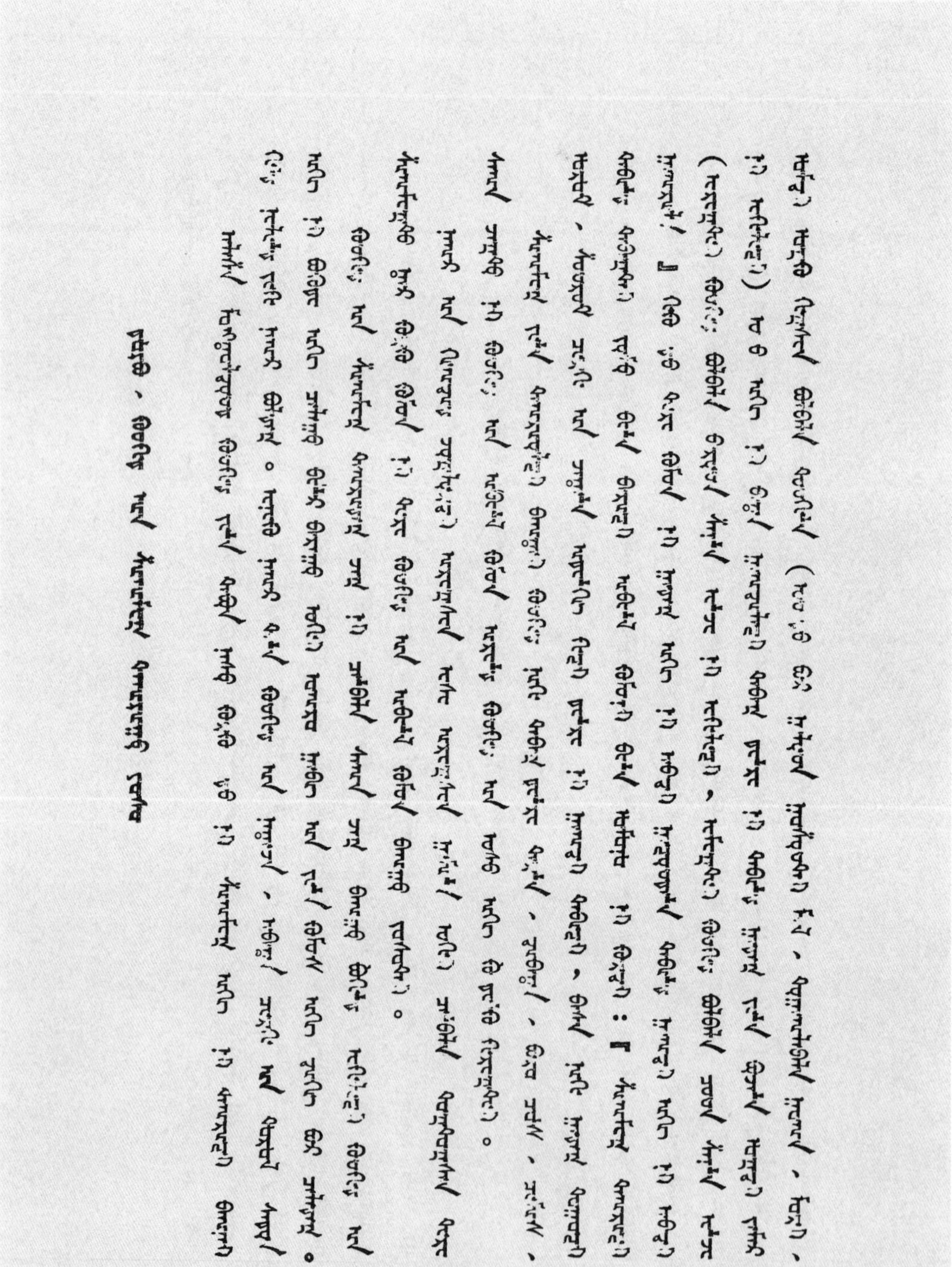

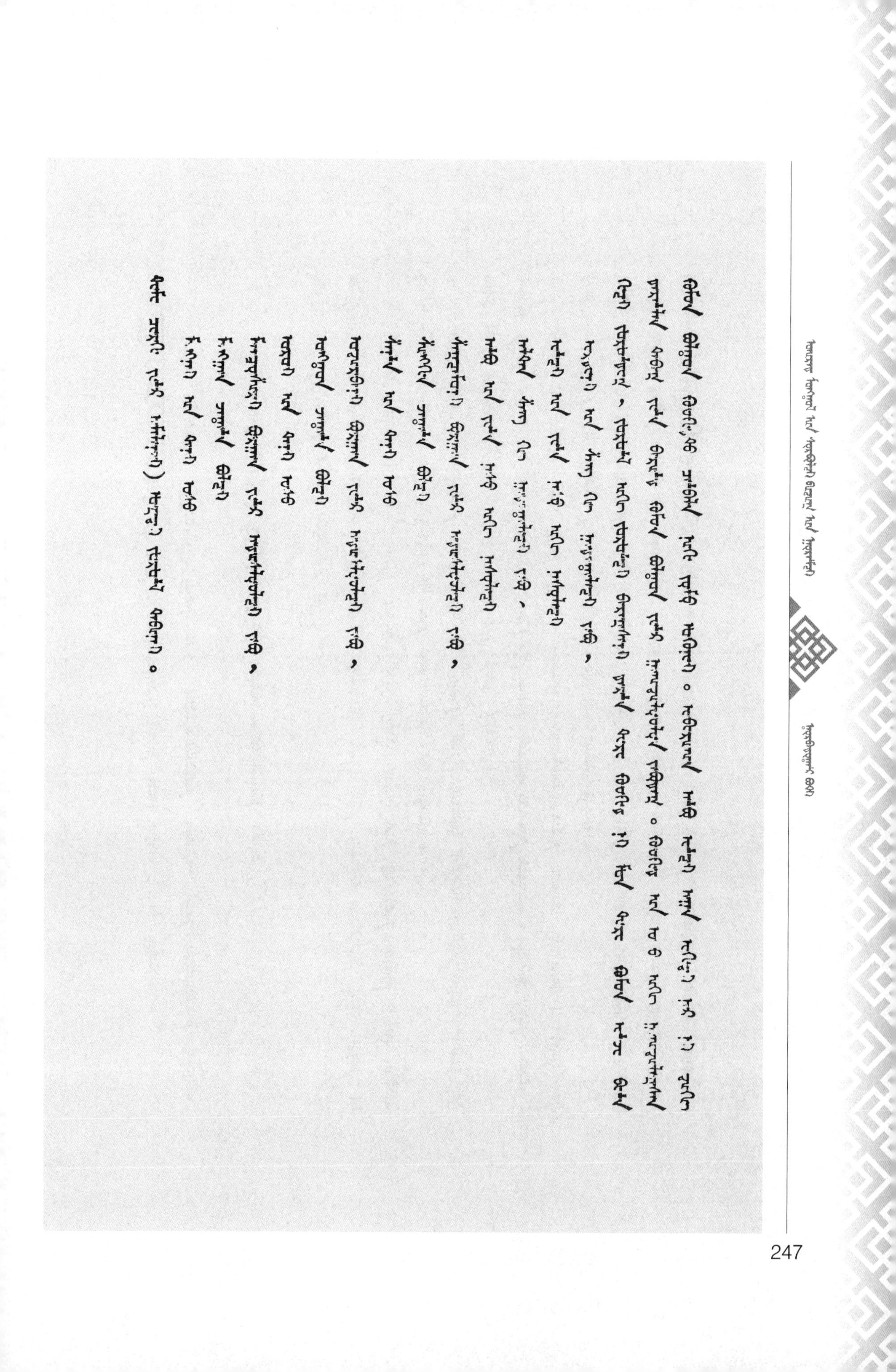

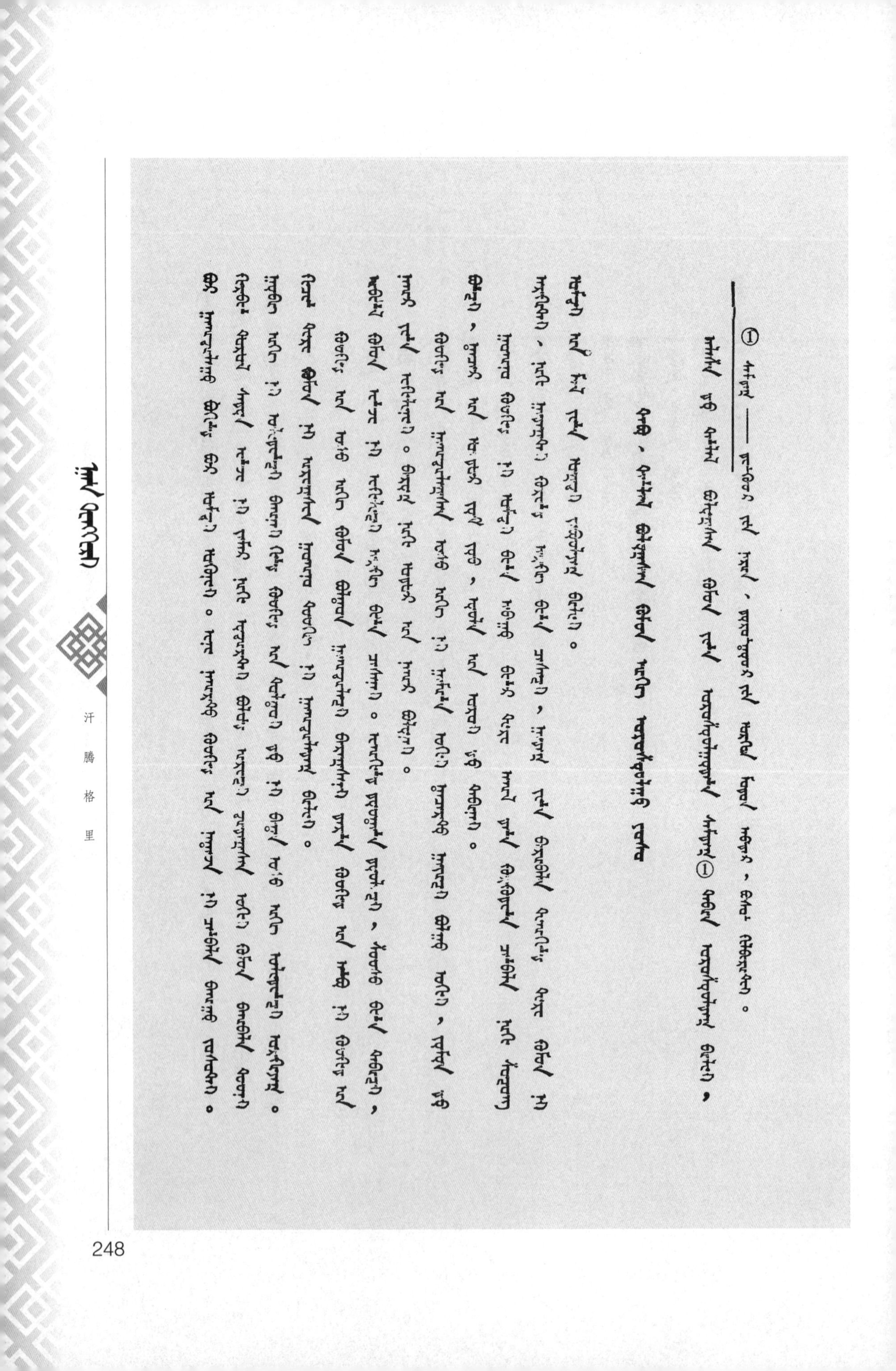

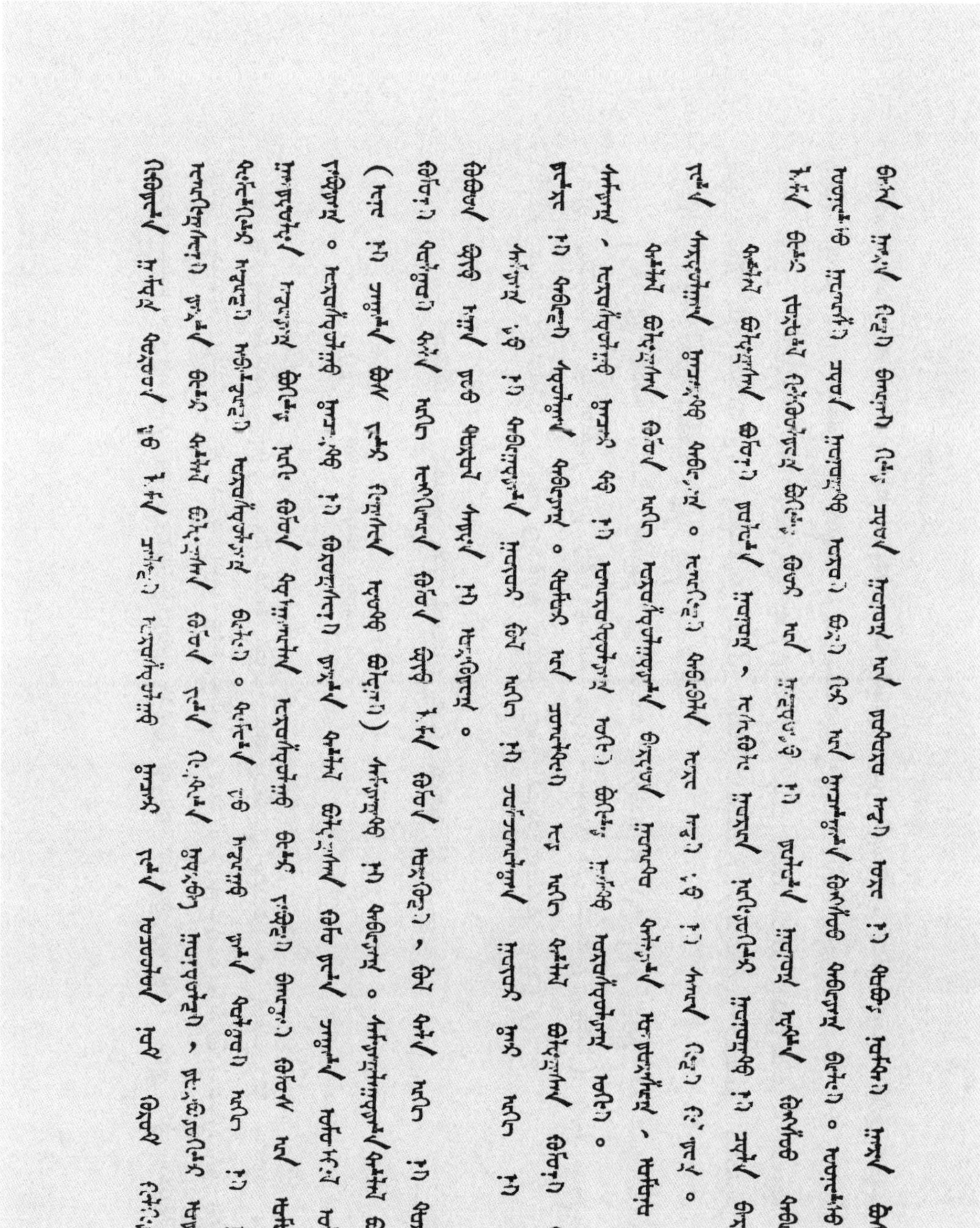

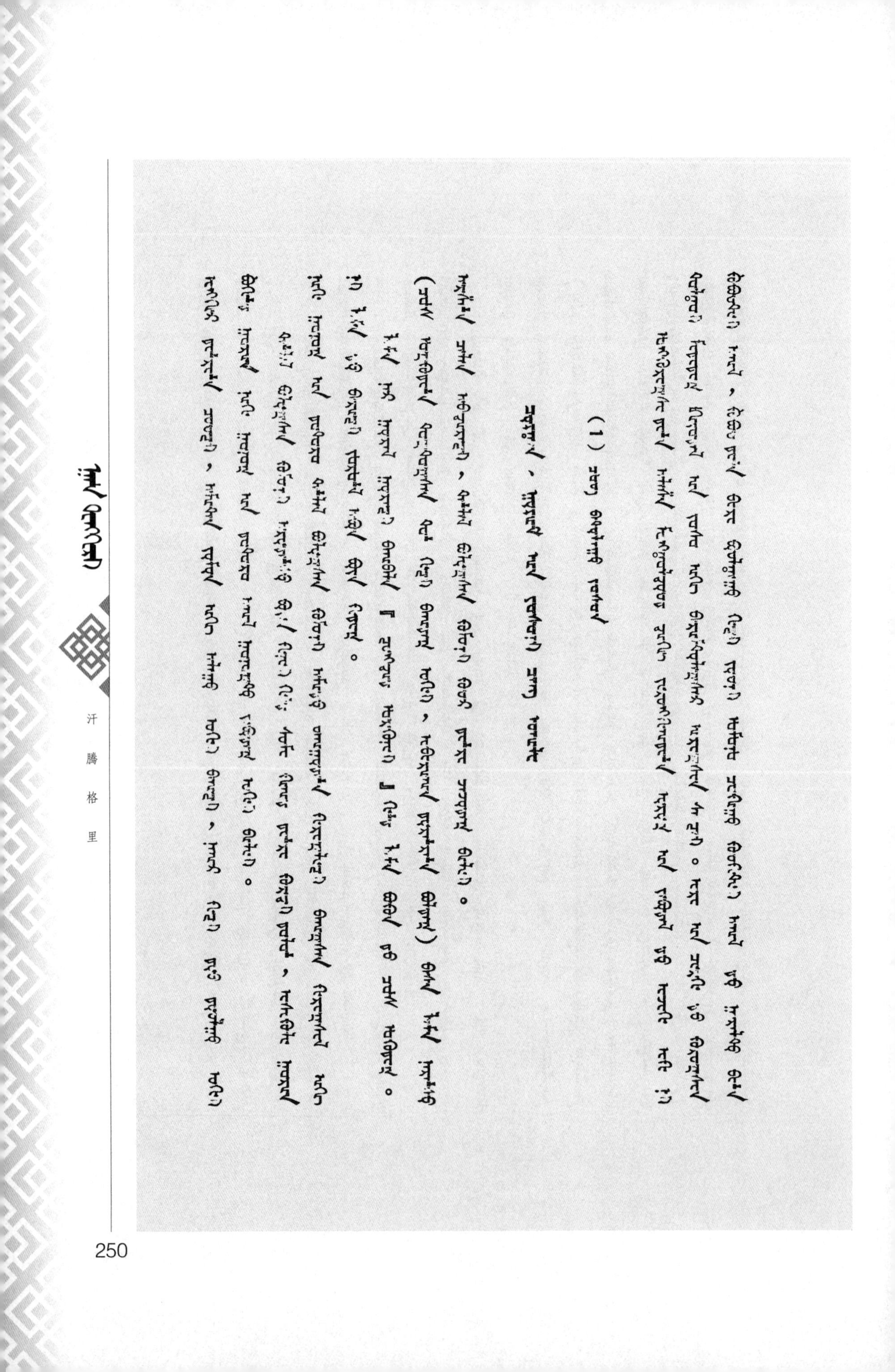

[illegible]
[illegible]
[illegible]
[illegible]
[illegible]
[illegible]
[illegible]
[illegible]
[illegible]

[illegible]

(1) [illegible]

[illegible]
[illegible]
[illegible]

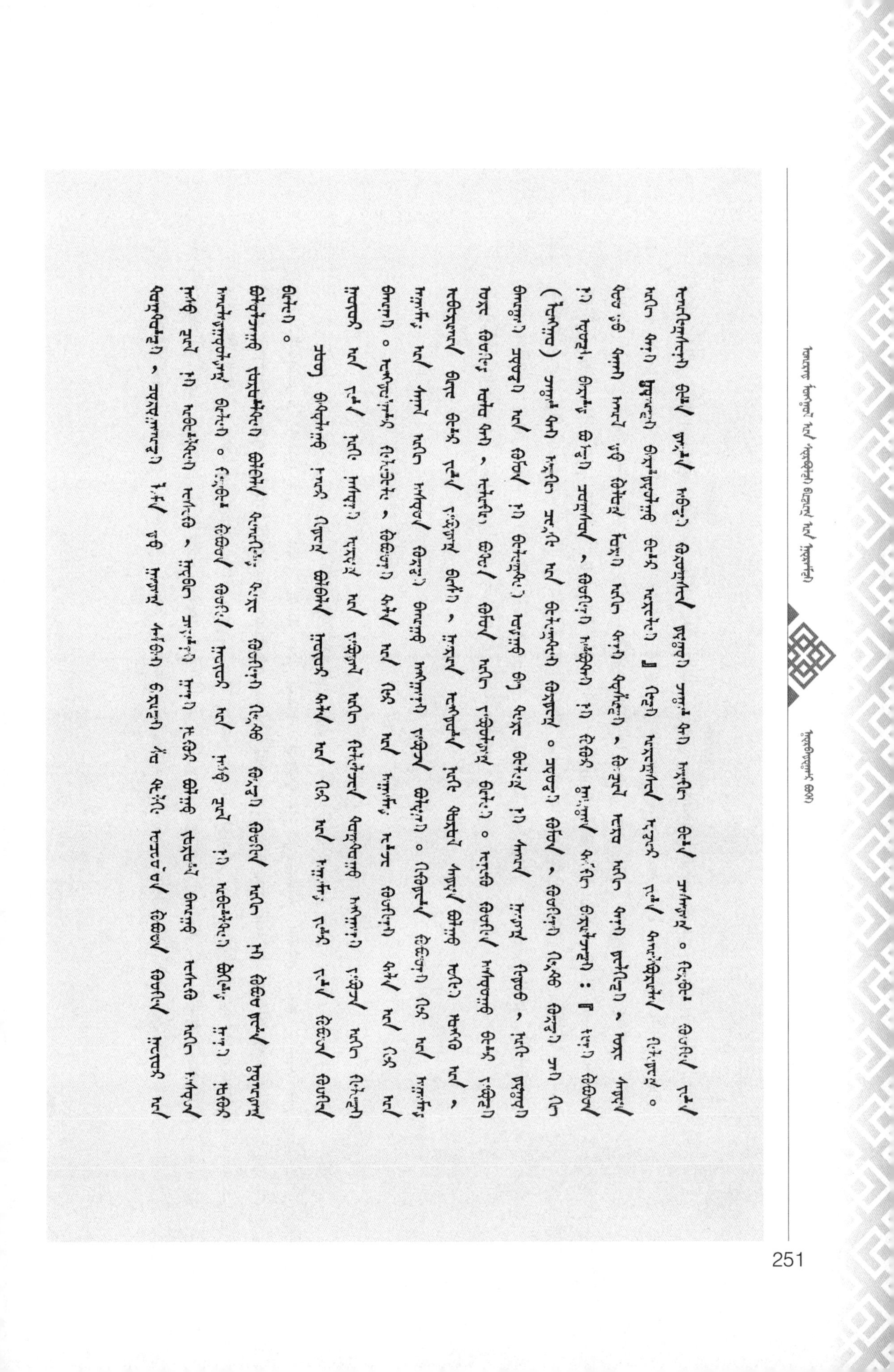

[illegible]

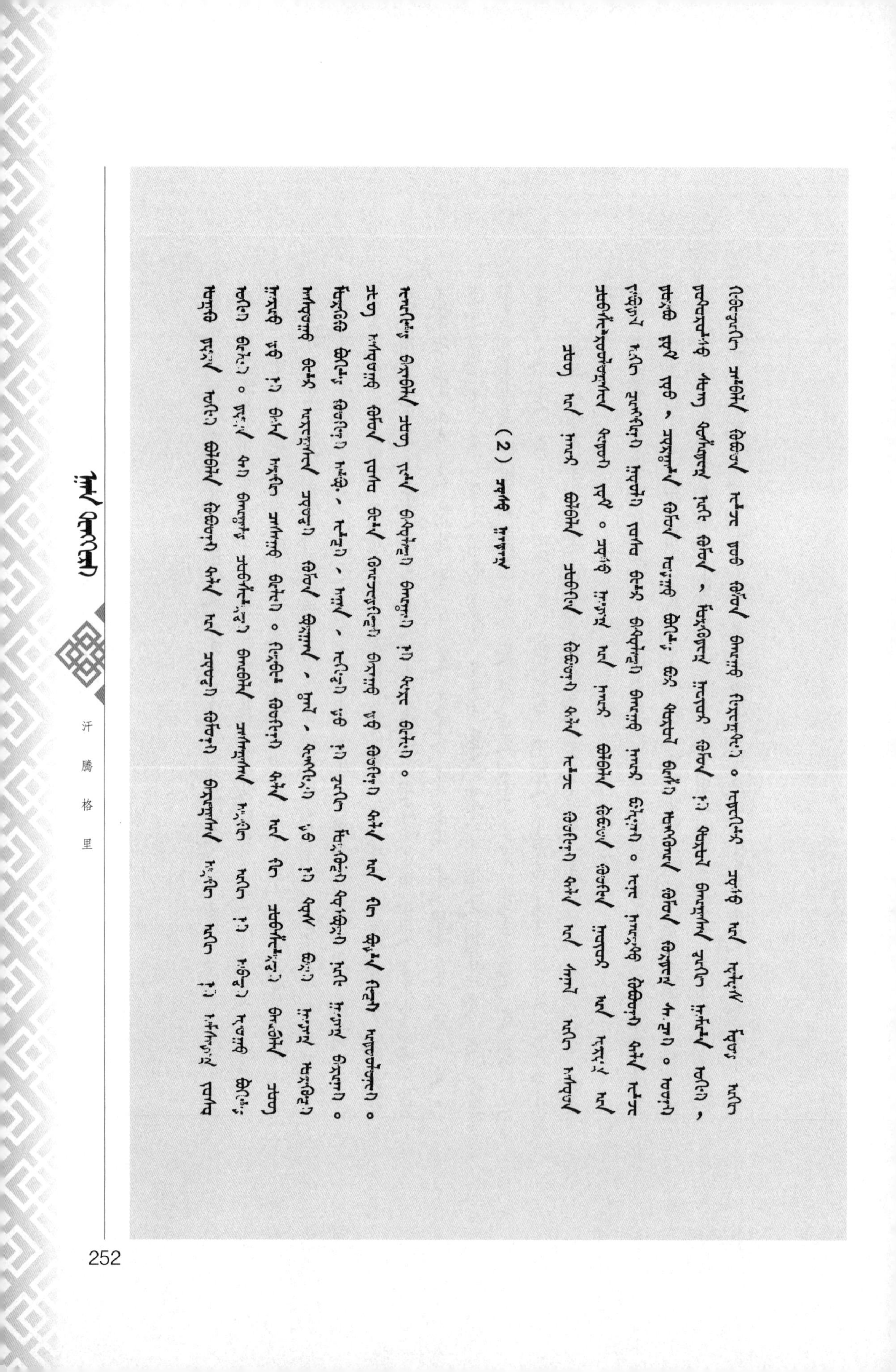

[illegible]

(2) [illegible]

[illegible]

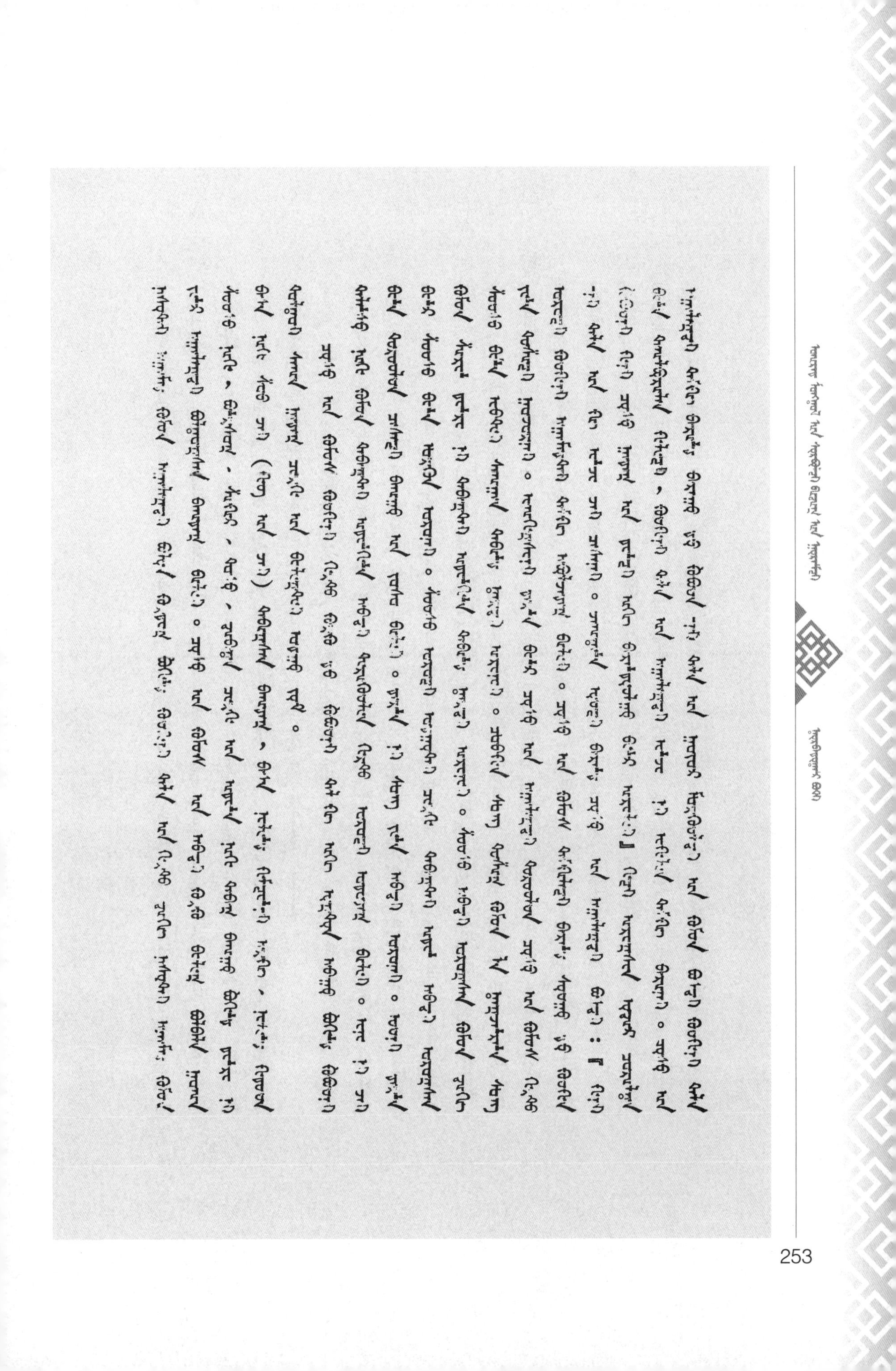

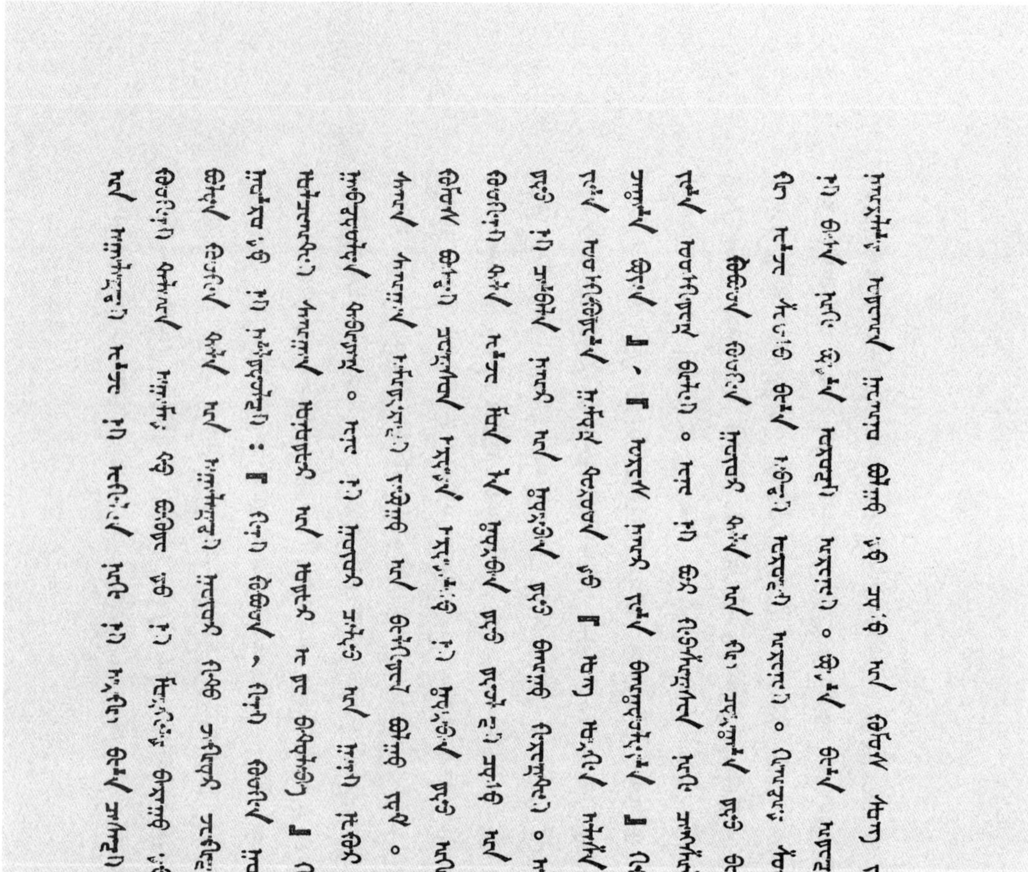

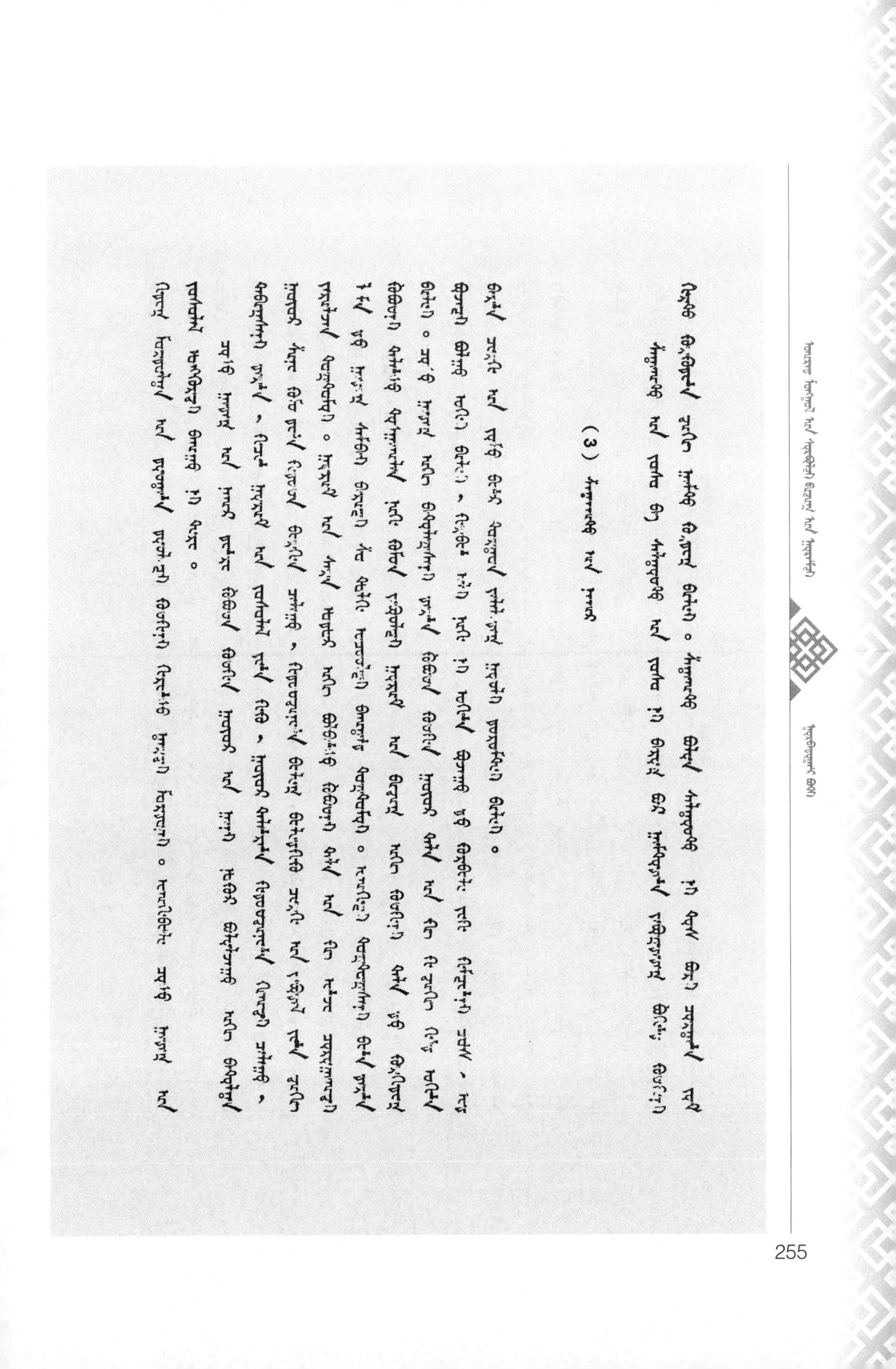

[illegible]

[illegible]

[illegible]

(3) [illegible]

[illegible]

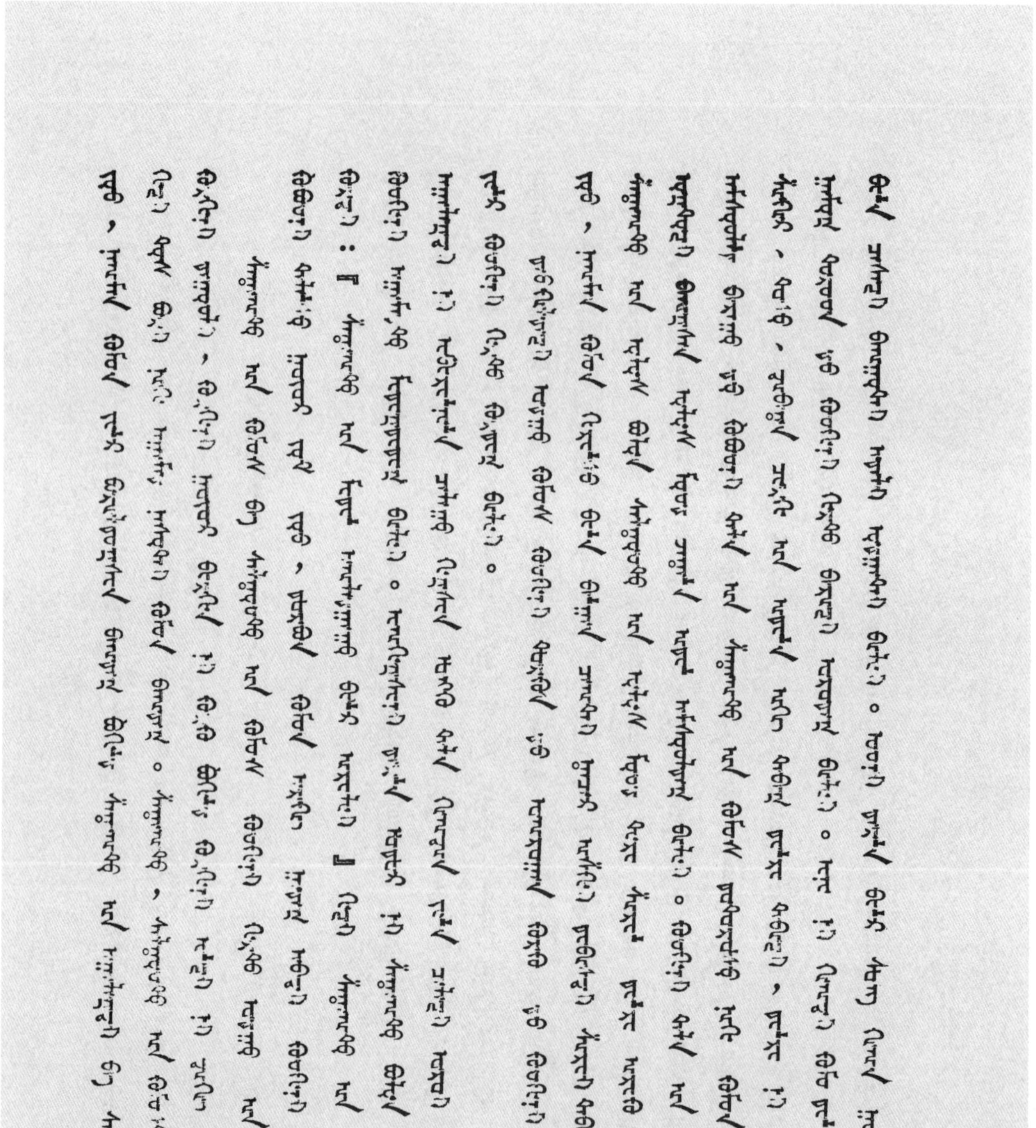

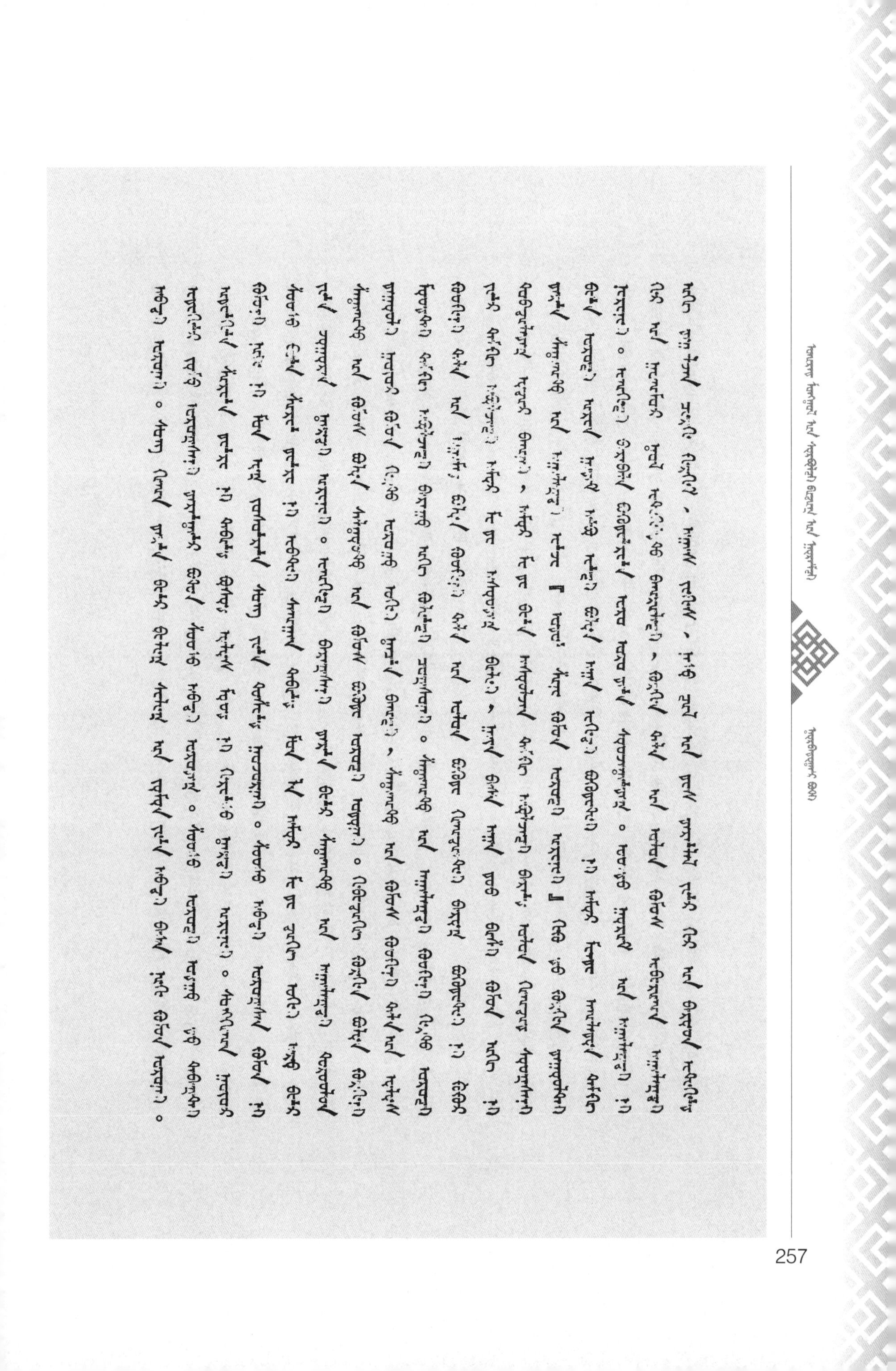

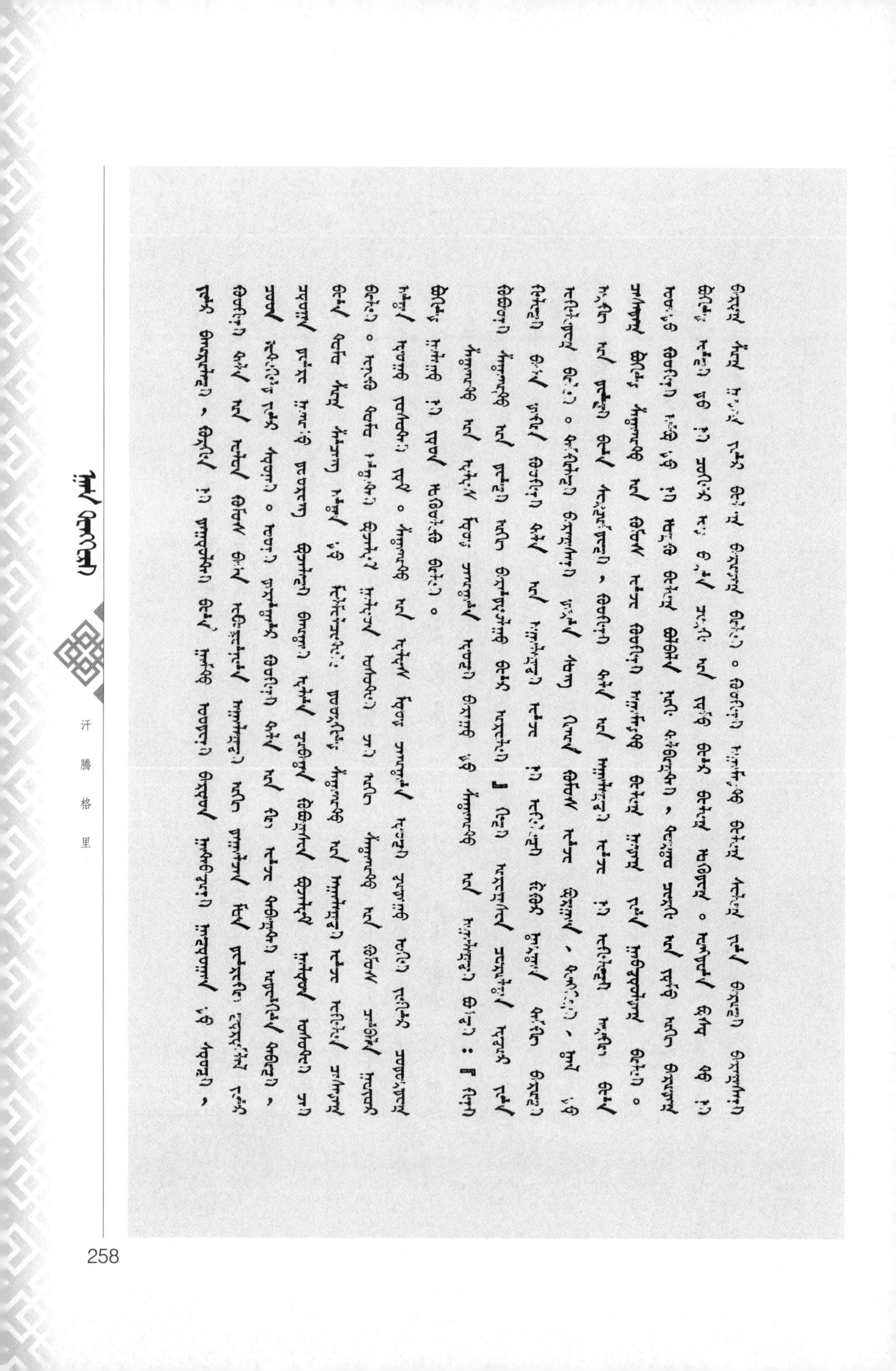

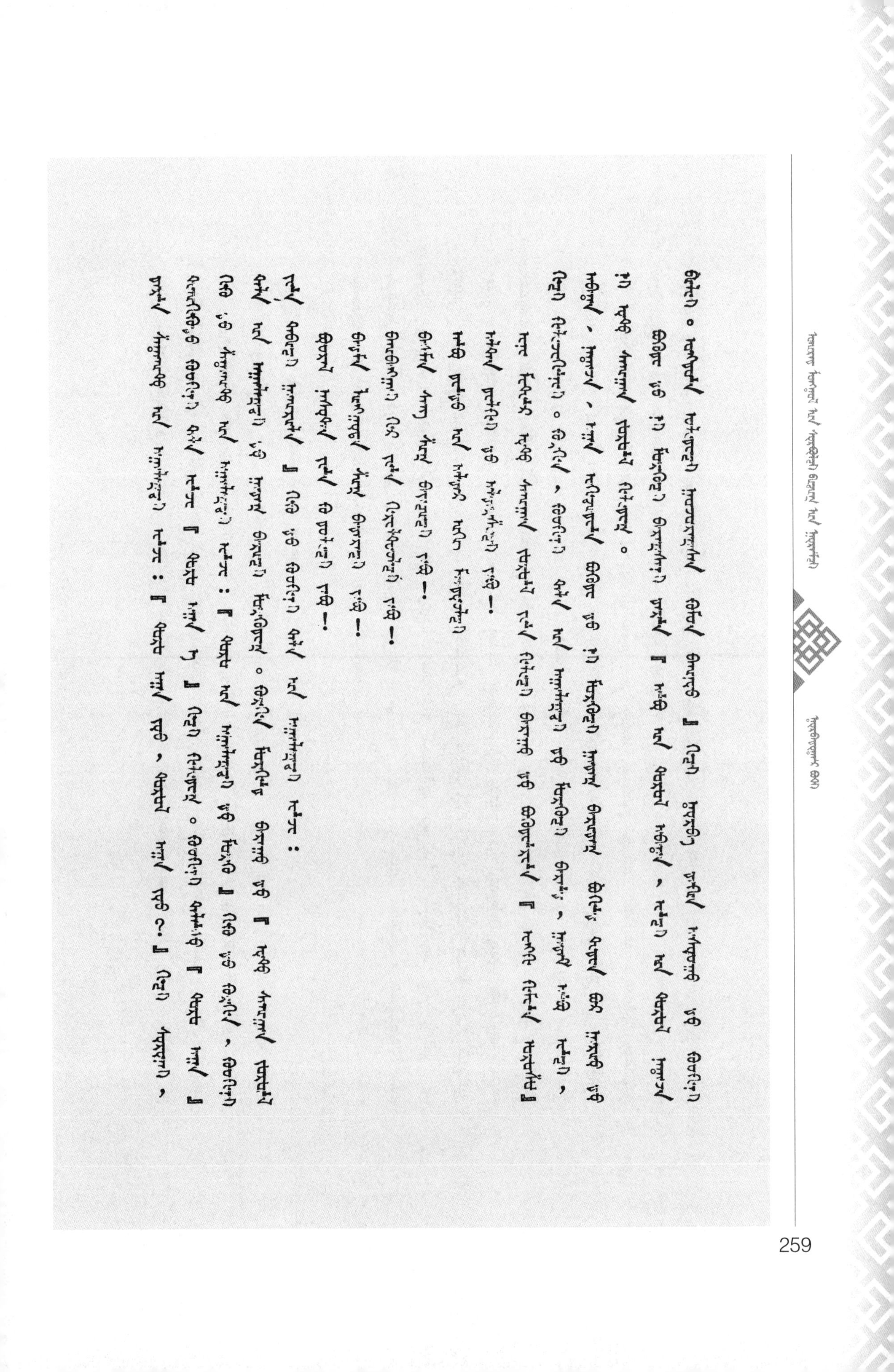

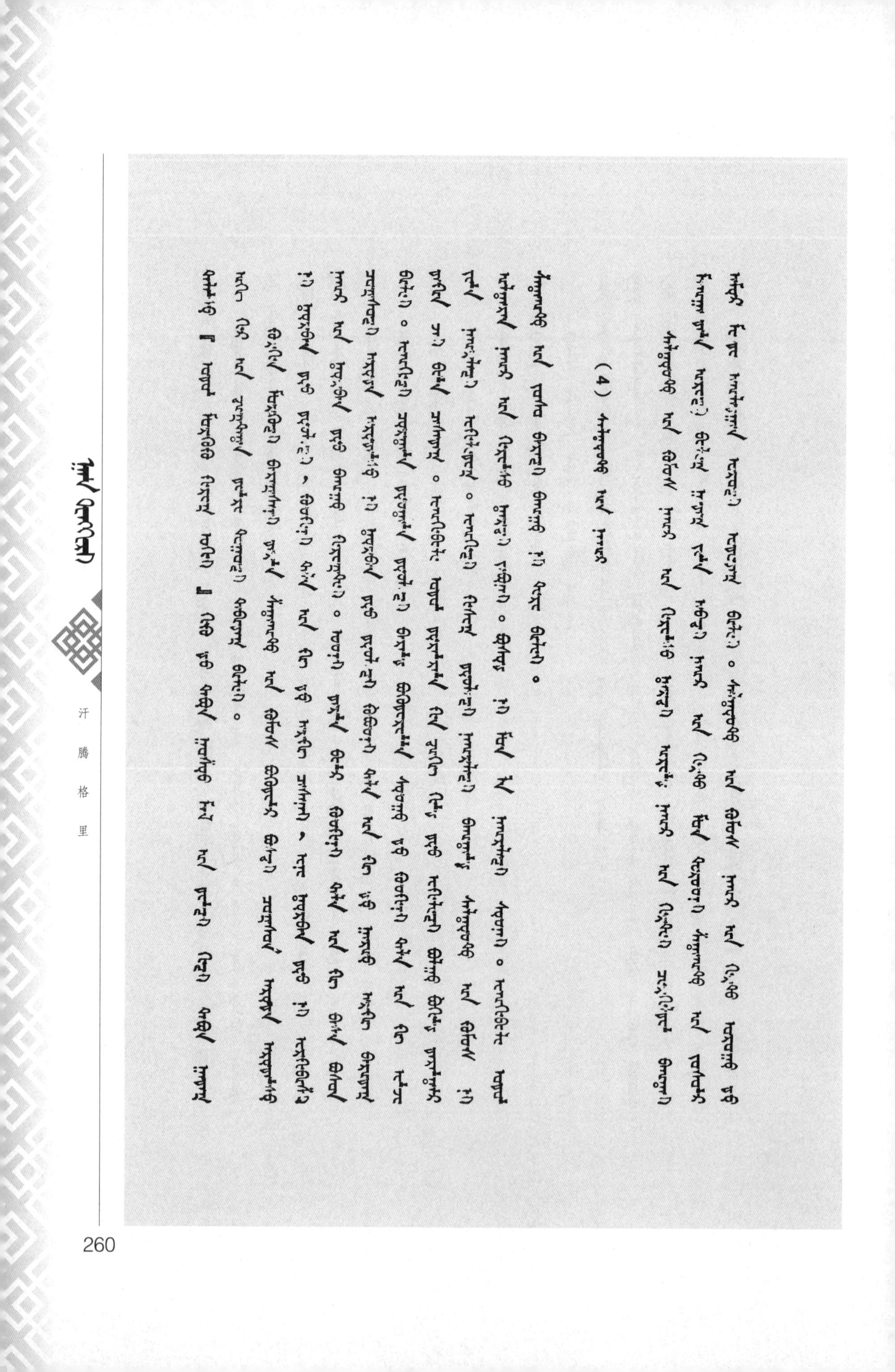

[illegible]

(4) [illegible]

[illegible]

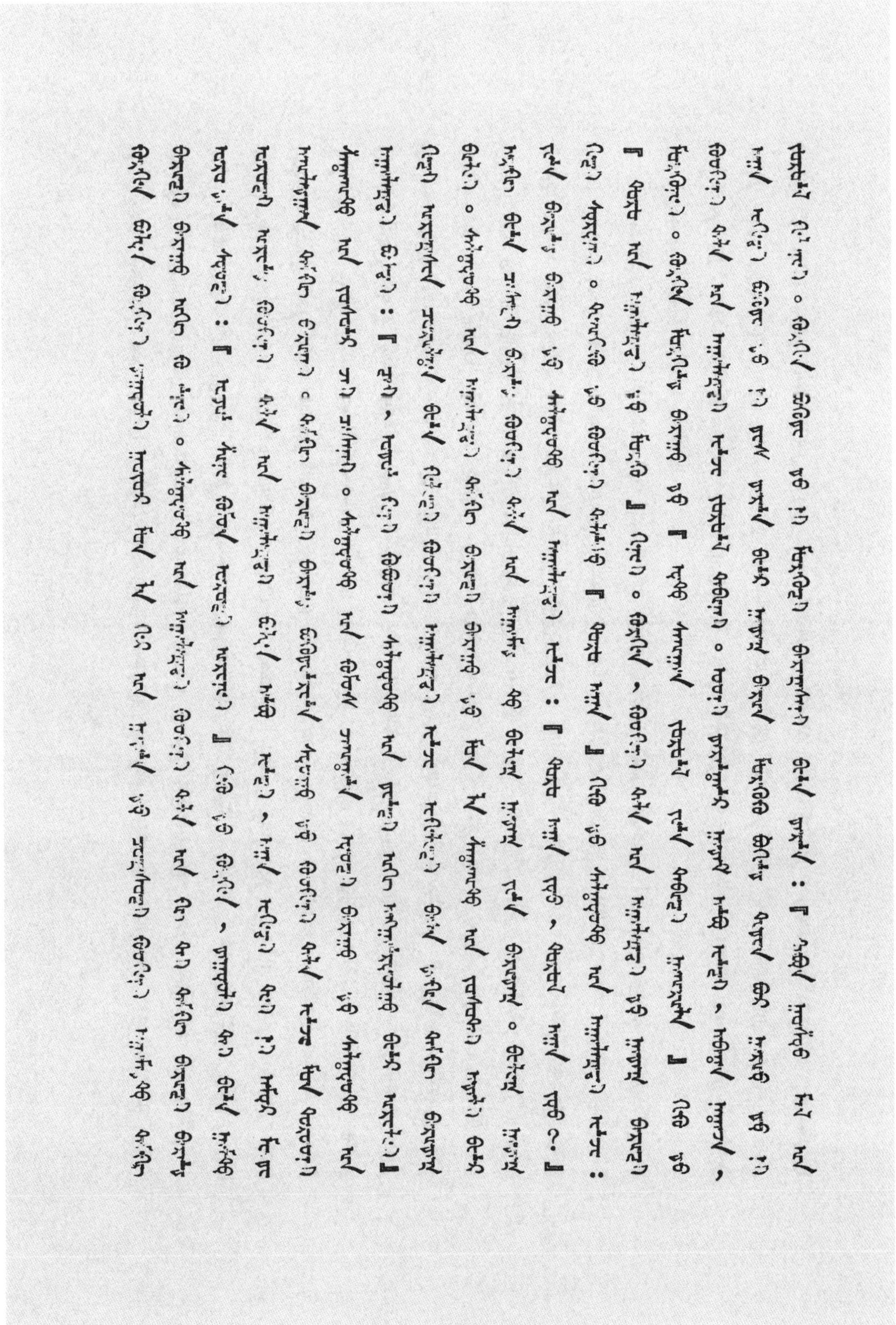

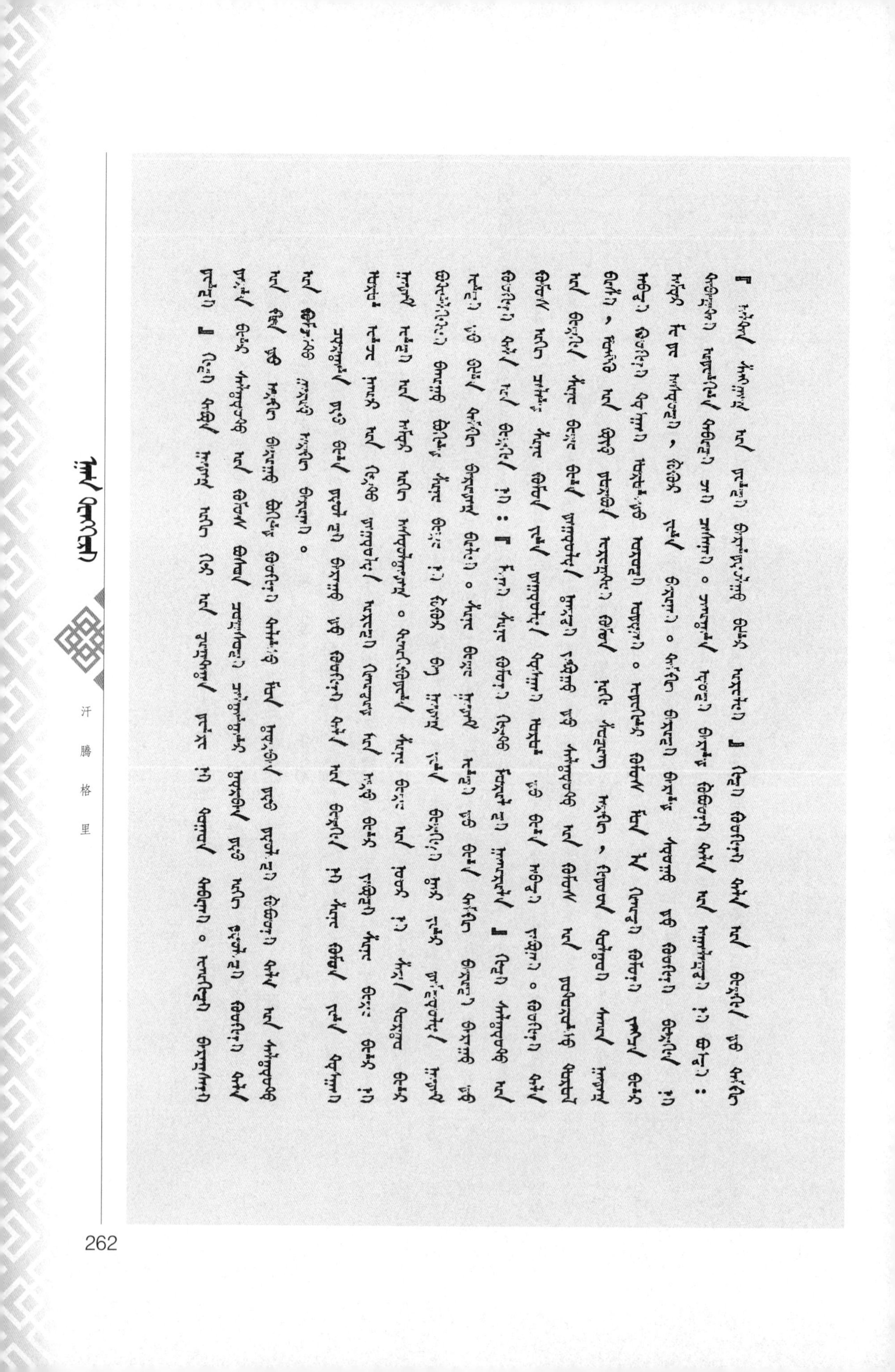

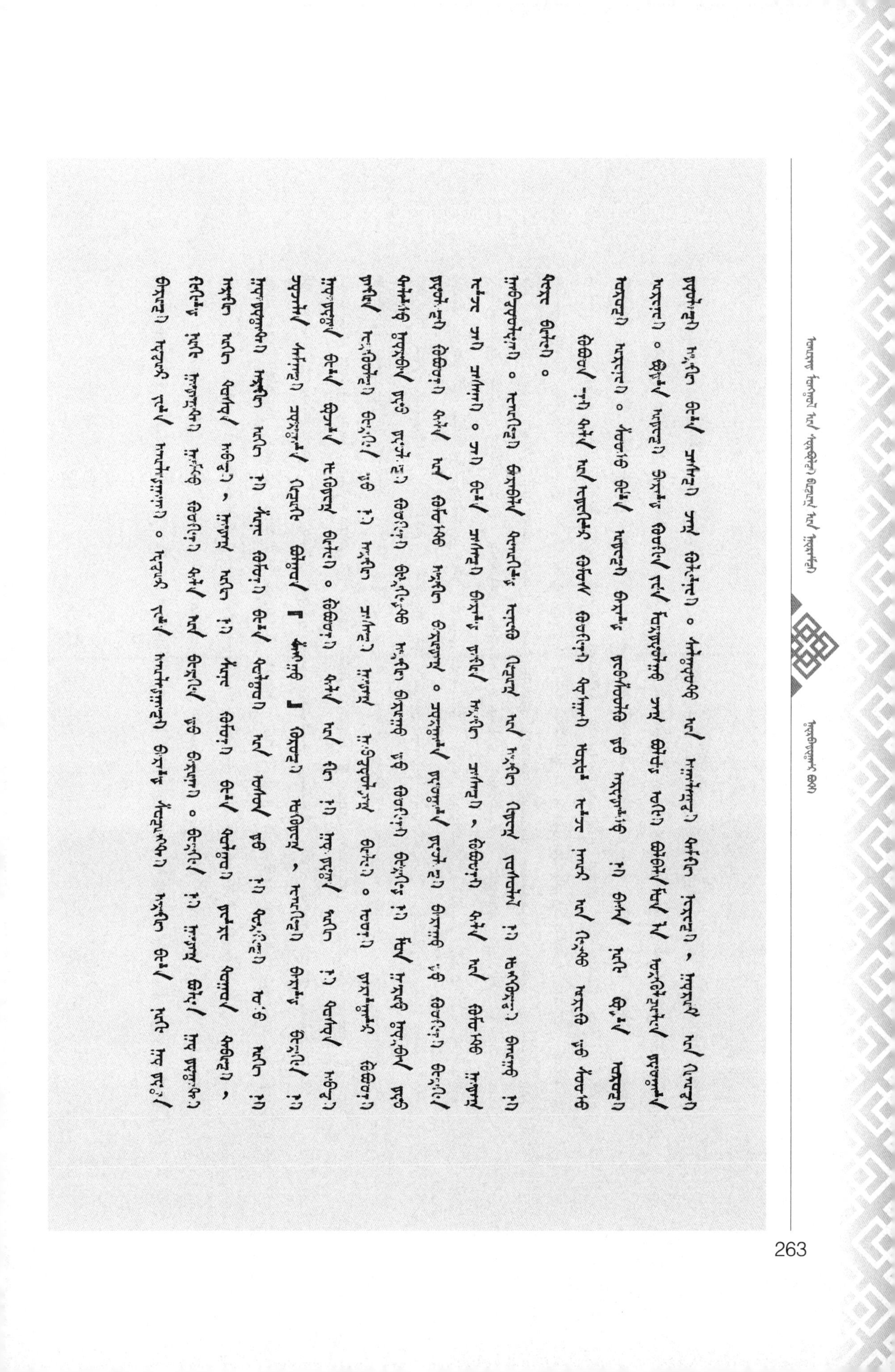

ᠬᠡᠷᠡᠭ ᠡᠭᠦᠰᠬᠡᠬᠦ ᠃ ᠨᠢᠭᠡᠳᠦᠭᠡᠷ ᠬᠡᠷᠡᠭ ᠤᠨ ᠪᠠᠶᠢᠳᠠᠯ ᠤᠨ ᠲᠤᠬᠠᠢ ᠳᠤ ᠪᠣᠳᠤᠯᠭ᠎ᠠ

ᠪᠣᠯᠵᠤ ᠠᠮᠢᠳᠤᠷᠠᠯ ᠤᠨ ᠪᠠᠶᠢᠳᠠᠯ ᠤᠨ ᠲᠤᠬᠠᠢ ᠳᠤ ᠪᠣᠳᠤᠯᠭ᠎ᠠ ᠶᠠᠪᠤᠭᠤᠯᠬᠤ ᠰᠢᠭ ᠵᠢᠯ ᠡᠴᠡ ᠭᠠᠷᠭᠠᠨ ᠪᠣᠯᠭᠠᠨ᠎ᠠ ᠄ 『 ᠲᠡᠭᠡᠷ ᠪᠣᠯ ᠪᠠᠭᠠᠳᠤᠷ

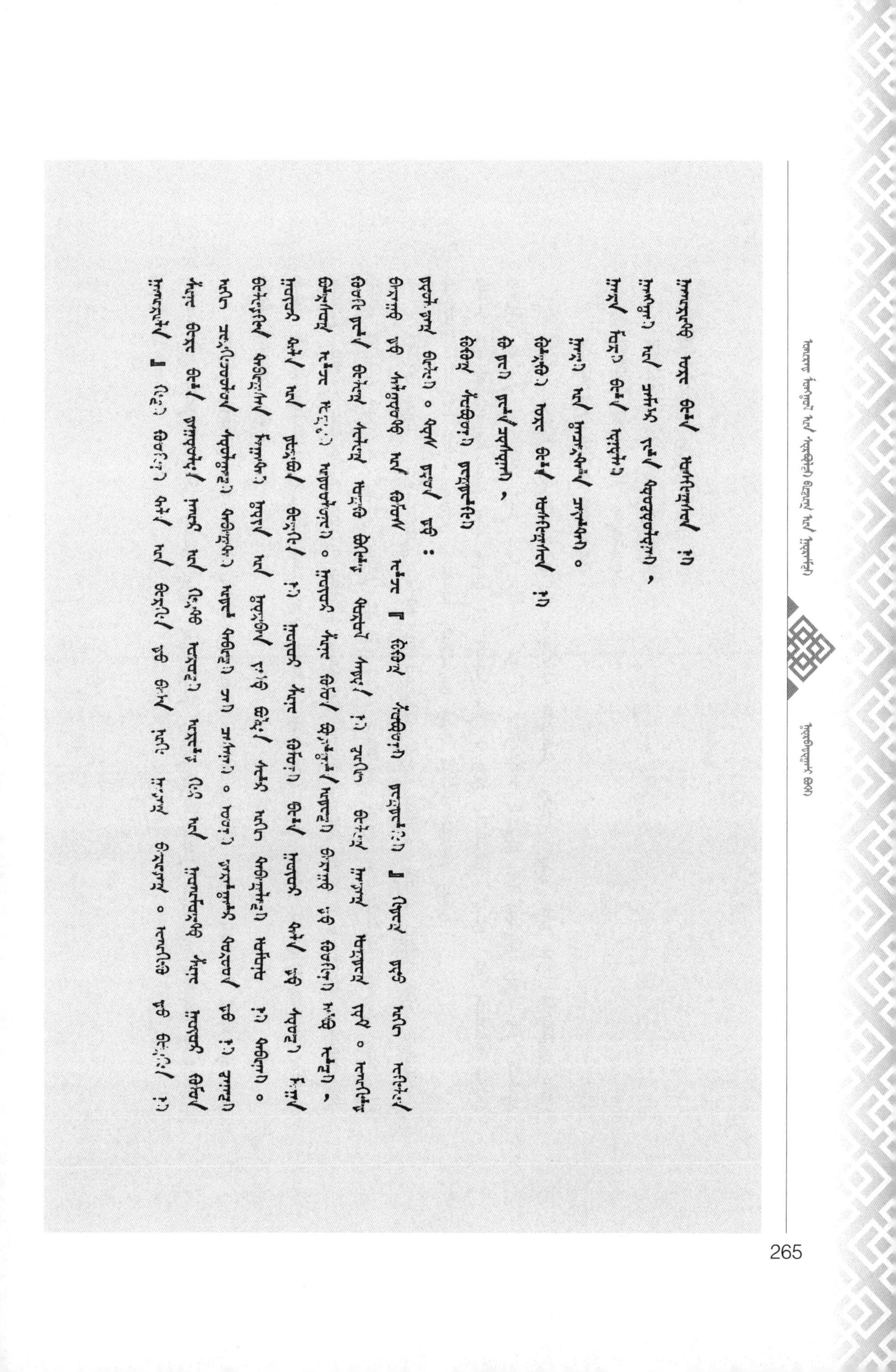

[illegible]
[illegible]
[illegible]
[illegible]
[illegible]
[illegible]
[illegible]
[illegible]
[illegible]
[illegible]
[illegible]
[illegible]
[illegible]
[illegible]
[illegible]
[illegible]

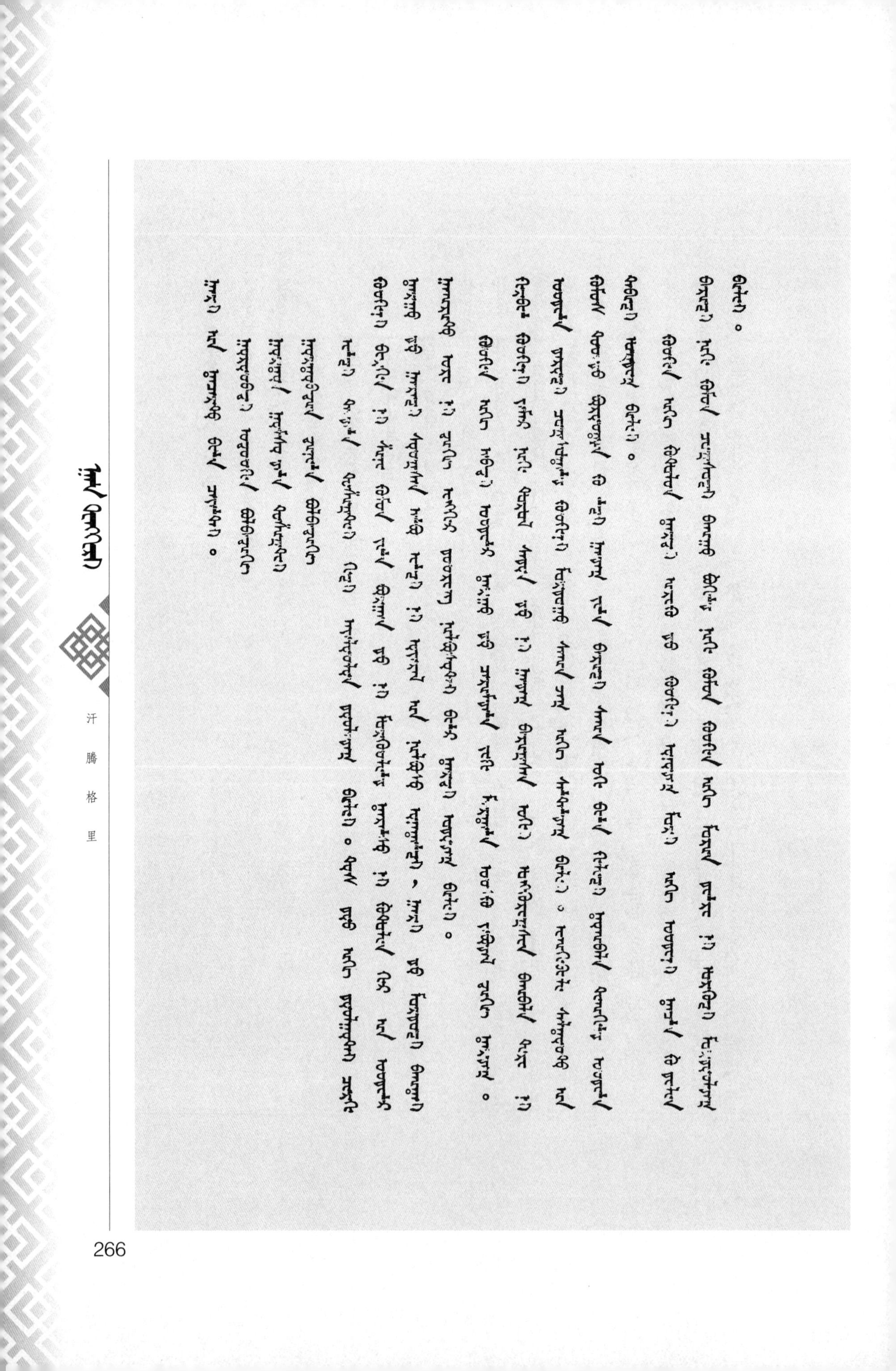

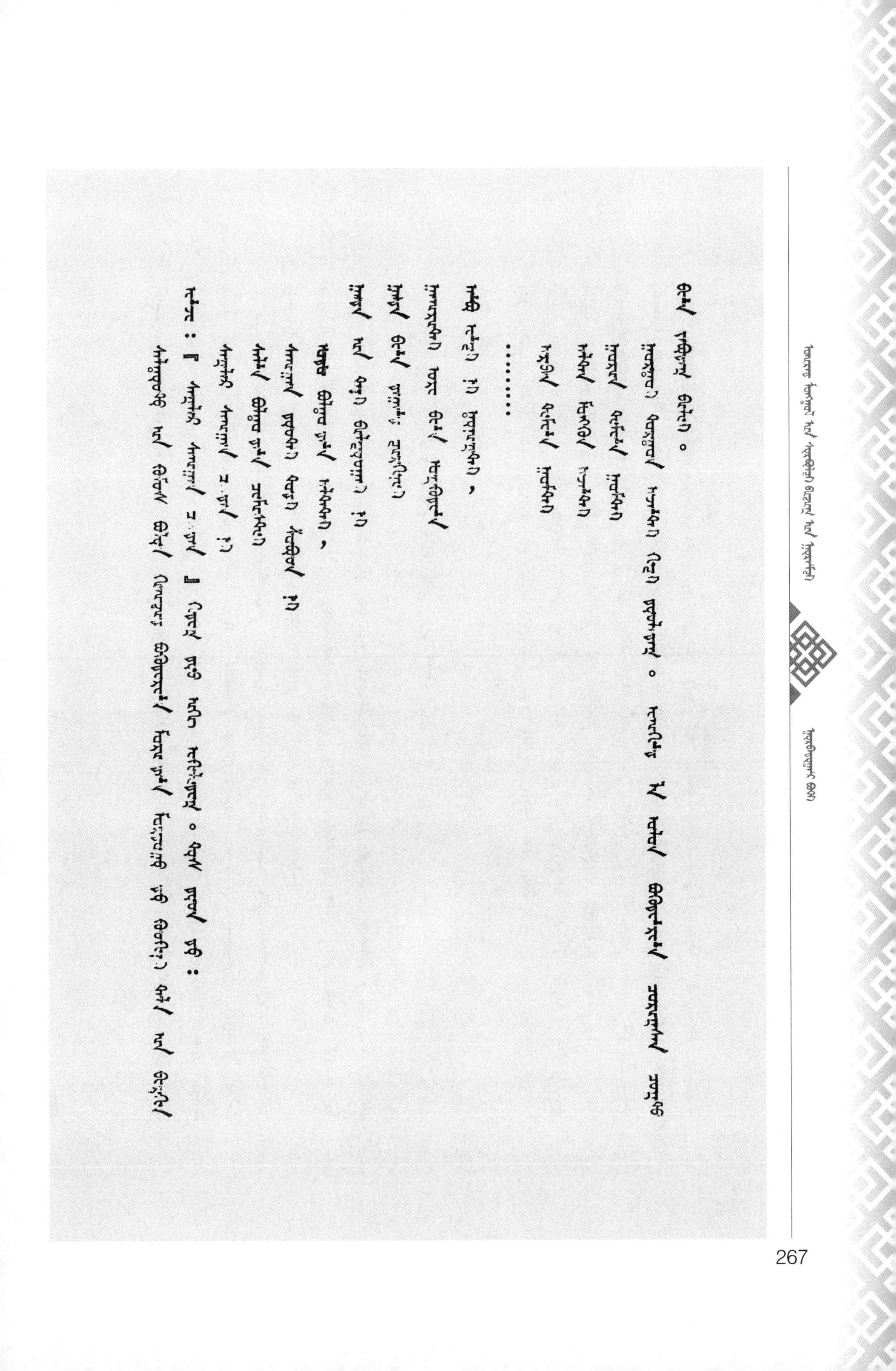

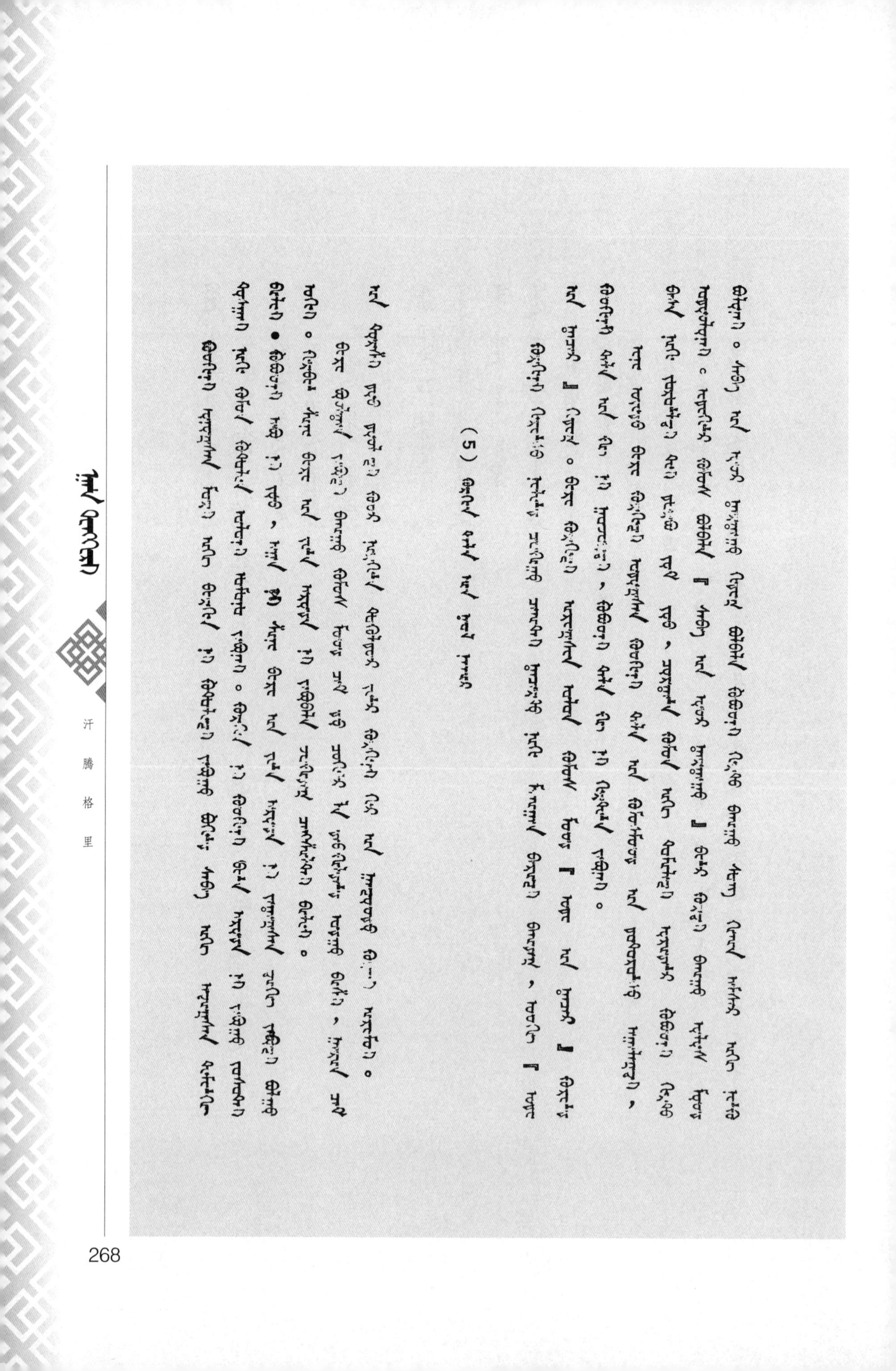

[illegible]

(5) [illegible]

[illegible]

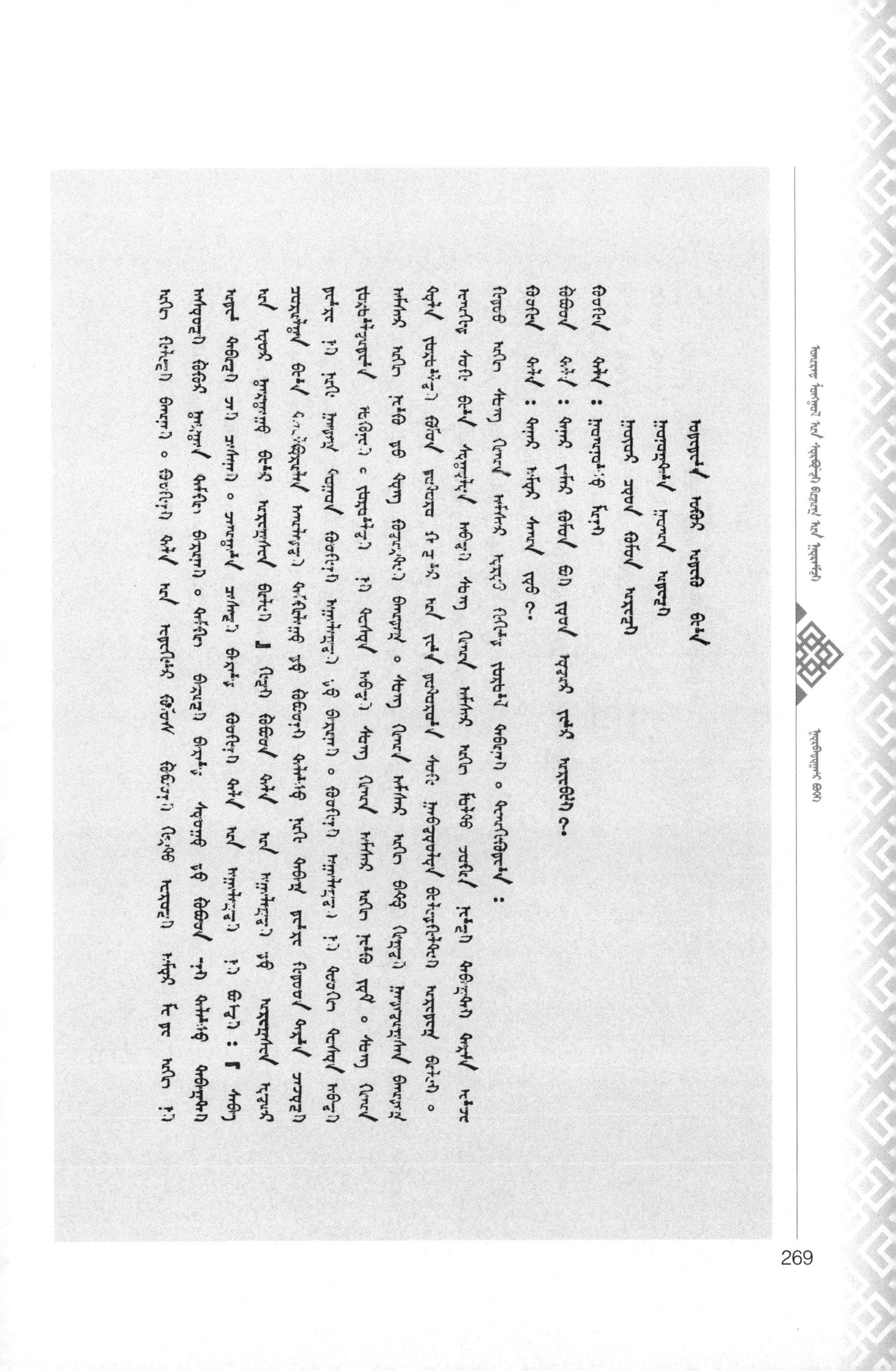

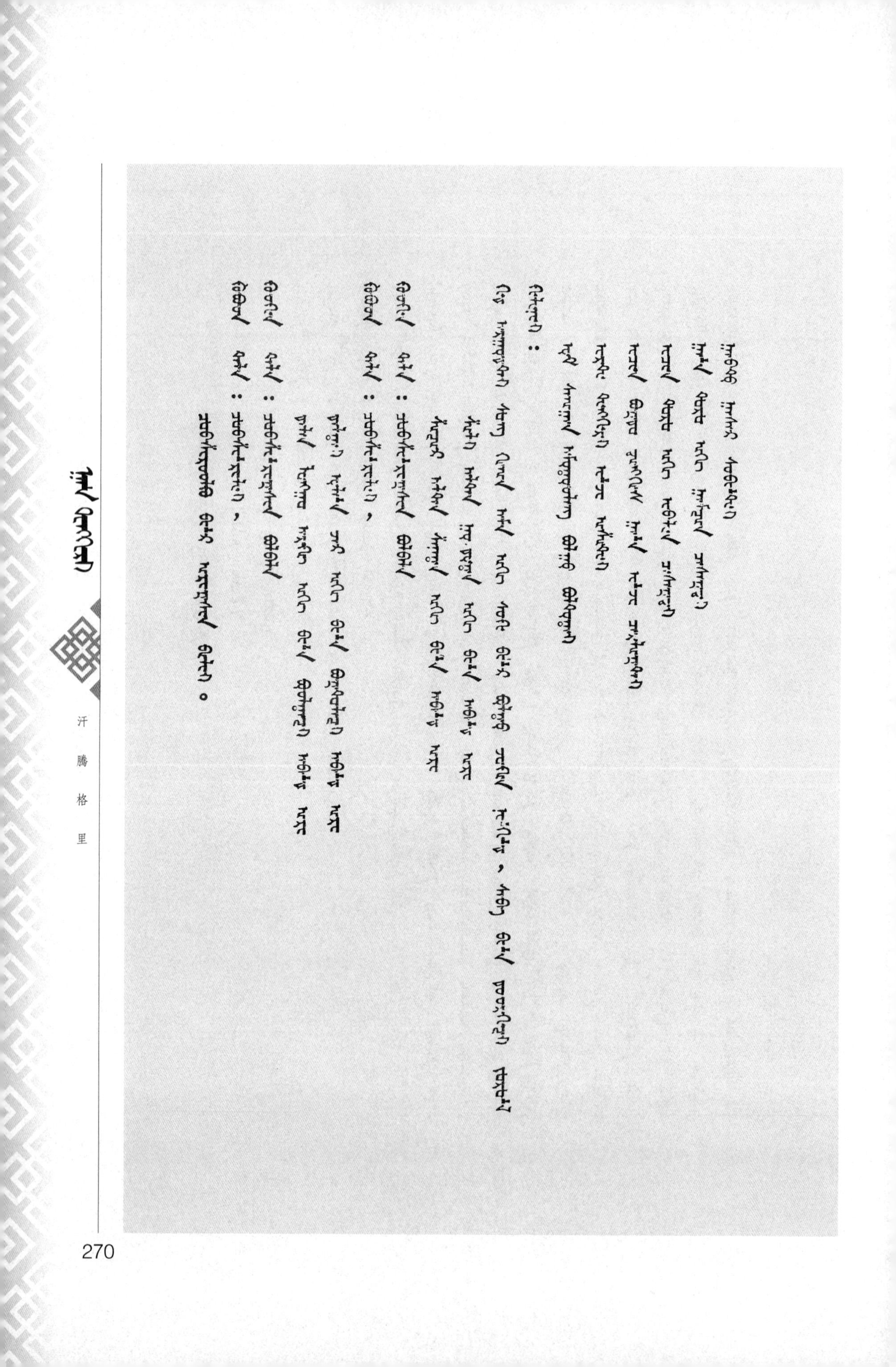

[illegible]
[illegible]
[illegible]
[illegible]
[illegible]
[illegible]

[illegible] :

[illegible] ,
[illegible]
[illegible]

[illegible] : [illegible]
[illegible] : [illegible] ,
[illegible]
[illegible]

[illegible] : [illegible]
[illegible] : [illegible] ,
[illegible] 。

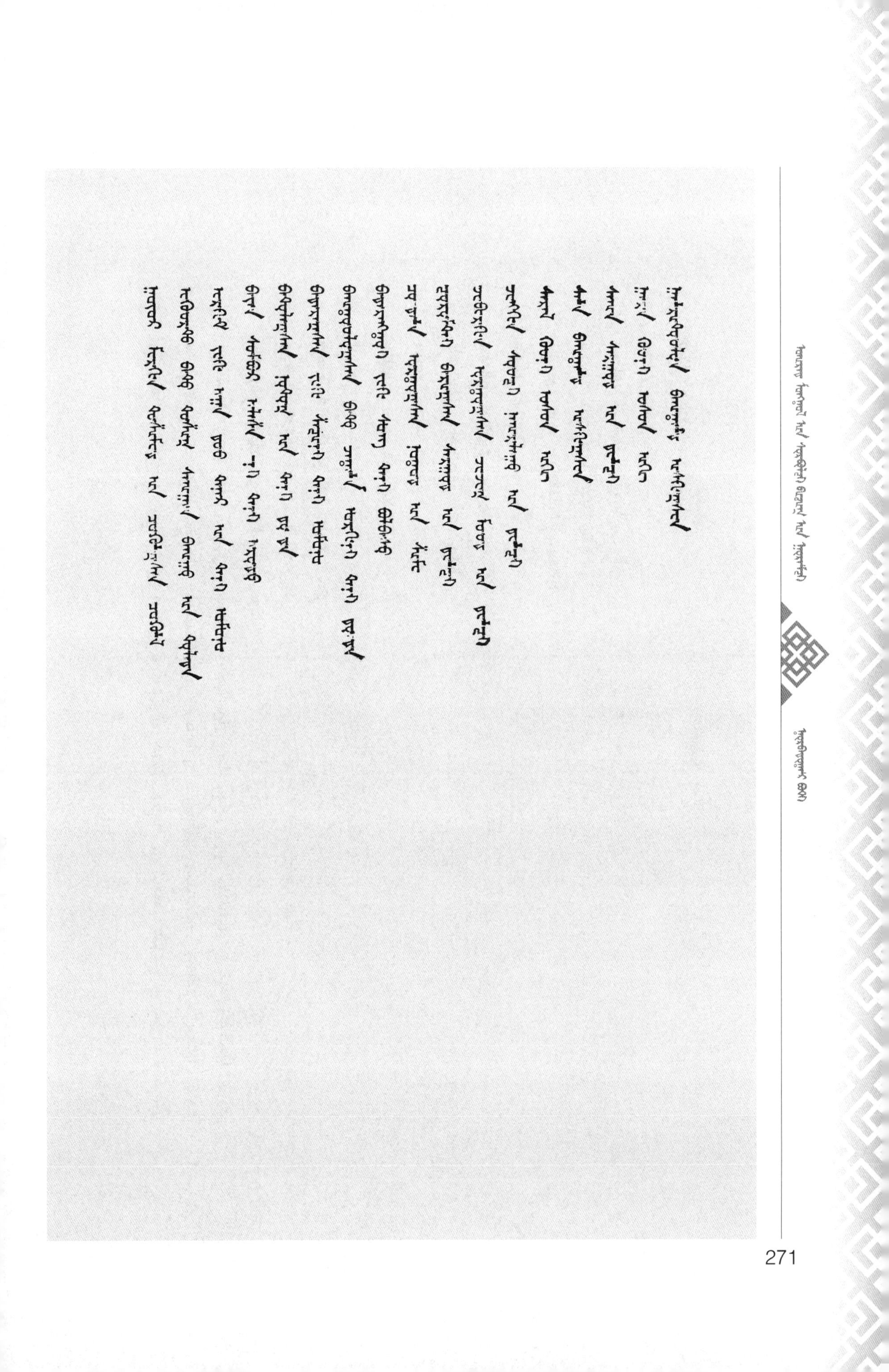

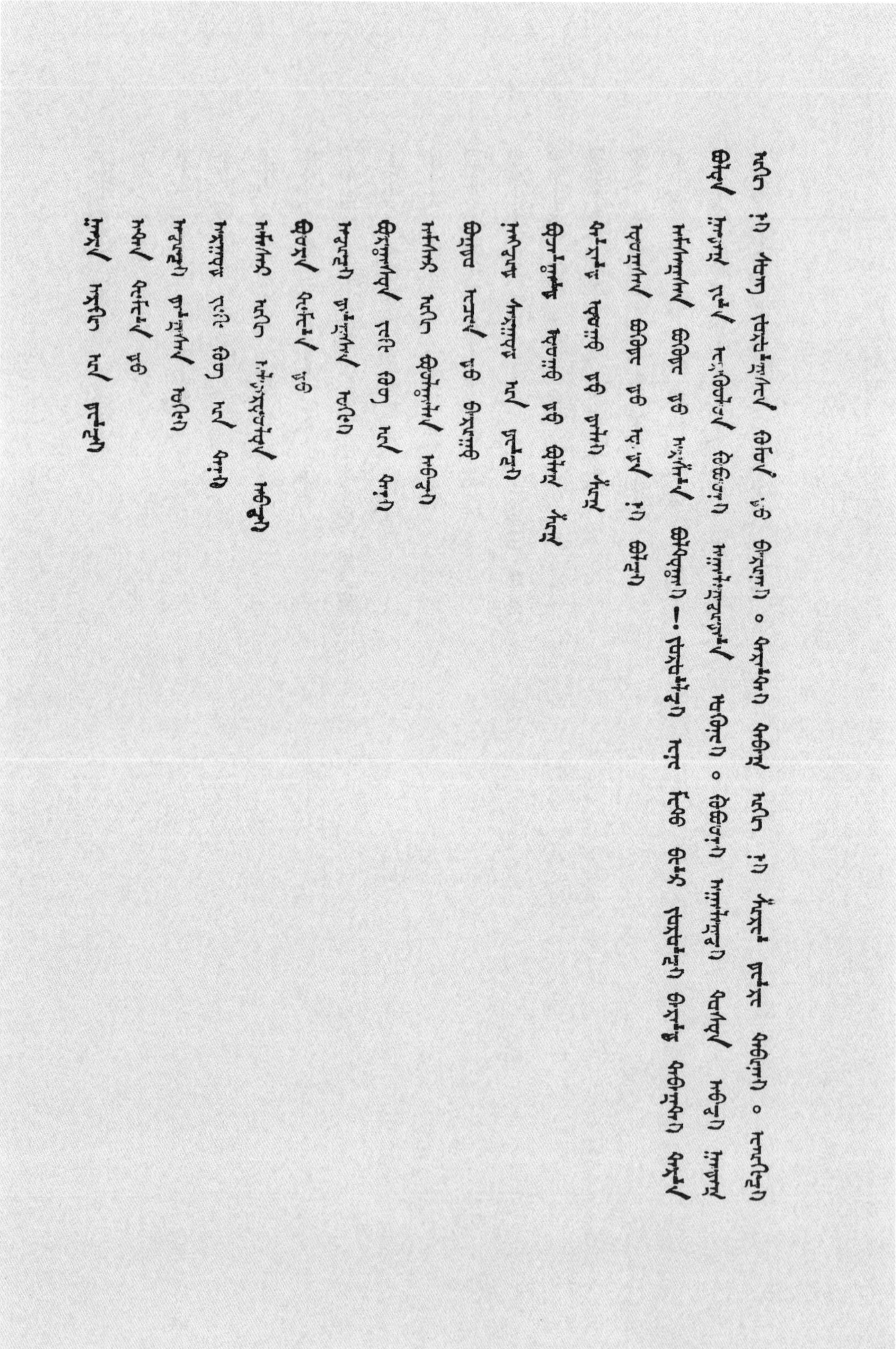
[illegible]

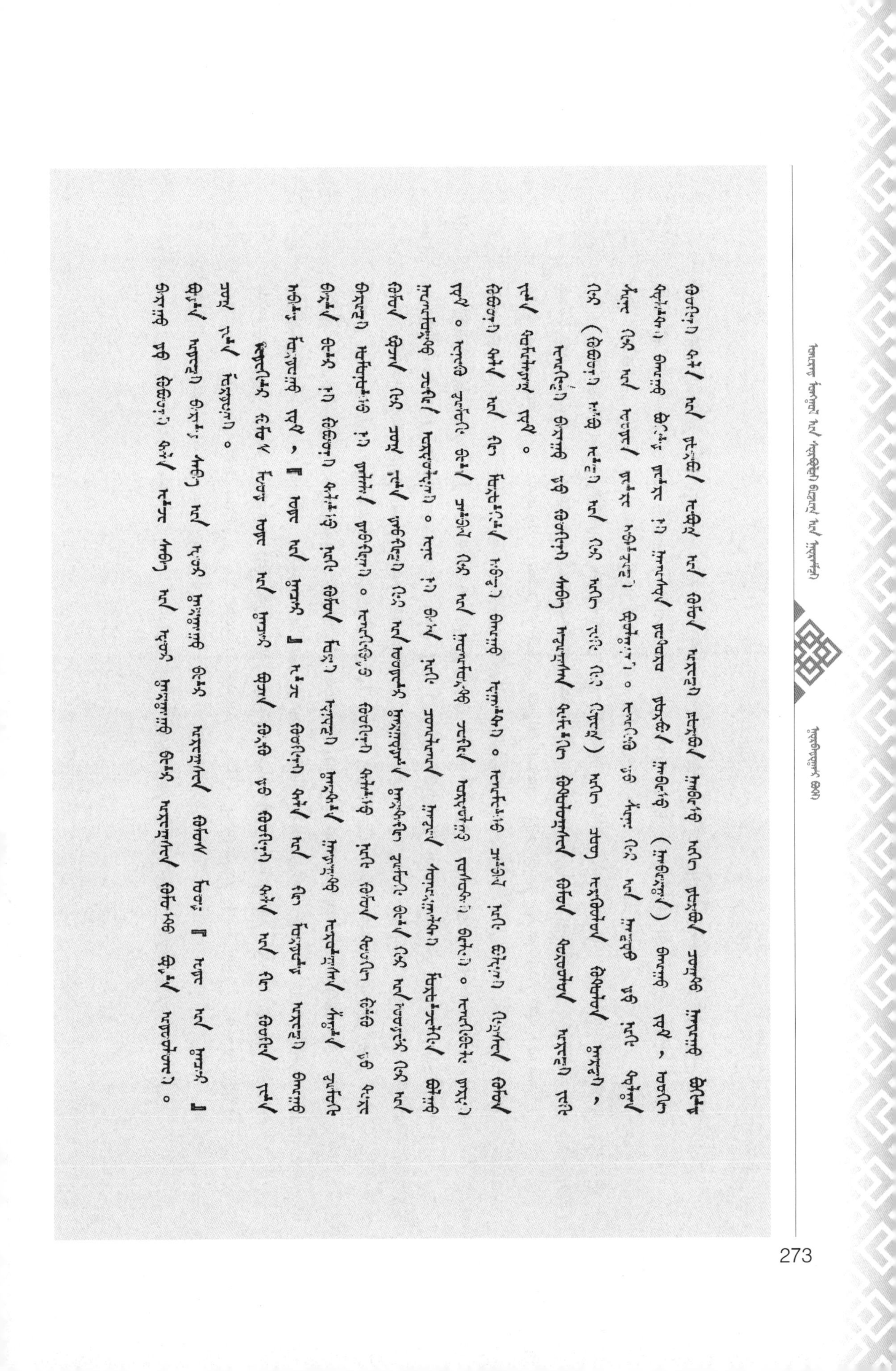

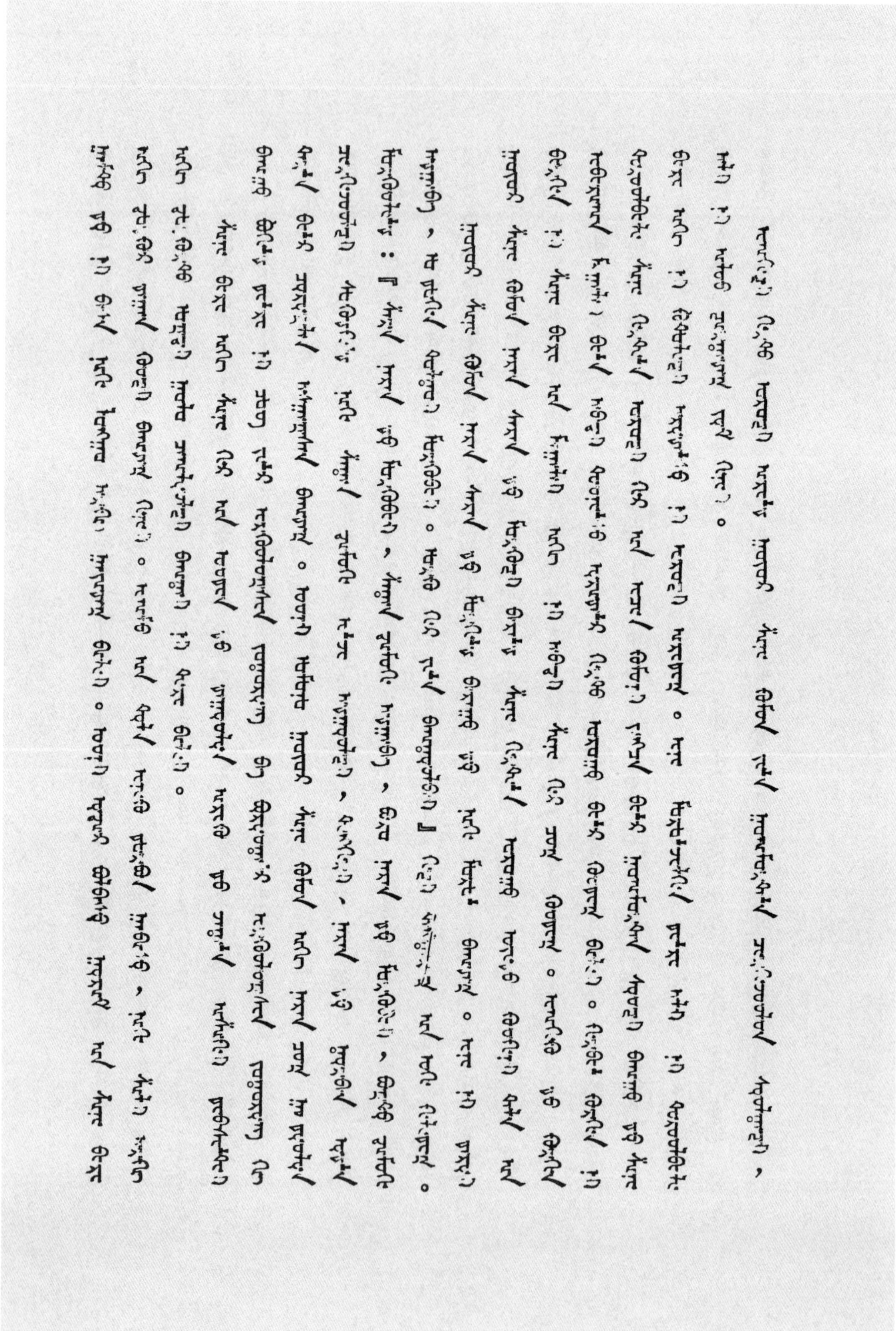

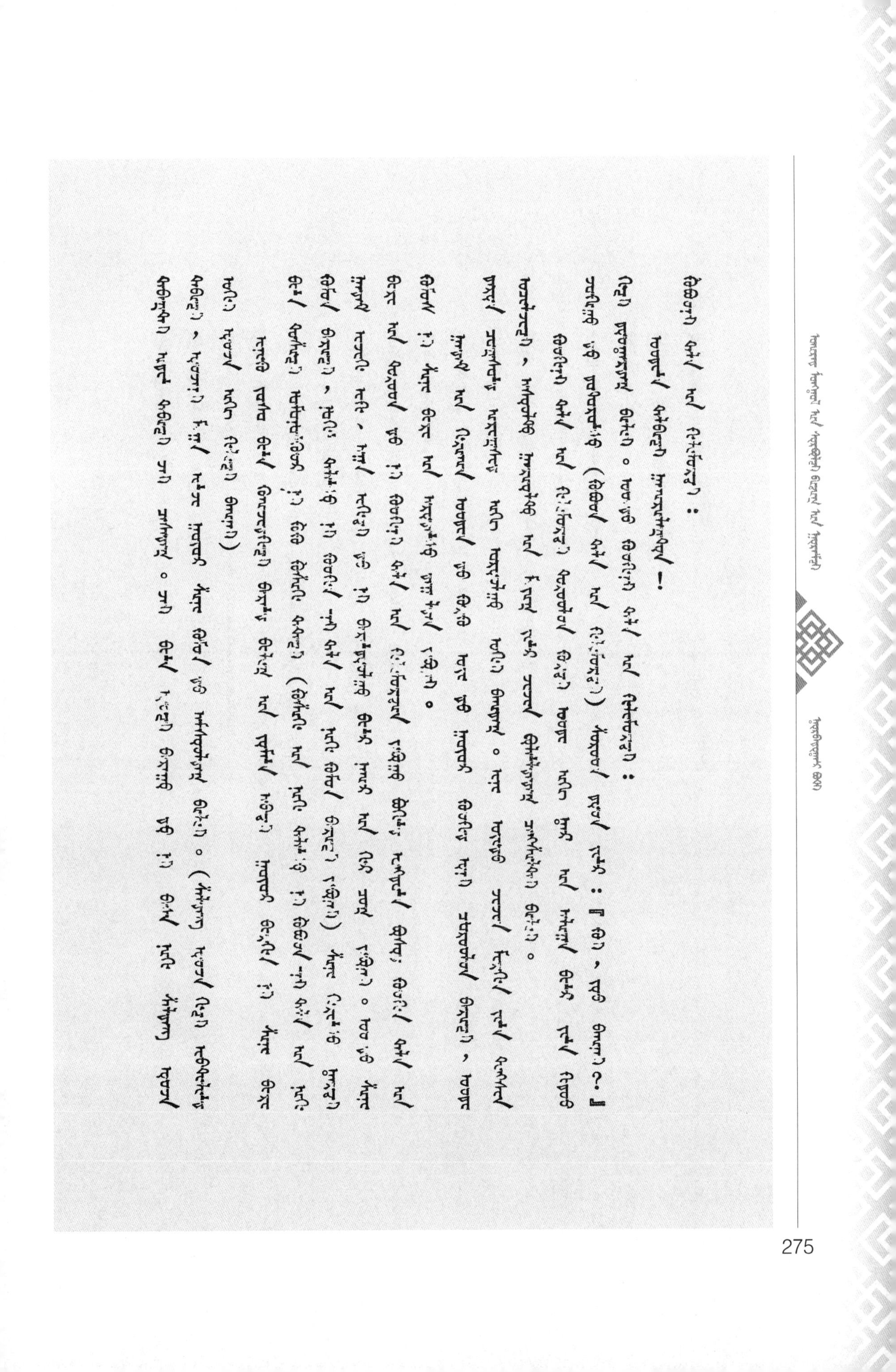

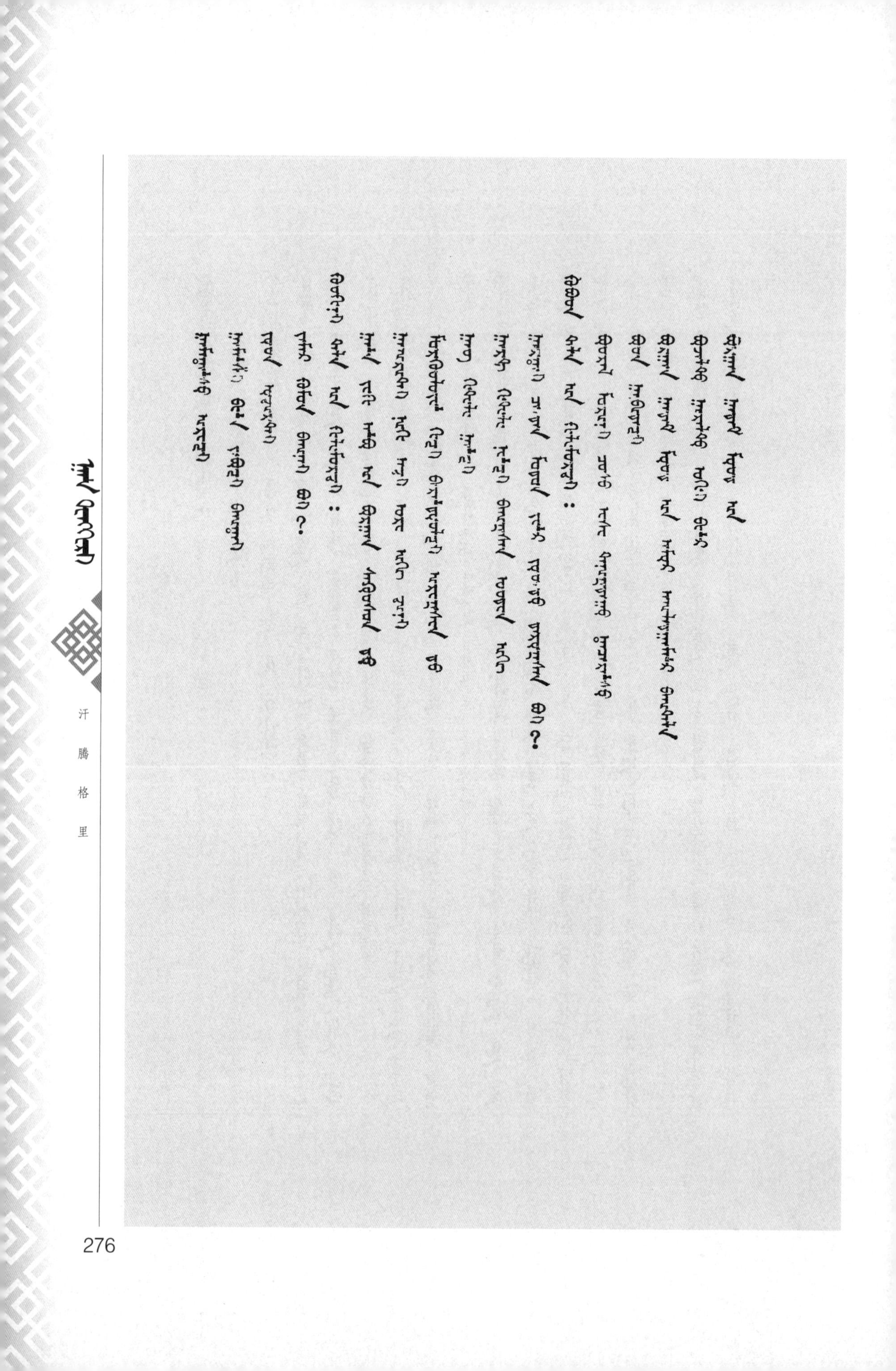

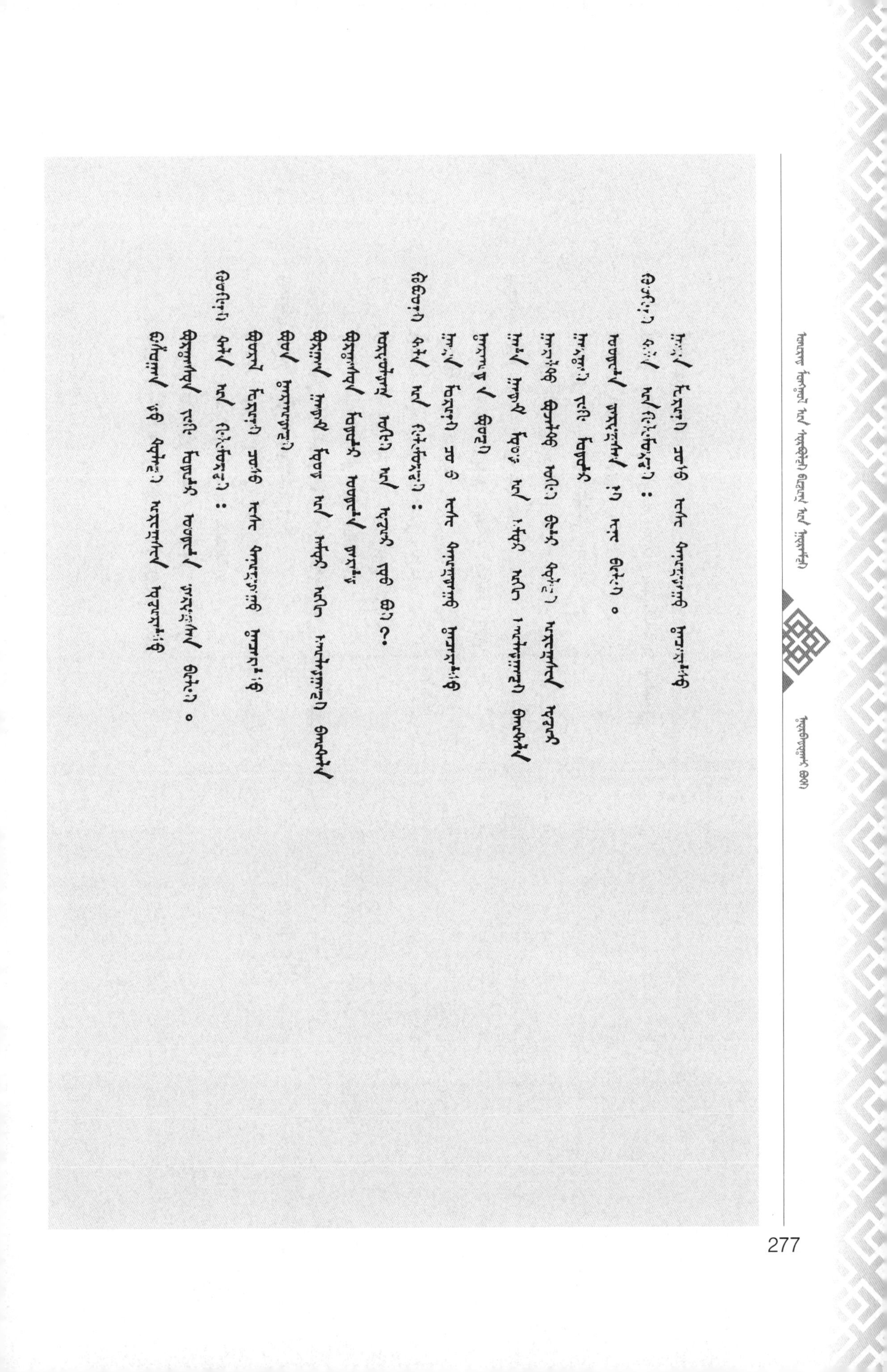

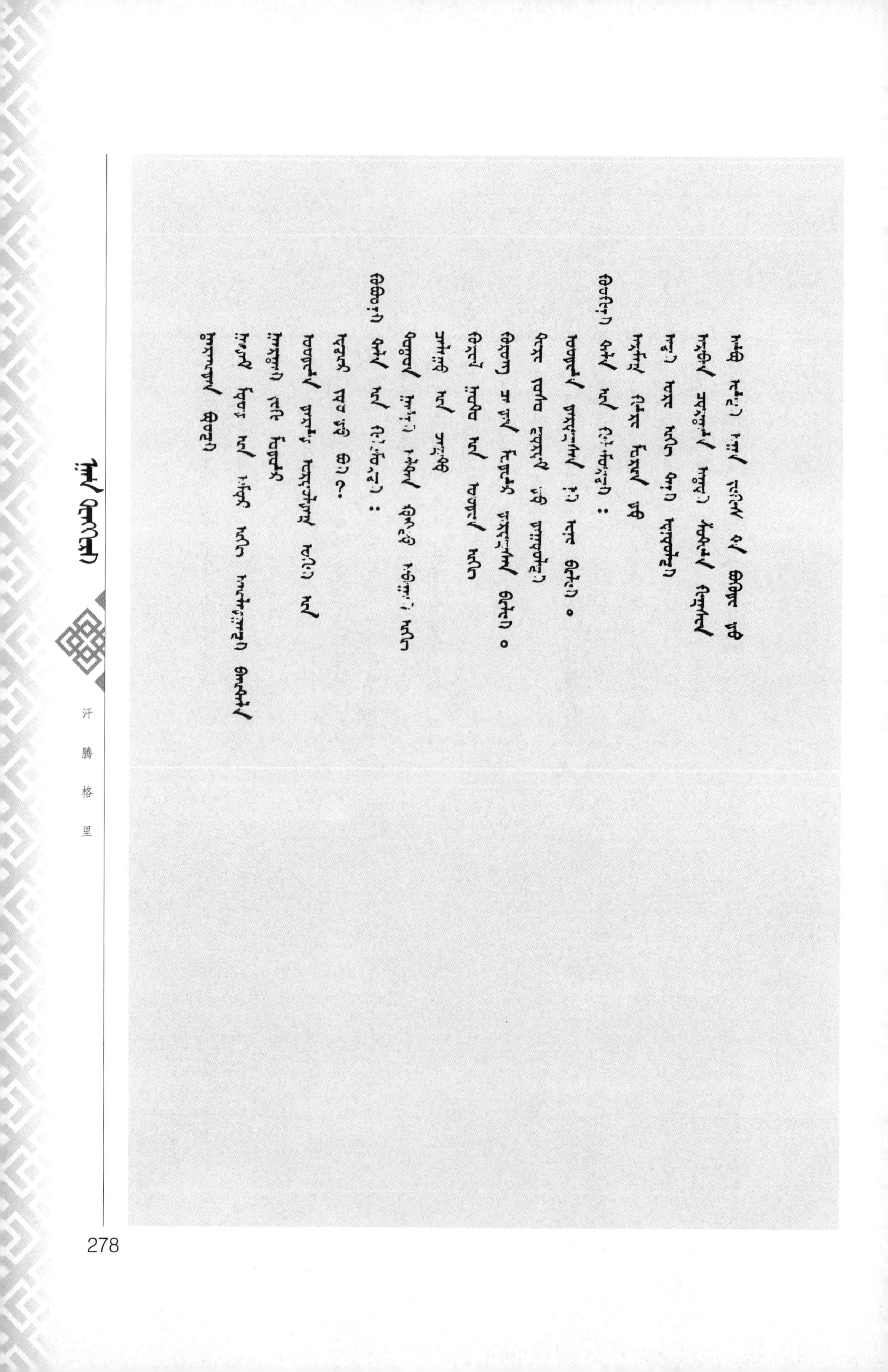

[illegible]
[illegible]
[illegible]
[illegible]
[illegible] :

[illegible]
[illegible]
[illegible]
[illegible]
[illegible]
[illegible] :

[illegible] ?
[illegible]
[illegible]
[illegible]
[illegible]

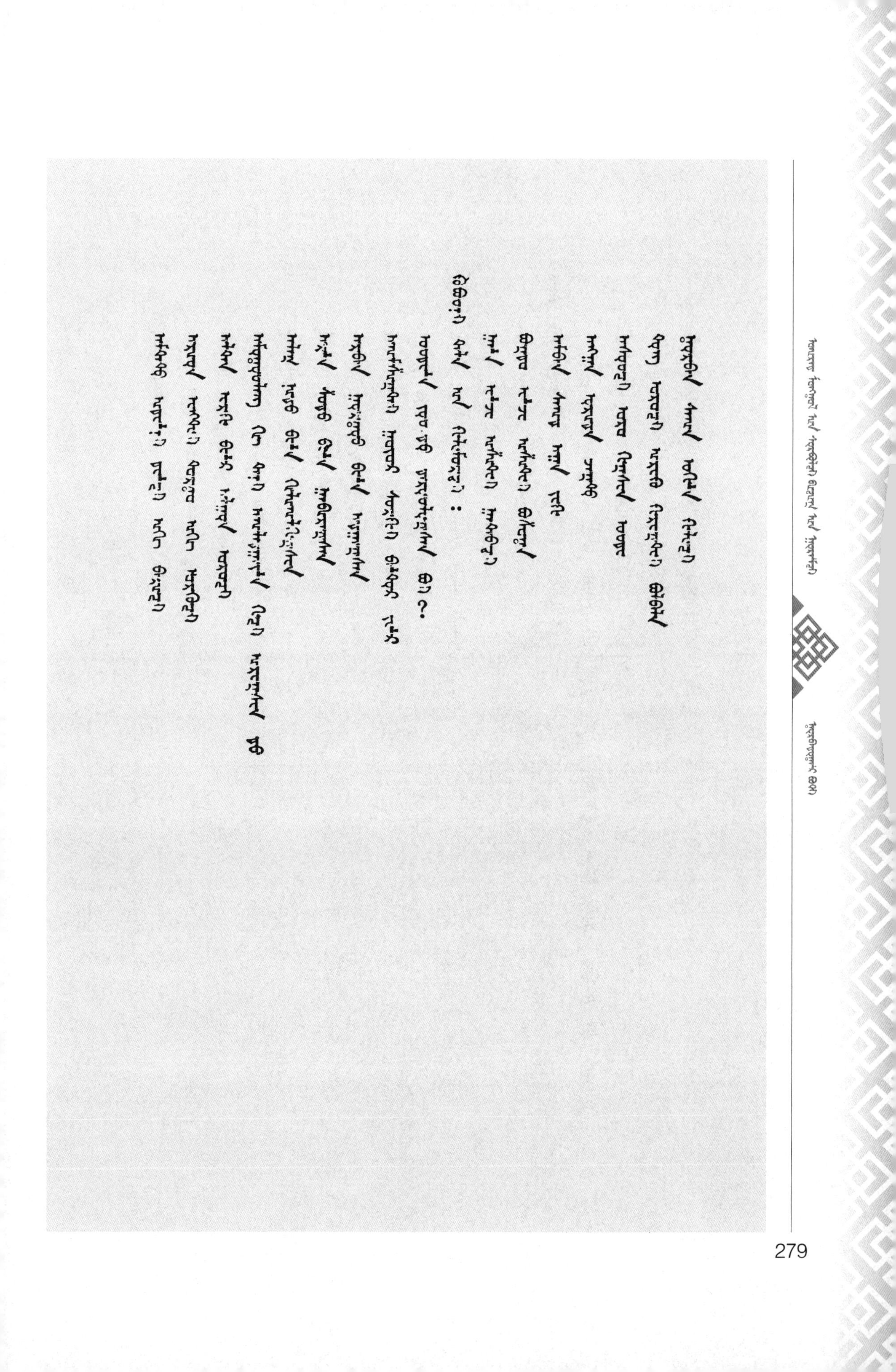

[illegible]
[illegible]
[illegible]
[illegible]
[illegible]
[illegible]
[illegible]
[illegible]
[illegible] ?
[illegible] ᠄
[illegible]
[illegible]
[illegible]
[illegible]
[illegible]
[illegible]
[illegible]

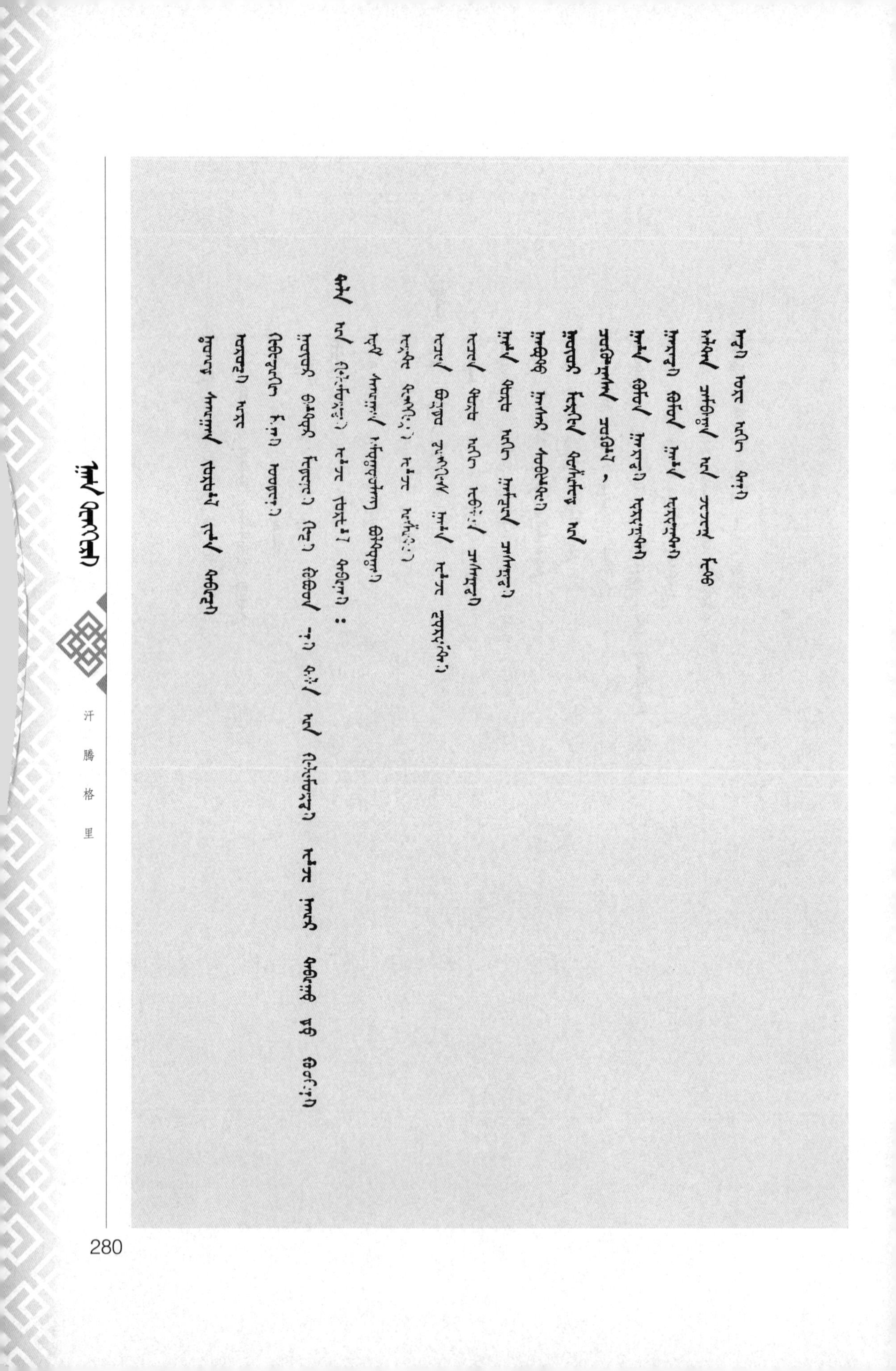

[illegible]

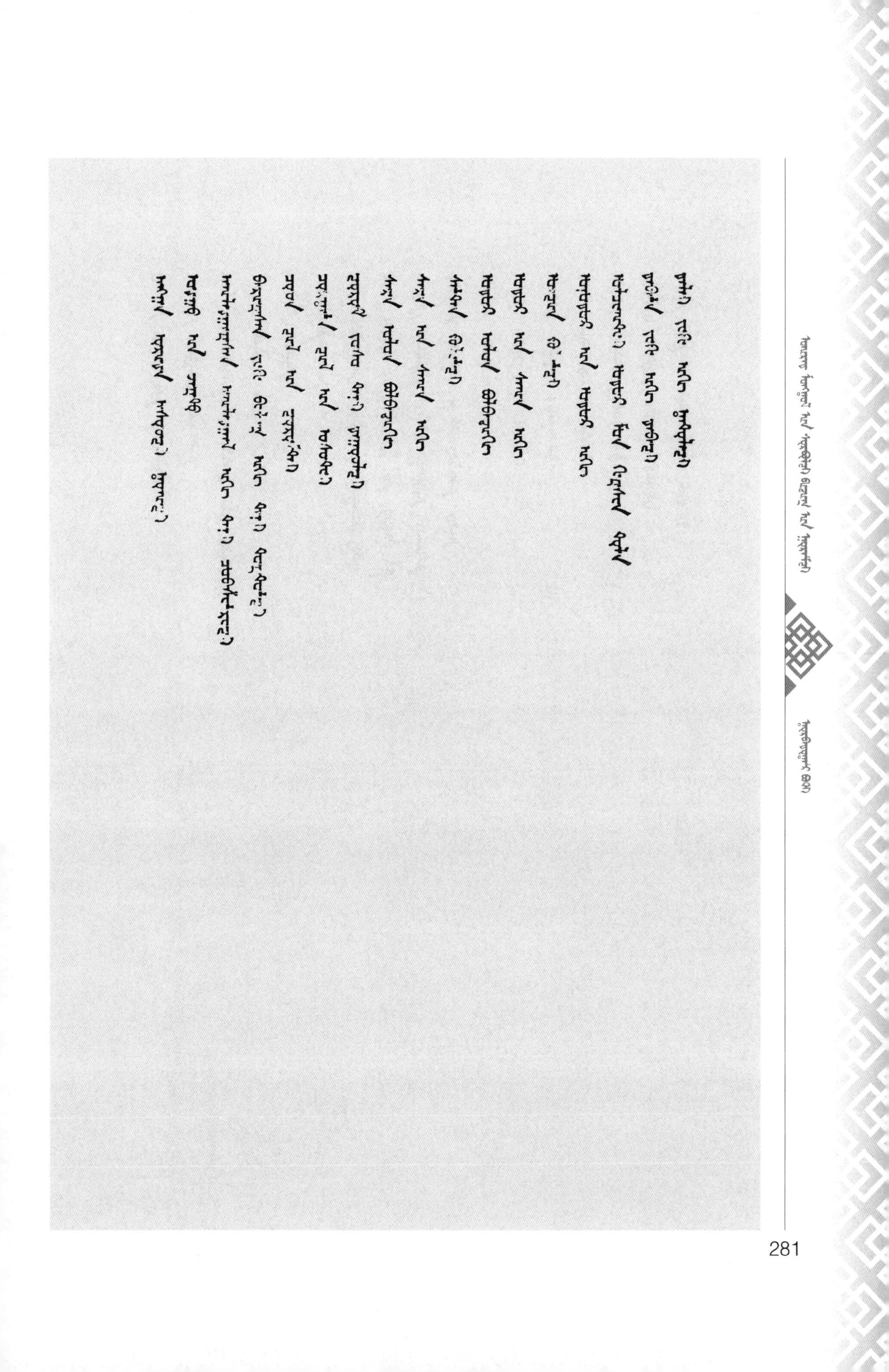

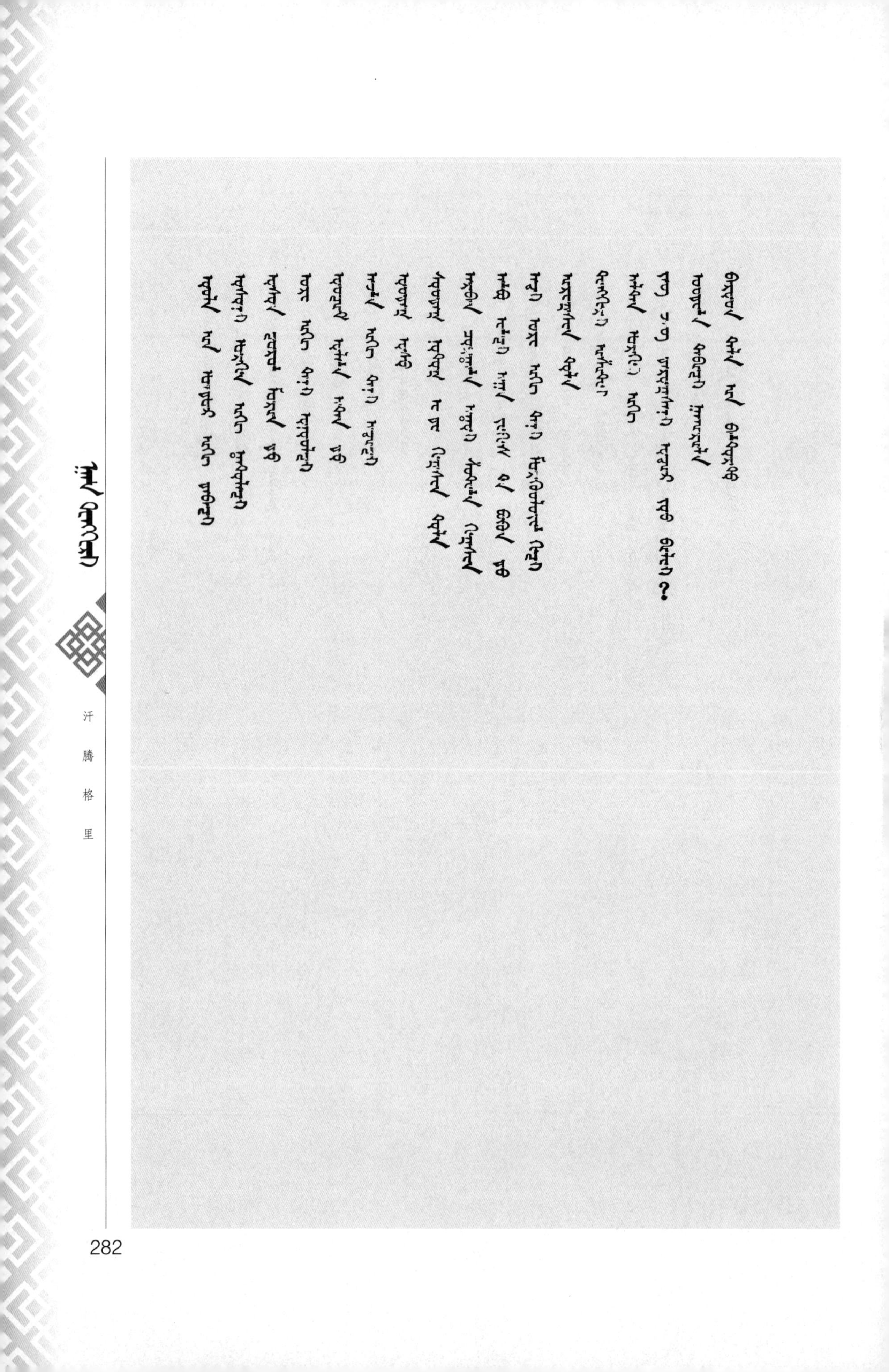

[illegible]
[illegible]
[illegible]
[illegible]
[illegible]
[illegible]
[illegible]
[illegible]
[illegible]
[illegible]
[illegible]
[illegible]
[illegible]
[illegible]
[illegible]
[illegible]
[illegible]

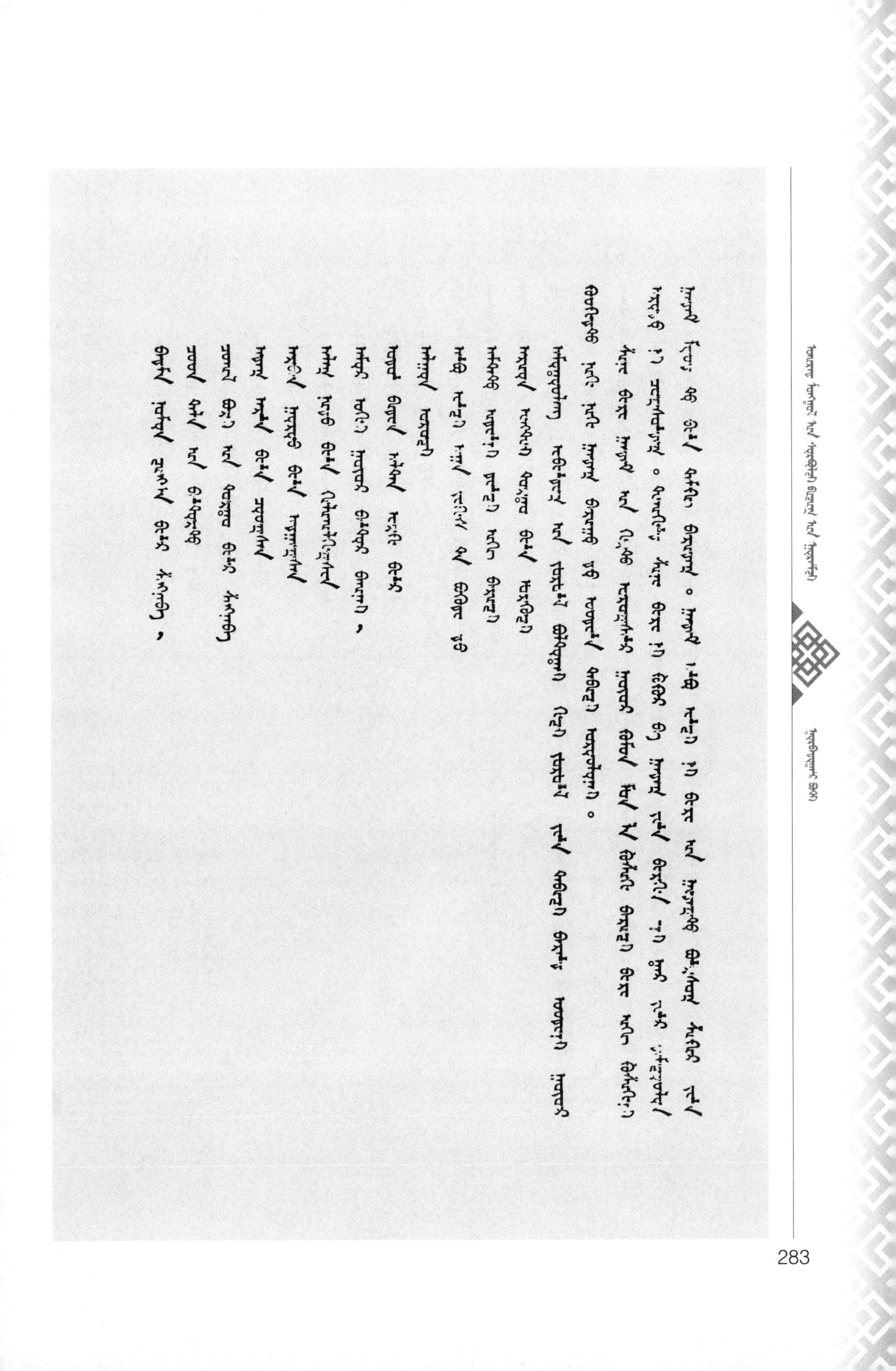

[illegible]

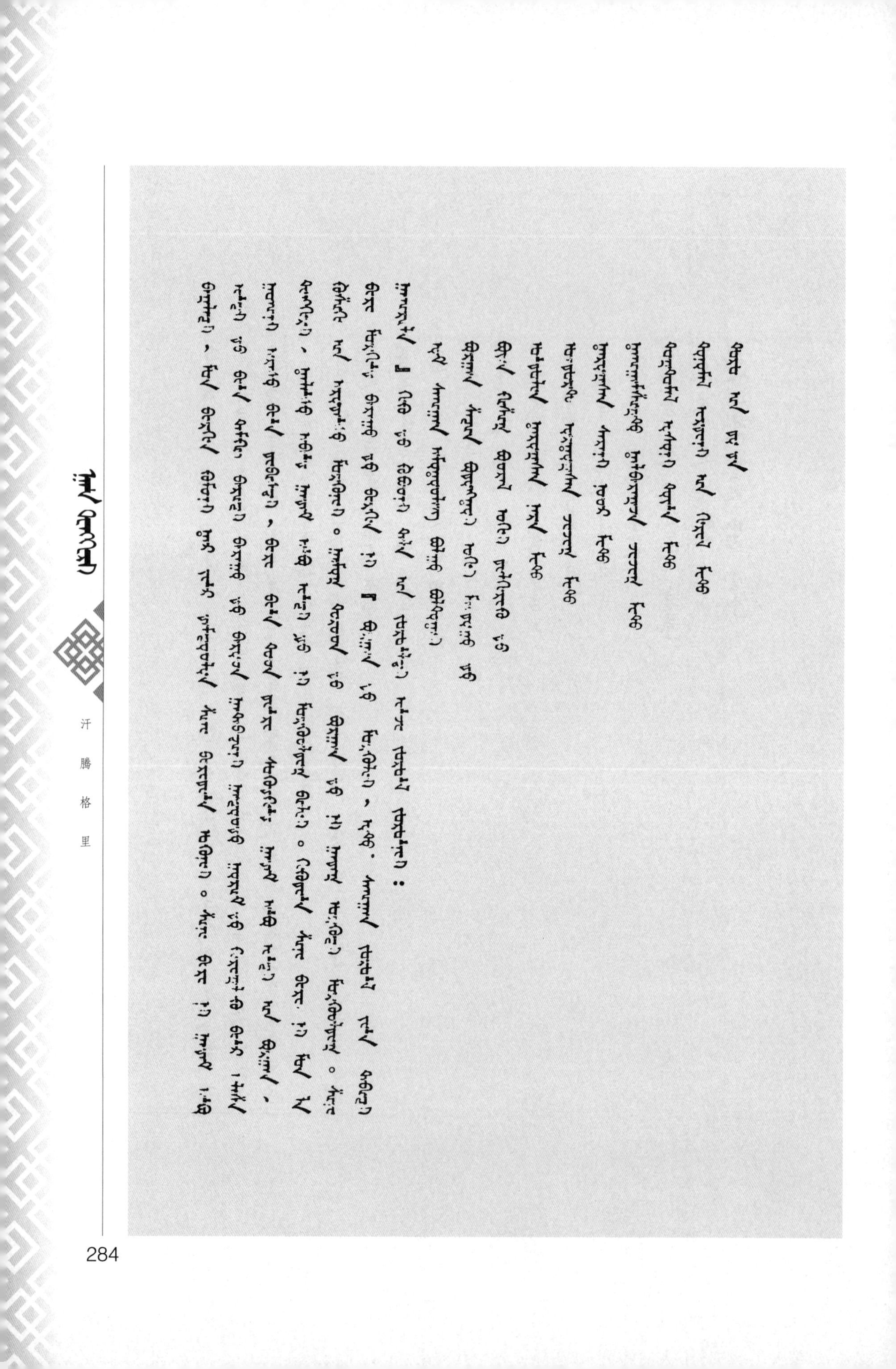

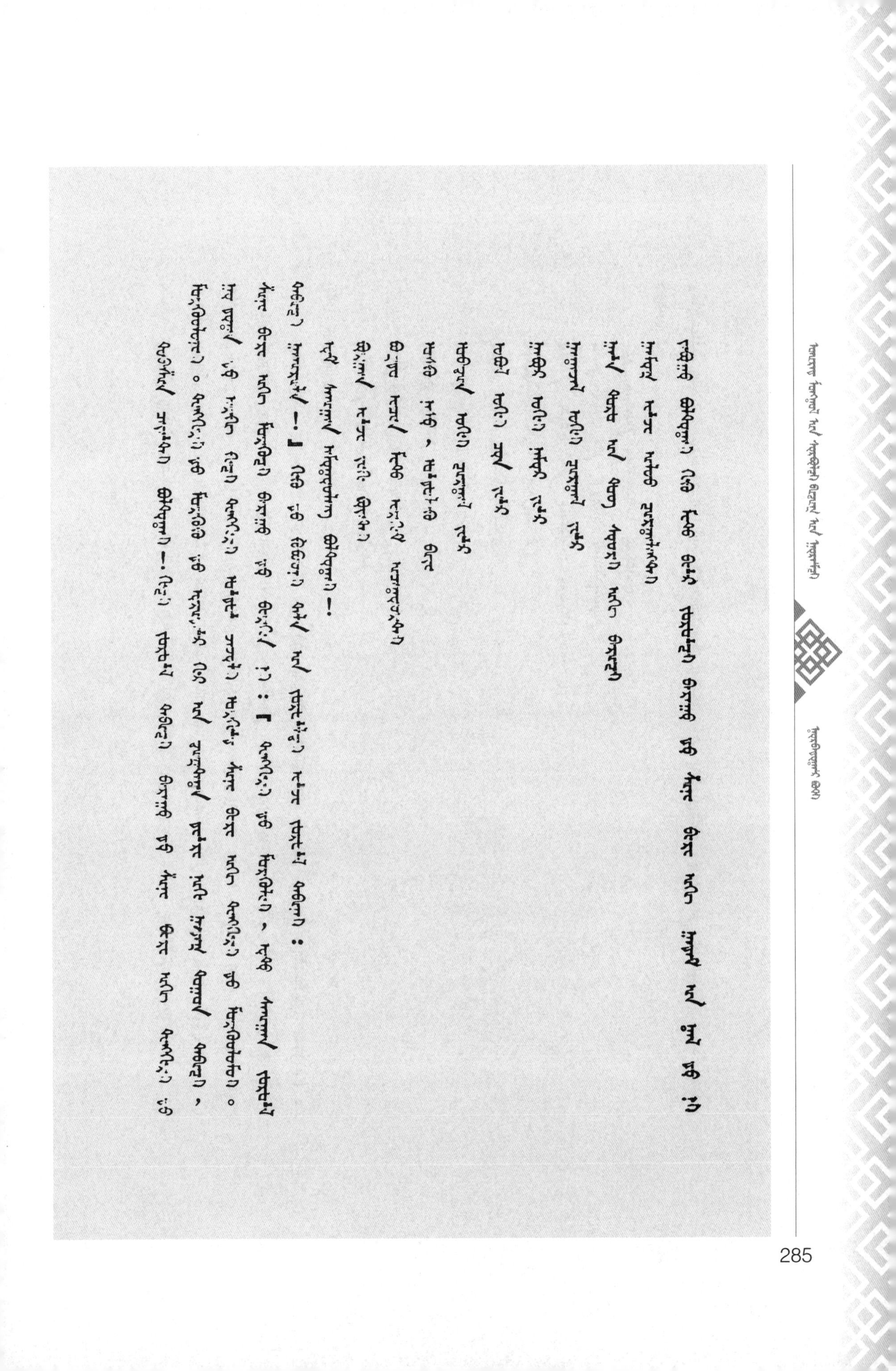

[illegible]

[illegible]

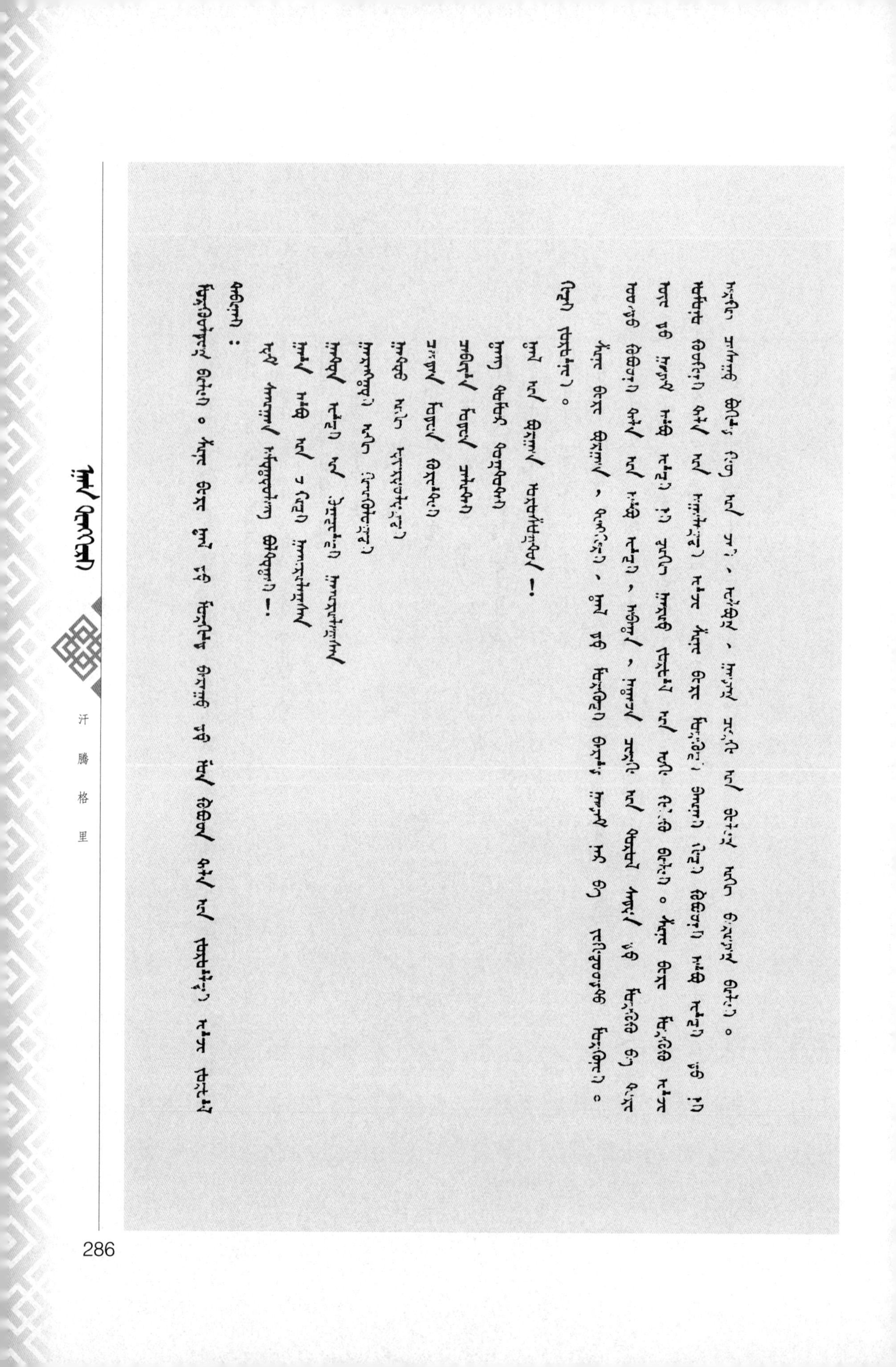

[illegible]

[illegible]

[illegible]

[illegible]

[illegible]

[illegible]

[illegible]

[illegible]

[illegible]

[illegible]

[illegible]

[illegible]

[illegible]

[illegible]

[illegible]

[illegible]

[illegible]

[illegible]

[illegible] :

[illegible]

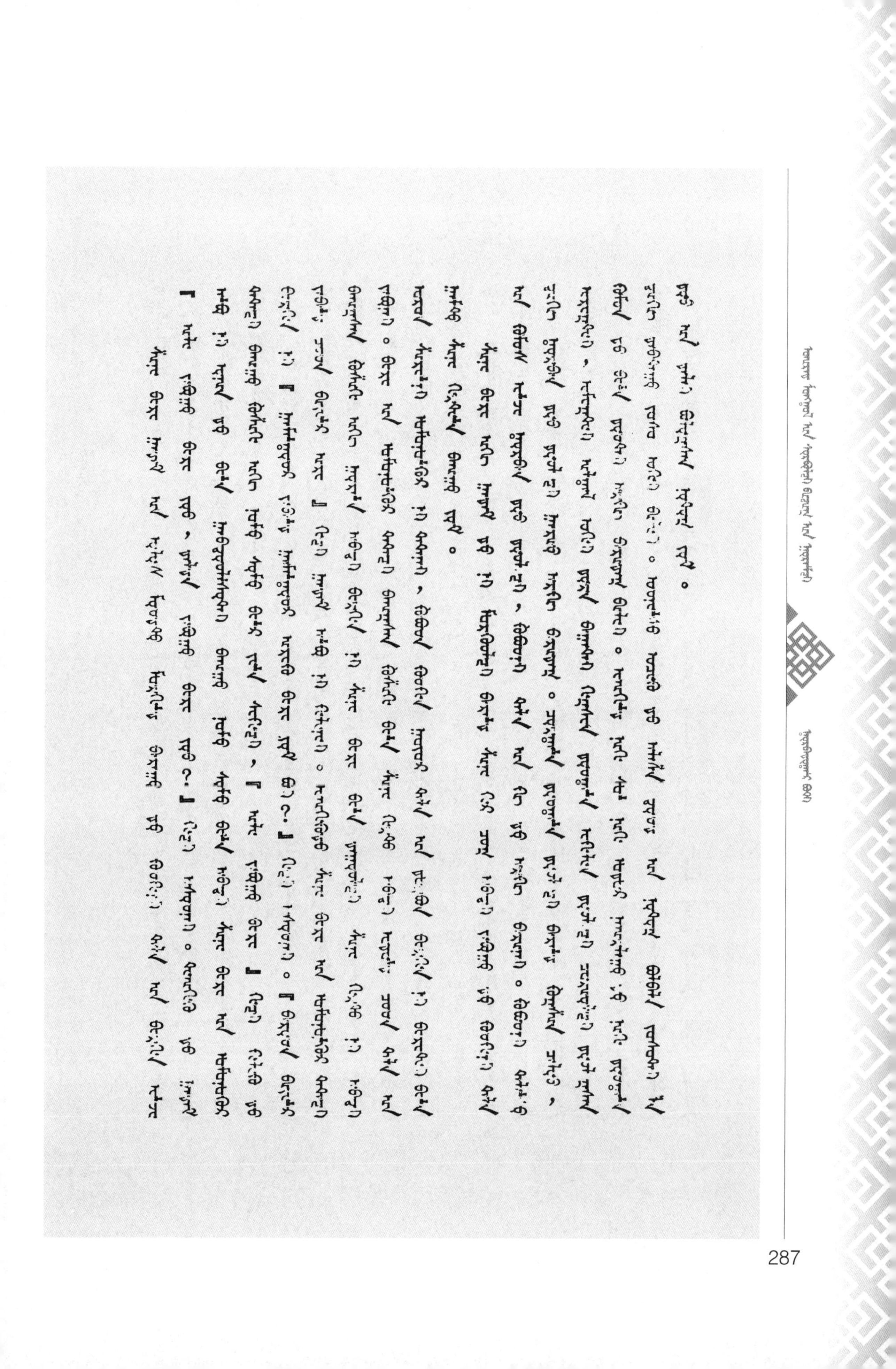

[illegible]

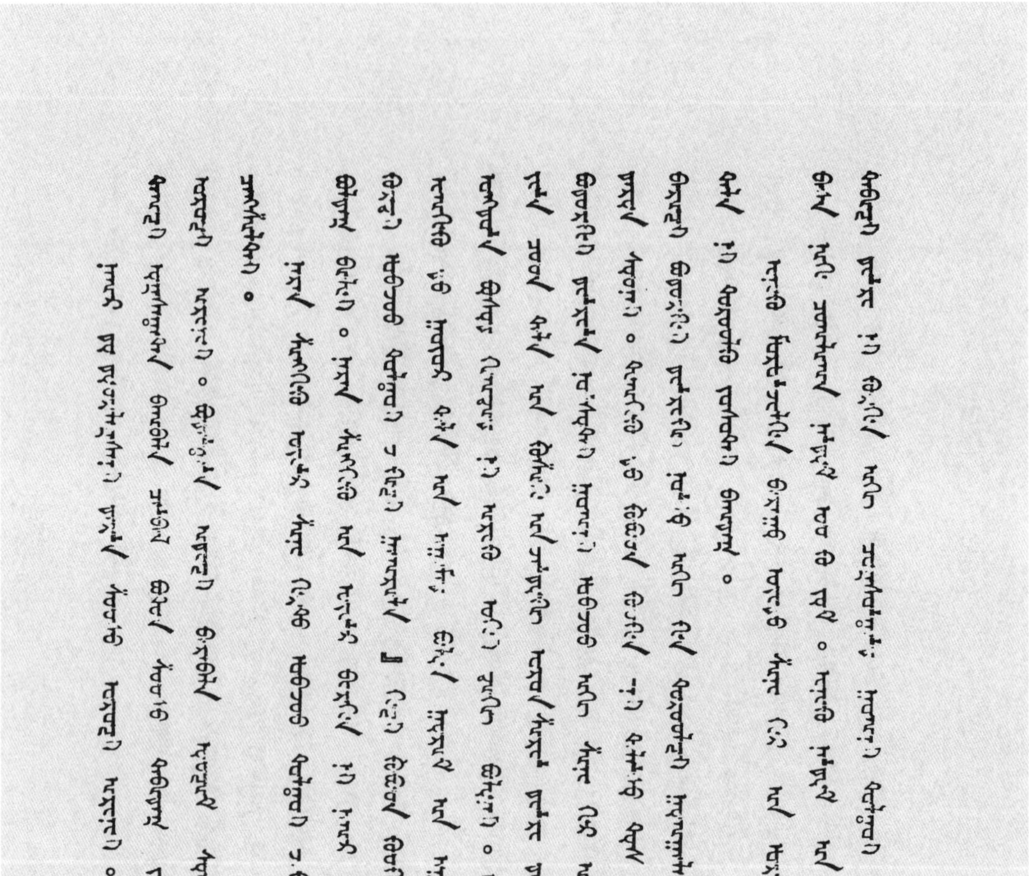

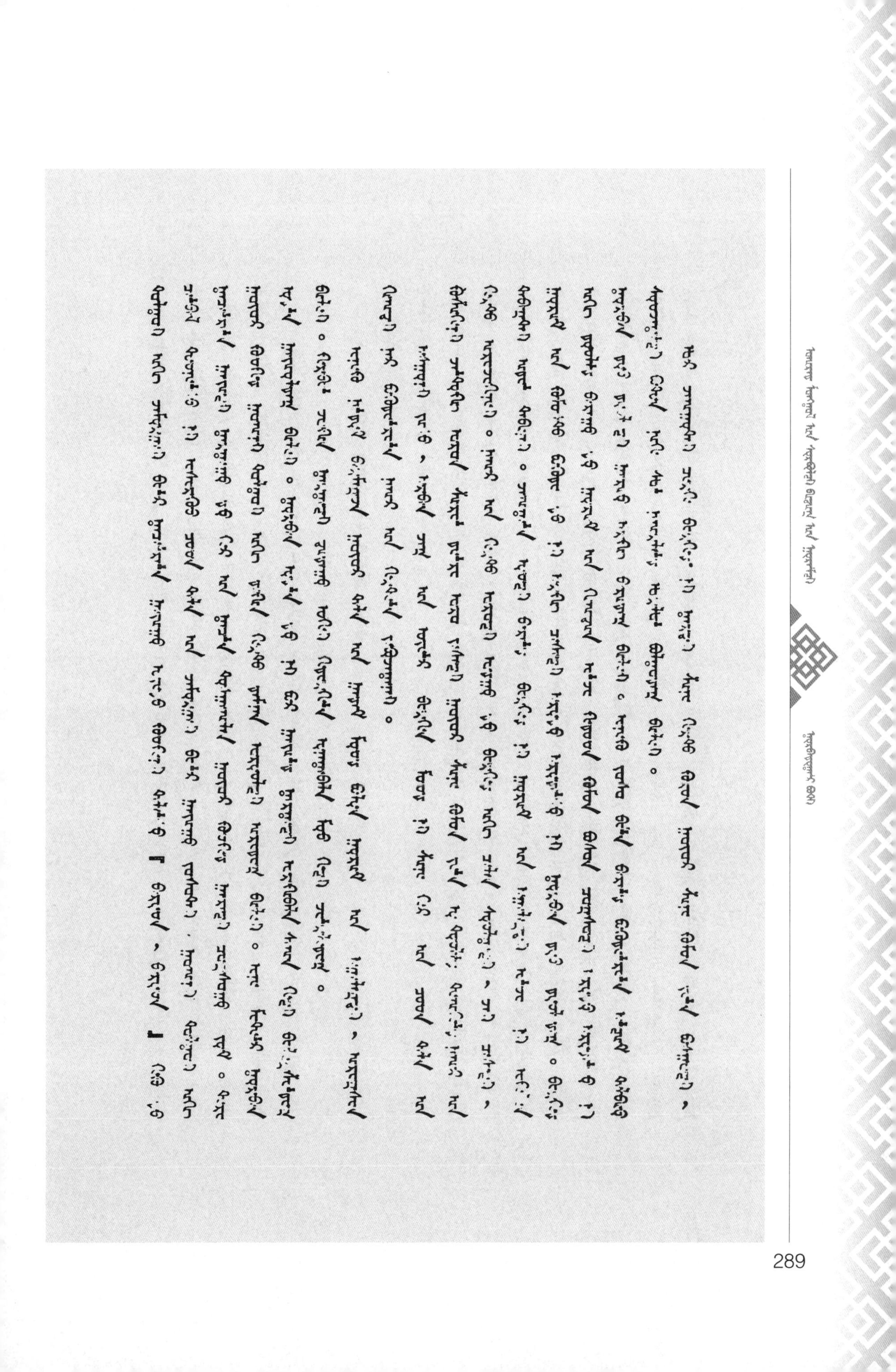

[illegible]

[illegible]

[illegible]

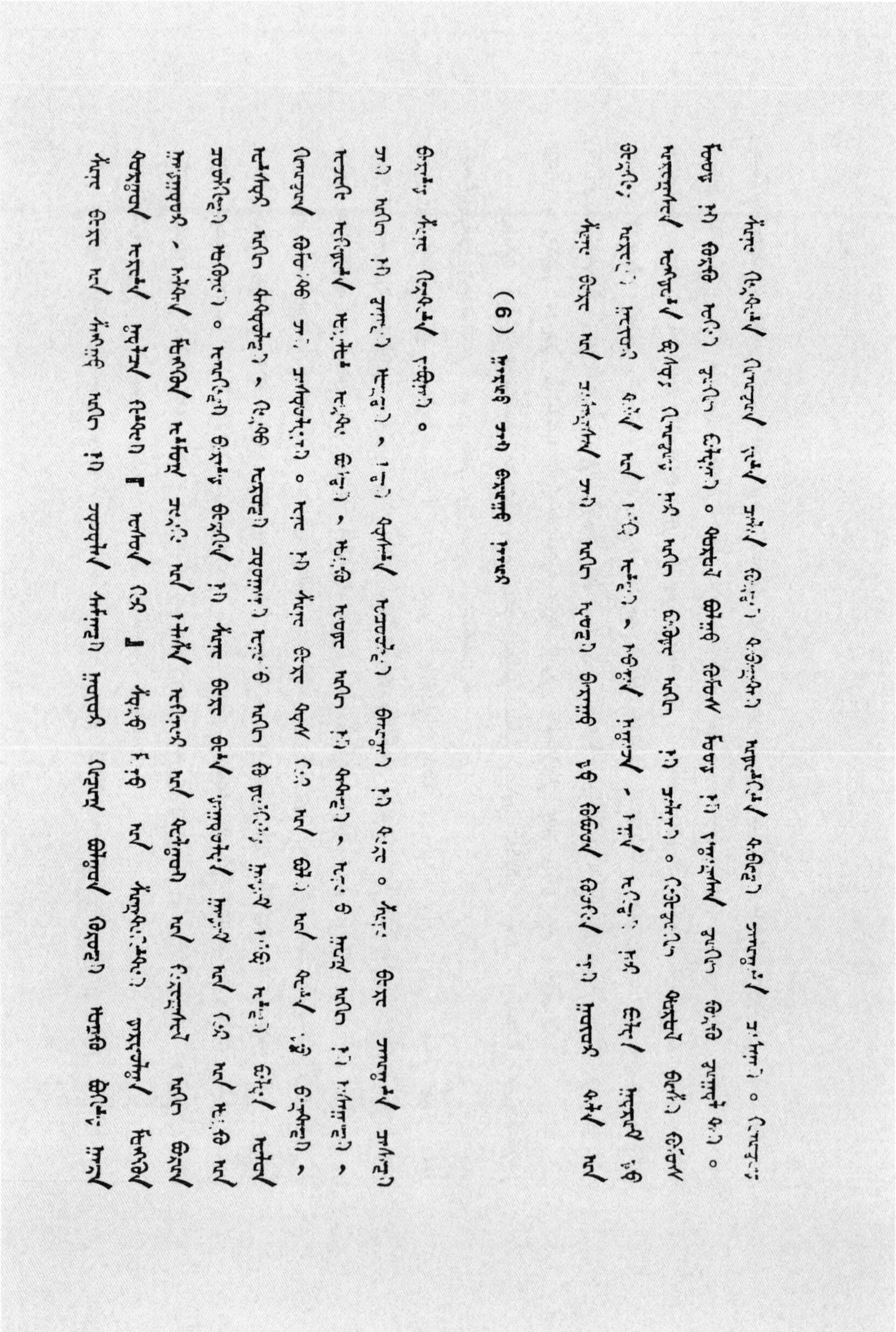

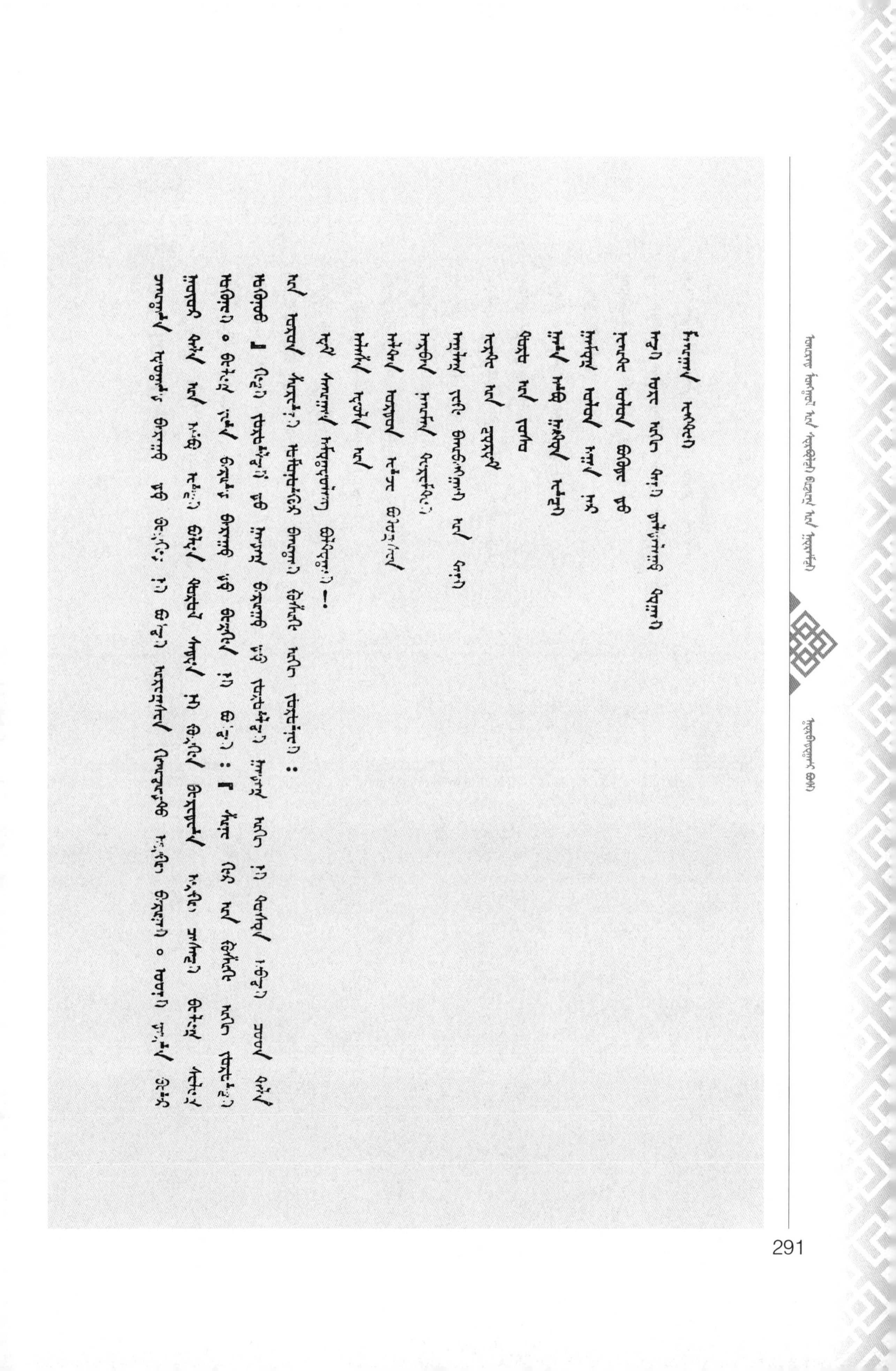

[illegible]

[illegible]
[illegible]
[illegible]
[illegible]
[illegible]
[illegible]
[illegible]
[illegible]
[illegible]
[illegible]
[illegible] —

[illegible] :
[illegible]
[illegible] :
[illegible]
[illegible]

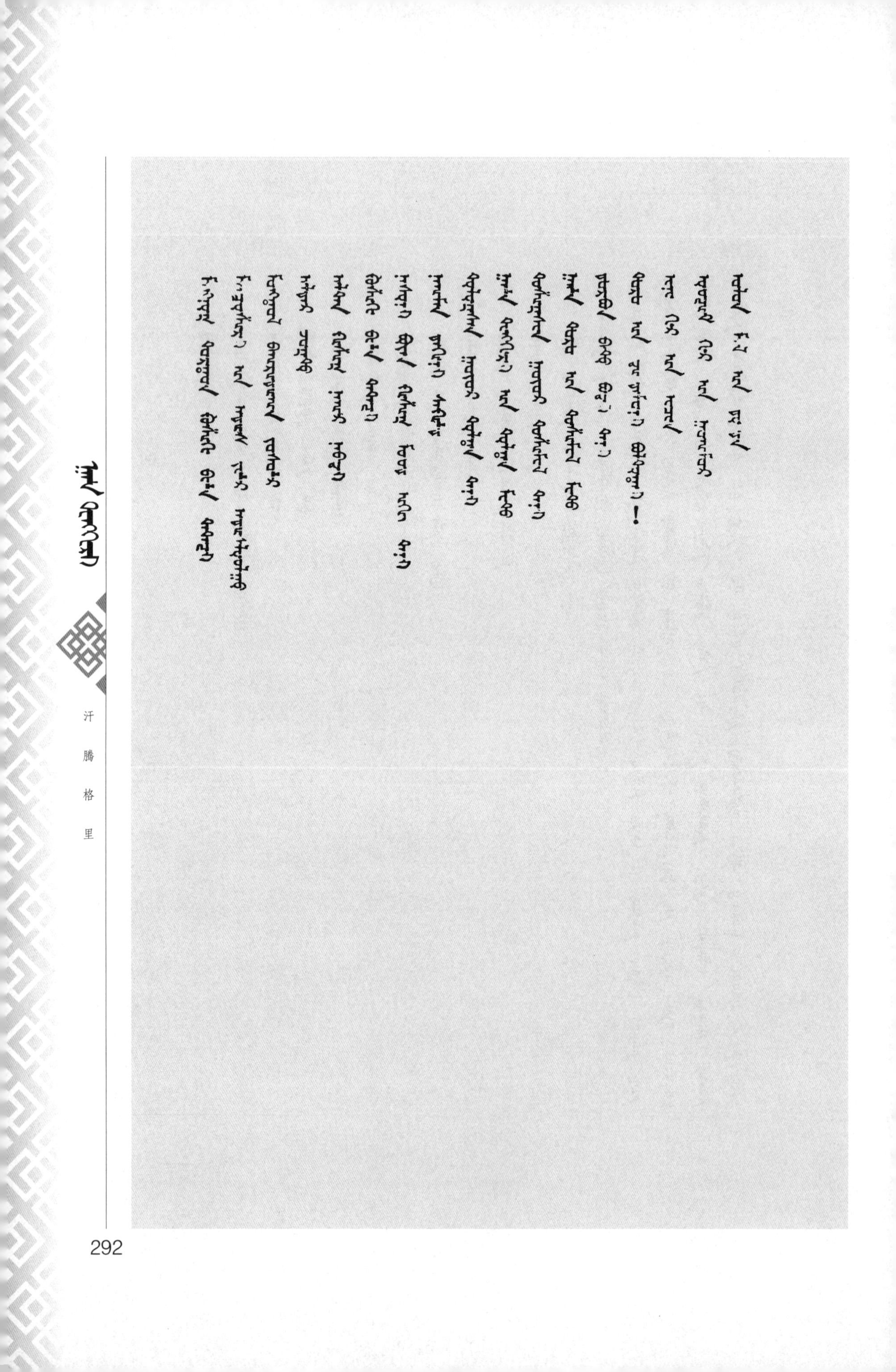

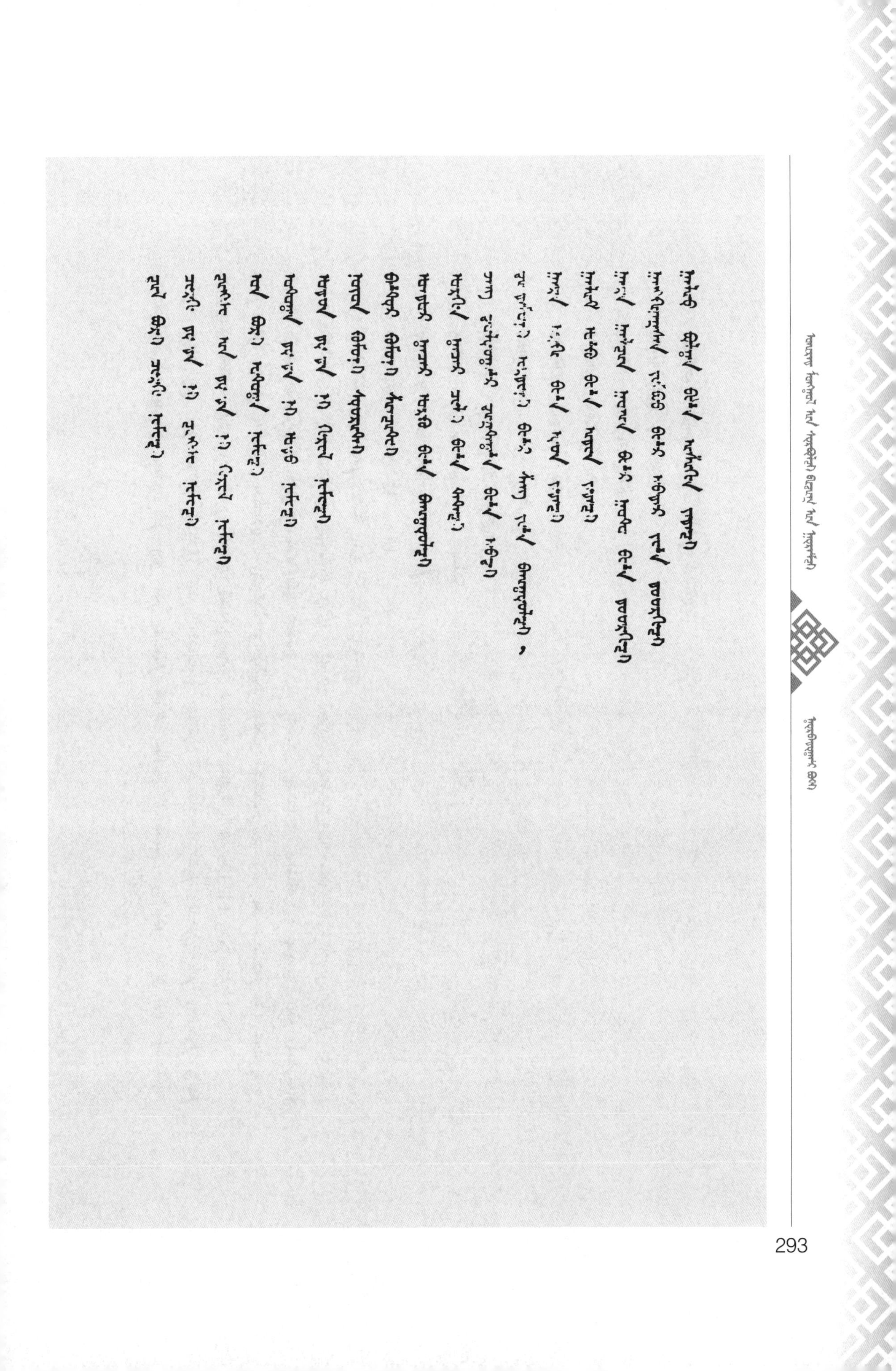

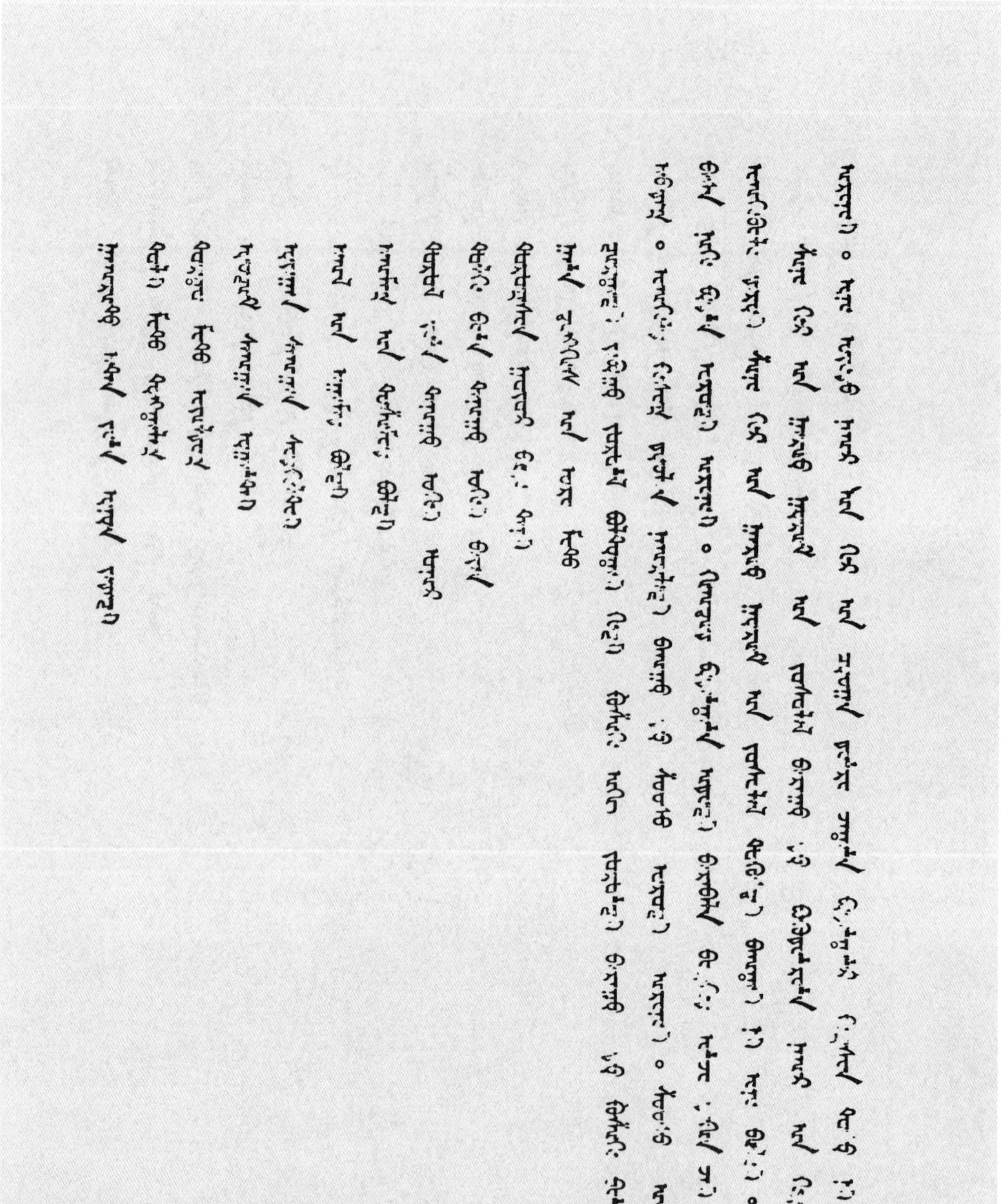

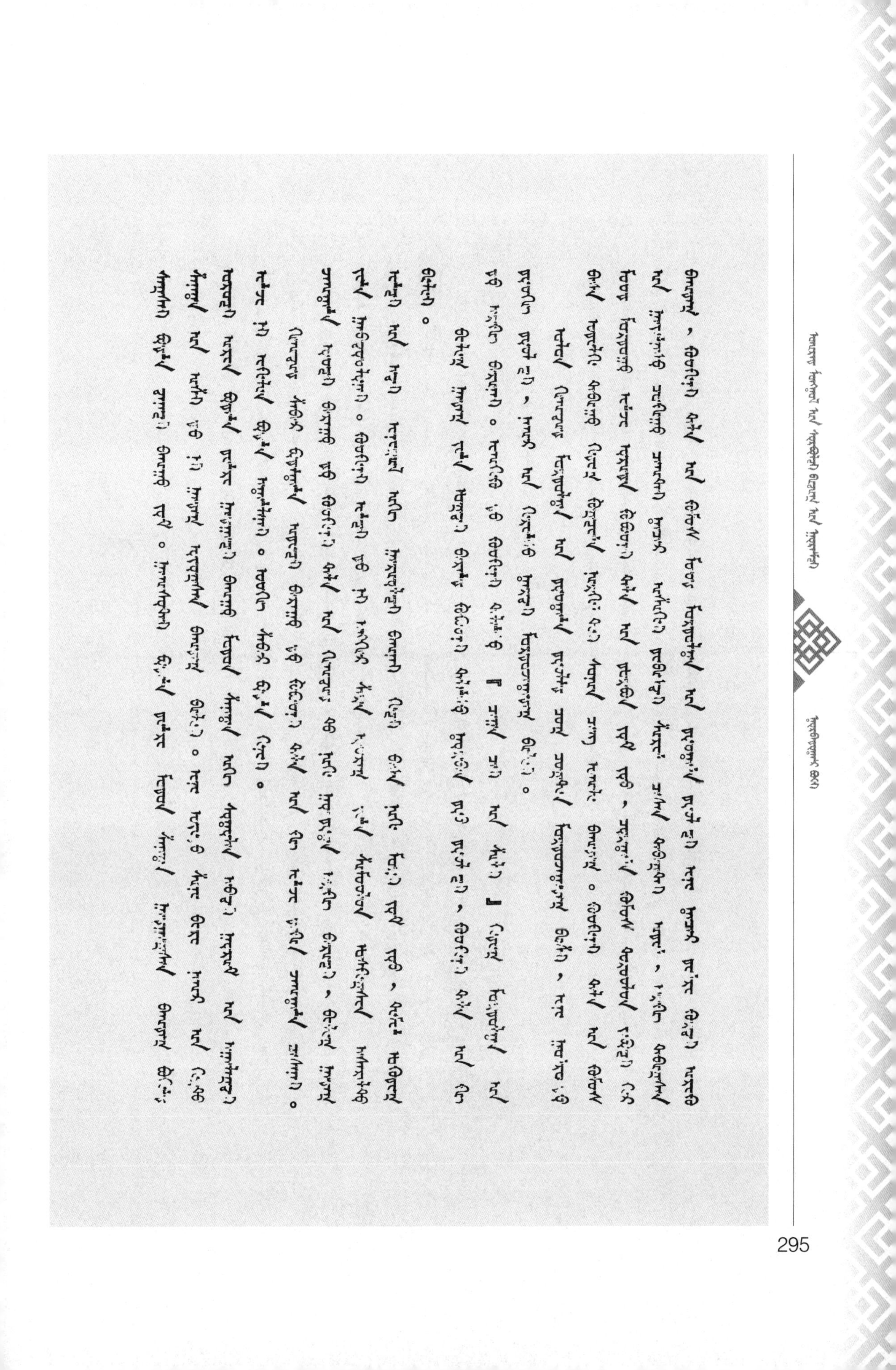

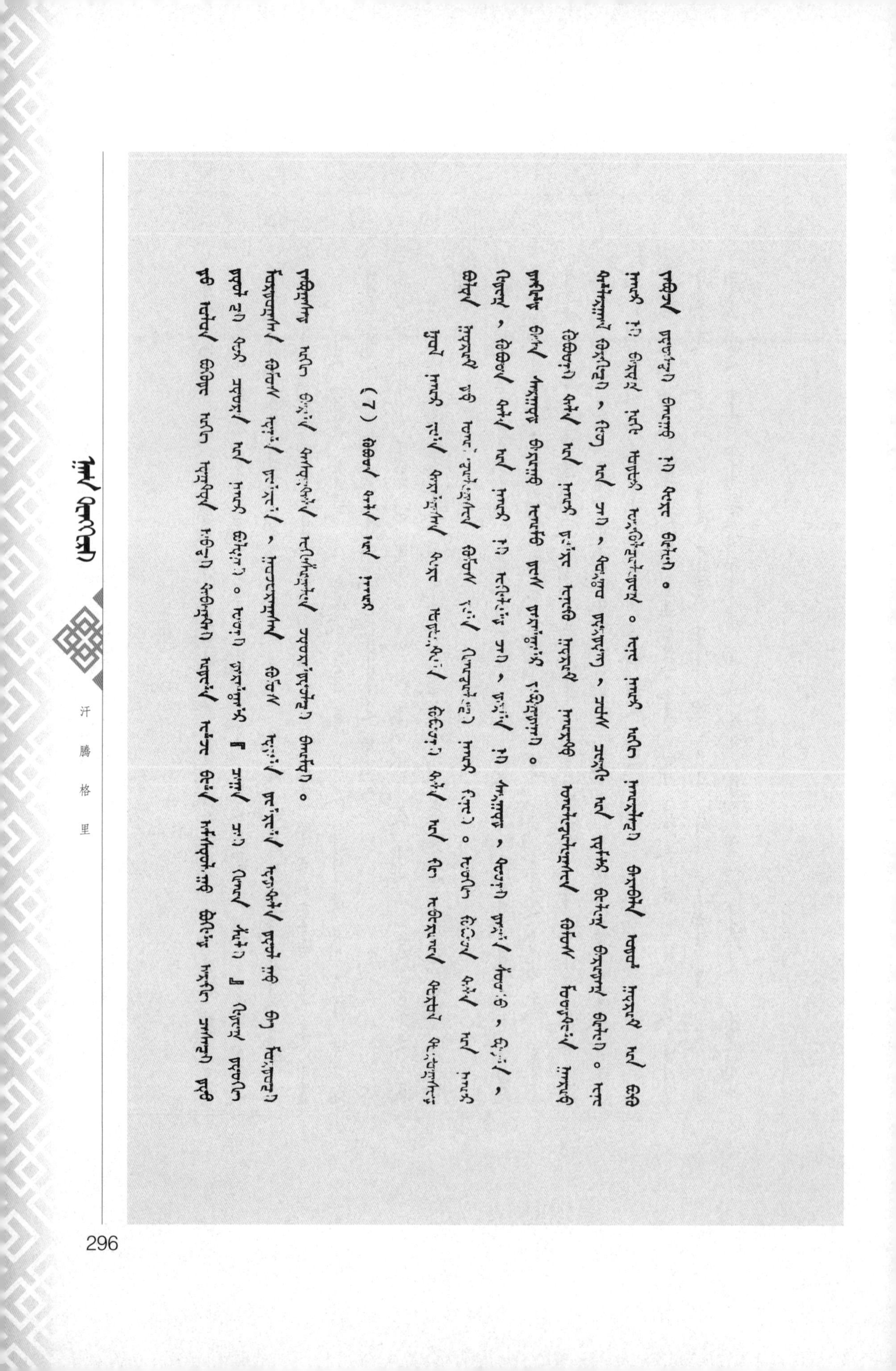

(7)

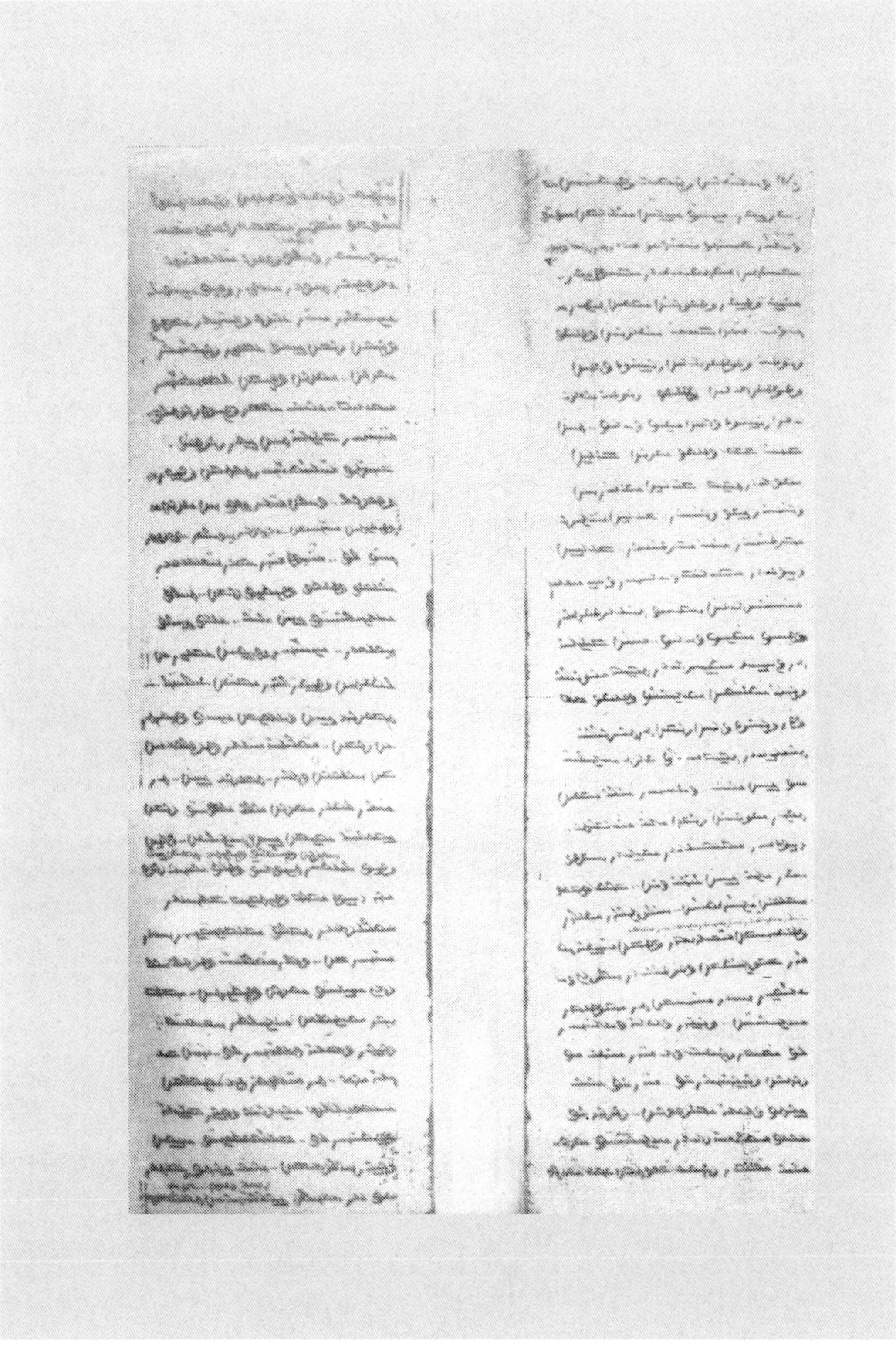

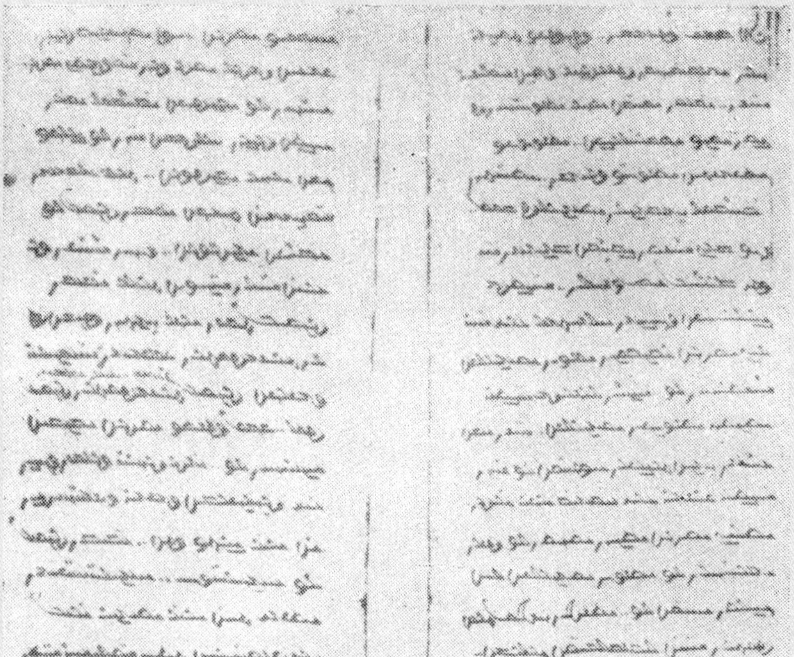

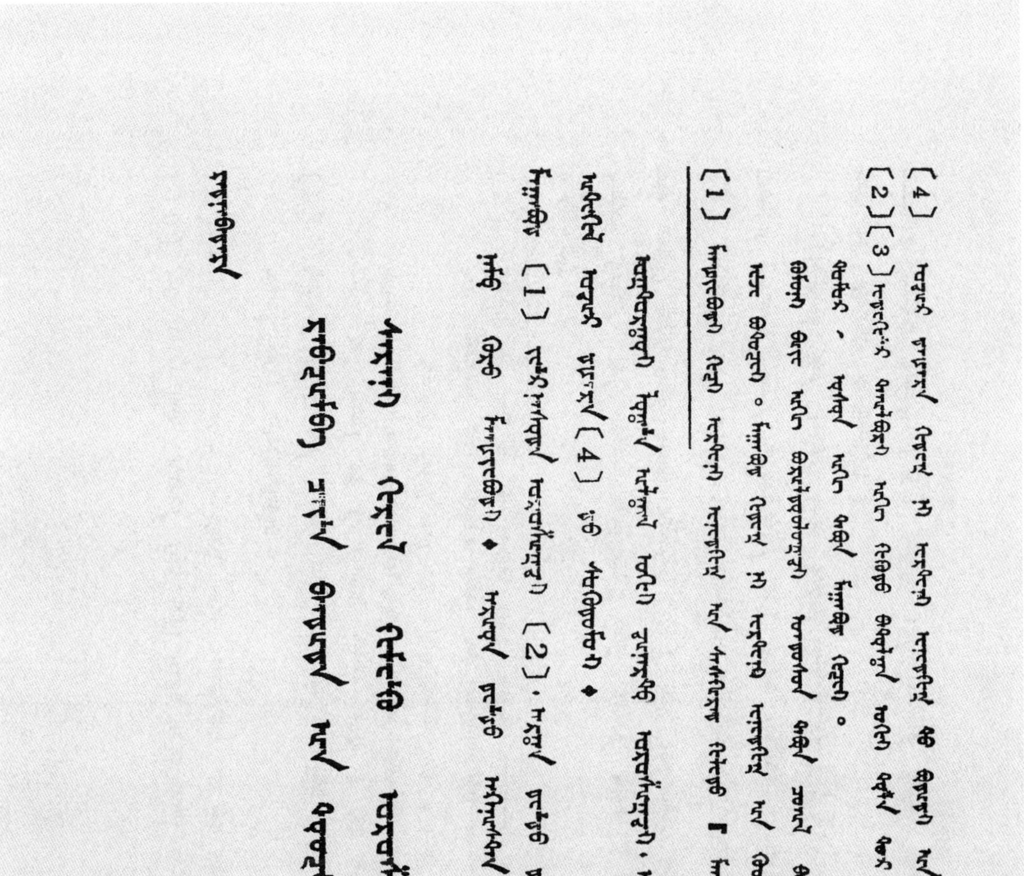

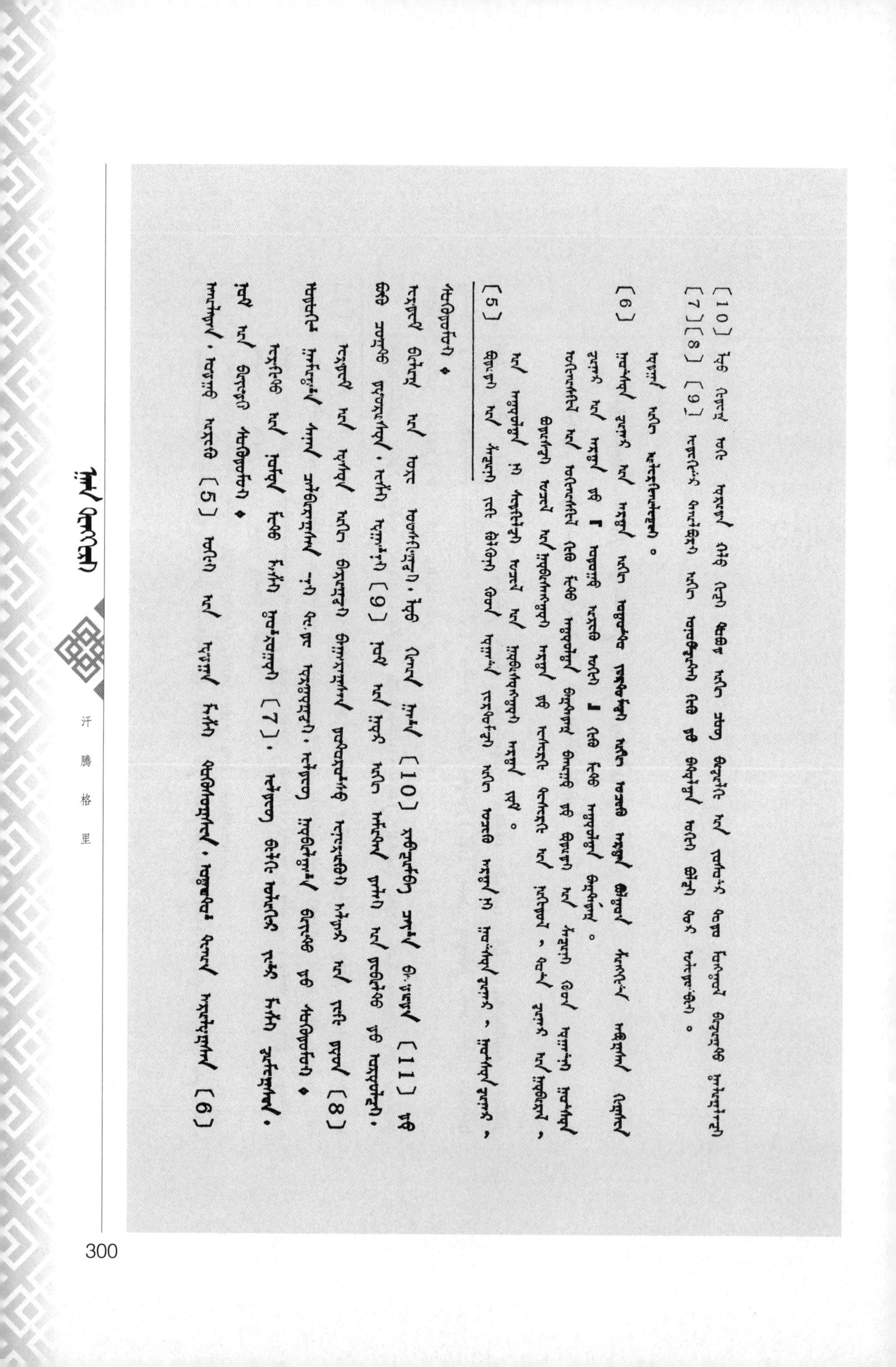

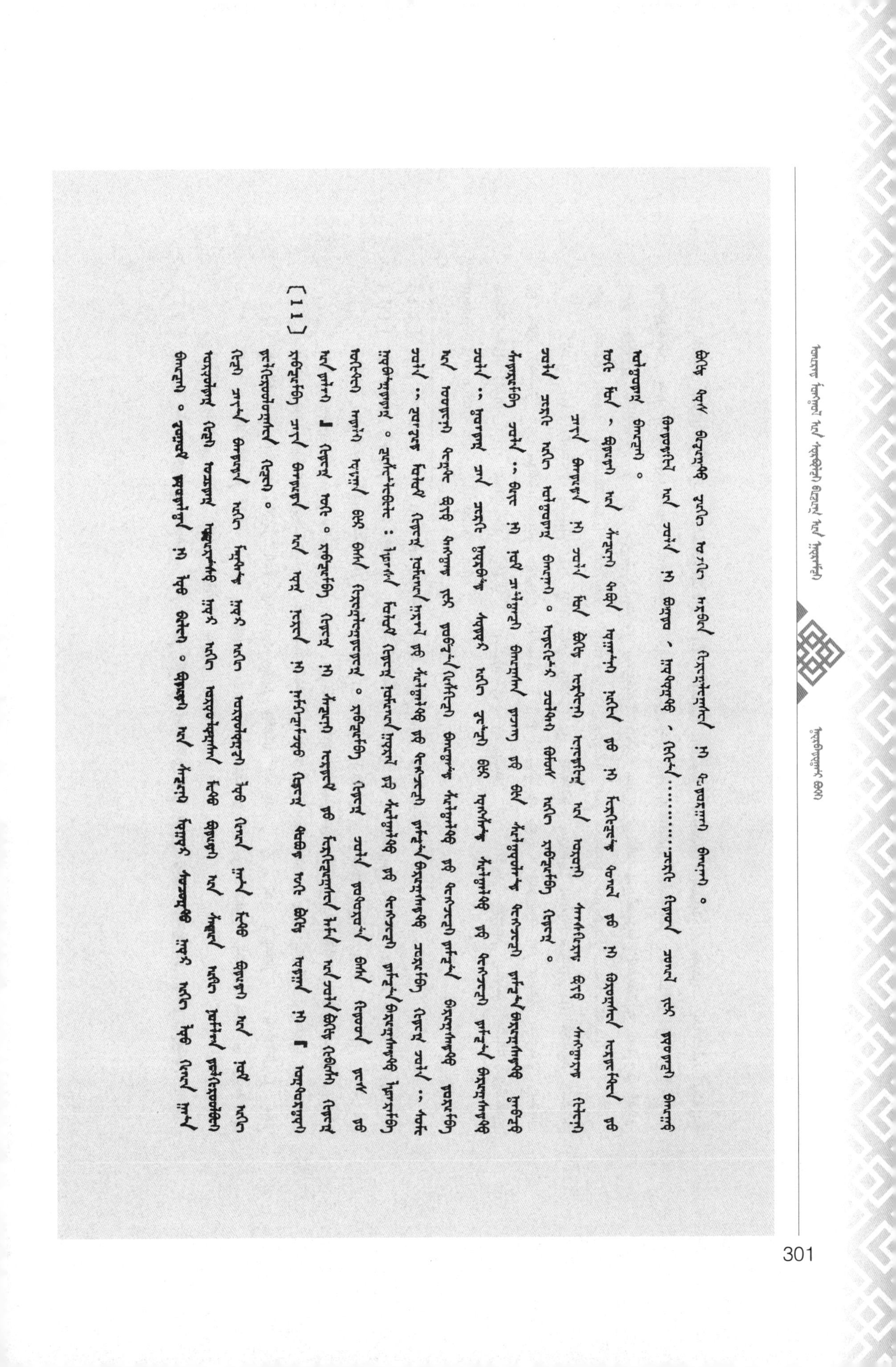

[illegible]

〔11〕

[illegible]

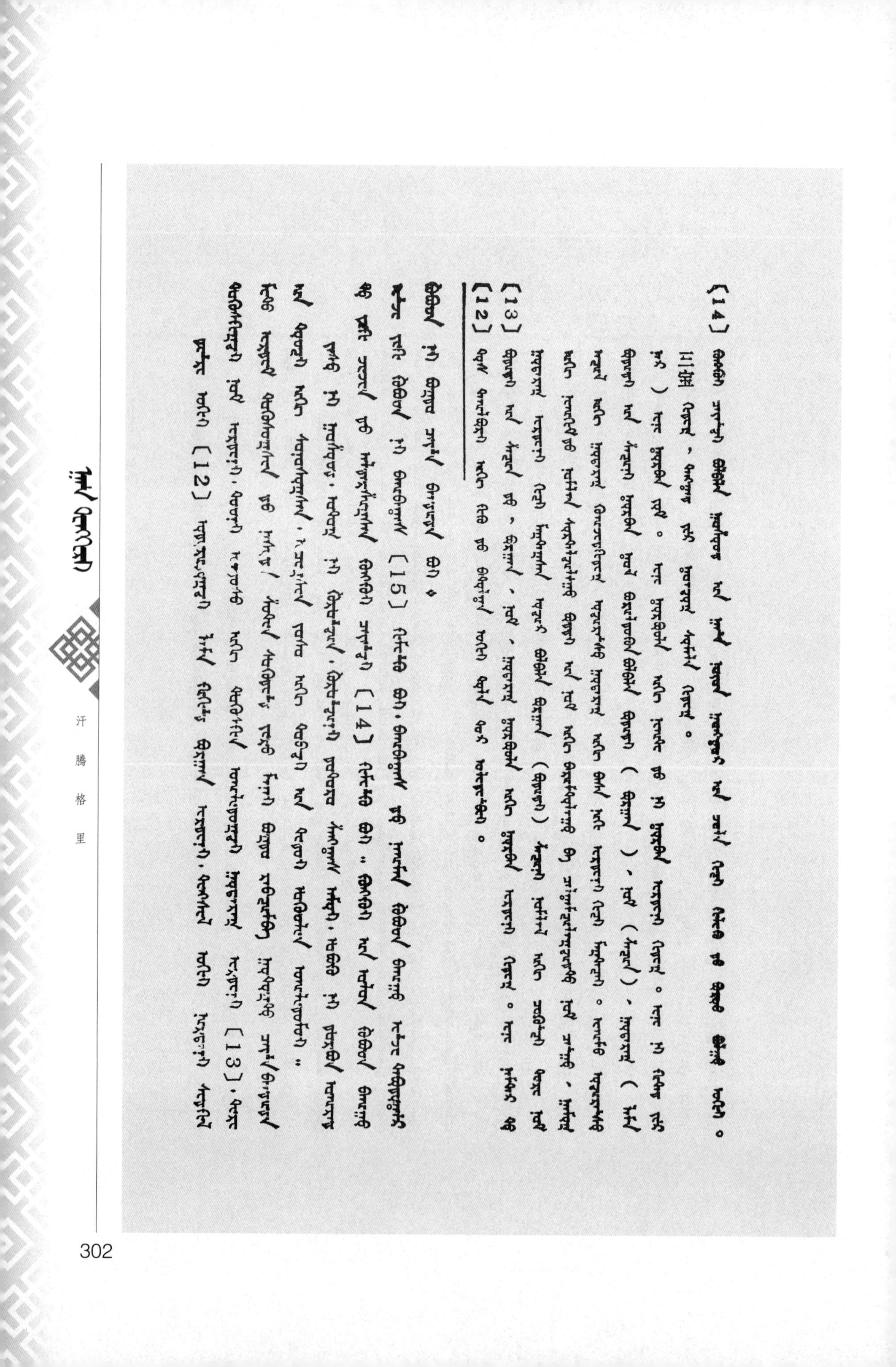

[14] [illegible]

[illegible]

[illegible]

[13] [illegible]

[12] [illegible]

[illegible]

[illegible] [15] [illegible] [14] [illegible]

[illegible]

[illegible] [13] [illegible]

[illegible] [12] [illegible]

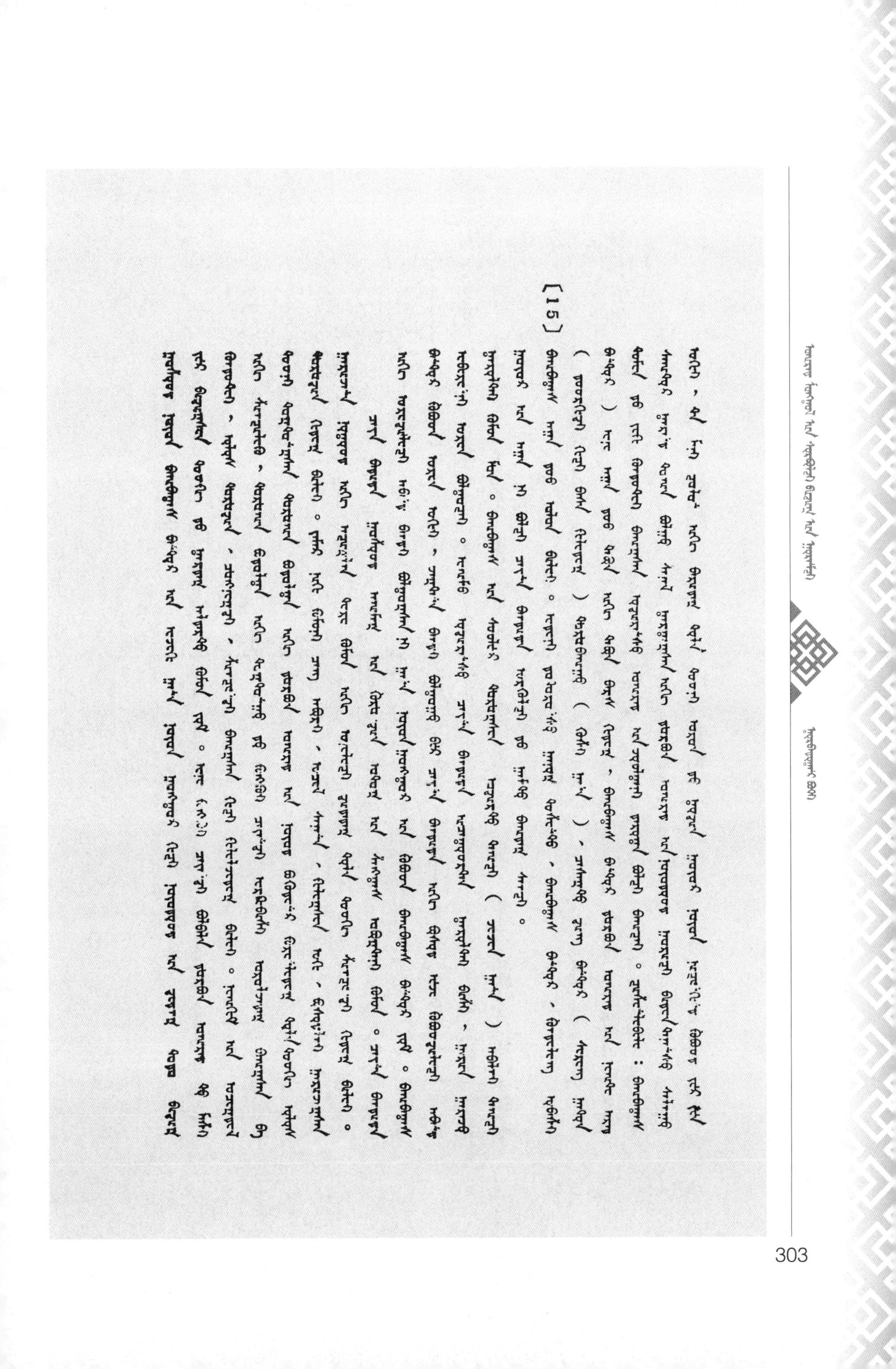

[15]

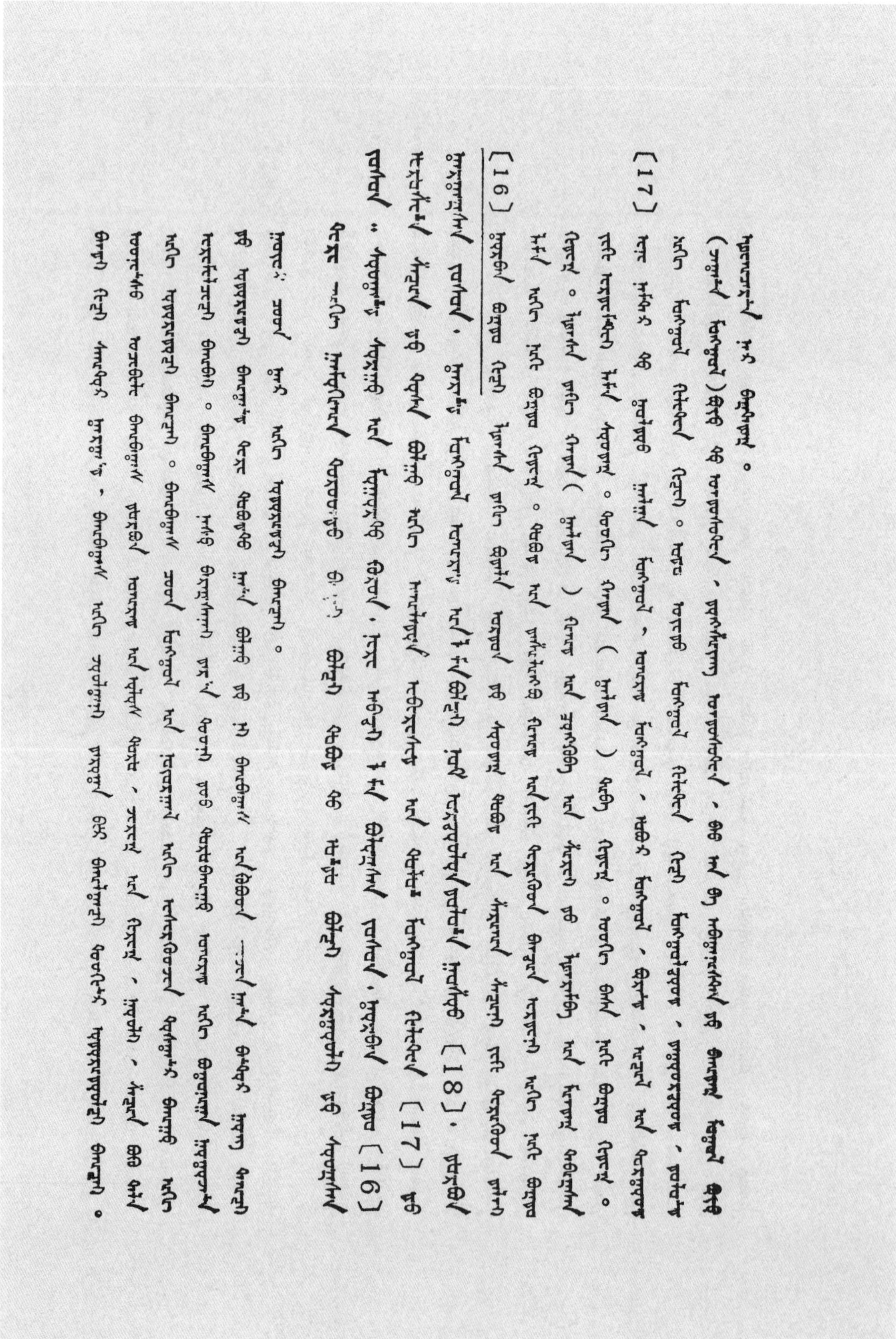

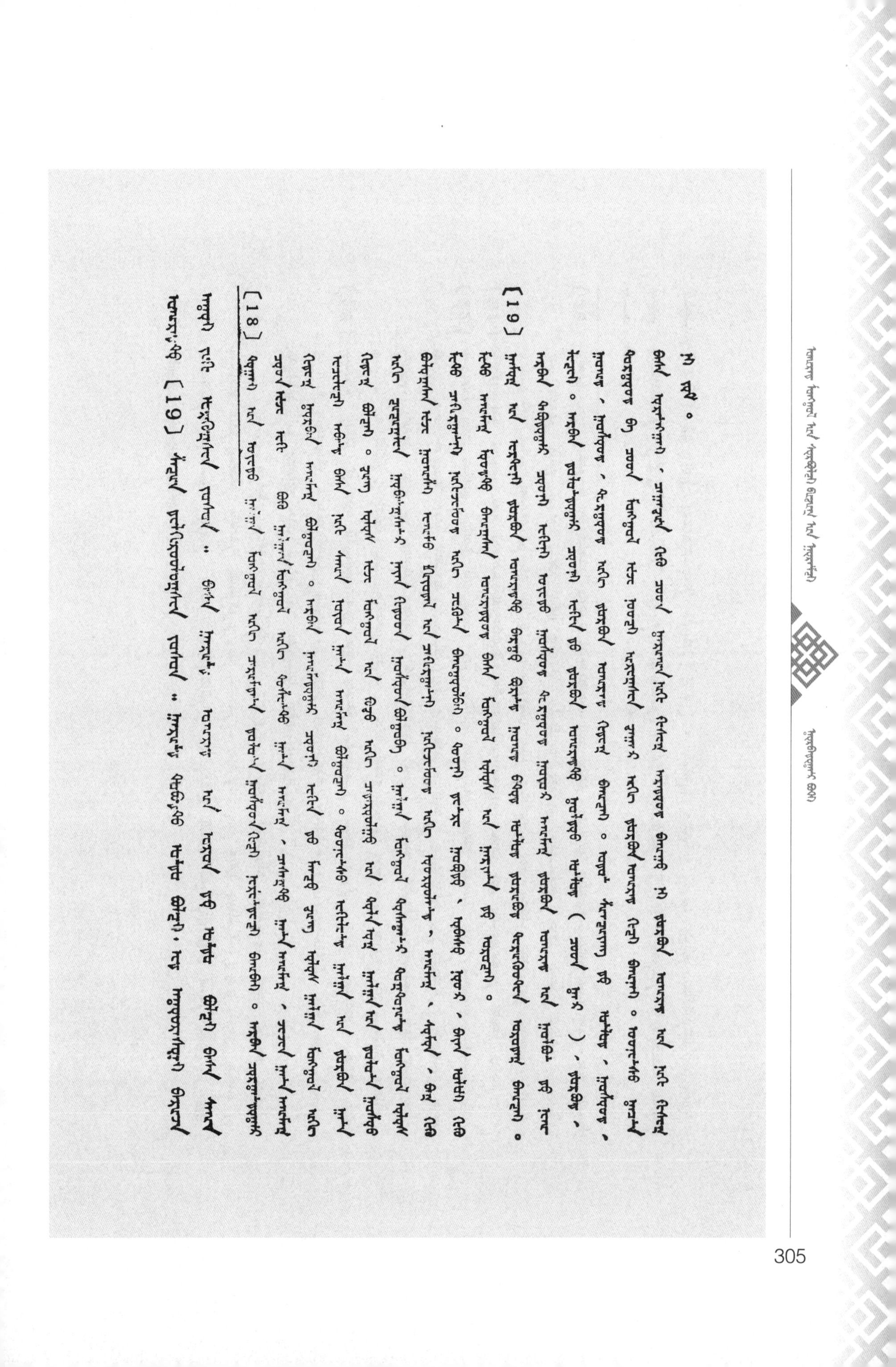

[illegible]

[19] [illegible]

[illegible]

[18] [illegible]

[illegible]

[19] [illegible]

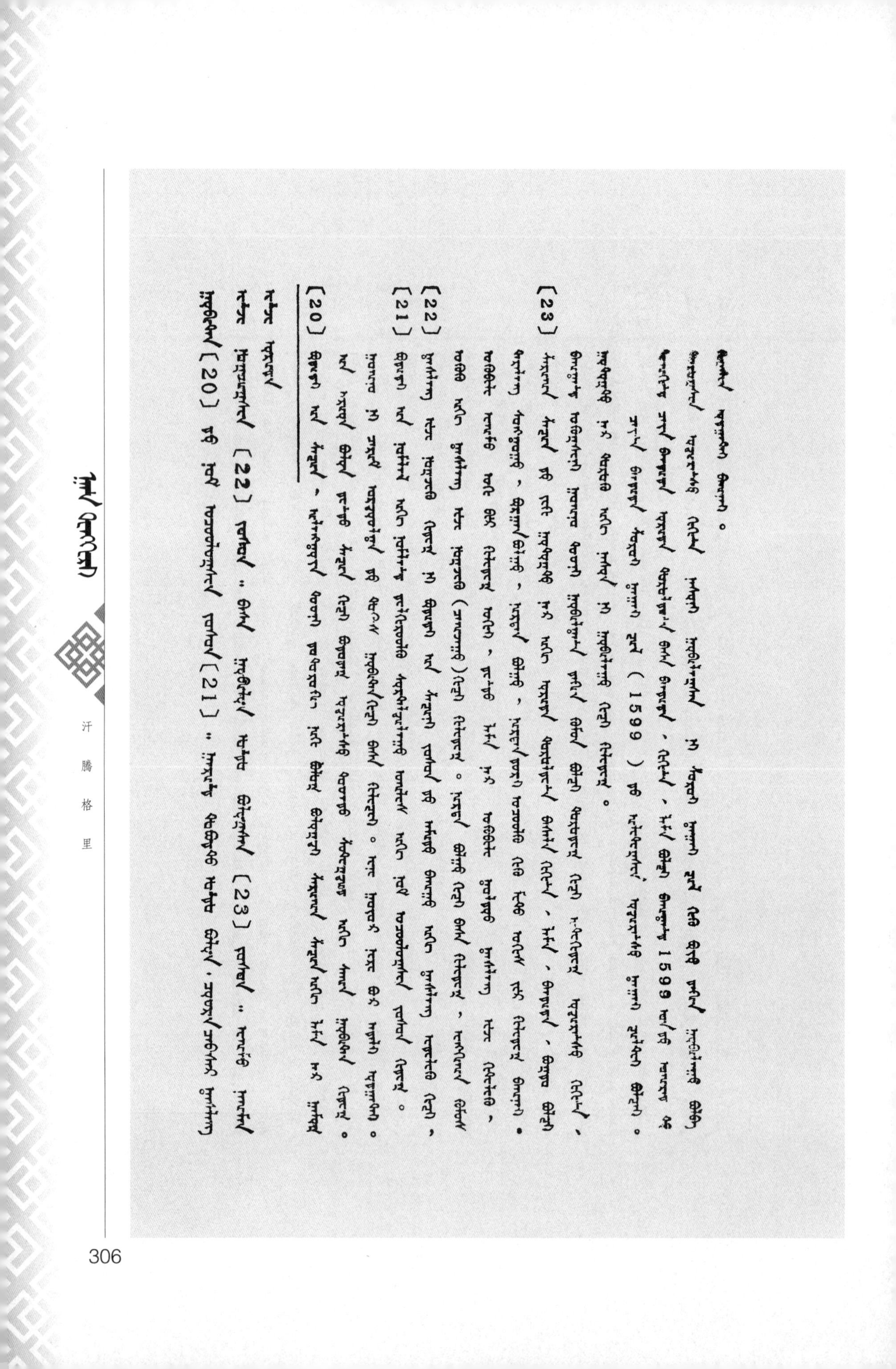

[illegible] 。

[illegible] 1599 [illegible]

[illegible] (1599) [illegible] 。

[illegible] 。

[illegible]

[23] [illegible]

[illegible] 。

[illegible]

[illegible] 。 [illegible]

[22] [illegible]

[21] [illegible] 。

[illegible] 。 [illegible] 。

[illegible] 。

[20] [illegible]

[illegible]

[illegible] [22] [illegible] [23] [illegible]

[illegible] [20] [illegible] [21] [illegible]

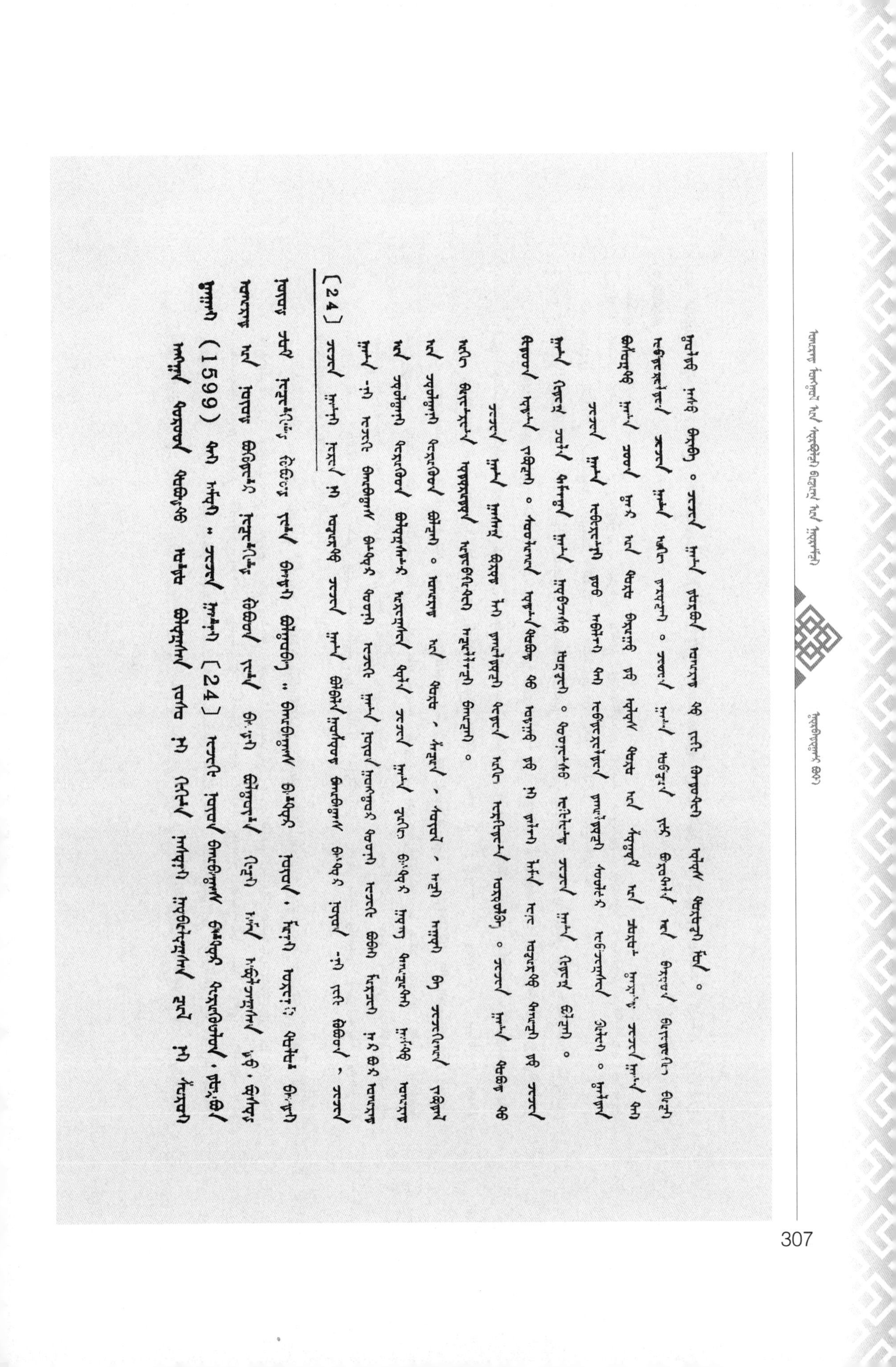

(1599) … [24]

[24] …

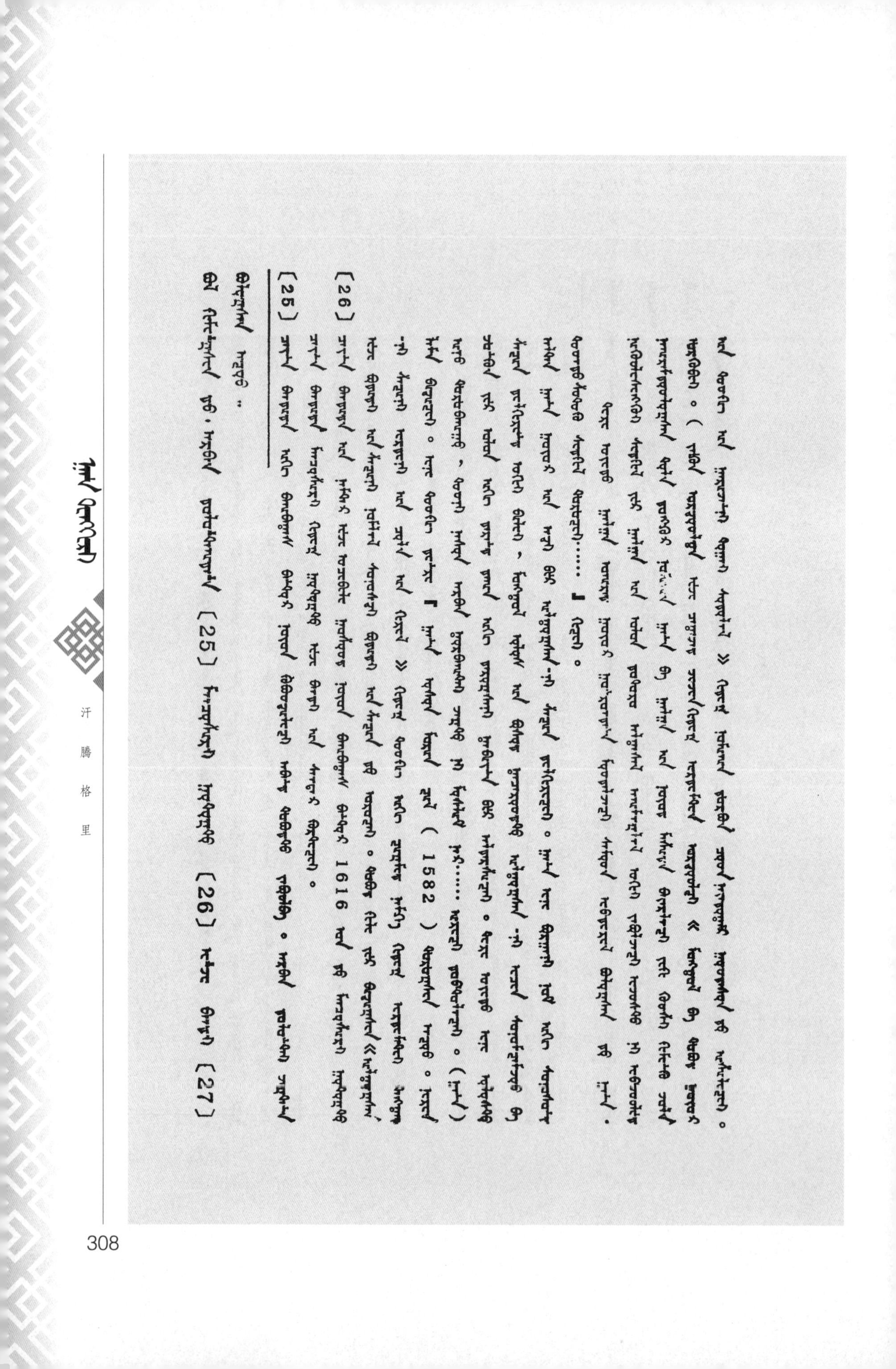

[illegible] [25] [illegible] [26] [illegible] [27]

[illegible]

[25] [illegible]

[illegible]

[26] [illegible] 1616 [illegible]

[illegible]

[illegible] (1582) [illegible]

[illegible]

[illegible] 』 [illegible]

[illegible]

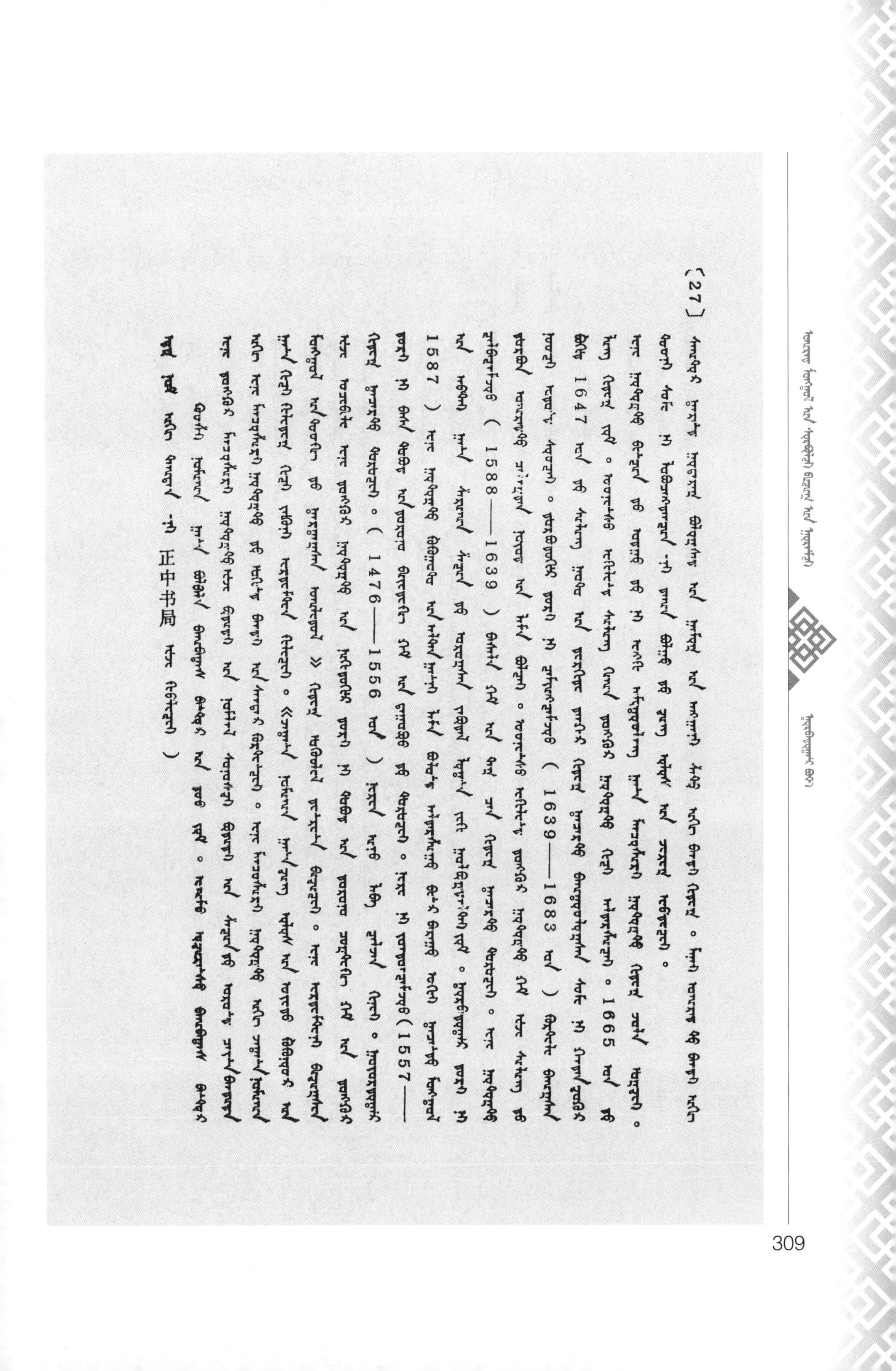

〔27〕 [illegible]

[illegible] 1665 [illegible] 1647 [illegible] (1639——1683 [illegible]) [illegible] (1588——1639) [illegible] 1587) [illegible] (1557—— [illegible] (1476——1556 [illegible]) [illegible] « [illegible] » [illegible] « [illegible] [illegible]

[illegible] 正中书局 [illegible])

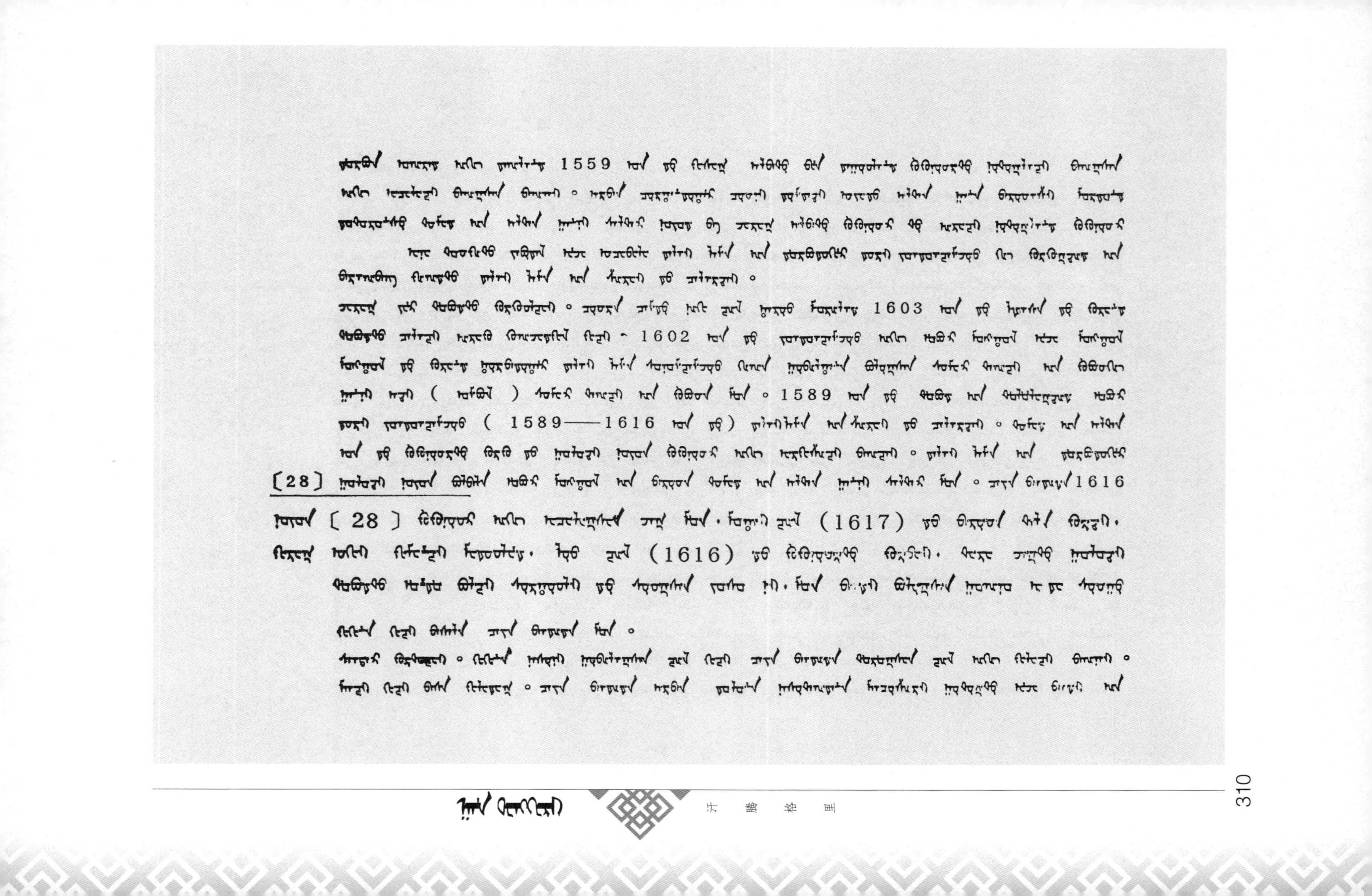

[illegible] 1559 [illegible]
[illegible]
[illegible]
[illegible]
[illegible] 。
[illegible] 1603 [illegible]
[illegible] 1602 [illegible]
[illegible]
[illegible] ([illegible]) [illegible] 。1589 [illegible]
[illegible] (1589——1616 [illegible]) [illegible] 。[illegible]
[illegible] 。[illegible]
[illegible] 。[illegible] 1616

[28] [illegible] [28] [illegible] (1617) [illegible]
[illegible] (1616) [illegible]
[illegible]
[illegible] 。
[illegible] 。[illegible] 。
[illegible] 。[illegible]

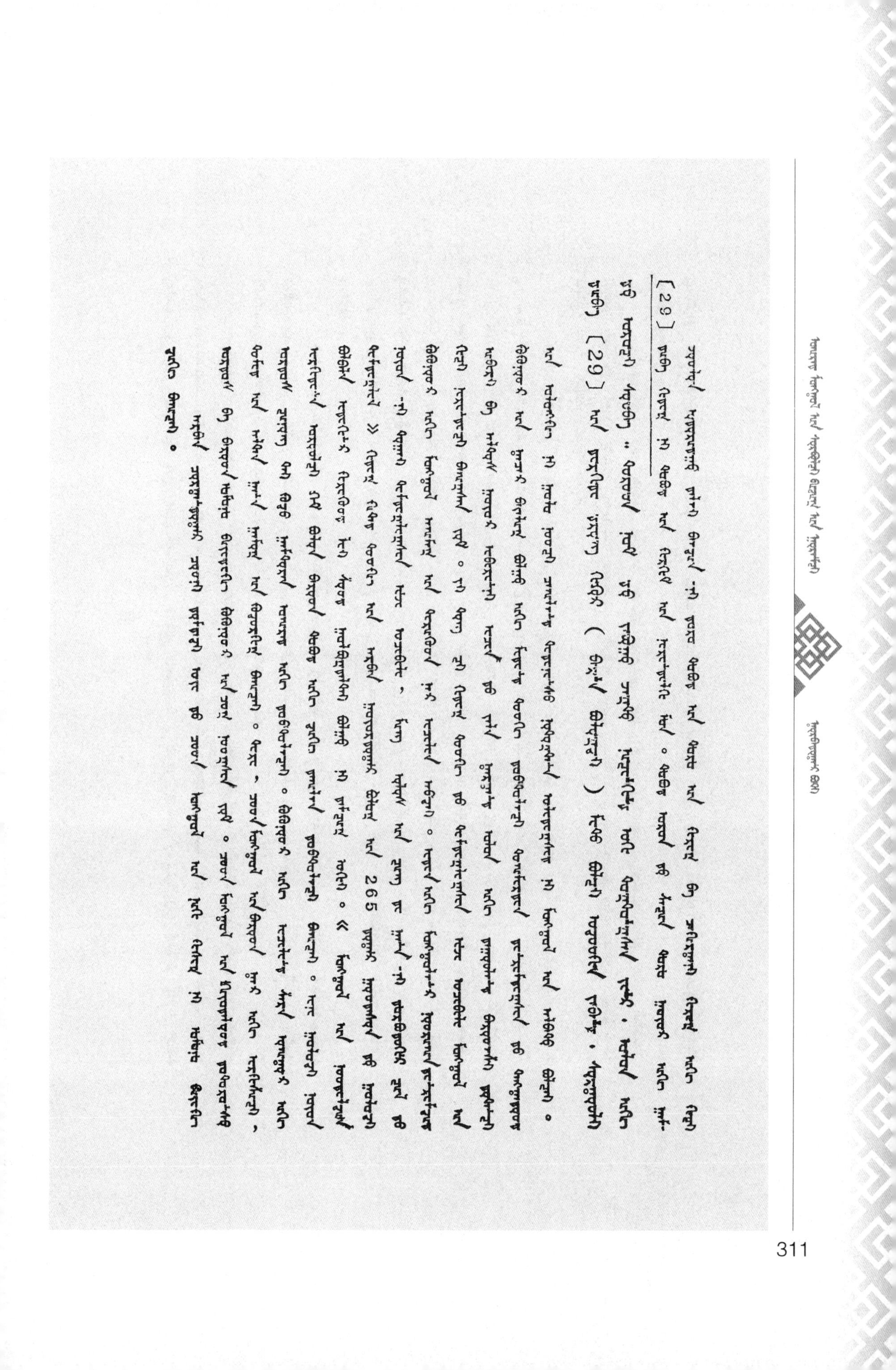

[illegible]

[29] [illegible]

[illegible]

[illegible] [29] [illegible]

[illegible] 265 [illegible]

[illegible] ᠃

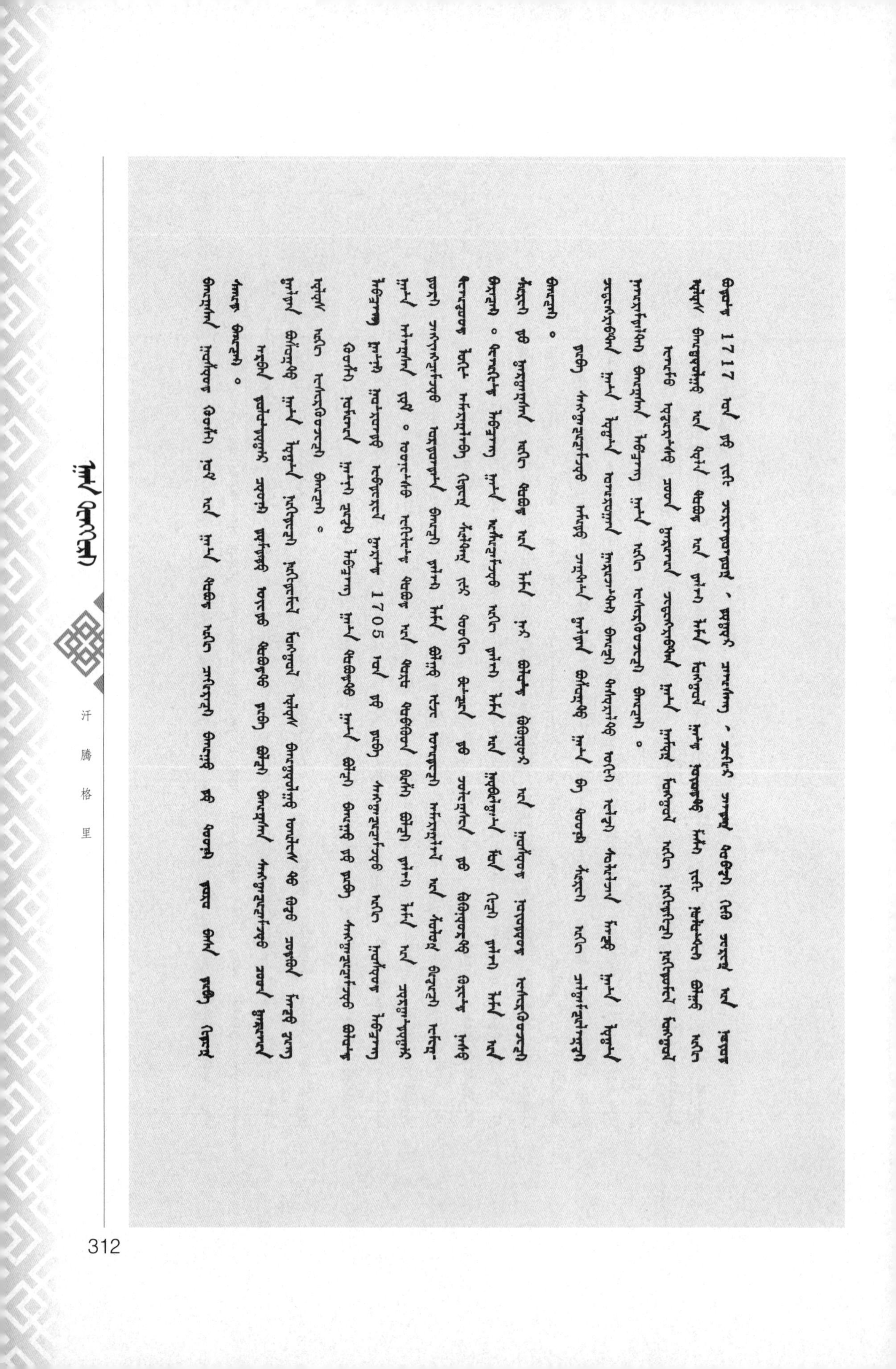

[illegible]

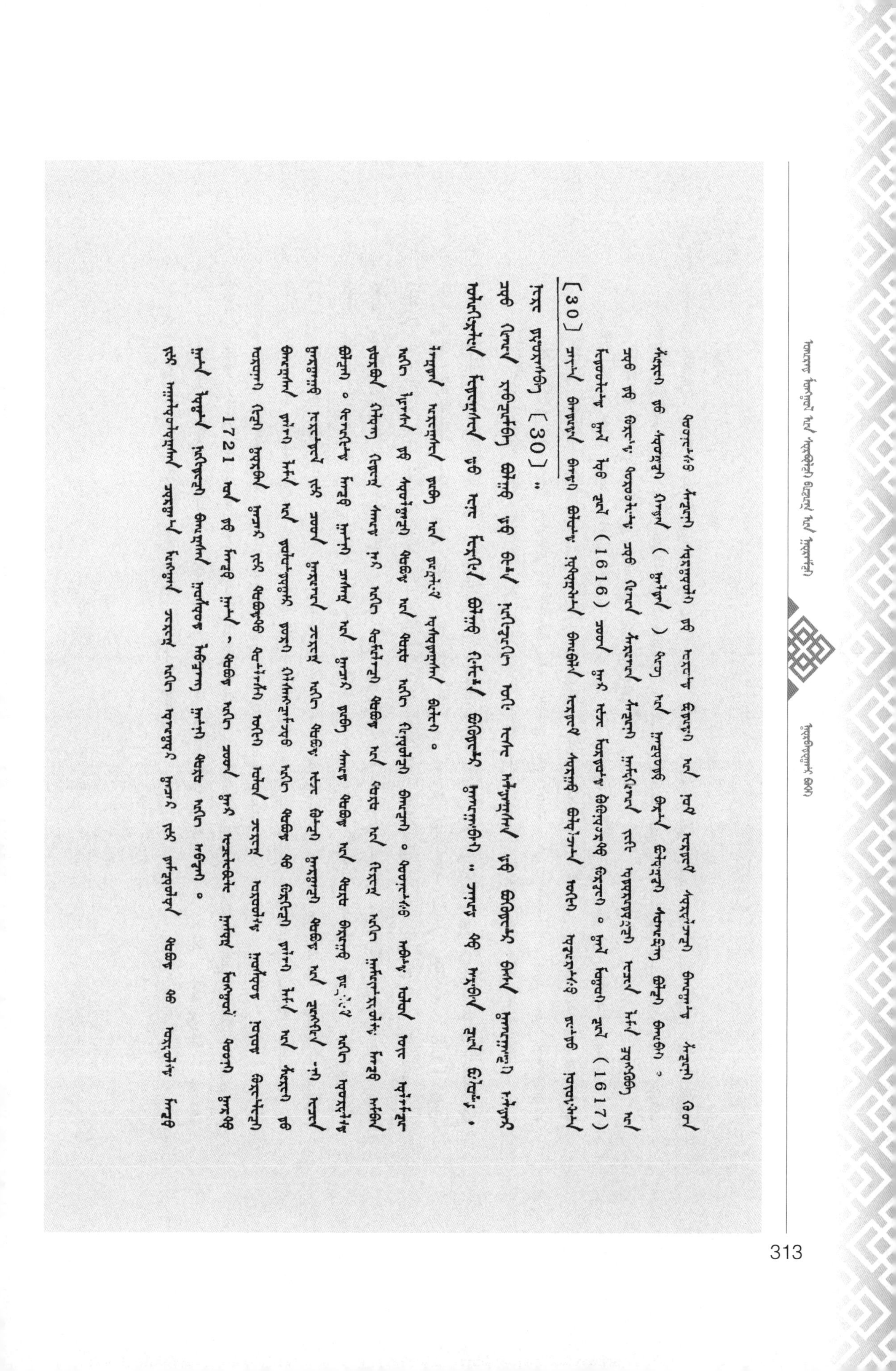

[illegible]
[illegible] ([illegible]) [illegible]
[illegible]
[illegible] (1616) [illegible] (1617)
[illegible] [30] 。

[illegible]

[illegible]
1721 [illegible]
[illegible]

[30] [illegible]

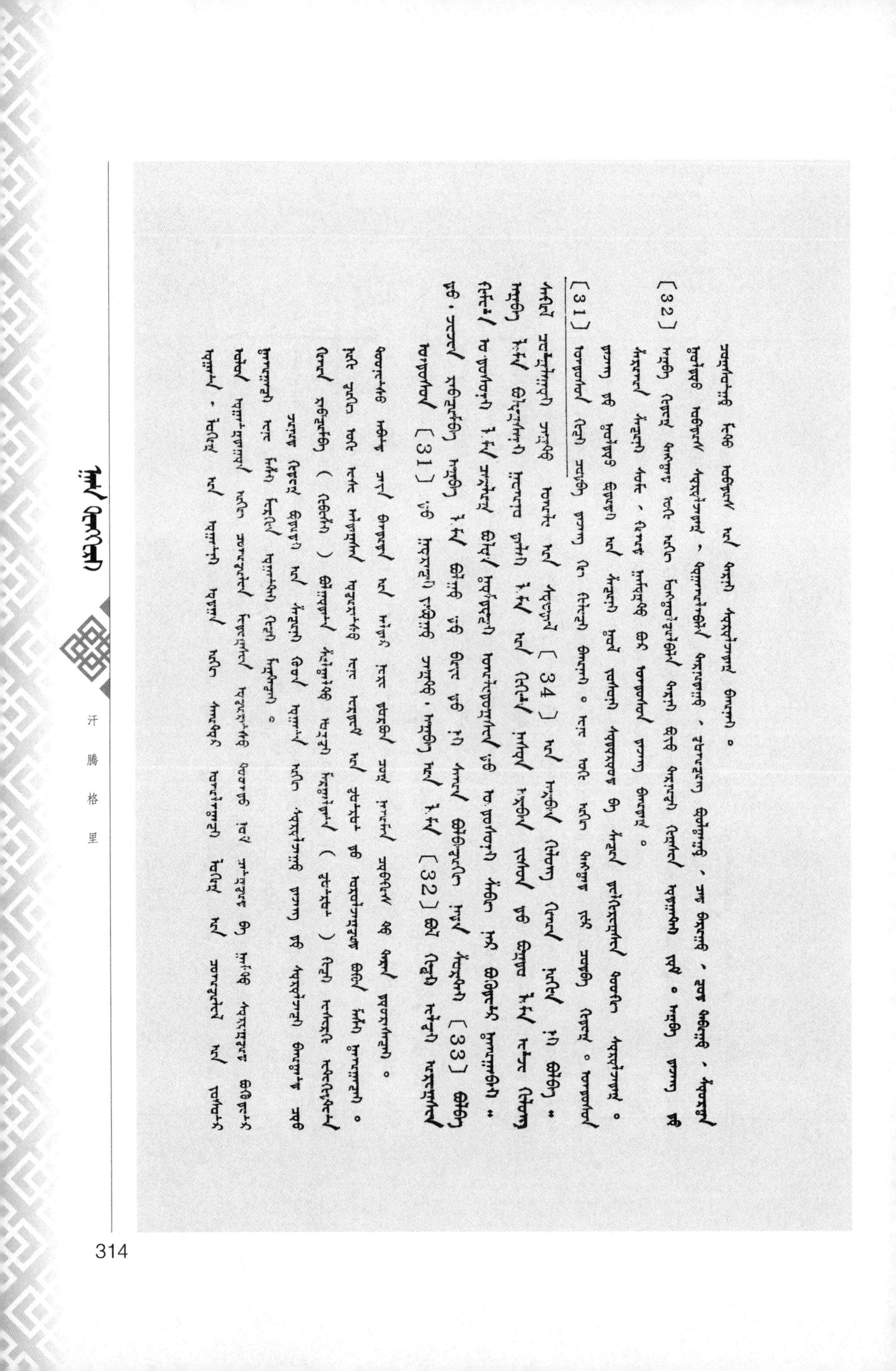

[illegible]

[illegible] 〔33〕 [illegible]

[illegible] 〔34〕 [illegible]

ᠲᠡᠮᠳᠡᠭᠯᠡᠯ 〔31〕 [illegible] 〔32〕 [illegible]

〔31〕 [illegible]

〔32〕 [illegible]

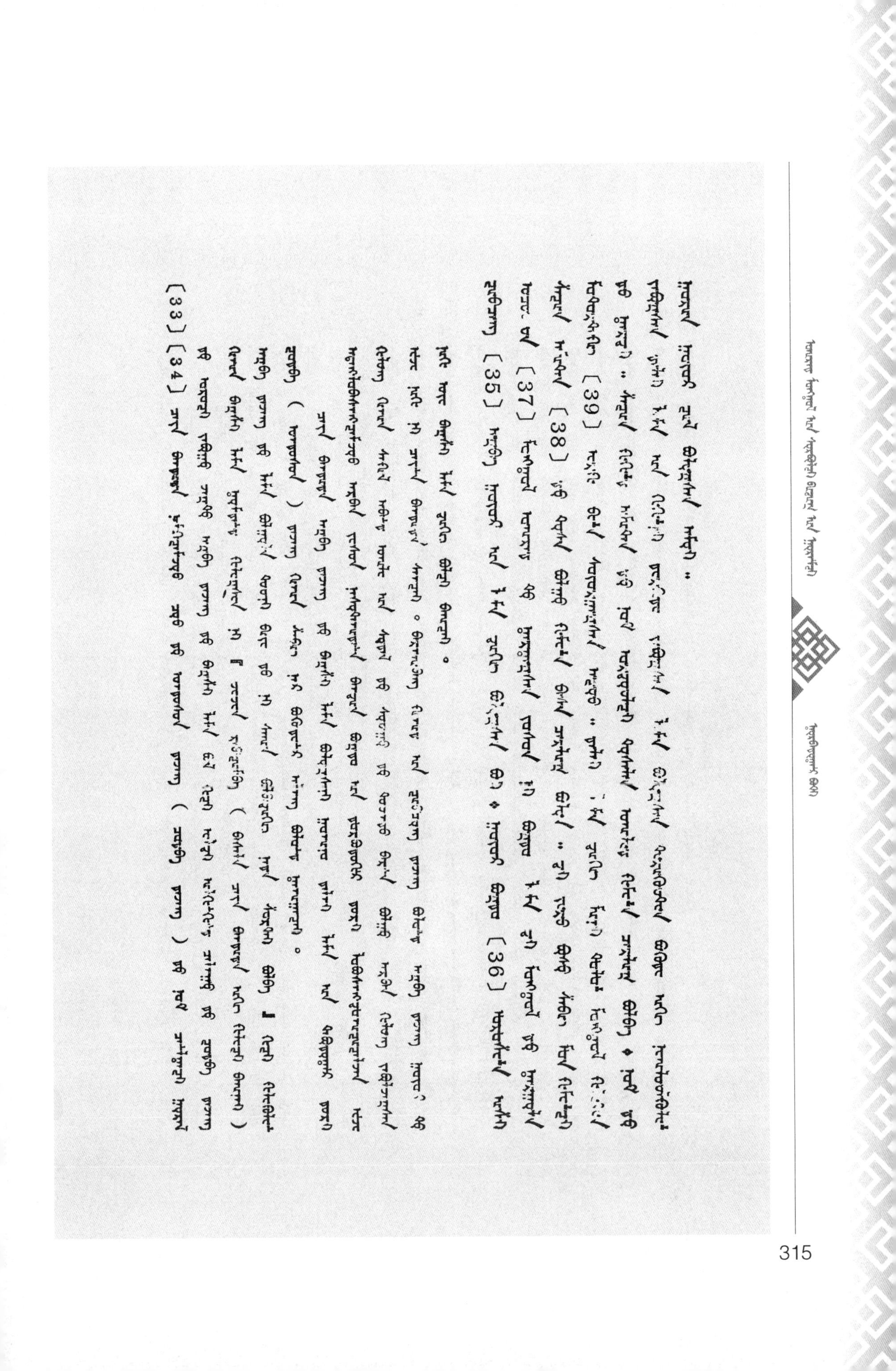

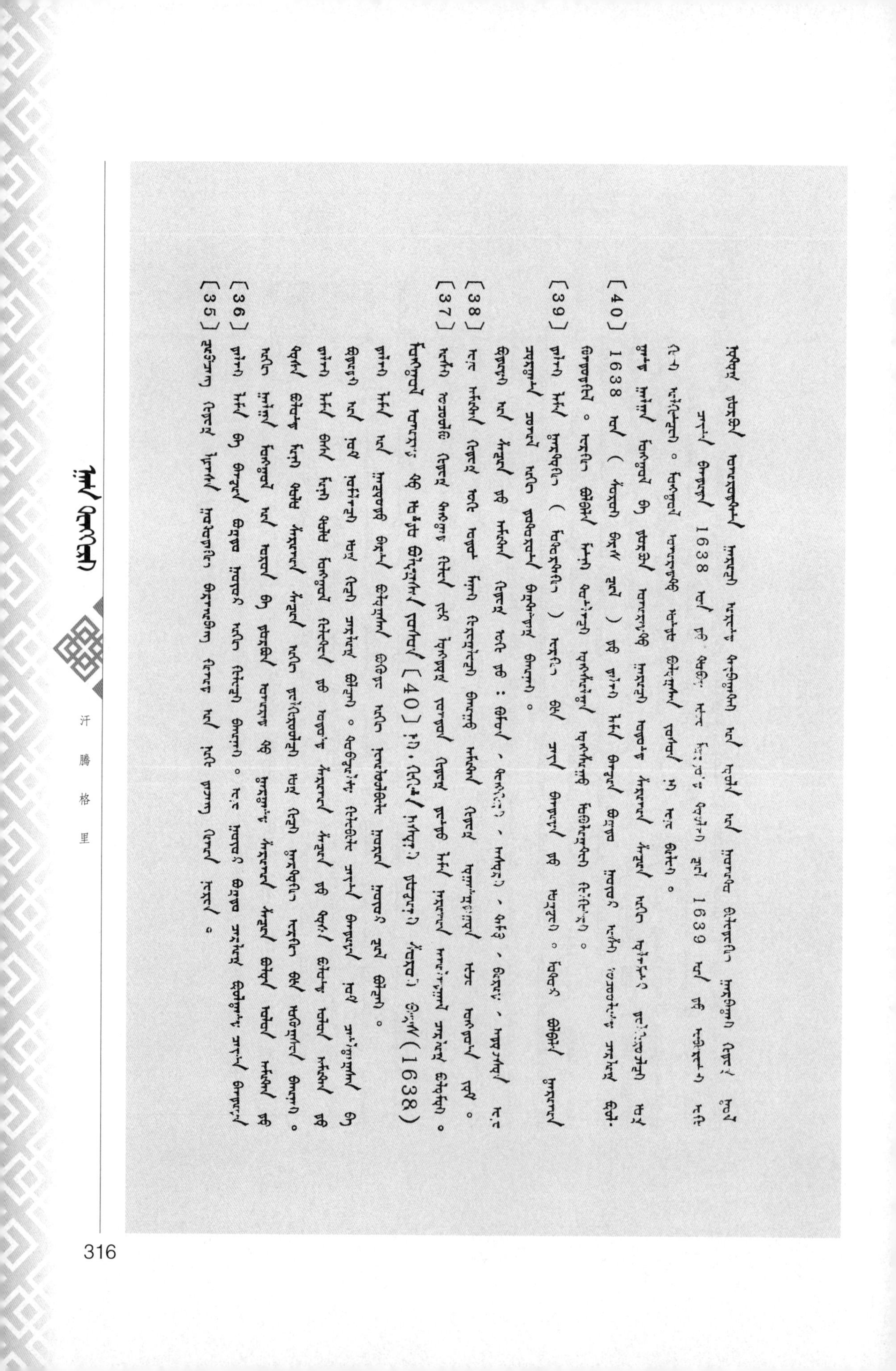

[illegible] 1638 [illegible] 1639 [illegible]

[40] 1638 [illegible]

[39] [illegible]

[38] [illegible]

[37] [illegible] [40] [illegible] (1638)

[36] [illegible]

[35] [illegible]

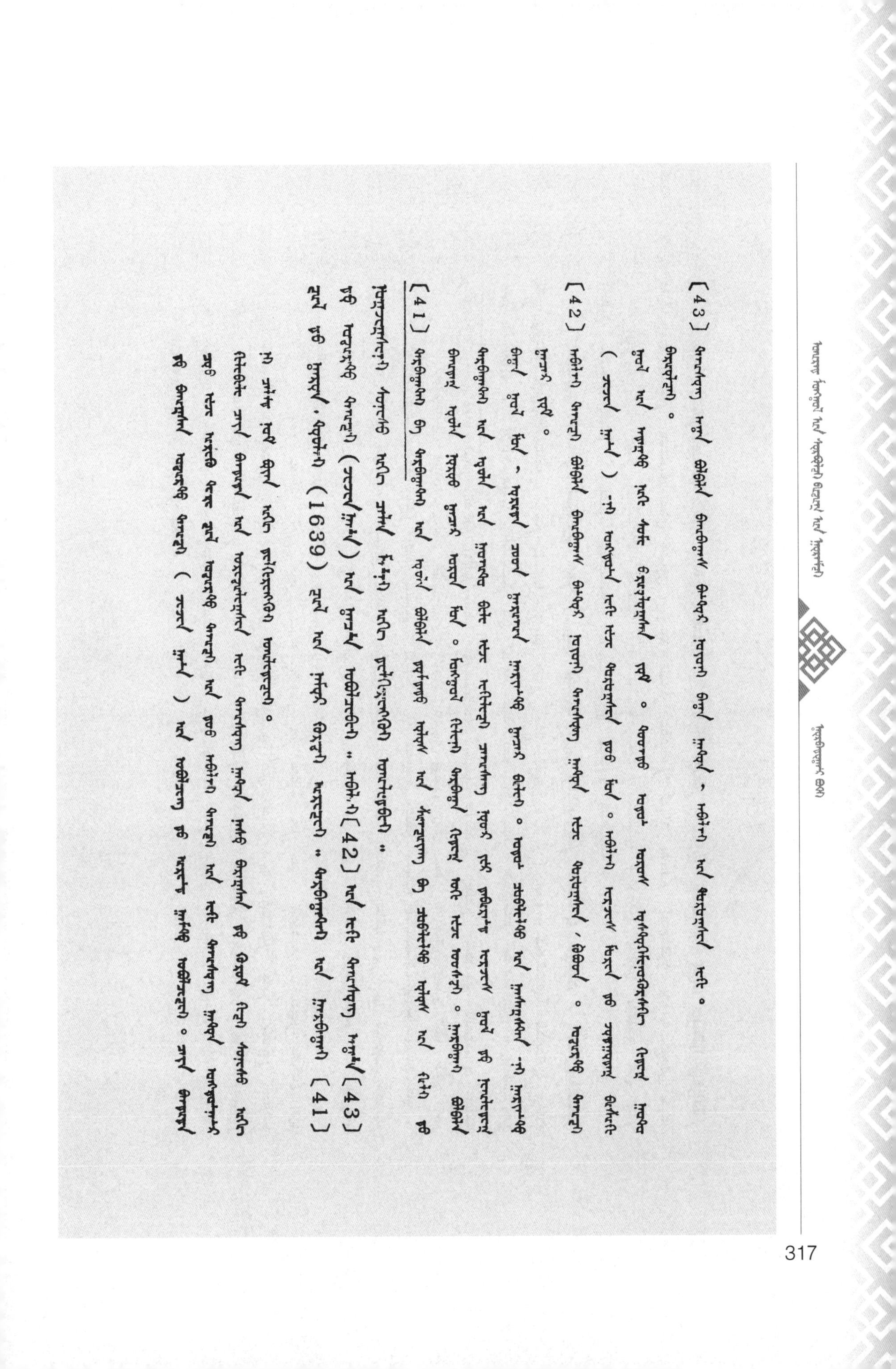

[43] [illegible] ◦
[illegible] ◦
[illegible] ◦ [illegible]
([illegible]) [illegible] ◦ [illegible]
[42] [illegible] ◦ [illegible]
[illegible] ◦
[illegible] ◦ [illegible] ◦ [illegible]
[illegible] ◦ [illegible] ◦ [illegible]
[41] [illegible]
[illegible] ::
[illegible] ([illegible]) [illegible] :: [illegible] [42] [illegible] [43]
[illegible] (1639) [illegible] :: [illegible] [41]

[illegible] ◦
[illegible]
[illegible]
[illegible] ([illegible]) [illegible] ◦ [illegible]

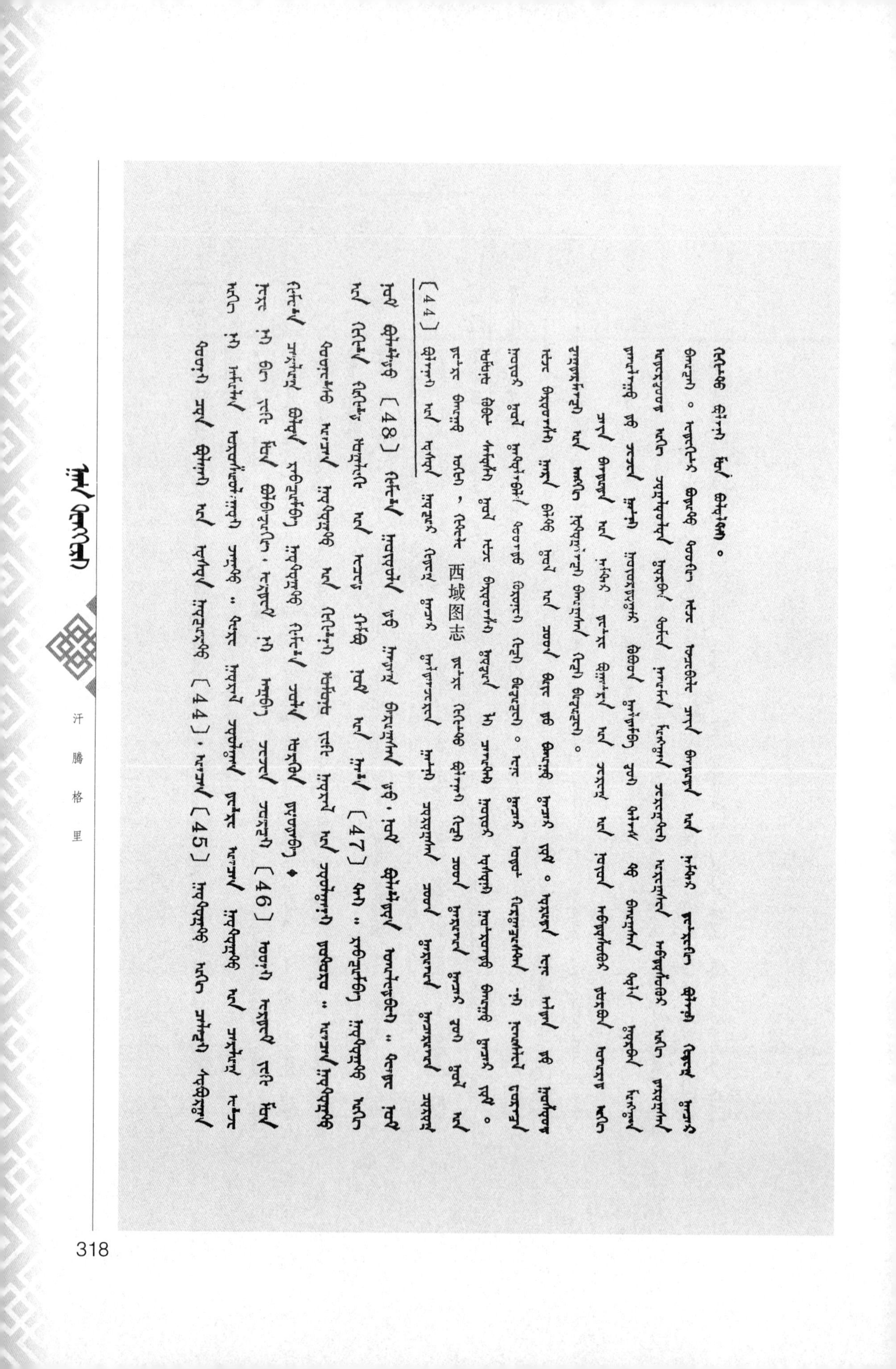

[illegible] 。

[illegible] 。

[illegible] 西域图志 [illegible]

[44] [illegible]

[illegible] [48] [illegible] [47] [illegible]

[illegible] [46] [illegible] [44]、[illegible] [45] [illegible]

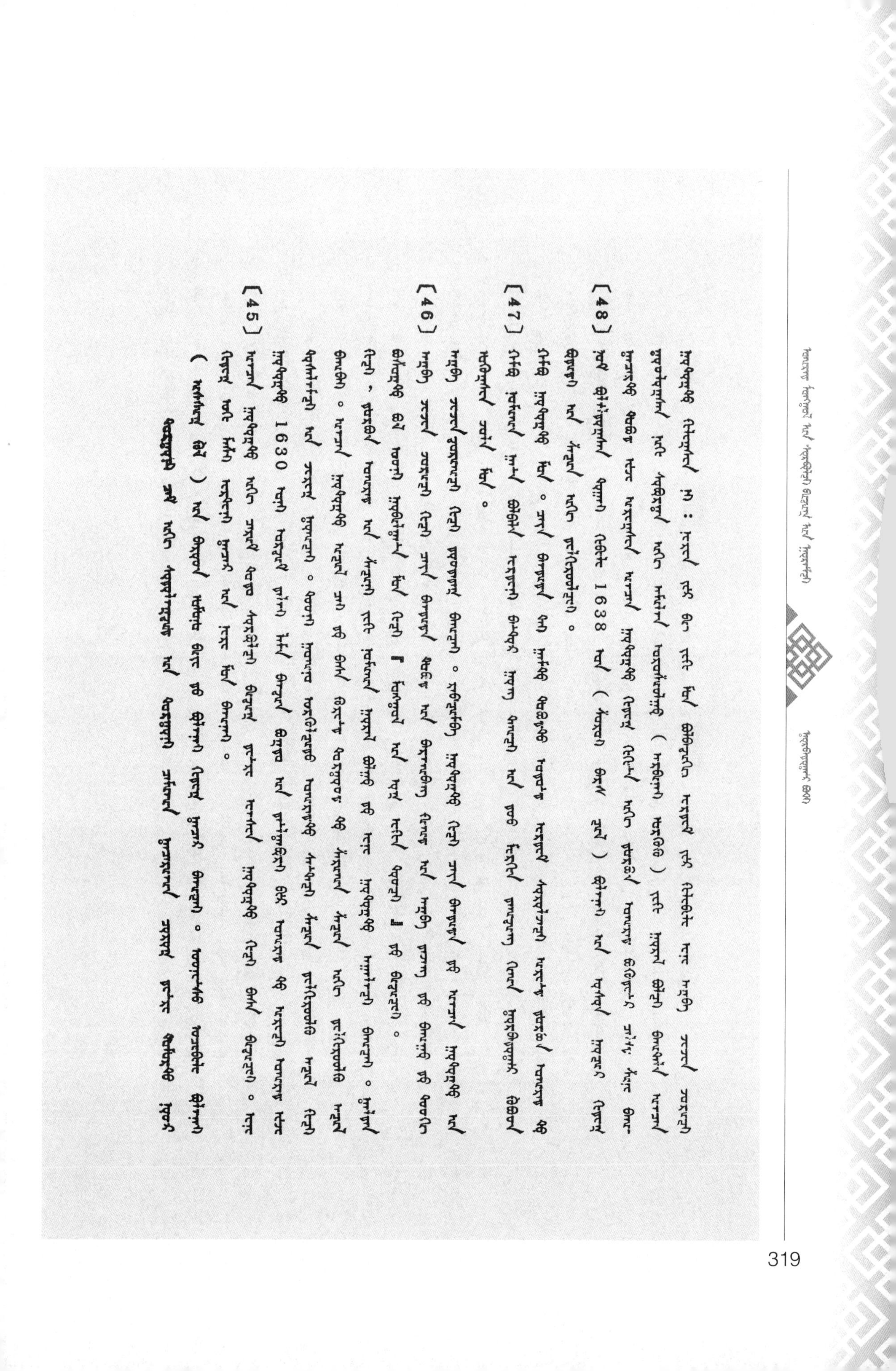

[illegible]

[48] [illegible] 1638 [illegible]

[47] [illegible]

[46] [illegible]

[45] [illegible] 1630 [illegible]

[illegible]

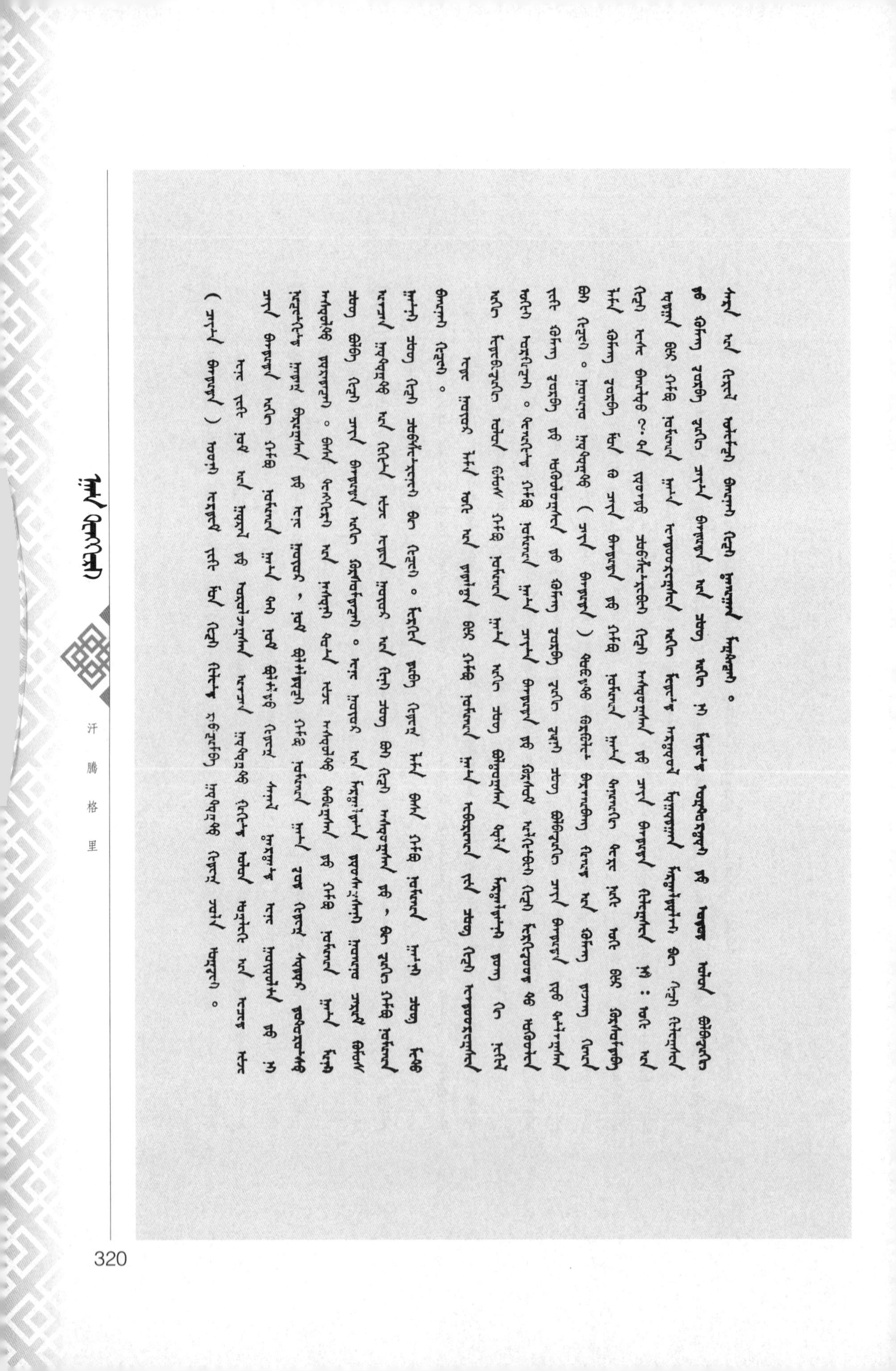

[illegible] [illegible] [illegible] [illegible] [illegible] [illegible] [illegible] [illegible] [illegible]

[illegible] [illegible] [illegible] [illegible] [illegible] [illegible] [illegible]

[illegible]

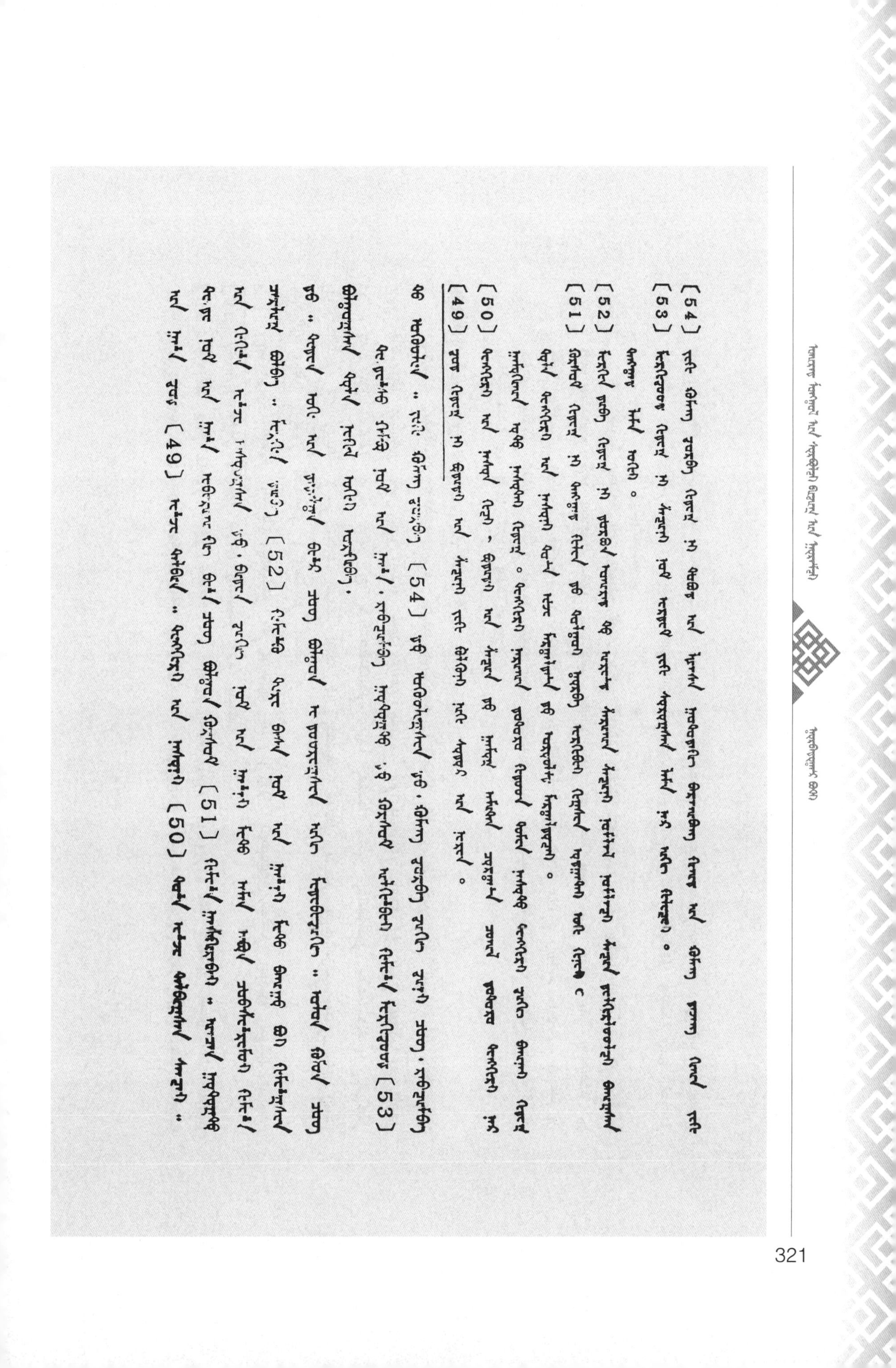

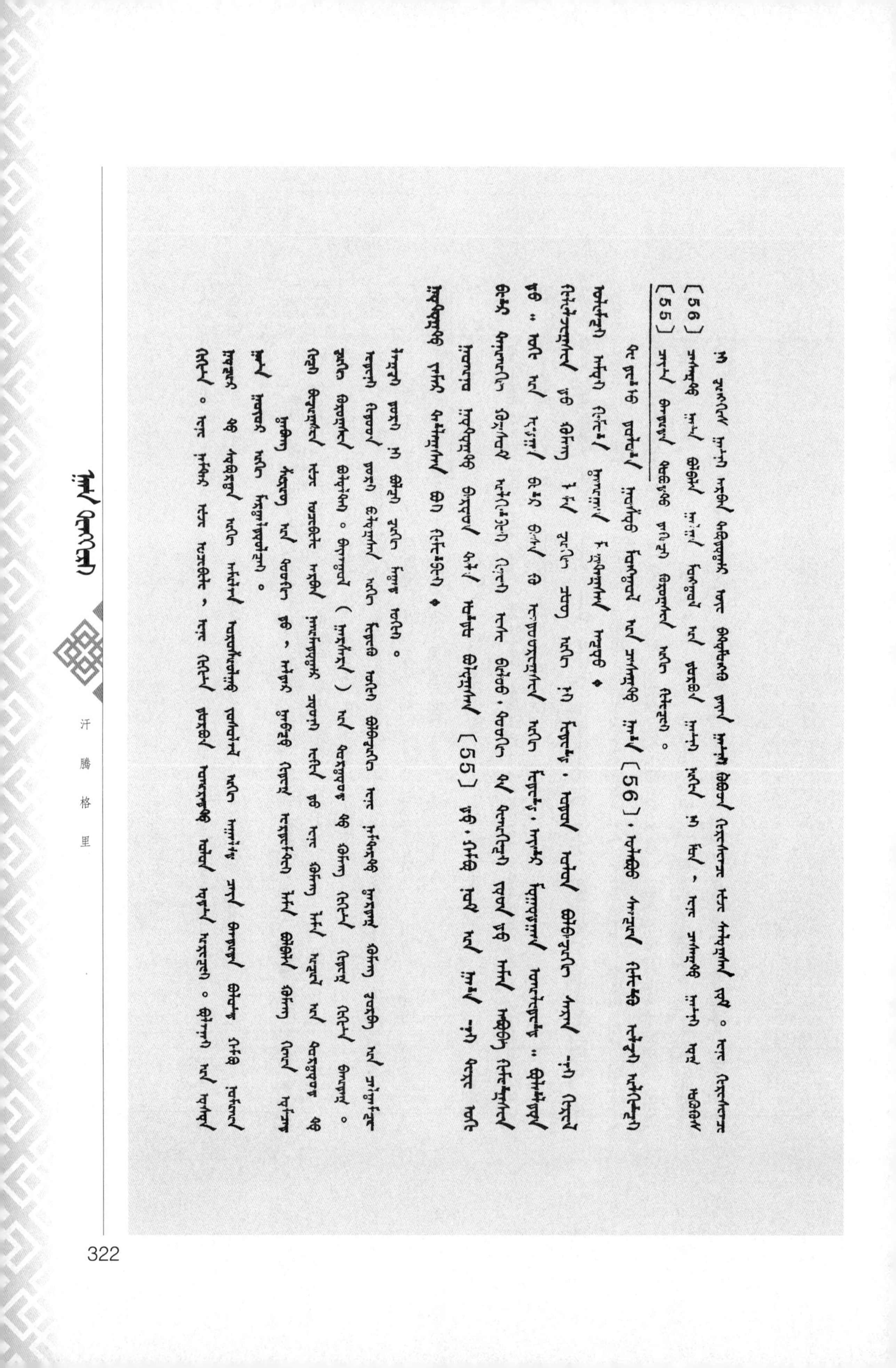

[illegible] 〔56〕 [illegible]

[illegible] 〔55〕 [illegible]

[illegible]

〔55〕 [illegible]

〔56〕 [illegible]

〔55〕 [illegible]

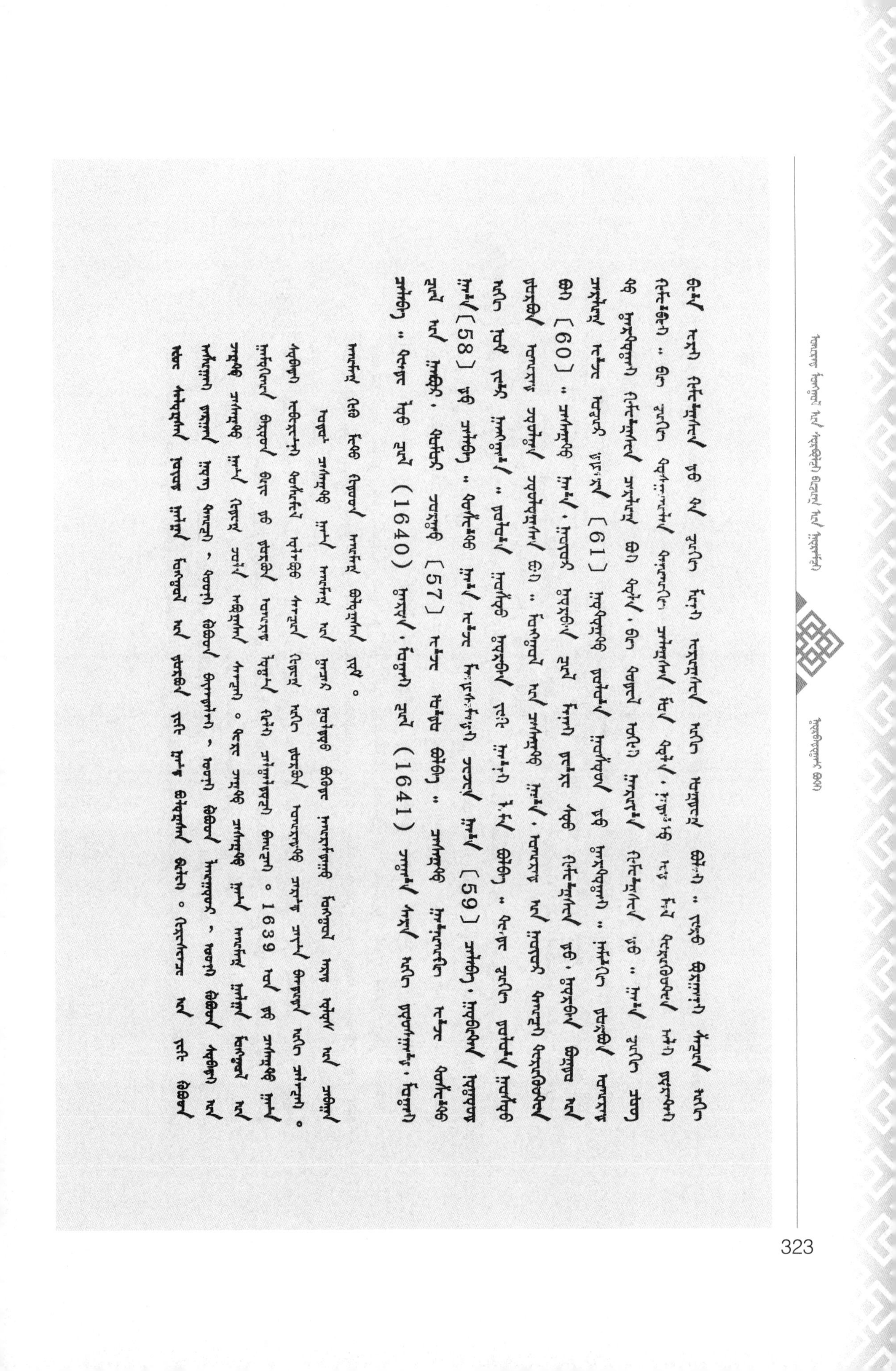

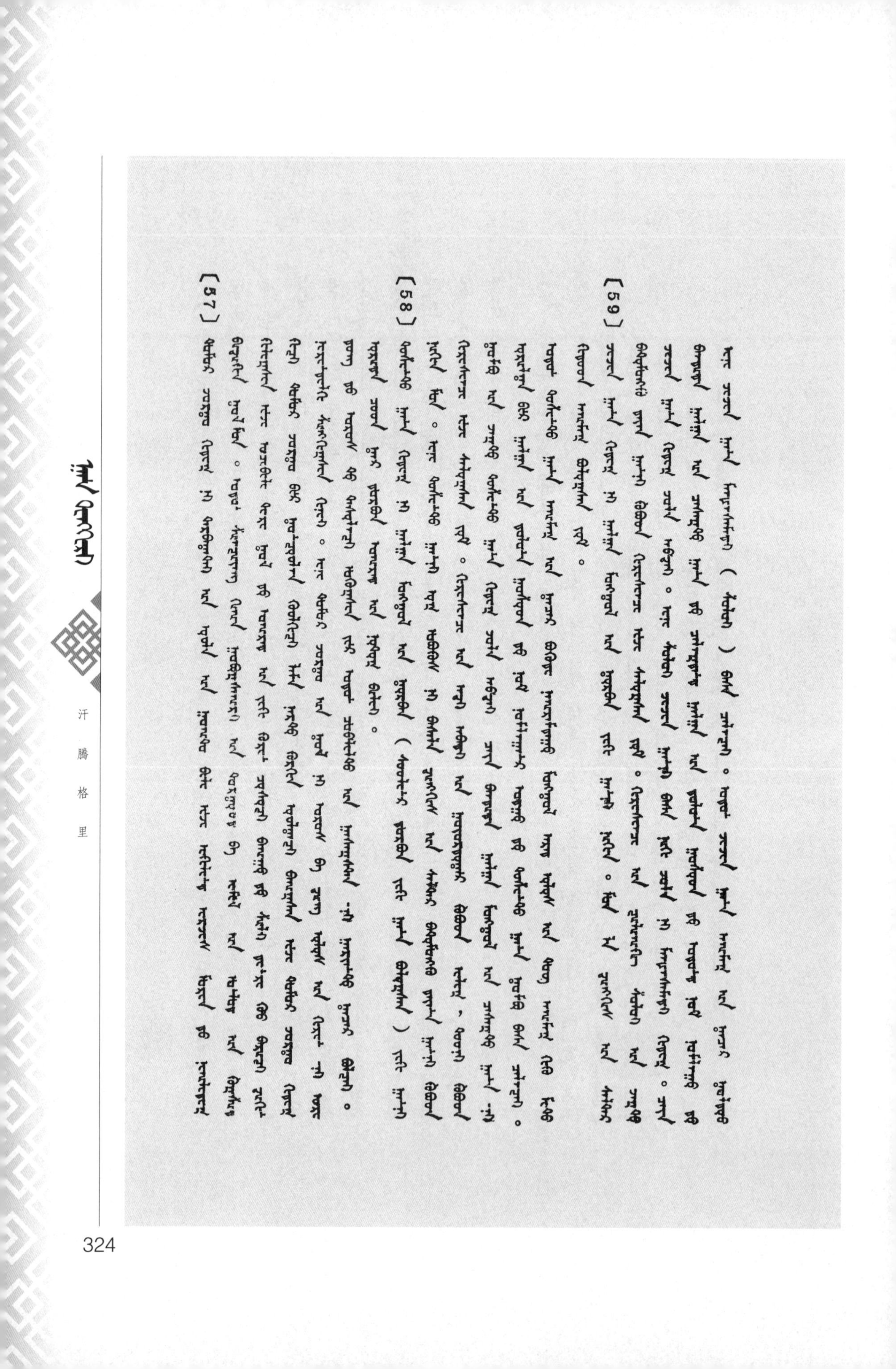

[illegible]

[59] [illegible]

[58] [illegible]

[57] [illegible]

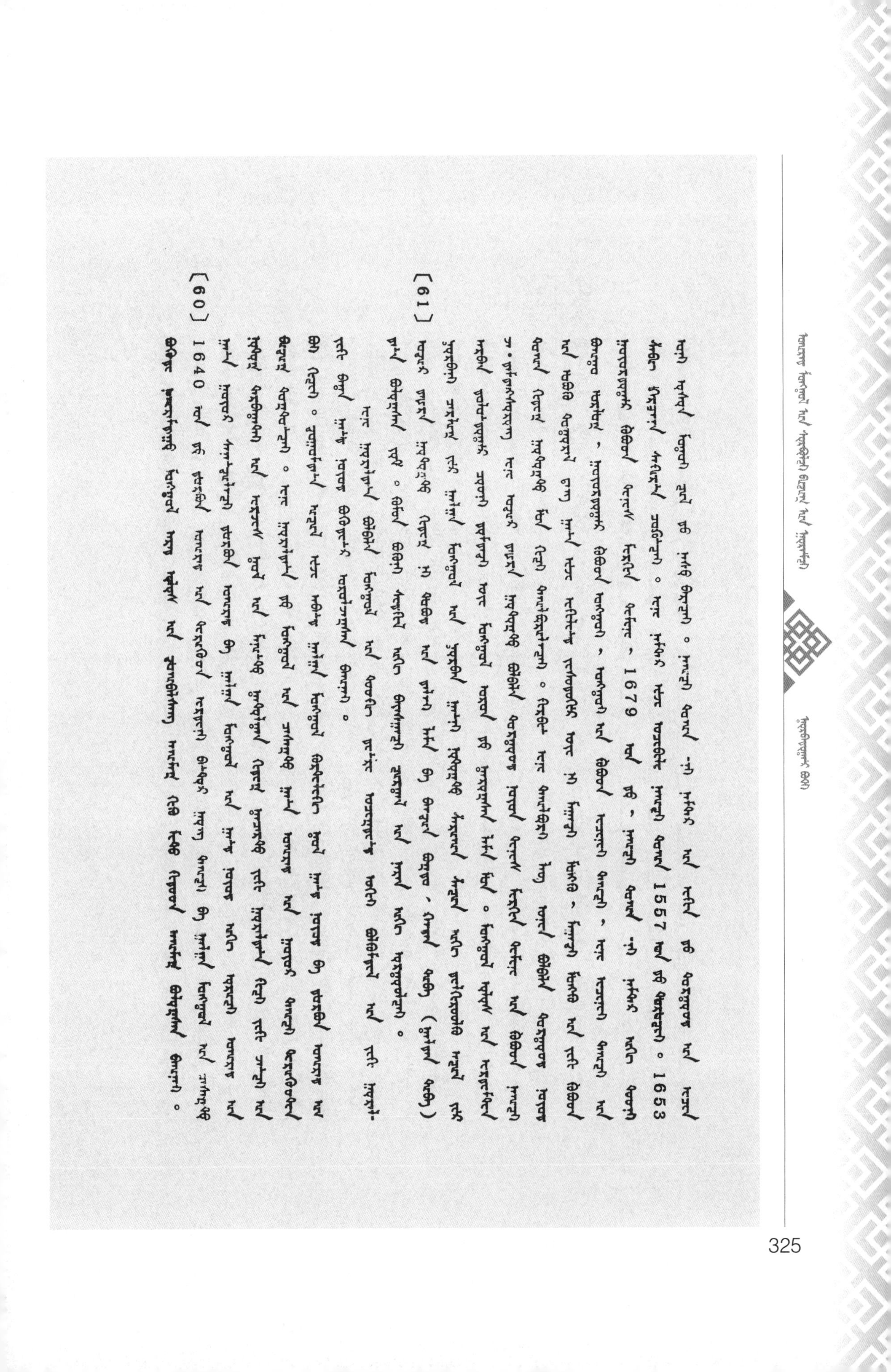

[illegible] ∘

[60] 1640 [illegible]

[illegible] ∘

[illegible] ∘

[61] [illegible]

[illegible] 1679 [illegible]

[illegible] 1557 [illegible] ∘ 1653

[illegible]

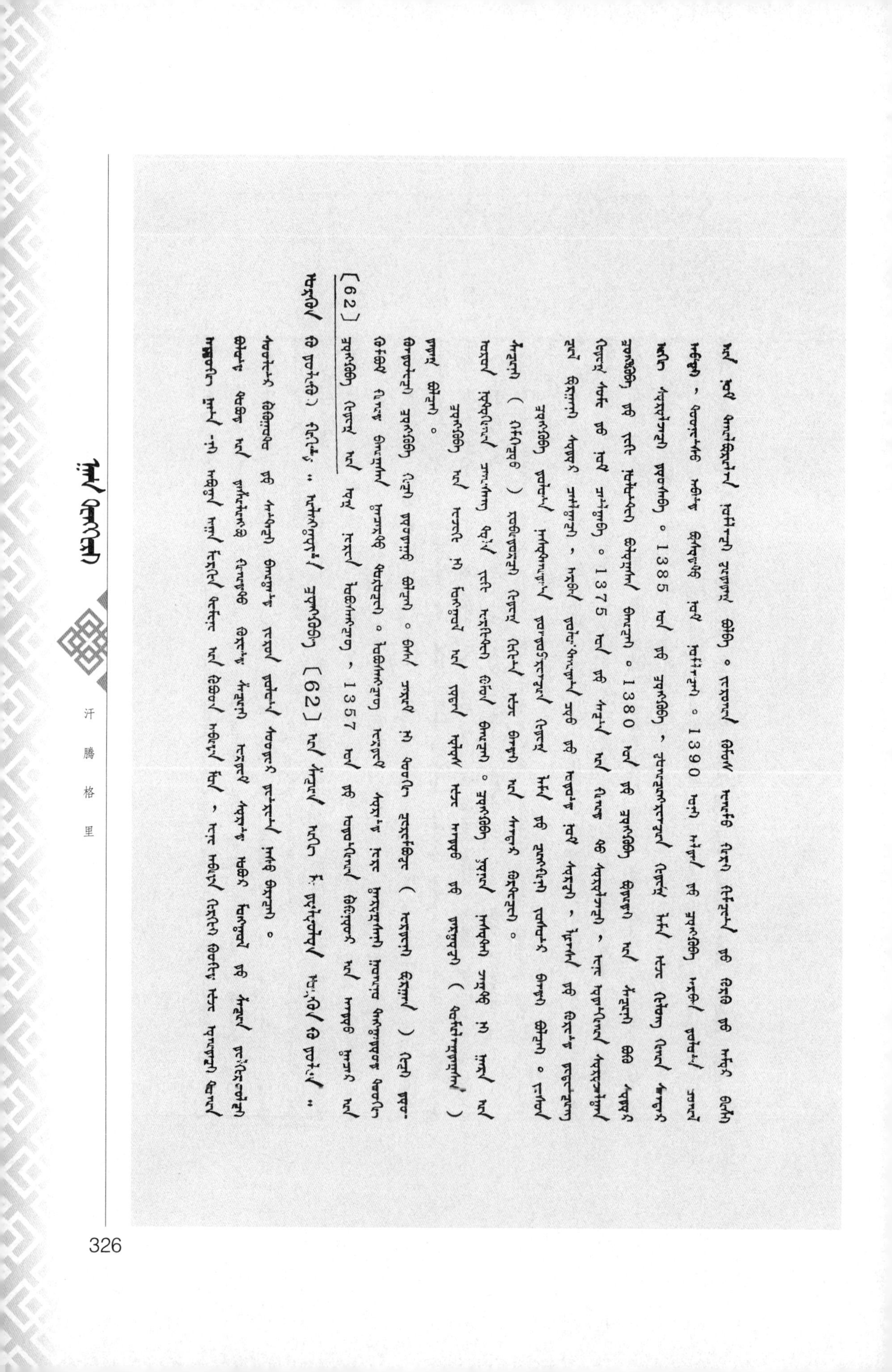

[illegible]

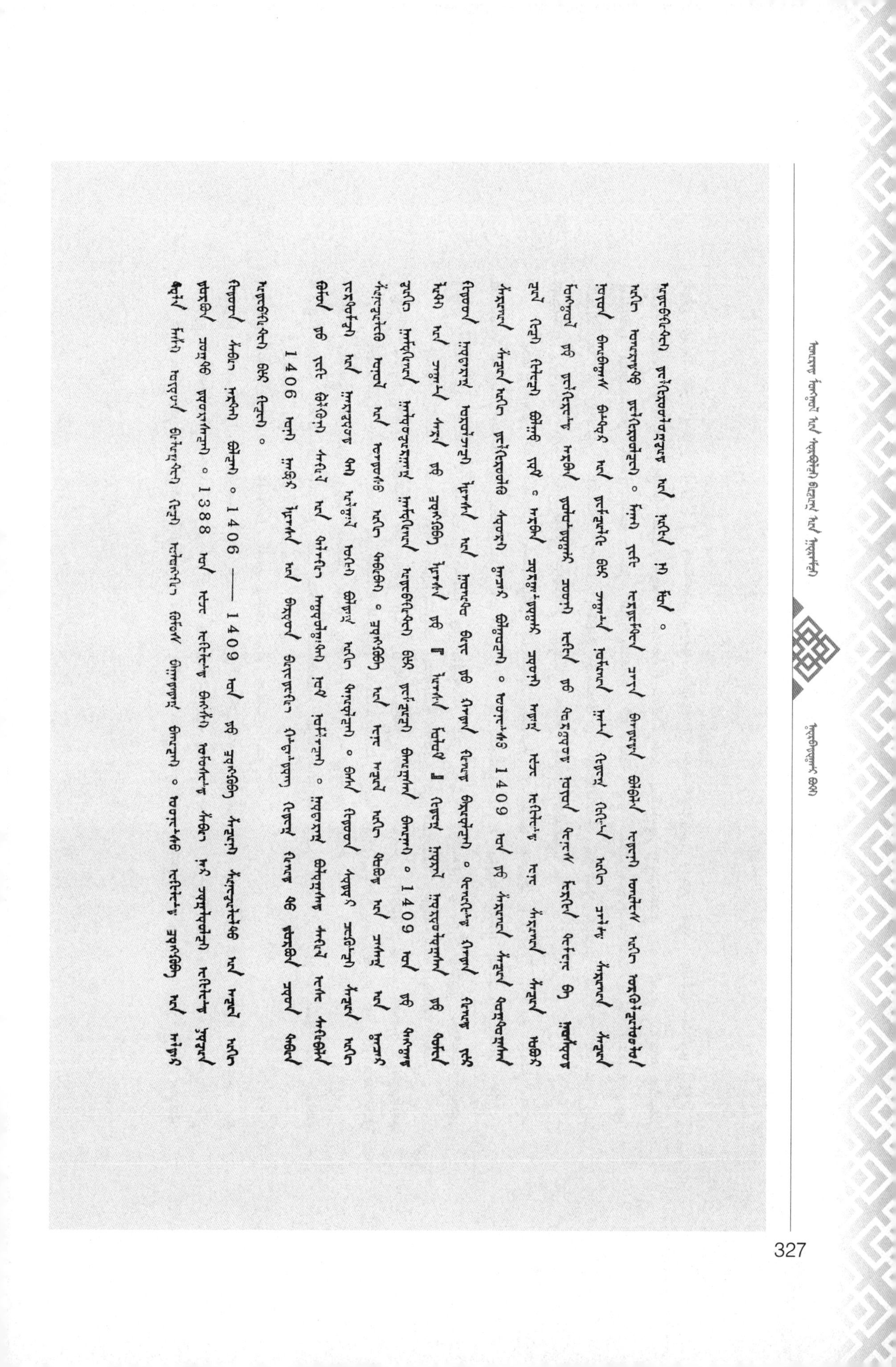

[illegible] 。

[illegible] 。 [illegible] 。 [illegible] 1409 [illegible] 。 [illegible] 『[illegible]』 [illegible] 。 1409 [illegible] 。 [illegible] 。 [illegible] 。 [illegible]

1406 [illegible] 。

[illegible] 。 1406 —— 1409 [illegible] 。 1388 [illegible] 。 [illegible]

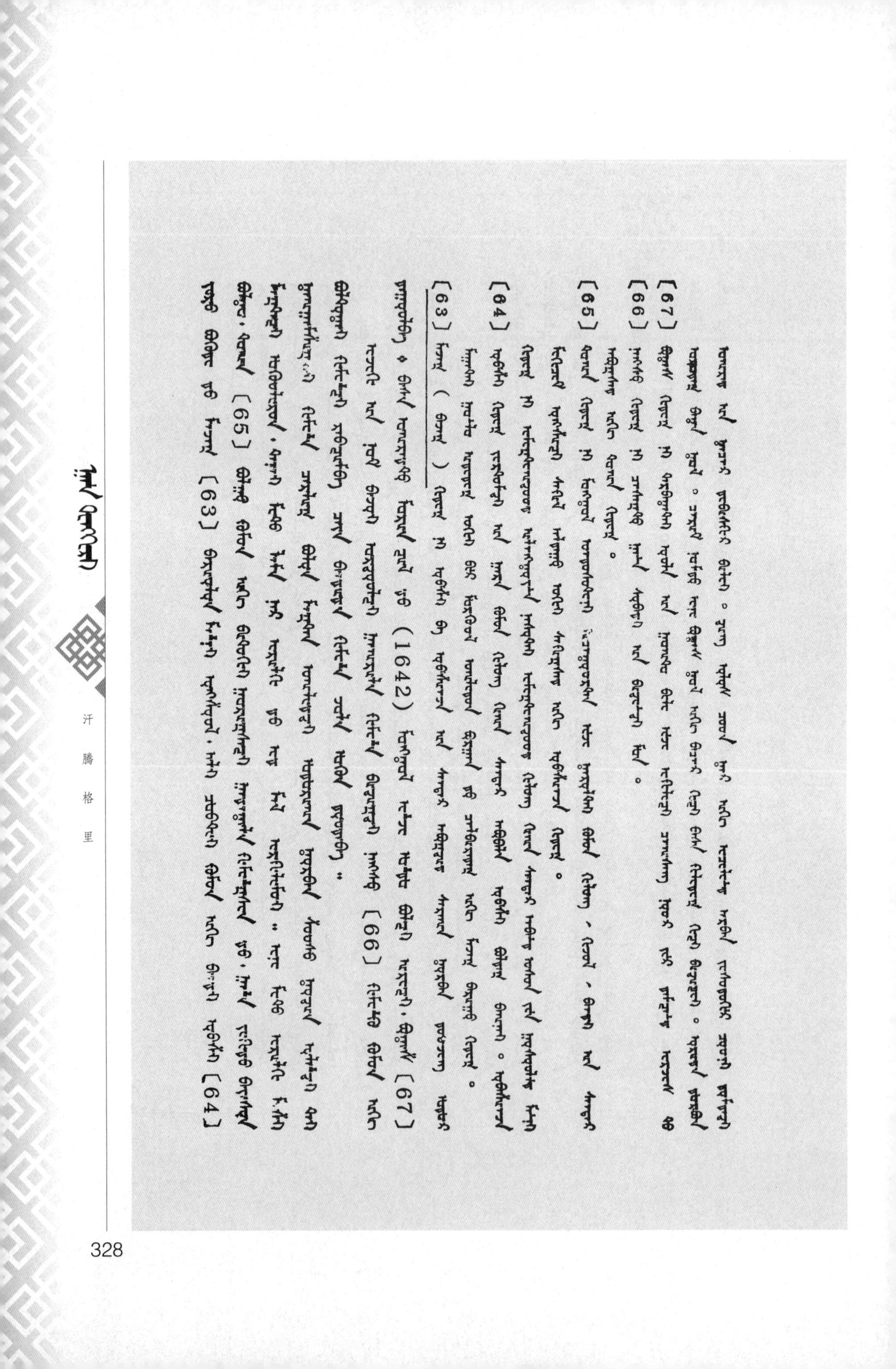

[illegible]

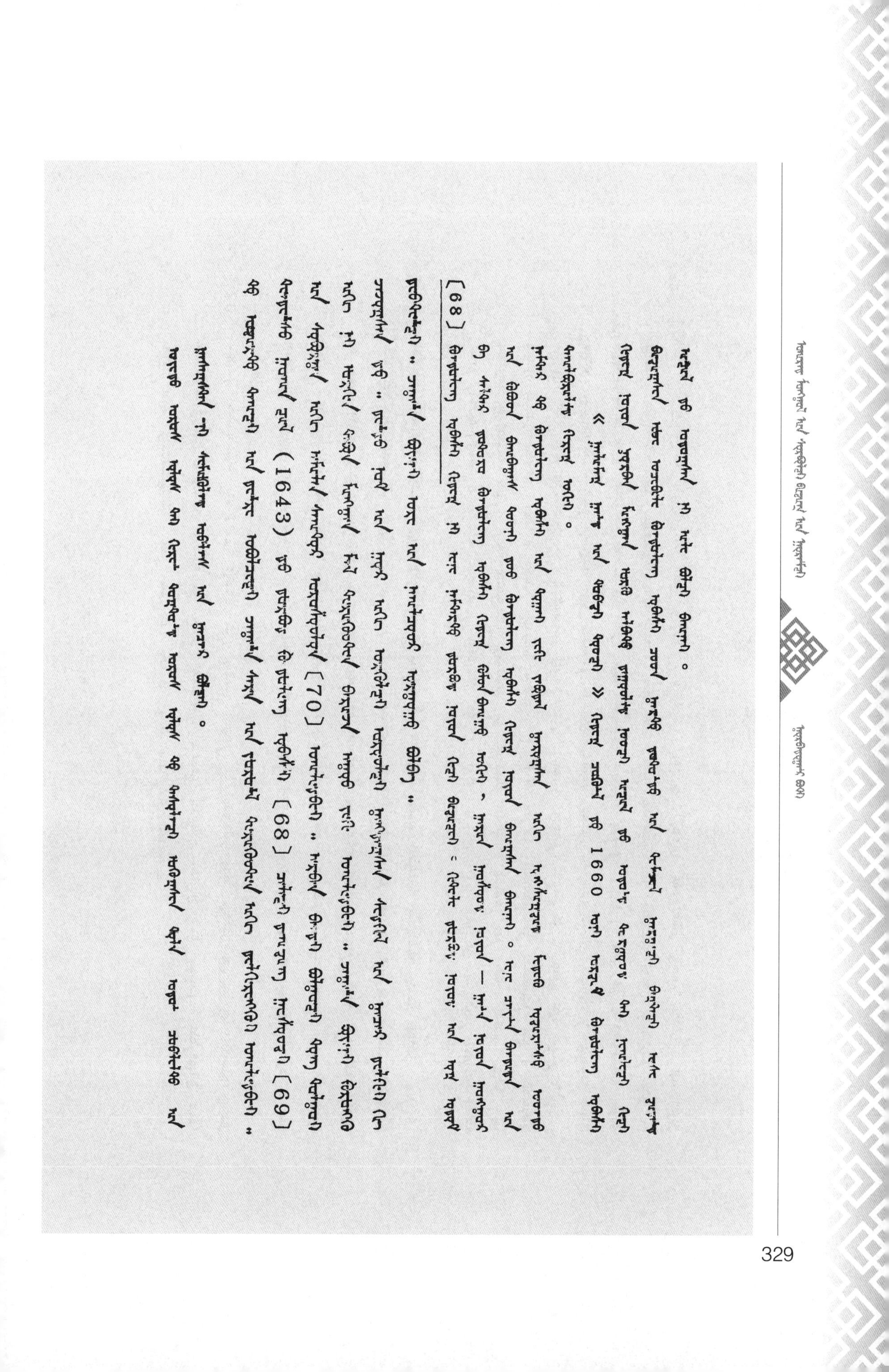

[illegible]

[illegible]

[illegible]

[illegible] 1660 [illegible]

[illegible]

[illegible]

[illegible]

[illegible]

[illegible]

[illegible]

〔68〕[illegible]

[illegible]

[illegible]

[illegible]

[illegible] 〔70〕 [illegible]

[illegible] (1643) [illegible] 〔68〕 [illegible] 〔69〕

[illegible]

[illegible]

[illegible]

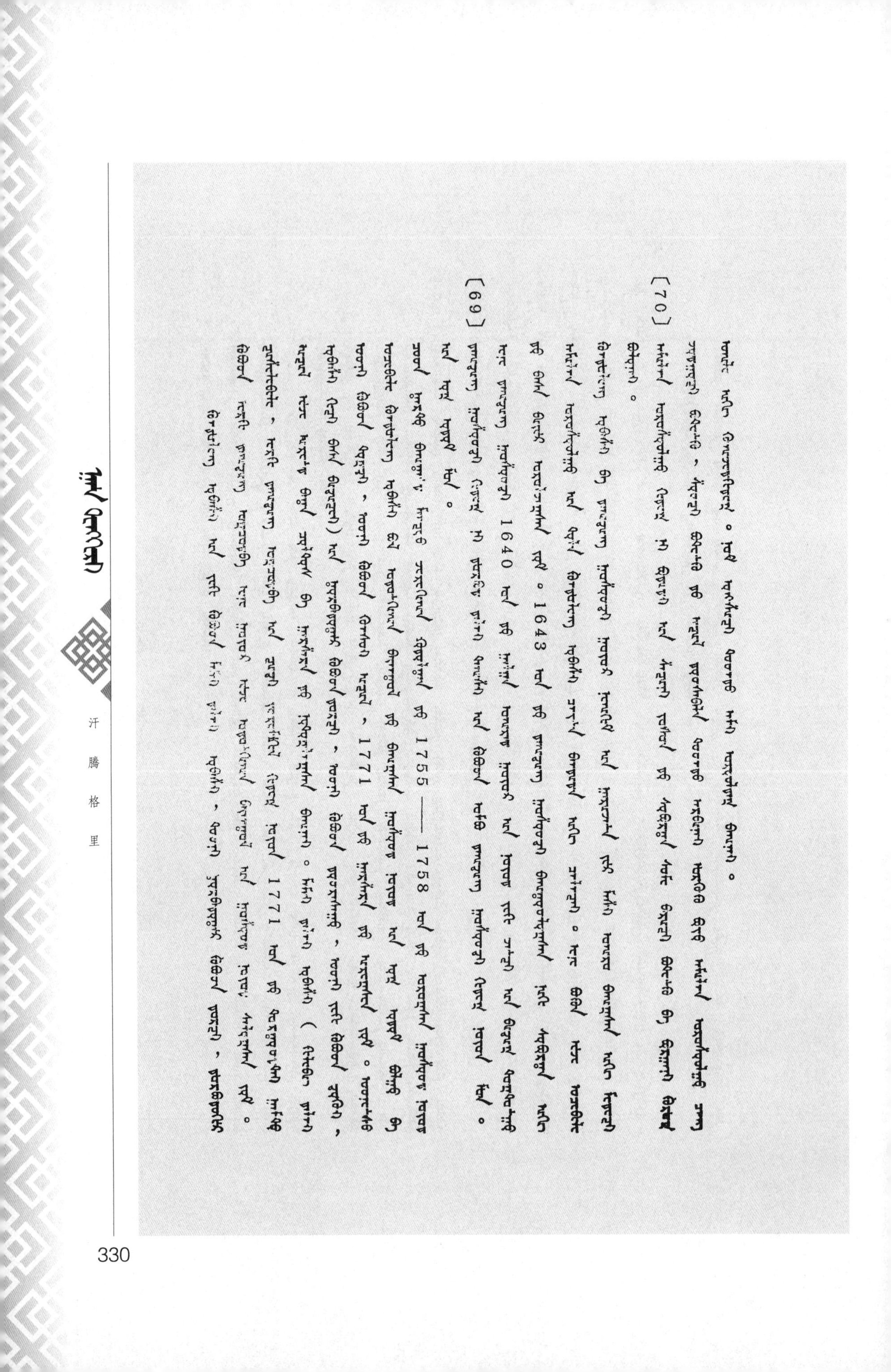

[illegible] 1755 —— 1758 [illegible] 1771 [illegible] 1771 [illegible]

〔69〕 [illegible] 1640 [illegible] 1643 [illegible]

〔70〕 [illegible]

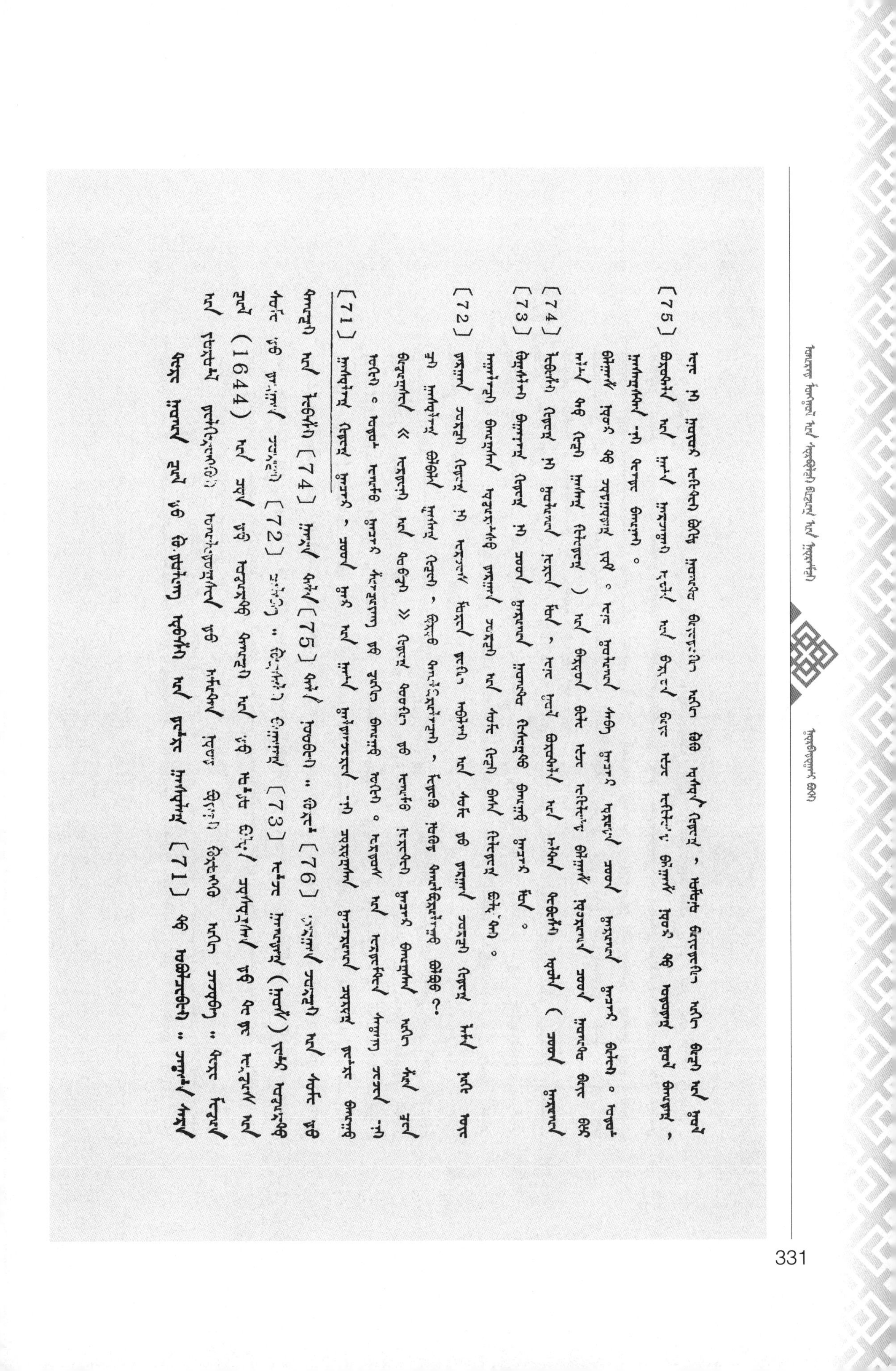

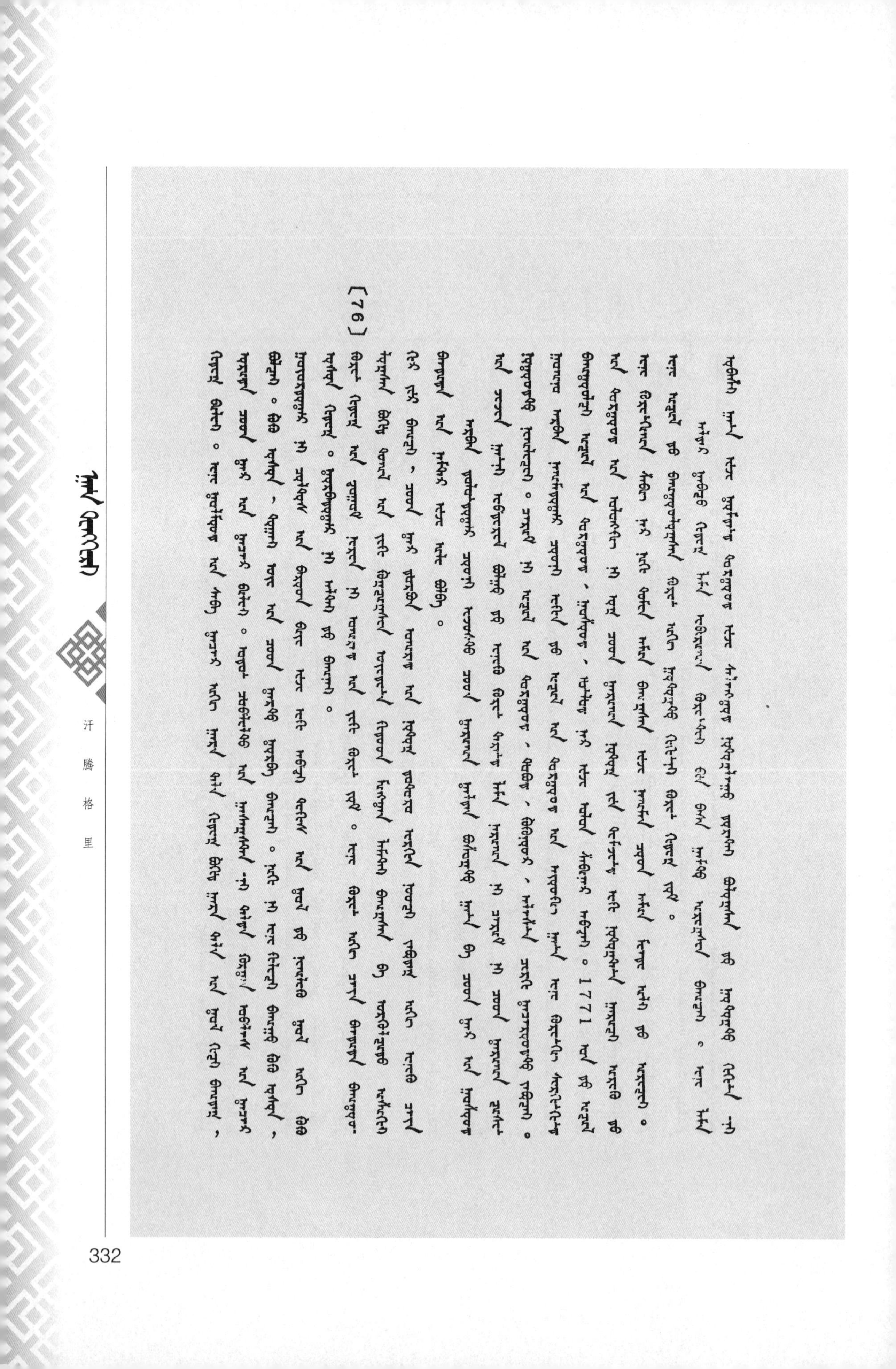

[illegible]

1771

[illegible]

[76]

[illegible]

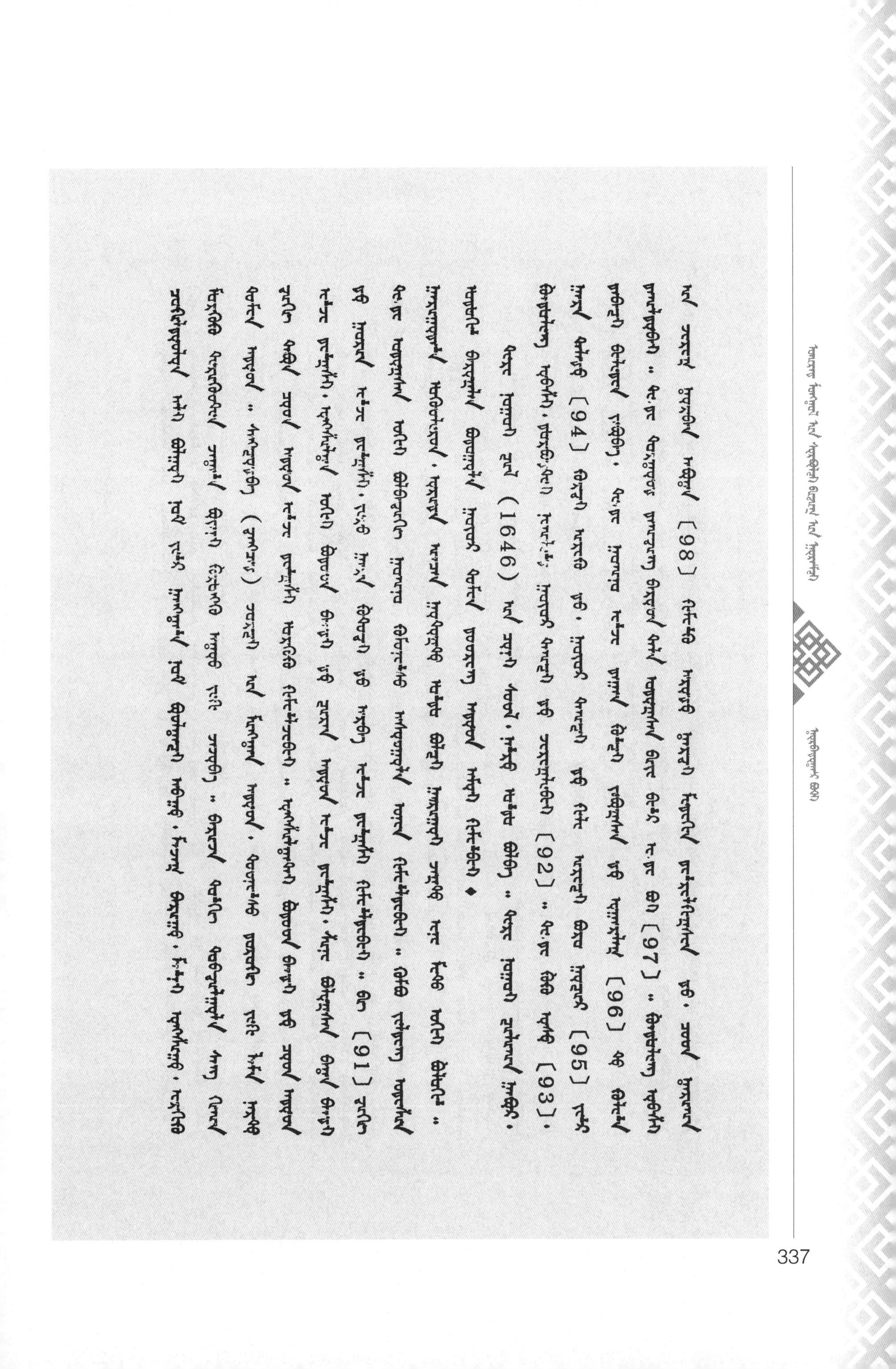

[illegible] (91) [illegible]

[illegible] (92) [illegible] (93) [illegible] (94) [illegible] (95) [illegible] (96) [illegible] (97) [illegible] (98) [illegible]

[illegible] (1646) [illegible]

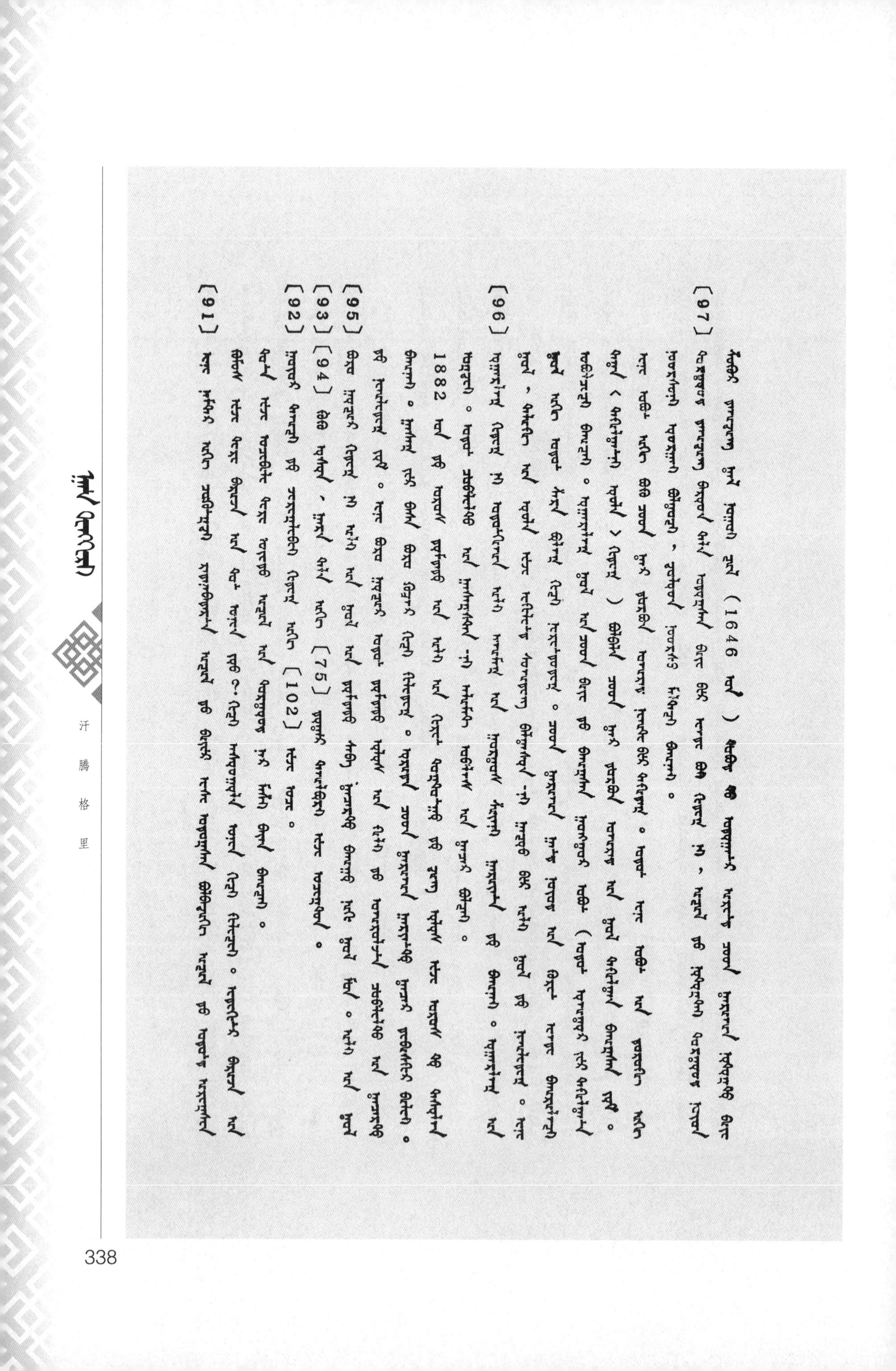

[91] [illegible]
[illegible]
[illegible] ◦

[92] [illegible] [102] [illegible] ◦

[93] [94] [illegible] [75] [illegible] ◦

[95] [illegible]
[illegible]
[illegible]
1882 [illegible]
[illegible] ◦

[96] [illegible]
[illegible]
[illegible]
[illegible]
[illegible]
[illegible]
[illegible] ◦

[97] [illegible]
[illegible] (1646 [illegible]) [illegible]

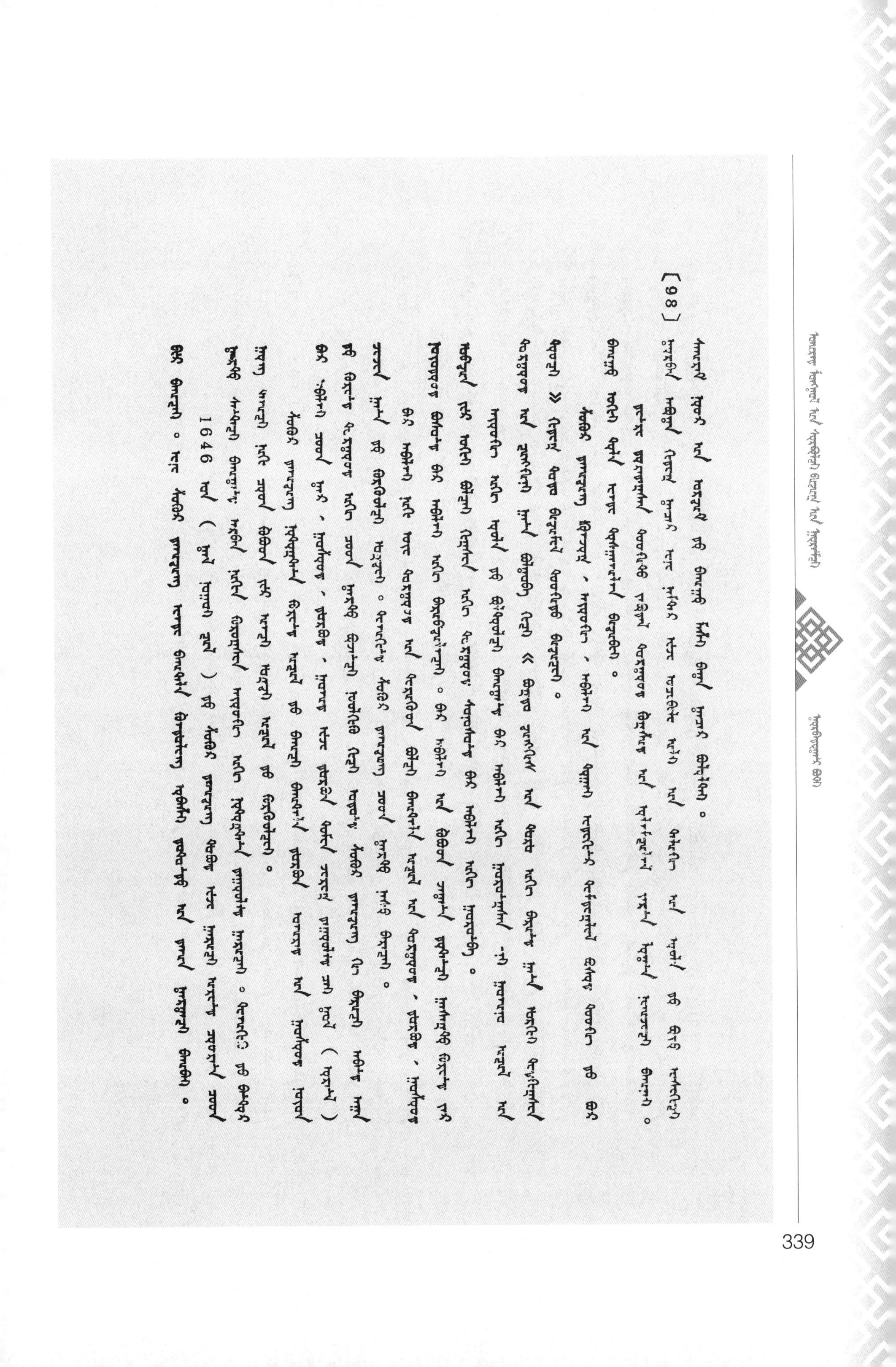

[illegible]

〔98〕 [illegible]

[illegible]

1646 [illegible] ([illegible]) [illegible]

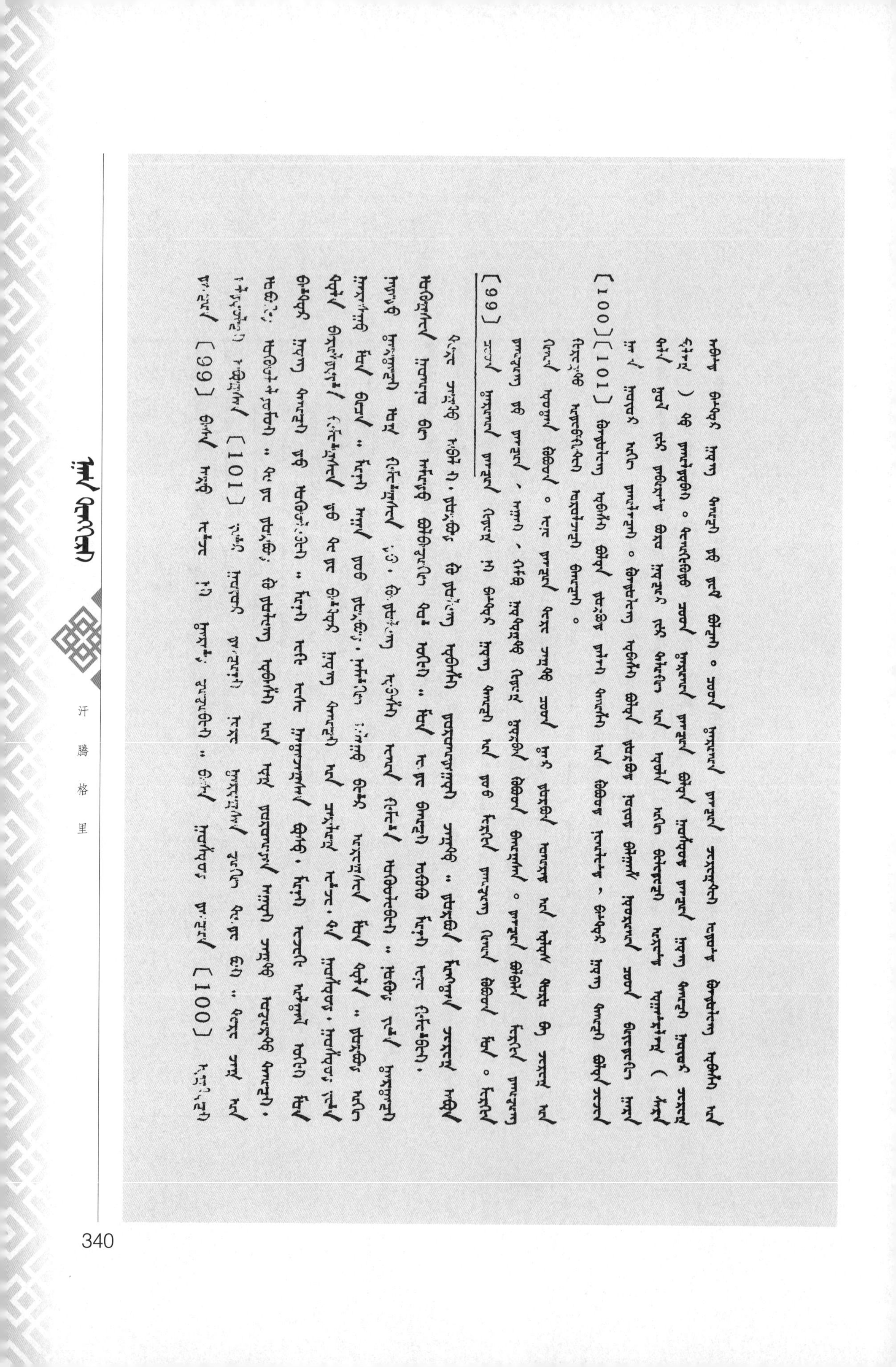

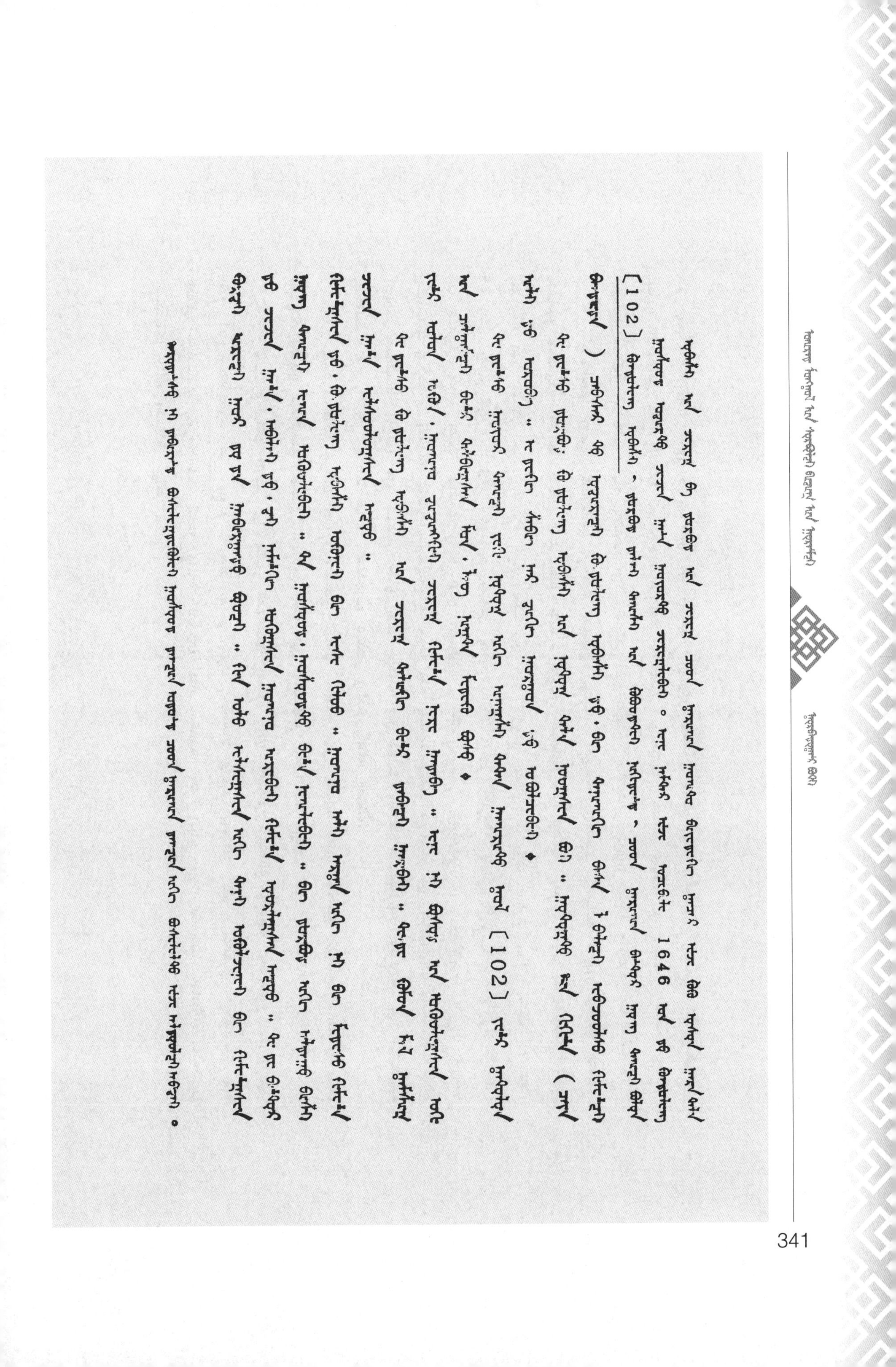

[illegible] 1646 [illegible]

[102] [illegible]

[illegible] [102] [illegible]

[illegible]

[illegible]

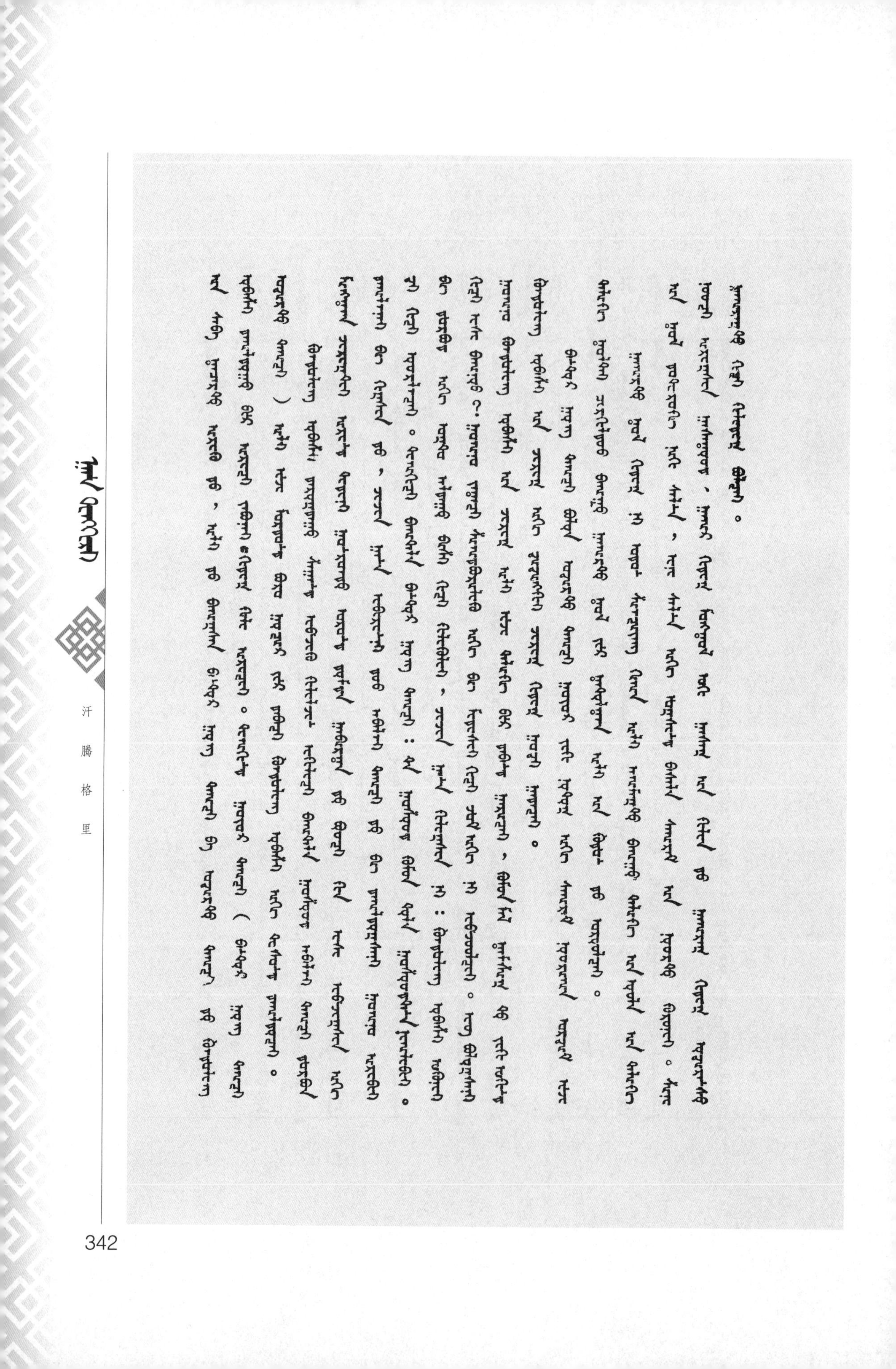

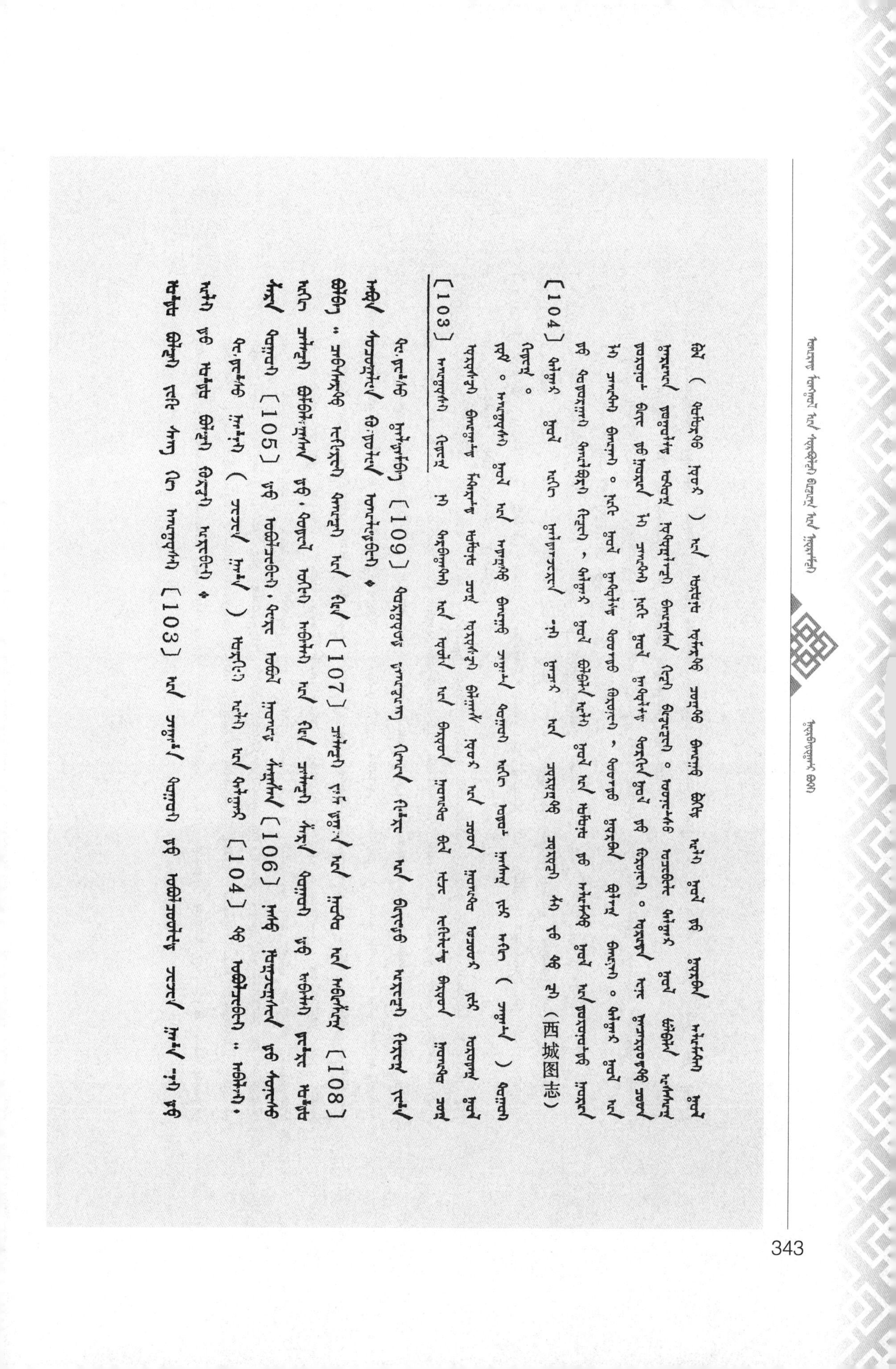

[illegible] ([illegible]) [illegible]

[illegible]

〔104〕 [illegible] (西城图志) [illegible]

[illegible] ([illegible]) [illegible]

〔103〕 [illegible]

[illegible] 〔109〕 [illegible]

[illegible] 〔107〕 [illegible] 〔108〕 [illegible] 〔105〕 [illegible] 〔106〕 [illegible]

[illegible] ([illegible]) [illegible] 〔104〕 [illegible]

[illegible] 〔103〕 [illegible]

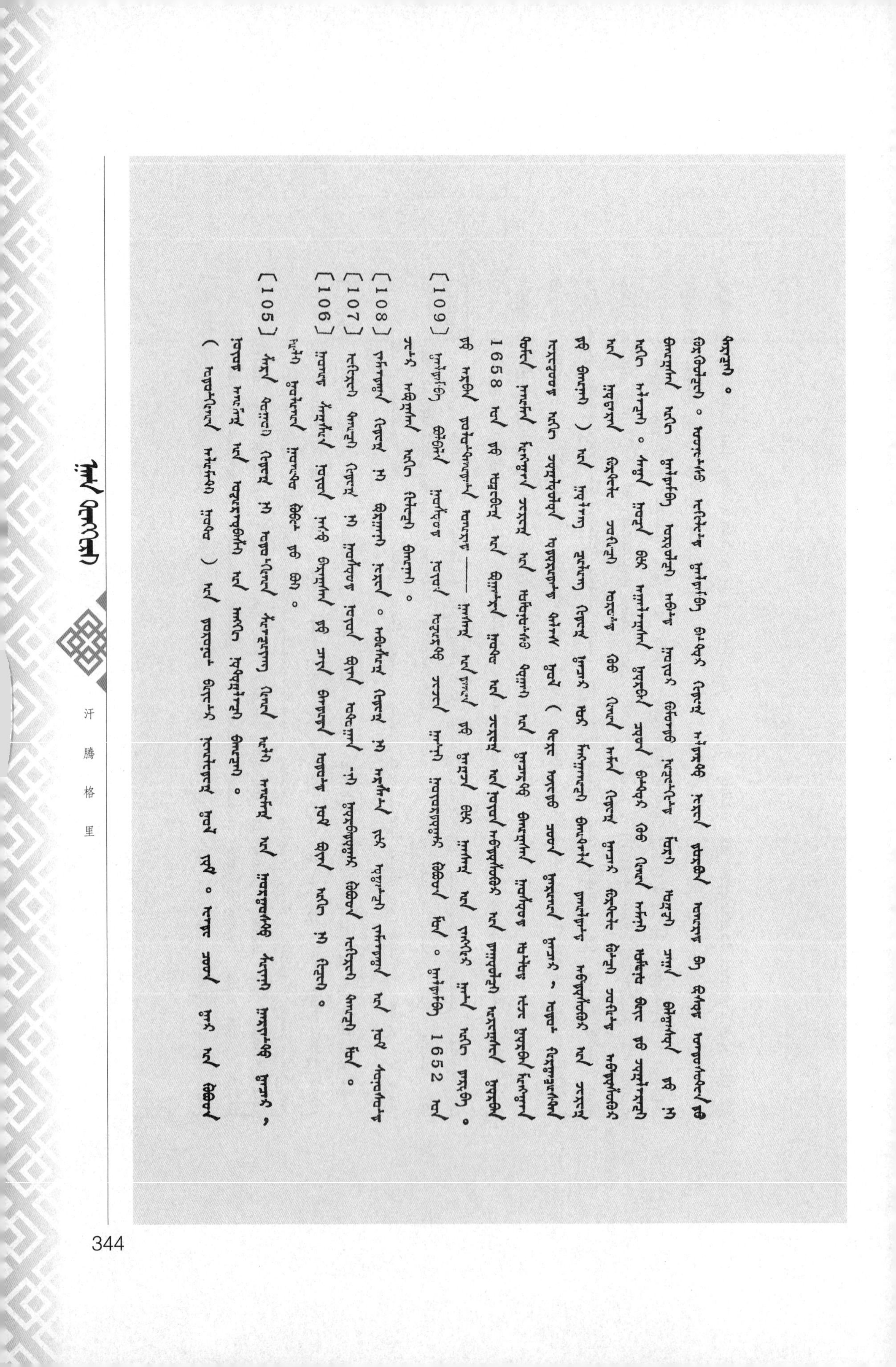

[illegible] ◦

[illegible] ◦ [illegible]
[illegible] ◦ [illegible]
[illegible]) [illegible] ([illegible]
1658 [illegible]
[illegible] —— [illegible] ◦

[109] [illegible] ◦ [illegible] 1652 [illegible] ◦

[108] [illegible] ◦ [illegible]

[107] [illegible] ◦

[106] [illegible] ◦ [illegible] ◦

[105] [illegible] ◦
([illegible]) [illegible] ◦ [illegible]

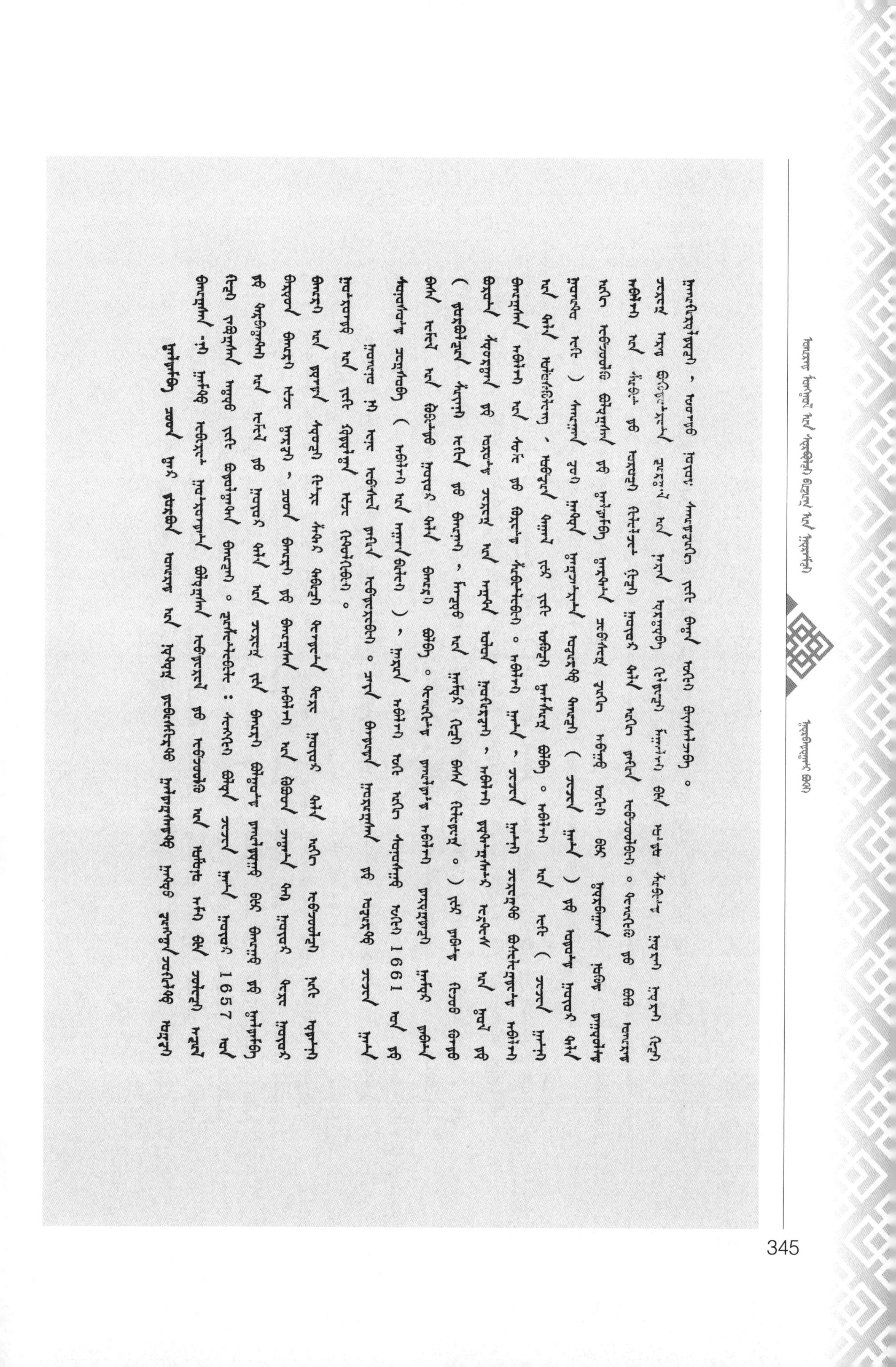

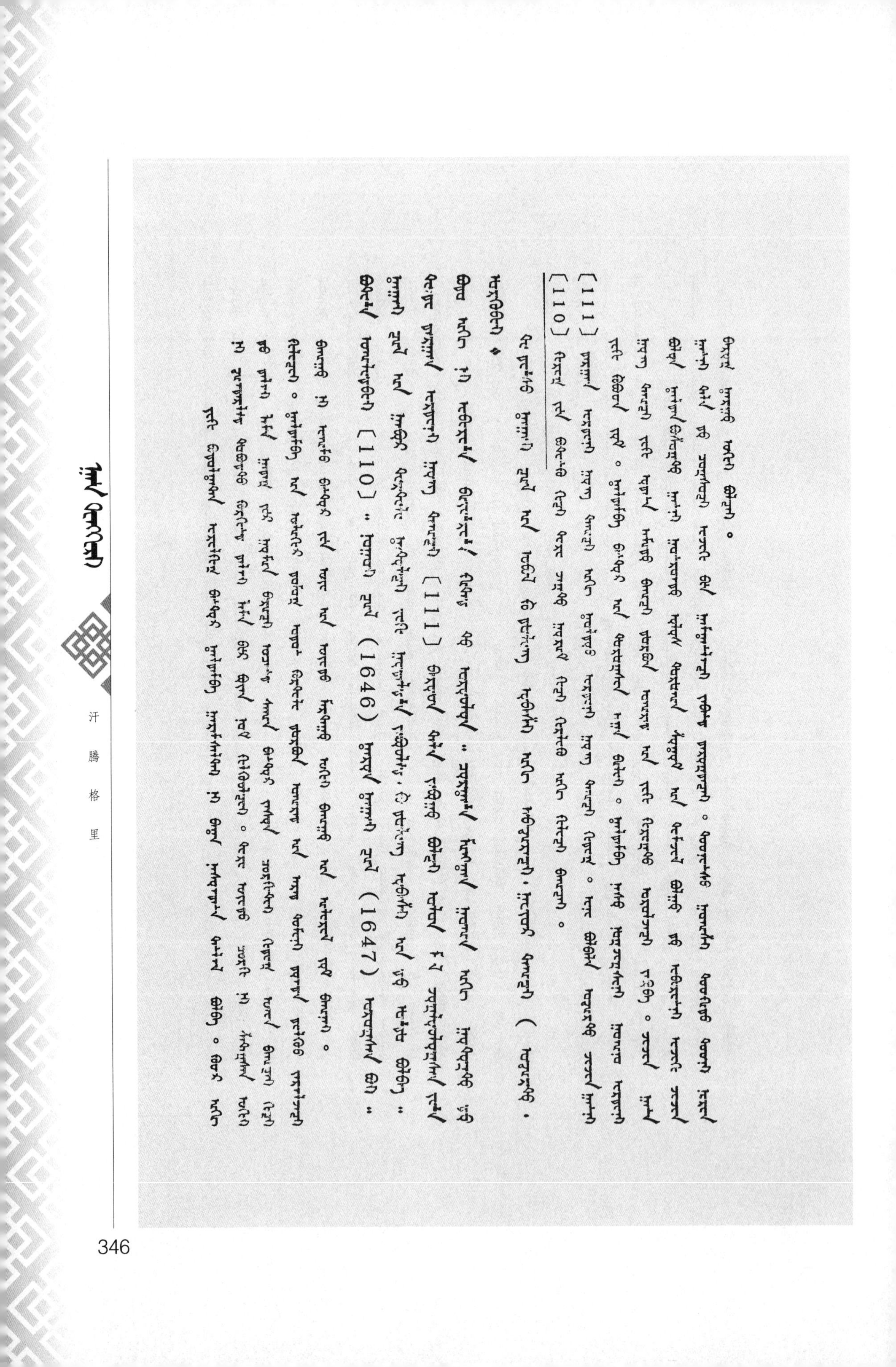

[illegible] ∘

[illegible] ∘

[illegible] 〔110〕 ⁝ [illegible] (1646) [illegible] (1647) [illegible] ⁝

[illegible] 〔111〕 [illegible] ⁝

[illegible] ∘

〔110〕 [illegible] ∘

〔111〕 [illegible]

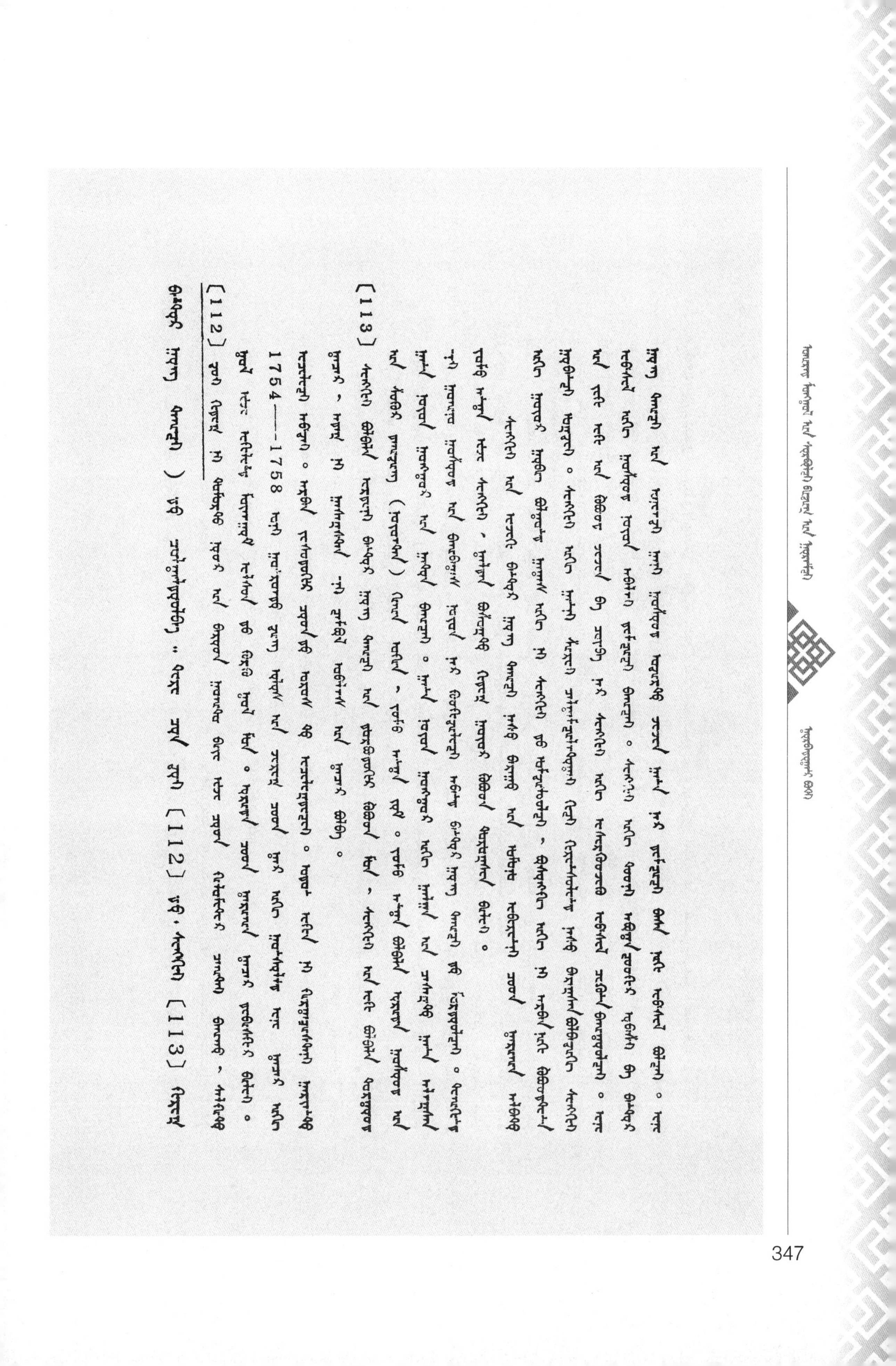

[illegible] [112] [illegible] [113] [illegible]

---

[112] [illegible]

[illegible] 1754——1758 [illegible]

[illegible]

[113] [illegible]

[illegible]

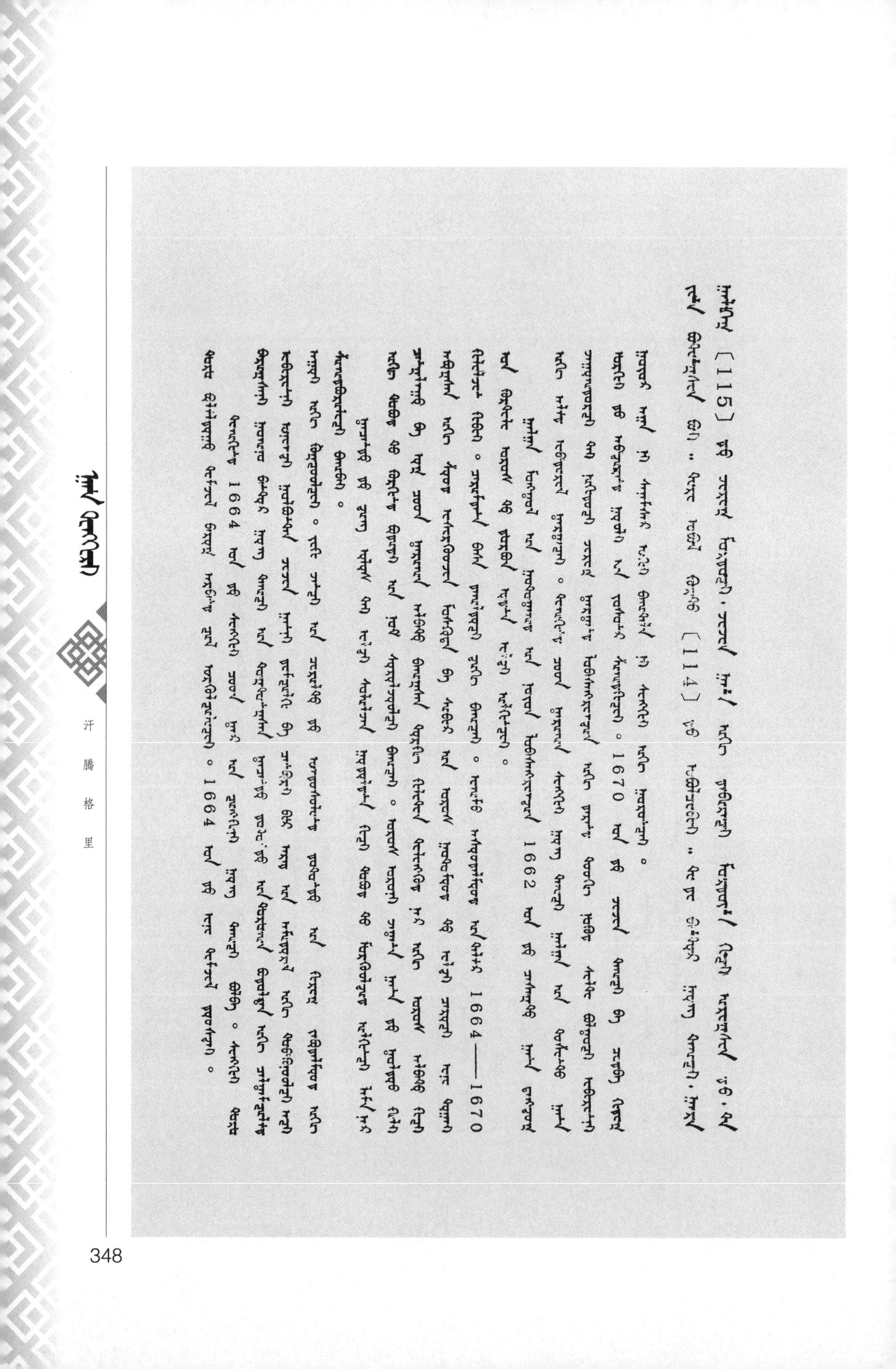

[illegible] [115] [illegible]
[illegible] [114] [illegible]

[illegible]
[illegible] 1670 [illegible]
[illegible]
[illegible]
[illegible] 1662 [illegible]
[illegible]
[illegible] 1664——1670
[illegible]
[illegible]
[illegible]
[illegible]
[illegible]
[illegible]
[illegible]
[illegible]
[illegible] 1664 [illegible]
[illegible] 1664 [illegible]

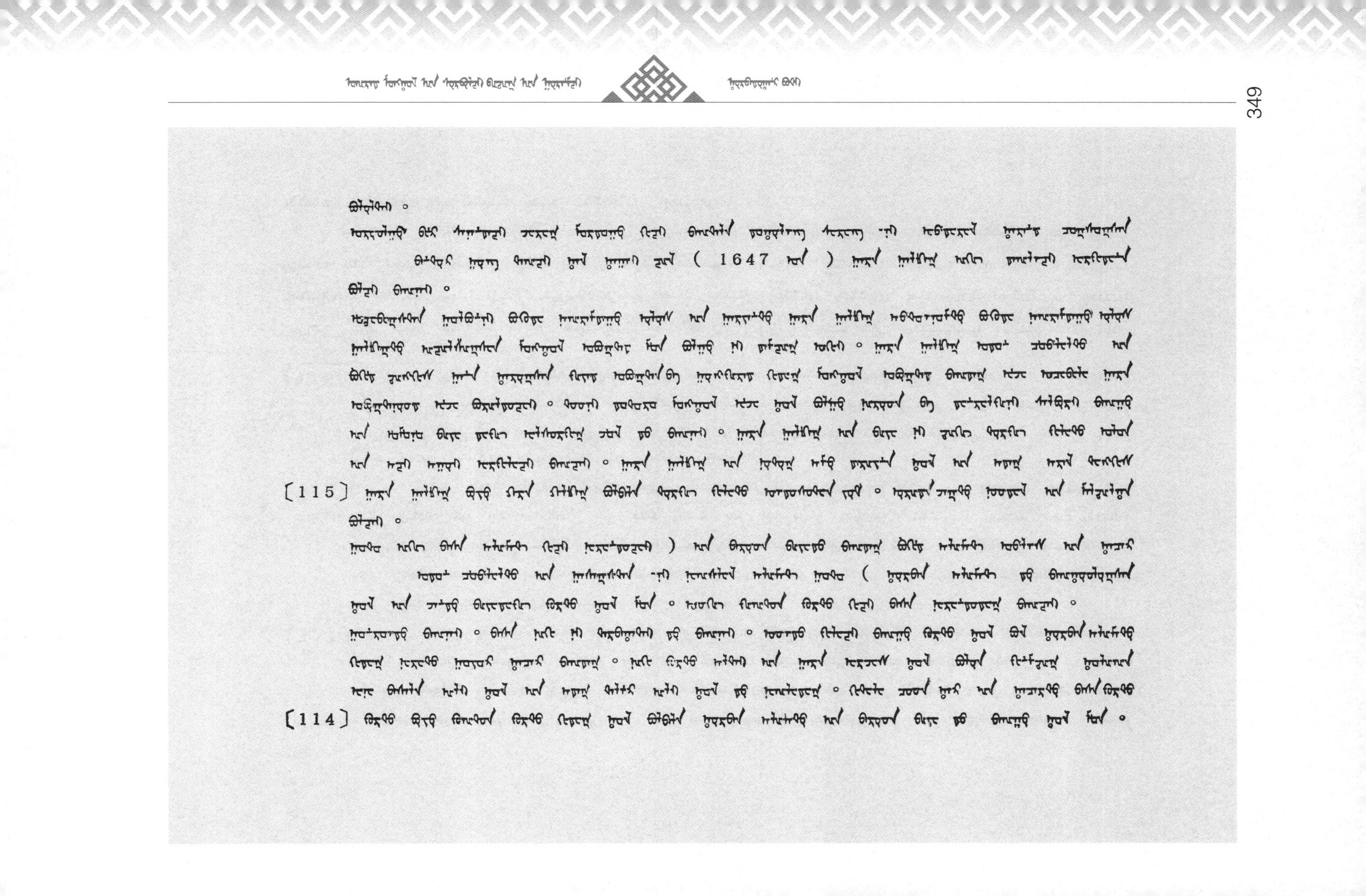

[illegible] ◦

[illegible] (1647 [illegible]) [illegible] ◦

[illegible] ◦ [illegible] ◦ [illegible] ◦ [illegible] ◦ [illegible]

[115] [illegible] ◦ [illegible] ◦

[illegible]) [illegible] ([illegible] ◦ [illegible] ◦

[illegible] ◦ [illegible] ◦ [illegible] ◦ [illegible] ◦ [illegible]

[114] [illegible] ◦

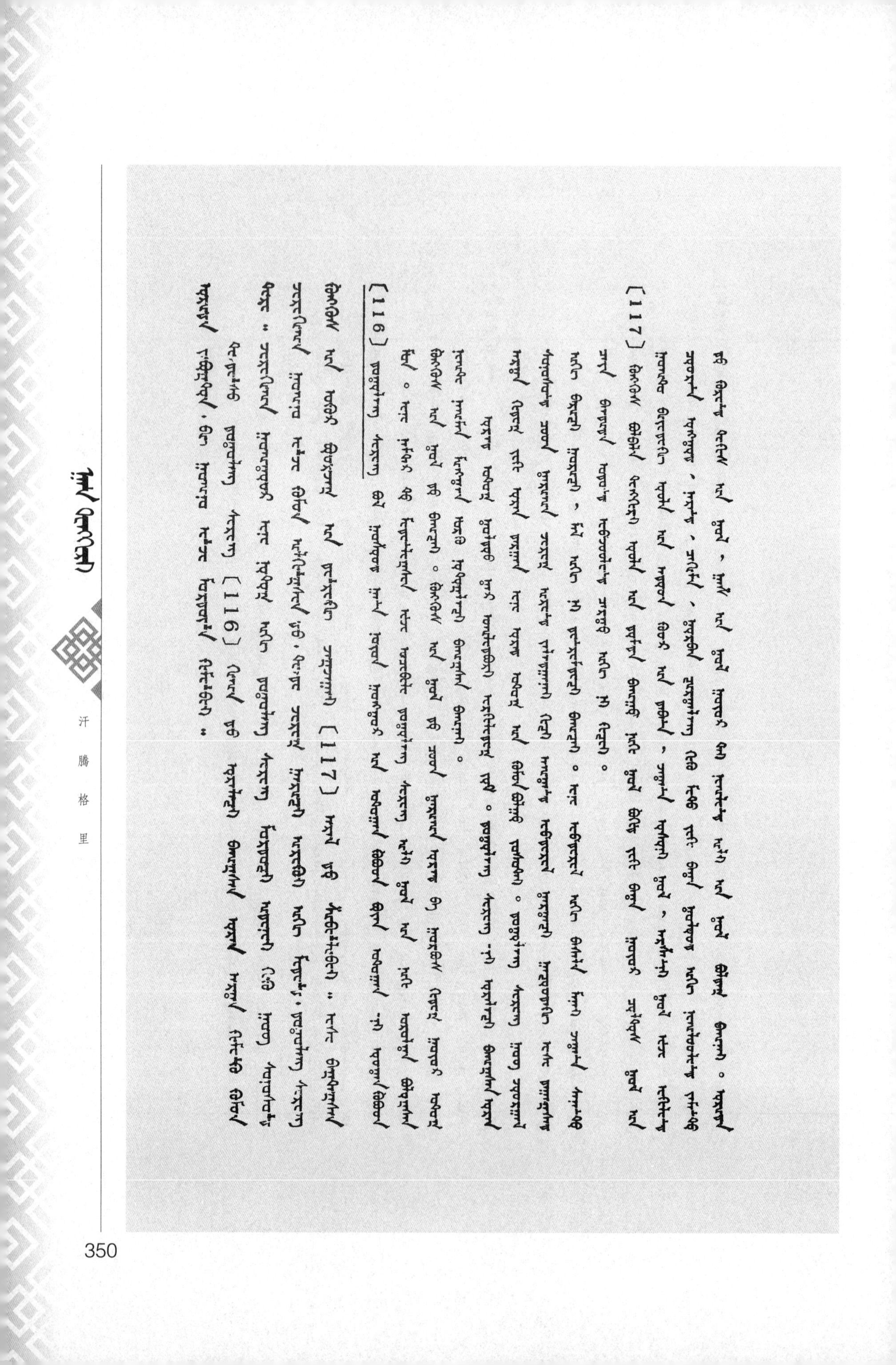

[illegible]

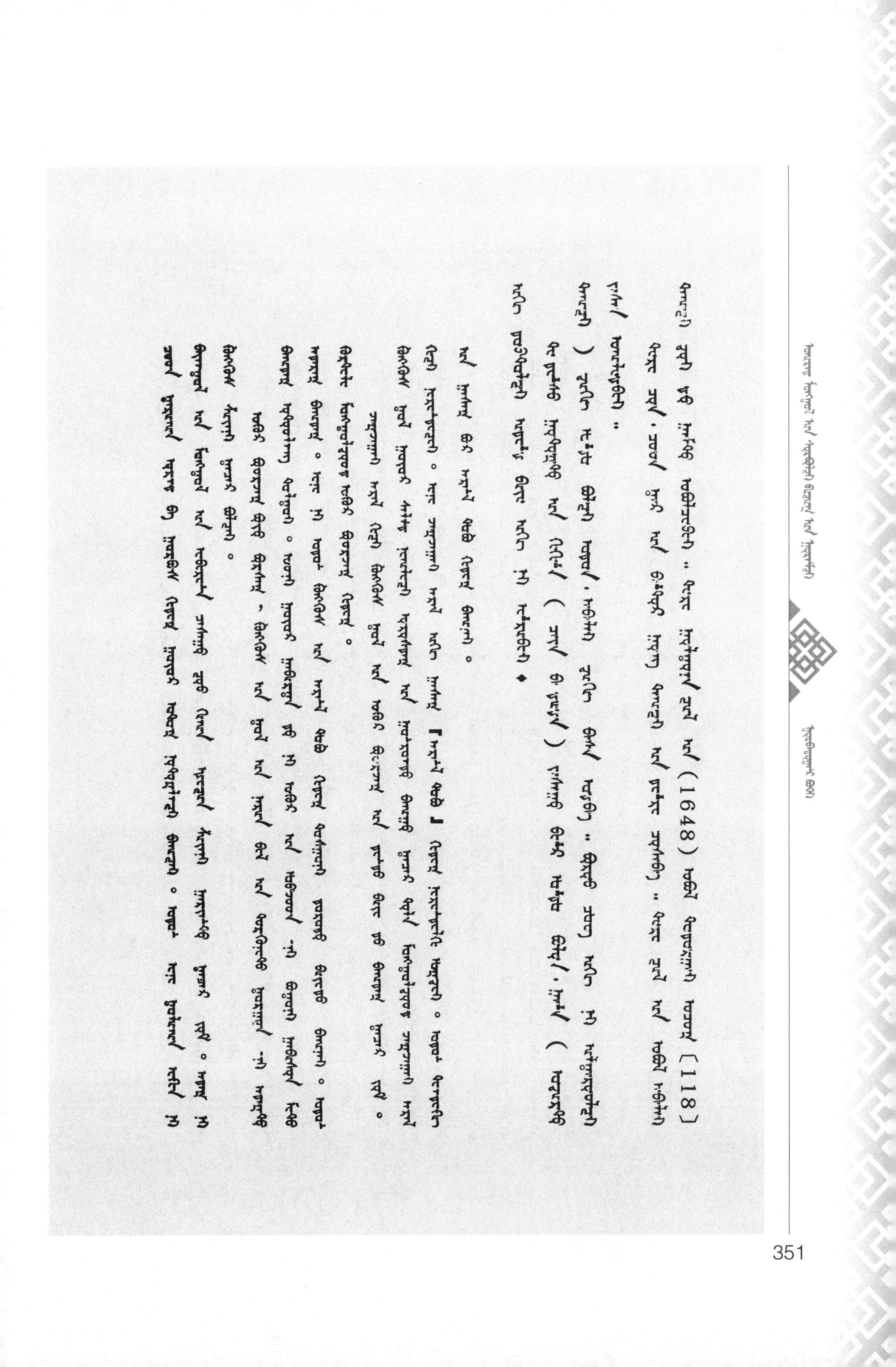

[illegible] ◦ [illegible] ◦

[illegible] ◦

[illegible] ◦

[illegible] ◦

[illegible] 『[illegible]』 [illegible] ◦

[illegible] ◦

[illegible] ◆

[illegible] ([illegible]) [illegible] ([illegible]) [illegible]

[illegible] ::

[illegible] :: [illegible] (1648) [illegible] [118]

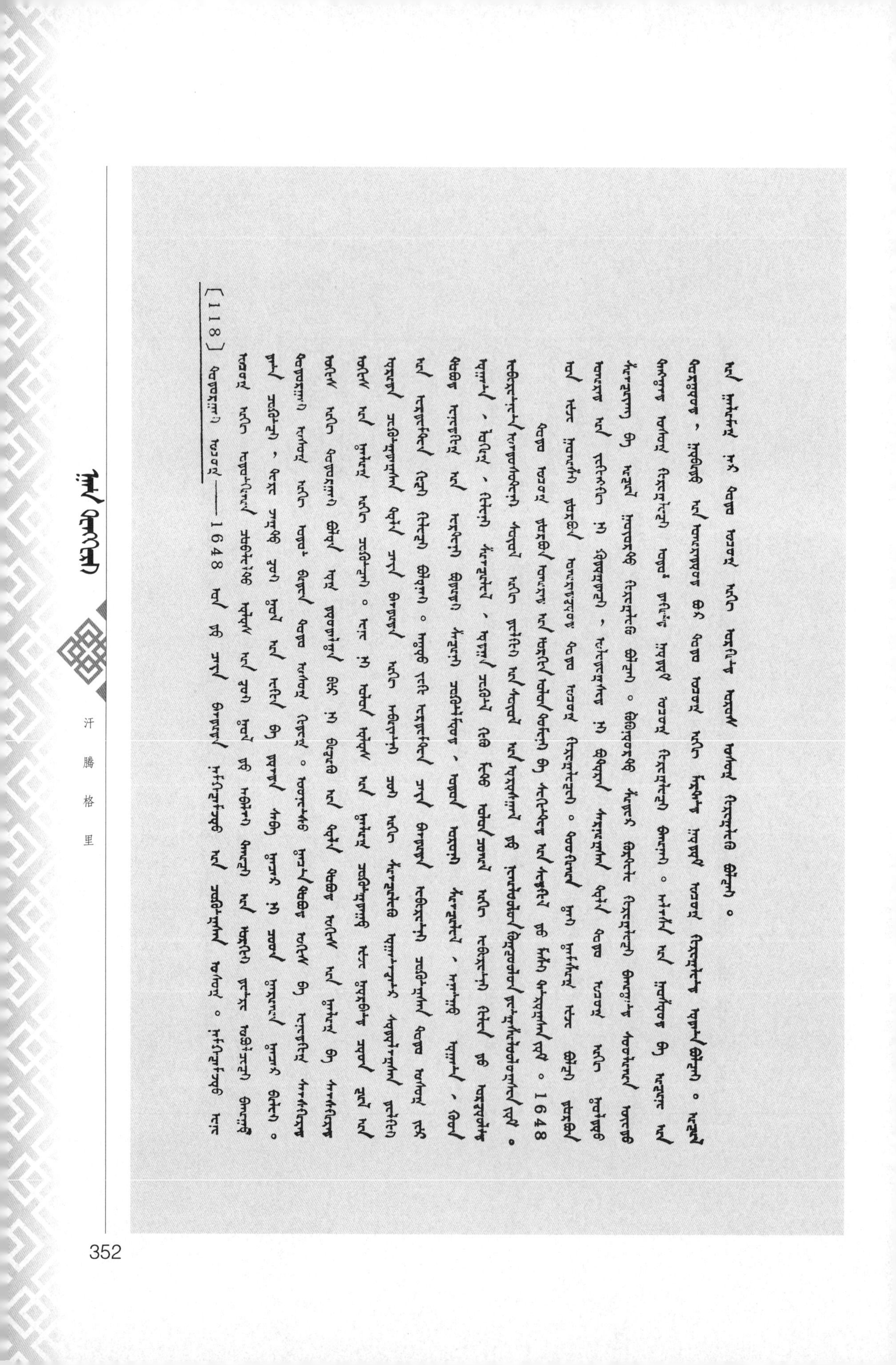

[118] [illegible] —— 1648 [illegible]

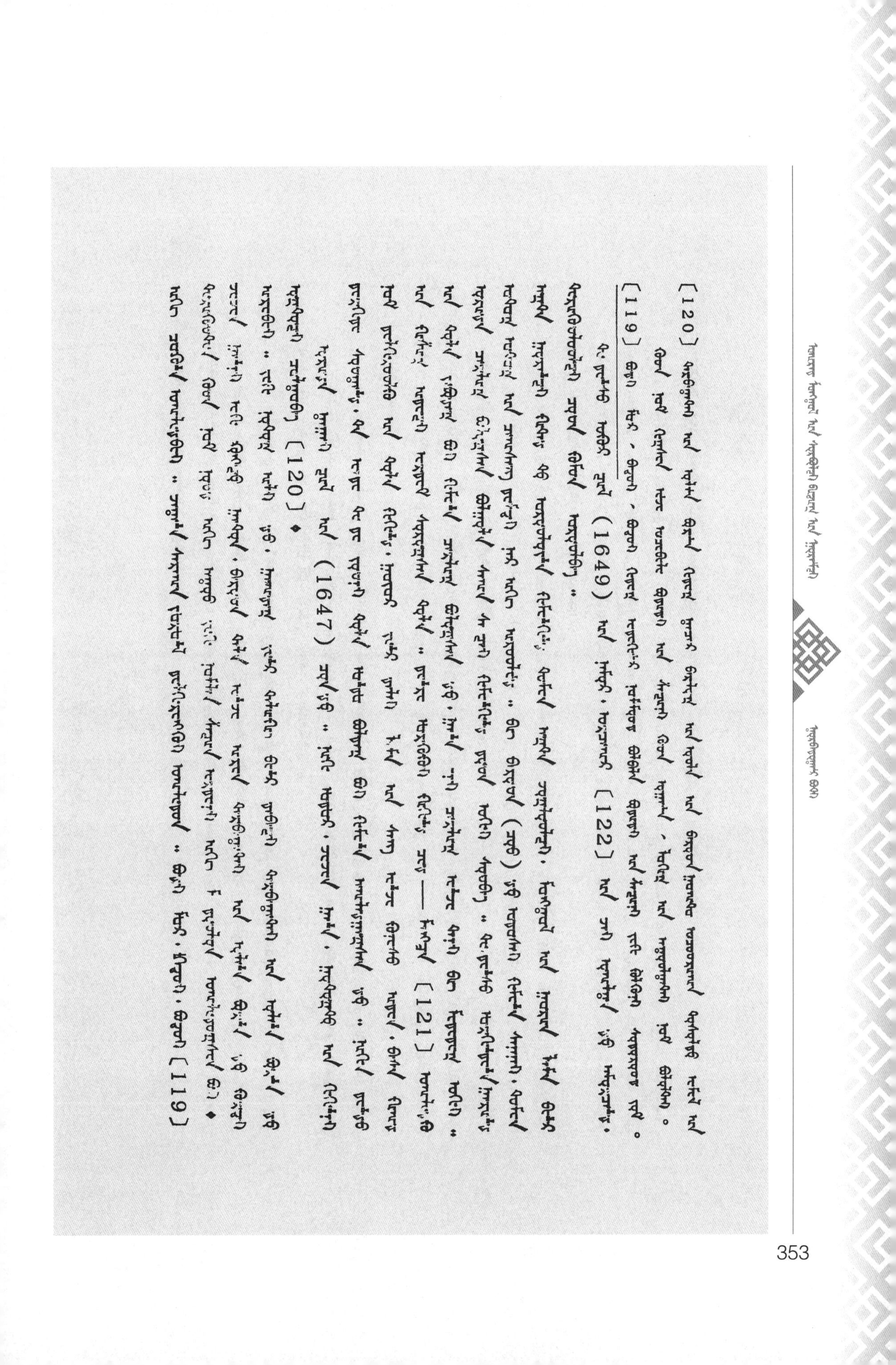

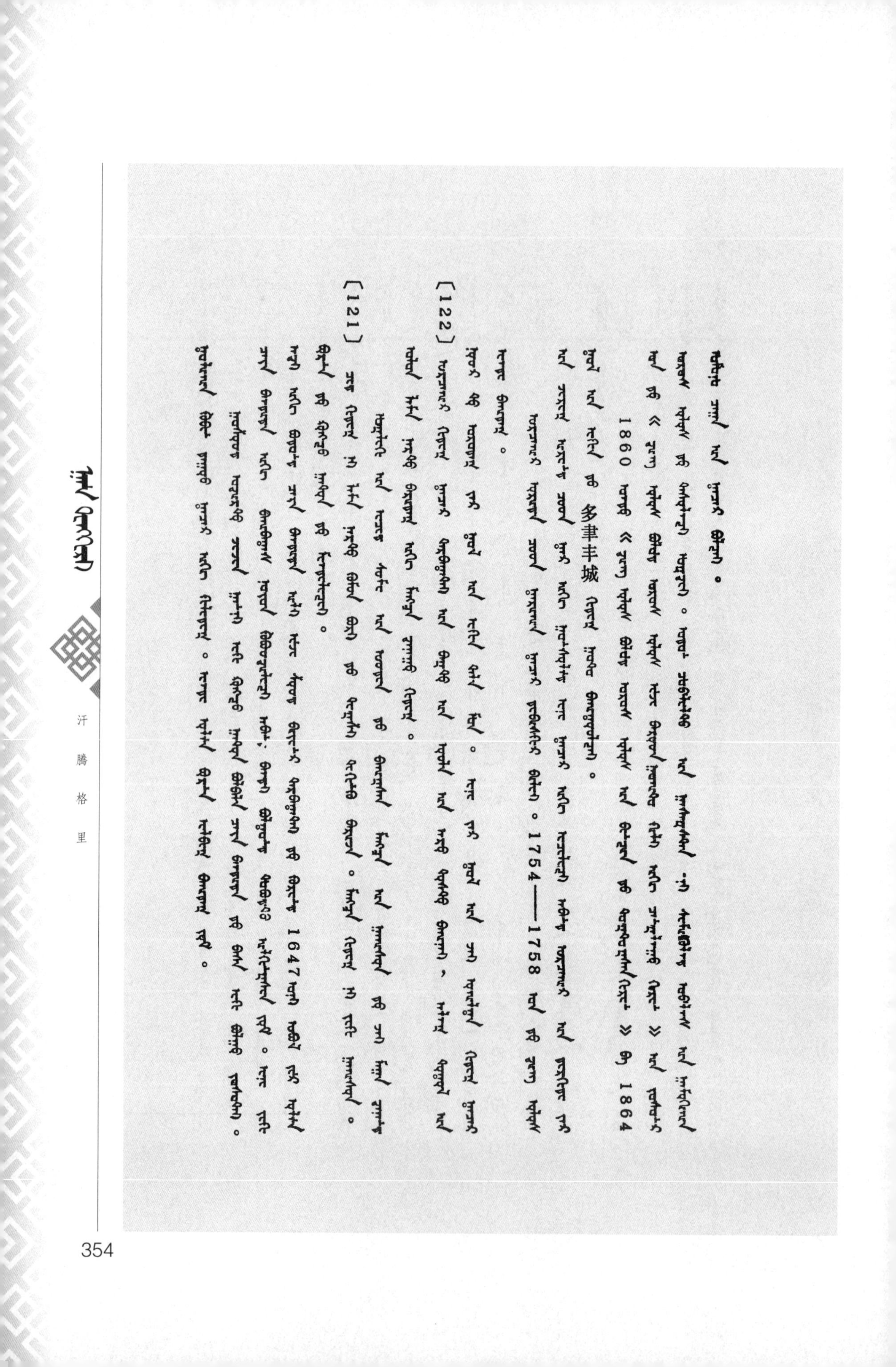

[illegible]

[illegible]
[illegible]
[illegible] 1647 [illegible]
[illegible]

〔121〕 [illegible]
[illegible]
[illegible]

〔122〕 [illegible]
[illegible]
[illegible]

[illegible] 1754——1758 [illegible]
[illegible]
[illegible] 多聿丰城 [illegible]
1860 [illegible] 1864
[illegible]
[illegible]
[illegible]

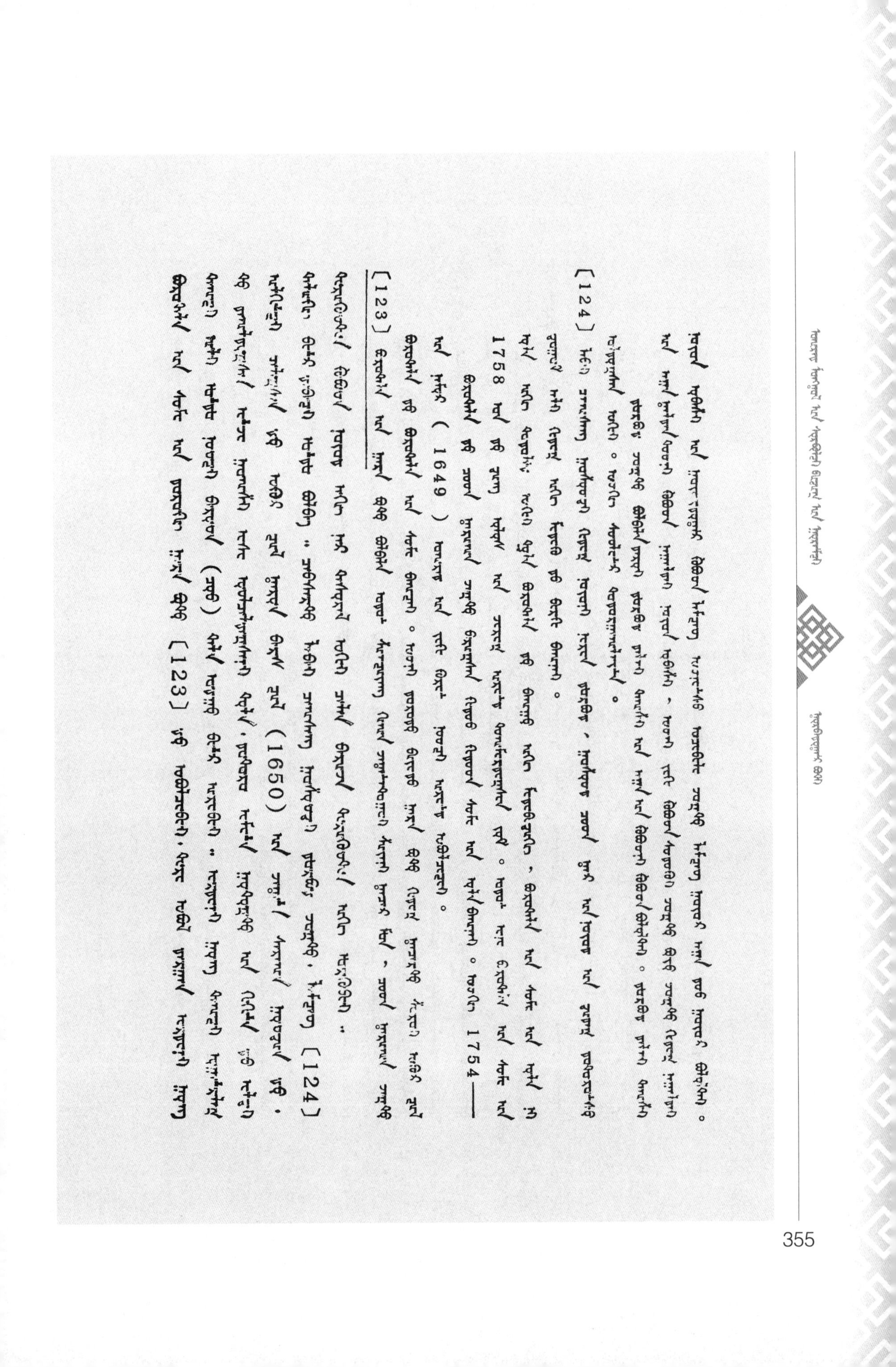

[illegible]
[illegible]
[illegible]
[illegible]

[124] [illegible]
[illegible]

[illegible]
1758 [illegible]
[illegible] 1754——
[illegible] (1649) [illegible]

[illegible]

---

[123] [illegible]
[illegible]
[illegible] [124]
[illegible] (1650) [illegible]
[illegible]
[illegible]
[illegible] [123] [illegible]

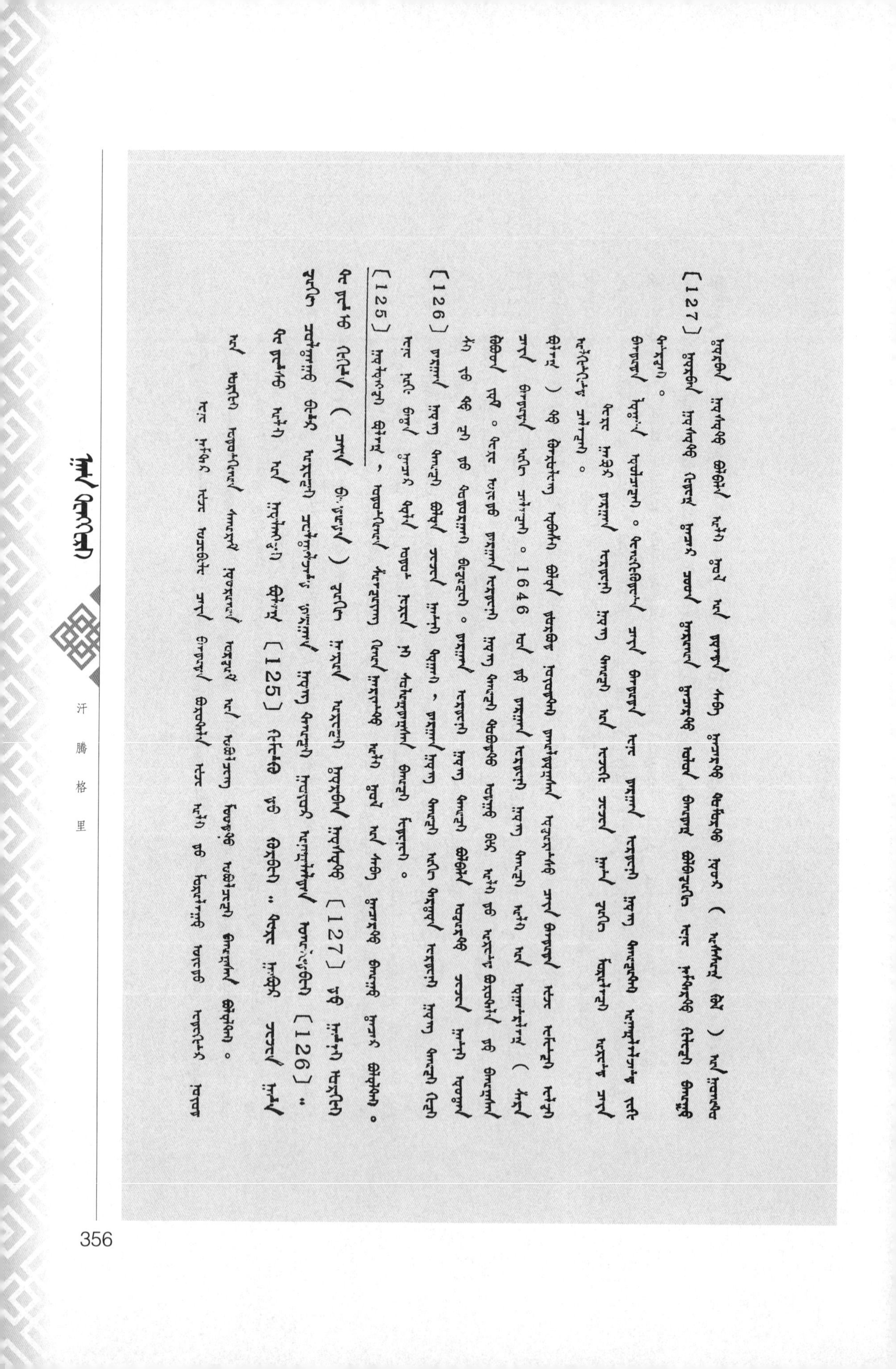

(...) ...

[127] ... ᠃

... ᠃ ... ᠃

...) ... ᠃ 1646 ... (... ᠃ ... ᠃

[126] ... ᠃

[125] ... ᠃

... (...) ... [127] ... [126] ᠉ ... [125] ... ᠉ ... ᠃

...

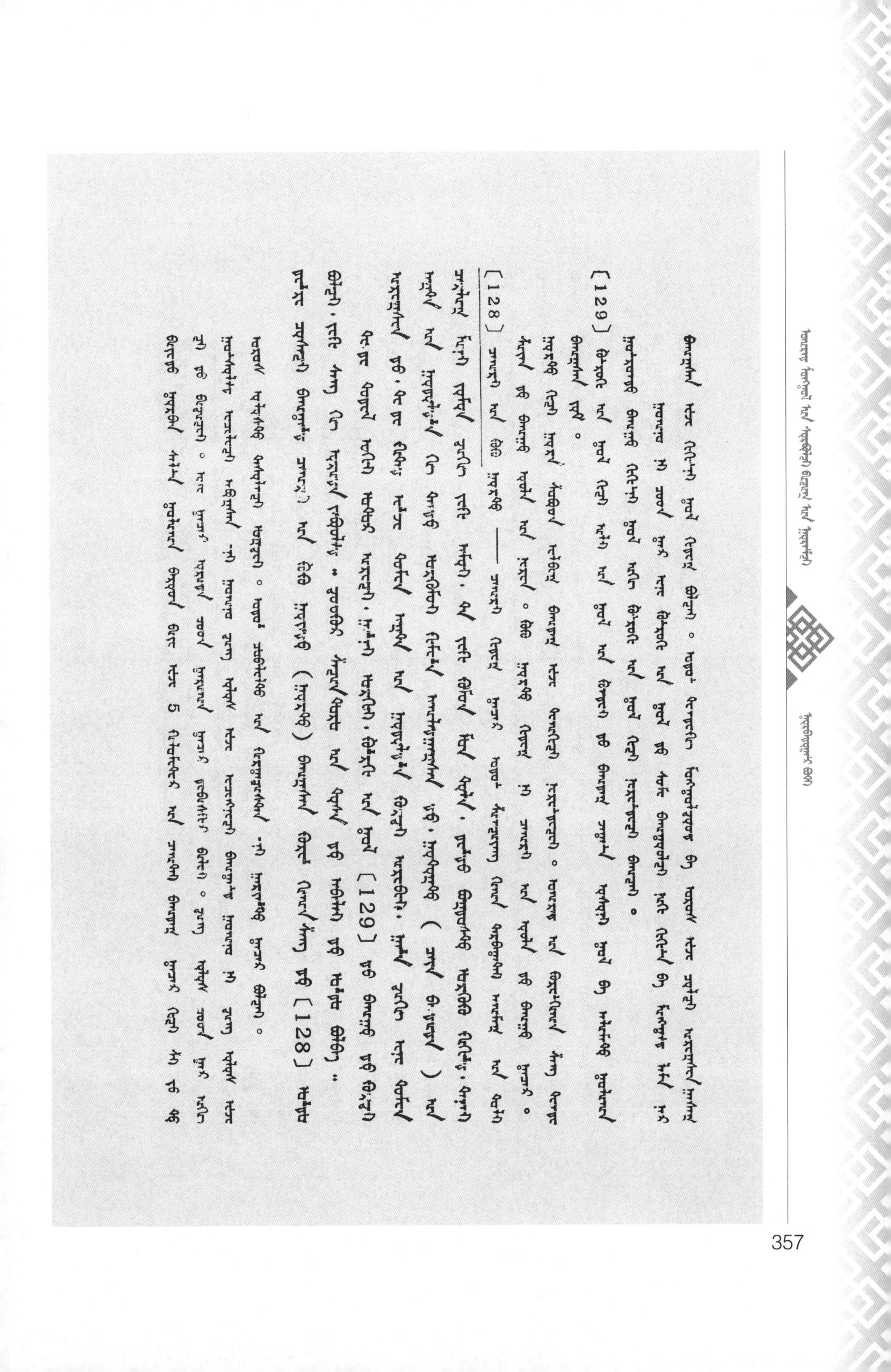

[129]

[128]

5

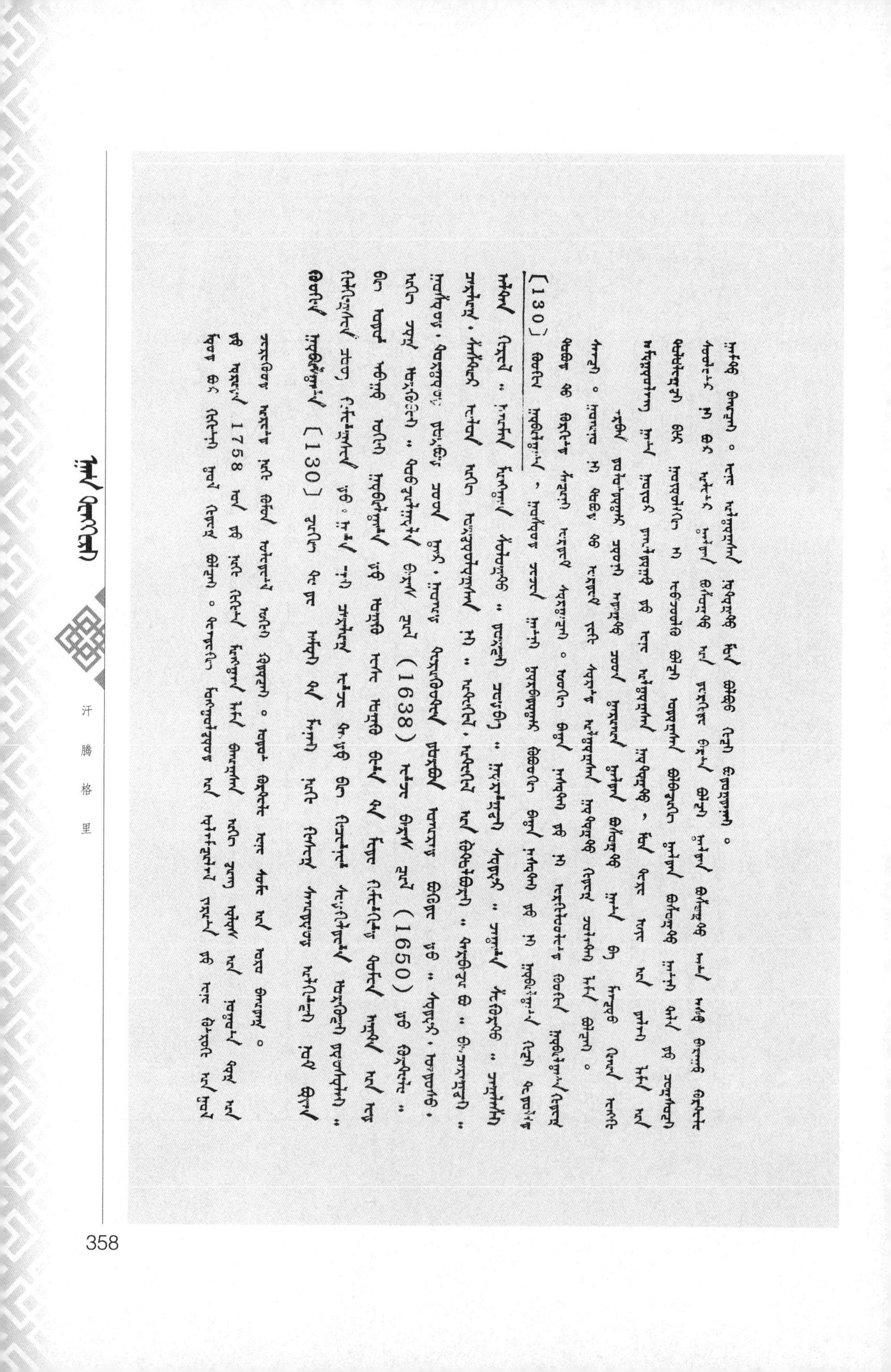

[illegible]

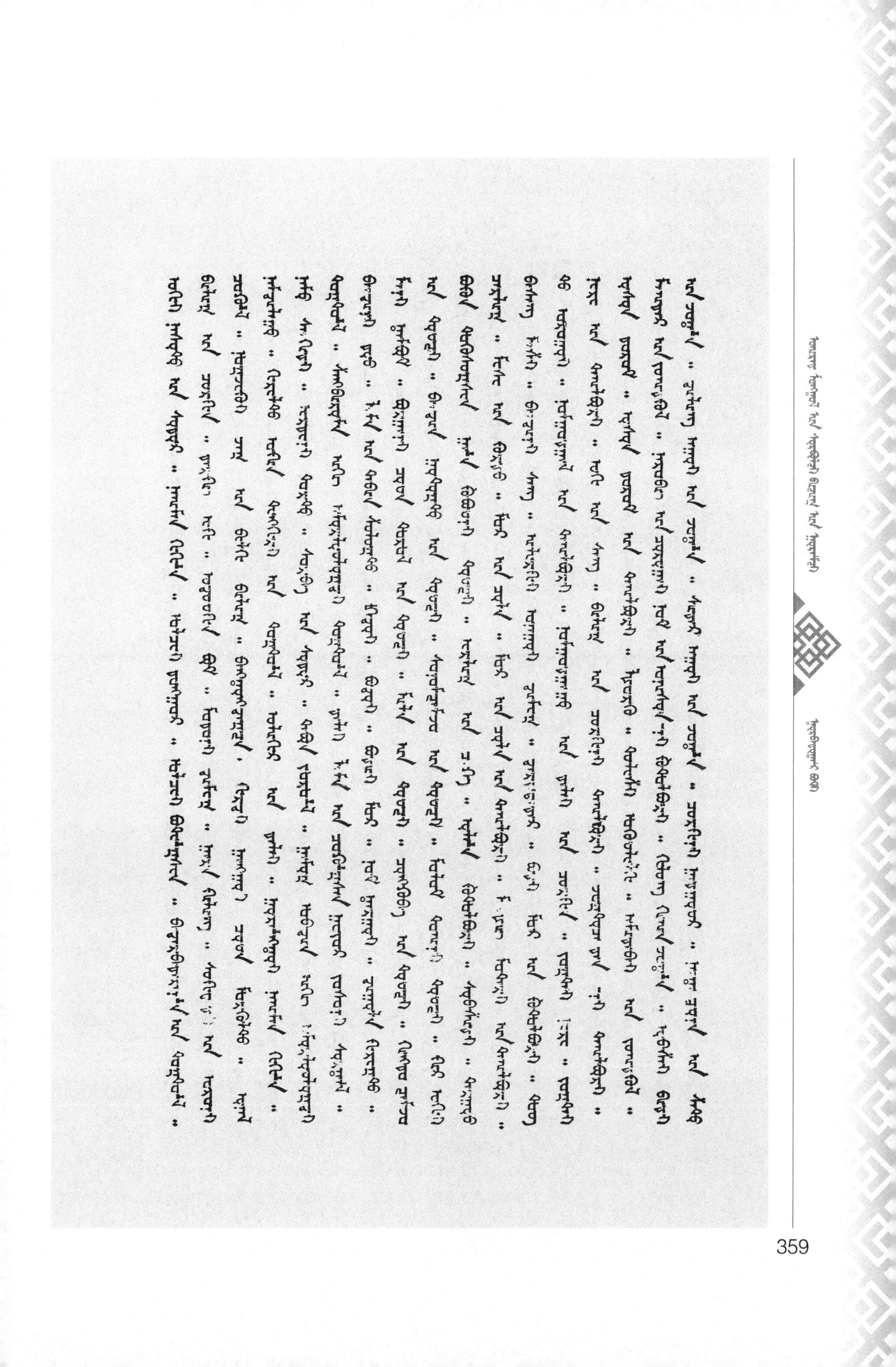

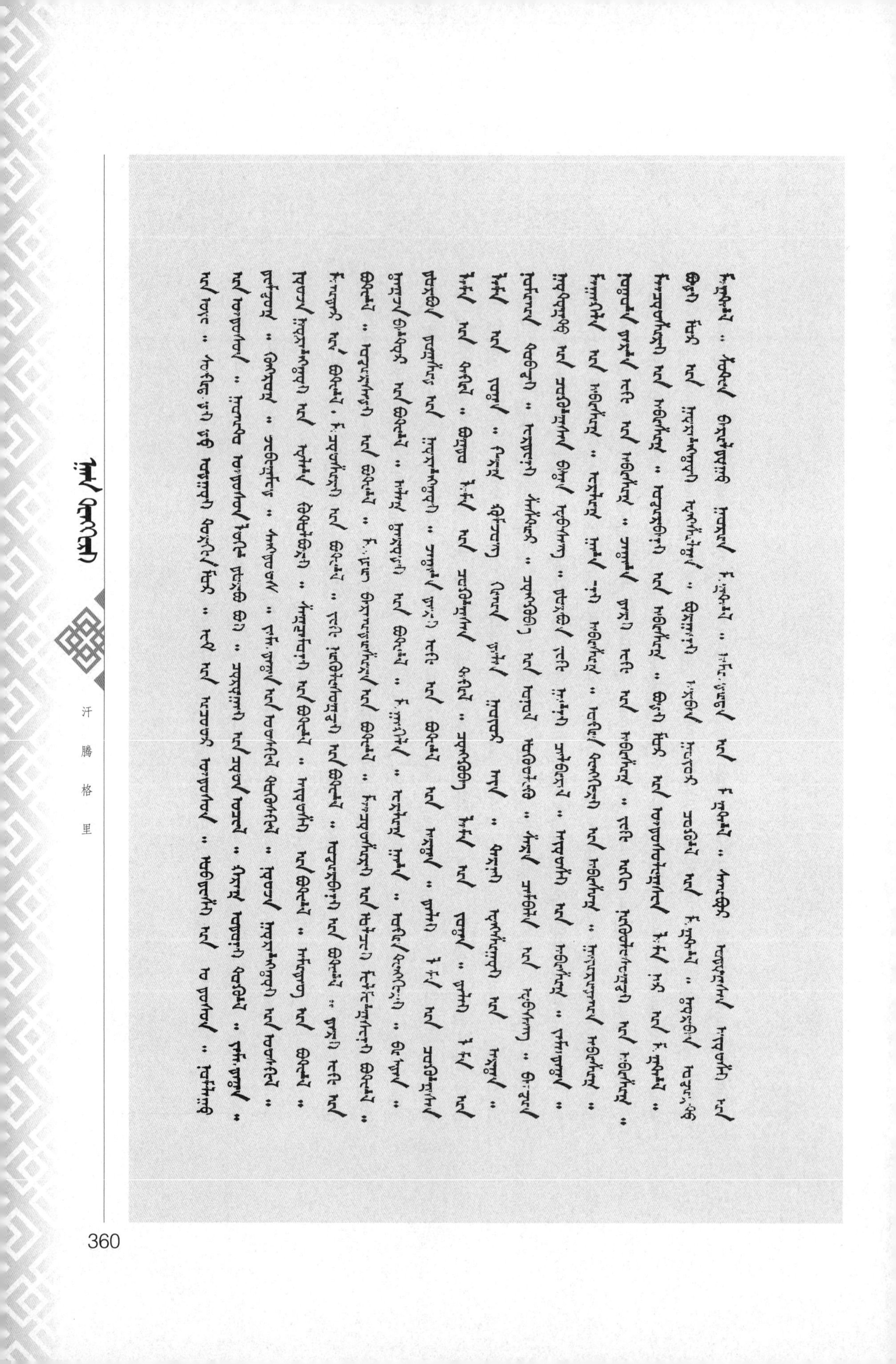

[illegible]

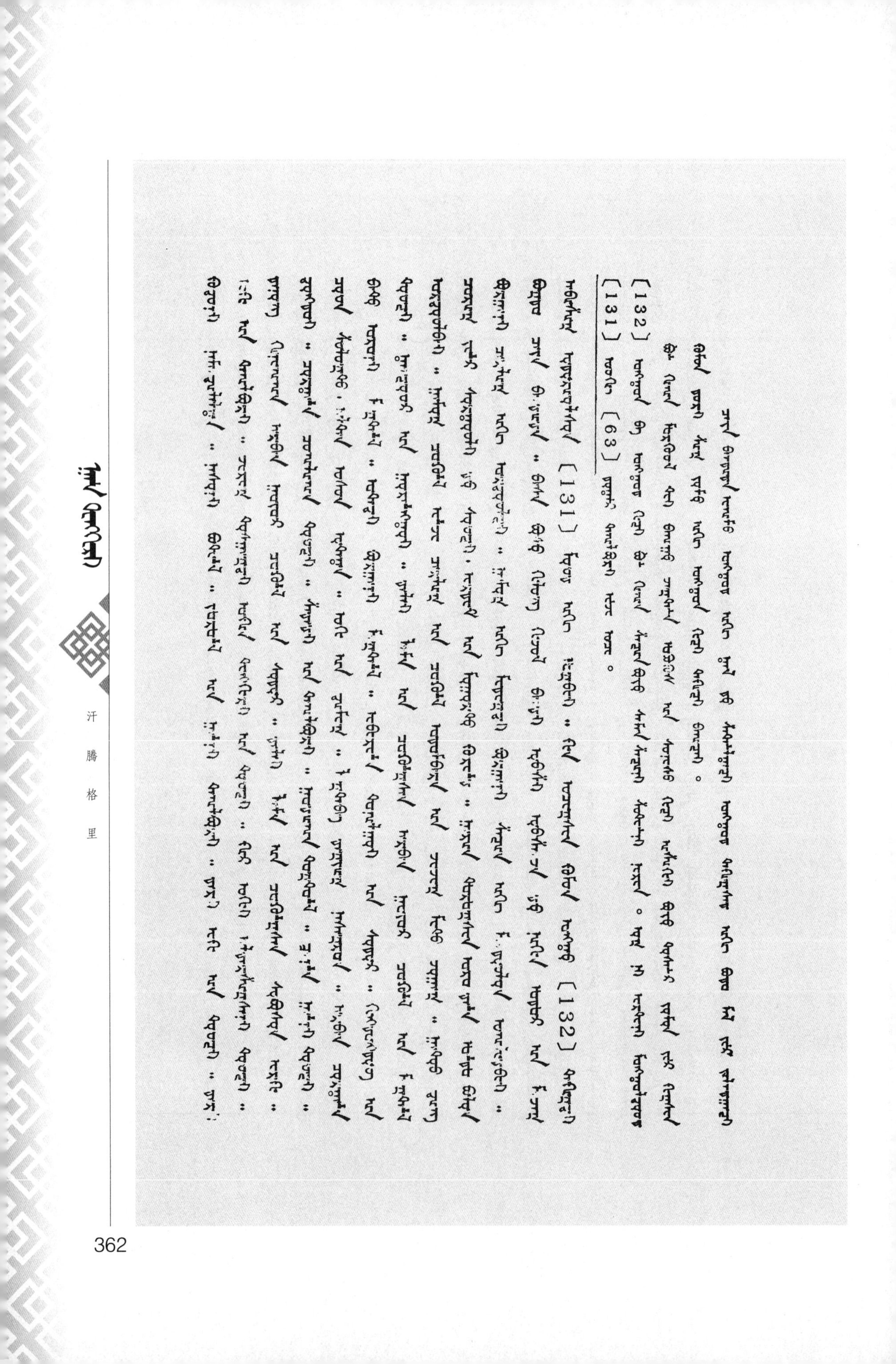

[illegible]

〔132〕 [illegible]

〔131〕 [illegible] 〔63〕 [illegible]

[illegible] 〔131〕 [illegible] 〔132〕 [illegible]

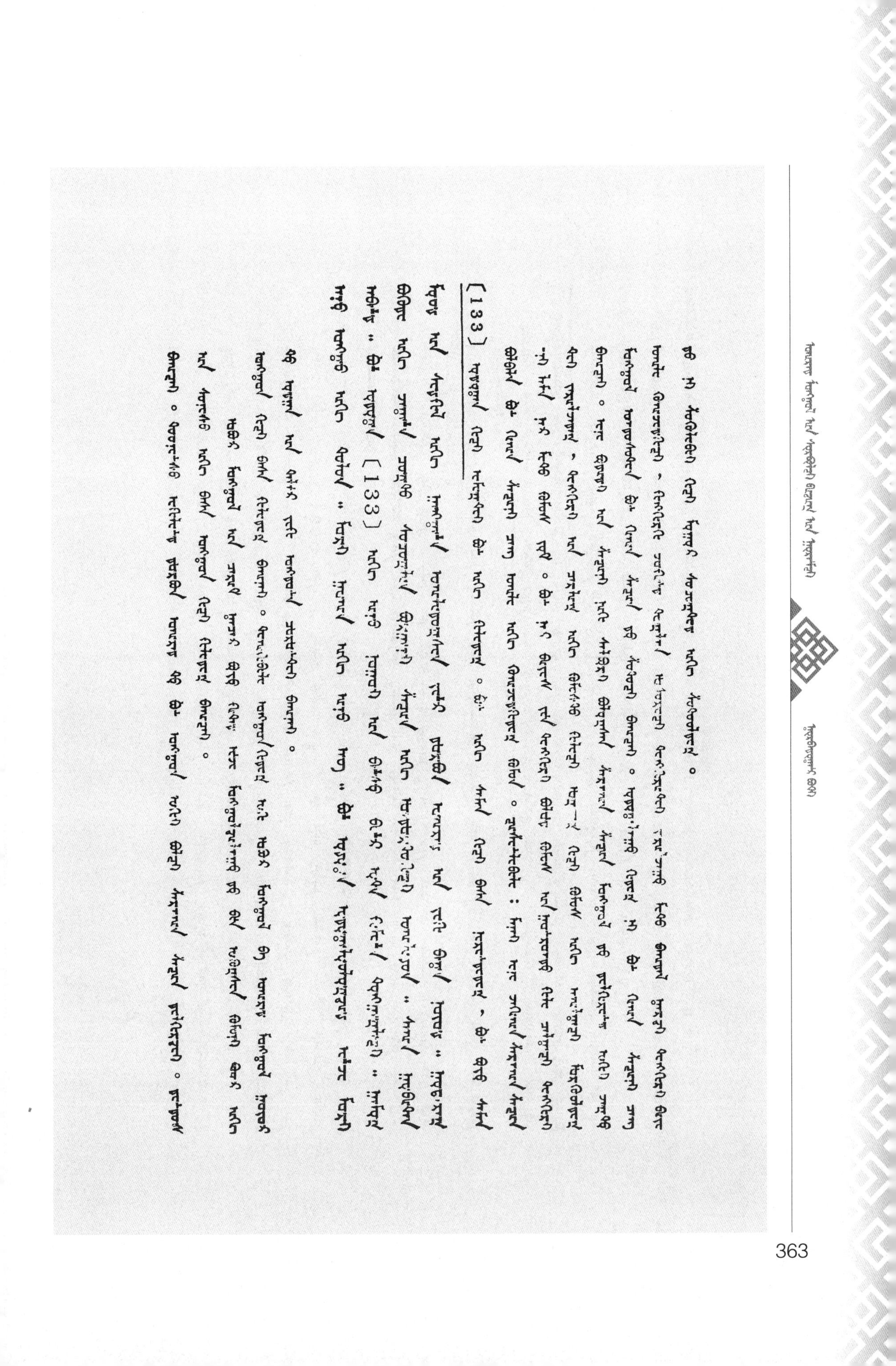

〔133〕

〔133〕

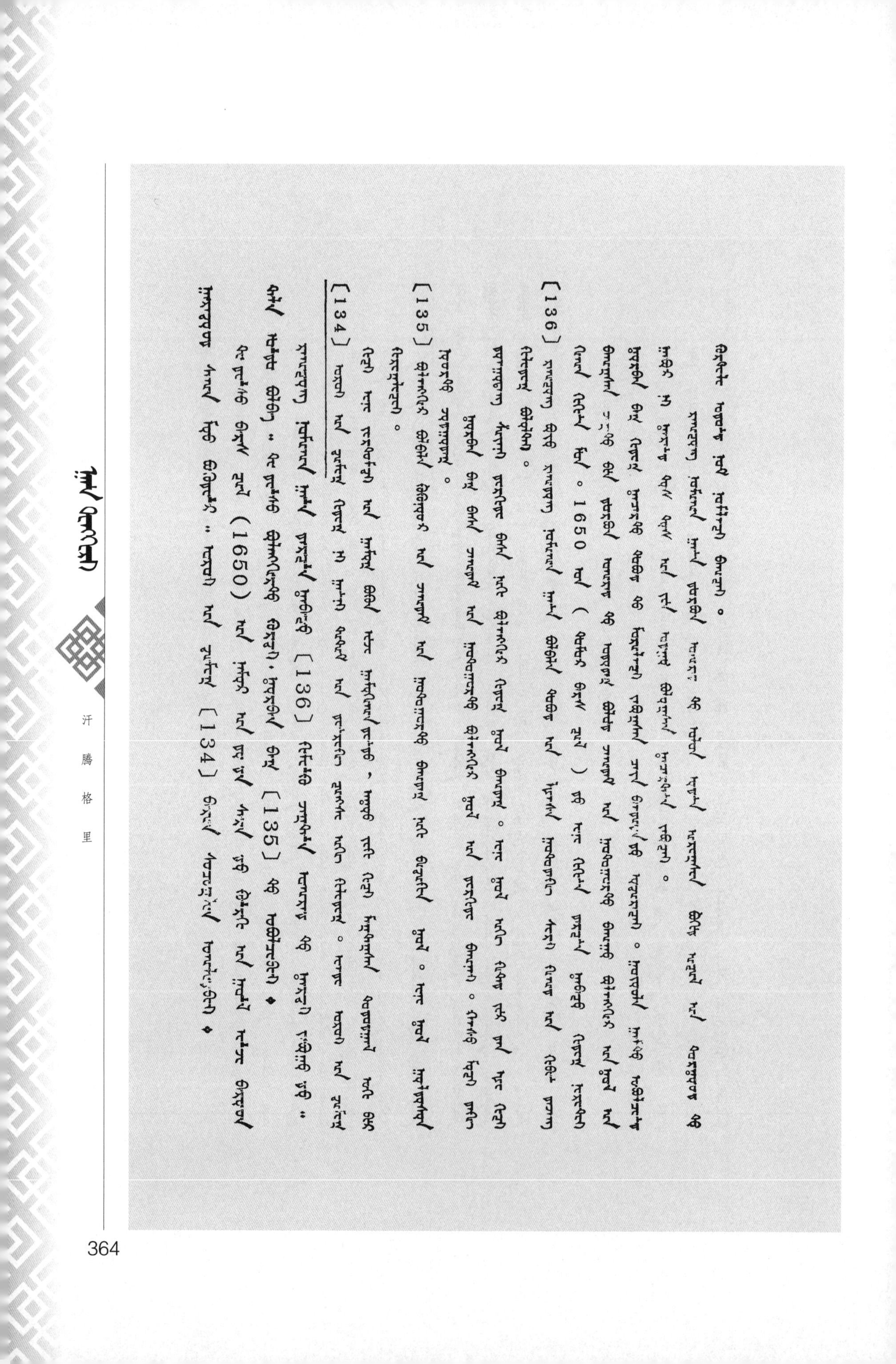

[illegible]

[illegible] 1650 [illegible] ([illegible]) [illegible]

〔136〕 [illegible]

[illegible]

〔135〕 [illegible]

[illegible]

〔134〕 [illegible]

[illegible] 〔136〕 [illegible]

[illegible] 〔135〕 [illegible]

[illegible] (1650) [illegible] 〔134〕 [illegible]

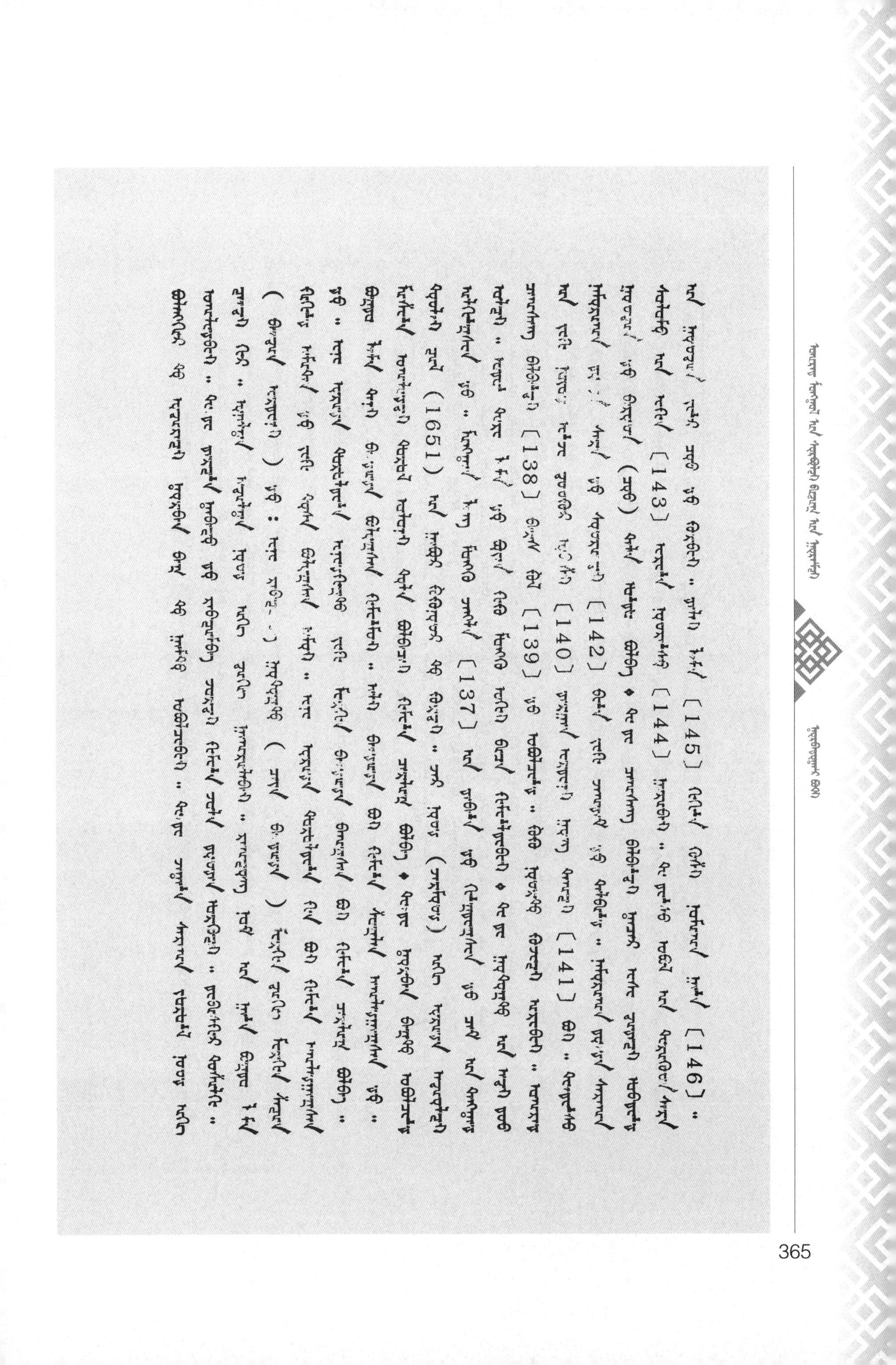

[illegible] 〔145〕 [illegible] 〔146〕 ::
[illegible] 〔143〕 [illegible] 〔144〕 [illegible]
[illegible]
[illegible] 〔142〕 [illegible]
[illegible] 〔140〕 [illegible] 〔141〕 [illegible]
[illegible] 〔138〕 [illegible] 〔139〕 [illegible]
[illegible]
[illegible] 〔137〕 [illegible]
[illegible] (1651) [illegible]
[illegible]
[illegible]
[illegible]
[illegible]
[illegible]
[illegible]
[illegible]
[illegible]

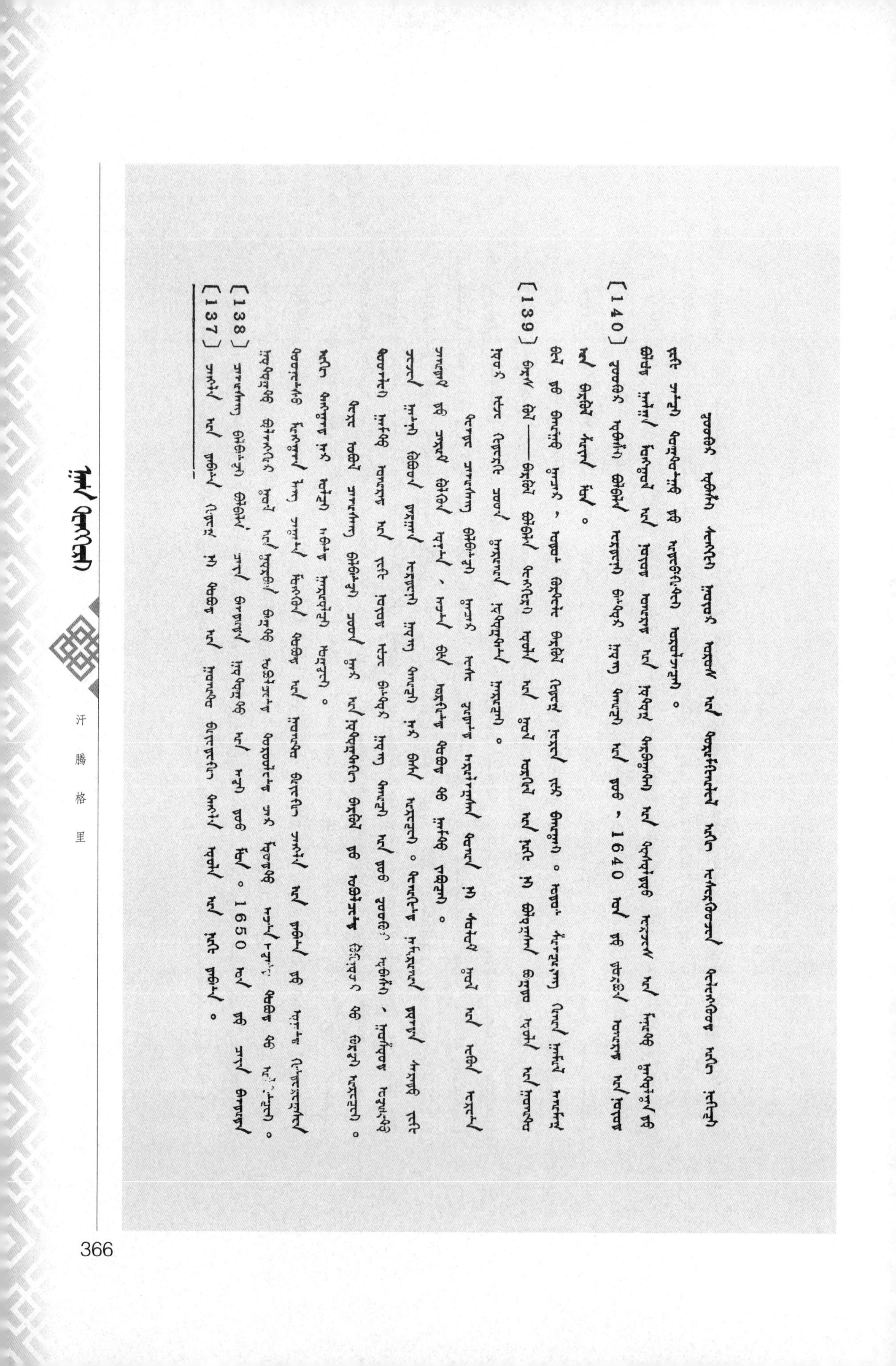

〔137〕 [illegible] 。

〔138〕 [illegible] 。1650 [illegible]
[illegible] 。
[illegible]
[illegible] 。

[illegible] 。
[illegible]
[illegible] 。[illegible]
[illegible] 。

[illegible]
[illegible] 。

〔139〕 [illegible] —— [illegible]
[illegible] 。[illegible] 。[illegible]
[illegible] 。

〔140〕 [illegible] 1640 [illegible]
[illegible]
[illegible] 。

[illegible]

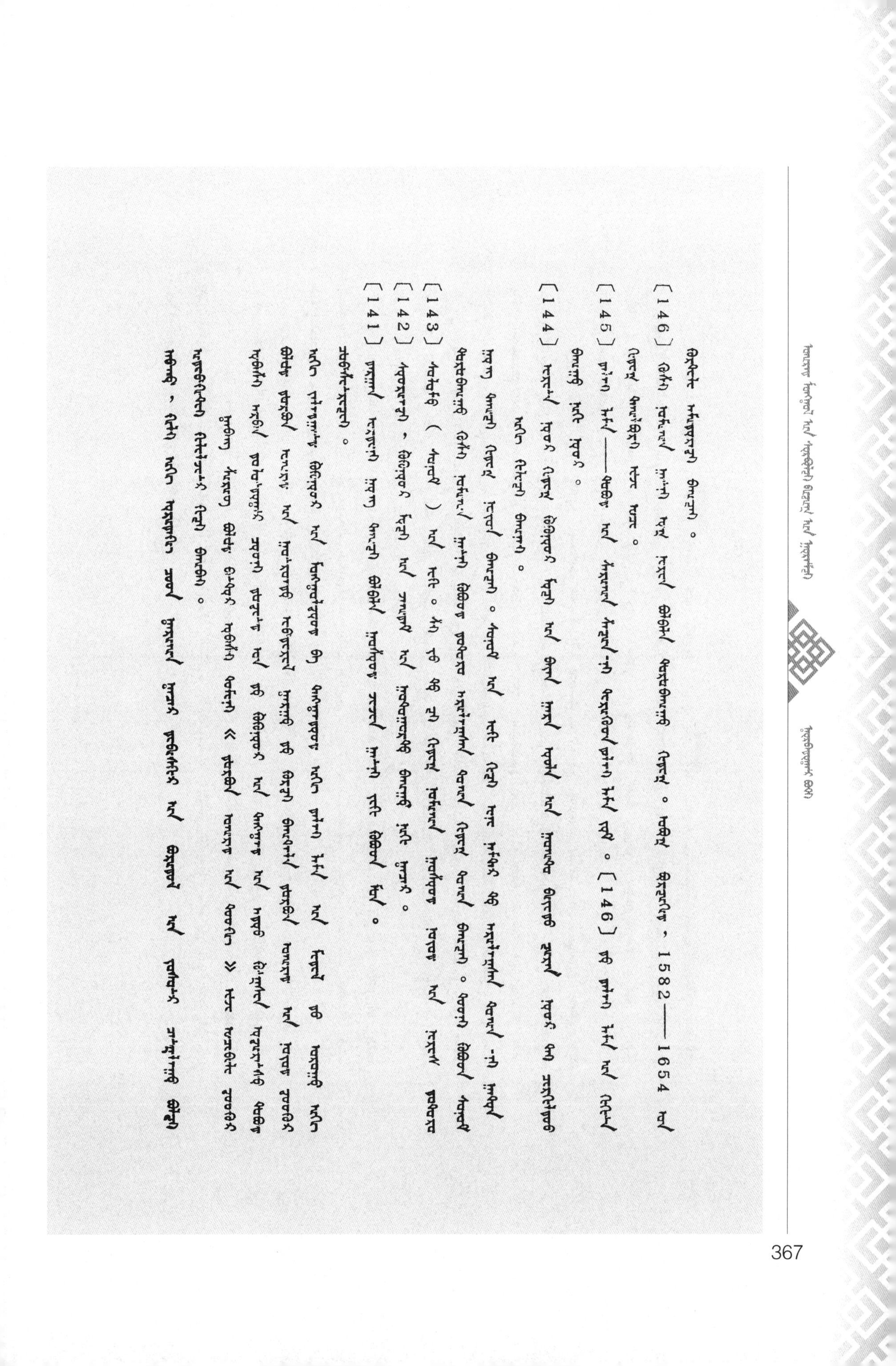

[illegible] ᠃

〔146〕 [illegible] 1582——1654 [illegible]
[illegible] ᠃

〔145〕 [illegible] —— [illegible] ᠃ 〔146〕 [illegible]
[illegible] ᠃

〔144〕 [illegible]
[illegible] ᠃

[illegible] ᠃ [illegible]
[illegible] ᠃ [illegible]

〔143〕 [illegible] ([illegible]) [illegible] ᠃ [illegible]

〔142〕 [illegible] ᠂ [illegible] ᠃

〔141〕 [illegible] ᠃
[illegible] ᠃

[illegible]
[illegible]
[illegible]
[illegible] 《 [illegible] 》 [illegible]
[illegible] ᠃

[illegible] ᠂ [illegible]

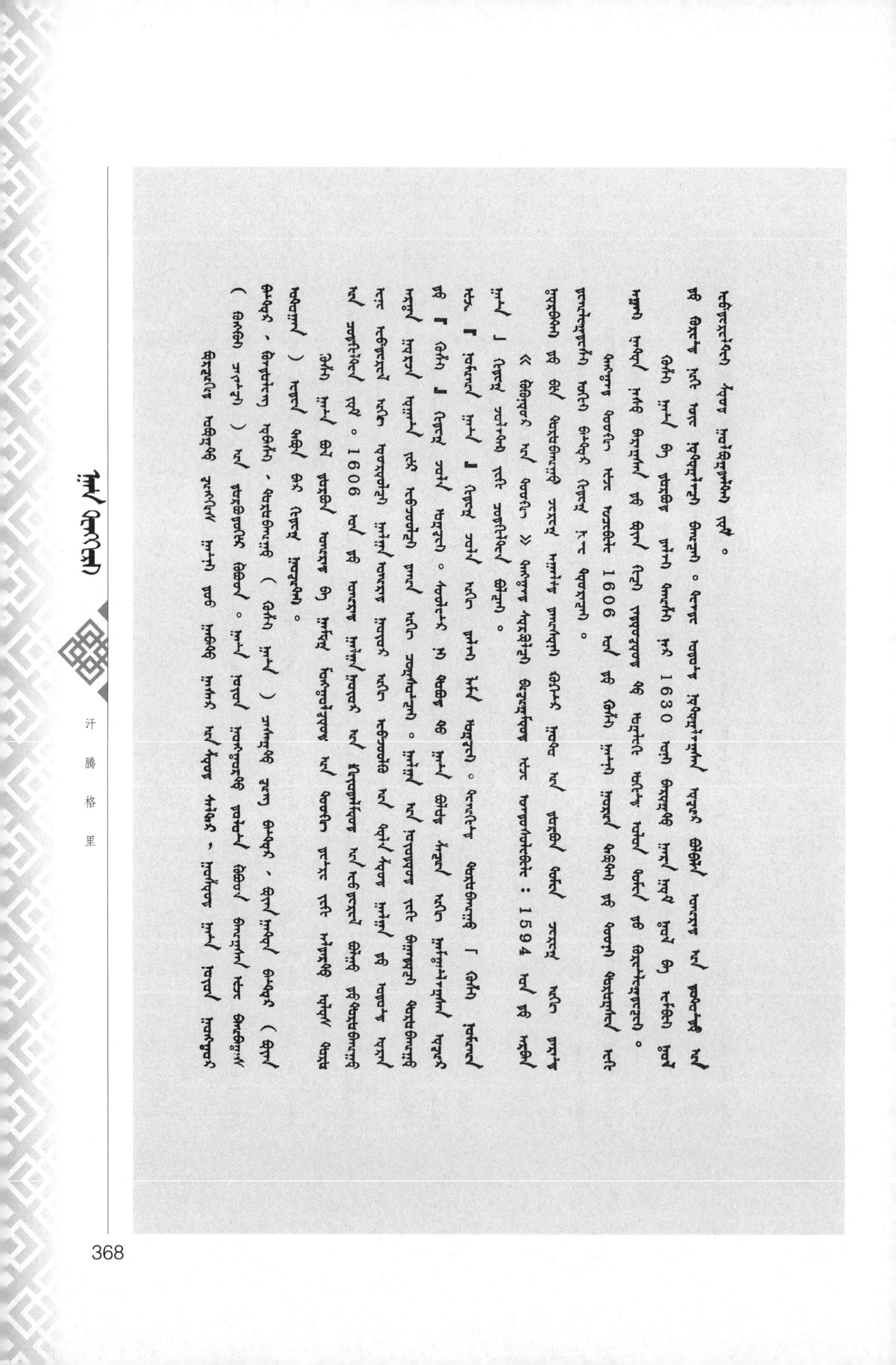

[illegible]

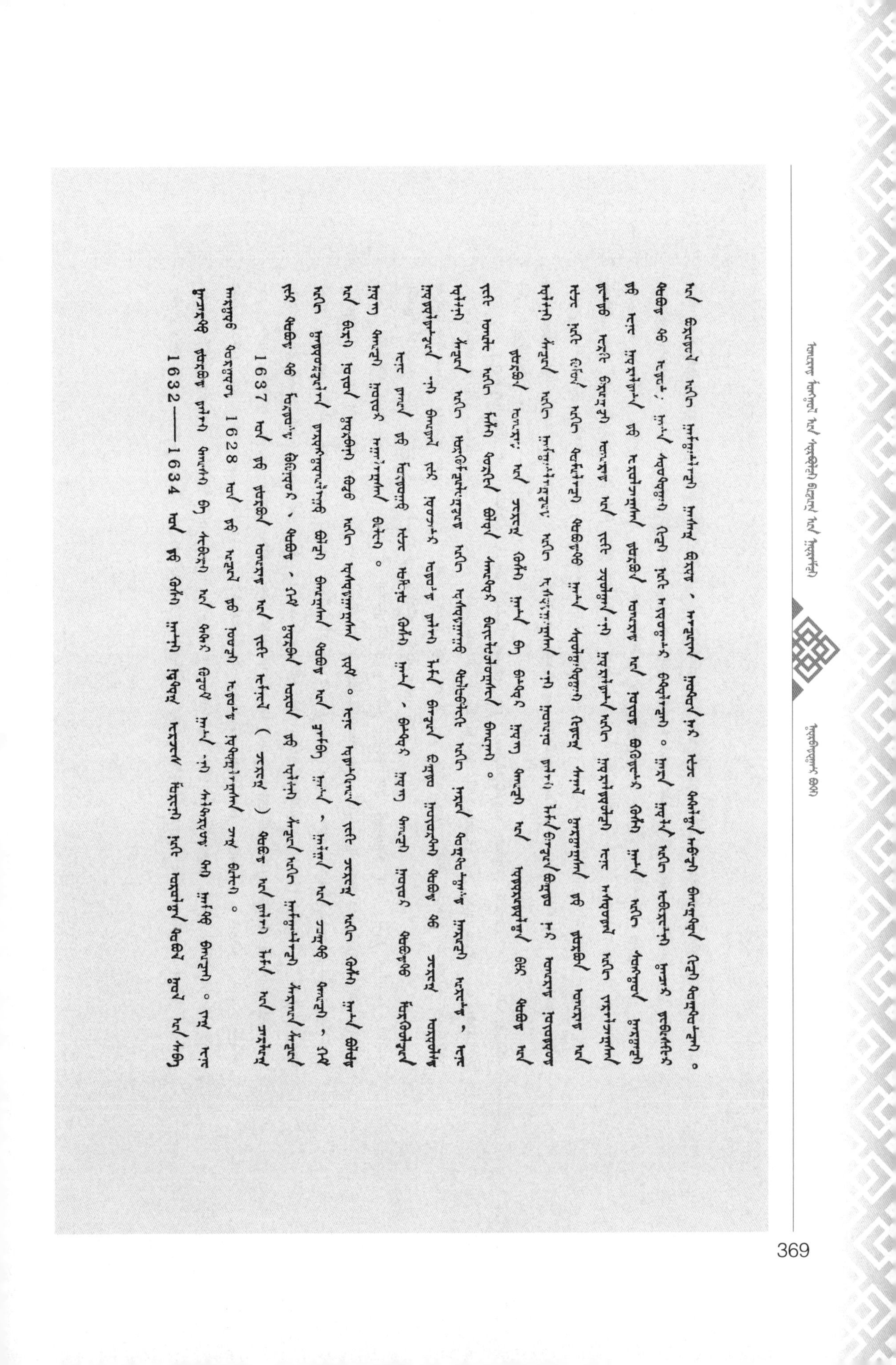

[illegible]

[illegible]

[illegible] 1637 [illegible] ([illegible]) [illegible] 1628 [illegible] 1632——1634 [illegible]

ᠬᠠᠯᠬᠠ ᠮᠣᠩᠭᠣᠯᠴᠤᠳ (ᠵᠠᠰᠠᠭ ᠬᠠᠨ) ᠪᠣᠯᠤᠨ ᠣᠶᠢᠷᠠᠳ ᠤᠨ ᠳᠥᠷᠪᠡᠨ ᠣᠶᠢᠷᠠᠳ ᠤᠨ ᠨᠣᠶᠠᠳ ᠤᠨ ᠬᠤᠷᠠᠯ ᠳᠤ ᠴᠢᠭᠤᠯᠵᠤ ᠂ ᠬᠠᠭᠠᠨ ᠤ ᠡᠷᠬᠡ ᠶᠢ ᠪᠠᠲᠤᠯᠠᠭᠰᠠᠨ ᠪᠣᠯᠤᠨ ᠶᠡᠬᠡ ᠴᠠᠭᠠᠵᠠ ᠶᠢ ᠲᠣᠭᠲᠠᠭᠠᠭᠰᠠᠨ ᠪᠠᠢᠨ᠎ᠠ ᠃ 1642 ᠣᠨ ᠳᠤ ᠲᠥᠪᠡᠳ ᠢ ᠡᠵᠡᠯᠡᠵᠦ ᠂ ᠬᠣᠰᠢᠭᠤᠳ ᠤᠨ ᠭᠦᠦᠰᠢ ᠬᠠᠭᠠᠨ 1639 ᠣᠨ ᠳᠤ ᠲᠥᠪᠡᠳ ᠲᠦ ᠴᠡᠷᠢᠭ ᠮᠣᠷᠳᠠᠭᠤᠯᠵᠤ ᠂ ᠲᠥᠪᠡᠳ ᠦᠨ ᠥᠪᠡᠷᠲᠡᠭᠡᠨ ᠵᠠᠰᠠᠭ ᠤᠨ ᠡᠷᠬᠡ ᠶᠢ ᠪᠠᠷᠢᠵᠤ ᠂ ᠲᠥᠪᠡᠳ ᠦᠨ ᠬᠠᠭᠠᠨ ᠪᠣᠯᠤᠭᠰᠠᠨ ᠪᠠᠢᠨ᠎ᠠ ᠃

ᠲᠡᠭᠦᠨ ᠦ ᠬᠣᠶᠢᠨ᠎ᠠ ᠂ ᠲᠥᠪᠡᠳ (ᠲᠠᠩᠭᠤᠳ) ᠤᠨ ᠣᠷᠤᠨ ᠳᠤ ᠬᠣᠰᠢᠭᠤᠳ ᠤᠨ ᠬᠠᠭᠠᠨ ᠤ ᠡᠷᠬᠡ ᠶᠢ ᠲᠣᠭᠲᠠᠭᠠᠭᠰᠠᠨ ᠪᠠᠢᠨ᠎ᠠ ᠃

ᠣᠶᠢᠷᠠᠳ ᠤᠨ ᠳᠥᠷᠪᠡᠨ ᠣᠶᠢᠷᠠᠳ ᠪᠣᠯᠤᠨ ᠬᠠᠯᠬᠠ ᠶᠢᠨ ᠨᠣᠶᠠᠳ ᠤᠨ ᠬᠤᠷᠠᠯ ᠳᠤ ᠂ ᠮᠣᠩᠭᠣᠯ ᠣᠶᠢᠷᠠᠳ ᠤᠨ « ᠶᠡᠬᠡ ᠴᠠᠭᠠᠵᠠ ᠶᠢᠨ ᠪᠢᠴᠢᠭ » ᠢ ᠲᠣᠭᠲᠠᠭᠠᠭᠰᠠᠨ ᠪᠠᠢᠨ᠎ᠠ ᠃ 1640 ᠣᠨ ᠳᠤ ᠬᠠᠯᠬᠠ ᠶᠢᠨ ᠵᠠᠰᠠᠭᠲᠤ ᠬᠠᠨ ᠤ ᠣᠷᠳᠤ ᠳᠤ ᠴᠢᠭᠤᠯᠵᠤ ᠂ ᠶᠡᠬᠡ ᠴᠠᠭᠠᠵᠠ ᠶᠢ ᠲᠣᠭᠲᠠᠭᠠᠭᠰᠠᠨ ᠪᠠᠢᠨ᠎ᠠ ᠃

ᠮᠣᠩᠭᠣᠯ ᠣᠶᠢᠷᠠᠳ ᠤᠨ ᠶᠡᠬᠡ ᠴᠠᠭᠠᠵᠠ ᠪᠣᠯ ᠮᠣᠩᠭᠣᠯ ᠤᠨ ᠬᠠᠤᠯᠢ ᠴᠠᠭᠠᠵᠠ ᠶᠢᠨ ᠲᠡᠦᠬᠡᠨ ᠳᠦ ᠴᠢᠬᠤᠯᠠ ᠣᠷᠣᠨ ᠢ ᠡᠵᠡᠯᠡᠳᠡᠭ ᠂ ᠡᠨᠡ ᠬᠠᠤᠯᠢ ᠴᠠᠭᠠᠵᠠ ᠳᠤ ᠣᠶᠢᠷᠠᠳ ᠪᠣᠯᠤᠨ ᠬᠠᠯᠬᠠ ᠶᠢᠨ ᠨᠣᠶᠠᠳ ᠤᠨ ᠬᠣᠭᠣᠷᠣᠨᠳᠤ ᠶᠢᠨ ᠬᠠᠷᠢᠴᠠᠭ᠎ᠠ ᠶᠢ ᠲᠣᠭᠲᠠᠭᠠᠵᠤ ᠂ ᠡᠪ ᠨᠠᠢᠷᠠᠮᠳᠠᠯ ᠢ ᠪᠡᠬᠵᠢᠭᠦᠯᠬᠦ ᠳᠤ ᠴᠢᠬᠤᠯᠠ ᠦᠨᠡ ᠴᠡᠨᠡ ᠲᠠᠢ ᠪᠠᠢᠨ᠎ᠠ ᠄ 「 ᠡᠨᠡ ᠬᠠᠤᠯᠢ ᠪᠣᠯ ᠲᠡᠷᠡ ᠦᠶ᠎ᠡ ᠶᠢᠨ ᠨᠡᠶᠢᠭᠡᠮ ᠦᠨ ᠠᠮᠢᠳᠤᠷᠠᠯ 」 ᠢ ᠲᠤᠰᠬᠠᠭᠰᠠᠨ ᠪᠠᠢᠨ᠎ᠠ ᠃ ᠡᠨᠡ

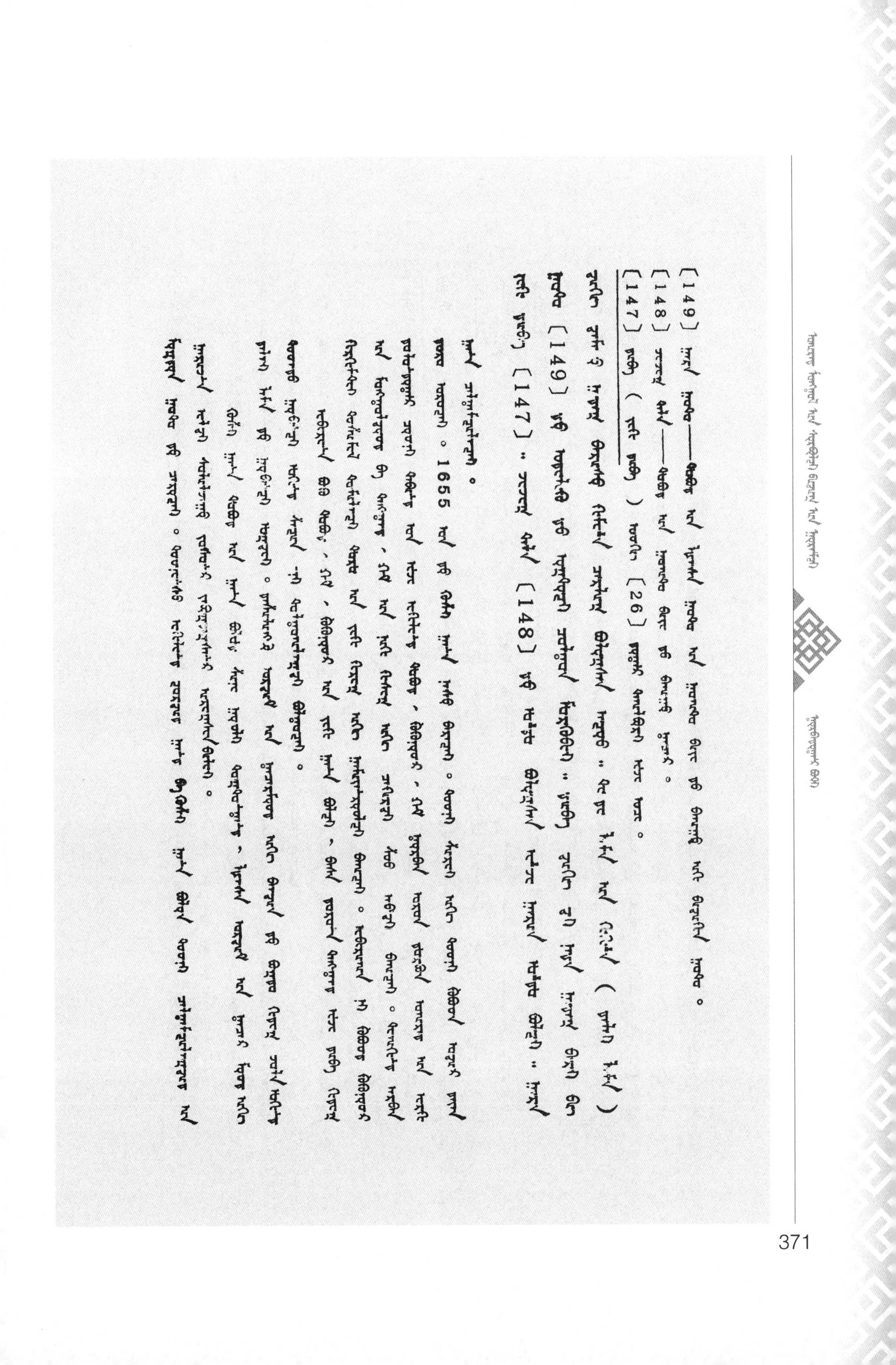

[illegible]

[illegible] ◦

[illegible]

[illegible] ◦ [illegible] ◦

[illegible] ◦

[illegible]

[illegible] ◦ [illegible]

[illegible]

[illegible]

[illegible] ◦ 1655 [illegible] ◦ [illegible]

[illegible] ◦

[illegible] 〔147〕 [illegible] 〔148〕 [illegible]

[illegible] 〔149〕 [illegible]

[illegible] ([illegible])

〔147〕 [illegible] ([illegible]) [illegible] 〔26〕 [illegible] ◦

〔148〕 [illegible] —— [illegible] ◦

〔149〕 [illegible] —— [illegible] ◦

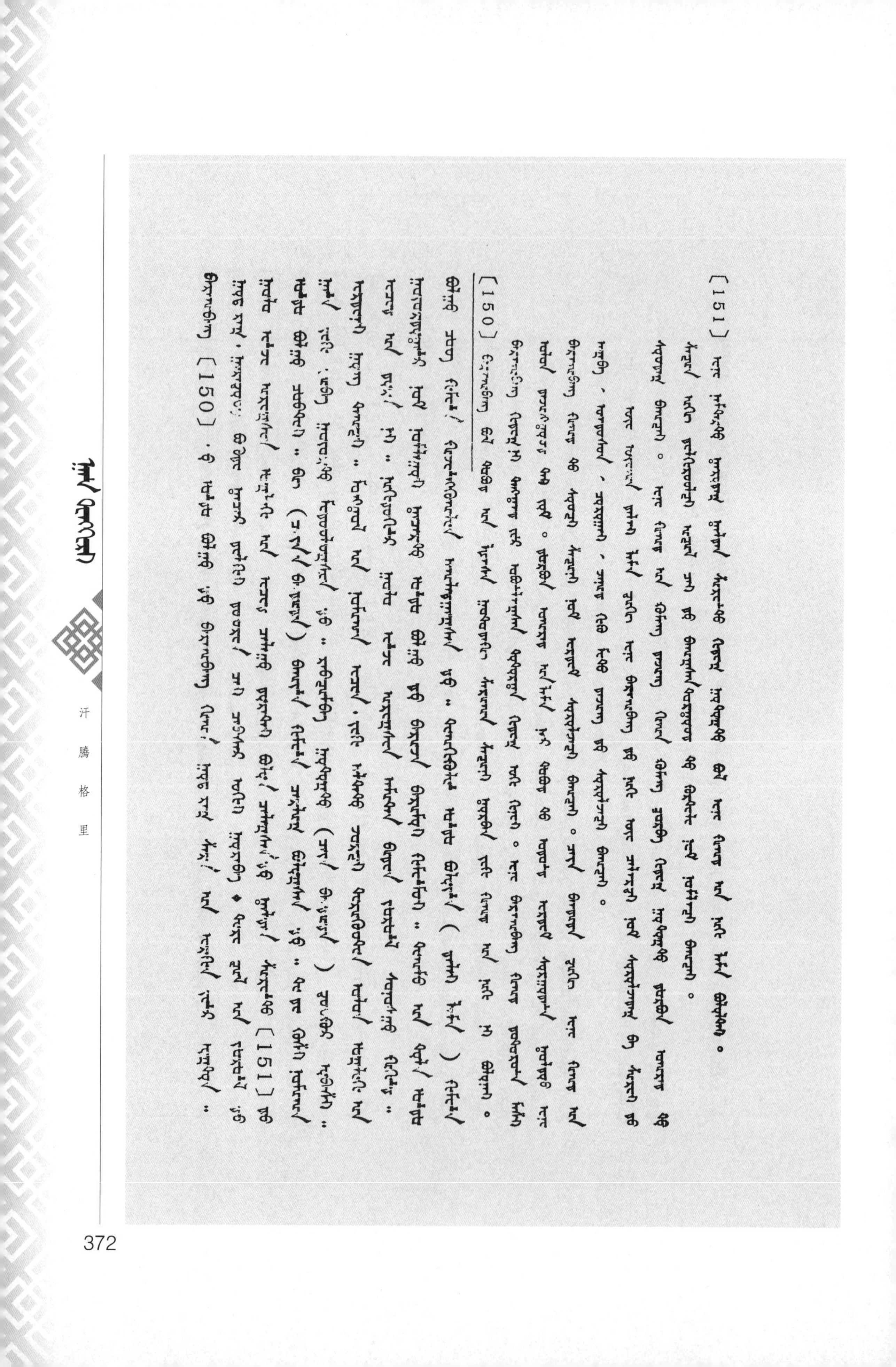

〔151〕

〔150〕

〔151〕

〔150〕

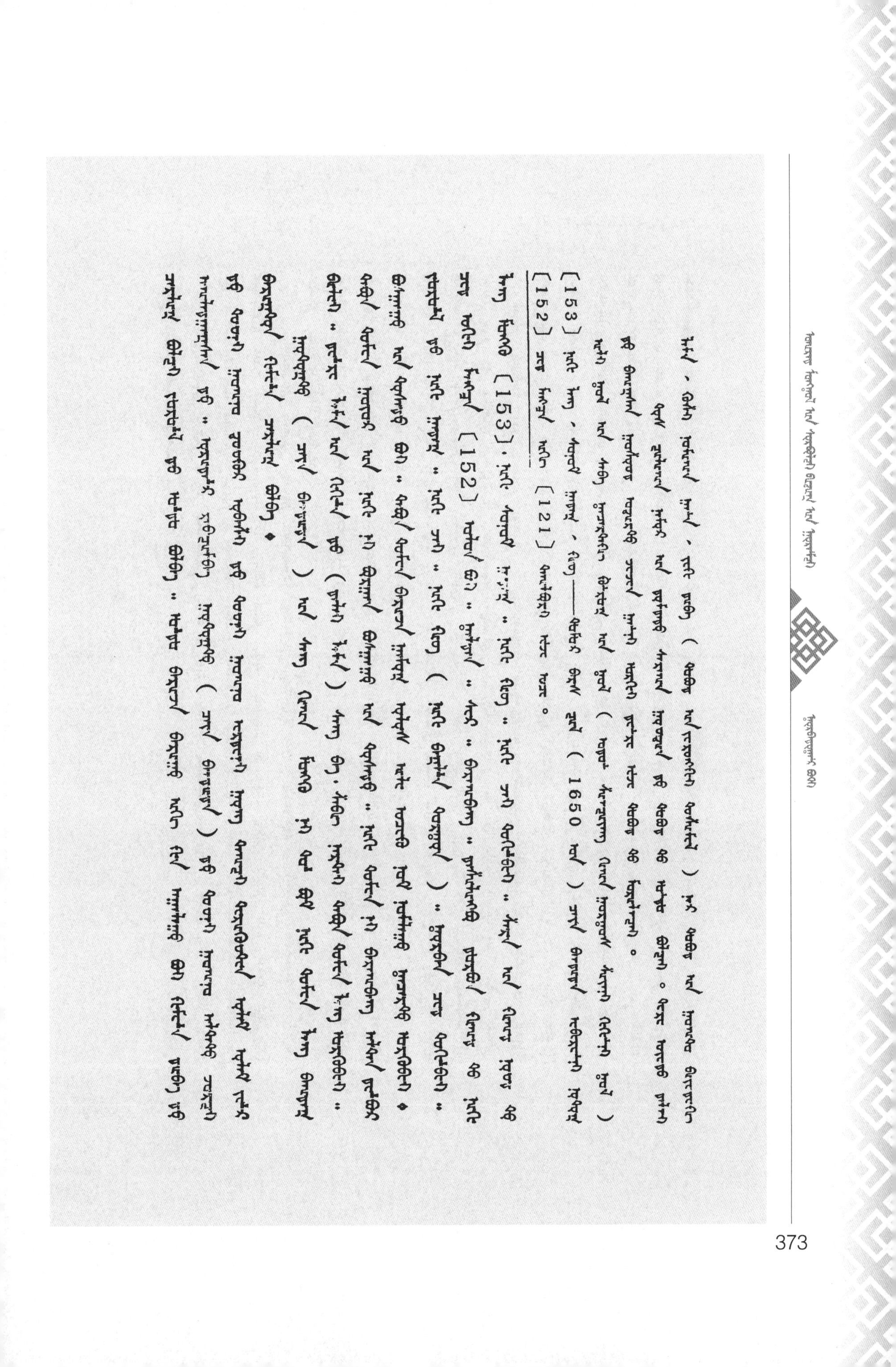

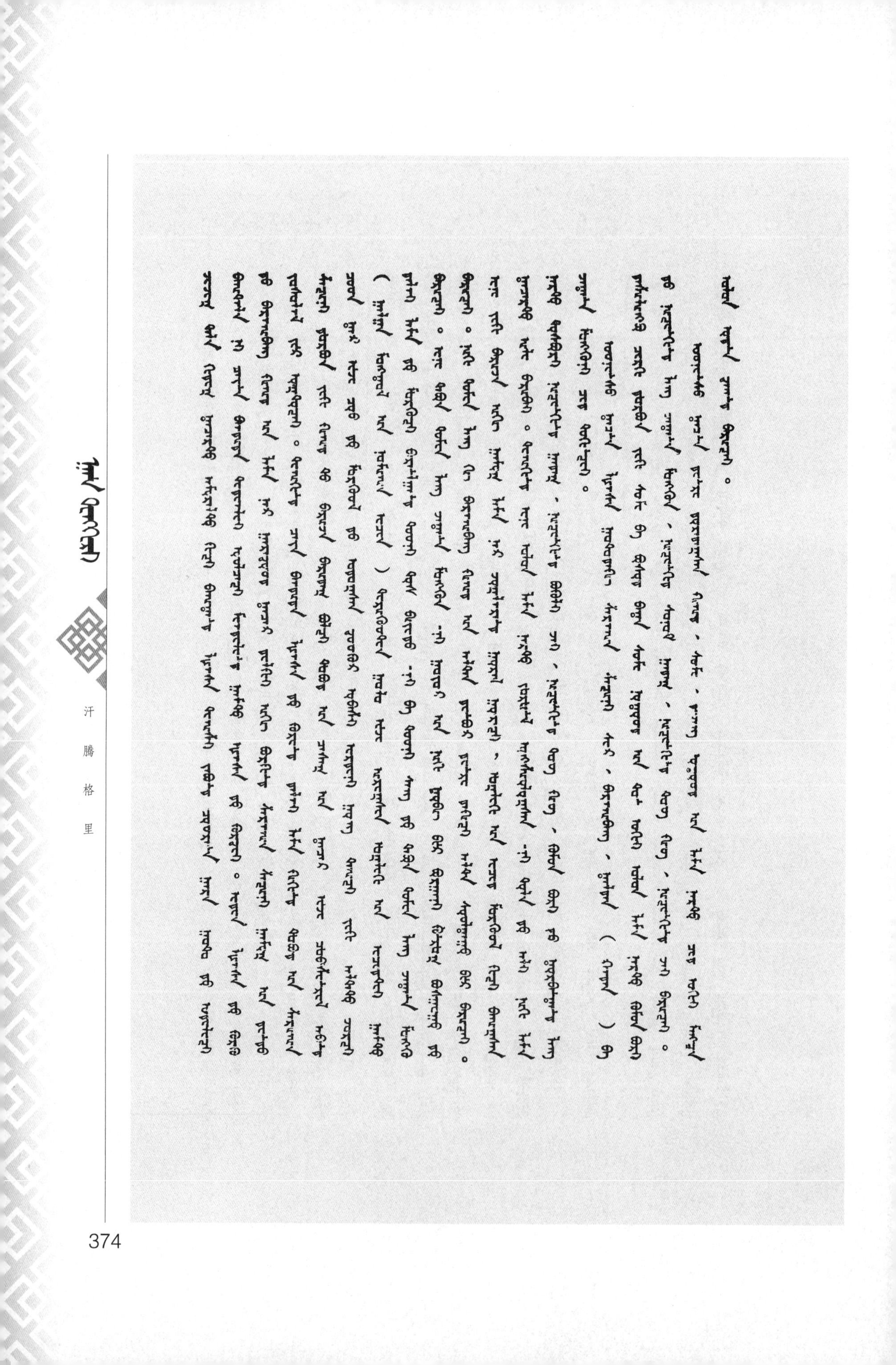

[illegible]

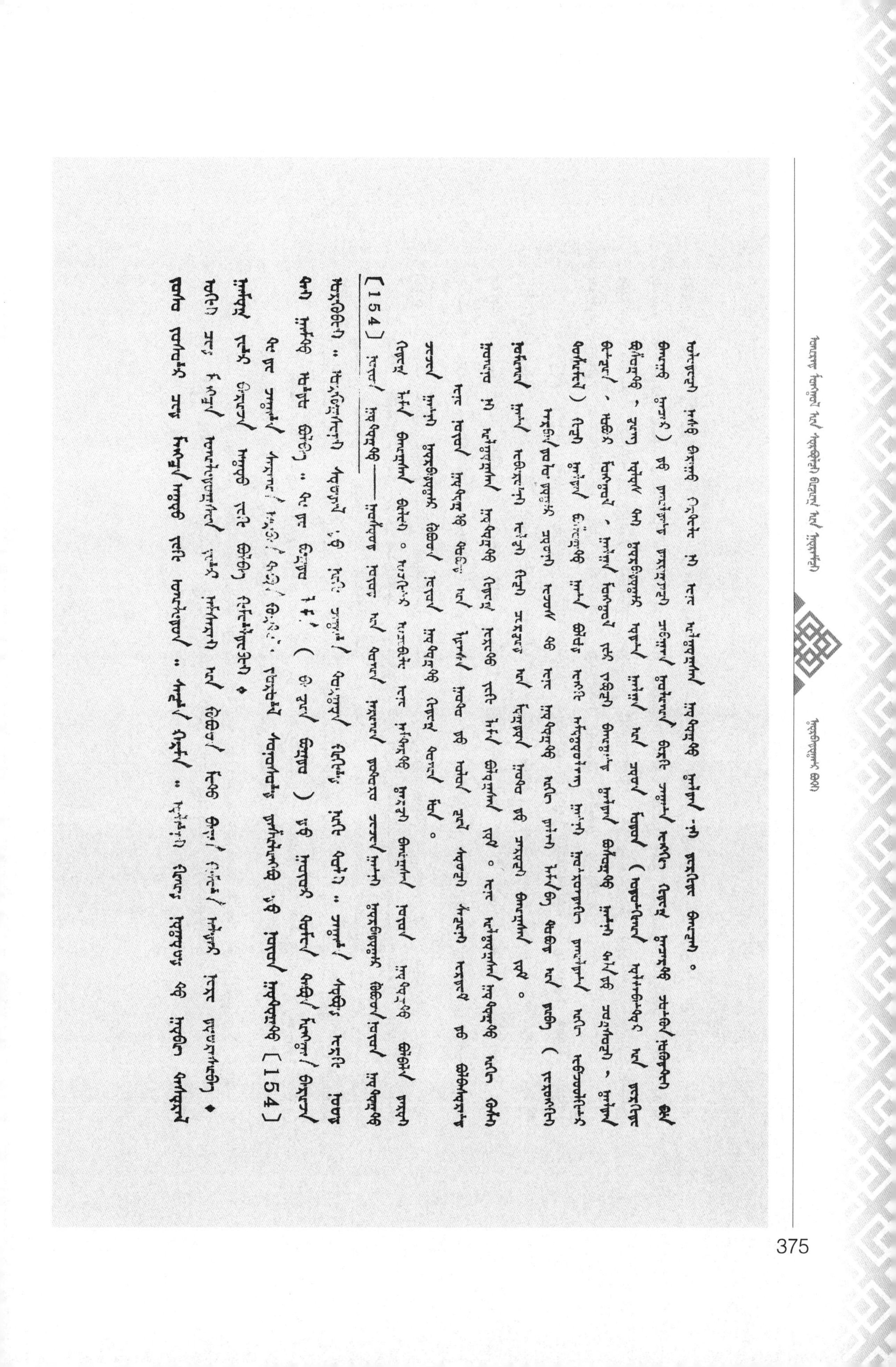

[illegible]

[154] [illegible]

[illegible] [154]

[illegible]

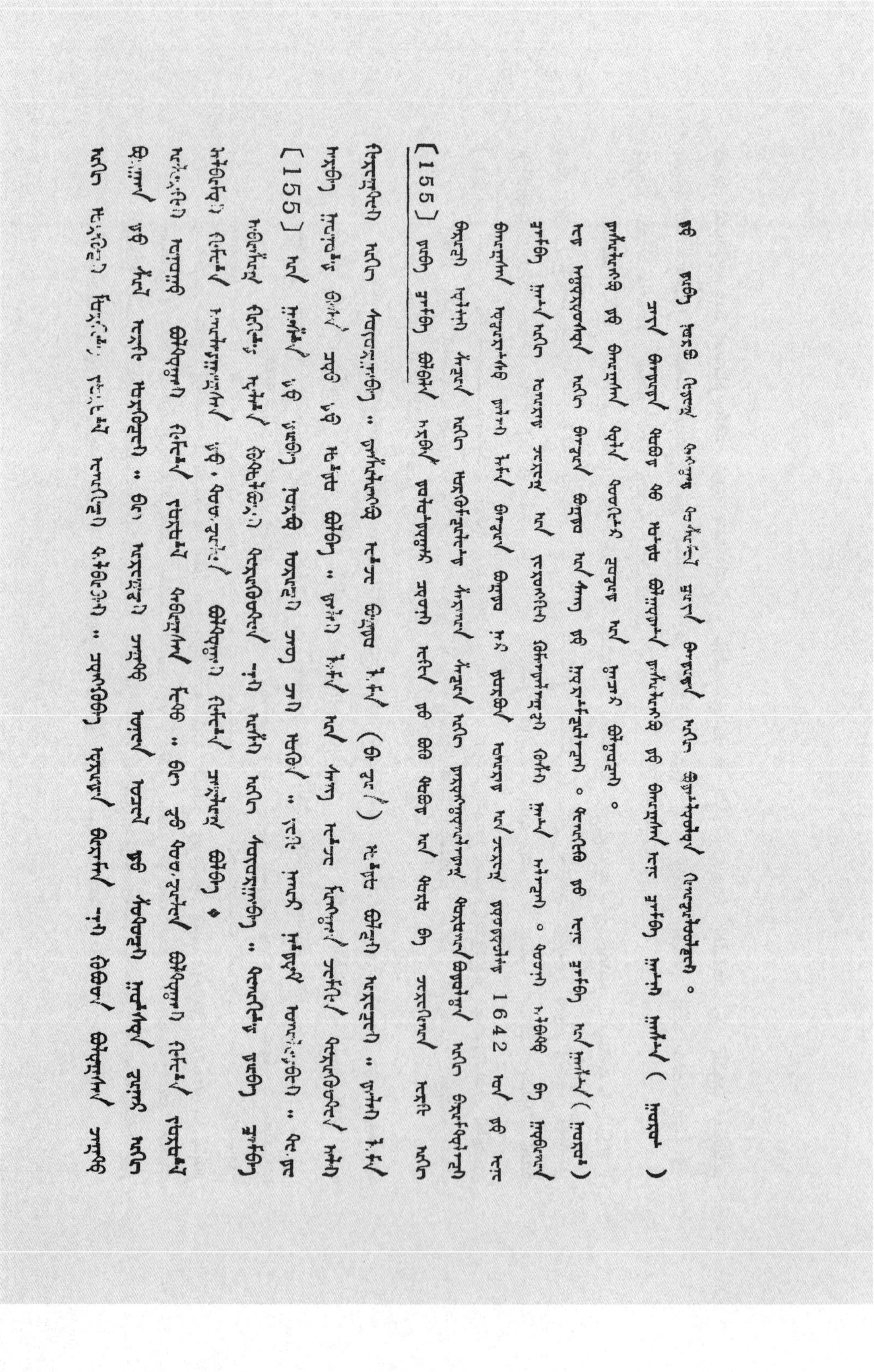

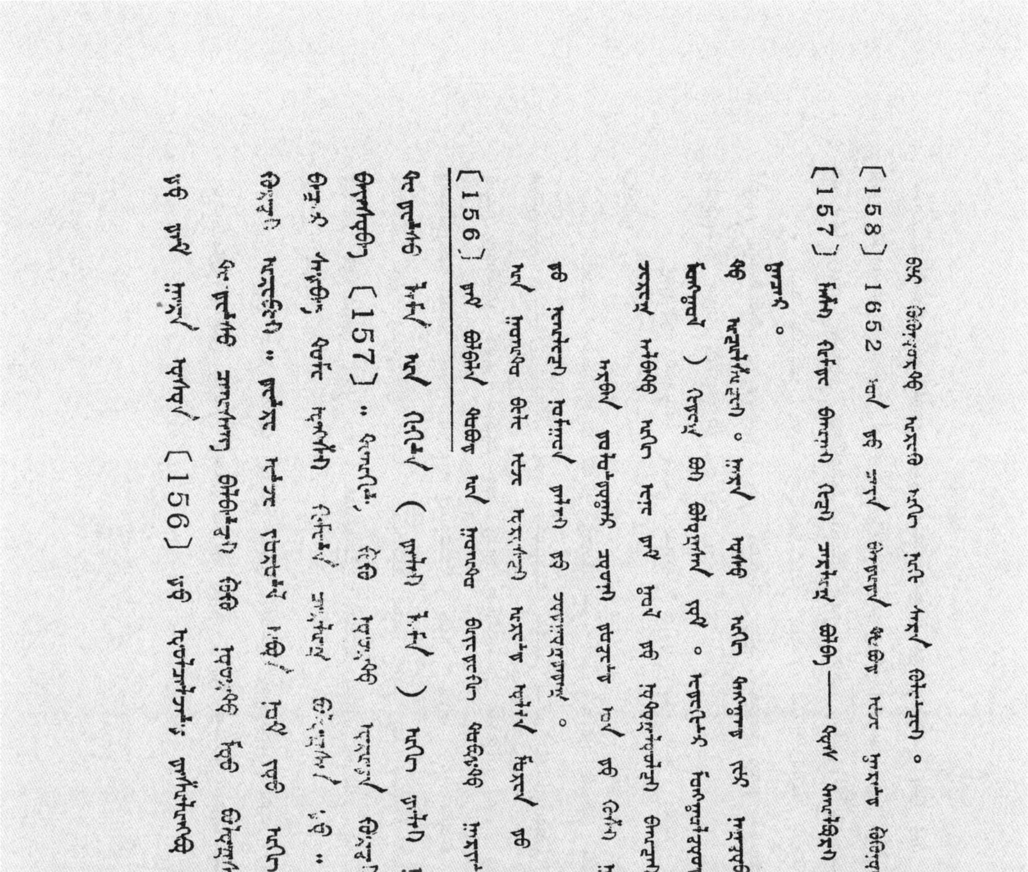

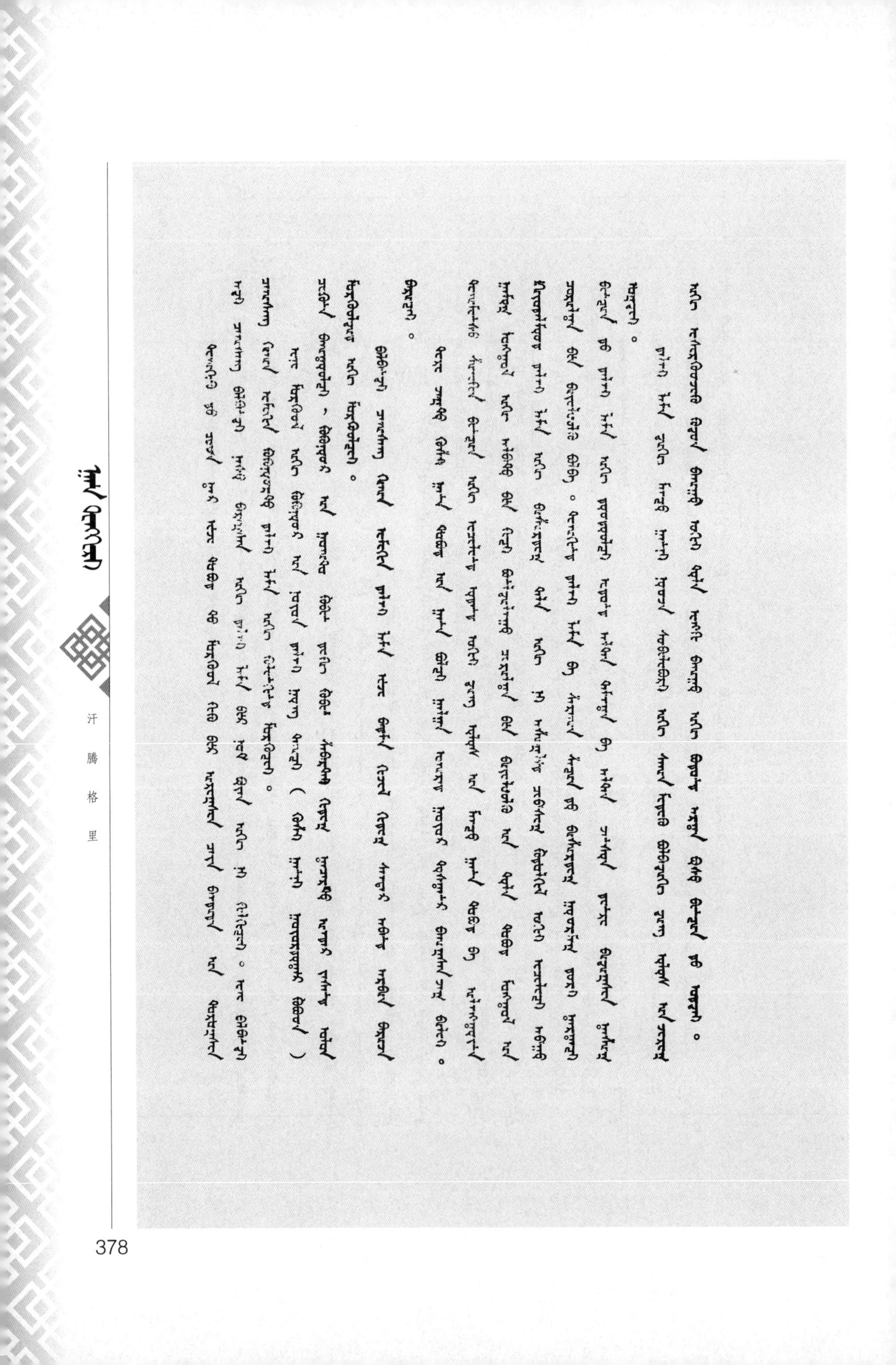

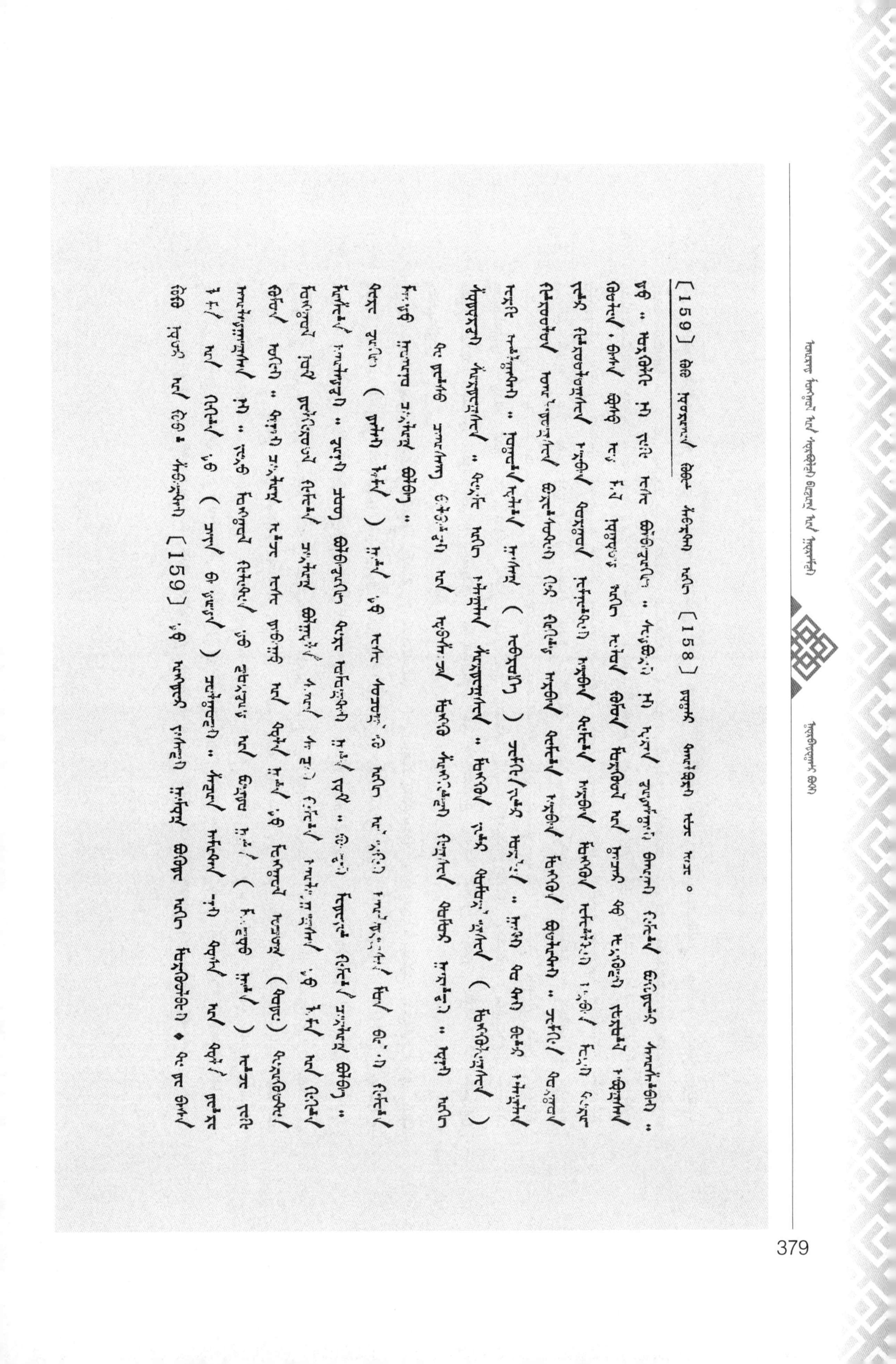

[159] [illegible] [158] [illegible]

[illegible]

[illegible] [159] [illegible]

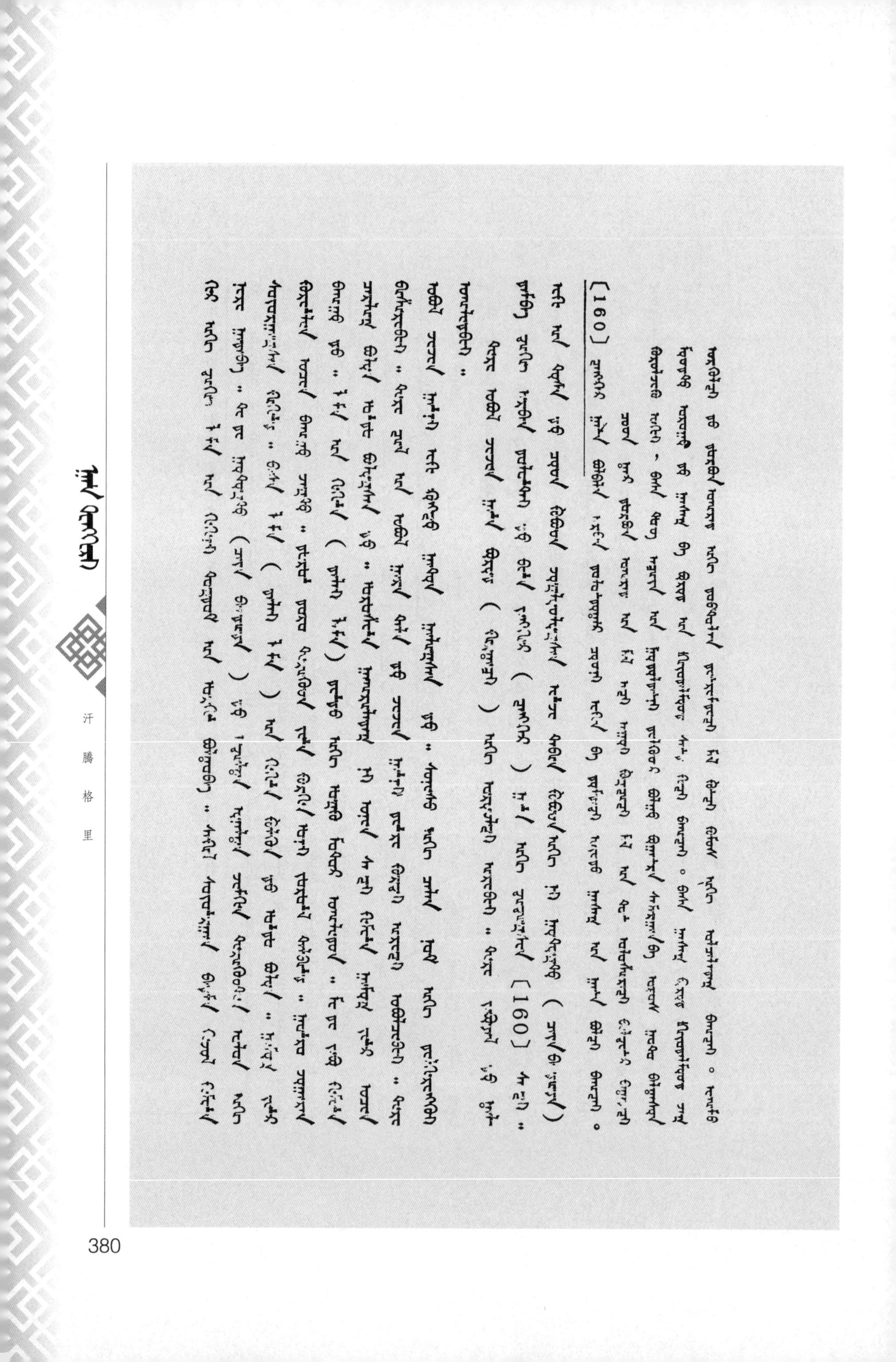

[160]

[161]

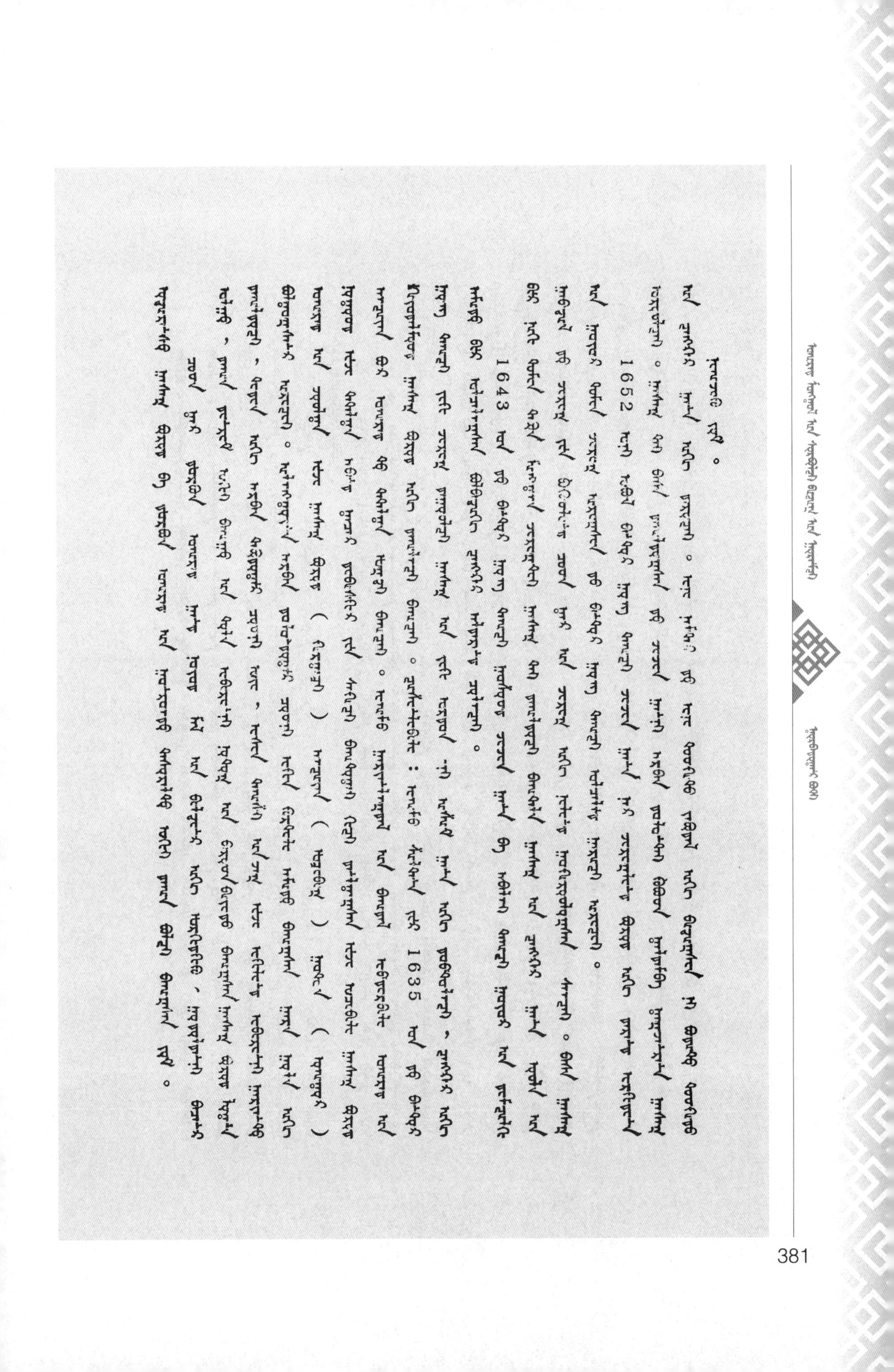

[illegible]

[illegible] 1652 [illegible]

[illegible] 1643 [illegible]

[illegible] 1635 [illegible]

[illegible]

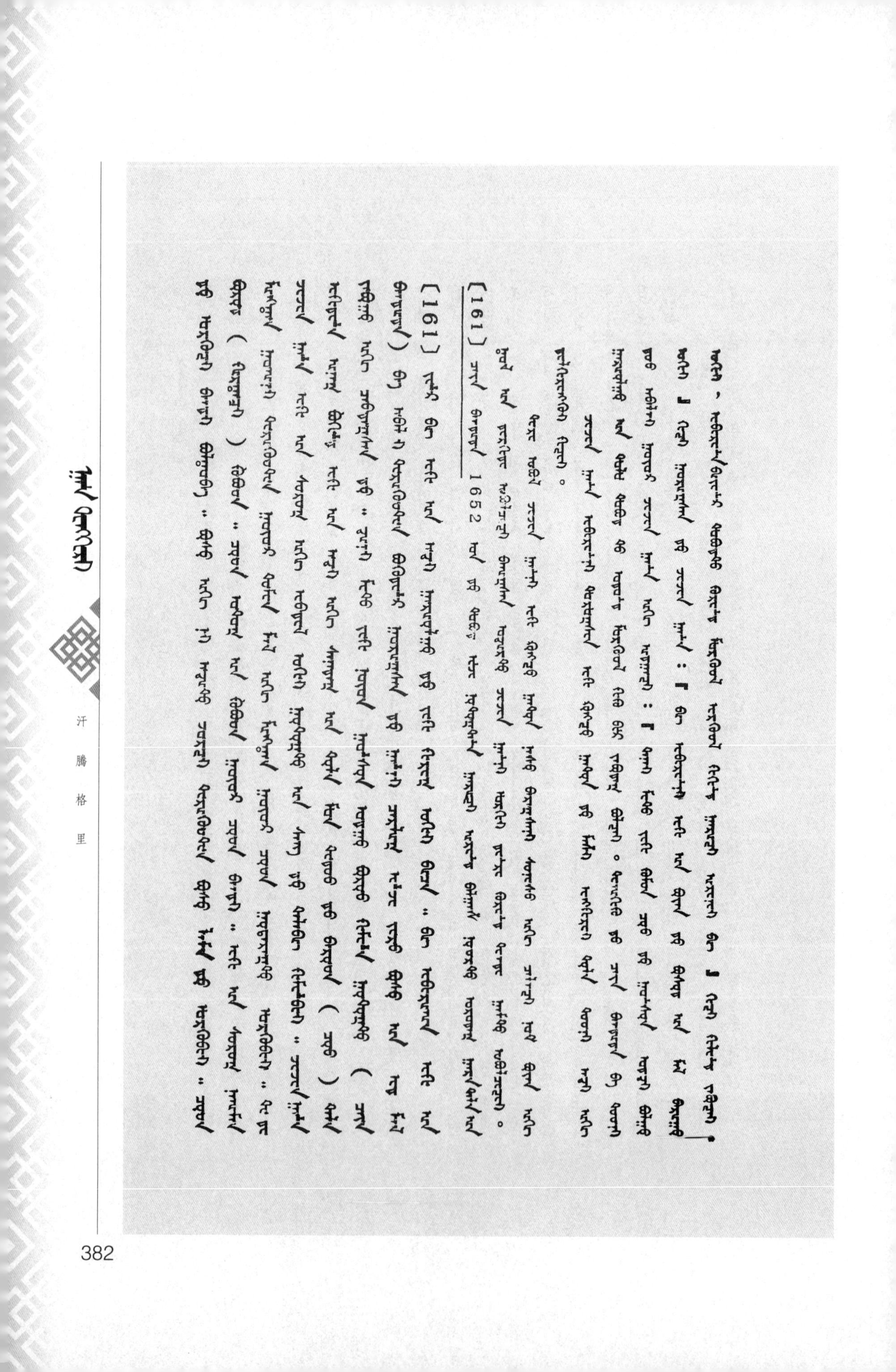

〔161〕 … 1652 …

〔161〕 …

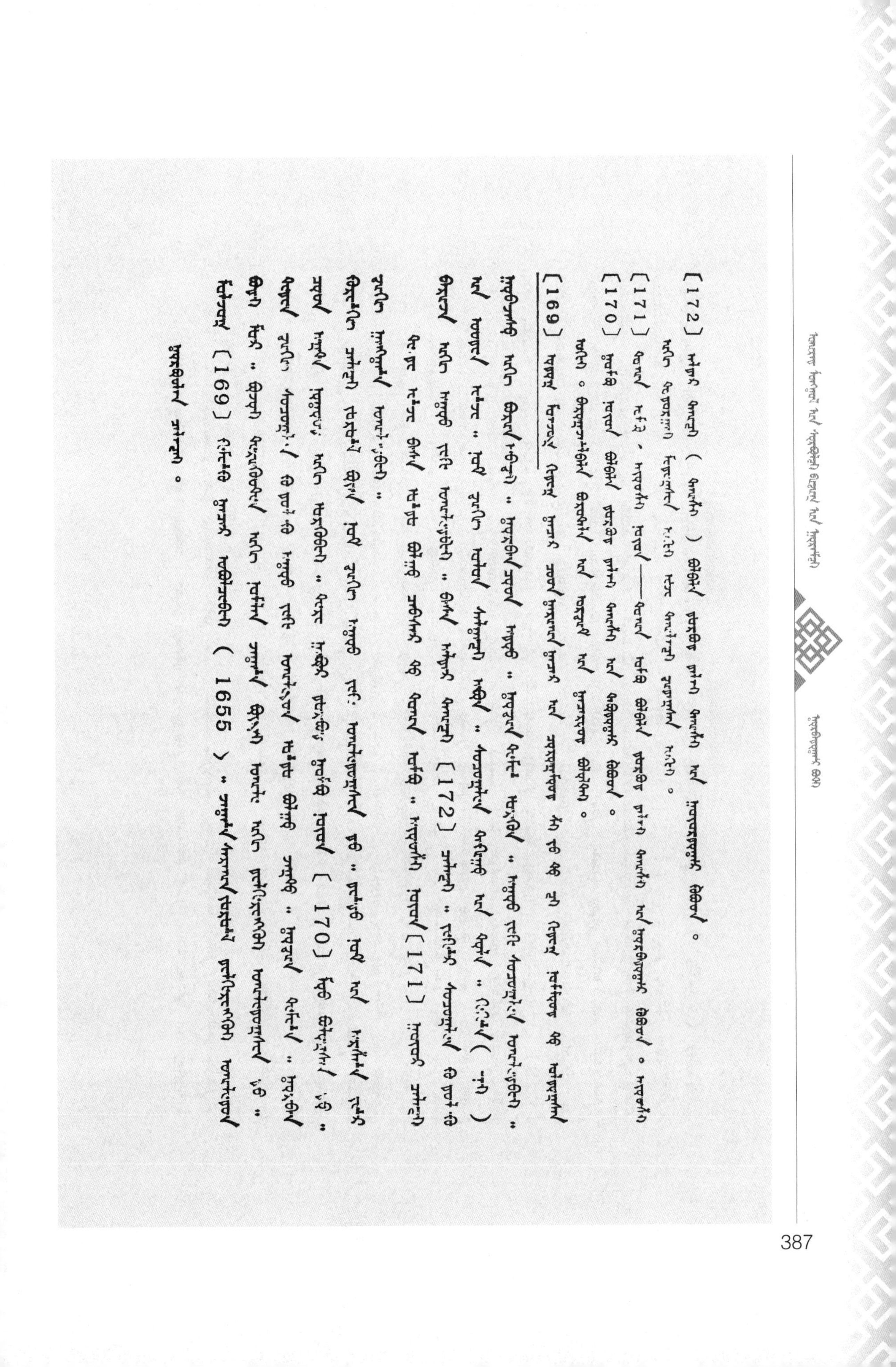

[172] [illegible] ([illegible]) [illegible] 。
[illegible] 。

[171] [illegible] —— [illegible] 。[illegible]

[170] [illegible] 。
[illegible] 。[illegible] 。

[169] [illegible]

[illegible] ([illegible]) [illegible] [172] [illegible] [171] [illegible]

[illegible] [170] [illegible] [169] [illegible] (1655) [illegible] 。

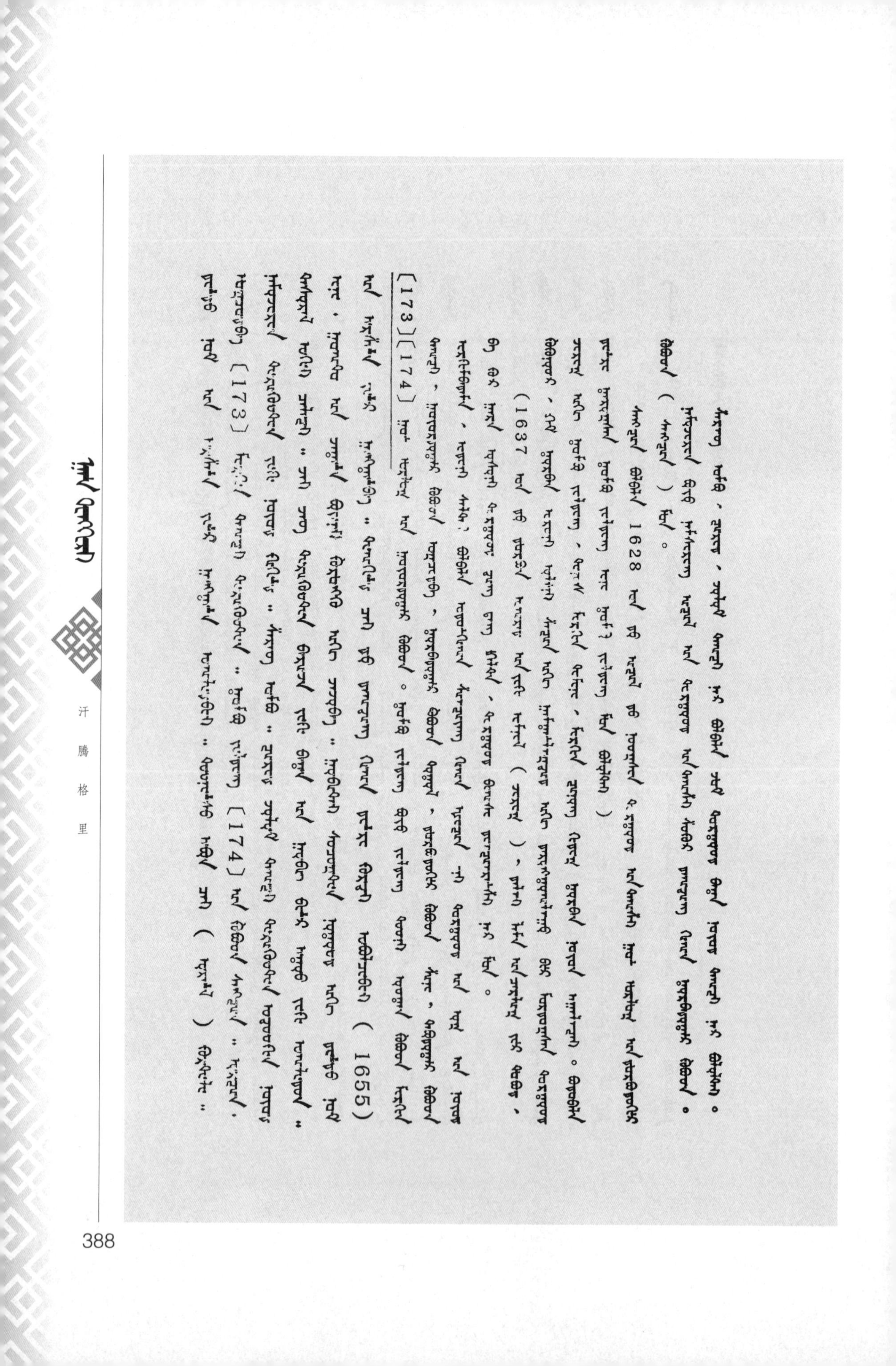

[illegible] ◦

[illegible] ◦

[illegible] ([illegible]) [illegible] ◦

[illegible] 1628 [illegible]
[illegible])
[illegible] ◦ [illegible]
[illegible]
(1637 [illegible] ([illegible]) [illegible]
[illegible] ◦

[illegible]
[illegible]

[173][174] [illegible] ◦ [illegible]
[illegible] (1655)
[illegible]
[illegible]
[illegible]
[illegible] [173] [illegible] [174] [illegible]
[illegible] ([illegible]) [illegible]

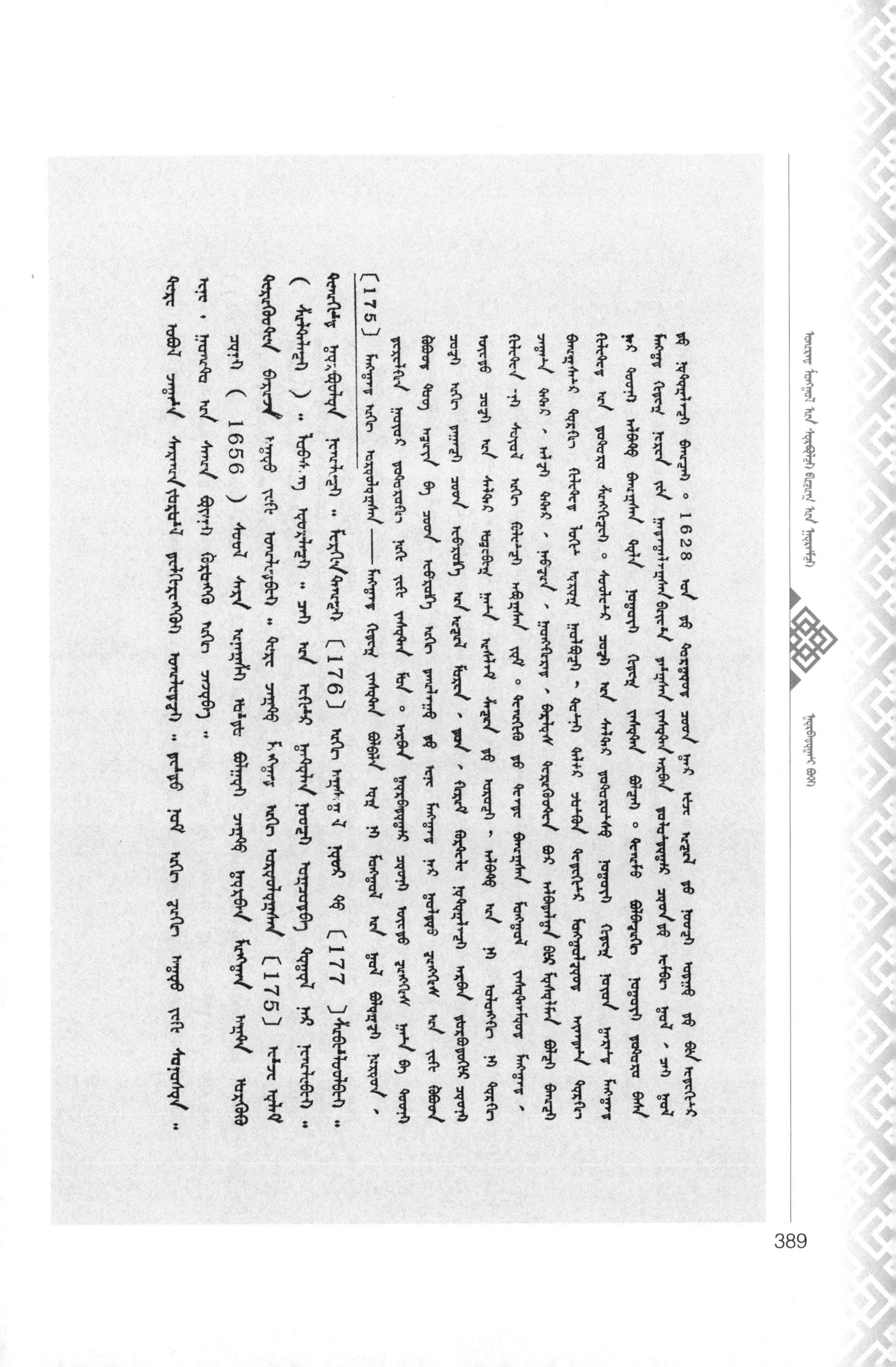

[illegible] 1628 [illegible]

[illegible]

〔175〕 [illegible] —— [illegible]

[illegible] 〔176〕 [illegible] 〔177〕 [illegible]

([illegible]) [illegible]

[illegible] 〔175〕 [illegible]

[illegible] (1656) [illegible]

[illegible]

[illegible]

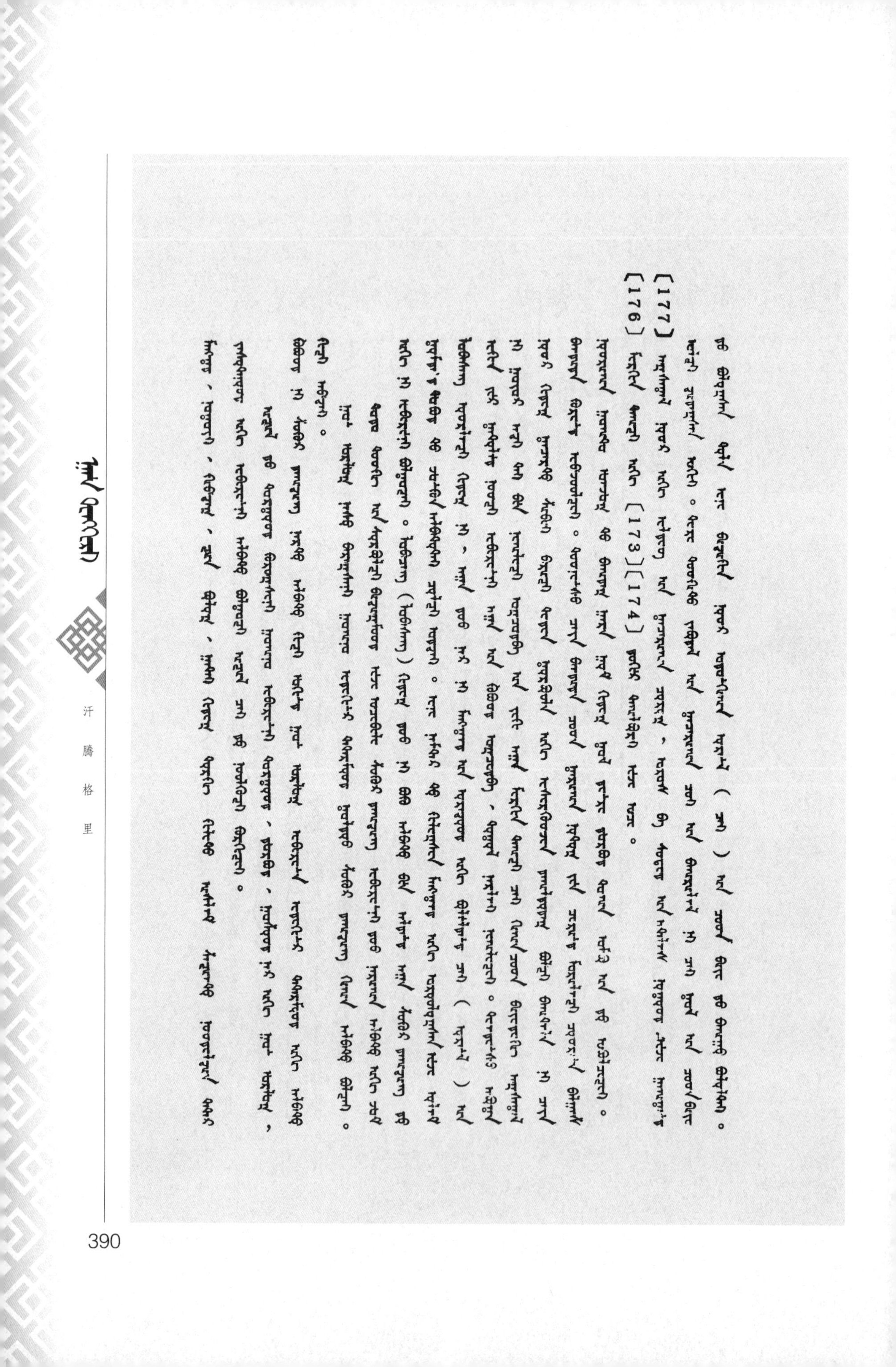

[illegible]

[177] [illegible]

[176] [illegible] [173][174] [illegible]

[illegible]

[illegible]

〔181〕 [illegible]

〔180〕 [illegible] 〔173〕〔174〕 [illegible]

[illegible] 1758 [illegible]

〔179〕 [illegible]

〔178〕 [illegible]

[illegible] 〔181〕 [illegible] 〔180〕 [illegible]

(1656) [illegible] 〔178〕 [illegible] 〔179〕 [illegible]

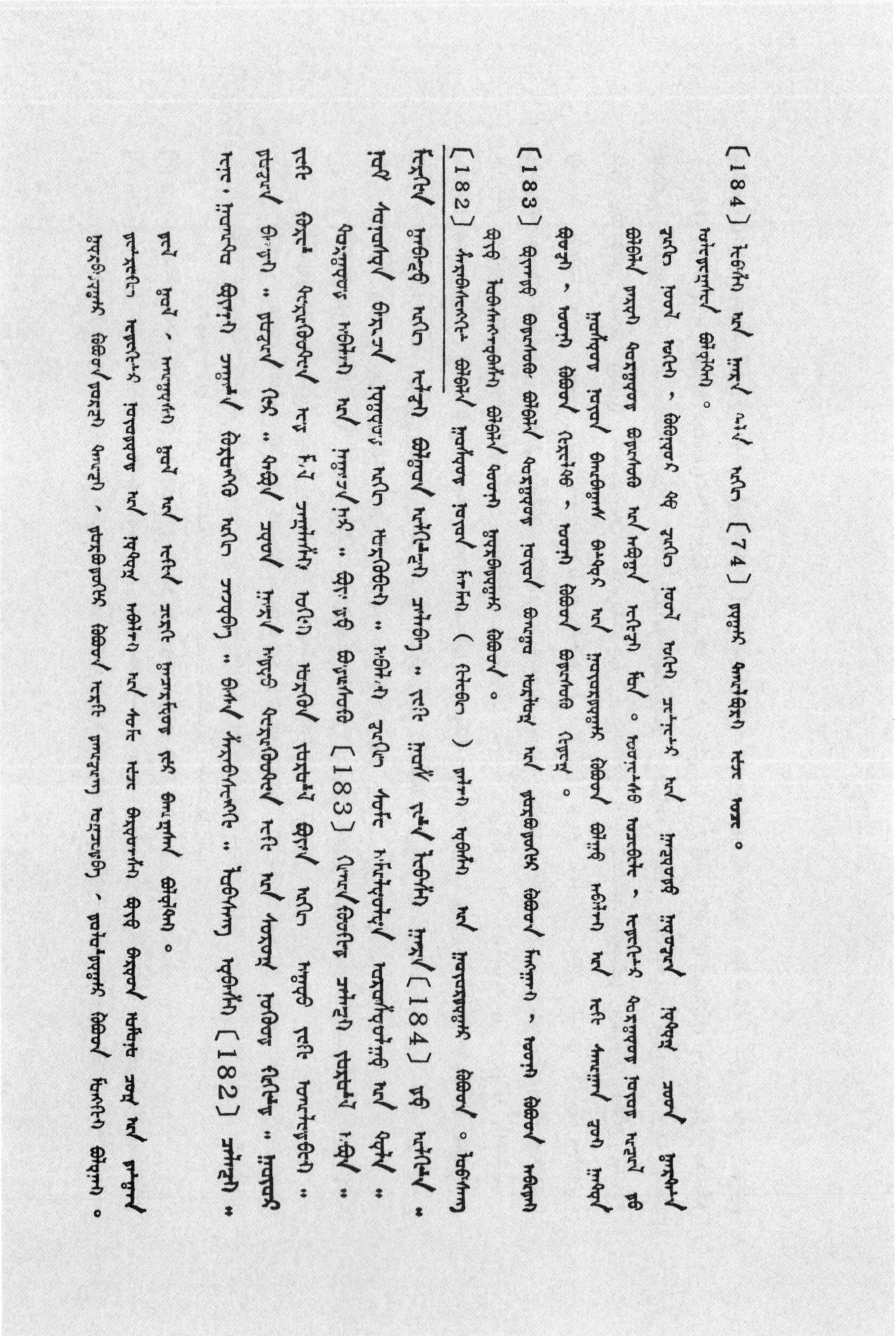

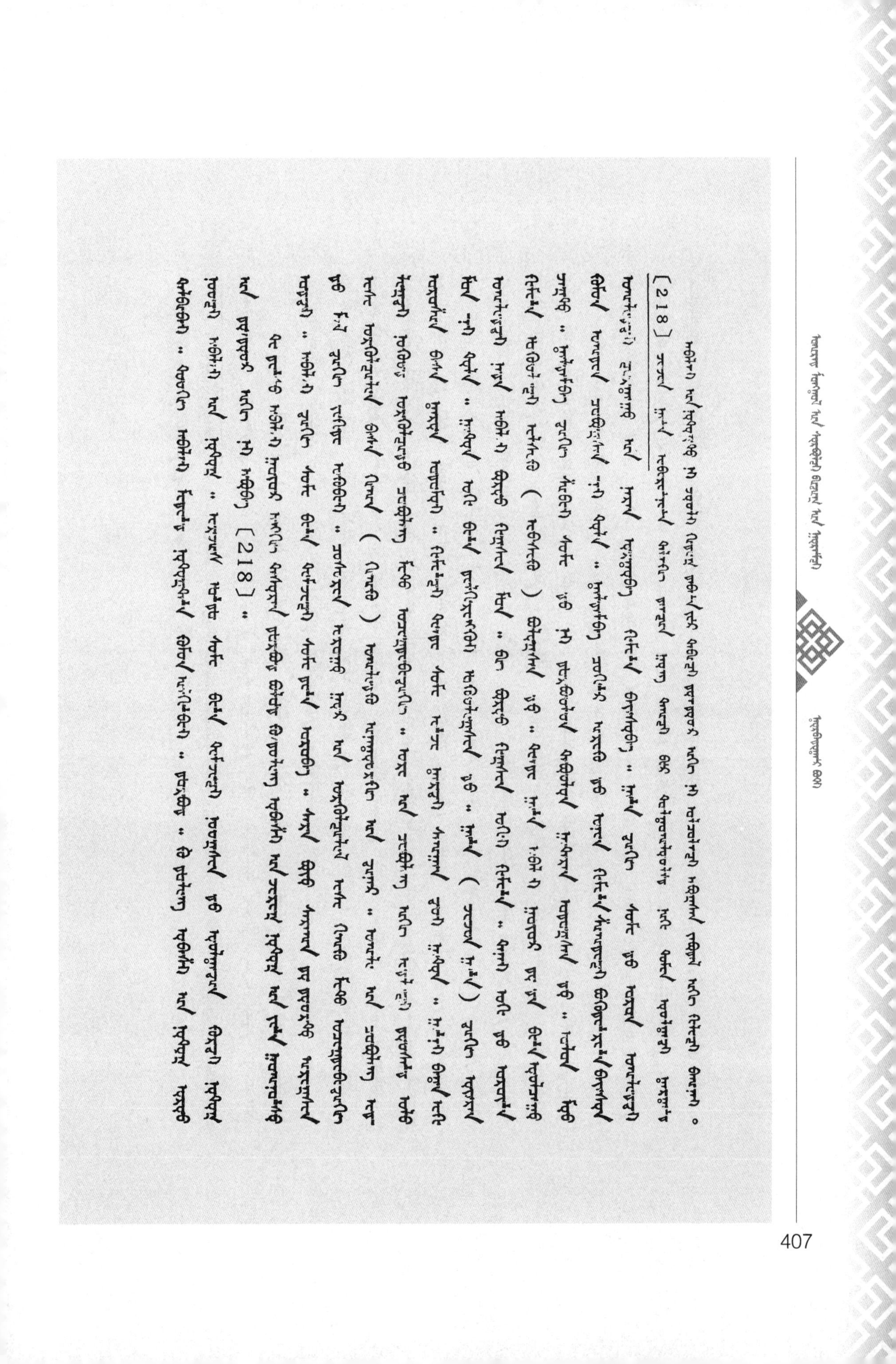

〔218〕

〔218〕

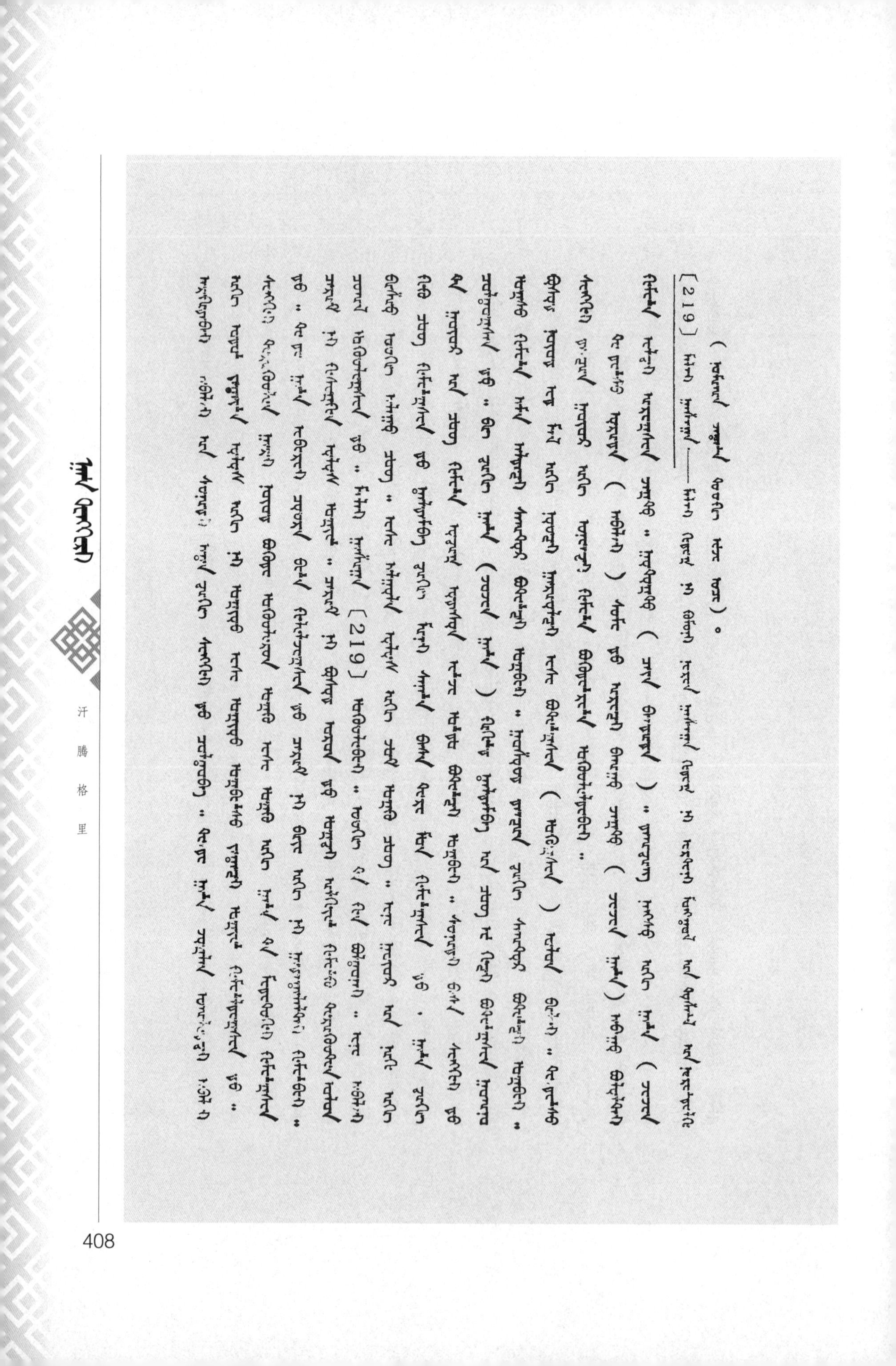

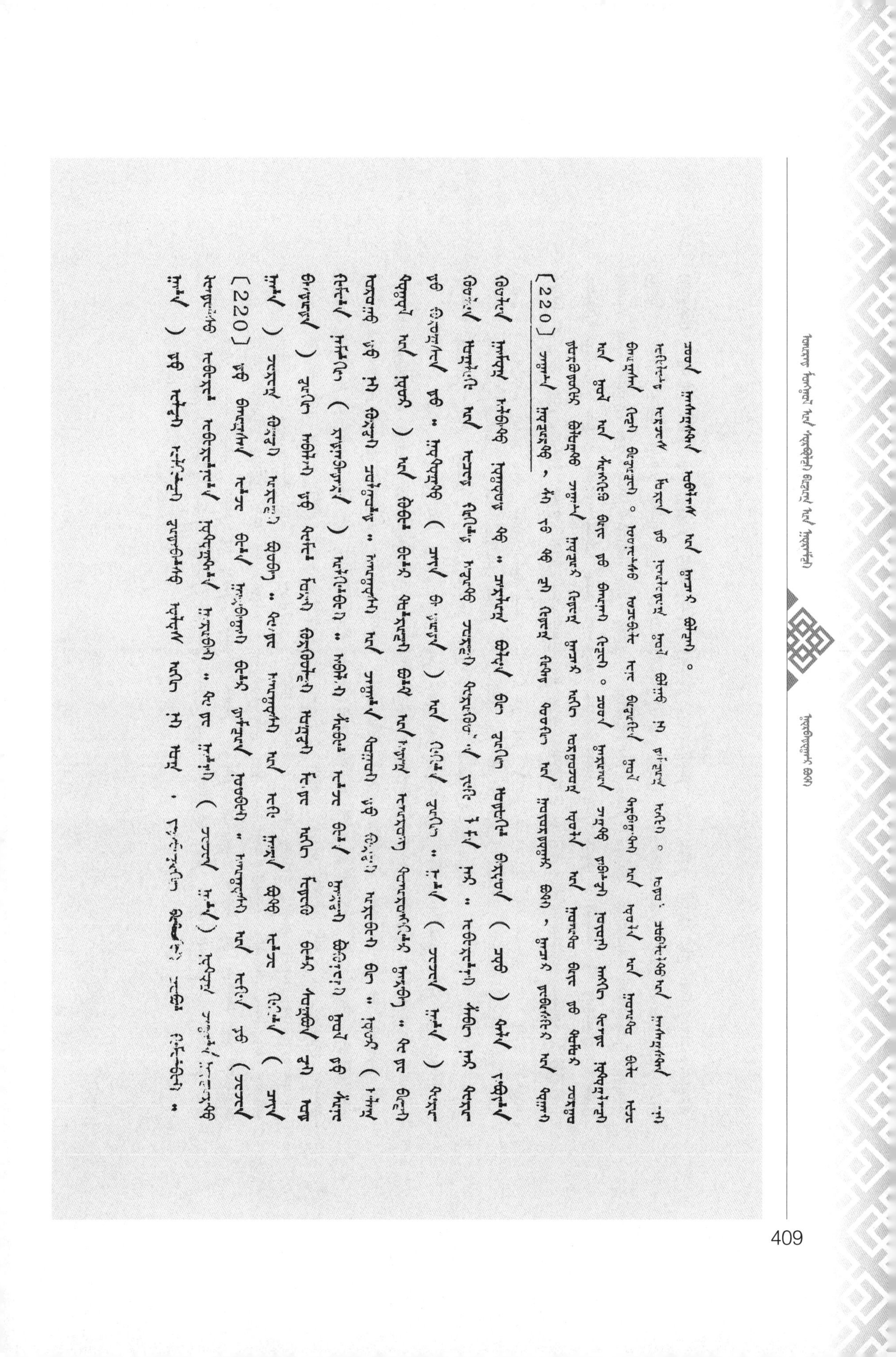

[illegible]

〔220〕 [illegible]

〔220〕 [illegible]

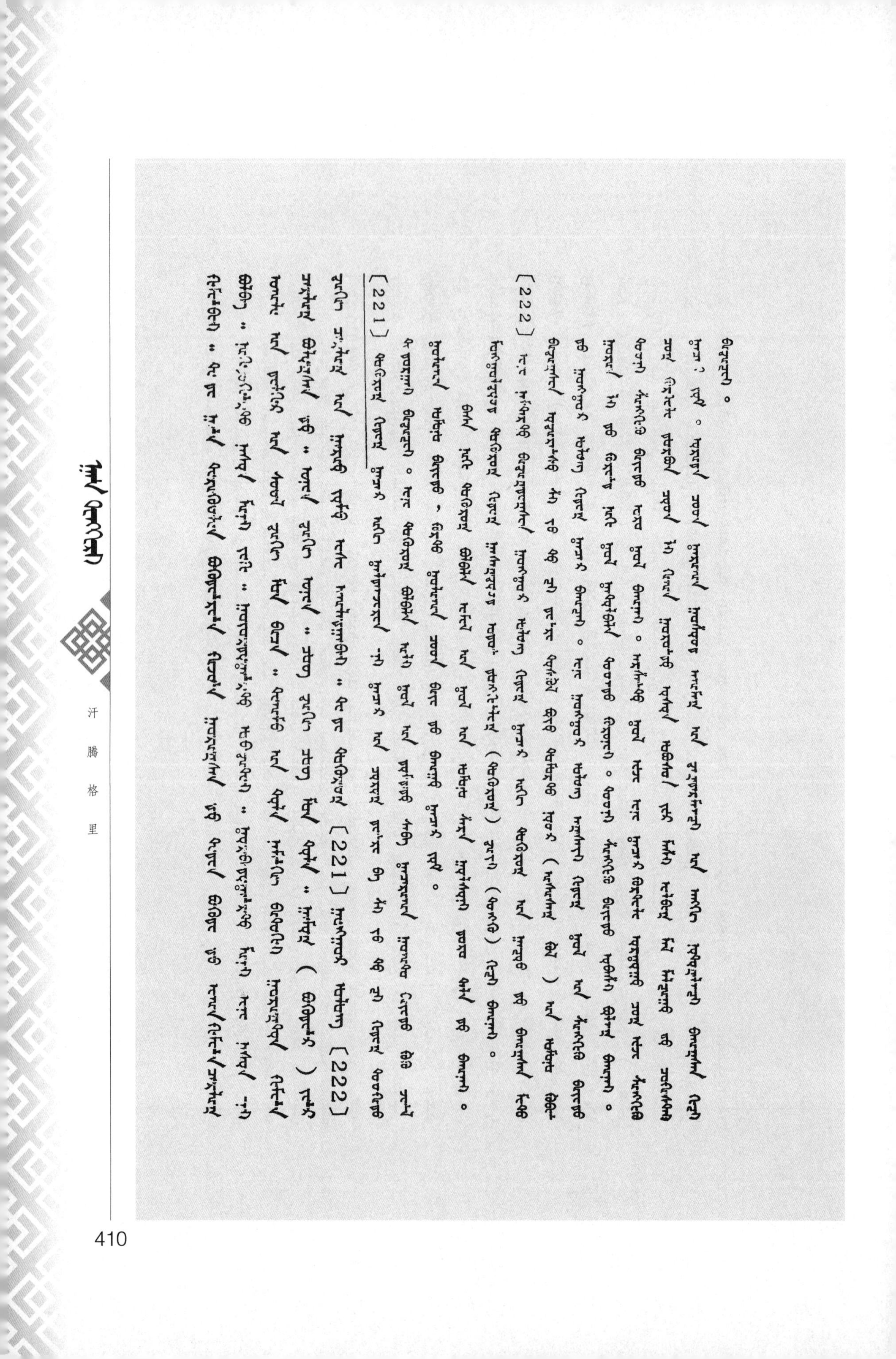

[illegible] 。

[illegible]

[222] [illegible]

[illegible]

[221] [illegible]

[illegible] [221] [illegible] [222]

[illegible]

〔224〕 [illegible] ᠬᠡᠰᠡᠭ 〔104〕 ᠳᠤᠭᠠᠷ [illegible] ᠲᠡᠷᠡ [illegible] ᠃

[illegible] ᠃

ᠬᠡᠰᠡᠭ 137 ᠳᠤᠭᠠᠷ [illegible] ᠃ [illegible] ᠬᠡᠰᠡᠭ 138 ᠳᠤᠭᠠᠷ [illegible] ᠂ [illegible] ᠬᠡᠰᠡᠭ [illegible] ᠃

[illegible] ᠃ [illegible] ᠃ [illegible] ᠃ [illegible] ᠃ [illegible] ([illegible]) [illegible] ᠃ [illegible] ᠃

[illegible]

([illegible]) [illegible] ᠃

[illegible] ᠃ [illegible] ᠬᠡᠰᠡᠭ [illegible]

〔223〕 [illegible] ᠂ [illegible]

[illegible] 〔224〕 ᠄ [illegible] ᠄ [illegible] ([illegible]) [illegible]

[illegible] ᠄ [illegible] 〔223〕 ᠄ [illegible]

[illegible] ᠃

[illegible] ᠬᠡᠰᠡᠭ [illegible]

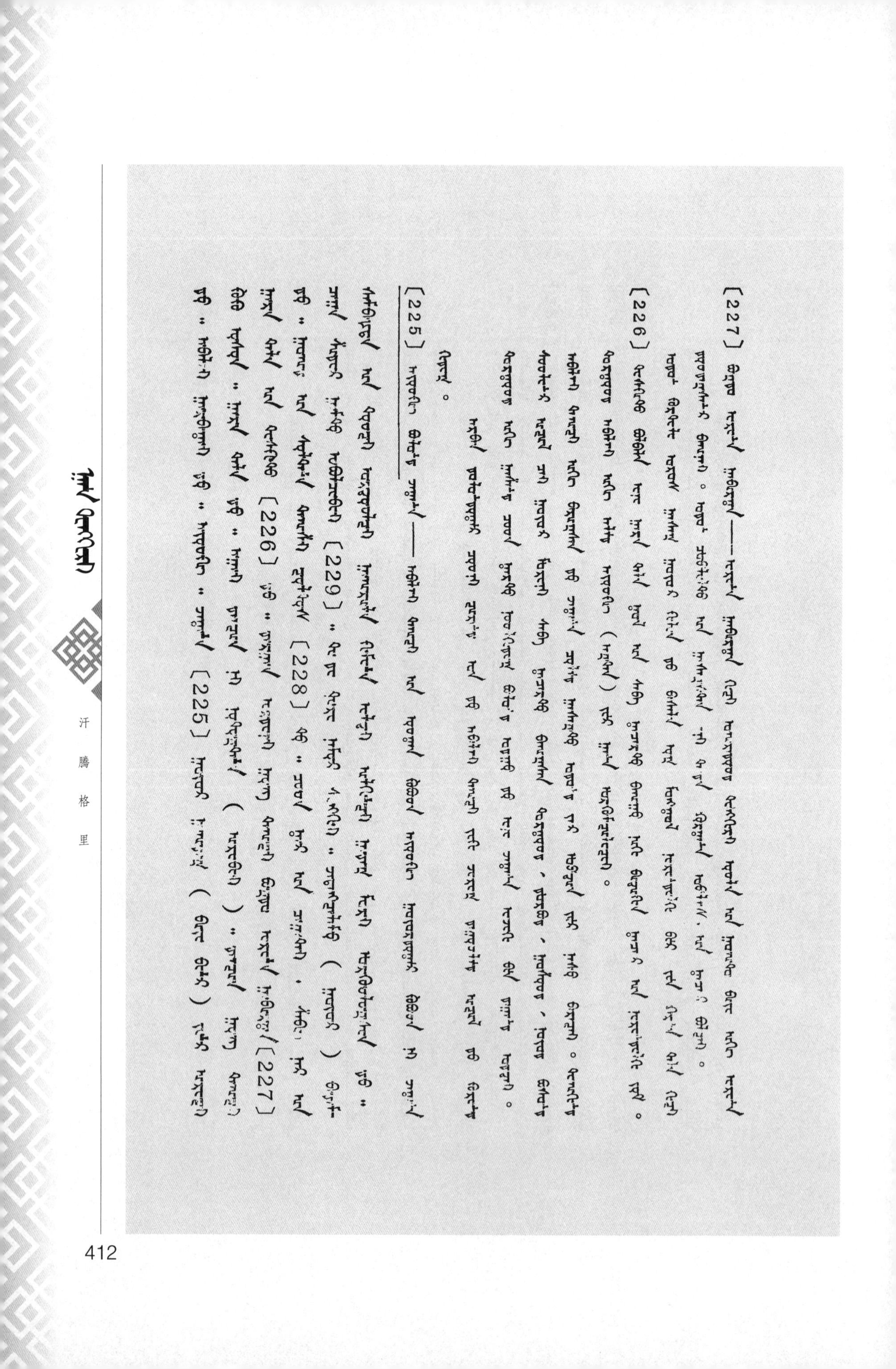

〔227〕 [illegible] —— [illegible] 。 [illegible] 。

〔226〕 [illegible] 。 [illegible] ([illegible]) [illegible] 。

[illegible] 。 [illegible] 、 [illegible] 、 [illegible] 、 [illegible] 。

[illegible] 。

〔225〕 [illegible] —— [illegible]

[illegible] 〔229〕 [illegible] ([illegible]) [illegible] 〔228〕 [illegible] 〔226〕 [illegible] 〔227〕 [illegible] ([illegible]) [illegible] 〔225〕 [illegible] ([illegible]) [illegible]

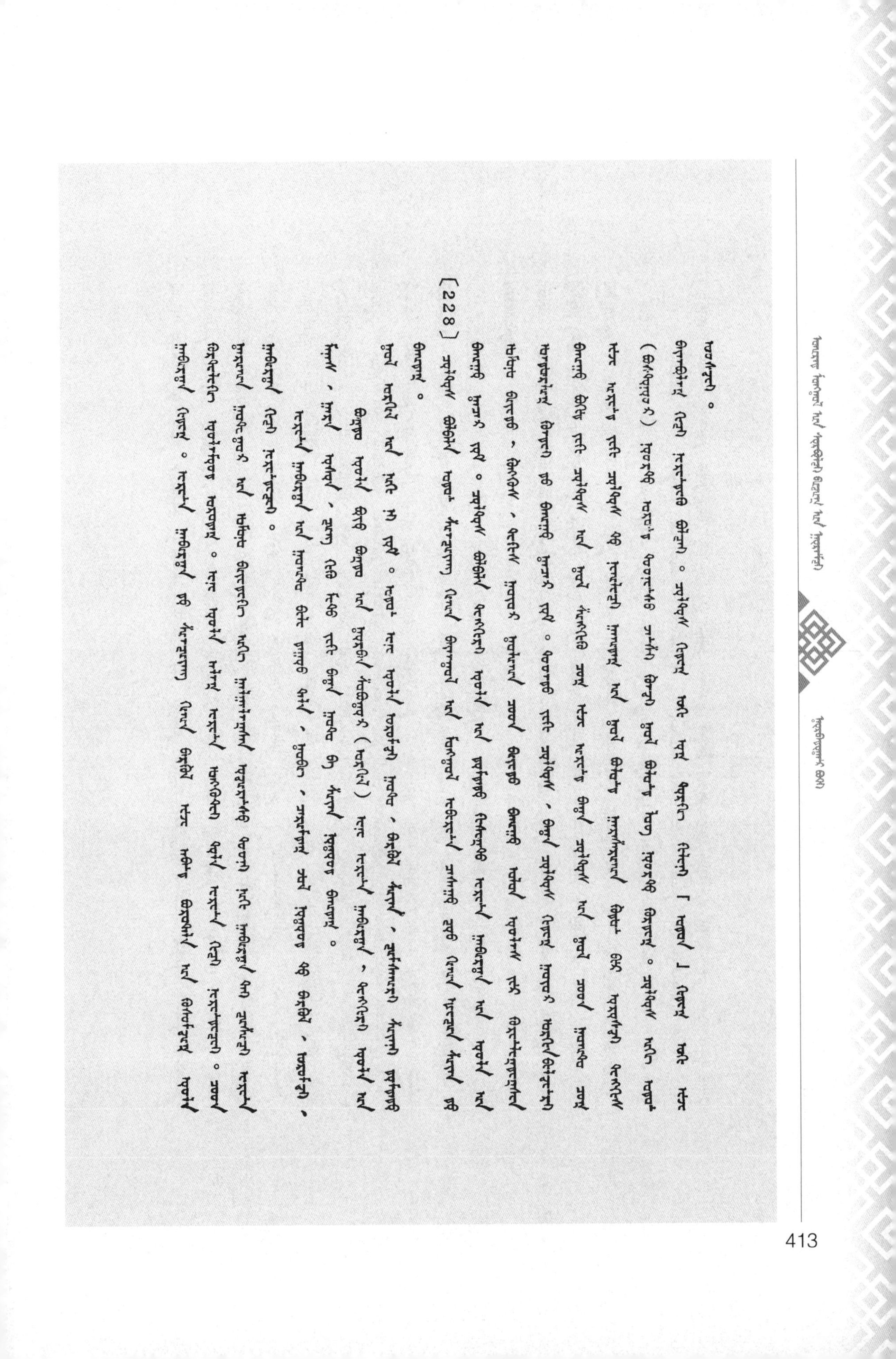

[228]

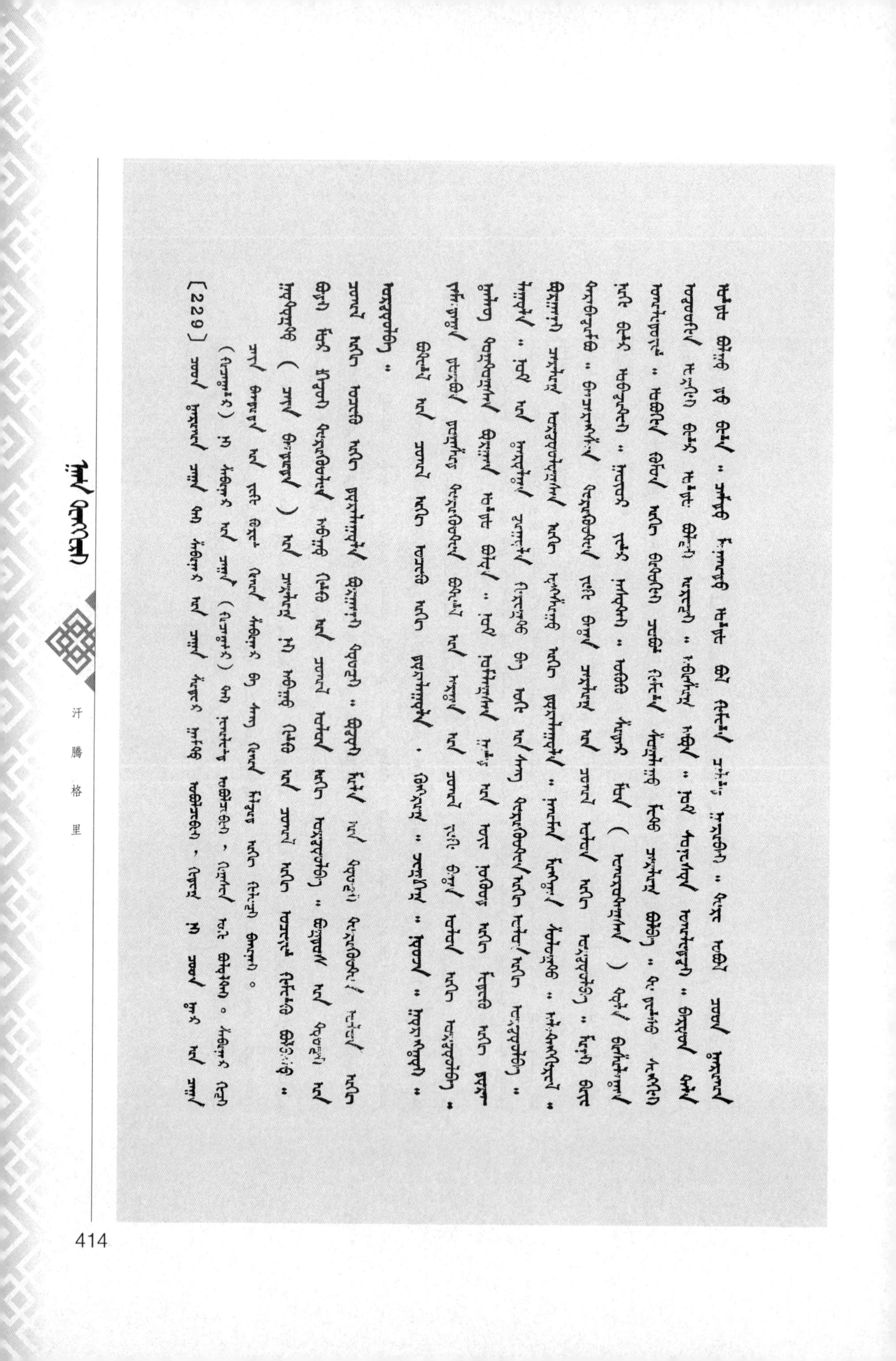

[illegible]

〔229〕 [illegible]

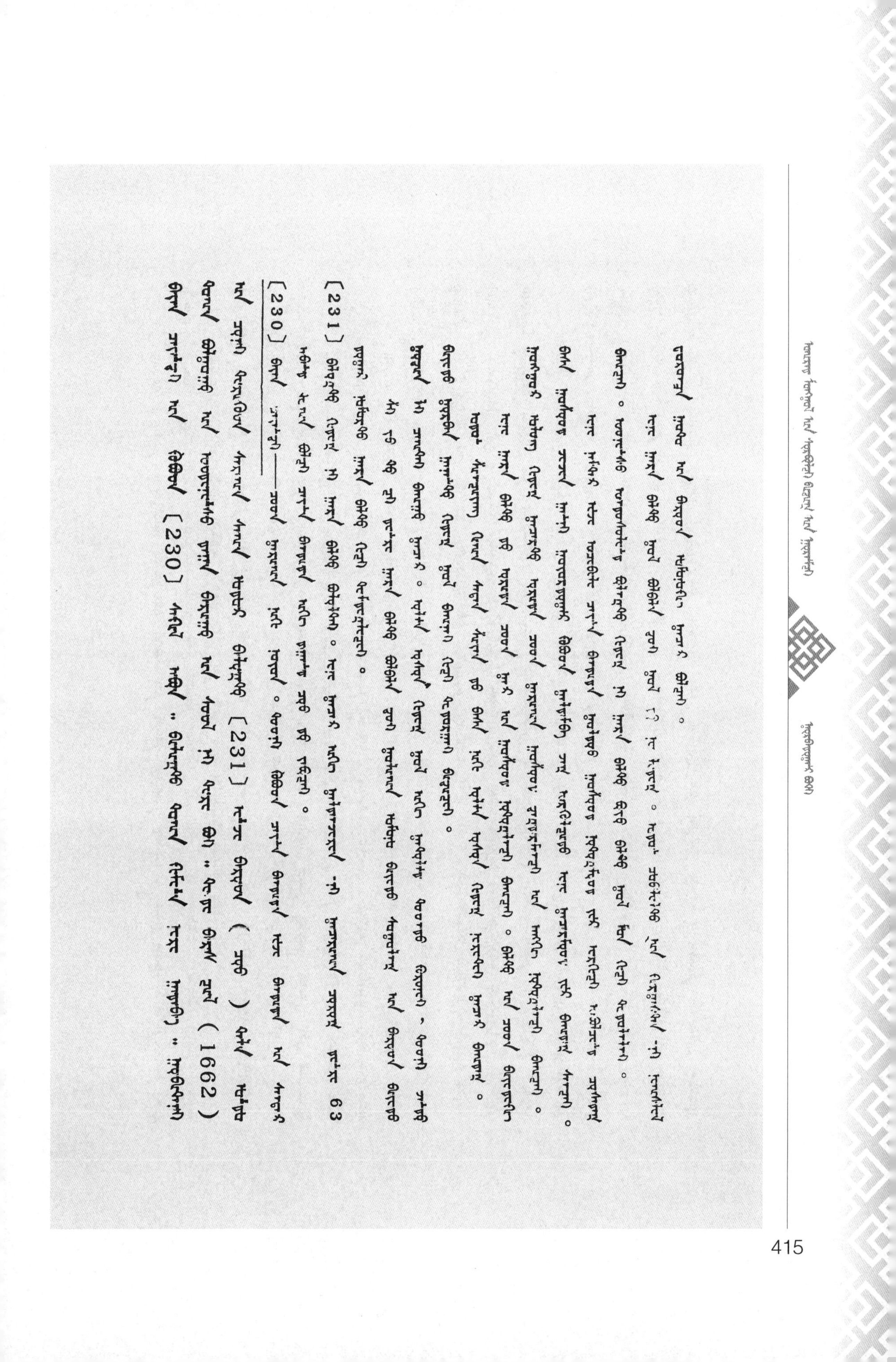

[illegible]

[illegible]

[231] [illegible] 63 [illegible]

[230] [illegible] —— [illegible]

[illegible] [231] [illegible] ([illegible]) [illegible] (1662) [illegible] [230] [illegible]

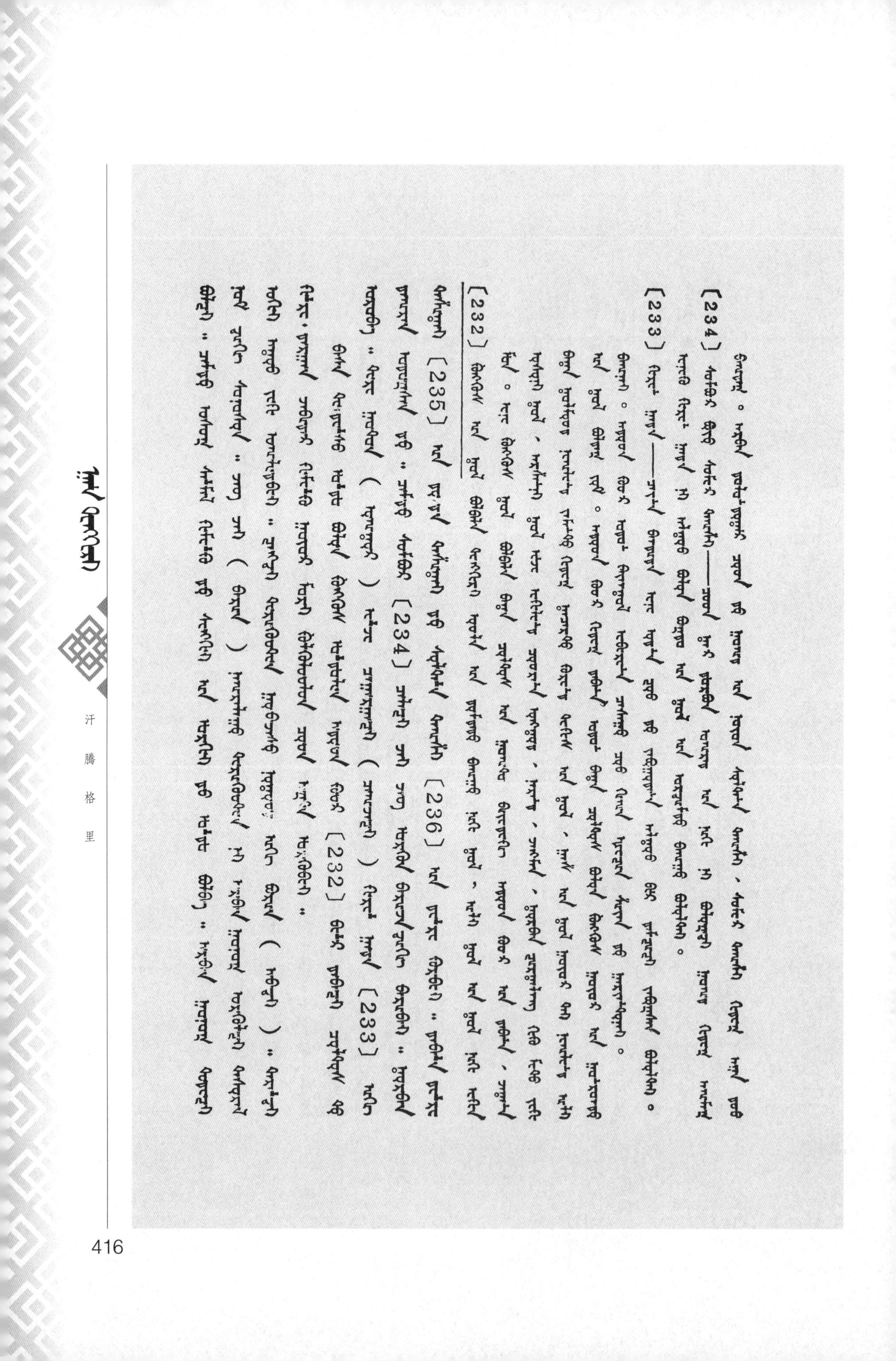

[illegible]

〔234〕 [illegible]

〔233〕 [illegible]

〔232〕 [illegible]

[illegible] 〔235〕 [illegible] 〔236〕 [illegible] 〔234〕 [illegible] 〔233〕 [illegible]

[illegible] 〔232〕 [illegible]

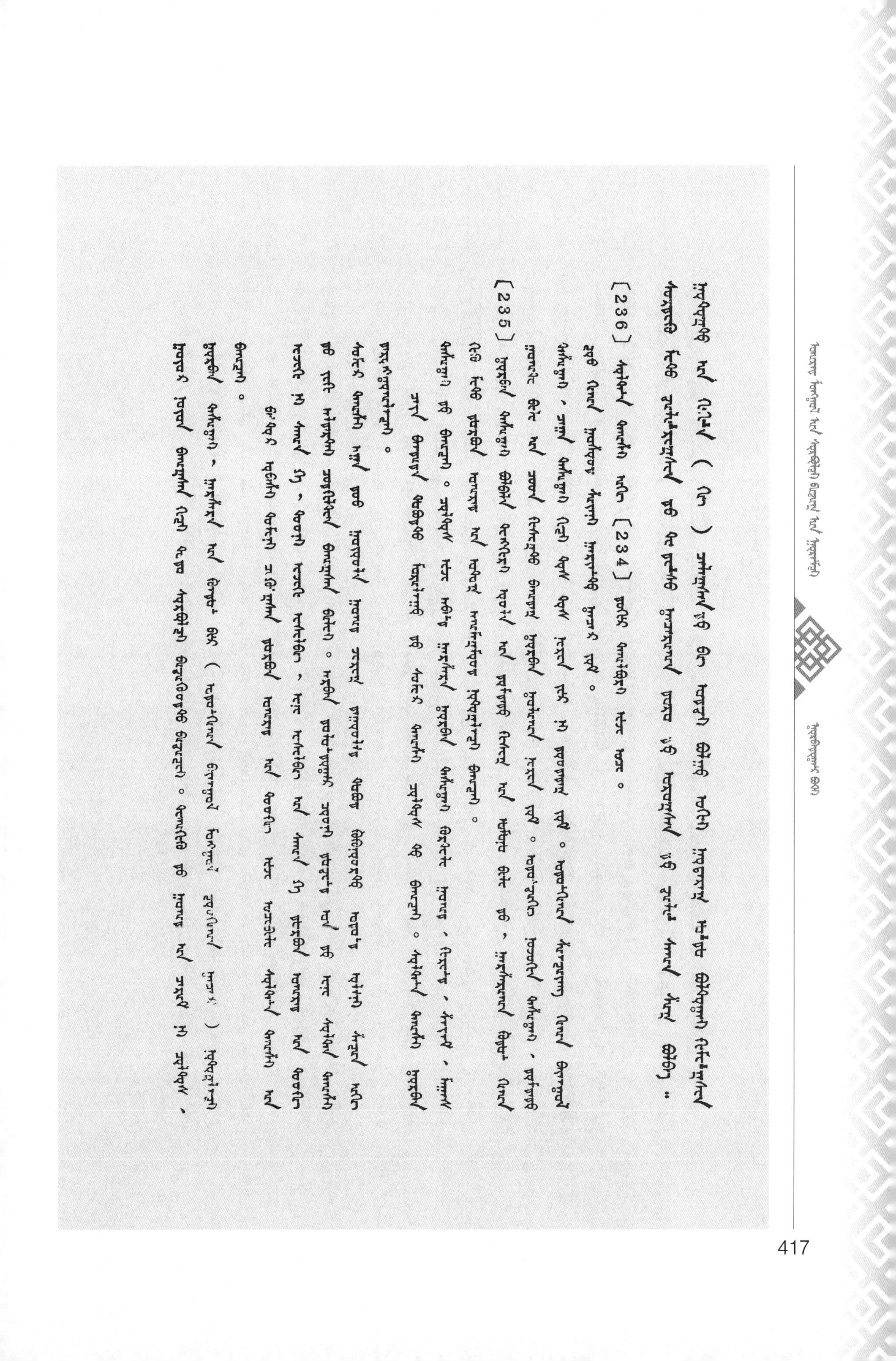

[illegible] ([illegible]) [illegible]
[illegible] ᠃

〔236〕 [illegible] 〔234〕 [illegible] 。

[illegible] 。

[illegible] 。 [illegible] ᠂ [illegible]

〔235〕 [illegible] 。

[illegible] 。 [illegible] ᠂ [illegible] ᠂ [illegible] ᠂ [illegible] 。 [illegible] 。

[illegible] 。 [illegible] ᠂ [illegible] ᠂ [illegible] 。

[illegible] ᠂ [illegible] ([illegible]) [illegible] 。 [illegible] ᠂

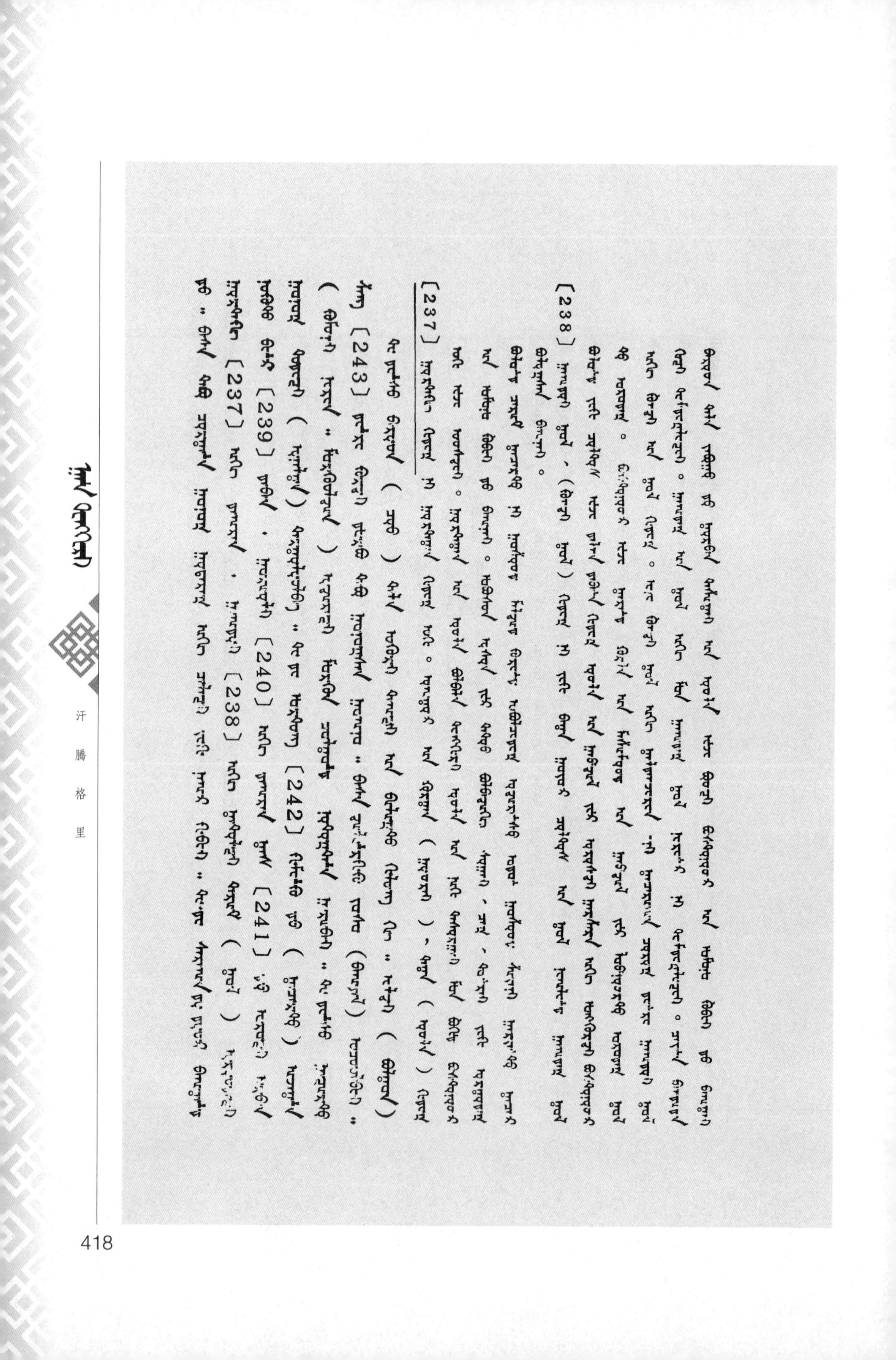

[illegible]

[illegible]

〔238〕 [illegible]

[illegible]

〔237〕 [illegible]

[illegible]

[illegible] 〔243〕 [illegible]

[illegible]

[illegible] 〔242〕 [illegible]

[illegible] 〔239〕 [illegible] 〔240〕 [illegible] 〔241〕 [illegible]

[illegible] 〔237〕 [illegible] 〔238〕 [illegible]

[illegible]

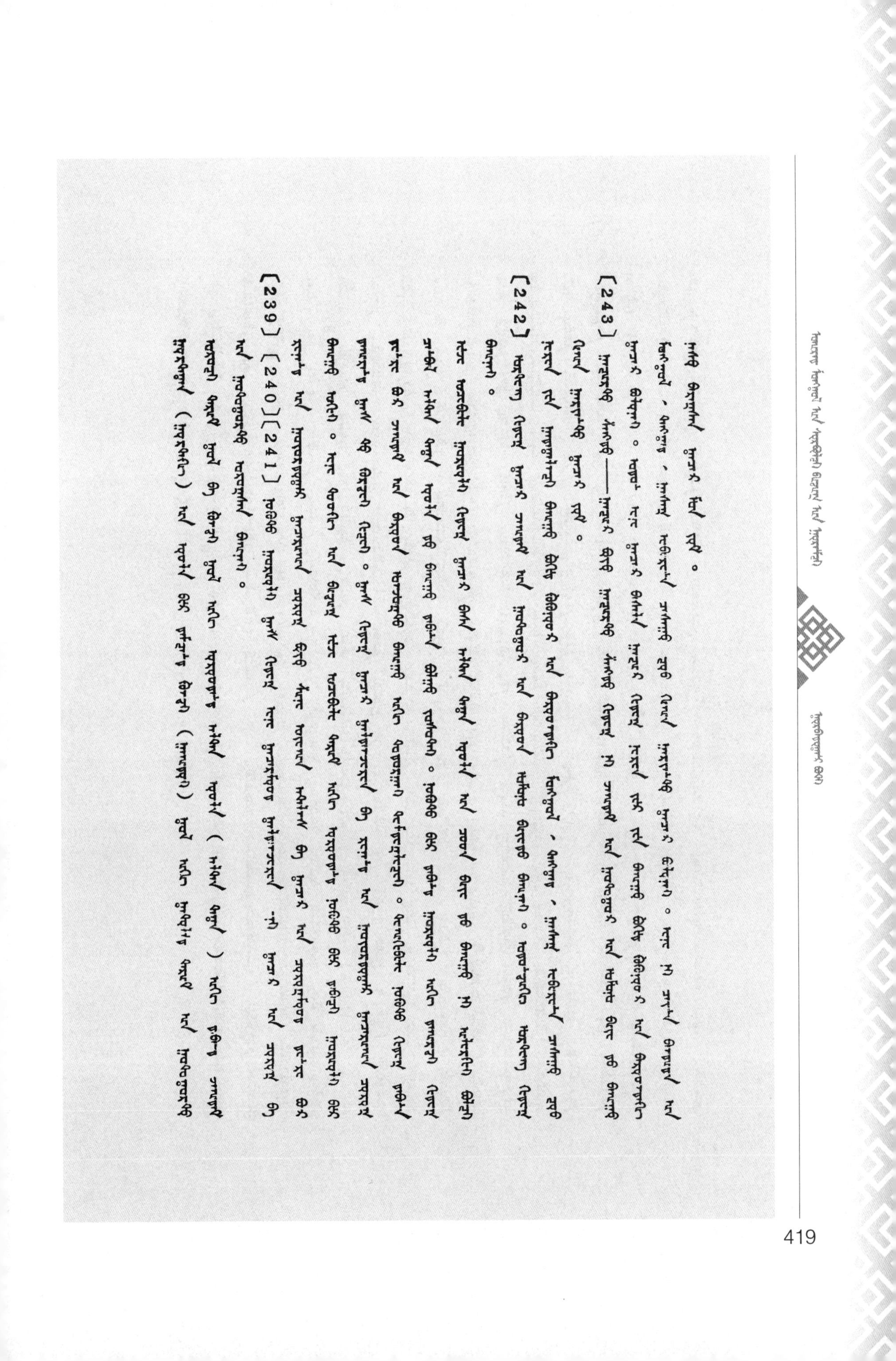

[illegible]

[243] [illegible]

[242] [illegible]

[illegible]

[239] [240] [241] [illegible]

[illegible]

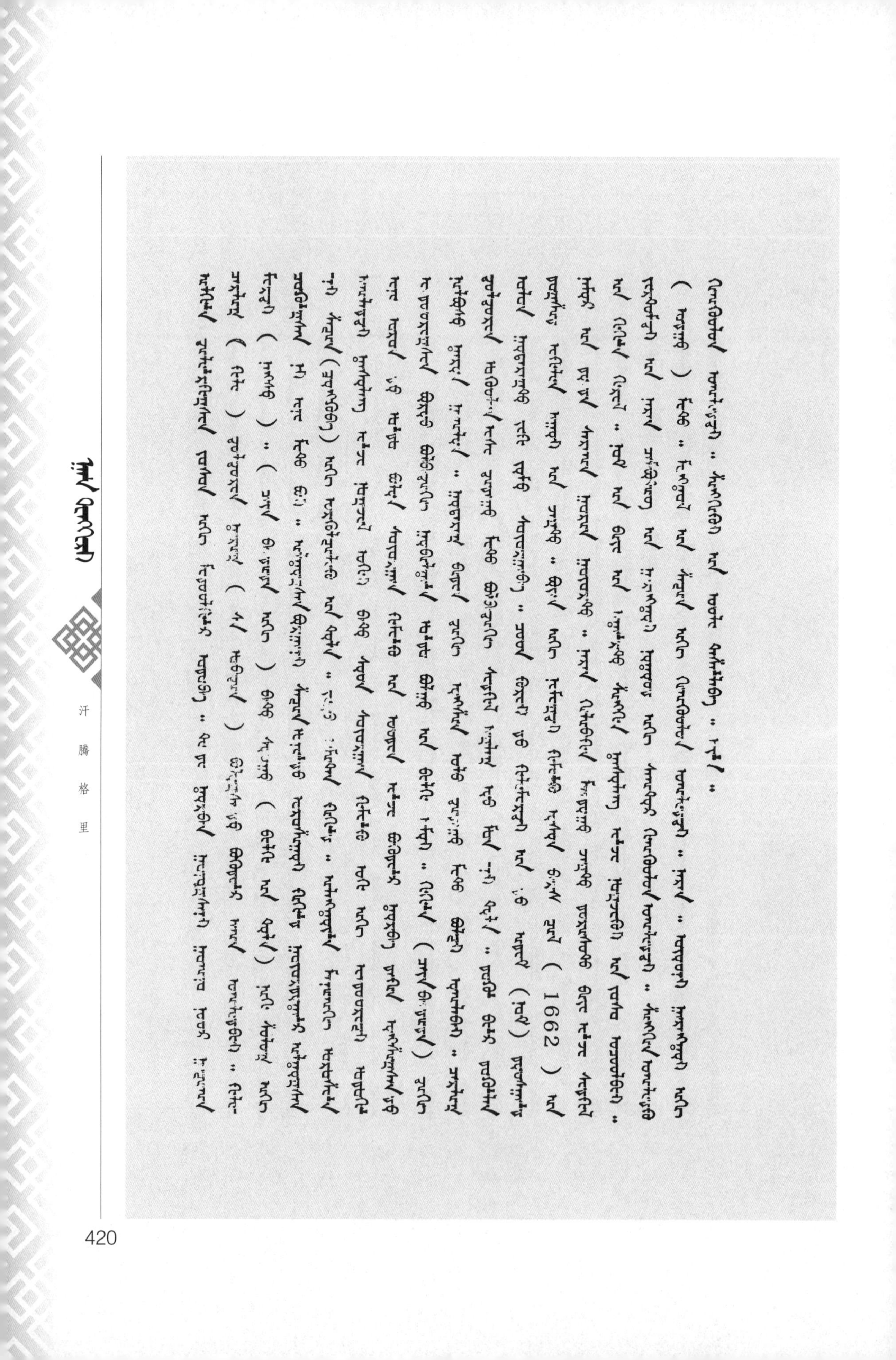

[illegible]

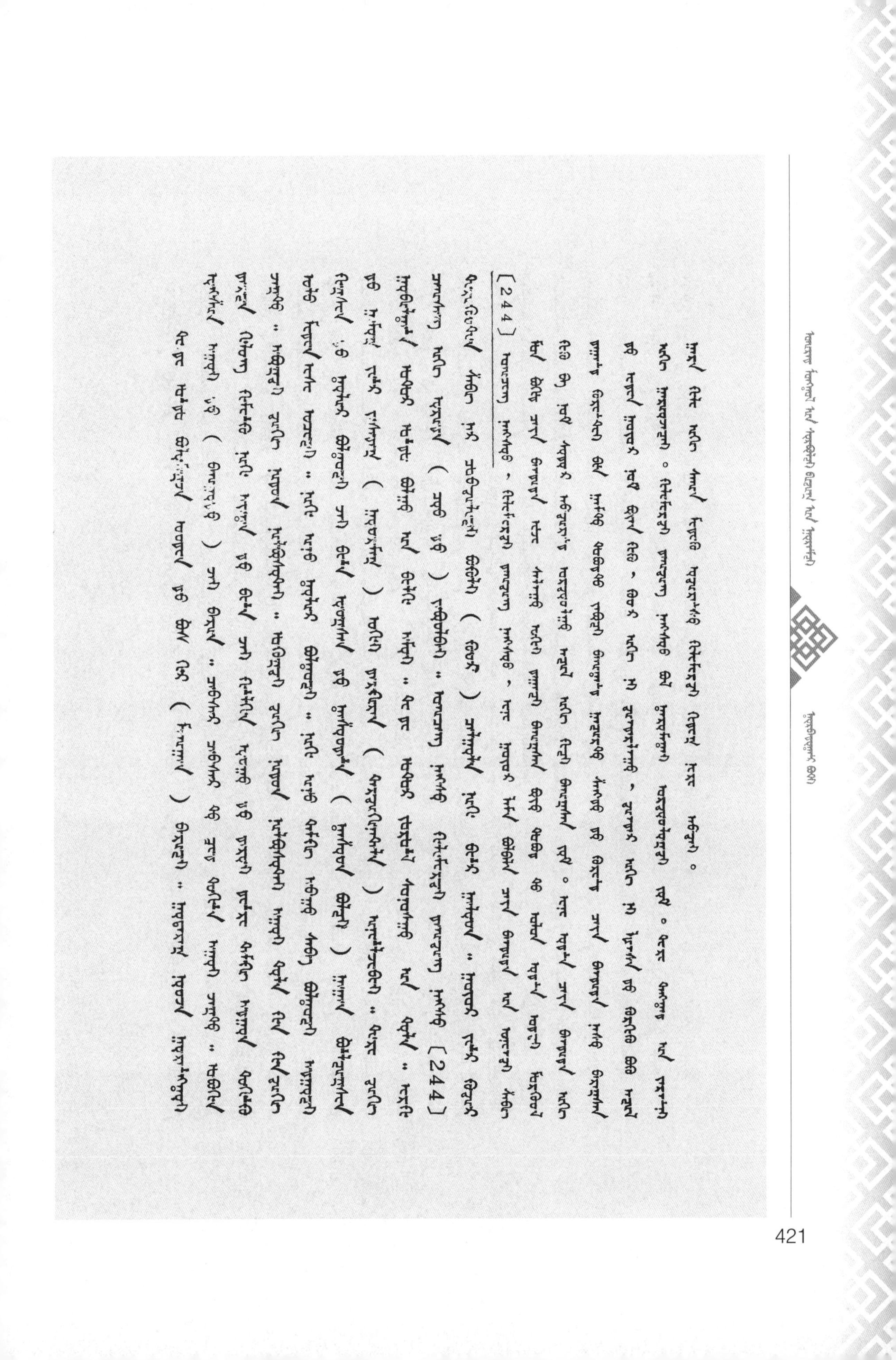

〔244〕

〔244〕

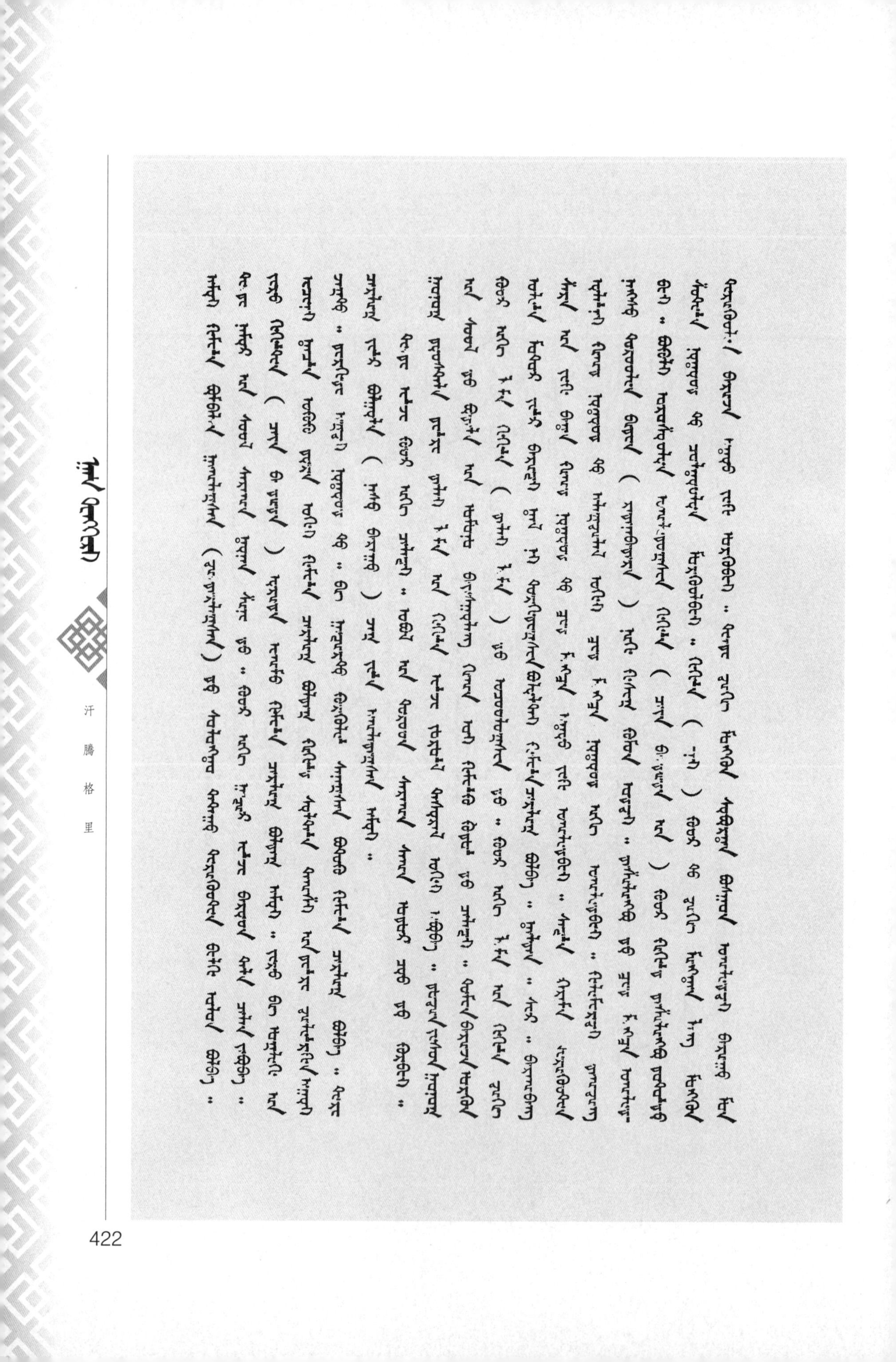

[illegible]

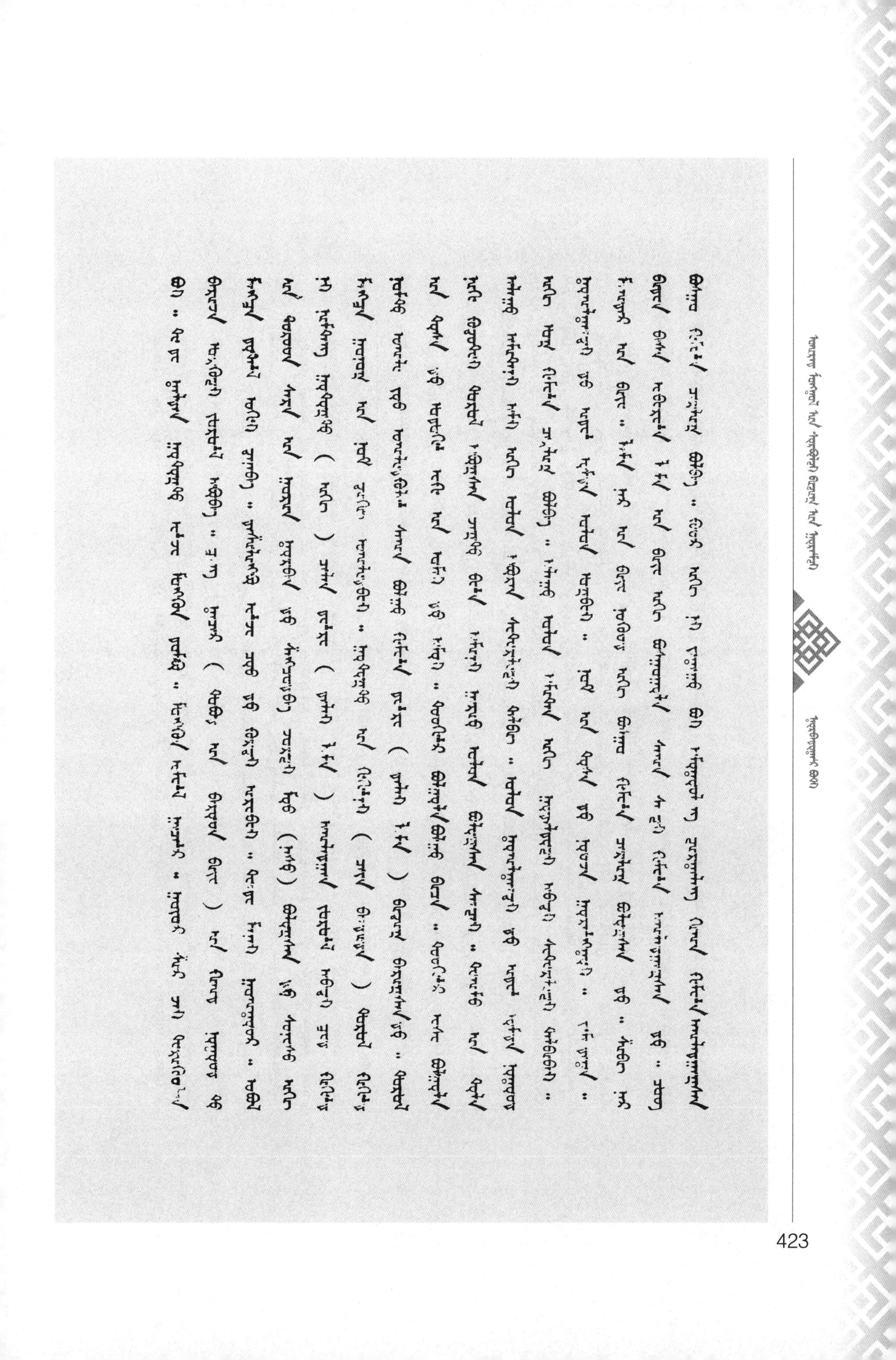

[illegible]

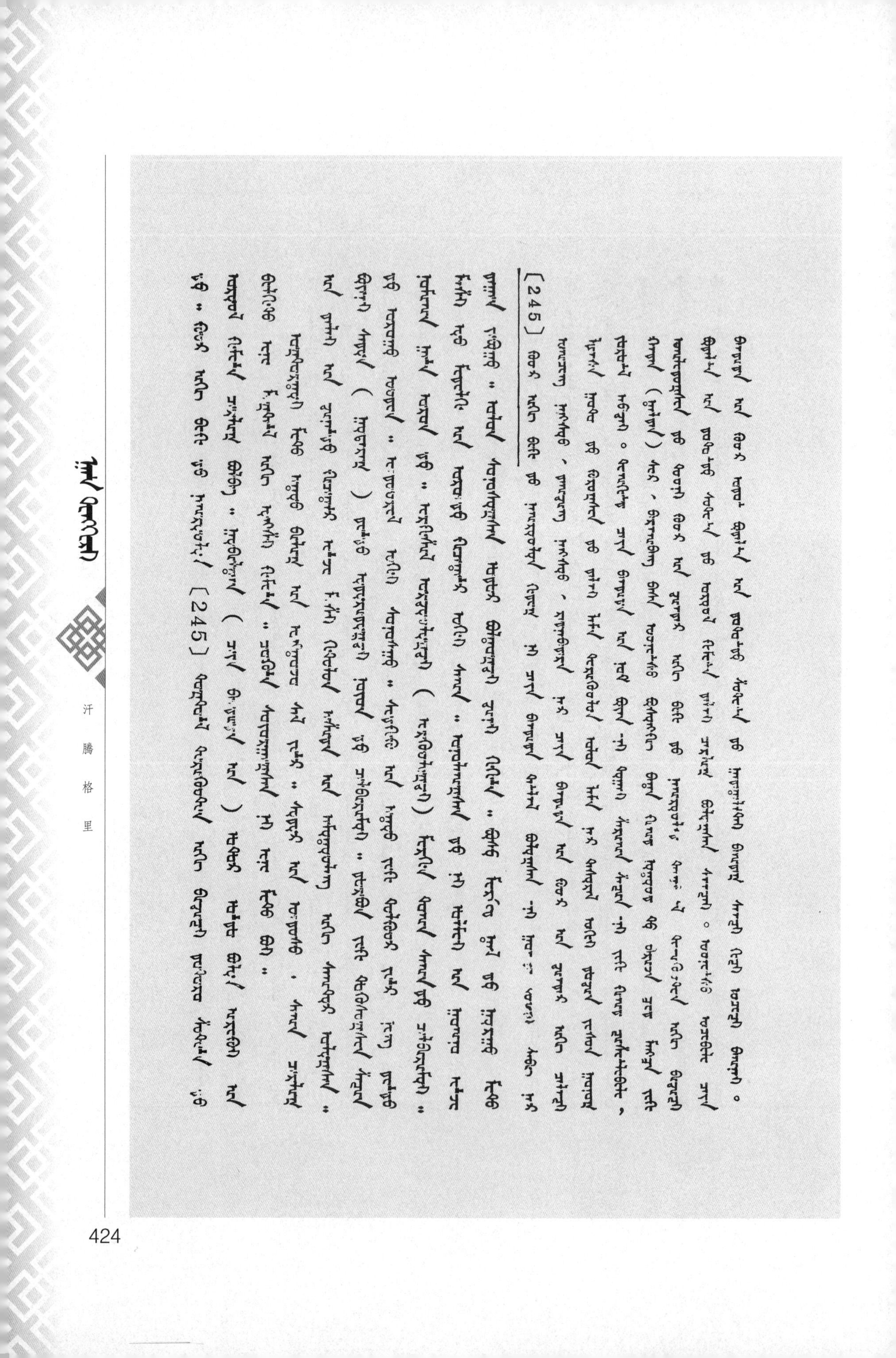

[illegible]

〔245〕 [illegible]

[illegible] 〔245〕 [illegible]

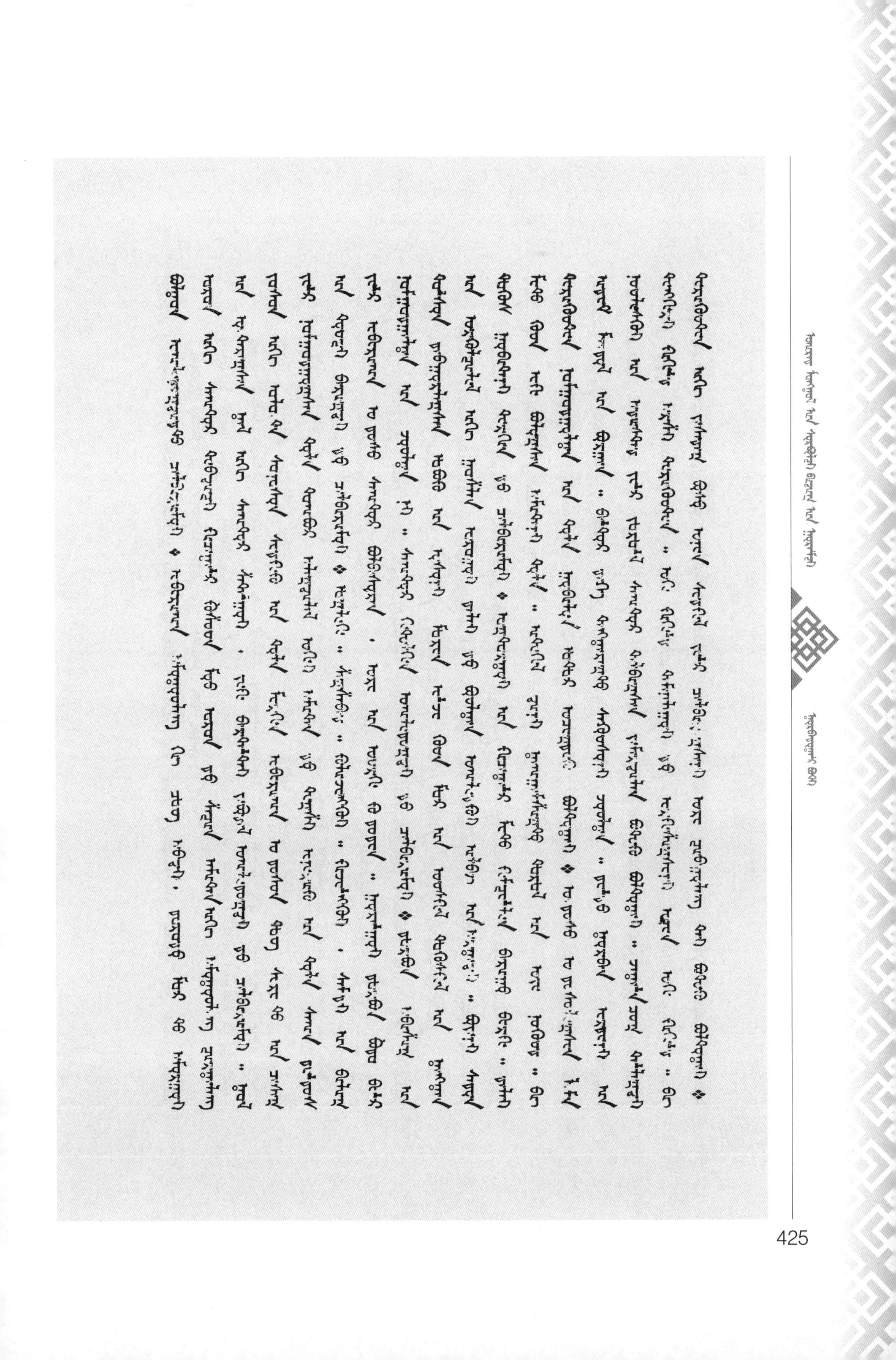

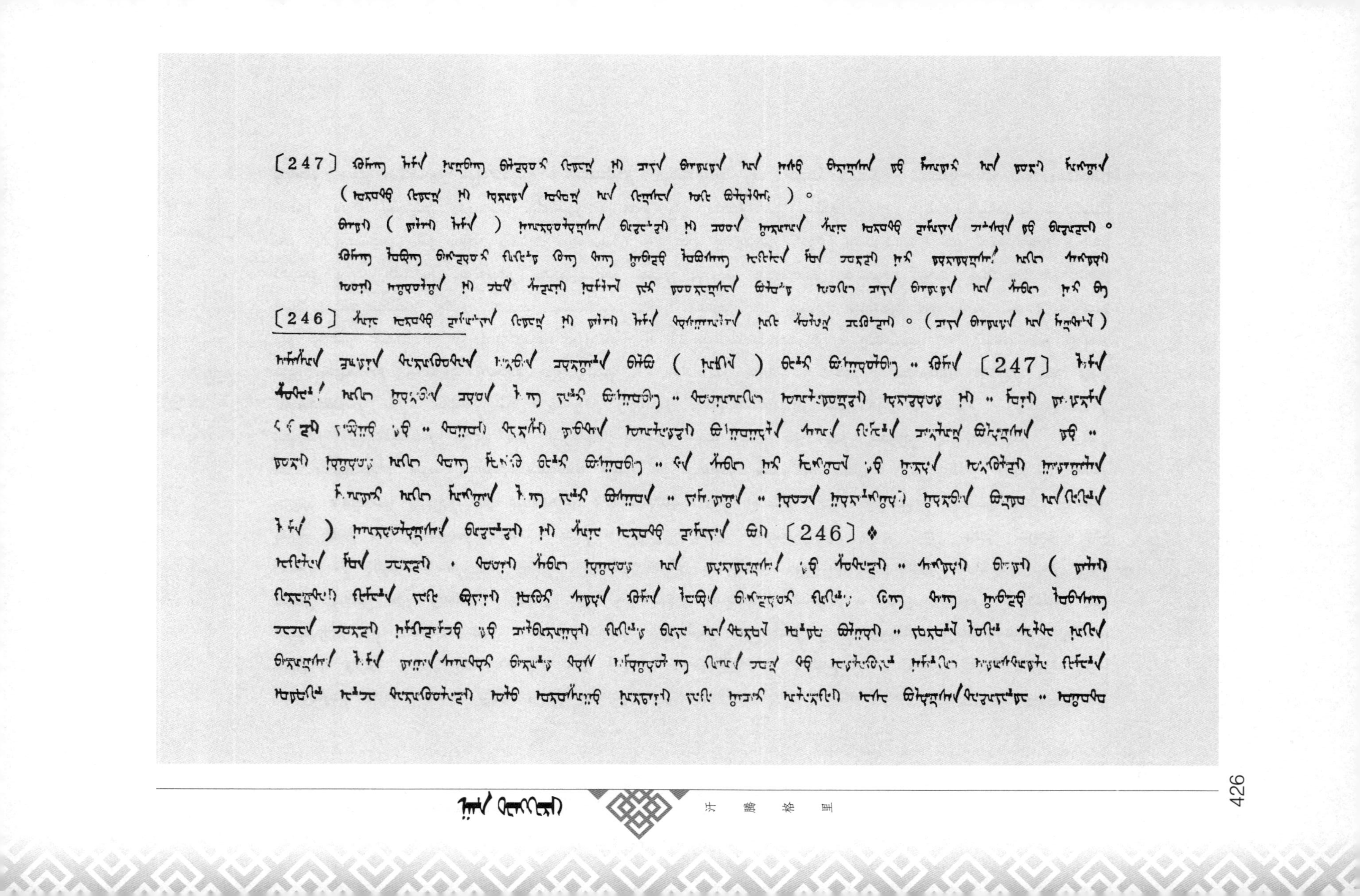

[247] [illegible]
([illegible]) 。
[illegible] ([illegible]) [illegible] 。
[illegible]
[illegible]
[246] [illegible] 。([illegible])
[illegible] ([illegible]) [illegible] :: [illegible] [247] [illegible]
[illegible] :: [illegible] :: [illegible]
[illegible] :: [illegible] ::
[illegible] :: [illegible]
[illegible] :: [illegible] :: [illegible]
[illegible]) [illegible] [246] ◆
[illegible] · [illegible] :: [illegible] ([illegible]
[illegible]
[illegible] :: [illegible]
[illegible]
[illegible] :: [illegible]

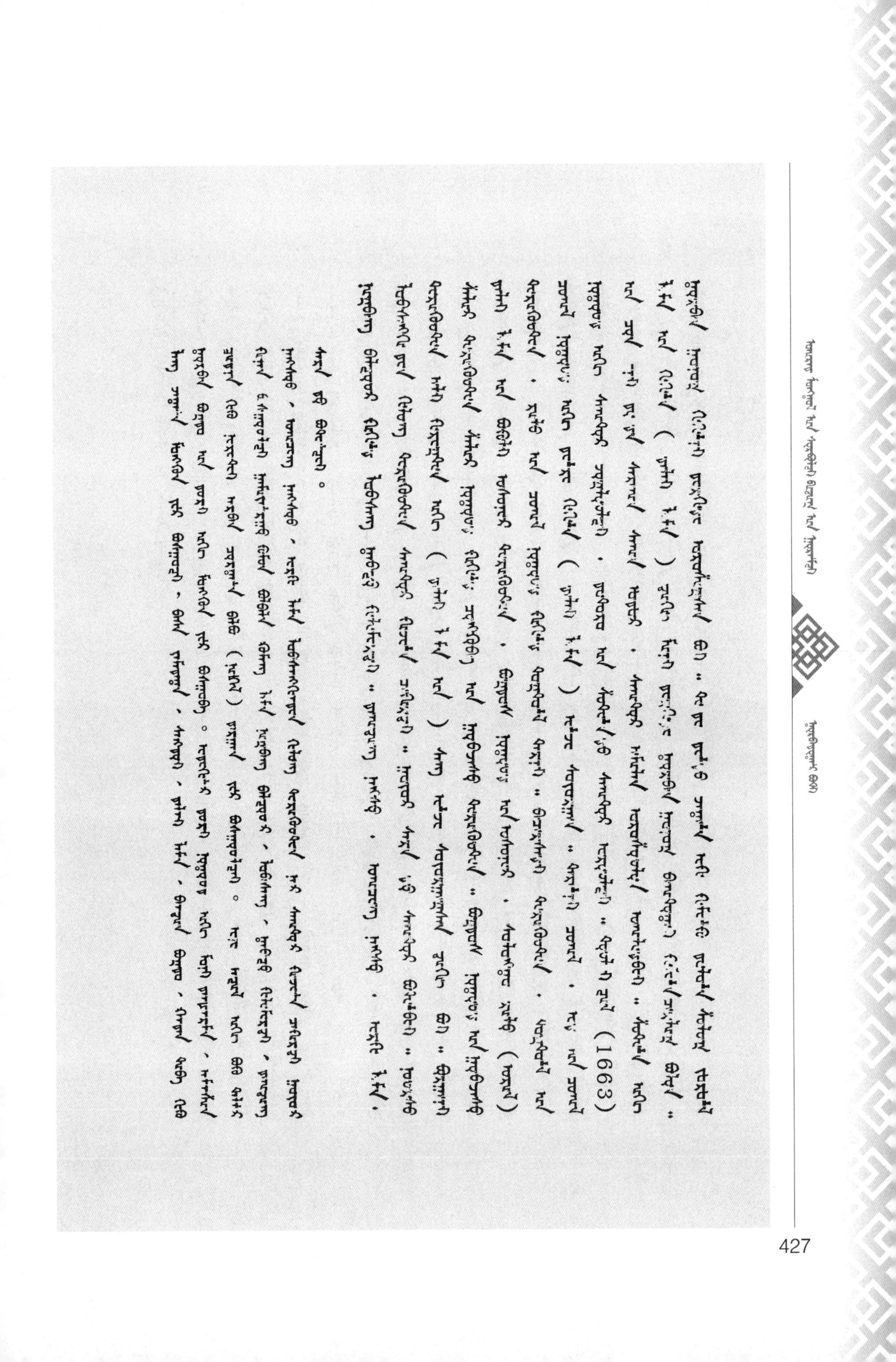

[illegible]
[illegible]
[illegible]
[illegible] (1663)
[illegible]
[illegible]
[illegible]
[illegible]
[illegible]
[illegible]
[illegible]

[illegible]
[illegible]
[illegible]
[illegible]
[illegible]
[illegible]

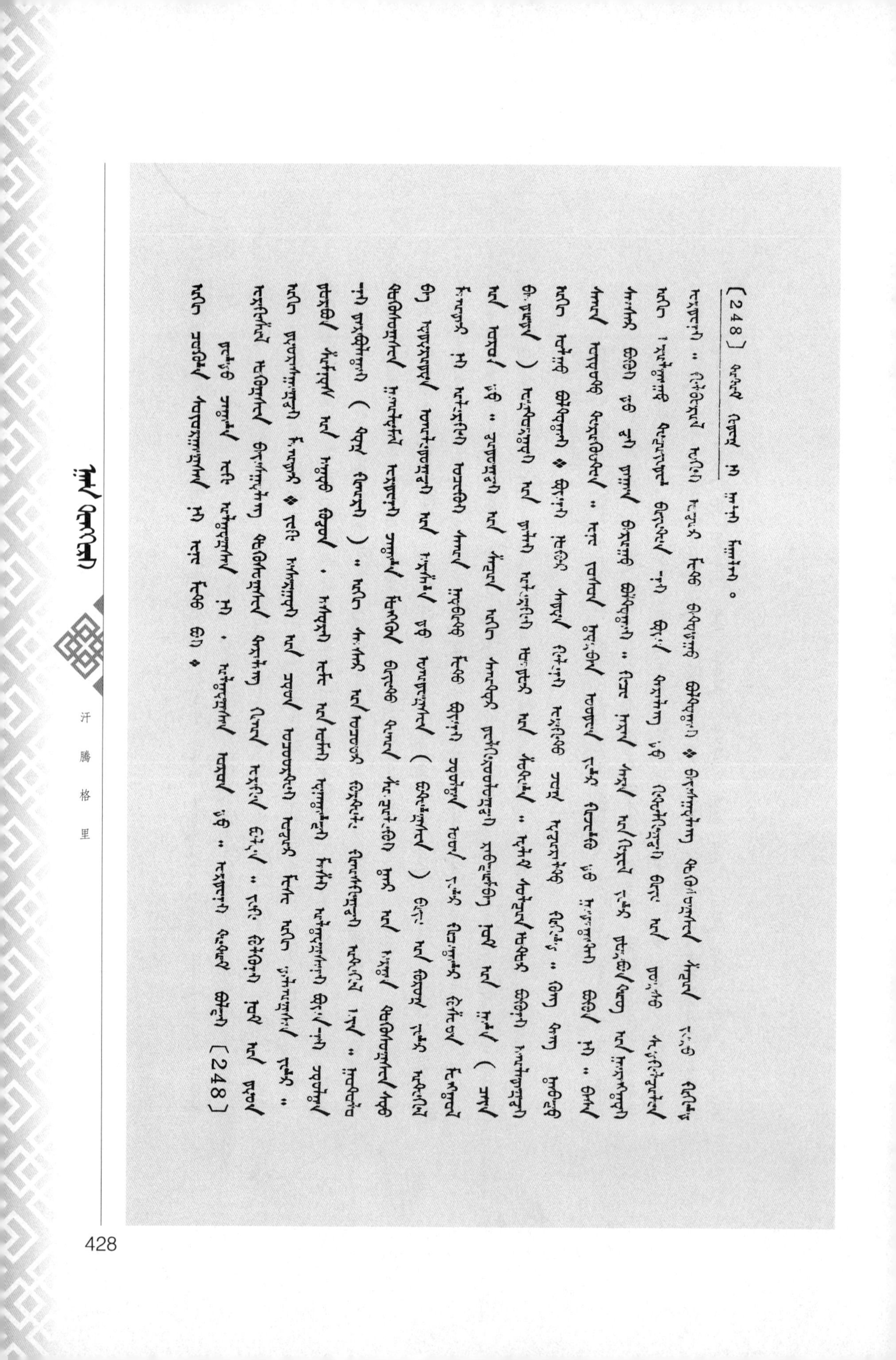

[248]

[248]

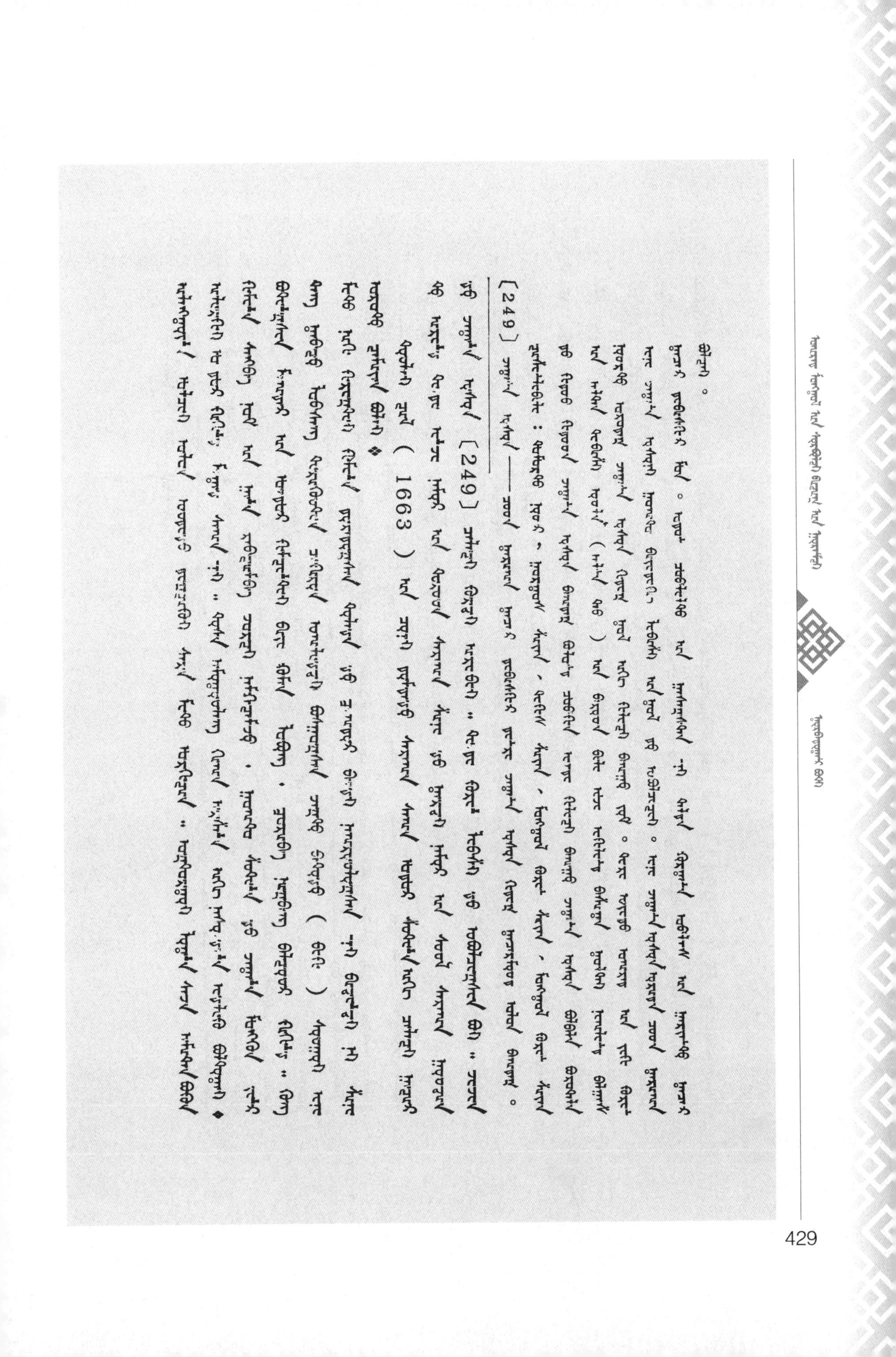

[illegible] ◦

[illegible]

[illegible] 〔249〕 [illegible]

[illegible] (1663) [illegible] ◆

〔249〕 [illegible] —— [illegible] ◦

◆ [illegible]

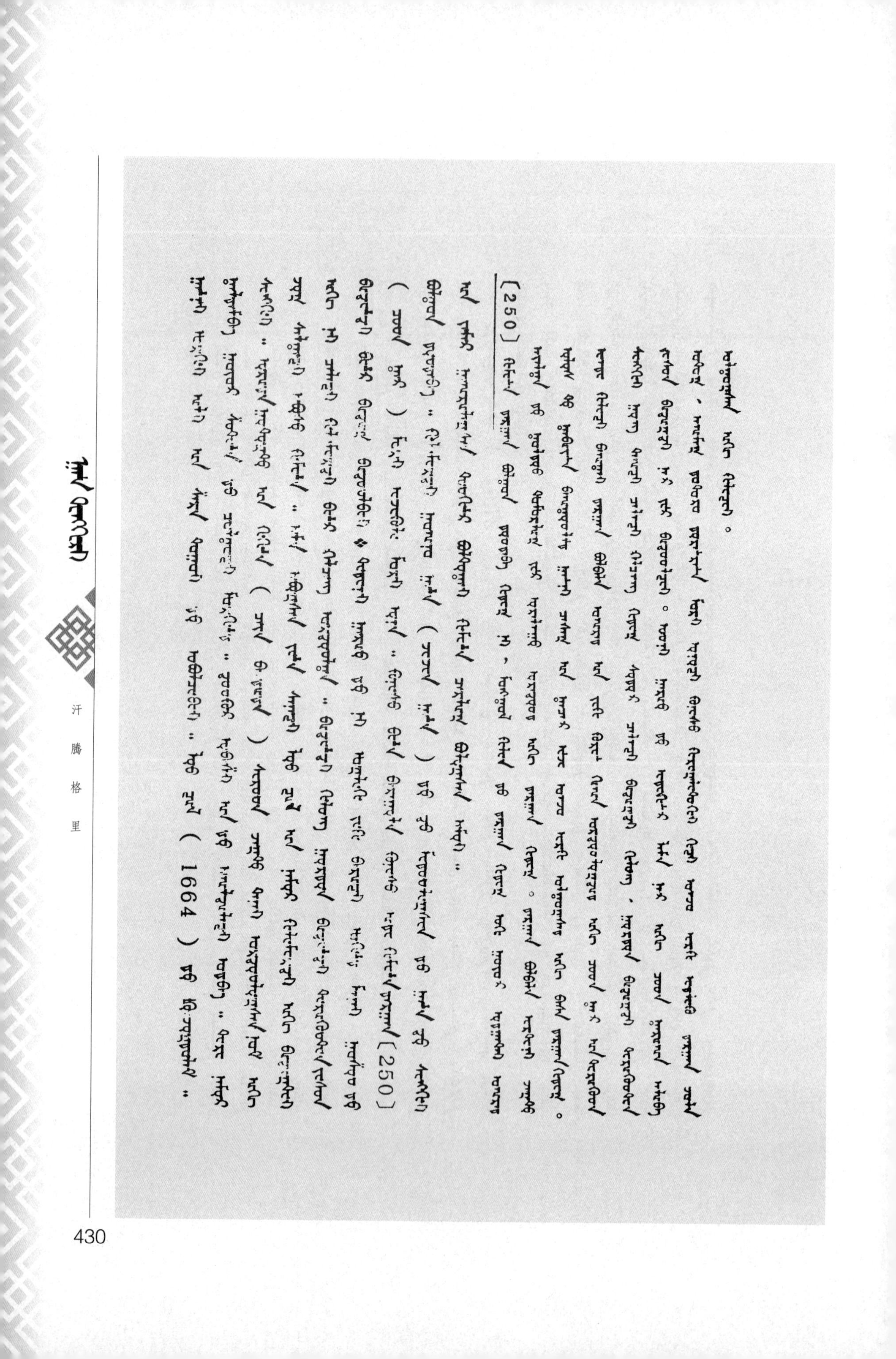

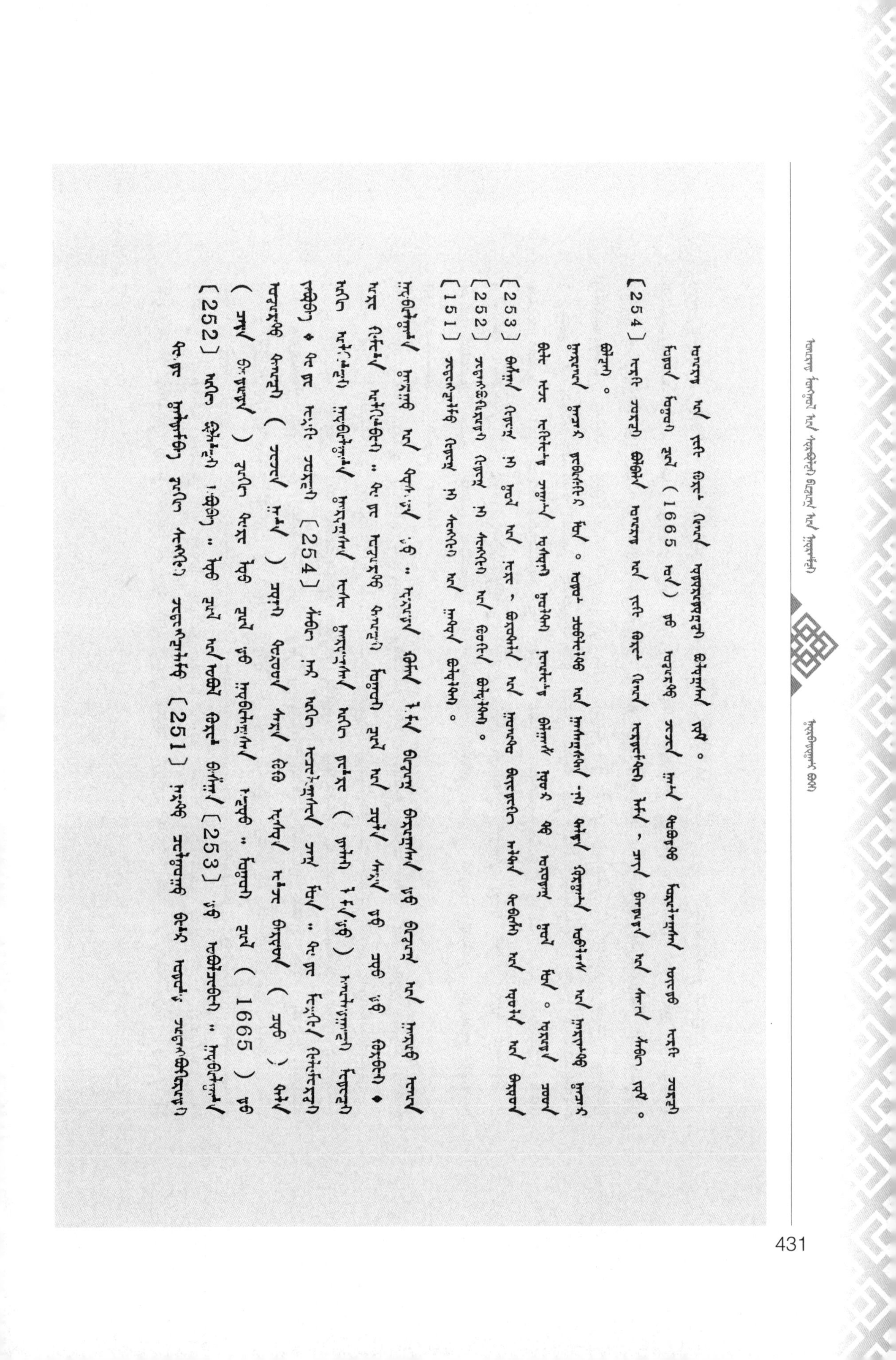

[illegible] [251] [illegible]
[252] [illegible] [253] [illegible]
([illegible]) [illegible] (1665) [illegible]
[illegible] ([illegible]) [illegible] ([illegible]) [illegible]
[illegible] [254] [illegible]
[illegible] ([illegible]) [illegible]
[illegible]
[illegible]

[151] [illegible] 。

[252] [illegible] 。

[253] [illegible]
[illegible]
[illegible]
[illegible] 。

[254] [illegible] 。
[illegible] (1665 [illegible]) [illegible]
[illegible] 。

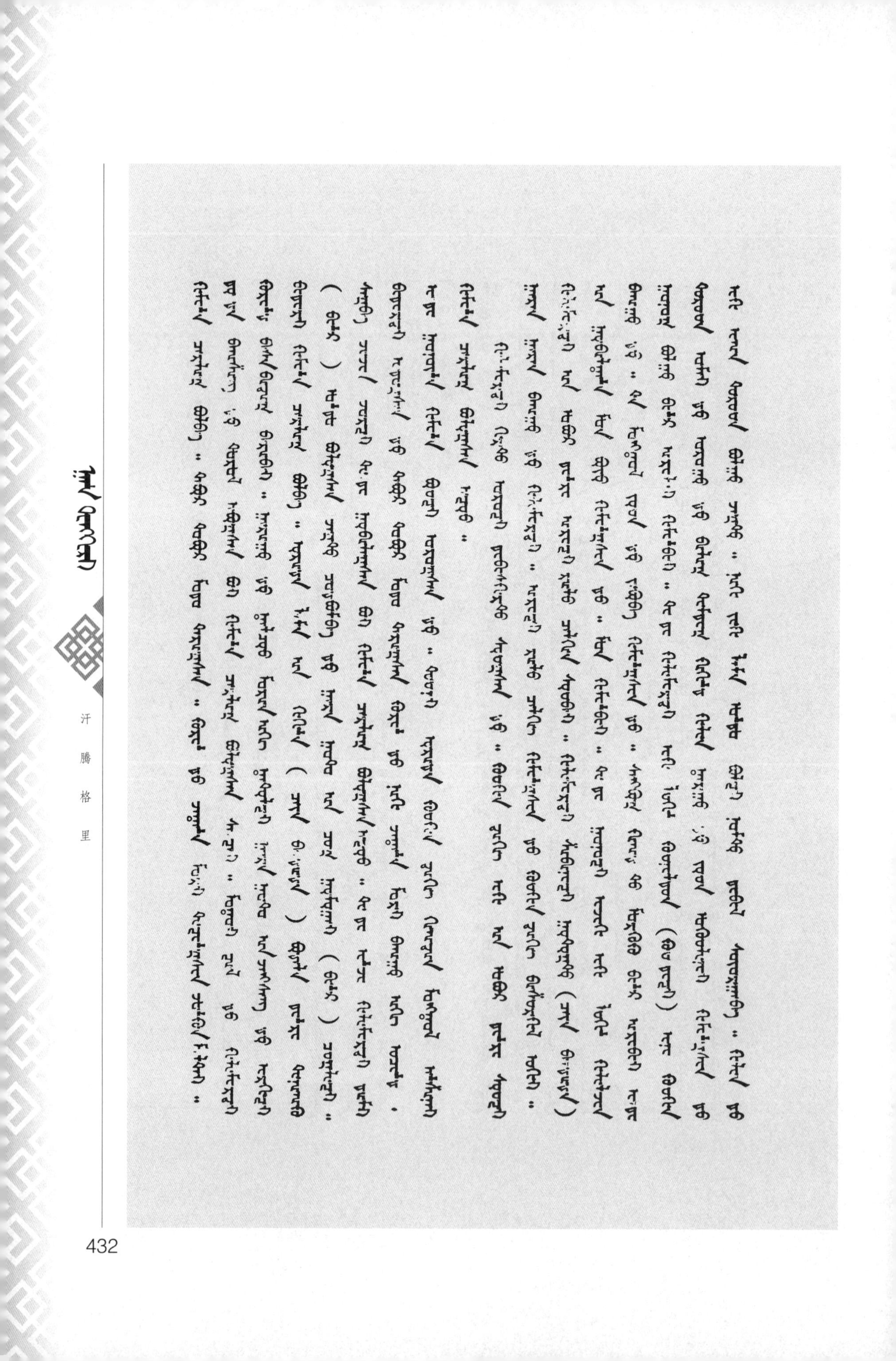

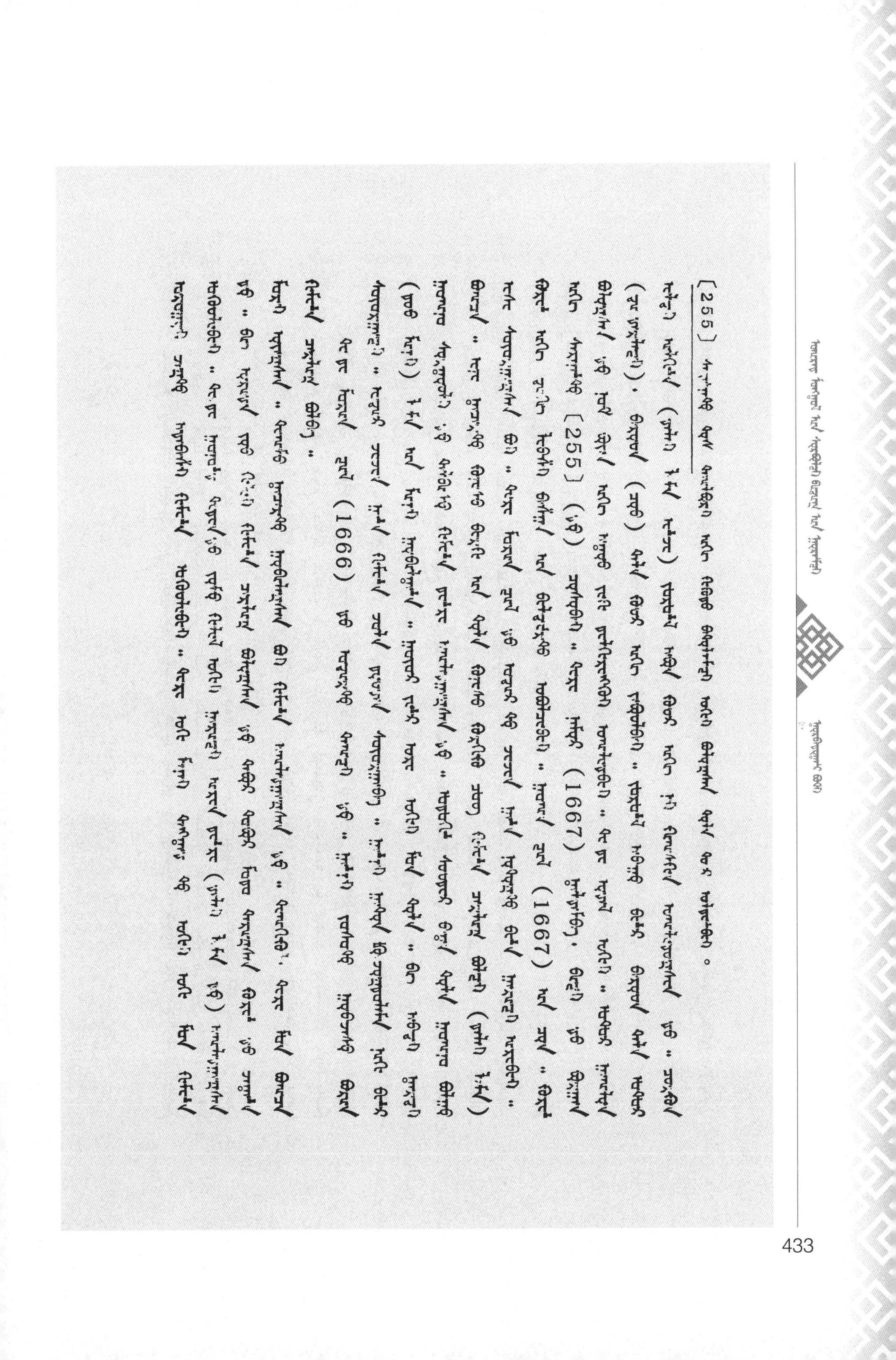

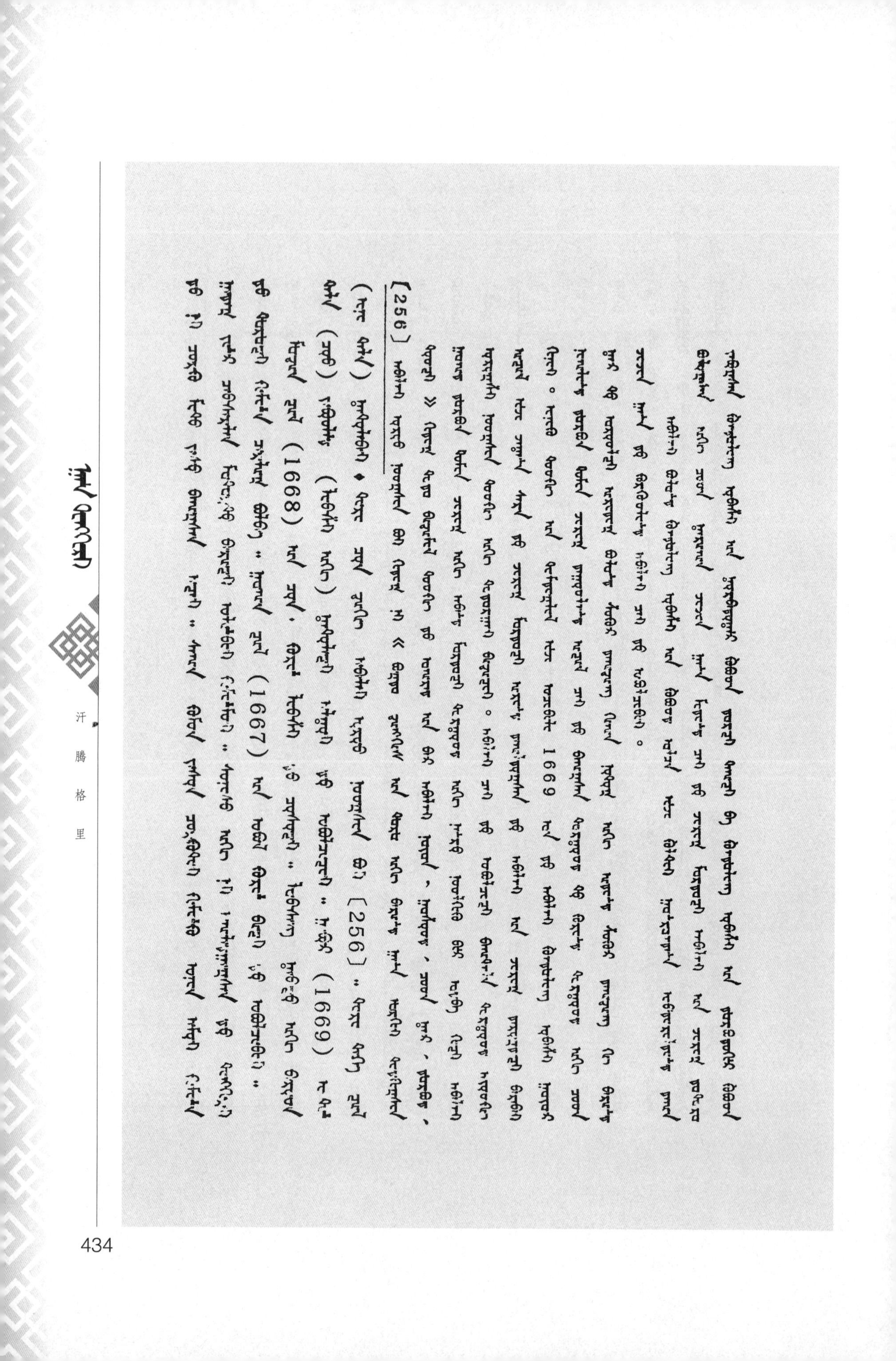

[illegible]

[illegible] 1669 [illegible]

[illegible]

[256] [illegible]

[illegible] [256] [illegible] (1669) [illegible] (1668) [illegible] (1667) [illegible]

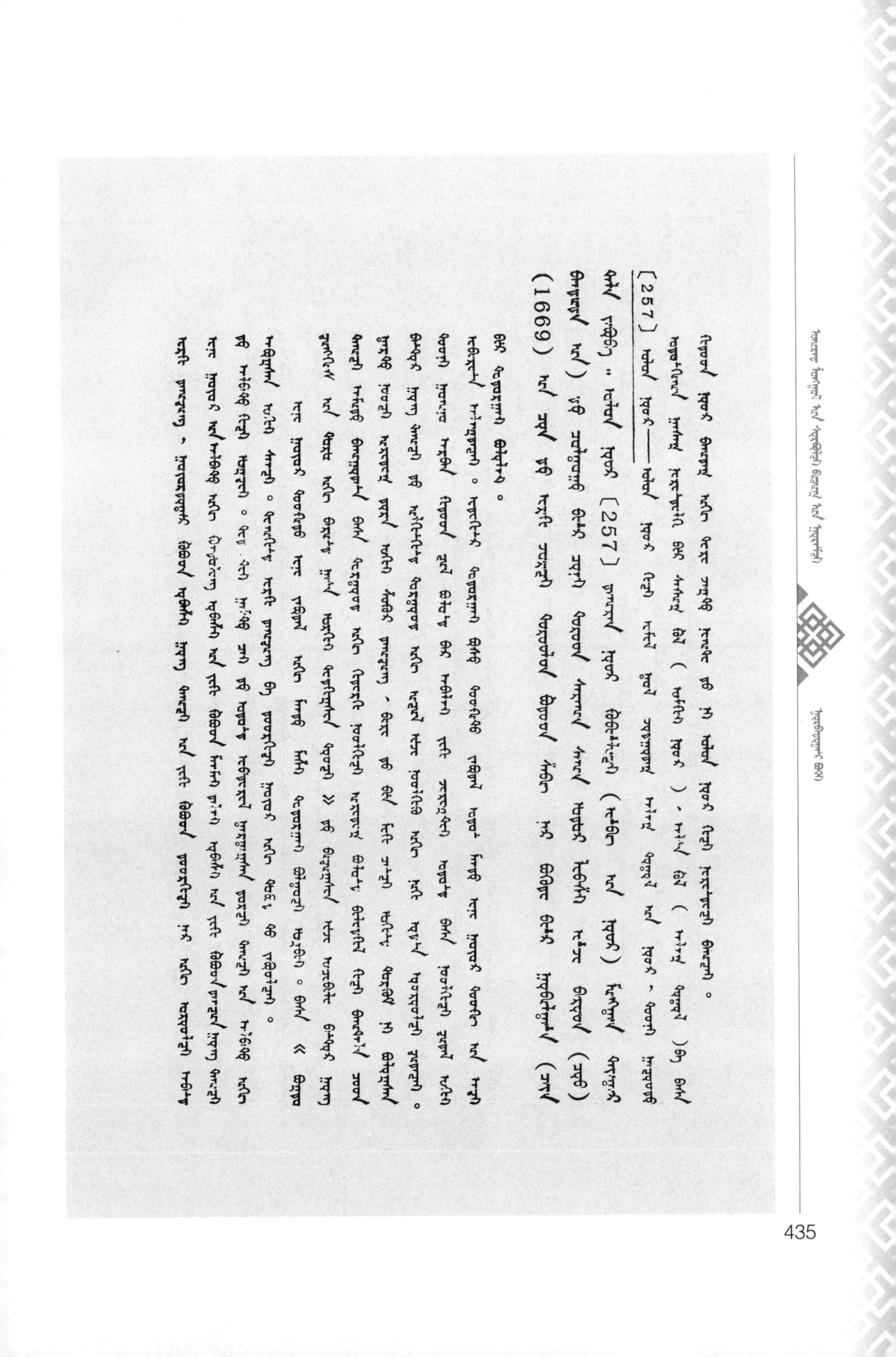

[illegible] ◦

[illegible] ([illegible]) · [illegible] ([illegible]) [illegible]

[257] [illegible] —— [illegible]

[illegible] ‥ [illegible] [257] [illegible] ([illegible]) [illegible]

[illegible]) [illegible] ([illegible])

(1669) [illegible]) [illegible]

[illegible] ◦

[illegible] ◦ [illegible]

[illegible]

[illegible] ◦

[illegible] · [illegible]

[illegible]

[illegible] » [illegible]

[illegible] ◦ [illegible] «

[illegible] ◦ [illegible] ◦

[illegible] ◦ [illegible]

[illegible]

[illegible] · [illegible]

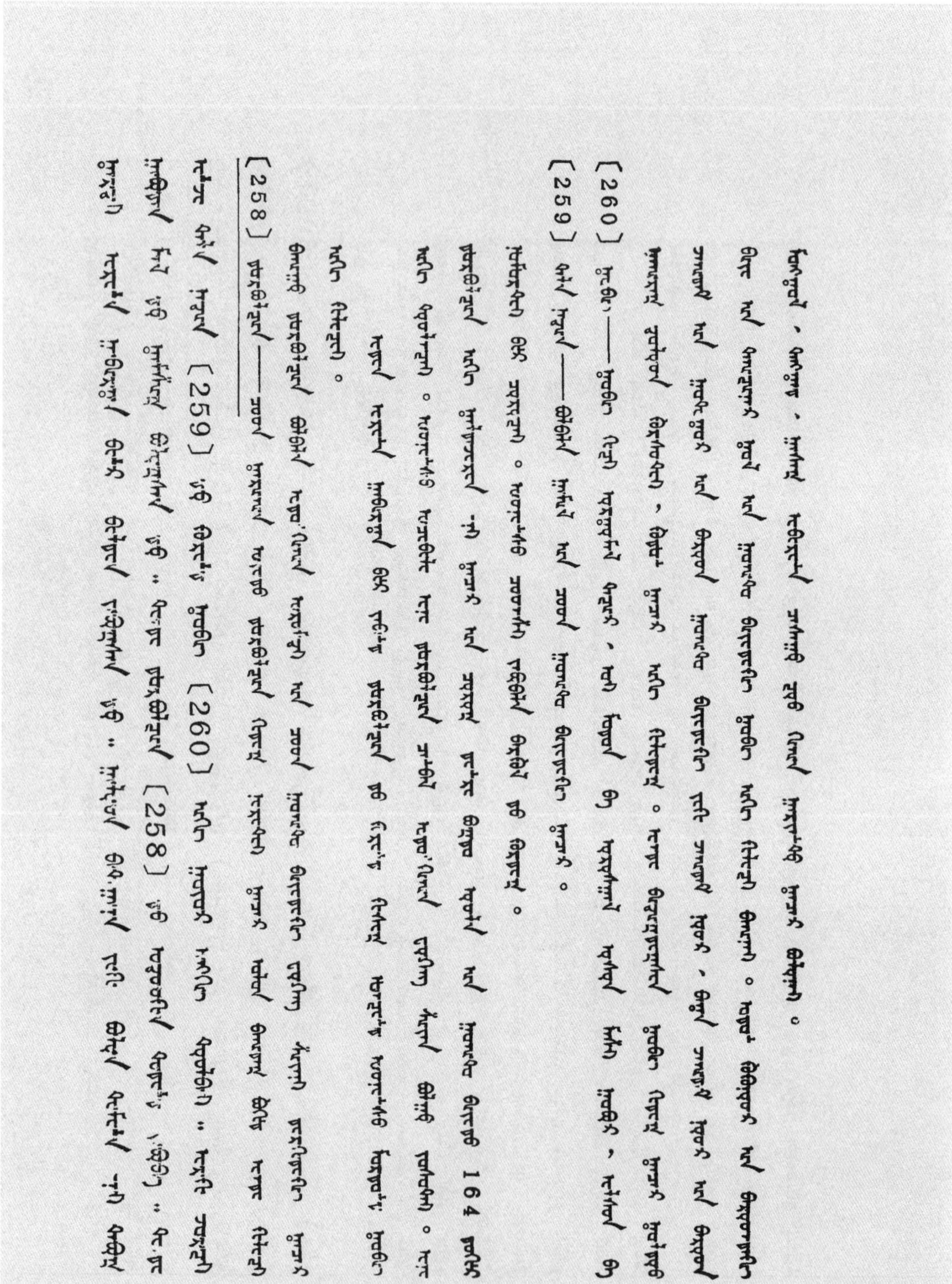

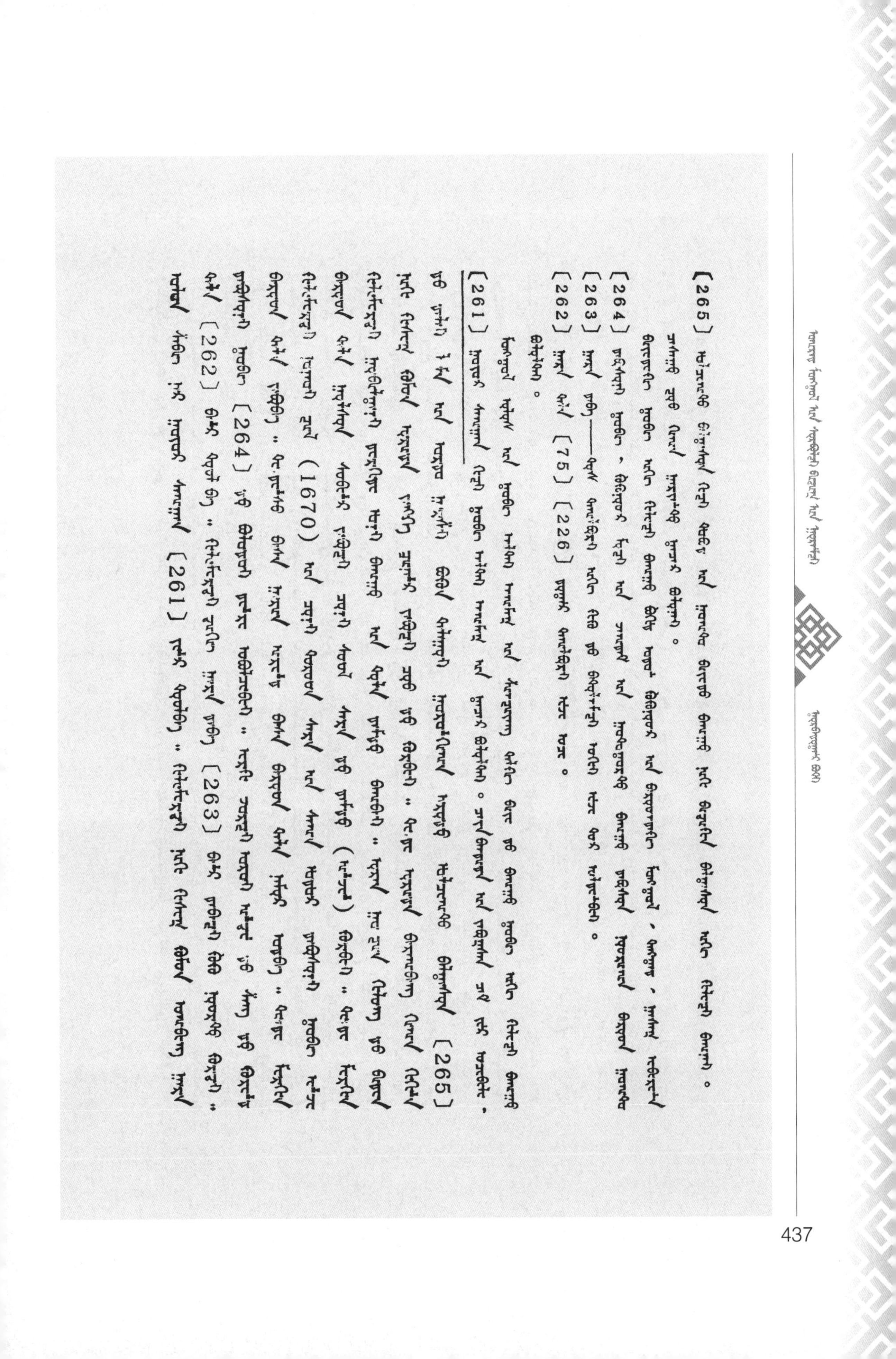

〔265〕 [illegible] 。

[illegible] 。

[illegible]

〔264〕 [illegible]

〔263〕 [illegible] —— [illegible] 。

〔262〕 [illegible] 〔75〕 〔226〕 [illegible] 。

[illegible] 。

[illegible]

〔261〕 [illegible] 。 [illegible]

[illegible] 〔265〕 [illegible] (1670) [illegible] 〔264〕 [illegible] 〔262〕 [illegible] 〔263〕 [illegible] 〔261〕 [illegible]

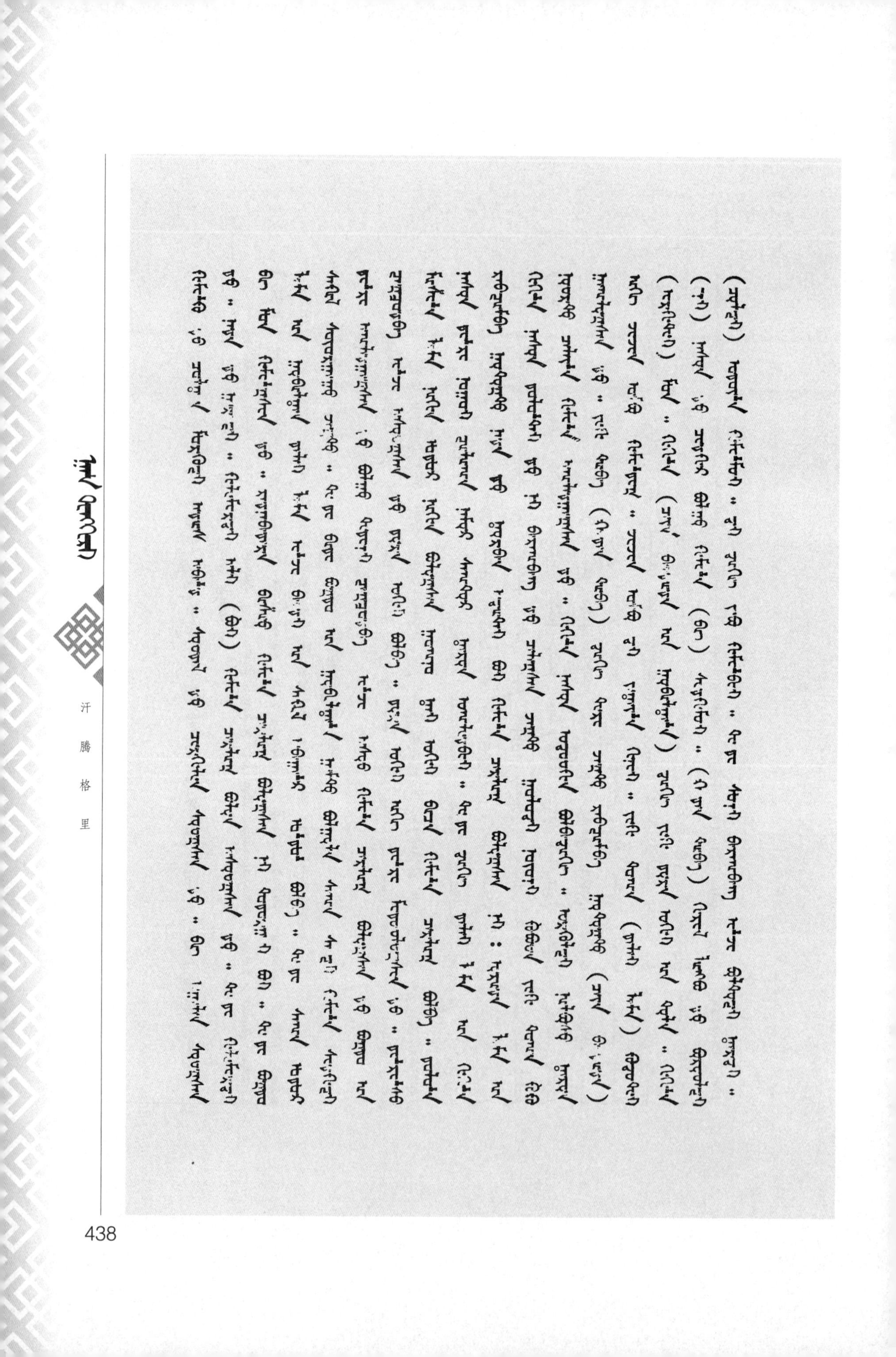

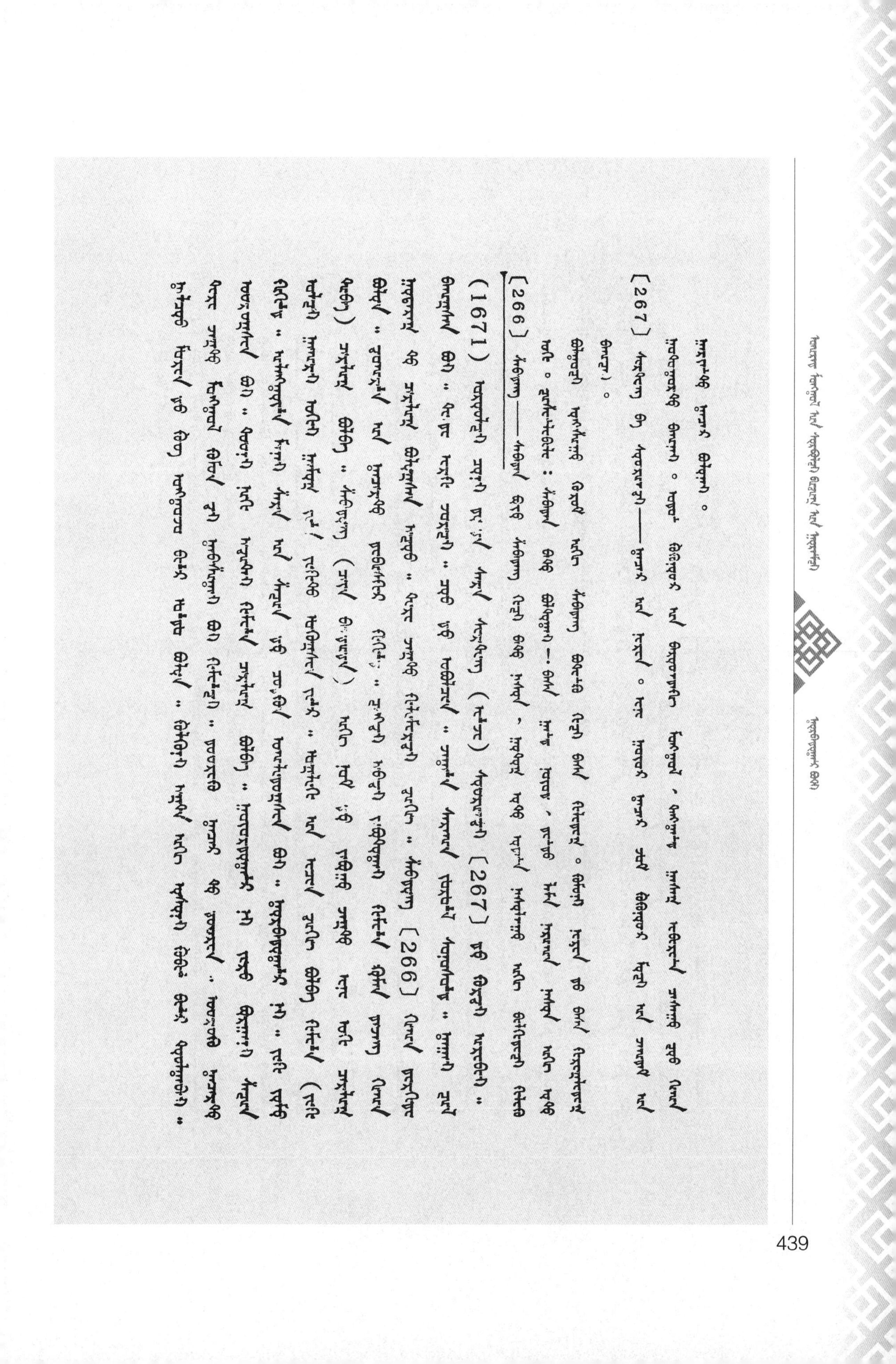

[illegible]

〔267〕 [illegible]

〔266〕 [illegible]

(1671) [illegible] 〔267〕 [illegible]

[illegible] 〔266〕 [illegible]

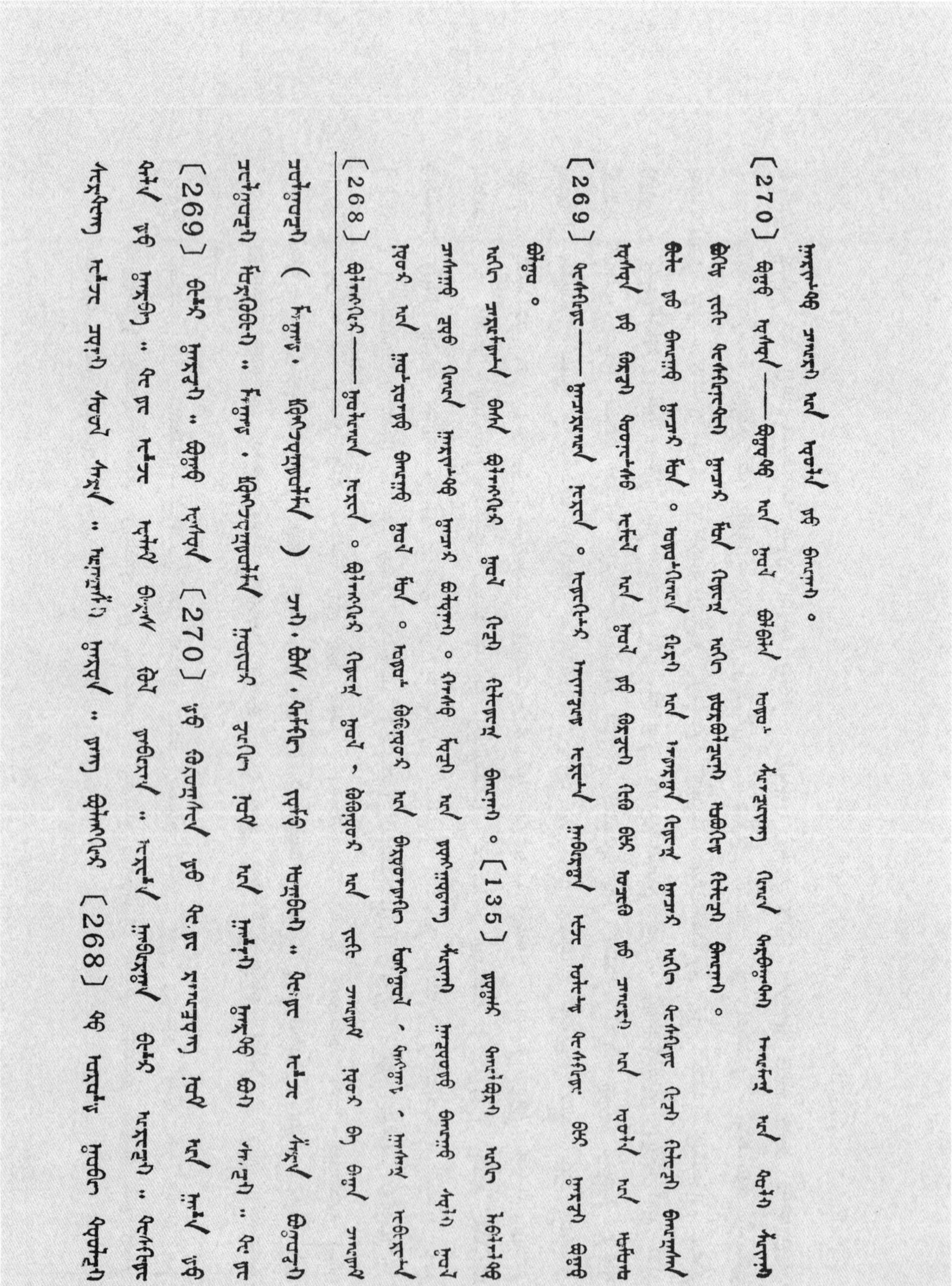

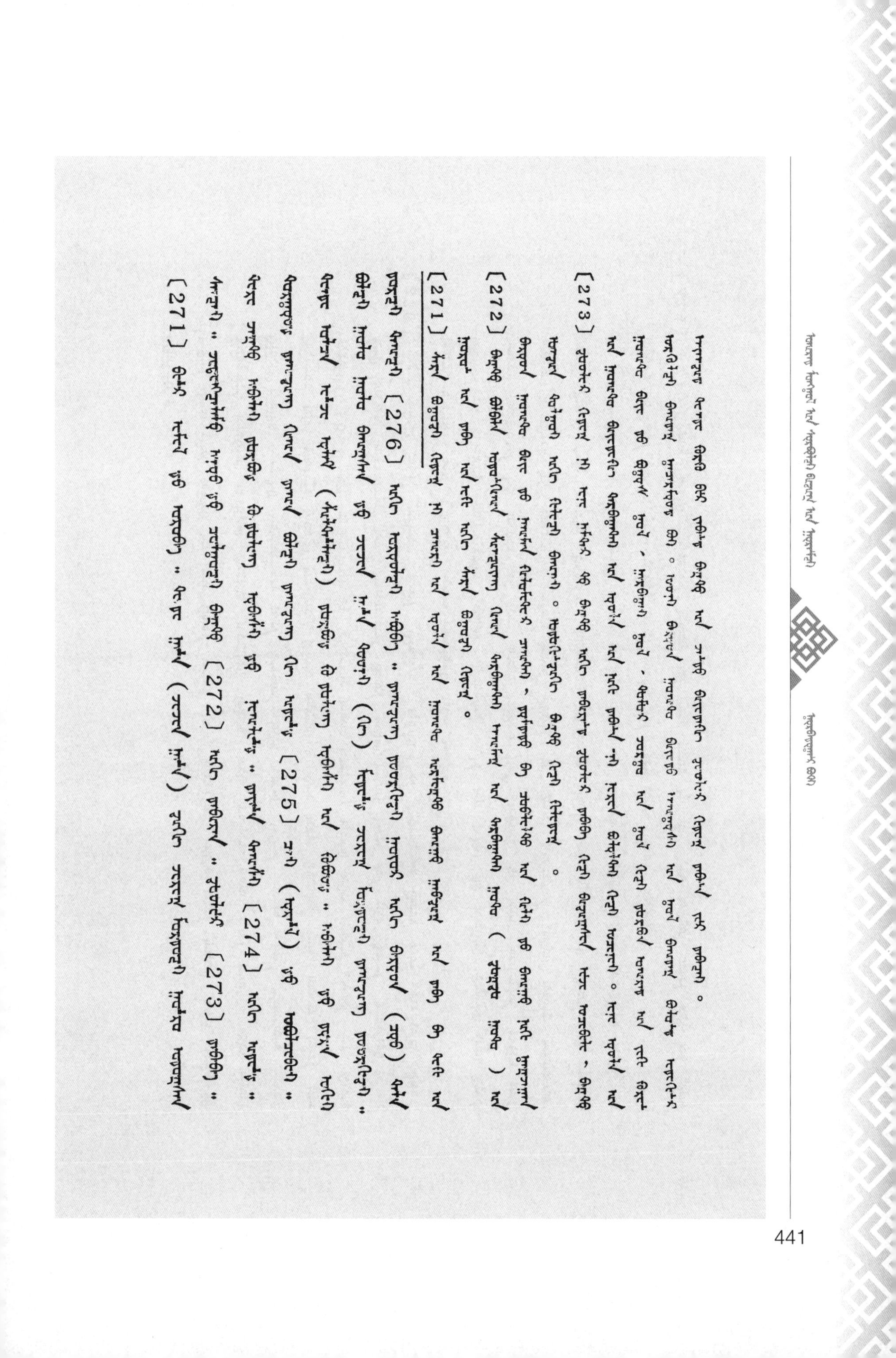

[271] [illegible] ᠄ [illegible] ([illegible]) [illegible]

[illegible] ᠄ [illegible] [272] [illegible] ᠄ [illegible] [273] [illegible] ᠄

[illegible] ᠄ [illegible] [274] [illegible] ᠄

[illegible] [275] [illegible] ([illegible]) [illegible] ᠄

[illegible] ([illegible]) [illegible] ᠄ [illegible]

[illegible] ([illegible]) [illegible] ᠄

[illegible] [276] [illegible] ᠄ [illegible] ([illegible]) [illegible]

[271] [illegible]

[illegible] ᠃

[272] [illegible] ([illegible]) [illegible]

[illegible] ᠃

[273] [illegible] ᠃ [illegible] ᠃

[illegible] ᠃ [illegible]

[illegible]

[illegible] ᠃ [illegible]

[illegible] ᠃

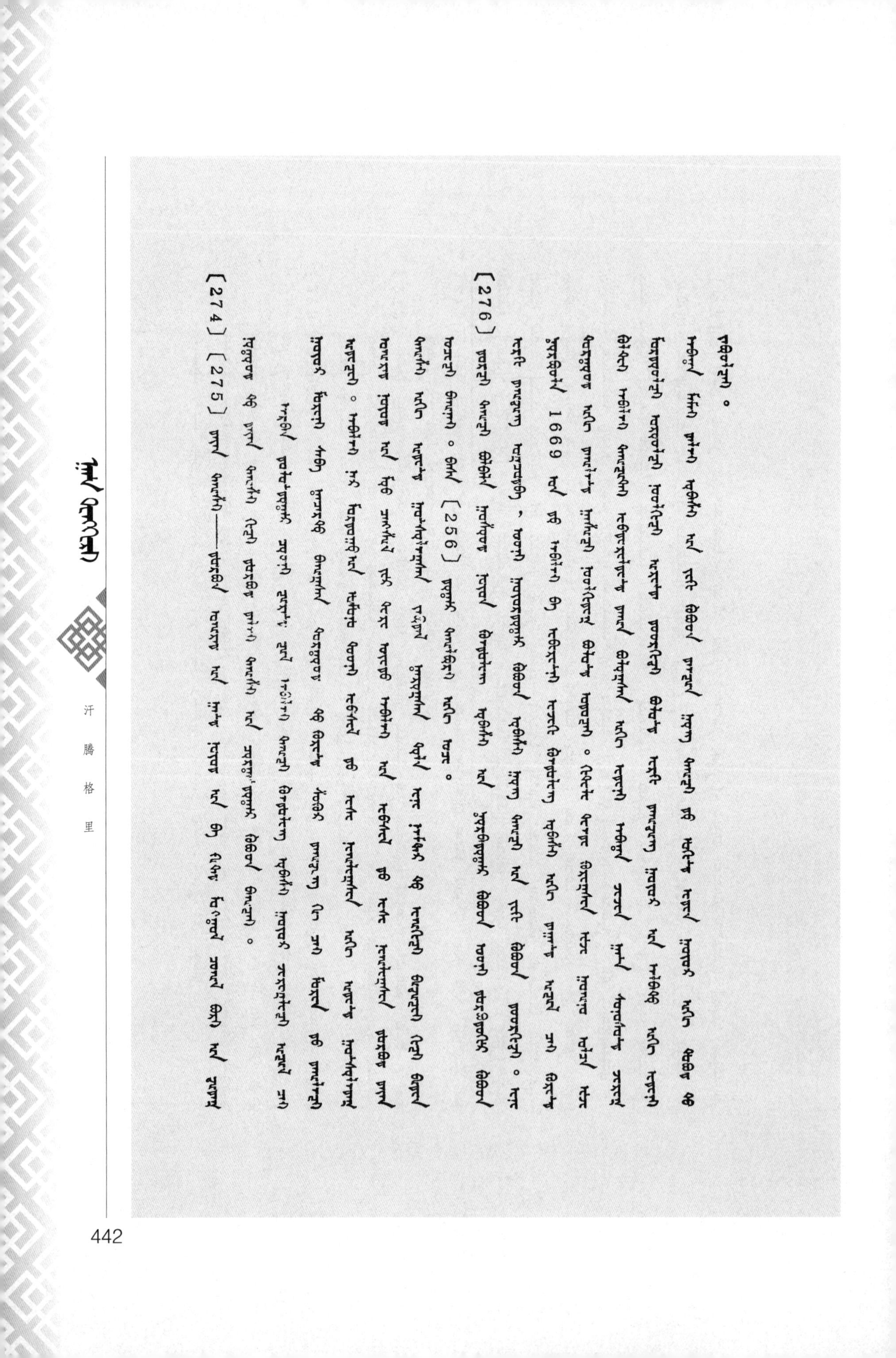

[illegible] ᠃

[illegible]
[illegible] 1669 [illegible] ᠃

[276] [illegible] ᠃ [illegible] [256] [illegible] ᠃

[illegible] ᠃

[274] [275] [illegible] —— [illegible]

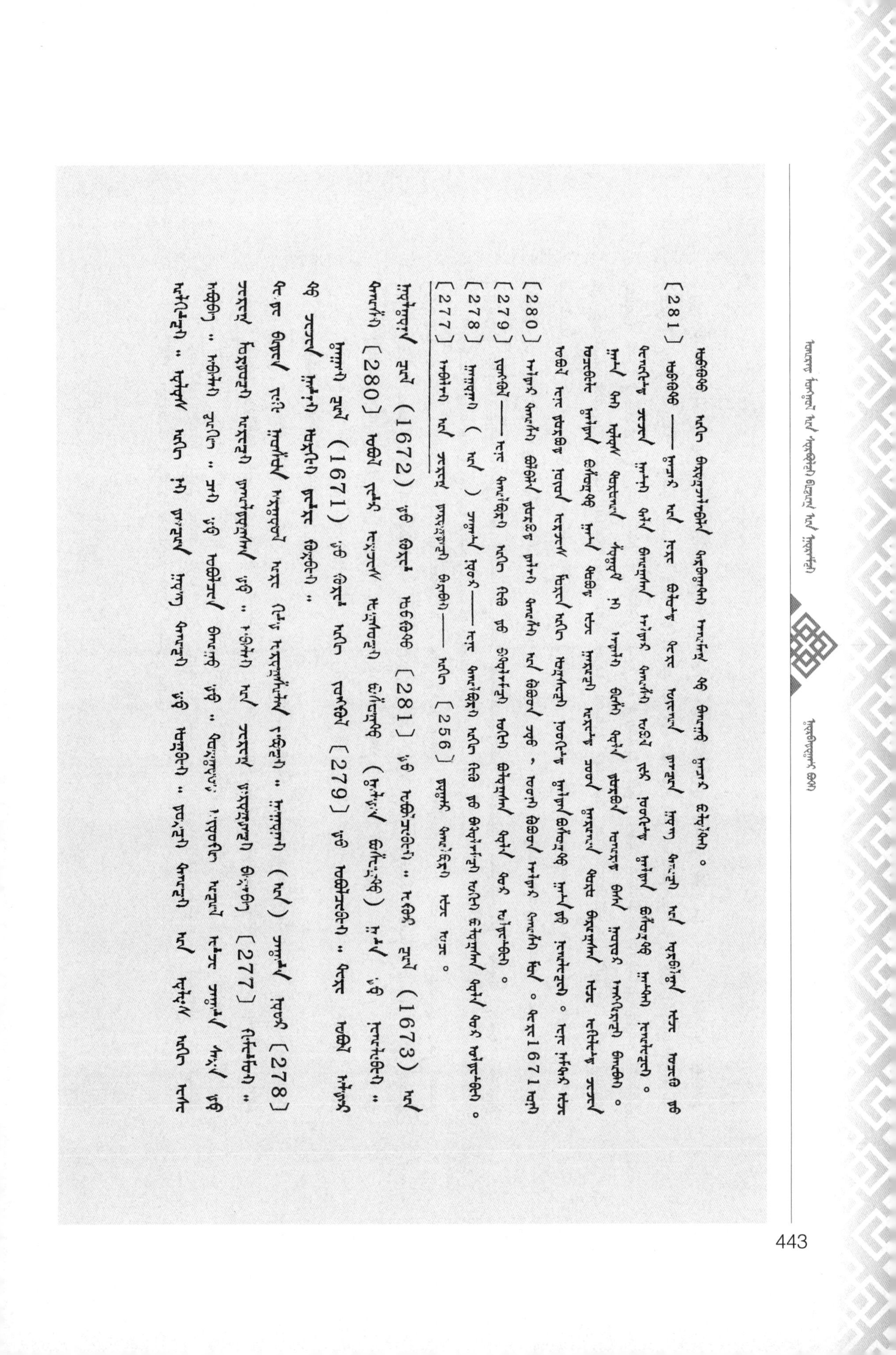

[illegible] 〔278〕 [illegible]

[illegible] 〔277〕 [illegible]

[illegible]

[illegible] (1671) [illegible] 〔279〕 [illegible]

[illegible] 〔280〕 [illegible]

[illegible] (1672) [illegible] 〔281〕 [illegible] (1673) [illegible]

---

〔277〕 [illegible] 〔256〕 [illegible]

〔278〕 [illegible]

〔279〕 [illegible]

〔280〕 [illegible] 1671 [illegible]

[illegible]

〔281〕 [illegible]

[illegible]

[illegible] (1675 [illegible]) [illegible]

[283] [illegible] 1671 [illegible] 1672 [illegible]

[282] [illegible] [283] [illegible] (1675) [illegible] (1674) [illegible] [282] [illegible]

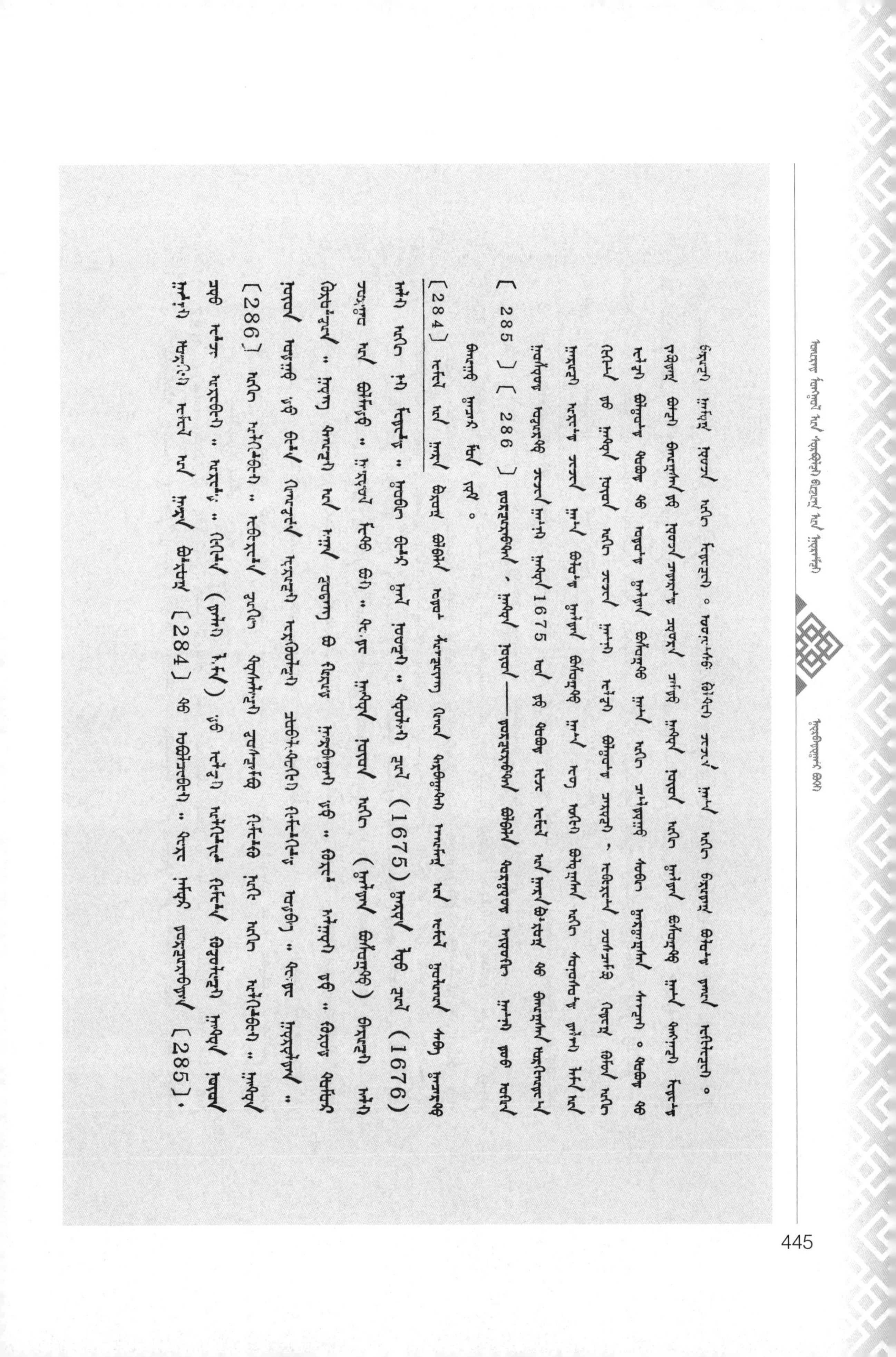

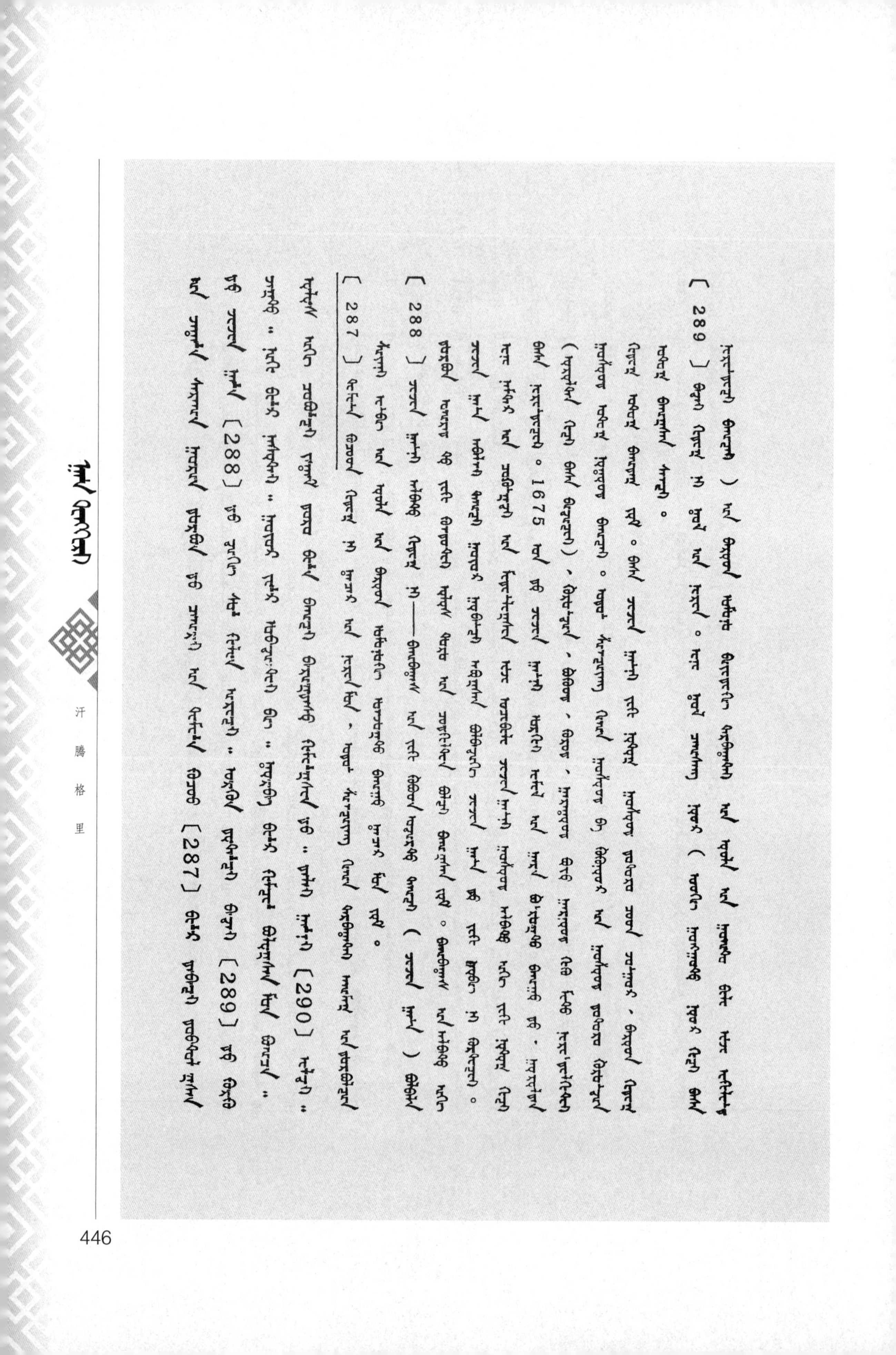

[illegible])[illegible]

[289] [illegible]

[illegible] 1675 [illegible]

[288] [illegible] —— [illegible] ([illegible]) [illegible]

---

[287] [illegible] [290] [illegible] [288] [illegible] [289] [illegible] [287] [illegible]

ᠡᠨᠡ ᠬᠠᠷᠢᠴᠠᠭᠤᠯᠤᠯᠲᠠ ᠪᠣᠯᠤᠭᠰᠠᠨ ᠪᠠᠶᠢᠳᠠᠯ ᠲᠣᠳᠣᠷᠬᠠᠢ ᠬᠠᠷᠠᠭᠳᠠᠵᠤ ᠪᠠᠢᠳᠠᠭ ᠰᠢᠨᠵᠢ ᠪᠣᠯᠤᠨ᠎ᠠ ᠃
ᠪᠠᠢᠨ ᠬᠠᠭᠠᠨ ᠪᠠᠢᠭᠤᠯᠤᠭᠴᠢ ᠬᠠᠭᠠᠨ ᠤ ᠳᠤ ᠲᠤᠰᠠ ᠰᠤᠷᠠᠭᠤᠯᠲᠠ ᠪᠣᠯᠤᠭᠰᠠᠨ ᠶᠢ ᠡᠨᠡ ᠪᠣᠯᠤᠨ᠎ᠠ ᠃ ᠲᠡᠭᠦᠨ ᠦ ᠬᠠᠭᠠᠨ ᠤ ᠪᠠᠢᠨ ᠬᠠᠭᠠᠨ ᠠᠶᠢᠯᠠᠭ ᠲᠥᠷᠥᠯ (ᠪᠠᠷᠤᠭ ᠡᠨᠡᠬᠦ ᠲᠤᠰᠠ ᠳᠤ ᠪᠠᠭᠤᠯᠭᠠᠵᠤ ᠵᠠᠰᠠᠭᠯᠠᠭᠰᠠᠨ ᠬᠡᠯᠡᠭ ᠃ ᠲᠣᠳᠣᠷᠬᠠᠢ ᠲᠠᠶᠢᠯᠪᠤᠷᠢ ᠠᠰᠠᠭᠤᠯᠲᠠ ᠬᠠᠭᠠᠨ ᠪᠠᠢᠭᠤᠯᠤᠭᠴᠢ ᠬᠠᠭᠠᠨ ᠤ ᠪᠠᠷᠢᠭᠤᠯᠵᠤ ᠵᠠᠰᠠᠭ ᠬᠠᠭᠠᠨ ᠤ ᠵᠠᠰᠠᠭ ᠵᠠᠬᠢᠶ᠎ᠠ ᠵᠠᠷᠯᠢᠭ ᠳᠤ ᠵᠠᠰᠠᠭ ᠬᠠᠭᠠᠨ ᠤ ᠪᠠᠶᠠᠷᠯᠠᠯ ᠲᠡᠮᠳᠡᠭᠲᠡᠢ ᠠᠳᠠᠯᠢ ᠬᠠᠭᠠᠨᠳᠠᠭᠤᠯᠤᠭ (ᠰᠠᠭᠤᠷᠢ ᠶᠢᠨ ᠲᠡᠮᠳᠡᠭᠯᠡᠯ ᠲᠡᠭᠦᠨ ᠡᠷᠬᠡ ᠡᠨᠡ ᠭᠠᠵᠠᠷ ᠬᠠᠭᠠᠨ ᠲᠡᠭᠦᠨ ᠳᠡᠭᠡᠷ᠎ᠡ ᠠᠷᠭ᠎ᠠ ᠪᠣᠭᠤᠳᠠᠯ ᠠᠯᠳᠠᠷᠠᠯ ᠃ ᠵᠠᠰᠠᠭ ᠬᠠᠭᠠᠨ ᠪᠠᠢᠭ᠎ᠠ ᠬᠠᠭᠠᠨ ᠲᠡᠮᠳᠡᠭᠯᠡᠵᠦ 1676 ᠣᠨ ᠳᠤ ᠰᠡᠯᠡᠩᠭᠡ ᠠᠴᠠ ᠠᠯᠳᠠᠷᠠᠯ ᠲᠥᠷᠥᠯ ᠵᠠᠰᠠᠭ ᠬᠠᠭᠠᠨ ᠤ ᠳᠤ ᠰᠠᠢᠰᠢᠶᠠᠯ ᠠᠶᠢᠯᠠᠭᠰᠠᠨ ᠪᠠᠢᠭ᠎ᠠ ᠲᠡᠮᠳᠡᠭᠯᠡᠯ

ᠵᠠᠰᠠᠭ ᠬᠠᠭᠠᠨ ᠪᠠᠢᠭᠤᠯᠤᠭᠴᠢ ᠬᠠᠭᠠᠨ ᠬᠠᠭᠠᠨ ᠪᠠᠢᠭᠤᠯᠤᠭᠰᠠᠨ ᠤᠨ ᠪᠠᠶᠢᠳᠠᠯ ᠲᠡᠭᠦᠨ ᠦ ᠬᠠᠭᠠᠨ ᠲᠡᠷᠡ ᠲᠥᠷᠥᠯ ᠶᠤᠮ᠎ᠠ ᠃ ᠡᠷᠲᠡᠨ ᠪᠠᠢᠨ᠎ᠠ ᠰᠠᠢᠰᠢᠶᠠᠯ ᠲᠤ ᠬᠠᠭᠠᠨ ᠠᠶᠢᠯᠠᠭᠰᠠᠨ ᠶᠤᠮ᠎ᠠ ᠃

ᠰᠠᠢᠰᠢᠶᠠᠯ ᠂ ᠵᠢᠯ ᠂ ᠪᠠᠢᠭᠤᠯᠤᠯ ᠬᠠᠮᠲᠤᠪᠠᠷ ᠲᠡᠳᠡᠭᠡᠷ ᠬᠠᠭᠠᠨ ᠪᠢᠴᠢᠭ ᠪᠣᠯᠤᠭᠰᠠᠨ ᠶᠤᠮ᠎ᠠ ᠃ ᠲᠡᠷᠡ 1668 ᠣᠨ ᠠᠴᠠ 1701 ᠣᠨ
[290] ᠬᠦᠷᠲᠡᠯ᠎ᠡ ᠬᠠᠭᠠᠨ——ᠪᠣᠭᠳᠠ ᠬᠠᠭᠠᠨ ᠤ ᠪᠠᠶᠢᠳᠠᠯ ᠲᠥᠷᠥ ᠳᠡᠭᠡᠷ᠎ᠡ ᠬᠠᠭᠠᠨ ᠂ ᠬᠠᠷᠢ ᠳᠡᠭᠡᠷ᠎ᠡ ᠬᠠᠭᠠᠨ ᠤ ᠪᠠᠶᠢᠳᠠᠯ ᠲᠡᠮᠳᠡᠭᠯᠡᠯ ᠬᠦᠷᠲᠡᠯ᠎ᠡ ᠬᠠᠭᠠᠨ ᠂ ᠵᠠᠰᠠᠭᠯᠠᠭᠰᠠᠨ ᠤᠨ ᠬᠠᠭᠠᠨᠳᠠᠭᠤᠯᠤᠭᠰᠠᠨ ᠢ ᠰᠠᠢᠰᠢᠶᠠᠯᠲᠤ ᠲᠡᠮᠳᠡᠭᠯᠡᠵᠦ ᠬᠠᠷᠢᠴᠠᠭᠤᠯᠤᠨ᠎ᠠ ᠃

ᠡᠷᠲᠡᠨ ᠳᠡᠭᠡᠷ᠎ᠡ ᠠᠴᠠ ᠡᠴᠡ ᠶᠢ ᠪᠢᠴᠢᠭ ᠬᠠᠷᠢ ᠲᠥᠷᠥ ᠡ᠁ ᠬᠠᠷᠢᠶᠠᠨ ᠲᠥᠷᠥ ᠡ᠁ ᠪᠠᠢᠭᠤᠯᠤᠭᠰᠠᠨ ᠡᠷᠬᠡᠳᠡᠭᠡᠷ᠎ᠡ ᠪᠣᠯᠤᠨ᠎ᠠ ᠃ ᠲᠡᠷᠡ ᠡᠴᠡ ᠬᠠᠷᠢᠶᠠᠨ ᠬᠠᠷᠢ ᠤᠨ ᠵᠢᠯ ᠪᠠᠷᠢᠭᠤᠯ ᠪᠠᠢᠭᠤᠯᠤᠭᠰᠠᠨ ᠵᠠᠰᠠᠭᠯᠠᠭᠰᠠᠨ ᠪᠠᠶᠠᠷ（巴雅尔）ᠬᠠᠷᠢ ᠲᠥᠷᠥ ᠵᠠᠰᠠᠭᠳᠠ ᠲᠡᠮᠳᠡᠭᠯᠡᠭᠳᠡᠨ᠎ᠡ ᠃
ᠪᠢᠴᠢᠭ ᠬᠠᠷᠢ ᠡᠨᠡ『ᠪᠠᠶᠠᠷ』ᠬᠠᠷᠢ ᠲᠥᠷᠥ ᠪᠠᠢᠨ ᠲᠣᠳᠣᠷᠬᠠᠢ ᠲᠥᠷᠥ ᠪᠠᠢᠭᠤᠯᠤᠯ ᠃ ᠲᠡᠭᠦᠨ ᠡᠷᠬᠢᠮ ᠪᠠᠶᠠᠷ ᠪᠠᠶᠠᠷ ᠤᠨ ᠬᠠᠭᠠᠨ ᠤ ᠤᠨ ᠰᠠᠢᠰᠢᠶᠠᠯᠲᠤ ᠲᠡᠮᠳᠡᠭᠯᠡᠭᠳᠡᠭᠰᠡᠨ ᠪᠢᠴᠢᠭᠯᠡᠯ《ᠬᠠᠷᠢᠶᠠ ᠂ ᠬᠠᠭᠠᠨ ᠂ ᠪᠠᠢᠭᠤᠯᠤᠯ ᠰᠠᠢᠰᠢᠶᠠᠯ》ᠲᠣᠳᠣᠷᠬᠠᠢ ᠪᠠᠢᠭᠤᠯᠤᠯ ᠬᠠᠭᠠᠨ ᠠᠴᠠ ᠵᠠᠰᠠᠭᠯᠠᠯ ᠬᠠᠭᠠᠨᠳᠠᠭᠤᠯ ᠪᠣᠯᠤᠭᠰᠠᠨ ᠰᠠᠢᠰᠢᠶᠠᠯ ᠬᠠᠭᠠᠨ ᠠᠷᠢᠭᠤᠨ ᠳᠤ ᠬᠠᠷᠢᠴᠠᠭᠤᠯᠤᠨ᠎ᠠ ᠃

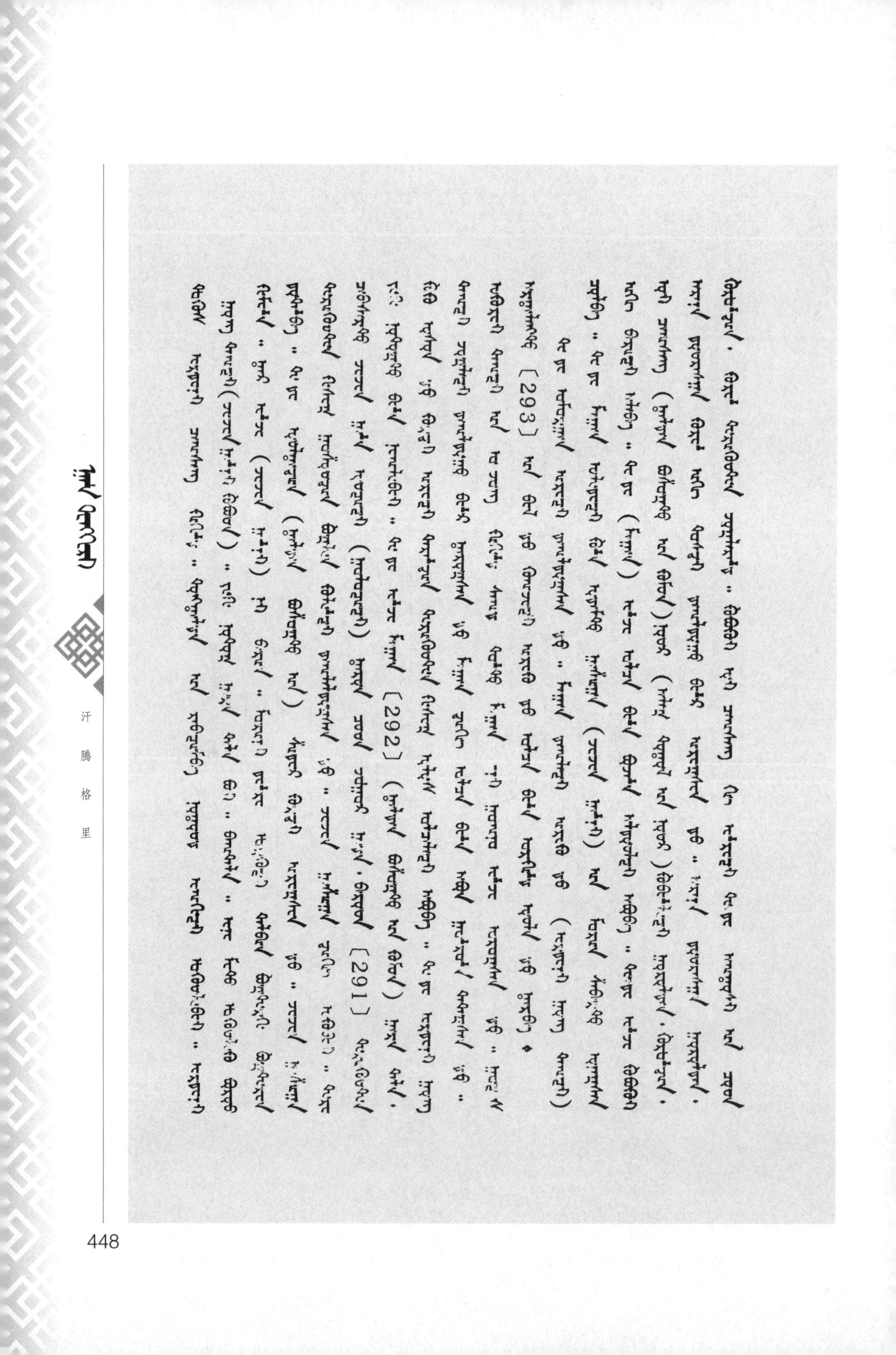

[illegible]

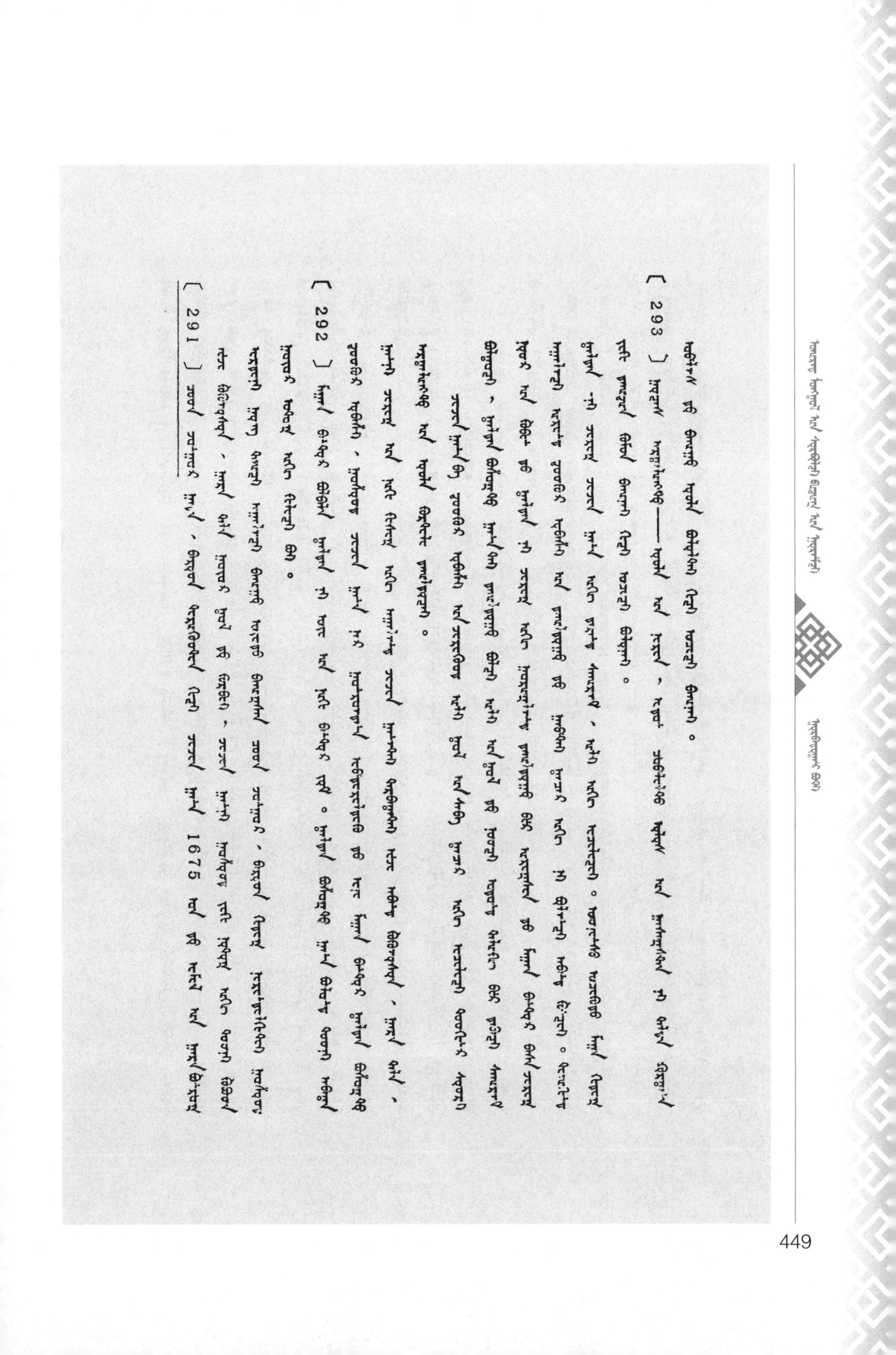

[291] [illegible] 1675 [illegible]

[292] [illegible]

[293] [illegible]

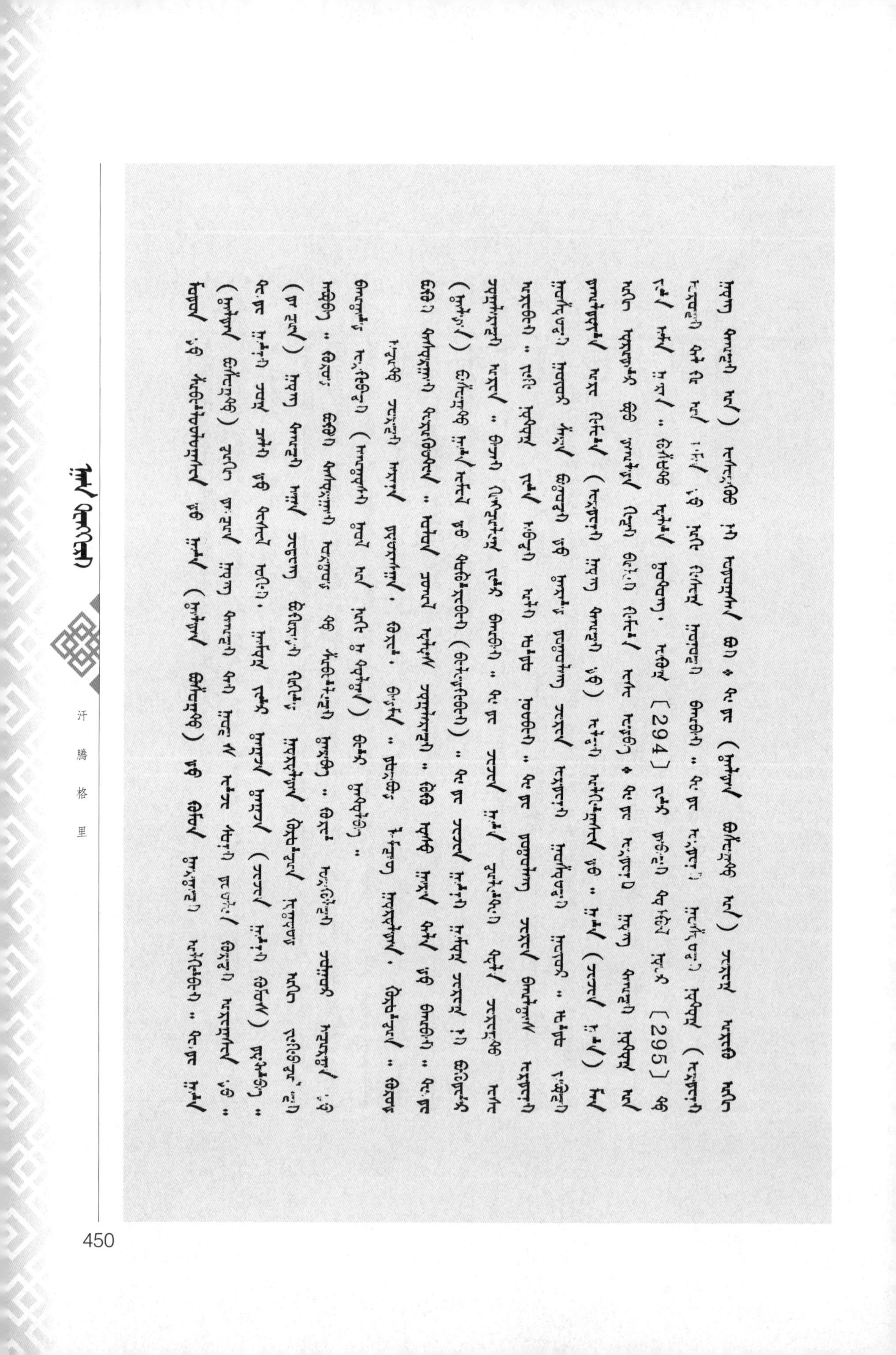

〔294〕

〔295〕

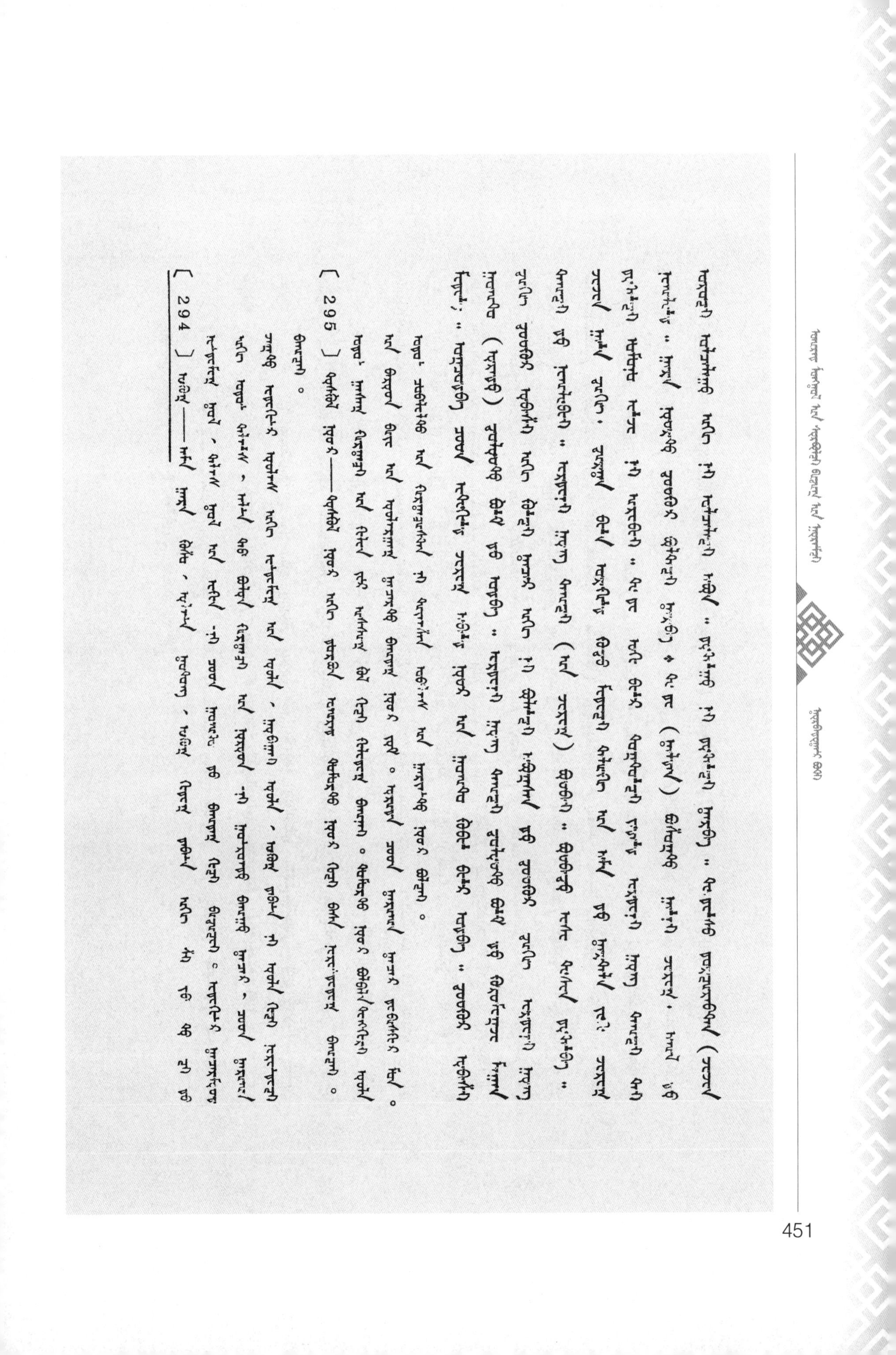

[294] [illegible]

[295] [illegible]

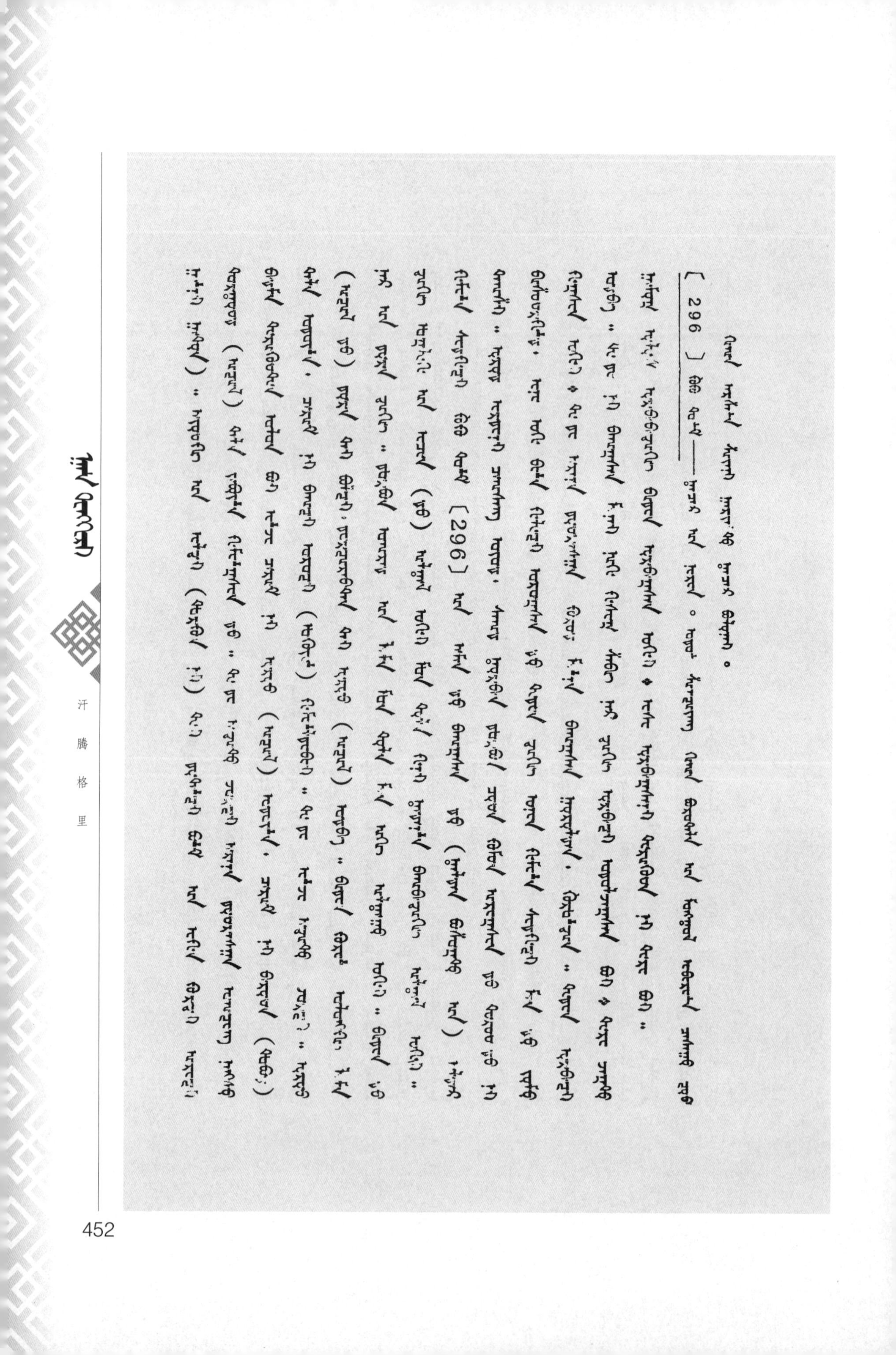

[illegible]

[296] [illegible]

[illegible]

[illegible] [296] [illegible]

[illegible]

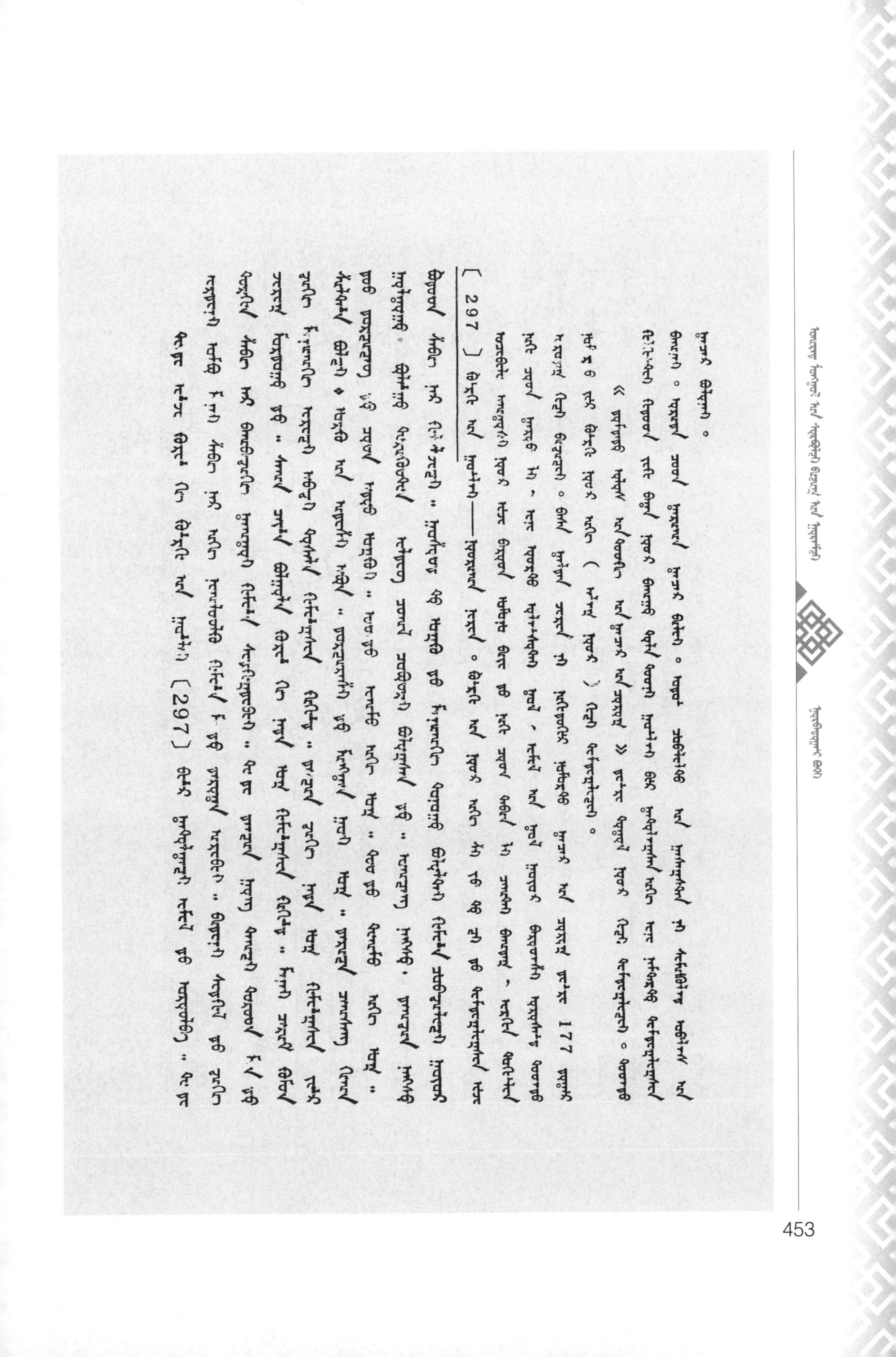

[illegible] ◦

[illegible]

[illegible]

« [illegible] » [illegible] ◦ [illegible]

[illegible] ([illegible]) [illegible] ◦

[illegible] 177 [illegible]

[illegible]

[illegible]

[297] [illegible] —— [illegible]

[illegible]

[illegible]

[illegible]

[illegible]

[illegible]

[illegible]

[illegible]

[illegible]

[illegible] [297] [illegible]

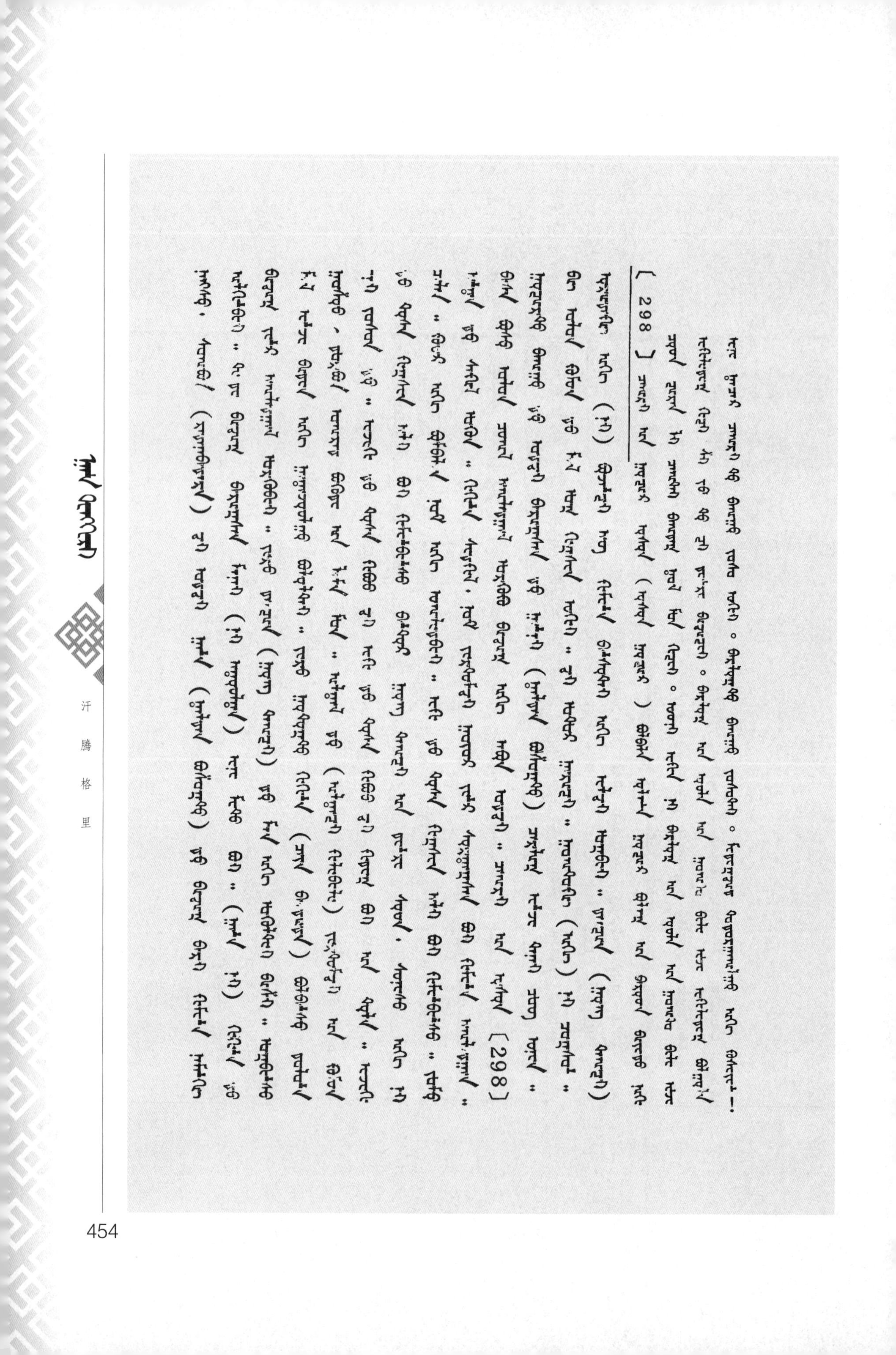

[298]

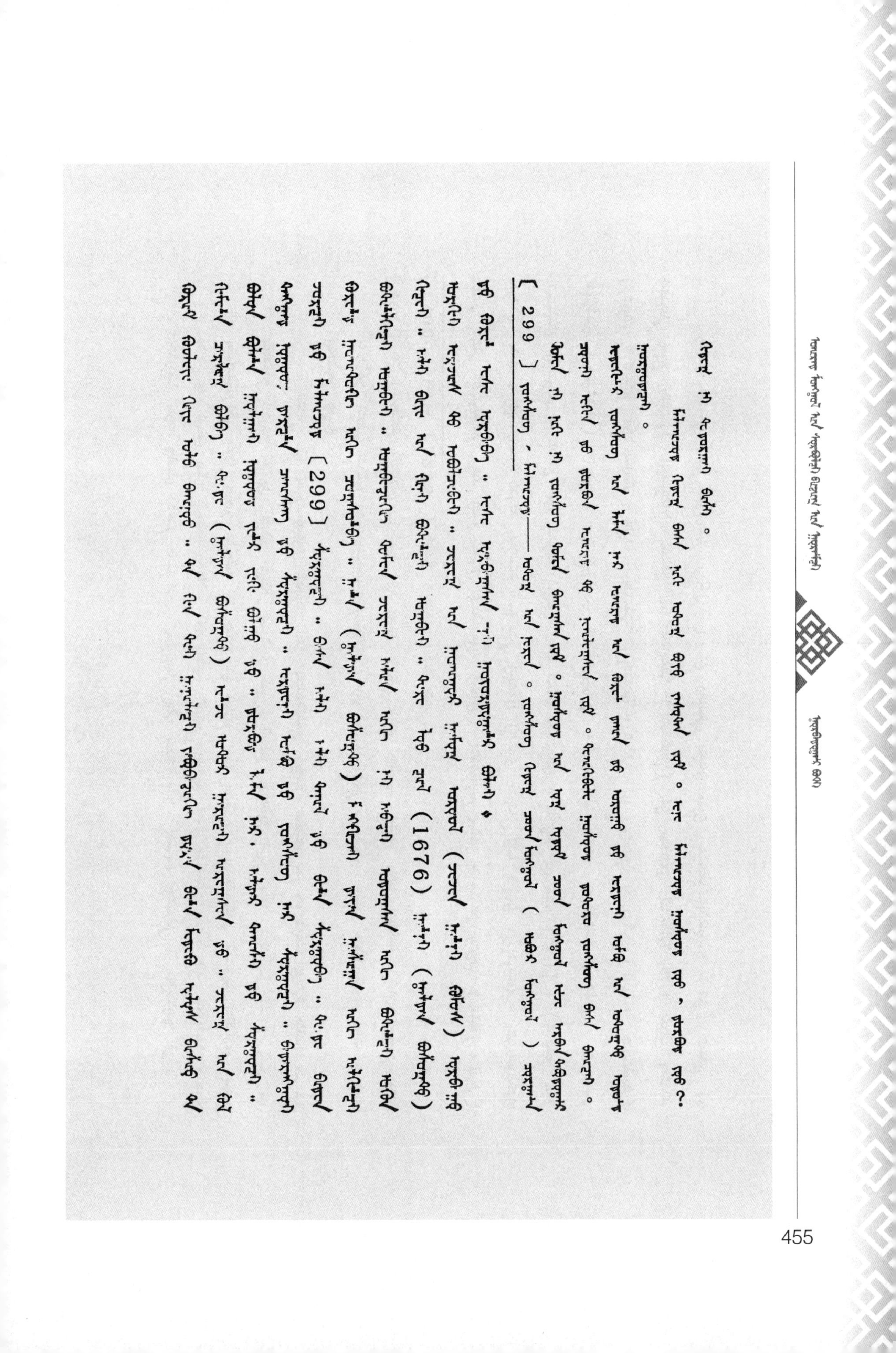

[illegible] ◦

[illegible] ◦

[illegible] ◦

[illegible] ◦

[illegible]

[299] [illegible] ([illegible]) [illegible]

[illegible] ◆

[illegible] ([illegible]) [illegible] (1676) [illegible] ([illegible]) [illegible] ([illegible]) [illegible] 〔299〕 [illegible] ([illegible]) [illegible]

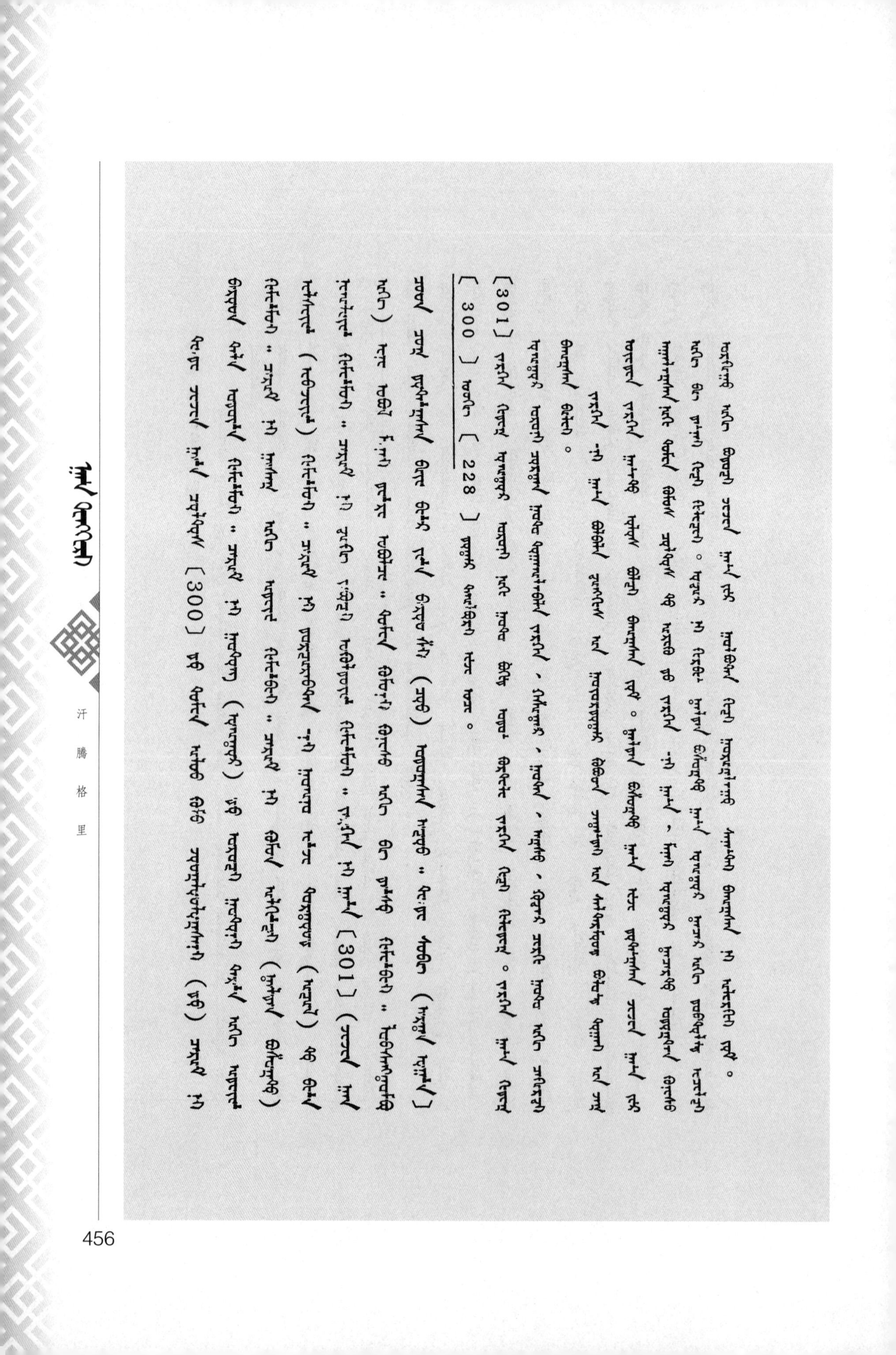

[illegible] [300] [illegible]

[illegible]

[illegible] [301] [illegible]

[illegible]

[illegible]

[illegible]

---

〔300〕 [illegible] 〔228〕 [illegible]

〔301〕 [illegible]

[illegible]

ᠭᠠᠯᠳᠠᠨ [illegible] ᠂ [illegible] ᠃ [illegible]
ᠭᠠᠯ ᠮᠣᠭᠠᠢ ᠵᠢᠯ (1677 ᠣᠨ) [illegible]
[303] [illegible] —— [illegible] ᠃
[illegible] ᠃
[illegible] ᠃ [illegible] ᠃ [illegible]
[illegible] ᠃
[illegible] ᠃ [illegible]
[302] ᠭᠠᠯᠳᠠᠨ [illegible]

[illegible] [305] [illegible] ᠃ [illegible] [306] ᠃
[illegible] [304] [illegible] ᠃ [illegible]
[illegible] ᠃ [illegible] (1678) ᠣᠨ [illegible] [303]
[illegible] [302] [illegible] ᠃ [illegible]
[illegible]) [illegible] ᠃ [illegible] (1677) ᠣᠨ [illegible] ᠃
ᠭᠠᠯ ᠯᠤᠤ ᠵᠢᠯ (1676) ᠣᠨ [illegible] ([illegible]
[illegible] ([illegible]) [illegible] ᠃ [illegible] ([illegible]) [illegible] ᠃
[illegible] ᠃ [illegible] ᠃ [illegible]

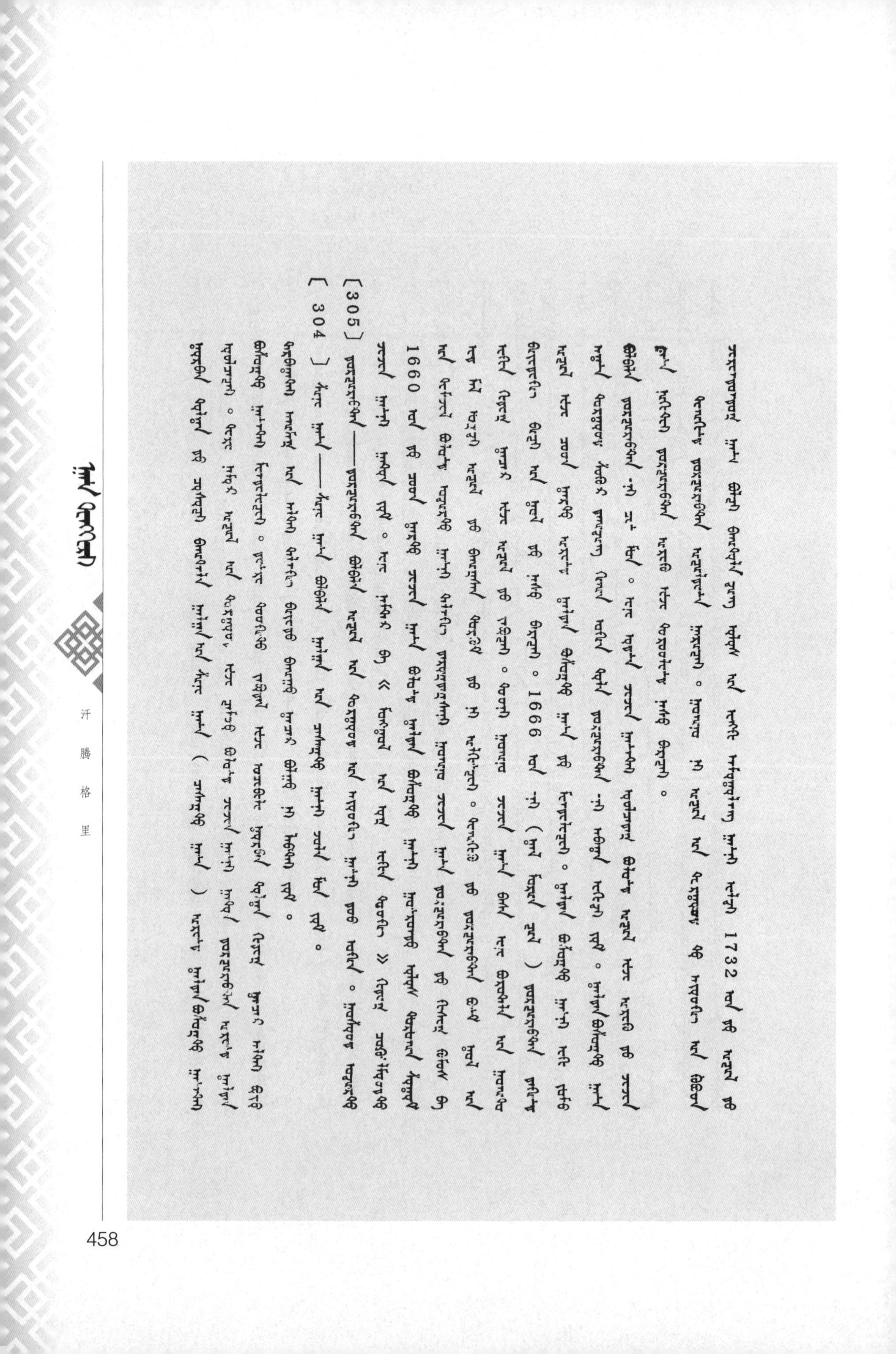

[illegible] 1732 [illegible]

[illegible]

[illegible] 1666 [illegible] ([illegible]) [illegible]

[illegible] 1660 [illegible] « [illegible] » [illegible]

〔305〕 [illegible] —— [illegible]

〔 304 〕 [illegible] —— [illegible]

[illegible]

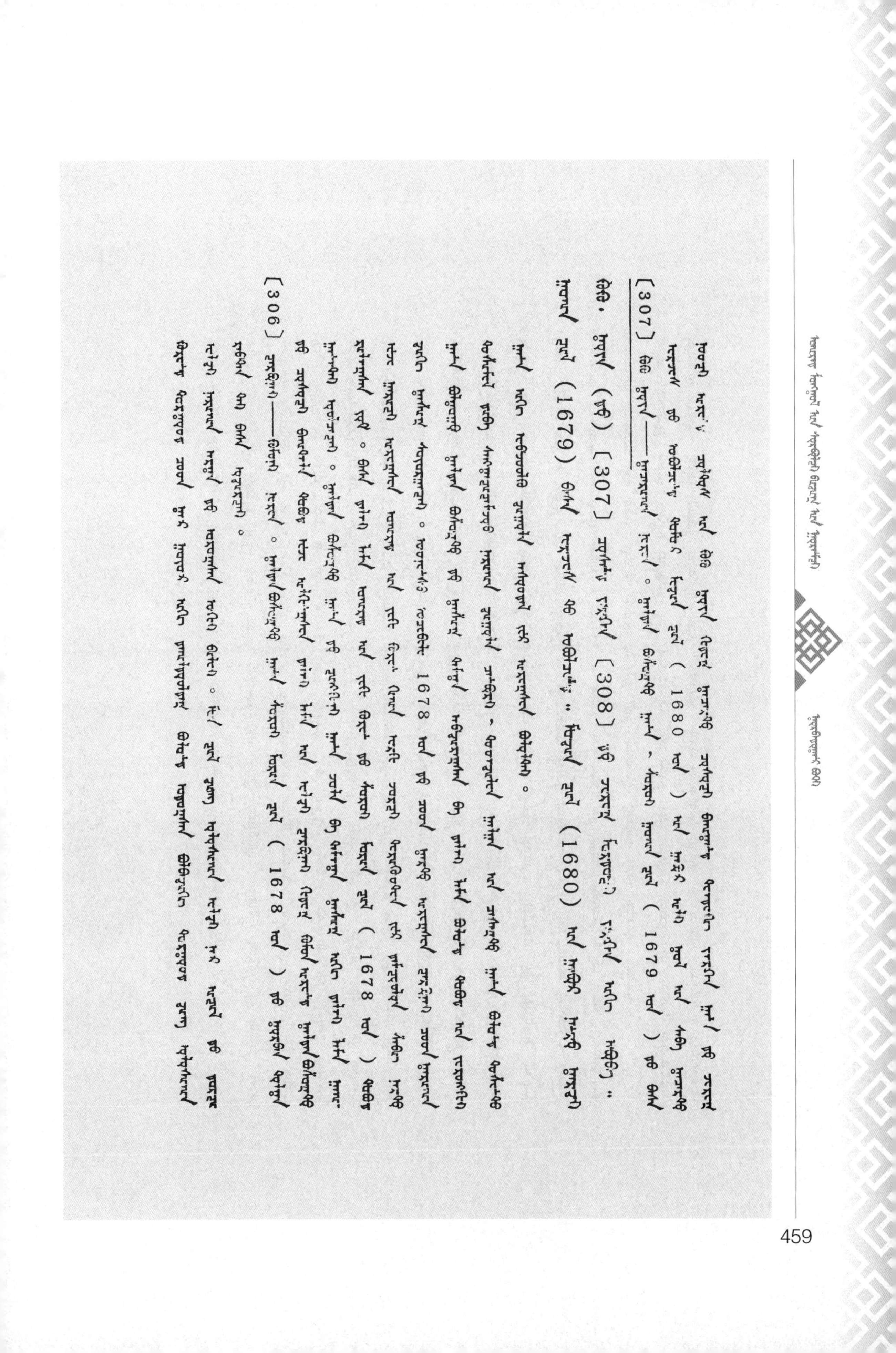

[illegible]
[illegible] (1680 [illegible]) [illegible]
[307] [illegible] —— [illegible] (1679 [illegible]) [illegible]
[illegible] ([illegible]) [307] [illegible] [308] [illegible]
[illegible] (1679) [illegible] (1680) [illegible]

[illegible] 1678 [illegible] (1678 [illegible]) [illegible]

[306] [illegible] —— [illegible] (1678 [illegible]) [illegible]

[illegible]

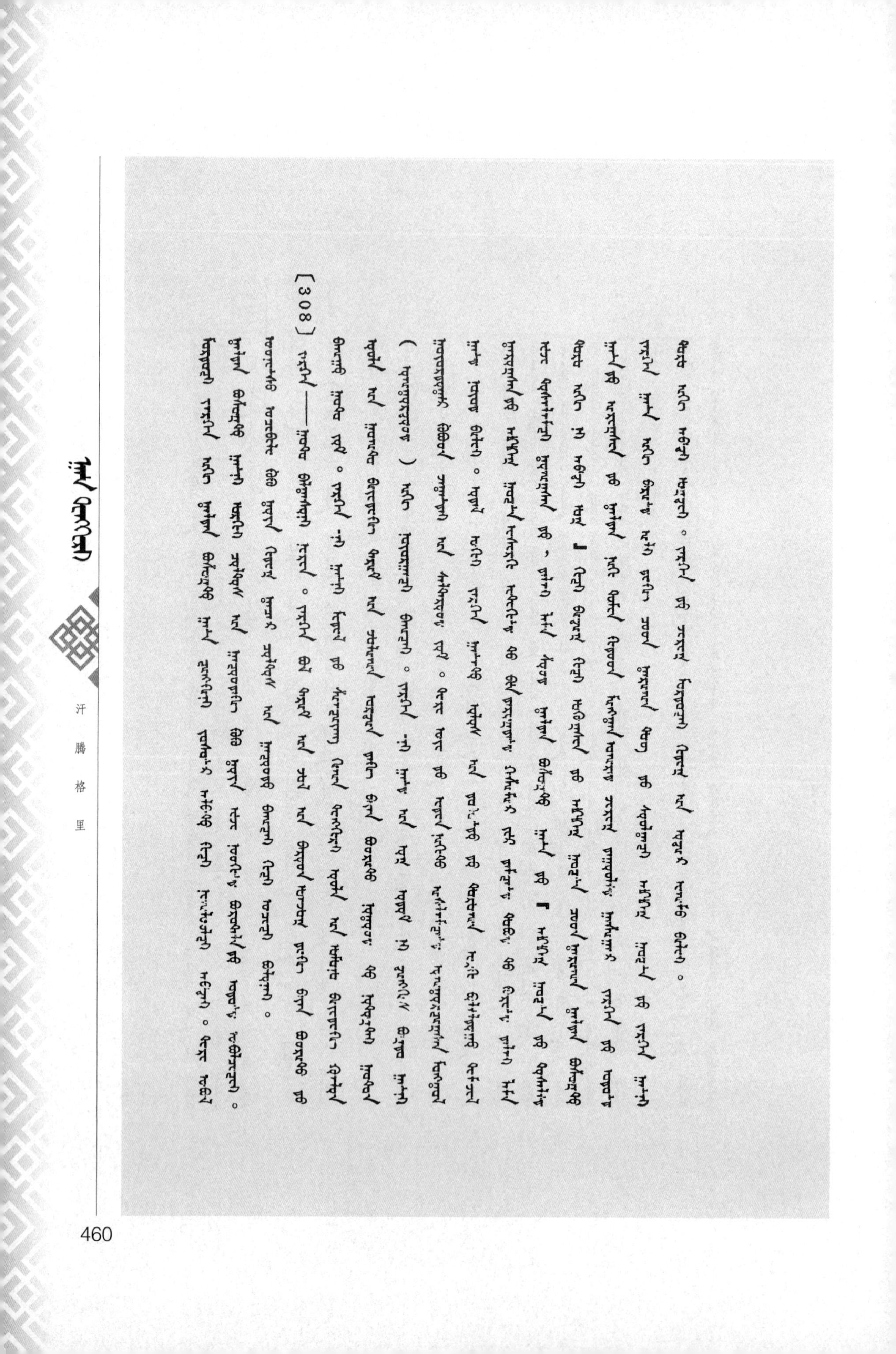

[illegible]

[illegible]

[illegible]

〔308〕 [illegible]

[illegible]

[illegible]

[illegible]

[illegible]

[illegible]

[illegible]

[illegible]

[illegible]

[illegible]

[illegible]

[illegible]

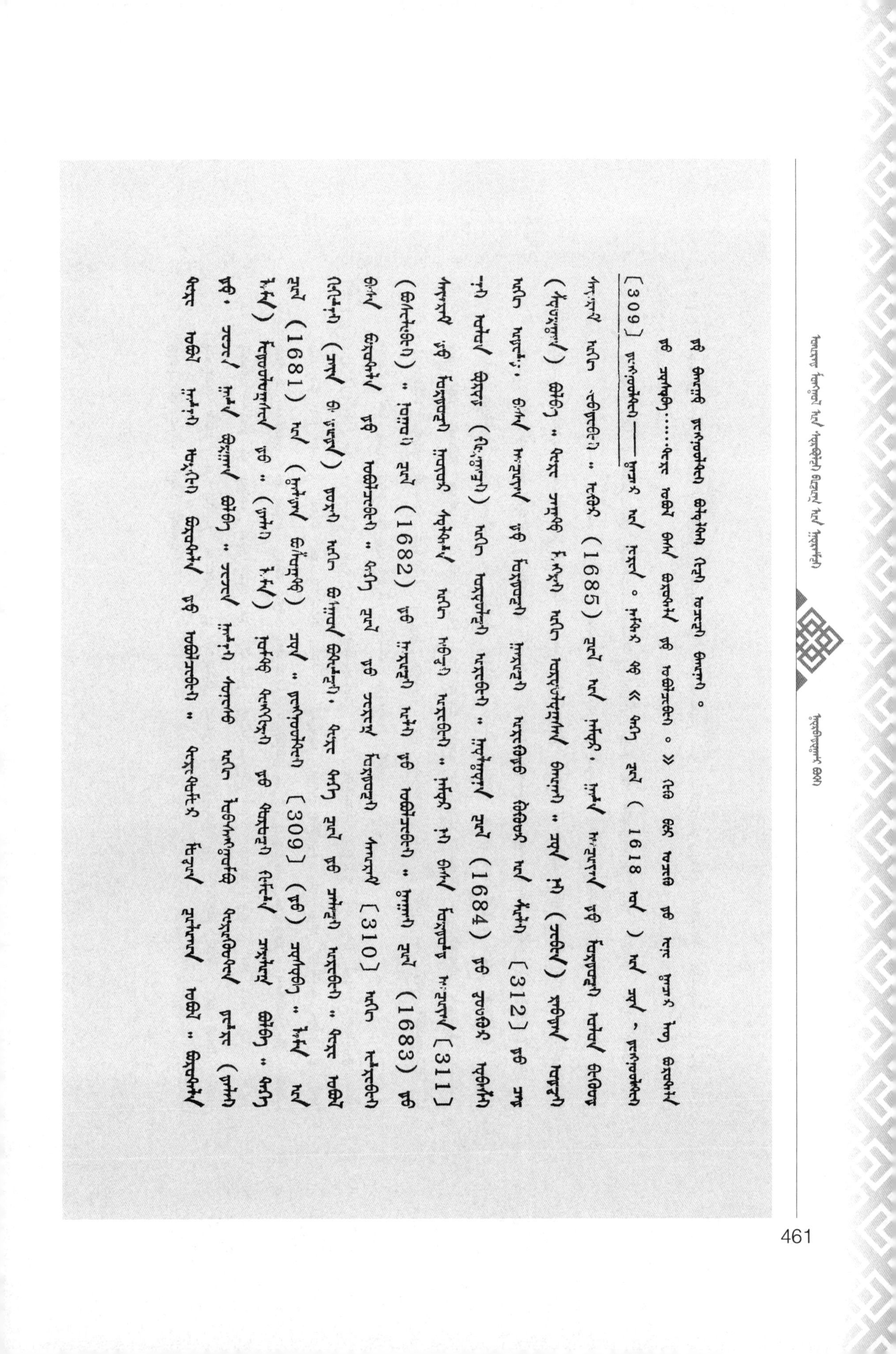

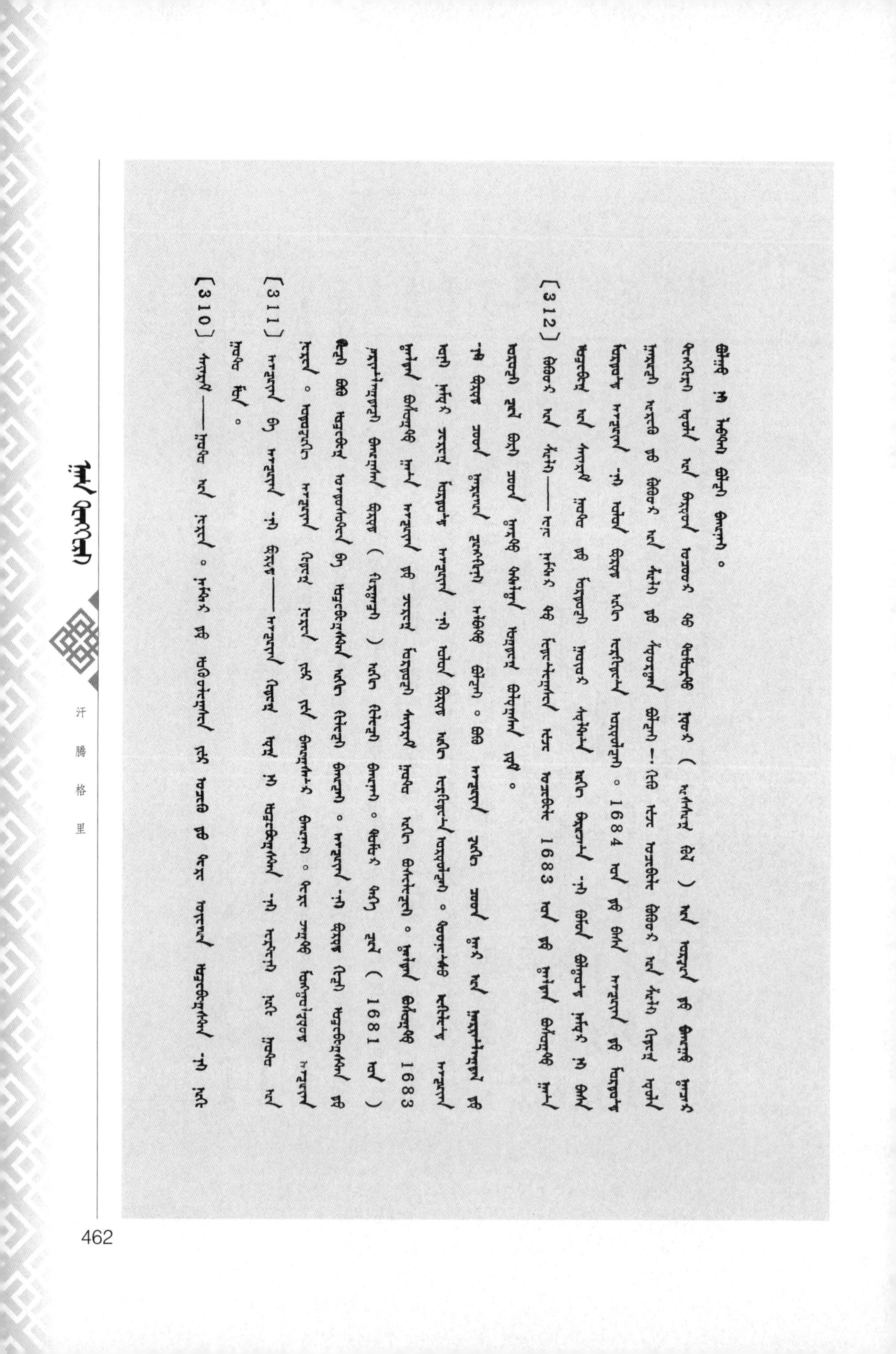

〔310〕 [illegible] —— [illegible]

〔311〕 [illegible] —— [illegible] (1681 [illegible]) [illegible] 1683 [illegible]

〔312〕 [illegible] —— [illegible] 1683 [illegible] 1684 [illegible]

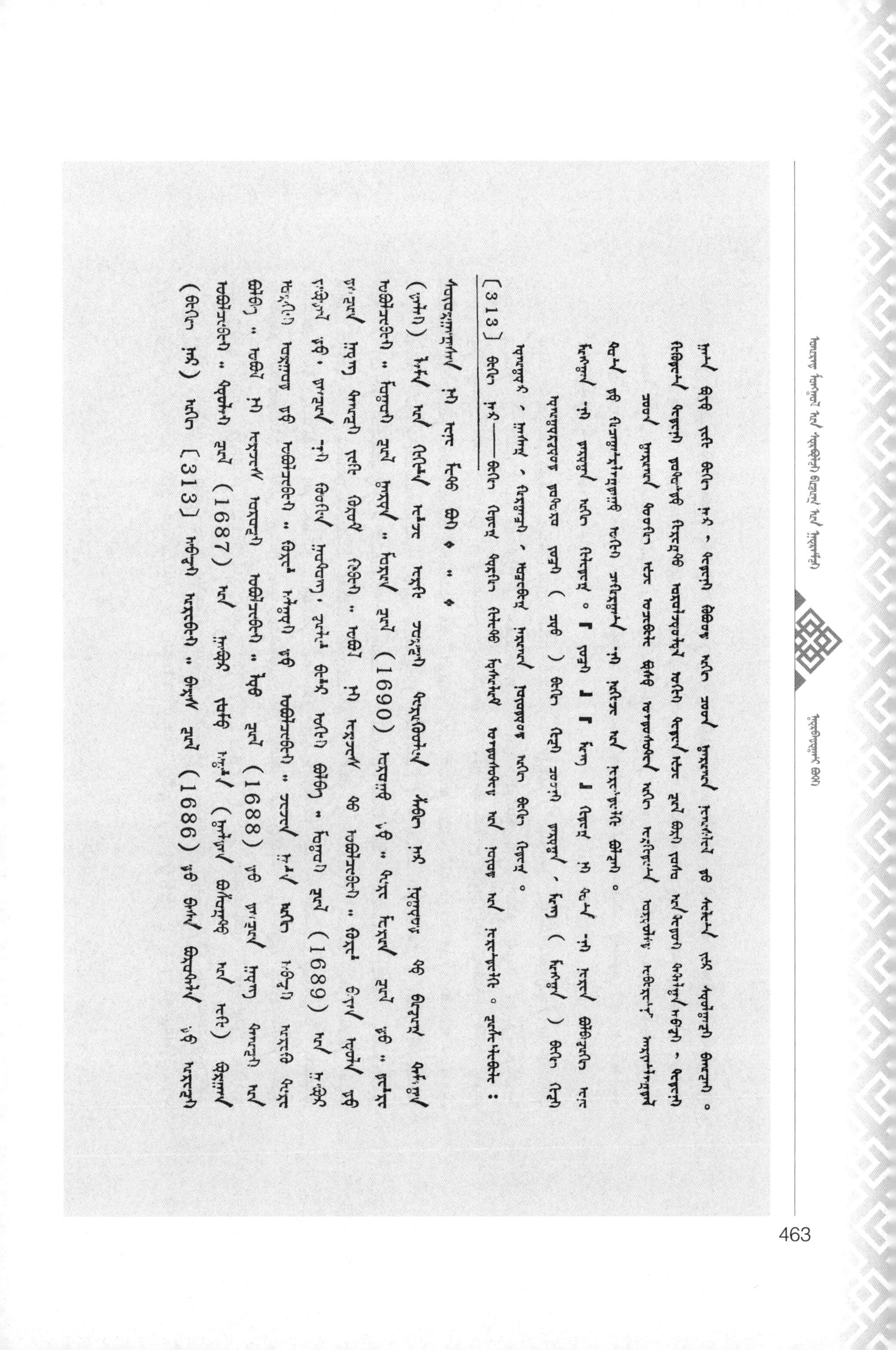

[illegible]

[illegible]

[313] [illegible] —— [illegible]

[illegible] (1690) [illegible]

[illegible] (1689) [illegible]

[illegible] (1688) [illegible]

[illegible] (1687) [illegible]

[illegible] (1686) [illegible] [313] [illegible] ([illegible])

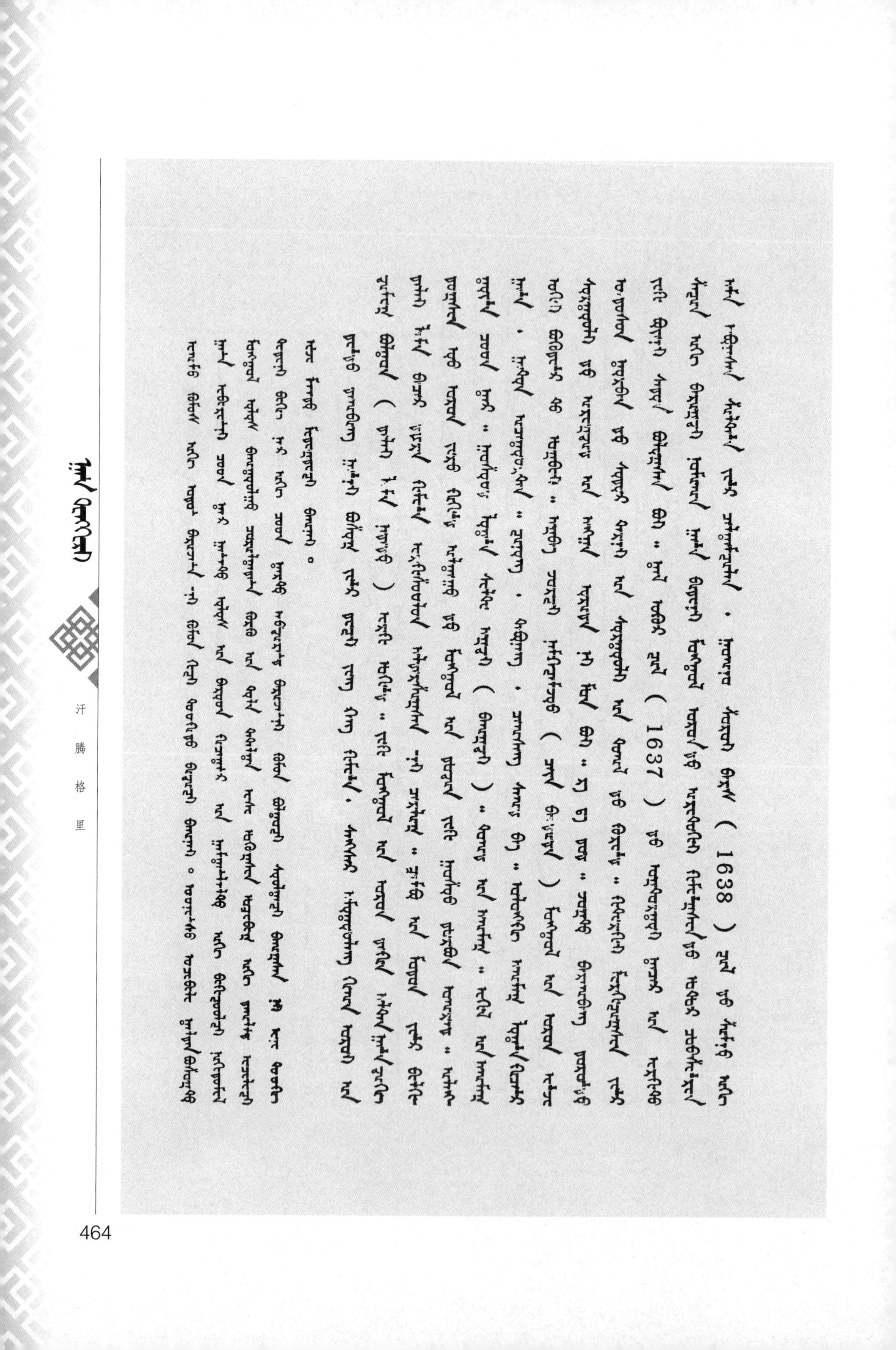

[illegible]

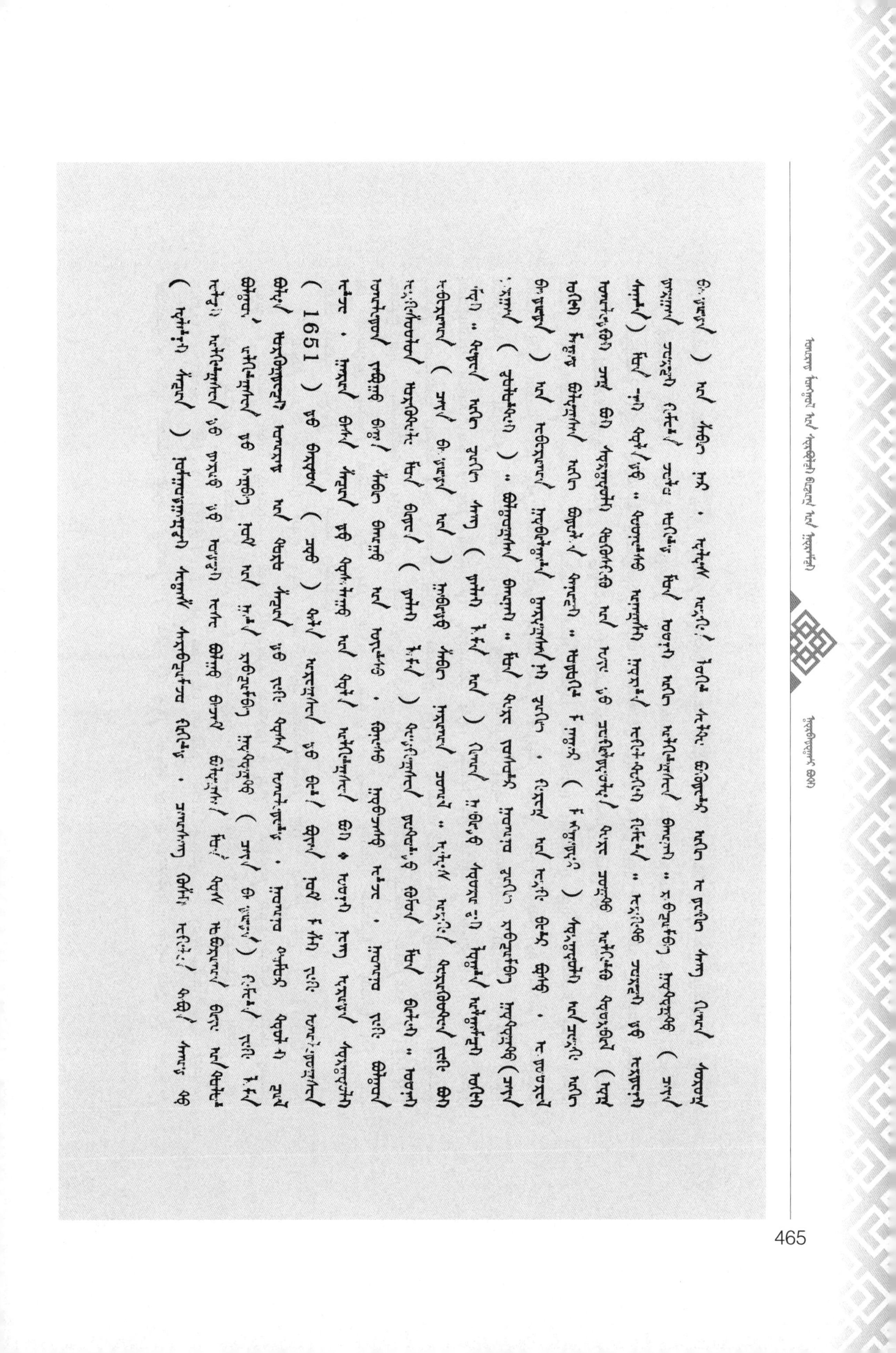

[illegible]) [illegible] . [illegible]

[illegible] ([illegible]

[illegible]) [illegible]

[illegible] ([illegible]

[illegible] ([illegible]) [illegible]

[illegible]) [illegible] . [illegible] . [illegible]

[illegible] ([illegible]) [illegible] ([illegible]

[illegible] ([illegible]) [illegible]

[illegible] ([illegible]) [illegible]

[illegible] ([illegible]) [illegible]

[illegible] . [illegible] . [illegible]

[illegible] . [illegible]

(1651) [illegible] ([illegible]) [illegible]

[illegible] . [illegible]

[illegible] ([illegible]) [illegible]

[illegible]

([illegible]) [illegible] . [illegible]

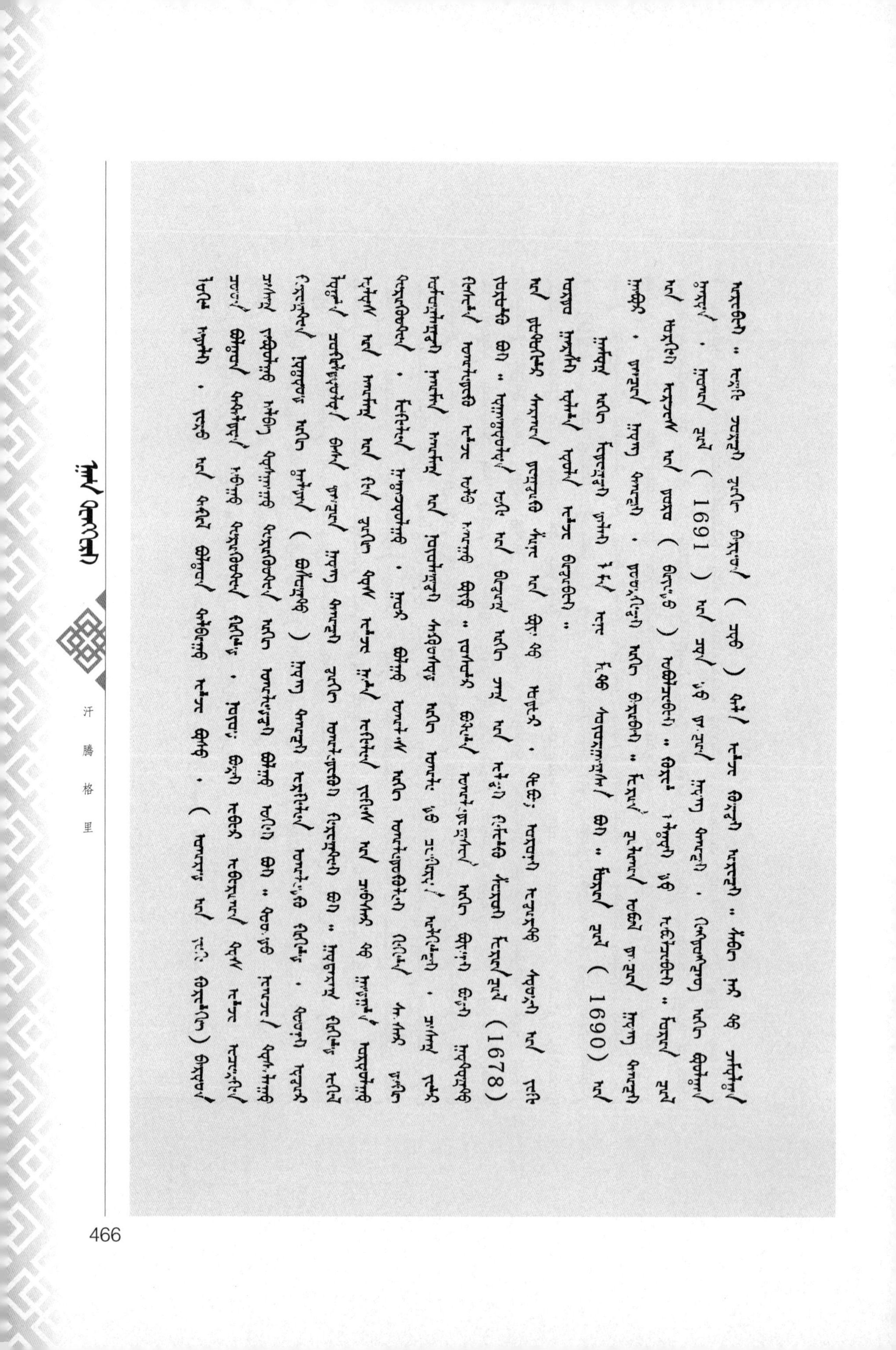

[illegible]

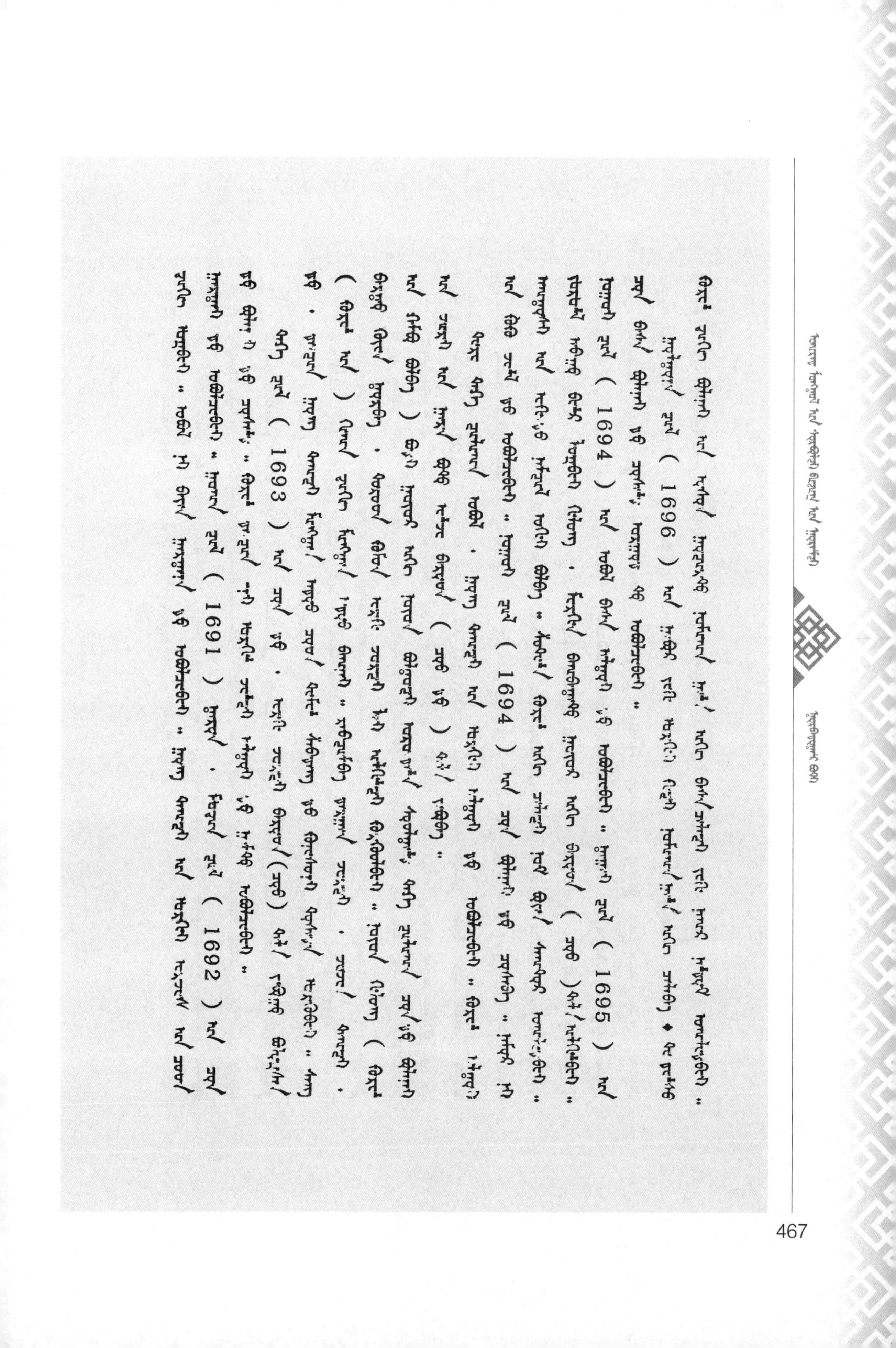

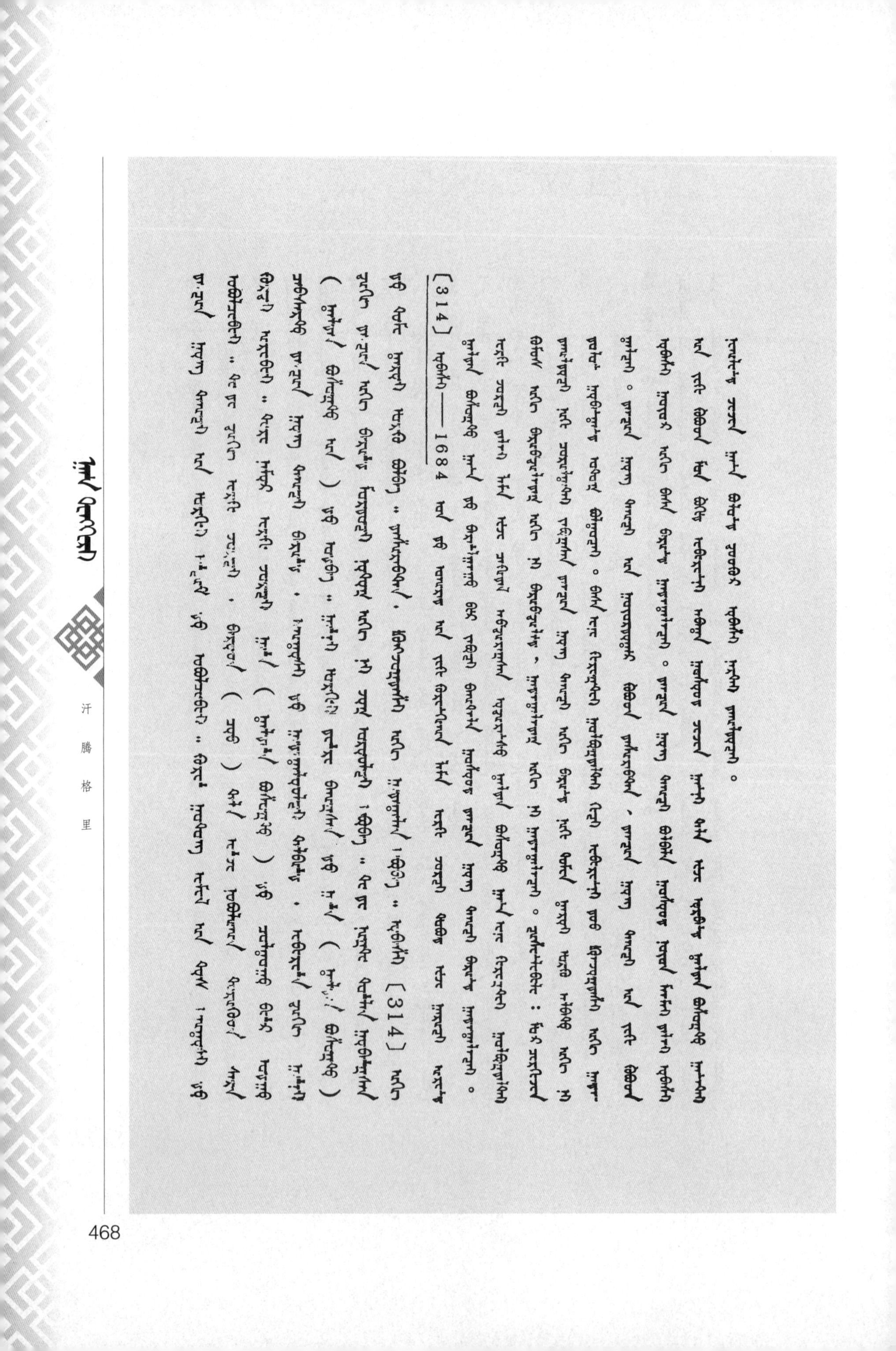

[illegible]

〔314〕 [illegible] —— 1684 [illegible]

[illegible] 〔314〕 [illegible]

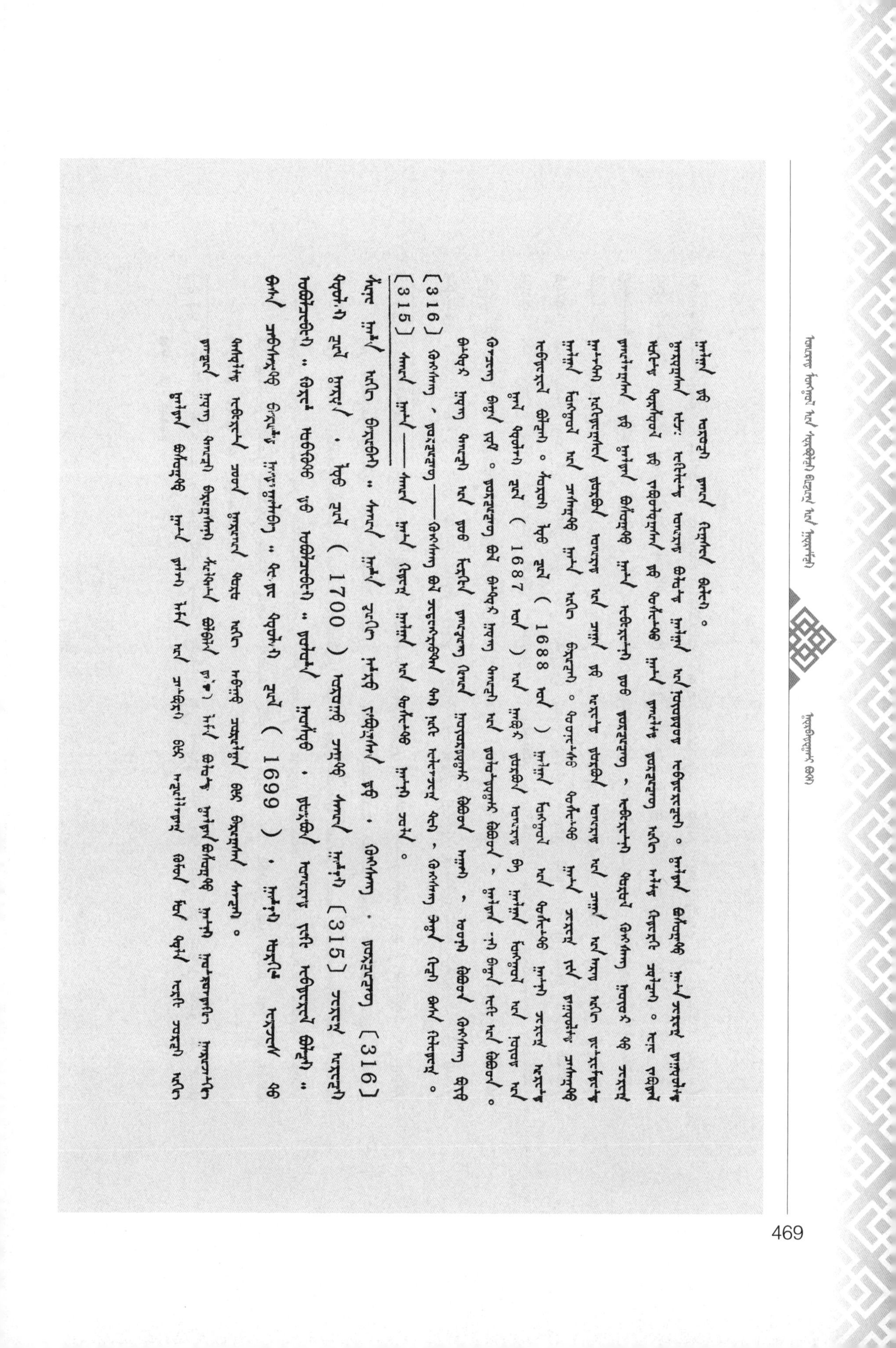

[illegible] (1699) ᠂ [illegible] ᠄ [illegible]

[illegible] ᠄ [illegible]

[illegible] (1700) [illegible] 〔315〕 [illegible]

[illegible] 〔316〕

〔315〕 [illegible] —— [illegible] ᠃

〔316〕 [illegible] ᠂ [illegible] —— [illegible] ᠃

[illegible] ᠃

[illegible] (1687 ᠣᠨ) [illegible]

[illegible] ᠃ [illegible] (1688 ᠣᠨ) [illegible] ᠃

[illegible] ᠃

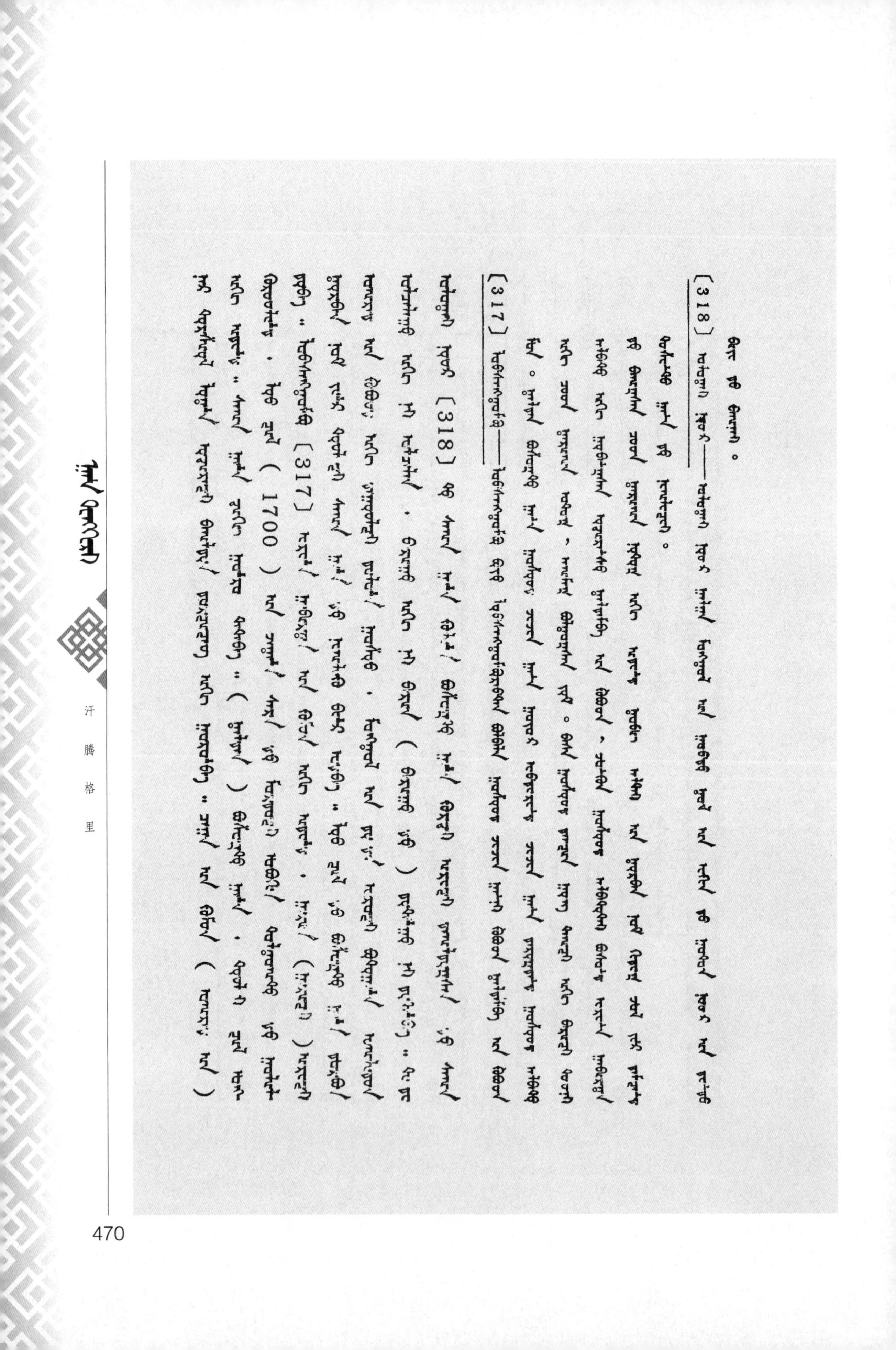

[illegible]

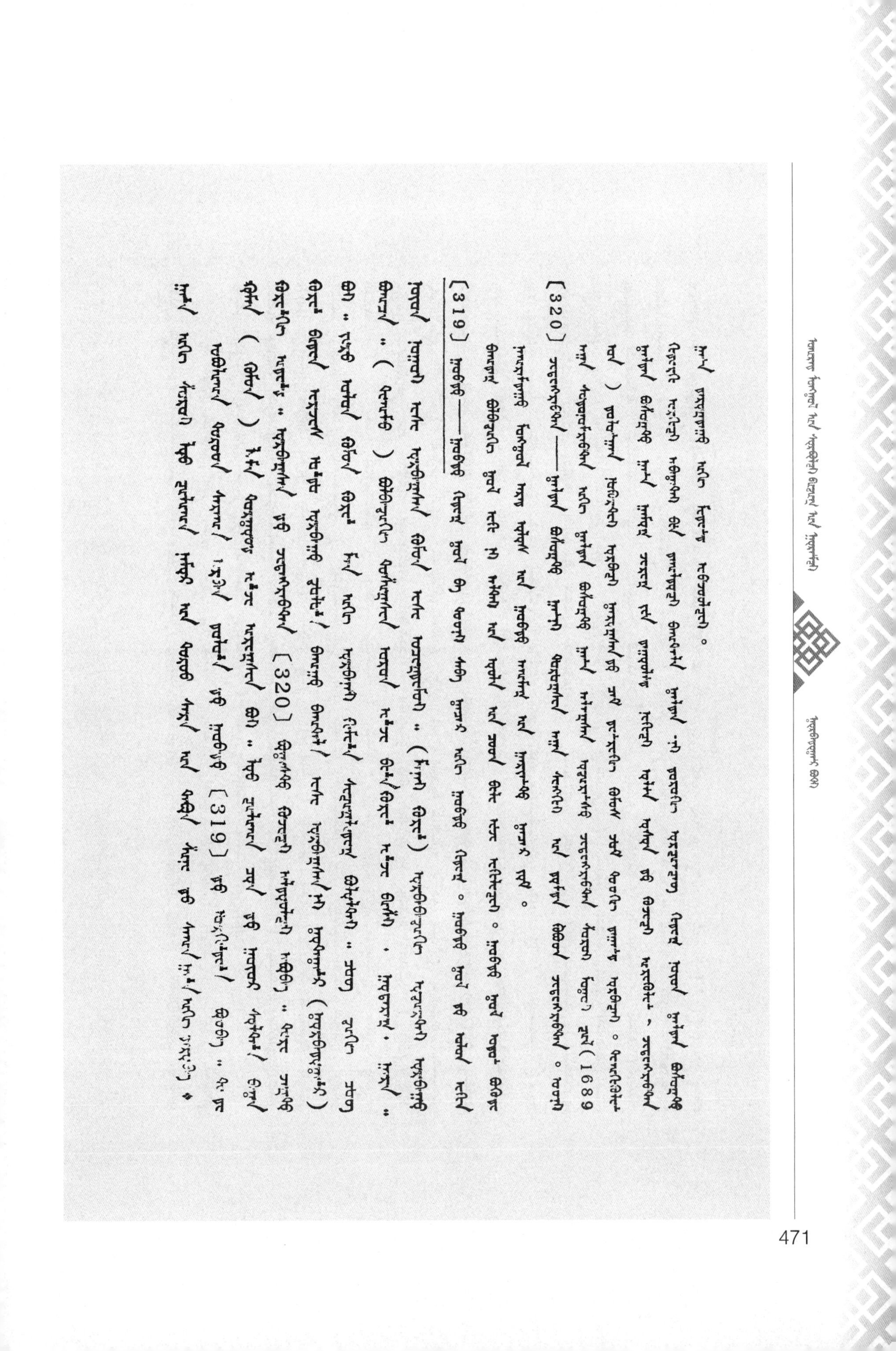

[illegible]

[illegible] (1689 [illegible]

[320] [illegible]

[319] [illegible]

[illegible] [320] [illegible] [319] [illegible]

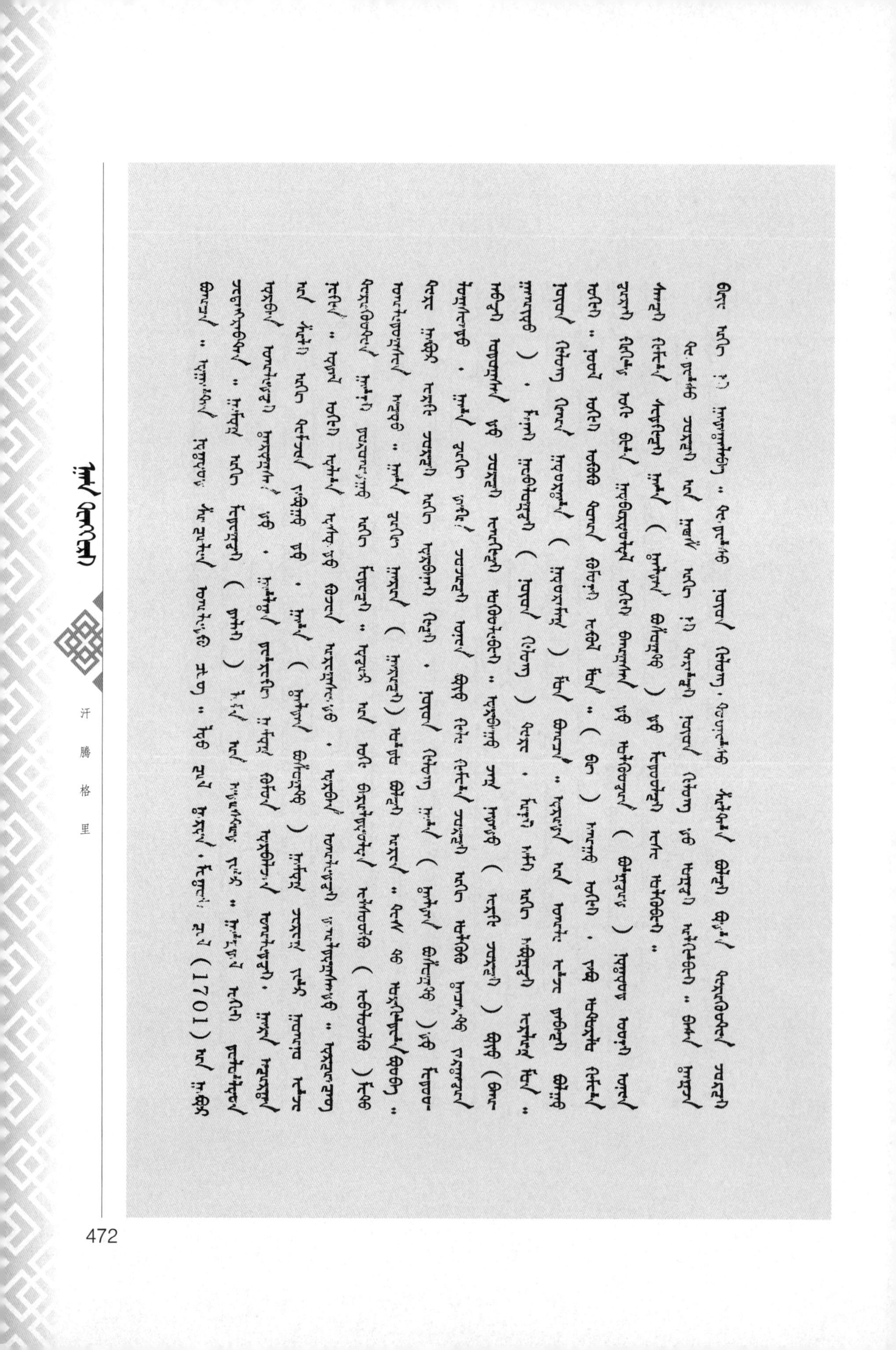

[illegible]

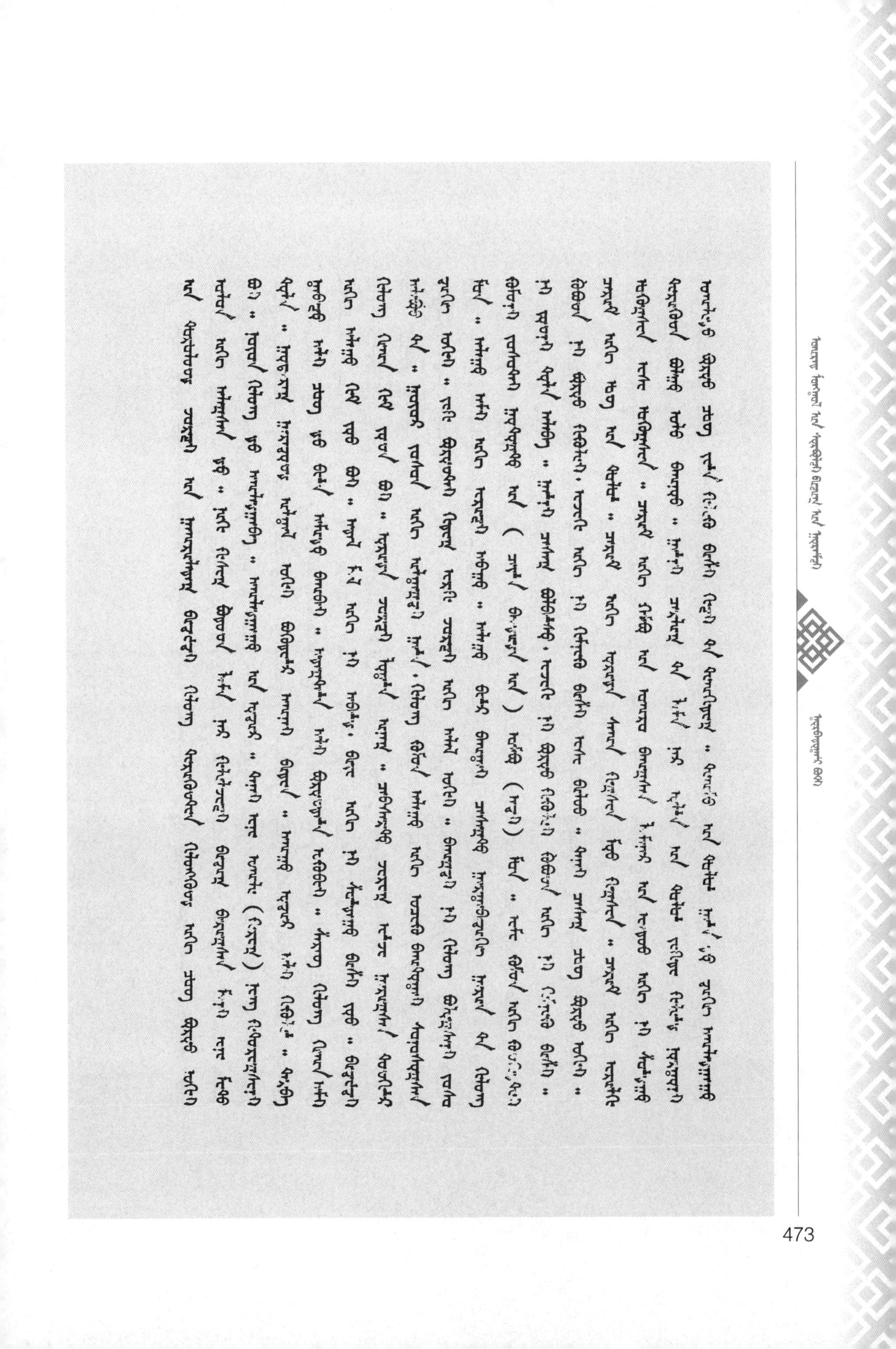

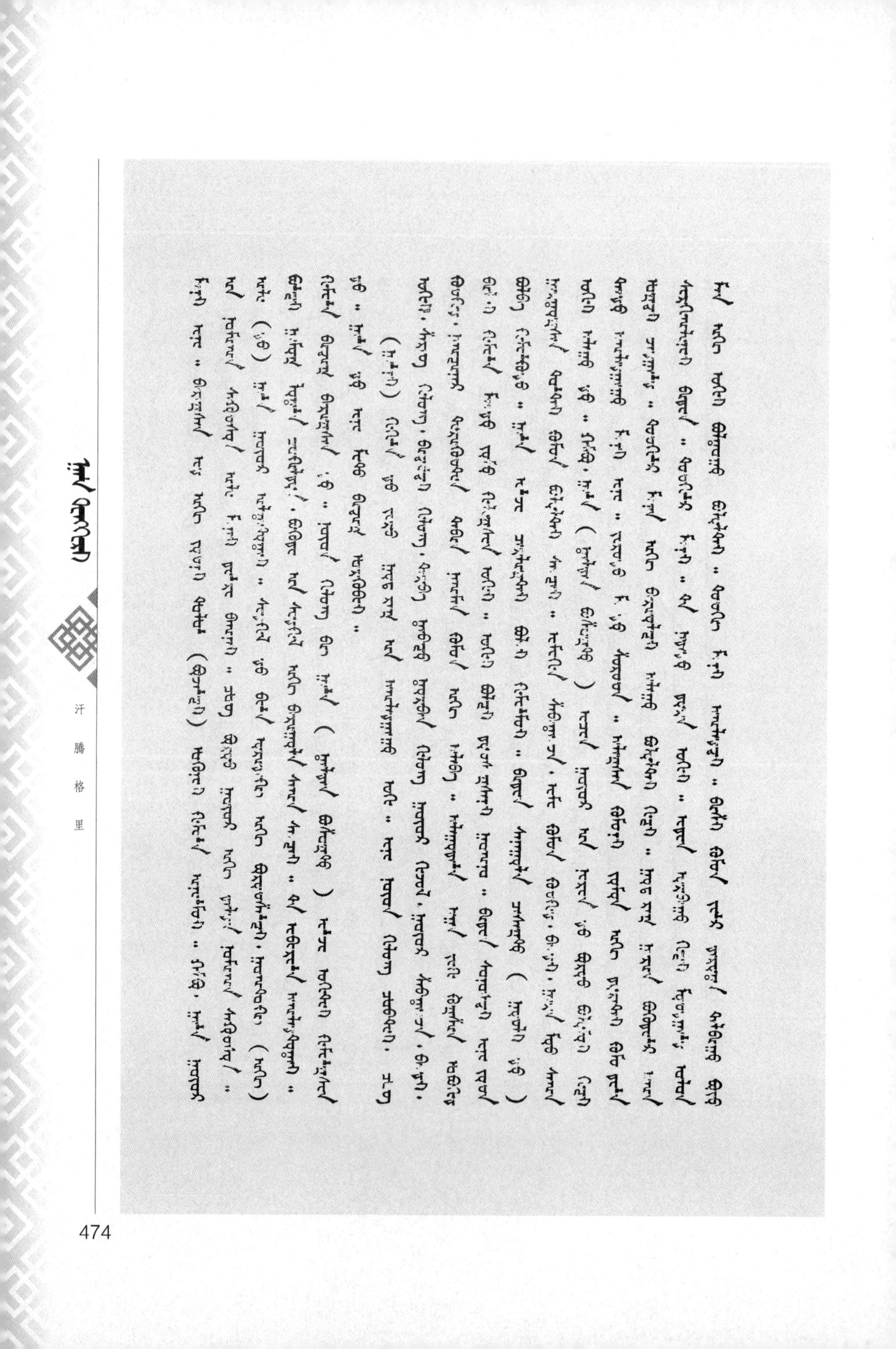

[illegible]

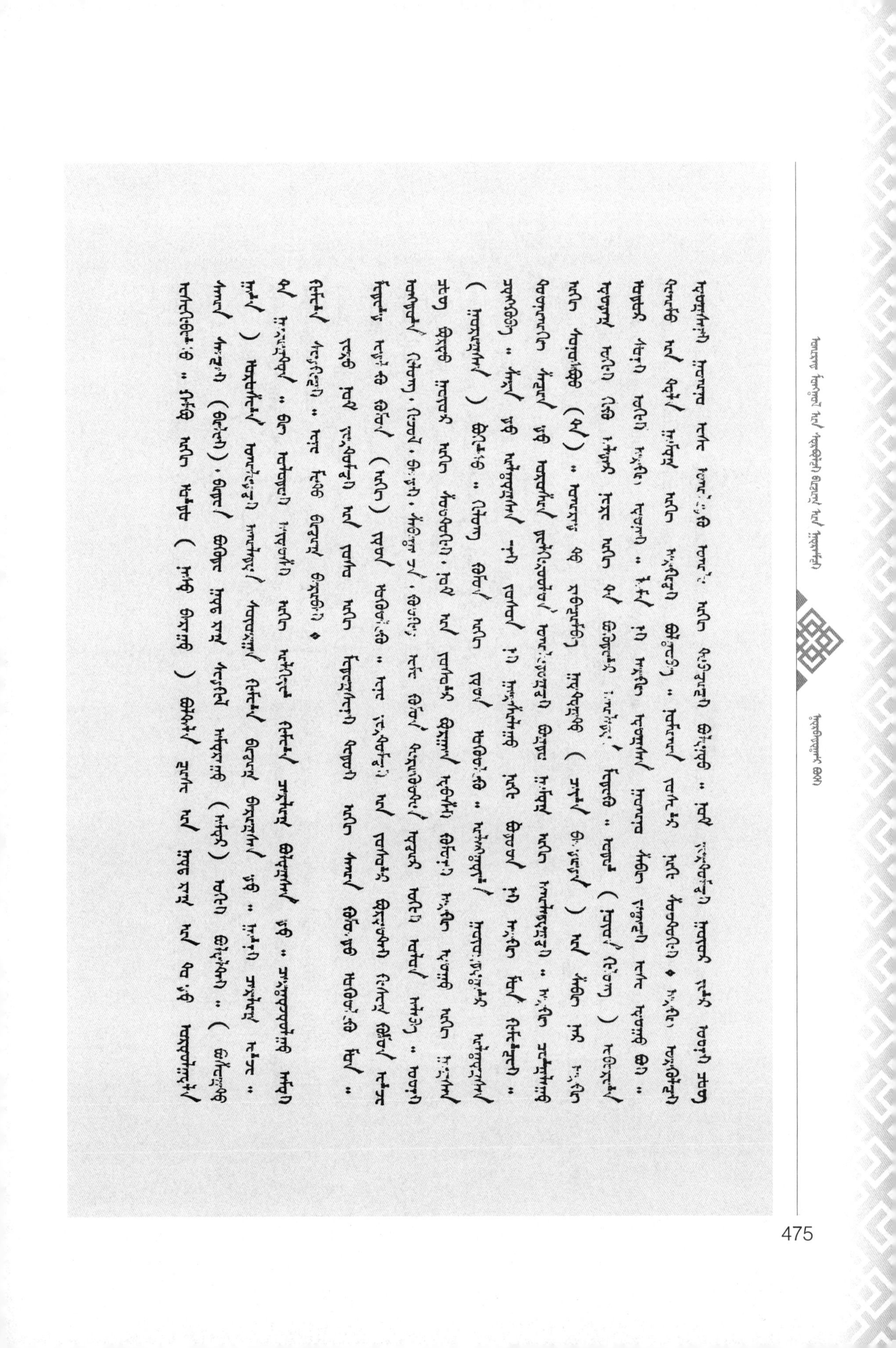

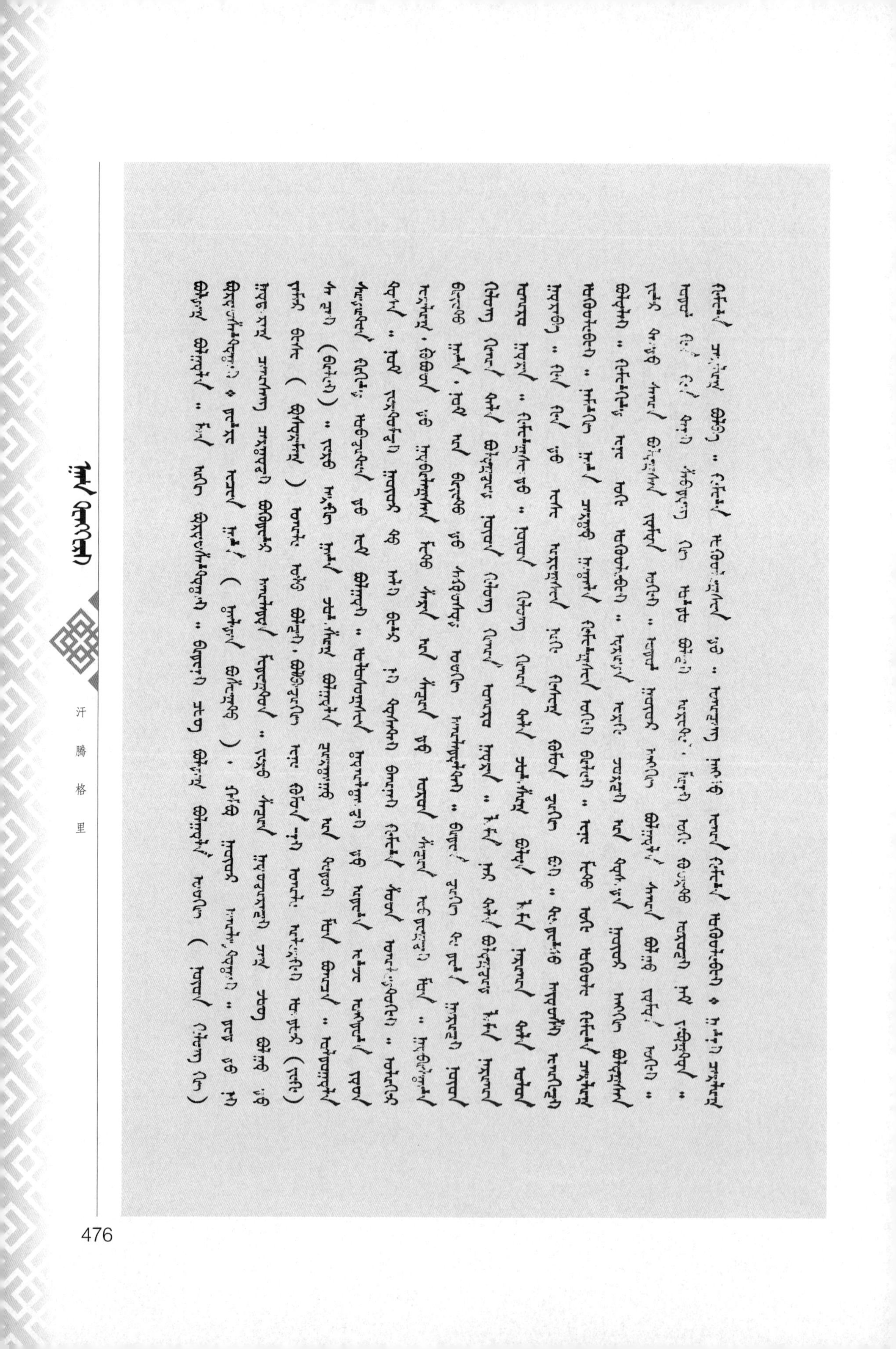

[illegible]

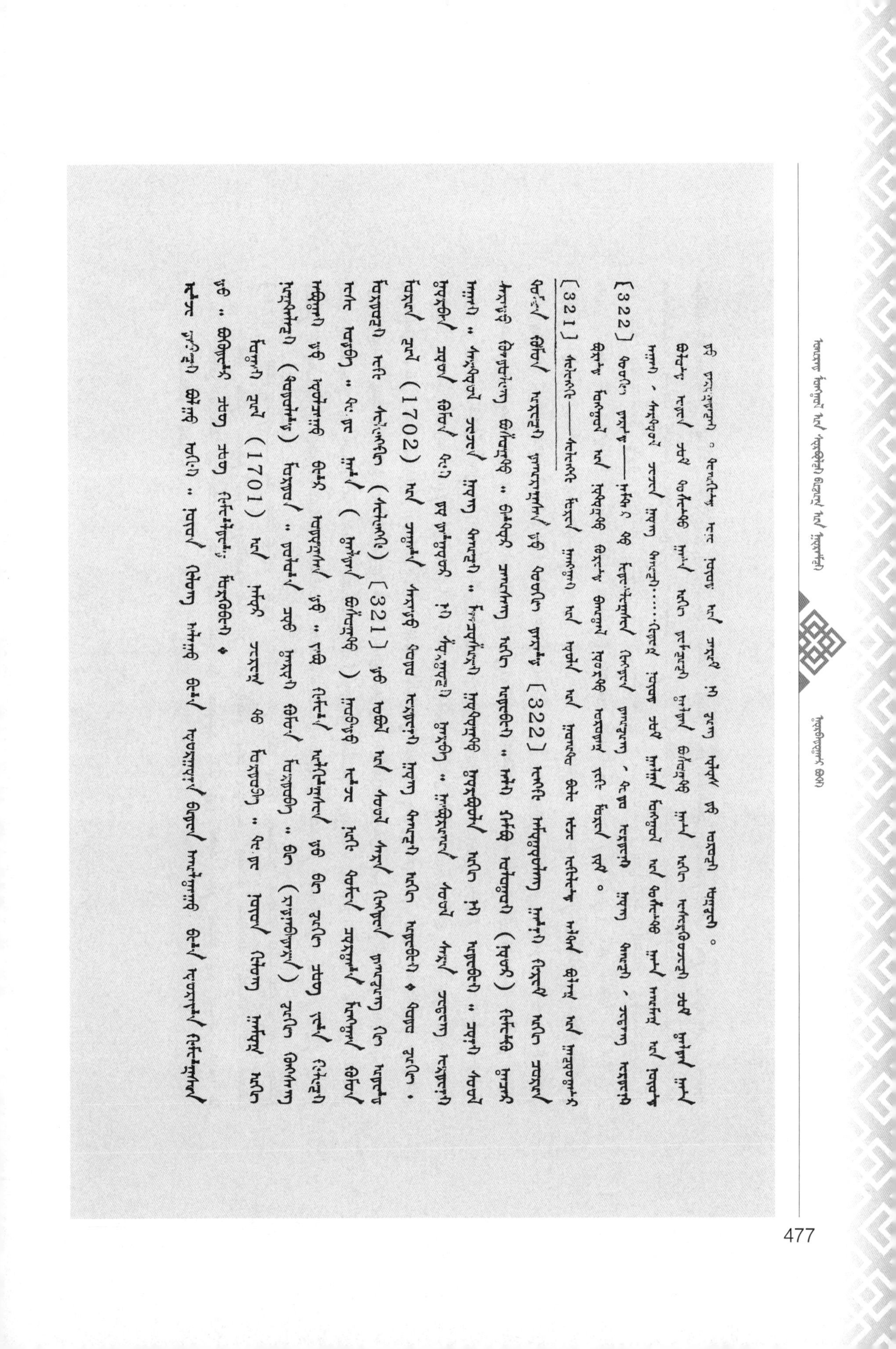

[illegible]

[illegible]

〔322〕 [illegible]

〔321〕 [illegible] 〔322〕 [illegible] (1702) [illegible] 〔321〕 [illegible]

[illegible] (1701) [illegible]

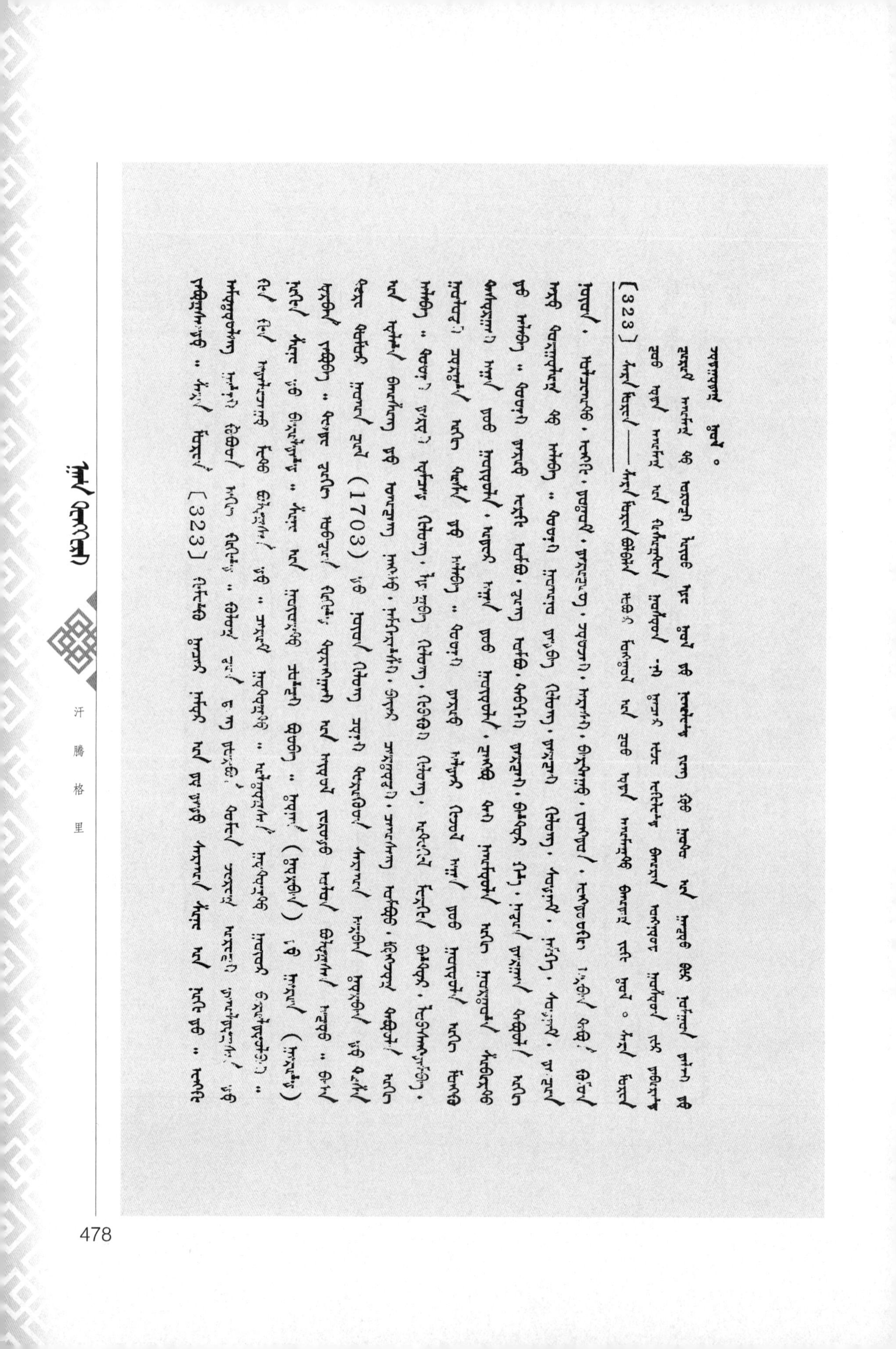

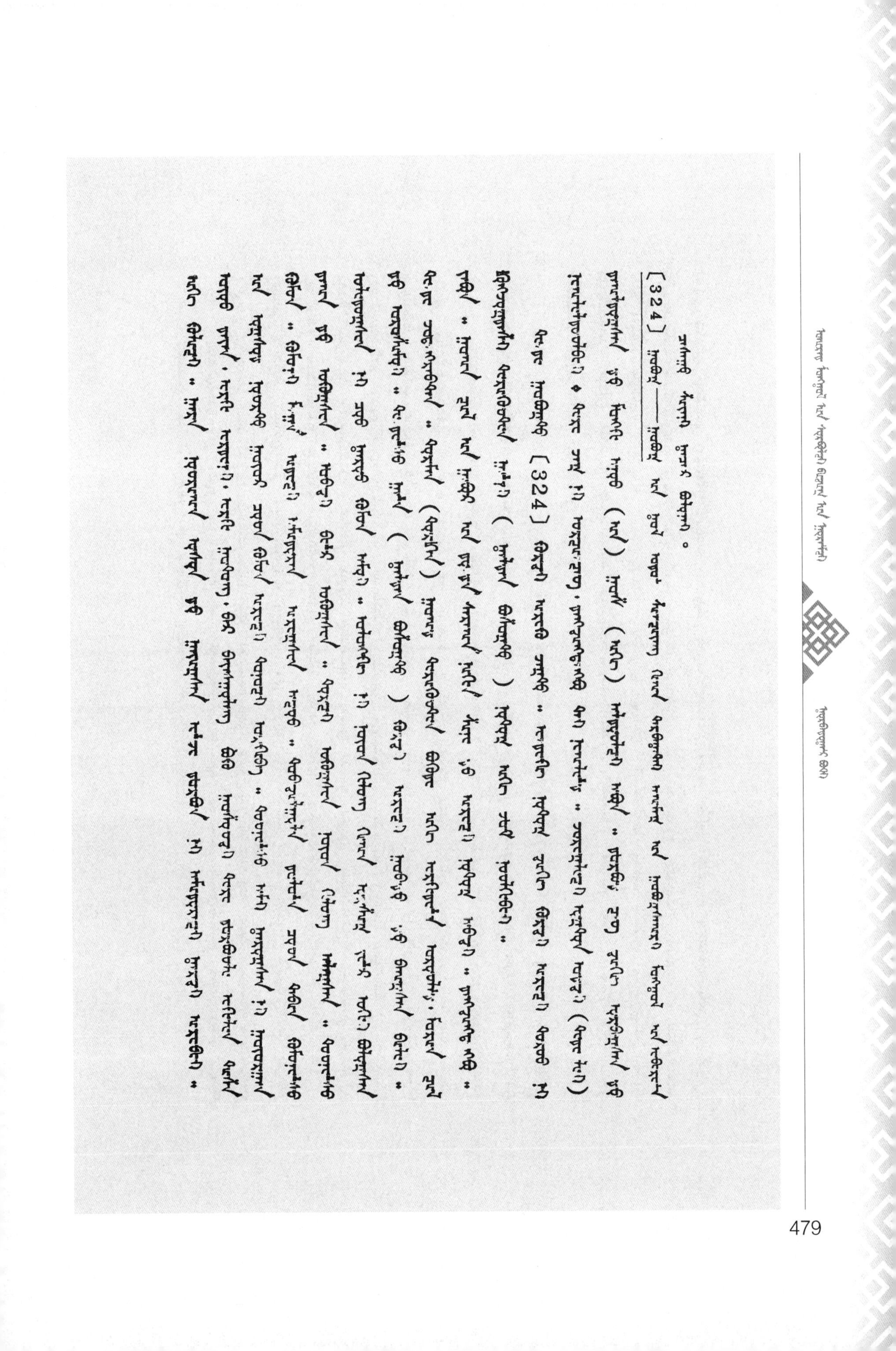

[324]

[324]

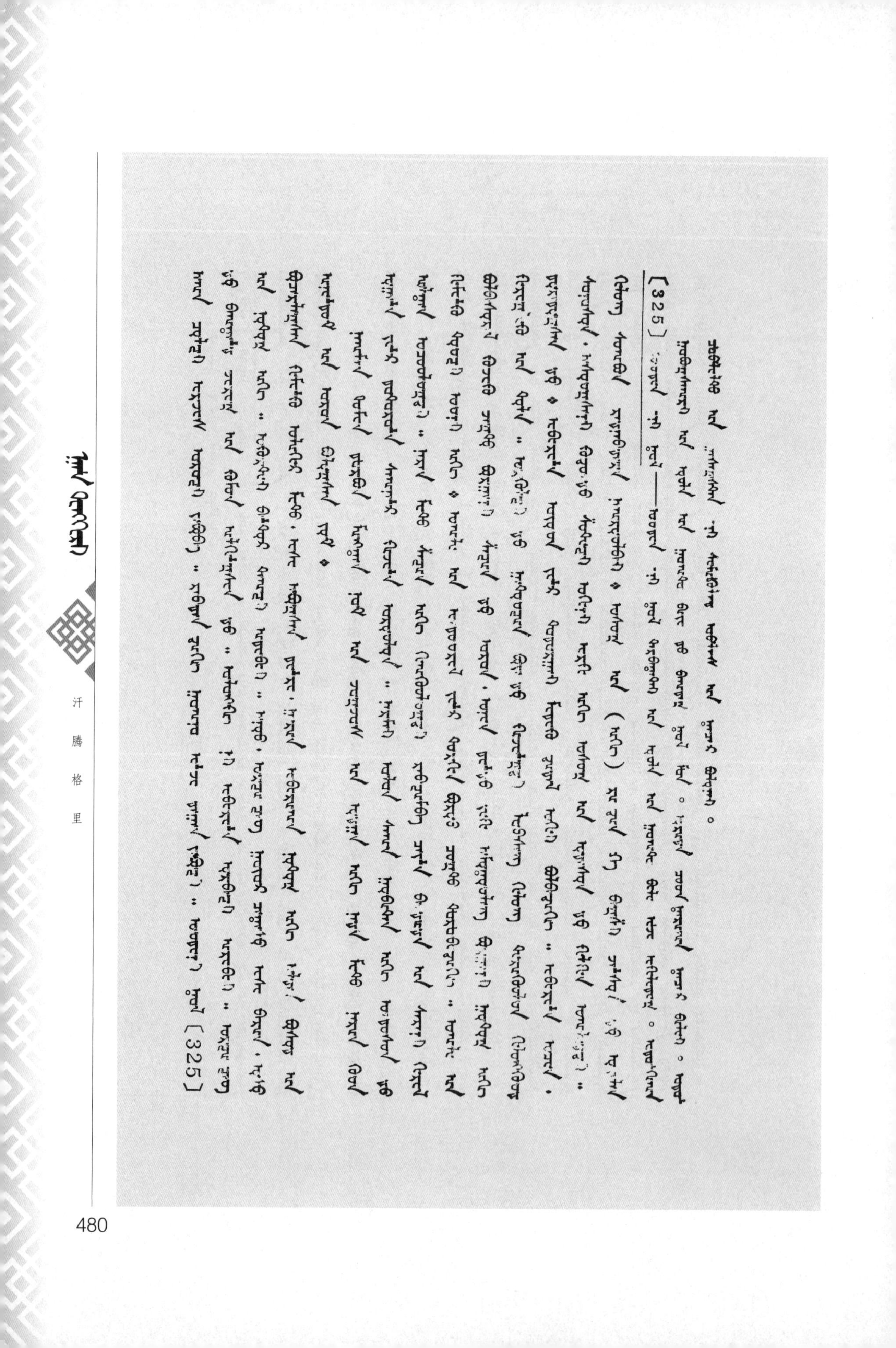

〔325〕

〔325〕

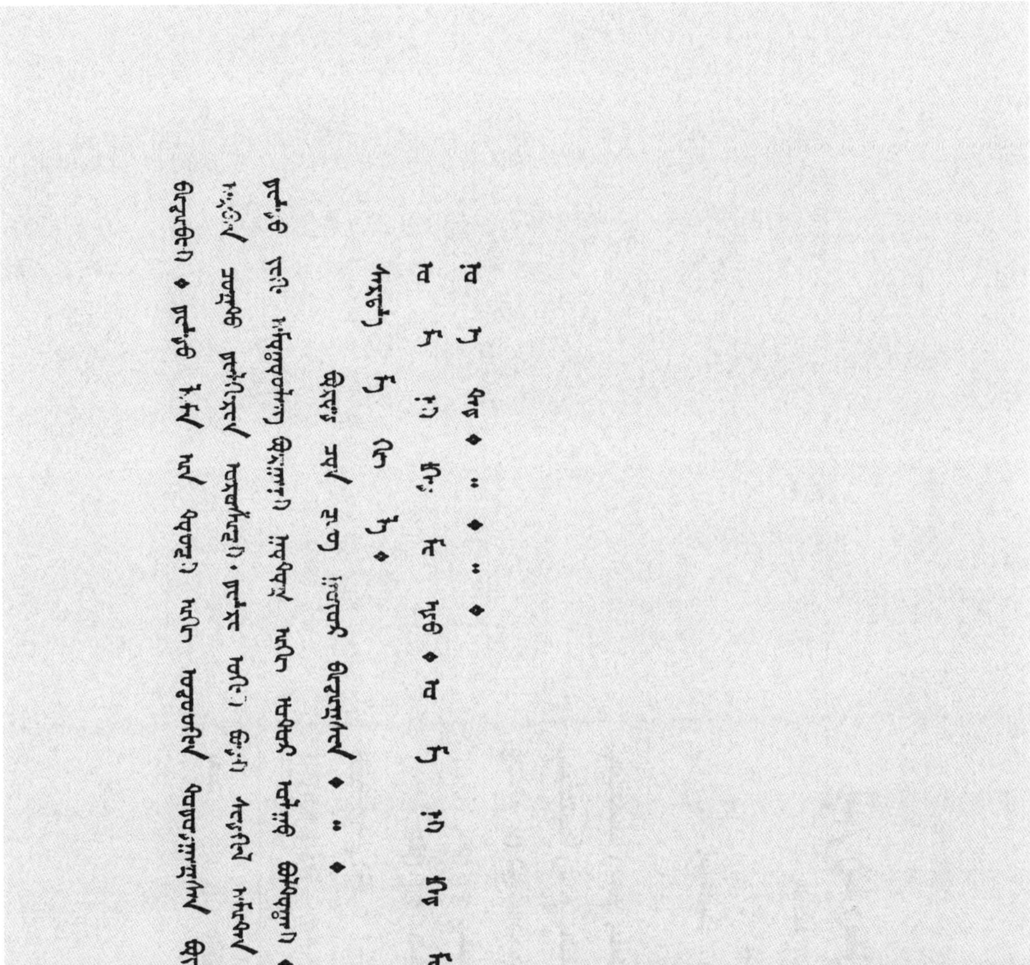

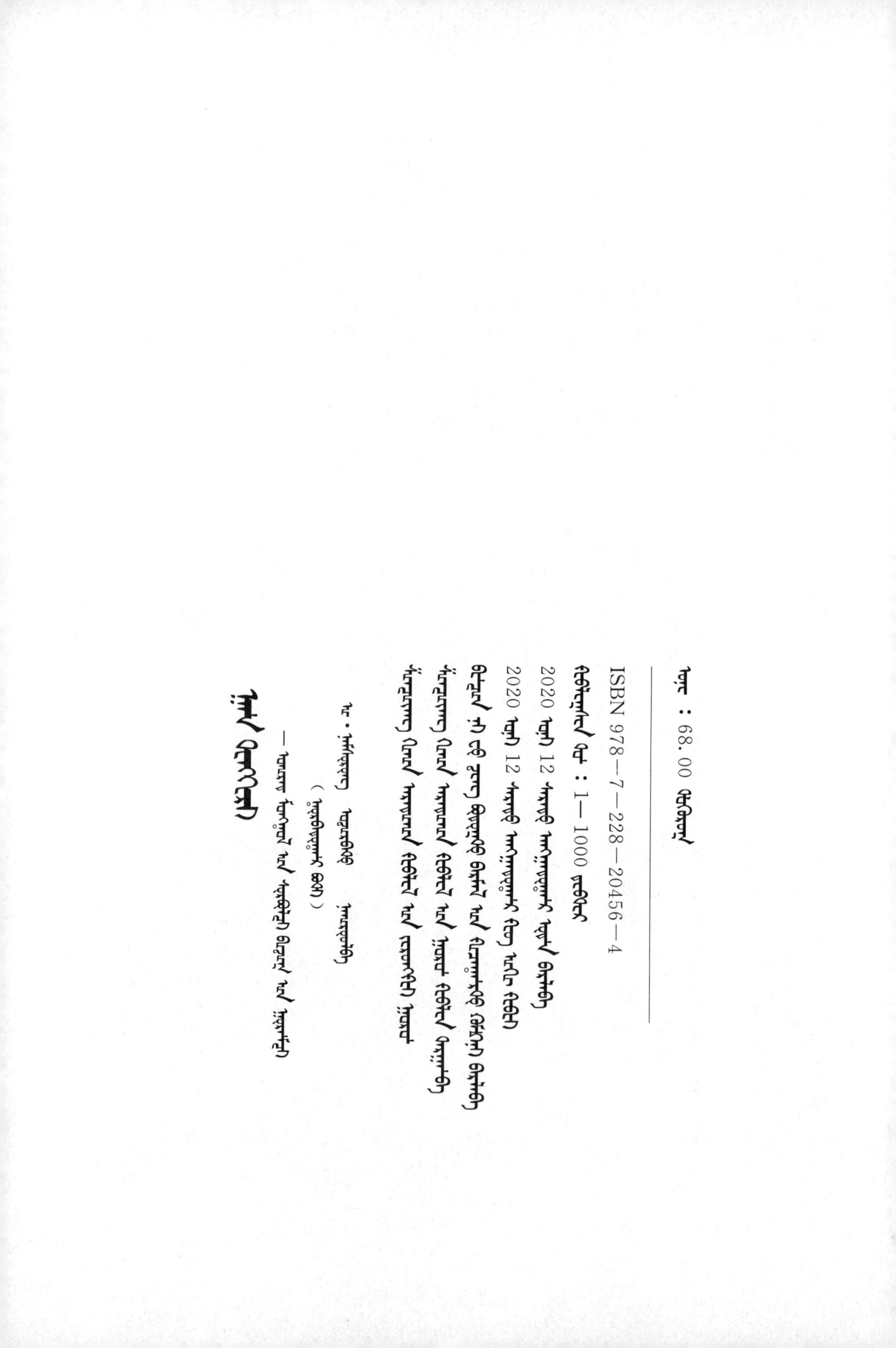

ISBN 978—7—228—20456—4
